역주 원중랑집 8

The Complete Works of Yuán Hóng Dào

지은이 원굉도(袁宏道, 1568~1610)는 명(明)나라 공안(公安) 사람으로 자(字)는 중랑(中郎)이
다. 1592년(萬曆 20)의 진사로, 오현(吳縣) 현령으로 있다가 곧 관직을 그만두고 고향으로
돌아갔다. 뒤에 다시 기용되어 계훈낭중(稽勳郎中)에 이르렀다. 형 종도(宗道), 동생 중도(中
道)와 함께 문학으로 이름이 높아서 '삼원(三袁)'이라 일컬어졌다. 왕세정(王世貞)·이반룡
(李攀龍) 등 전후칠자(前後七子)의 복고주의를 비판하고, 자신의 성령(性靈)을 펼쳐내고 격
투(格套)에 얽매이지 않을 것을(獨抒性靈, 不拘格套) 주장하였다. 저서에『원중랑집(袁中郎
集)』,『상정(觴政)』,『병사(瓶史)』등이 있으며『명사(明史)』권288에 전기가 전한다.

옮긴이 심경호(沈慶昊)는 서울대학교 인문대학 국어국문학과 및 동 대학원을 졸업했다. 일
본 교토대학(京都大學) 문학연구과 박사과정(중국문학 전공)을 수료하고 박사학위를 받았
다. 한국정신문화연구원 교수, 강원대학교 인문대학 국어국문학과 교수를 거쳐, 현재 고려
대학교 문과대학 한문학과 교수로 재직중이다. 저서로『강화학파의 문학과 사상』1~4(공
저, 한국정신문화연구원),『다산과 춘천』(강원대 출판부),『조선시대 한문학과 시경론』(일지
사),『한문산문의 내면풍경』(소명출판),『한학연구입문』(이회문화사),『김시습평전』(돌베개)
등이 있으며, 역서로『금오신화』(홍익출판사),『당시 읽기』(창작과비평사),『주역철학사』(예
문서원),『중국의 자전문학』(소명출판) 등 다수가 있다.

옮긴이 박용만(朴用萬)은 한국정신문화연구원 한국학대학원 문학박사로, 현재 한국정신문
화연구원 전문위원이다. 논문으로「이용휴(李用休)의 시문학 연구」외 다수가 있으며, 역서
로『효경』(이회문화사),『마음을 다스리는 글』(이회문화사) 등이 있다.

옮긴이 유동환(劉東桓)은 고려대학교 대학원 철학과 철학박사로, 현재 (주)여금 대표이자
한신대학교 디지털문화콘텐츠학과 겸임교수이다. 논문으로「이지(李贄)의 천인이욕론(天人
理欲論) 연구」외 다수가 있으며, 저서로『조조병법』(바다출판사)이 있고, 역서로『몽구』(홍
익출판사),『안씨가훈』(홍익출판사) 등이 있다.

역주 원중랑집 8

1판 1쇄 인쇄 2004년 12월 10일
1판 1쇄 발행 2004년 12월 20일

지은이 / 원굉도
옮긴이 / 심경호·박용만·유동환
펴낸이 / 박성모
펴낸곳 / 소명출판
출판고문 / 김호영
등록 / 제13-522호
주소 / 137-878 서울시 서초구 서초동 1621-18 (란빌딩 1층)
대표전화 / (02) 585-7840
팩시밀리 / (02) 585-7848
somyong@korea.com / www.somyong.com

ⓒ 2004, 한국학술진흥재단

값 25,000원

ISBN 89-5626-143-1 93820
ISBN 89-5626-135-0 93820(전10권)

역주 원중랑집(袁中郎集) 8

The Complete Works of Yuán Hóng Dào

원굉도 저 / 심경호 · 박용만 · 유동환 역주

소명출판

　이 책은 명나라 말기의 자유주의 사상가이자 개성주의 문학가였던 원굉도(袁宏道)의 시문을 역주한 것이다. 본래 한국학술진흥재단에서 시행하는 동서양학술명저 번역지원사업의 2001년도 과제로 선정되어 2003년도에 결과물을 제출하였는데, 금번에 이와 같은 형태로 간행하게 되었다.

　원굉도는 인간 존재의 문제에 대해 진지하게 탐색하는 한편으로, 세속의 삶을 조롱하면서 일견 퇴폐적이라고까지 할 감각적 취미를 지녔던 인물이다. 문학의 방면에서는 복고주의 문학을 비판하고 개성을 중시하는 참신한 시문을 창작하여, 명나라 말기의 중국에서만이 아니라 17세기 이후 한국이나 일본에서도 인기가 매우 높았다. 심지어 그의 문집이 『사고전서(四庫全書)』에 수록되지 않고 「존목(存目)」에 이름만 기록된 것은 그의 시문이 하도 청신하고 발랄해서 청나라 사람들이 싫어해서 그런 것이라는 오해마저 생겨날 정도였다. 중국에서 신문화운동이 벌어지던 1930년대에는 원굉도의 문학적 성과를 둘러싸고 선전하는 이론과 비판하는 이론이 첨예하게 대립하기도 하였다. 오늘날 동아시아의 전근대 시기 문학사와 지성사를 연구하는 사람들은 원굉도의 문학 및 사상을 크게 주목하고 있다.

그런데 우리나라에서는 과거에 원굉도의 시문을 목판으로 인쇄한 적이 없었던 듯하고, 현대에 들어와서 선역하여 소개한 일도 없었다. 일본의 경우는 미흡하나마 17세기 말에 이미 훈점본이 나왔고, 또 적은 양이지만 시의 일부를 선역한 이리야 요시타카[入矢義高]의 『원굉도(袁宏道)』(岩波書店, 東京, 1963)가 있다. 한편 중국에서는 전백성(錢伯城)의 『원굉도집전교(袁宏道集箋校)』(중국 : 上海古籍出版社, 1981)가 간행되어 원굉도 연구에 상당한 기여를 하게 되었다.

원굉도의 문집을 우리말로 역주하는 과제가 학술진흥재단의 번역지원사업으로 공시되었던 것은 아마도 우리 학계의 요구가 일정하게 반영된 때문일 것이다. 나는 그 지원을 받게 되어, 박용만 박사, 유동환 박사와 번역연구팀을 구성해서, 2001년도 겨울부터 원굉도의 시문을 강독하기 시작하였다. 박용만 동학은 원굉도의 문학과 깊은 관계가 있는 이용휴(李用休)의 문학을 전공하여 한국학대학원에서 문학박사학위를 취득하였고, 유동환 동학은 원굉도의 사상에 깊은 영향을 준 이탁오(이지)의 사상을 연구하여 고려대학교 철학과에서 철학박사학위를 취득한 분이다.

본래 문학과 사상을 공부하기 위해서는 한 작가 혹은 저술가의 전집을 통람하는 것이 좋다. 나는 평소 통람의 한 방법으로 역주의 방식을 매우 중요하게 여겨 왔다. 원굉도 시문의 역주는 학계나 일반 독자를 위한 봉사의 의미도 있지만, 무엇보다 나 자신이 그 시문들을 통람하기 위해서도 매우 필요한 일이었다.

우리들은 전백성 씨의 『원굉도집전교』를 토대로 역주를 시작하였다. 『원굉도집전교』는 패란거(佩蘭居)의 40권본 『원중랑전집』을 저본으로 삼아, 원래의 시문을 체제에 따라 분류하고 합편한 것으로, 여러 이본들을 교감하고 전교(箋校)를 붙인 것이다. 본편 55권과 부록 3권 등 전체 58권으로 이루어진 방대한 분량이다. 부록 1권은 일시 · 일문을 모아 놓았고, 부록 2권은 전기(傳記) · 평론(評論) · 저록(著錄)을 수록하였으며, 부록 3은 원굉도의 시문이 그때그때 편집되어 단행(單行)될 때 쓰여진 서발문을 편집하였다. 국역은 『원굉도집전교』에 수록된 본편 55권을 대상으로 삼아 그 내용을 모두 번역하기로 하였다.

역주본을 간행하기 위해 우선 박용만 박사와 유동환 박사가 원문을 전부 전산 입력하여 주었다. 55권이나 되었으므로, 입력을 한 뒤 오자를 바로잡는 데만도 상당한 시간이 걸렸다. 한국학대학원의 여러 젊은 연구자들과 나의 연구실에서 공부하는 대학원생들도 도와주었다. 이 자리를 빌어서 감사 드린다.

그 뒤 우리 세 사람은 전공을 고려해서 권별로 분담해서 각각 초벌 작업을 하고 그것을 자료로 강독을 하면서 내가 감수하려고 하였다. 그러나 여러 가지 난관에 부딪혔다. 두 분의 경우 대학의 강사로서 바쁜 생활에 쫓겨야 하였고, 나의 경우도 여러 가지 사정상 역주에 몰두할 수가 없었다. 게다가 나는 2003년도에 연구년을 맞아, 그 해 4월부터 다음 해인 2004년의 2월까지 일본 교토대학의 초빙교수로 가 있어야 하였다. 강독을 할 수 없게 된 것이다.

그래서 2003년 4월부터 작업의 방식을 바꾸었다. 상당 부분의 시문들을 내가 일차적으로 역주하고, 두 공동연구자가 그 원고를 검토하고 교정을 보아주기로 하였다. 하지만 내게는 별도의 일들이 산적하여 있었다. 최종보고서의 제출기한을 연기해달라고 청원하였으나, 규정 때문에 허락을 받지 못하였다. 그 때문에 나는 교토에서의 연구기간을 매우 고통스럽게 보내었다. 2003년 8월부터 11월까지는 외출도 거의 하지 못하고 열악한 환경의 숙소에서 밤 깊은 시각까지 자판을 두드려 대었다. 눈이 보이지 않게 되고, 물 한 모금 마시지 못하게 된 적도 있었다. 다만 고독하였기에 집중할 수 있었고, 그 때문에 마음의 상처를 치유할 수 있었다. 그렇지만 사전 등의 공구서가 가까이 없었으므로 안타까웠다.

원굉도의 시문은 평이하고 재미있는 글도 많지만, 번역하기 까다로운 시문도 많았다. 곧, 원굉도의 시는 평이한 것은 아주 평이하여 속되다는 비판을 듣는다. 하지만 원굉도는 풀어서 쓸 내용들을 한두 마디로 압축하길 좋아하고, 원관념과 보조관념의 연결에 의외성을 도입한 비유 형식을 곳곳에 끼워 넣으며, 단어를 쪼개어 수수께끼같이 만든 할렬어를 다용하였다. 그뿐 아니라 하나의 구에 전절을 많이 두거나, 공대(工對)가 아닌 비틀린 대장(對杖)을 즐겨 사용하였으므로 번역을 하면 무미한 서술문으로 될 수밖에 없는 것도 있었다. 게다가 위진(魏秦)의 인물고사를 전고로 많이 사용하였고, 기존의 시문들을 불쑥불쑥 틀어서 끌어다 썼다. 심지어 험운(險韻)으로 시 짓기를 좋아하였고, 시상의 전개도 기복이 심하였다.

산문의 경우는 생각과 정서의 흐름에 따라 문장을 끊고 꺾었으므로, 나로서는 이해하기 어려웠다. 불교 용어를 쓴다든가 불가언설의 선적 논리를 구사한 것도 많았다. 이러한 점은 원굉도가 '독서성령(獨抒性靈)'을 기치로 내세운 사실과 일견 모순되는 듯하게 여겨지기까지 하였다. 그러나 실은 원굉도는 자신만의 독특한 경지를 열기 위해 이른바 법(法)을 배격하였으므로, 그 결과 더욱 난해한 시문을 낳고 말았던 것이다. '나의 시' '나의 글'이란 그만큼 난해성을 수반한다는 사실을 깨달았다.

원굉도의 형 원종도(袁宗道)는 아우의 시가 특히 중간에 크게 변하여 대단히 각고(刻苦)하여 내었다고 하였다. 각고하여 시를 지은 것은 원종도 자신도 마찬가지였다. 원종도는 스스로의 시에 대해 일컫기를, "새로 지은 시가 너무 기괴하고 험벽해서 괴이하여라, 뼈가 삭을 정도로 괴롭게 읊는 것이 가을 매미와 같구나(怪得新詩奇僻甚, 苦吟骨削類枯蟬)"라고 하였다. 정말로 원굉도는 새로운 어휘들을 만들어 쓰거나 일상에서는 그리 쓰이지 않고 몇몇 시인들만 사용하던 어휘들을 즐겨 썼다. 그 사실은 그의 시문에 나타난 많은 어휘들이 『한어대사전(漢語大詞典)』 12책(중국 한어대사전편집위원회 한어대사전편찬처 간행, 1991)의 표제항에서 유일하거나 극소수의 용례로 등재되어 있는 사실로도 짐작할 수 있을 것이다.

그렇게 각고하여 창작한 시와 문을 이해하기 위해, 나는 한시 한문 공부를 다시 하여야 할 것만 같았다. 내가 작성해서 인터넷 메일로 보낸 원고들을 윤독하고 각주를 보안하고 내용을 수정하느라, 박용만 박사와 유동환 박사는 무척 고생을 하였다. 번역 결과는 완전히 우리 세 사람의 공동작업이다. 머리 숙여 감사 드린다.

2004년 2월에 다시 안암동의 연구실로 복귀하였으나, 여러 가지 일이 일어나 나의 삶 자체가 뒤틀리고 말았다. 미처 귀국하지 못한 사이에 스승이자 후원자이신 장인을 잃었다. 3월부터 5월까지는 눈물을 훔치면서 장인의 유고와 장서들을 정리하였다. 8월의 혹서에는 나의 하늘이신 아버지를 잃었다. 한문학회의 중국 학술대회에 참석하고 잠시 기분을 전환한 직후의 일이었다. 마을버스 타는 곳까지 내 책을 들어다 주시고 골목길로 올라가시는 '아버지의 뒷모습'을 뵌 것이 마지막이 되었다. 원굉도가 자주 사용한 말처럼 인생이란 하나의 포말이요 환영이란 말인가!

역주본을 출간하려면 아직 검토하고 수정할 내용이 많았다. 마음을 추스르고 한 해 더 뜸을 들였으면 하였다. 하지만 출판사의 사정이 여의치 않아서, 2004년도 12월 말까지 책을 출간하여야 한다고 하였다. 소명출판은 최근 한국학 분야의 젊은 저자들과 깊은 관계를 맺고 의미 있는 학술서적을 지속적으로 간행해오고 있다. 이런 출판사가 사정이 어렵다는 것을 알면서 그저 덤덤하게 있을 수는 없었다. 다시 무리를 하였다. 강의의 짬짬이, 그리고 늦은 시각까지, 침침한 눈을 노트북의 화면에 고정시켜야 하였다.

새로 수정한 원고는 공동연구자들도 교정을 보아주었으나, 내 연구실의 송호빈 군, 한민섭 군, 그리고 나의 여러 수업을 들어온 고려대 대학원의 안세현 군, 김광년 군이 많은 도움을 주었다. 특히 송호빈 군과 안세현 군은 오·탈자와 부호의 잘못을 일일이 지적해주었다. 이 젊은 동학들의 도움이 없었다면 역주본은 도저히 출간할 수가 없었을 것이다. 이 책이 이러한 과정을 거쳐 이러한 형태로 세상에 나오는 것도 운명이라면 운명이라고 하여야 하지 않을까!

완간을 자축할 수 없는 아쉬움과 슬픔을 고백하기 위해, 저간의 사정을 구구하게 기록하여 둔다. 모쪼록 이 번역본이 원굉도의 문학과 사상을 이해하고자 하는 분들에게 자그만 길잡이나마 되었으면 한다.

2004년 12월 1일
회기동의 작은 마당 집에서
고애자 심 경 호

○ 이 번역물은 원굉도(袁宏道)의 문집『원중랑전집(袁中郎全集)』을 전역(全譯)한 것이다. 다만 번역의 저본으로는 전백성(錢伯城), 『원굉도집전교(袁宏道集箋校)』(중국 : 上海古籍出版社, 1981)를 사용하였다.

『원굉도집전교』는 패란거(佩蘭居)의 40권본『원중랑전집』을 저본으로 삼아, 원래의 시문을 체제에 따라 분류하고 합편(合編)한 것으로, 여러 이본들을 교감하고 전교(箋校)를 붙인 것이 특징이다. 본편 55권과 부록 3권 등 전체 58권으로 이루어진 방대한 분량이다. 본편 55권 가운데 30권은 유기(遊記)・척독(尺牘)・서(敍)・비(碑)・잡저(雜著) 등의 산문이고, 24권은 시집이다. 제55권에는 시와 산문이 함께 실려 있다. 부록 1권은 유실된 시문을 모아 놓았고, 부록 2권은 전기(傳記)・평론(評論)・저록(著錄)을 수록하였으며, 부록 3은 원굉도의 시문이 그때그때 편집되어 단행(單行)될 때 쓰여진 서발(序跋)을 모아 편집하였다. 이 번역본은 일차적으로『원굉도집전교』에 수록된 본편 55권을 모두 번역하기로 한다.

그리고『원굉도집전교』에 대하여, 일부 의심되는 점은 다음 자료에 의하여 보완하거나 정정하였다.

李建章, 『≪袁宏道集箋校≫志疑・袁中郎行狀箋校證・炳燭集』, 湖北人民出版社, 1994.

또한, 최근에 원굉도의 불교 관련 저술인『덕산주담(德山塵譚)』(본 번역책 권44)의 원본이라고 할『산호림(珊瑚林)』에 대한 연구가 이루어졌으므로, 『덕산주담』의 부분을 번역할 때에는 그 연구성과를 충분히 참고로 하였다.

아라키겐고(荒木見悟) 편, 『산호림(珊瑚林)』, ぺりかん社, 2001.3.

○ 원굉도의 문집은『사고전서(四庫全書)』에 수록되지 않고 그 「존목(存目)」에만 이름이 올라 있고, 근세에 들어와『사부비요(四部備要)』, 『사부총간(四部叢刊)』 등 문화사적으로 매우 중요한 총서(叢書)가 편찬될 때에도 수록되지 않았다. 이러한 반면에 그의 문집은 민간에서 다양한 판본과 전사본으로 유통되었고, 조선 후기의 문인들 및 일본의 문인들 사이에서도 널리 읽혔다. 따라서 원문이 여러 가지 형태를 띨 수 있으므로, 주요한 이본(異本)들에 대해서는 원문의 표기 사실을 밝혀 두는 것이, 원굉도를 연구할 때나 조선 후기 시문과 원굉도의 시문을 비교 연구할 때에 참고가 되리라고 생각된다.

전백성(錢伯城), 『원굉도집전교(袁宏道集箋校)』에 따르면 원굉도의 저작 판본 가운데 주요한 것들은 아래와 같다.

① 공안 가각본(公安家刻本) : 권수 미상. 원굉도가 아우 원중도(袁中道, 小修)에게 준 서신에

언급되어 있으나 지금은 볼 수가 없다.

② 오군(吳郡) 원숙도(袁叔度, 無涯) 서종당(書種堂) 사각본(寫刻本) : 만력(萬曆) 30(1602)년, 36(1608)년, 38(1619)년에 모두 7종이 간행되었다. 『폐협집(敝篋集)』 2권, 『금범집(錦帆集)』 4권(부록 : 『去吳七牘』), 『해탈집(解脫集)』 4권, 『병화재집(瓶花齋集)』 10권, 『광장(廣莊)』 1권, 『병사(瓶史)』 1권, 『소벽당집(瀟碧堂集)』 20권(오군 『소벽당집』에는 두 종류가 있다. 하나는 20권본이고, 다른 하나는 『속집』 10권을 더한 것인데, 단 이 『속집』은 실은 『병화재집』임). 이것을 아울러 '원중랑 7종'이라 하는데, 원중랑은 '정밀하되 미비된(精而不備)' 텍스트라고 불렸다. 하지만 종수(種數)와 집명(集名)이 원작자의 의도에 부합하므로, 전집은 아니지만 정본(精本)이라 할 수 있다.

③ 수수(繡水) 주응인(周應鷹) 교각(校刻) 『원중랑전집(袁中郎全集)』 : 만력 연간 간행. 모두 10종. 『광장(廣莊)』 1권, 『폐협집(敝篋集)』 2권, 『파연재집(破硏齋集)』 3권, 『광릉집(廣陵集)』 1권, 『도원영(桃源詠)』 1권, 『화숭유초(華嵩游草)』 2권, 『병사(瓶史)』 1권, 『상정(觴政)』 1권, 『광언(狂言)』 2권, 『광언별집(狂言別集)』 2권.

④ 『원중랑미각유고(袁中郞未刻遺稿)』 2권 : 『삼원선생집(三袁先生集)』 가운데 하나로, 대략 만력 · 천계(天啓) 연간에 간행되었다. 원중도(袁中道)는 원굉도의 유작 가운데 별도로 2권이 더 있다고 말한 바 있다. 원중도의 가각본(家刻本)은 지금 볼 수가 없고, 또 원굉도의 아들 원팽년(袁彭年)의 『속집(續集)』도 있었던 듯하지만 지금 볼 수가 없다. 어쩌면 이 텍스트는 원중도가 편정(編定)한 2권본이었을 가능성이 있다. 권수(卷首)에 '운간 진계유 중순보 열(雲間陳繼儒仲醇甫閱)'이라 쓰여 있다.

⑤ 하위연(河偉然) 편 『이운관유정원중랑전집(梨雲館類定袁中郎全集)』 24권 : 만력 45(1617)년 금릉(金陵) 대업당(大業堂) 간행. 원굉도의 시문을 체계별로 분류하여 편찬한 것은 이 책에서 시작되었다. 청나라 동치(同治) 연간에 다시 원헌건(袁憲健) · 원조(袁照)의 복각본(覆刻本)이 나왔다.

⑥ 원중도(袁中道) 편 『원중랑선생전집(袁中郎先生全集)』 23권 : 만력 47(1619)년 휘주(徽州) 간행. 위의 텍스트와 마찬가지로 분체합편(分體合編)의 체제이다. 권수(卷首)에 필무강(畢懋康)의 서문이 있고, 권5의 서명 아래에 '해양 오회정 복계 교(海陽吳懷貞復季校)'라고 쓰여 있다. 지금 희귀본이다.

⑦ 육지선(陸之選) 편 『신각종백경증정원중랑전집(新刻鍾伯敬增定袁中郎全集)』 40권 : 숭정(崇禎) 2(1629)년 무렵(武林) 패란거(佩蘭居) 간행. 분체합편(分體合編). 수록된 편목이 가장 완전하여 다른 텍스트보다 널리 유행하였다.

⑧ 육운룡(陸雲龍) 평선(評選) 『취오각평선원중랑선생소품(翠娛閣評選袁中郎先生小品)』 2권 : 숭정 5(1632)년 전당(錢塘) 쟁운관(崢雲館) 간행. 선문(選文)은 모두 50편.

⑨ 『원굉도시문집(袁宏道詩文集)』 : 『명사(明史)』 「예문지(藝文志)」에 이름이 기록되어 있으나, 과안하지 못하였다.

⑩ 『서방합론(西方合論)』 10권 : 태창(泰昌) 원년(1620) 오문(吳門) 각본(刻本)이 있으나 볼 수 없다. 지금 볼 수 있는 것은 순치(順治) 4(1647)년 주지기(周之夔) 간본과 순치 8(1651)년 석 지욱(釋智旭) 평본(評本)이다. 일본 대정신수대장경(大正新修大藏經)에 수록되어 있는 『서방합론』은 바로 주지기 간본에 의거하여 배인(排印)한 것이다.

이밖에도 각종 별행본(別行本)이 있고, 또 시문 총집(總集)이나 선집(選集)에 원굉도의 시문이 수록되어 있는 것이 많이 있다. 대표적인 별행본으로는 다음과 같은 것들이 있다.

『광장(廣莊)』 : 선열산방본(禪悅山房 本), 진미공중정본(陳眉公重訂本).

『병사(甁史)』: 진미공중정본.
『묵휴(墨畦)』: 『황명백가소설(皇明百家小說)』 수록. 『학해유편(學海類編)』 수록(제목은 '甁花齋雜錄').
『섬락일기(陝洛日記)』: 즉, 『장옥후기(場屋後記)』. 『황명백가소설(皇明百家小說)』 수록.
『서호유기(西湖遊記)』 일부: 즉 『해탈집(解脫集)』 가운데 『서호유기』의 일부. 『무림장고총편(武林掌故總編)』 수록(서제목은 '西湖記述').

기타 각종 시문총집, 선집으로 원굉도의 시문을 수록한 것을 열거하면 다음과 같다.

『명산개기(名山槪記)』: 숭정 연간 간행. 편자 미상. 원굉도의 유기, 잡저, 척독 70여편 수록.
『명문해(明文海)』: 초본(鈔本). 황종희(黃宗羲) 편. 원굉도의 각체 문 20편 수록.
『명시초(明詩鈔)』: 彭孫詒 편. 원굉도의 시 약간수 수록.
『열조시집(列朝詩集)』: 전겸익(錢謙益) 편. 원굉도의 시 약간수 수록.
『명시종(明詩綜)』: 주이준(朱彝尊) 편. 원굉도의 시 약간수 수록.
『명시별재(明詩別裁)』: 심덕잠(沈德潛) 편. 원굉도의 시 약간수 수록.
『명시기사(明詩紀事)』: 진전명(陳田明) 편. 원굉도의 시 약간수 수록.

전백성 씨는 전교본(箋校本)을 새로 편찬하면서 다음과 같은 텍스트들을 주로 참고로 하였다.

패란거(佩蘭居) 40권본: 전교본(箋校本)에서는 '원본(原本)'이라 하였으나, 이 번역본에서는 '패란거본'이라 명명한다.
오군(吳郡) 서종당본(書種堂) 간행본: 전교본에서는 '오군본(吳郡本)'이라 하였으나, 이 번역본에서는 '서종당본(書種堂本)'이라 명명한다.
원소수(袁小修) 편교본(編校本): 전교본에서는 '소수본(小修本)'이라 하였다. 이 번역본에서도 '소수본'이라 간칭한다.
이운관본(梨雲館本): 전교본에서는 '이본(梨本)'이라 간칭하였으나, 이 번역본에서는 '이운관본(梨雲館本)'이라 명명한다.
『원중랑십집본(袁中郞十集本)』: 전교본에서는 '십집본(十集本)'이라 간칭하였다. 이 번역본에서도 '십집본(十集本)'이라 부른다.
『원중랑미각유고』: 전교본에서는 '유본(遺本)'이라 간칭하였으나, 이 번역본에서는 '유고본(遺稿本)'이라 명명한다.
취오각(翠娛閣) 평선본(評選本): 전교본에서는 '취본(翠本)'이라 간칭하였으나, 이 번역본에서는 '취오각본(翠娛閣本)'이라 명명한다.
『명시초(明詩鈔)』

이 번역본에서는 이본(異本)들 사이의 글자의 출입을 조사할 때 전백성 씨의 교감기를 참고로 하고, 원본을 볼 수 있는 것은 직접 원본을 활용하였다.
○ 시의 번역은 원문의 뜻을 잘 전달할 수 있도록 풀어서 번역하되, 번역문 자체가 하나의 시가 될 수 있도록 어법이나 어휘를 조정하였다.
산문의 번역은 원문의 뜻을 이해하기 쉽도록 적절히 끊어서 번역하였다. 문체는 직역 어투를 피하고 가급적 일반인들도 이해할 수 있도록 현대 어법에 맞는 평이한 문체를 사용하였다.

○ 시나 산문의 창작 시기, 인명과 지명, 창작 의도에 관한 사항 가운데 전백성(錢伯城), 『원굉도집전교(袁宏道集箋校)』의 고증을 소개할 필요가 있는 것들은 '전교(箋校 : 전교)'에 정리하였다. 또한 전백성 씨의 원문 교감 가운데 반드시 소개할 필요가 있다고 생각되는 내용은 역시 '전교'의 항에서 함께 제시하였다. 다만 전백성 씨의 전교(箋校)가 부적절하다고 판단될 때는 내용을 조정하였다. 예를 들면 전백성 씨는 원굉도의 불교사상이 초보적인 수준이었다고 보았으나 그것은 사실과 다르므로, 관련 서술을 삭제하였다. 그리고 李建章, 『『袁宏道集箋校』志疑・袁中郎行狀箋證・炳燭集』(湖北人民出版社, 1994)에서 지적된 전백성 씨 전교(箋校)의 의문점이나 오류는 '지의(志疑 : 지의)'라는 항목에서 소개하였다.

그리고 『원굉도』의 문집 이외에 원굉도의 시문과 관계 있는 주요 자료들을 집록(輯錄)・평선(評選)하거나 연구한 다음과 같은 서적들을 역시 참조하였다.

원중도(袁中道), 『가설재집(珂雪齋集)』(전3책), 上海 : 上海古籍出版社, 1989.
원종도(袁宗道), 『백소재유집(白蘇齋類集)』, 上海 : 上海古籍出版社, 1989.
이지(李贄), 『분서(焚書)・속분서(續焚書)』, 臺北 : 河洛圖書出版社, 1974.
황인생(黃仁生) 집교(輯校), 『강영과집(江盈科集)』(상하), 岳麓書社, 1997.
유지운(劉志雲) 역, 『병사(瓶史)』, 日本 : 1987.3.
아라키겐고(荒木見悟) 편, 『산호림(珊瑚林)』, ぺりかん社, 2001.3.
아라키겐고(荒木見悟) 저, 『명대사상연구(明代思想研究)』, 創文社, 1988.
이리야 요시타카(入矢義高) 주, 『원굉도(袁宏道)』, 中國詩人選集 2집 11, 岩波書店, 1963.
주질평(周質平), 『원굉도평전(袁宏道評傳)』, 東海大學中文研究所 碩士論文, 1974.
임양직(任亮直), 『원중랑시문선주(袁中郎詩文選注)』, 河南大學出版社, 1993.
주군(周群), 『원굉도평전(袁宏道評傳)』, 南京大學出版社, 1999.12.
Hung Ming-shui, *Yuan Hung-tao and the Late Ming Literary and Intellectual Movement*, Ph7. dissertation, University of Wisconsin-Madison, 1974.12.
모순(茅盾), 『서호람승(西湖攬勝)』, 林台・章輝夫・阮柔 譯, 『西湖名所めぐり』, 浙江人民出版社・外文出版社, 1982.

또한 원굉도 시문을 번역할 때에 다음과 같은 일본 훈점본(訓點本)도 참고로 하였다.

『이운관유정 원중랑전집(梨雲館類定 袁中郎全集)』, 和刻本漢詩集成 第十九輯 補篇三, 影印 據 元祿九年(1696)十月 京都 小島市右衛門 等 覆明末刊寫刻本 24冊, 汲古書院, 1977.
『원중랑선생척독(袁中郎先生尺牘)』, 和刻本漢籍文集 第十五輯, 影印 據 宮川德(崑山)・鳥居吉人(九江)編 山本時亮(北皐)校 安永十年(1781) 山本北山奚疑塾刊本 2卷, 汲古書院, 1975.

원굉도에 대한 연구는 중국에서 1970년대부터 시작되었으며 한국에서는 1990년대부터 점차 이루어지기 시작하였다. 참고할 만한 주요저작들을 학위논문과 단행본을 중심으로 정리하면 다음과 같다.

〈한국〉
裵다니엘,「袁中郎의 文學觀硏究」, 韓國外國語大學校 碩士學位論文, 1990.
李基勉,『袁宏道性靈說硏究』, 高麗大學校 博士學位論文, 1993.
南德鉉,『公安派之文學論硏究-以袁氏三兄弟代表』, 韓國外國語大學校 碩士學位論文,
   1994.
禹在鎬,『袁宏道詩歌硏究』, 서울大學校 博士學位論文, 1995.
姜炅範,『袁宏道散文硏究』, 成均館大學校 博士學位論文, 2001.
宋泰明,「원굉도 척독 연구」, 고려대학교 대학원 석사논문, 2001.12

〈중국〉
朱銘漢,『袁中郎之文學批評觀』, 東海大學校 碩士學位論文, 1978.
高八美,『袁中郎及其小品文硏究』, 臺灣輔仁大學校 碩士學位論文, 1978.
陳萬益,『晚明性靈文學思想硏究』, 臺灣大學校 博士學位論文, 1978.
吳武雄,『公安派及其著述考』, 東海大學校 碩士學位論文, 1981.
李愚一,『袁中郎小品文硏究』, 高雄師範大學校 碩士學位論文, 1986.
朴鍾學,『公安派文學思想及其背景硏究』, 臺灣大學校 碩士學位論文, 1988.
林美秀,『袁中郎的思想與文學硏究』, 高雄師範大學校 博士學位論文, 1997.
韋仲公,『袁中郎學記』, 新文豊出版公司, 1979.
田素蘭,『袁中郎文學硏究』, 文史哲出版社, 1982.
任訪秋,『袁中郎硏究』, 上海古籍出版社, 1983.
周質平,『公安派的文學批評及其發展』, 臺灣商務印書館, 1986.
邱敏捷,『參禪與念佛-晚明袁宏道的佛敎思想』, 商鼎文化出版社, 1993.
湖北公安派文學硏究會,『晚明文學革新派公安三袁硏究』, 1987.

○ 한편, 기타 자료나 연구논저를 참조하여 덧붙여 할 내용이 있거나, 원굉도의 해당 시문이 조선 후기의 한문학과 상당한 관련이 있을 경우에는 그 사실을 '부론(附論 : ■)'으로 밝혔다.

○ 시나 산문의 내용을 이해하기 위하여 필요한 전고(典故)나 점화(點化)의 사실은 각 주의 형태로 가능한 한 충실하게 붙였다. 특히 전고가 있는 경우에는 주석에서 그 내용을 충분히 풀어서 소개하여, 일반인들도 흥미를 가질 수 있도록 하였다.

○ 원굉도의 시문과 한국한문학과의 관련에 대해서는 번역본의 10책 권말에 별도로 해설을 붙였다. 또한 원굉도의 가계표와 연보를 별도로 작성하여 권두에 제시하였다.

○ 시의 원문은 각 시의 아래에 붙여두어 열람하기 편하도록 하였다. 또한 시의 원문에는 구와 연을 구별하기 위하여 반점과 온점을 찍었다. 환운(換韻)하였을 경우에는 운이 바뀐 곳마다 부호(╷)를 붙였다. 원문의 이체자는 가능한 한 그대로 표기하였지만, 조판의 사정 때문에 부득이 IS 9081의 글자체로 바꾼 예도 있다.

○ 산문의 원문에는 구두 부호를 붙이고, 압운을 하였을 경우에는 운자를 고딕체로 표시하였다. 원문의 이체자는 가능한 한 그대로 표기하였지만, 조판의 사정 때문에 필요한 경우에는 IS 9081의 자체로 바꾸었다.

원씨(袁氏)의 가계1)

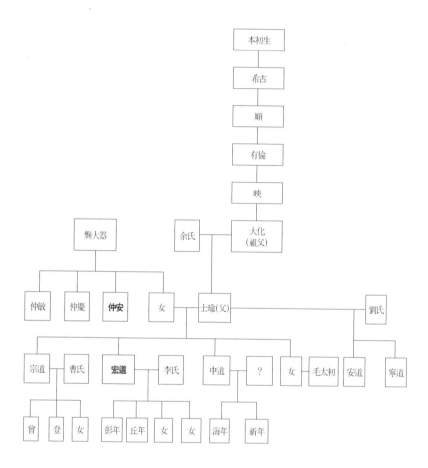

---

1) 이리야 요시타카(入失義高), 『원굉도(袁宏道)』(岩波書店, 東京, 1963), 162면을 참조. 한편, 전백성(錢伯城)의 『원굉도집전교(袁宏道集箋校)』(上海古籍出版社, 1981)는 원굉도의 가계와 관련하여 잘못 기록한 것이 있다. 특히 원이도(袁履道)를 원굉도의 이복동생이라고 곳곳에서 언급하였으나, 원이도는 증조가 다른 족형제이다. 이리야 요시타카의 표가 정확하다.

원굉도(袁宏道) 연보1)

年代	年齡	事跡	尺牘作品
隆慶2年(1568)	1	12月 6日, 湖北 公安縣 長安里에서 태어남. 이때 袁宗道의 나이 9歲.	
隆慶3年(1569)	2		
隆慶4年(1570)	3	袁中道가 태어남.	
隆慶5年(1571)	4		
隆慶6年(1572)	5		
萬曆1年(1573)	6		
萬曆2年(1574)	7		
萬曆3年(1575)	8	母親 龔氏 사망. 庶祖母인 詹氏와 余氏가 袁氏 三兄弟를 양육함.	
萬曆4年(1576)	9		
萬曆5年(1577)	10		
萬曆6年(1578)	11		
萬曆7年(1579)	12	袁宗道 湖廣鄕試에 及第	
萬曆8年(1580)	13	袁宗道 妻의 질병으로 會試에 응시하지 못하고 歸鄕함.	
萬曆9年(1581)	14		
萬曆10年(1582)	15	諸生이 되어 沙市의 鄕校에 入學. 縣城의 남쪽에서 文社를 결성하여 社長이 됨. 鄕試 준비를 위해 詩와 古文辭를 짓기 시작함.	
萬曆11年(1583)	16	袁宗道 會試를 보러 上京하다 黃河가 넘쳐 되돌아 옴. 袁宗道의 妻인 曹氏 死亡.	
萬曆12年(1584)	17		
萬曆13年(1585)	18	袁中道와 함께 鄕試에 應試하였다가 함께 떨어짐. 李氏와 結婚함.	
萬曆14年(1586)	19	袁宗道 南京 會試에서 會元으로 합격하고 翰林院庶吉士에 除授됨.	
萬曆15年(1587)	20		

---

1) 본 「원굉도연보」의 사적은 이리야 요시타카(入矢義高)의 『원굉도(袁宏道)』(岩波書店, 東京, 1963), 163~168면의 연보를 참고하였다. 척독은 전백성(錢伯城)의 『원굉도집전교(袁宏道集箋校)』 및 송태명(宋泰明), 「원굉도 척독 연구」(고려대학교 대학원 중어중문학과 석사논문, 2001.12)에 의거하였다.

萬曆16年(1588)	21	鄕試에 及第함. 이때 主考官인 馮琦를 만남. 10月에 袁宗道가 翰林院編修가 됨.
萬曆17年(1589)	22	會試에 떨어짐. 袁宗道가 太史가 되어 공무를 이유로 고향으로 돌아와 '性命之學'을 들려줌.
萬曆18年(1590)	23	袁氏 三兄弟가 公安을 방문한 李贄를 만나 會談함.
萬曆19年(1591)	24	袁中道 재차 鄕試에서 떨어짐. 袁氏 三兄弟가 다시 李贄를 麻城의 龍湖에서 만남. 이때 『金屑』을 보여줌
萬曆20年(1592)	25	3月 禮部會試에 及第. 袁宗道와 함께 휴가를 얻어 귀향. 5月 袁中道와 李贄를 武昌에서 만남. 病으로 7月 公安에 돌아옴
萬曆21年(1593)	26	4月 袁氏 三兄弟가 李贄를 麻城의 龍湖에서 만남.
萬曆22年(1594)	27	10月 上京하여 12月 吳縣의 知縣에 除授됨. 袁中道 다시 鄕試에 떨어짐
萬曆23年(1595)	28	3月 吳縣에 縣令으로 부임. 10月 袁中道가 吳縣에 있는 袁宏道를 찾아 옴.	〈寄同社〉〈寄散木〉〈家報〉〈龔惟長先生〉〈丘長孺〉〈毛太初〉〈王子聲〉〈蘭澤·雲澤叔〉〈江長州進之〉〈龐丹徒〉〈楊安福〉〈吳因之〉〈湯義仍〉〈徐漢明〉〈沈博士〉〈瞿太虛〉〈李玄甫〉〈龔惟長先生〉〈王以明〉〈湯義仍〉〈屠長卿〉〈答人〉
萬曆24年(1596)	29	3月부터 일곱 차례에 걸쳐 사직을 구하였으나 무산됨. 8月 瘧疾이 일어남.	〈陳志寰〉〈羅隱南〉〈龔惟長先生〉〈管寧初〉〈梅客生〉〈伯修〉〈湯義仍〉〈管東溟〉〈沈學博〉〈王百穀〉〈龔惟長先生〉〈王以明〉〈李子髥〉〈沈廣乘〉〈劉子威〉〈潘去華〉〈徐少府〉〈朱處言司理〉〈曹以新·王百穀〉〈方子公〉〈王東白〉〈小修〉〈家報〉〈朱司理〉
萬曆24年(1596)	29	9月·10月 陶望齡과 洞庭湖를 유람함. 袁宗道 翰林院編修가 됨.	〈曹魯川〉〈張幼于〉〈江進之〉〈李本建〉〈吳曲羅司理〉〈伯修〉〈皇甫二泉〉〈龢化南〉〈陶石簣〉〈陳志寰〉〈孫太府〉〈陶石簣〉〈吳曲羅〉〈朱司理〉〈沈何山〉〈何湘潭〉〈董思白〉〈朱司理〉〈龔惟長先生〉〈欽叔陽秀才〉〈張幼于〉〈伯修〉〈李健翁〉〈羅卽南〉〈張幼于〉〈馮琢菴師〉〈丘長孺〉〈湯郧陸〉〈陶石簣〉〈王聞溪〉〈江進之〉〈董思白〉〈屠長卿〉〈華之臺〉〈管東溟〉〈孫心易〉〈王孟夙〉〈顧紹芾秀才〉〈何常熟〉〈朱司理〉〈又〉〈張幼于〉〈諸學博〉〈曹以新〉〈王瀛橋〉〈錢象先〉〈王百穀〉 『去吳七牘』

萬曆25年(1597)	30	2月 辭職을 허락 받아 江南의 山水를 유람함. 袁宗道가 司經局洗馬·直講讀이 됨. 袁中道가 재차 順天府鄕試(京兆試)에 떨어짐. 잠시 眞州에 머뭄.	〈朱司理〉〈徐漁浦〉〈范長白〉〈江進之〉〈倪崧山〉〈江進之〉〈黃綺石〉〈李本建〉〈畢化南〉〈張幼于〉〈馮秀才其盛〉〈陶石簣〉〈湯卿陸〉〈朱司理〉〈江進之〉〈梅客生〉〈虞長孺·僧孺〉〈孫心易〉〈羅澄溪〉〈與仙人論性書〉〈陳正甫〉〈伯修〉〈趙無錫〉〈沈廣乘〉〈徐崇白〉〈王百穀〉〈錢象先〉〈華中翰〉〈王百穀〉〈徐闓卿〉〈張幼于〉〈吳敦之〉〈朱司理〉〈管東溟〉〈江進之〉〈李季宣〉〈桑武進〉〈錢象先〉〈江進之〉
萬曆26年(1598)	31	4月 上京, 順天府敎授를 맡음. 7月 袁宗道가 左春坊左中允으로 昇任됨. 袁中道가 上京하여 太學에 입학함. 崇國寺에서 葡萄社를 결성함. 袁氏 三兄弟가 그의 知友와 함께 硏學하였으며 詩酒를 즐김. 후에 公安派結成에 영향을 줌	〈答陶石簣編修〉〈答梅客生開府〉〈答梅客生〉〈又〉〈又〉〈與陳正甫提學〉〈答王則之檢討〉〈答吳敦之司理〉〈答朱虞言司理〉〈答陶石簣〉〈答范光父水部〉〈答梅客生〉〈孫司季〉〈蘭澤·雲澤兩叔〉〈答梅客生〉
萬曆27年(1599)	32	3月 國子監助敎로 昇進.	〈與陶石簣〉〈答樂之律〉〈與李子龍湖〉〈與無念〉〈答楊烏棲〉〈答張東阿〉
萬曆27年(1599)	32	5月 袁宗道가 左春坊左諭德 兼 侍講으로 승진함.	〈又〉〈答梅客生〉〈又〉〈又〉〈又〉〈與沈伯函水部〉〈與李子鬐〉〈與江進之延尉〉〈答謝在杭司理〉〈答李元善〉〈答毛太初〉〈答王百穀〉〈答梅客生〉〈與祁仲興〉〈答沈伯函〉〈馮侍郎座主〉〈馴惟長先生〉〈李龍湖〉〈答王以明〉〈焦弱侯座主〉〈又〉〈李龍湖〉〈答陳正甫〉〈家報〉〈答無念〉〈答陶石簣〉〈答劉光州〉〈馮琢菴師〉〈又〉〈答謝在杭〉〈答王繼津大司馬〉〈答陶石簣〉〈答李元善〉〈答王百穀〉〈答顧秀才岕〉〈答吳覬我編修〉〈陶石簣〉〈答陶石簣〉
萬曆28年(1600)	33	3月 禮部儀制司主事가 됨. 6月 廬山을 유람함. 8月 병을 이유로 휴가를 얻어 袁中道와 함께 公安縣으로 돌아옴. 袁宗道가 11月, 左春坊右庶子 兼 翰林院侍讀으로 승진하였으나 11月 40歲로 病死함. 겨울 祖母인 余씨가 사망함. 袁中道가 또 順天府鄕試에 떨어짐.	〈李龍湖〉〈答黃無淨祠部〉〈答平倩庶子〉〈答升伯修諫〉〈李湘洲編修〉〈馴惟學先生〉〈又〉
萬曆29年(1601)	34	이미 관직에 오를 뜻을 버리고 柳浪湖에 별채를 짓고 禪僧들과 담론함. 袁中道가 通州에서 李贄를 만남	〈何客部本江〉〈雷元亮郡丞〉〈黃平倩〉〈陶周望宮諭〉〈蕭允升庶子〉〈馮尙書座主〉〈答王以明〉〈答陶石簣〉
萬曆30年(1602)	35	庶祖母 詹氏 사망.	〈王則之宮諭〉〈王伯穀〉〈答袁見可太府〉〈又〉〈與耿中丞叔臺〉〈王百穀〉〈袁無涯〉
萬曆31年(1603)	36	袁中道가 34歲의 나이로 順天府鄕試에 합격.	〈答陶周望〉〈蕭允升祭酒〉〈顧升伯宮允〉〈金給諫〉
萬曆32年(1604)	37	가을 桃花源·德山을 유람함. 袁中道가 會試에 떨어짐	〈羅雲連〉〈陶孝若〉〈黃平倩〉

萬曆33年(1605)	38	淸溪・紫蓋 등의 명승지를 돌아봄	〈與友人〉〈答沈何山儀部〉〈答吳本如儀部〉〈劉行素儀部〉〈李湘洲司業〉〈曾退如編修〉〈答費太府〉〈答董玄宰太史〉
萬曆34年(1606)	39	가을 袁中道와 함께 上京함.	〈答薛左轄〉〈答李西卿〉〈與李杭州〉〈與王百穀〉〈潘茂碩〉
萬曆34年(1606)	39	禮部儀制司主事에 除授됨.	〈蘇潛夫〉〈陶周望祭酒〉〈答錢雲門邑侯〉〈與蔡嘉興〉〈答陶周望〉〈與曹進士平子〉〈答曾退如〉〈錢邑侯〉〈王觀察〉〈袁無涯〉〈與劉雲嶠祭酒〉〈與謝在杭〉〈與潘景升〉〈與張日觀少參〉
萬曆35年(1607)	40	가을 아내 李氏가 病死함. 2月 吏部驗封主事에 轉任됨. 袁中道가 재차 會試에 실패함.	〈與陶祭酒〉〈與黃平倩〉〈答劉雲嶠祭酒〉〈與無念〉〈與死心〉〈與夏徐州〉〈答臧參知〉〈與沈銘縝司業〉〈與段靑園憲副〉〈答孟曹縣〉〈答李本寧〉〈與黃平倩〉〈答郭靑螺中丞〉〈答黃竹實〉〈答蹇督撫〉〈答小修〉
萬曆36年(1608)	41	3月 上京하여 관직에 오르고 곧이어 吏部考功員外郎으로 승진함.	
萬曆37年(1609)	42	가을 陝西鄕試의 主考官으로 長安에 부임하여 임무를 마친 후 秦中의 명승지를 돌아봄. 돌아오는 길에 嵩山에 올랐다가 華山의 勝景을 유람함.	〈與于念東開府〉〈答友人〉〈答汪右轄以虛〉〈答段學使徹之〉〈與楊長安〉〈答郭美命〉
萬曆38年(1610)	43	吏部稽勳郎中으로 승진. 휴가를 얻어 袁中道와 함께 귀향, 3月 公安에 도착. 9月 6日 沙市의 新邸에서 질병으로 일생을 마침.	〈上孫立亭太宰書〉〈與王給事〉〈與梅長公〉〈朱玉槎〉〈與沈冰壺〉

역주 원중랑집 8

역주 원중랑집 1

역주 원중랑집 2

차례

역주 원중랑집 3

차례

역주 원중랑집 4

역주 원중랑집 5

차례

역주 원중랑집 6

역주 원중랑집 7

역주 원중랑집 9

차례

차례

역주 원중랑집 10

소벽당집(瀟碧堂集) 권14 비(碑)

34세 되던 1601년(만력 29년 신축)부터 39세 되던 1606년(만력 34년 병오)
까지 지은 글을 모았다.

천황산[1] 호국사[2] 자래불비에 적다(天皇山護國寺自來佛碑記)

장무진(張無盡)[3]에게 「자씨서상찬(慈氏瑞像讚)」[4]이 있고 장씨(蔣氏)에게

---

1) 천황산(天皇山) : 강릉현(江陵縣) 동쪽에 있다. 『호북통지(湖北通志)』「여지지(輿地志)」
9에 나온다.
2) 호국사(護國寺) : 즉 천황사(天皇寺). 일명 건명사(乾明寺)이다. 강릉(江陵) 천황산(天
皇山)에 있다. 『형주부지(荊州府志)』「고적(古蹟)」에 나온다.

「기(記)」가 있는데, 전하는 바에 따르면 천황산(天皇山)의 자래불상(自來佛像)을 두고 지은 것이라고 한다. 나는 처음에 그 기록을 의심하였으나, 『법원주림(法苑珠林)』5)에 실린 광주(廣州)의 상선(商船)의 일을 읽어보니 기(記)의 내용과 대략 비슷하였다.

그러나 불상에 근거하면, 석가모니불6)이지 보처(補處)7)가 아니다. 때는 동진(東晉)의 영화(永和)8) 연간이지 고씨(高氏)의 청태(淸泰)9) 연간이 아니

---

3) 장무진(張無盡) : 송나라 장상영(張商英, ?~1122). 장당영(張唐英)의 아우. 자는 천각(天覺). 호가 무진거사이다. 시호는 문충(文忠)으로, 충직한 선비로 이름이 났다. 관직은 대관(大觀) 연간에 상서우복야(尙書右僕射)에 이르렀다. 『송사(宋史)』에 입전되어 있고, 『원우당인전(元祐黨人傳)』에도 기록이 있다. 도솔종열(兜率從悅)의 제자이다. 장상영은 어느 날 절에 갔다가 불경이 비단과 금은으로 장식되어 있는 것을 보고, 유학의 책은 종이로 장정하였거늘 불경은 저와 같이 사치스럽게 장정하는가 하는 시기심이 일어나 집에 돌아와 등불을 켜놓고 불교를 배척하는 논(論)을 지으려 하였다. 삼경이 되도록 완성하지 못하고 있던 차에 부인 향씨(向氏)가 그에게, "부처가 없으면 그만이지 논은 지어 무엇하는가?"라고 말하고, 먼저 불경을 읽어본 뒤에 비판하는 글을 지으라고 하였다. 그래서 장상영은 『유마경(維摩經)』을 읽기 시작하였는데, 「문수사리향질품(文殊師利向疾品)」의 제5 구절에 이르러 불교의 깊은 이치를 터득하고는 참회하여, 구양수(歐陽脩)의 불교 비방을 반박한 『호법론(護法論)』을 지었다고 한다.

4) 자씨서상찬(慈氏瑞像讚) : 미상. 단, 자씨(慈氏)는 미륵(彌勒)을 말한다. 자비를 주로 하기 때문에 이렇게 이름한다고 한다. 옛 칭호가 미륵이고, 새 칭호는 매달려야(梅怛麗耶)라고 한다. 이름은 아일다(阿逸多), 무능승(無能僧)이라고 역한다. 남천축파라문(南天竺波羅門)의 집에 태어나 석가여래의 불위(佛位)를 계승하는 보처(補處)의 보살이 되어, 부처보다 앞서 입멸하여 도솔천(兜率川)의 내원(內院)에 태어나 그의 4천 세, 즉 인간세계의 56억 7천만 세를 거쳐 인간세계에 하생하여 화림원(華林園)의 용화수(龍華樹) 아래서 정각(正覺)을 이루었다. 실존 인물로서의 미륵은 본래 인도인으로 불멸(佛滅) 9백 년대에 나와 유가대승(瑜伽大乘)의 시조가 되었다.

5) 법원주림(法苑珠林) : 당나라 승려 도세(道世) 찬, 120권. 전체를 1백편으로 나누고, 각 편을 세분하여 668부로 하였다. 불교의 고사를 분류·배열한 것으로, 불전(佛典)의 훈고를 알기에 편리하다. 각 편에 술의(述意)가 있고, 복죄(福罪)의 연유를 추론하여 밝히고, 경신(敬信)의 념을 일으키려고 한 것이다.

6) 가문(迦文) : 석가문불(釋迦文佛)의 약칭으로, 석가모니불을 지칭한다.

7) 보처(補處) : 불교용어. 부처가 적멸한 뒤 보살(菩薩)이 성불하여 그 지위를 보완한 것을 일컫는다. 또한 부처를 이어서 성불한 보살을 가리킨다.

8) 영화(永和) : 여기서는 동진(東晉) 목제(穆帝, 司馬聃)의 연호(345~356)를 말한다.

9) 청태(淸泰) : 본래 오대 후당(後唐)의 마지막 황제(廢帝, 李從珂)의 연호(934~936). 같은 시대 십국(十國)의 오월(吳越) 세종(世宗, 錢元瓘), 초(楚) 문소왕(文昭王, 馬希範), 남평(南平, 荊南), 문헌왕(文獻王, 高從誨) 등도 이 연호를 습용하였다. 초나라 남평은

다. 두 분이 혹여 달리 본 것이 있는 것인가? 아니면 전하는 소문[10]을 우연히 듣고 마침내 그것을 근거로 하여 글을 지은 것인가?

기(記)에 의하면, 영화(永和) 5년(349)에 광주의 상선이 있어 짐을 미처 다 내리지도 않았는데, 밤중에 어떤 사람이 배에 뛰어오르는 듯하여 그를 쫓아갔으나 찾지 못하고 짐만 문득 무거워졌다. 저궁(渚宮)[11]에 다 이르렀는데, 마치 어떤 사람이 펄쩍 뛰어 뭍에 드는 듯하더니만 배가 이내 가벼워졌다. 그날 저녁 고을 성 북쪽에 불상이 나타났다. 이에 수령 이하 모든 사람들이 정성을 다 쏟아서 갈망하여 우러르기를, 너그러운 어머니 바라보듯 하였다. 이렇게 모든 중생이 함께 맞이하였으나, 불상은 얼어붙은 듯 움직이지 않았다. 도안(道安)[12]의 제자인 담익(曇翼)이 장사사(長沙寺)에 석장(錫杖)을 머물고 있다가[주지로 있다가] 이 소식을 듣고, "이것은 내가 본래 서원(誓願)하던 것이다"라 하고, 젊은 스님 셋으로 하여 인도케 하였다. 그러자 불상이 바람에 날리듯 가벼이 들리더니, 마침내 장사(長沙)로 돌아왔다.

그 뒤 계빈(罽賓)[13]의 승려인 가난타(伽難陀)가 불상을 쳐다보고 슬프

935년까지이다. 여기서는 초나라 문헌왕 고종회(高從誨)의 때를 말한다.

10) 전문(傳聞) : 자기 당대나 바로 윗대의 사실이 아니라 상당히 윗 시대의 일로서 전해 들은 말을 가리킴. 고염무(顧炎武)는 『일지록(日知錄)』 권4 '소견이사(所見異事)'조에서, 본래 『공양전(公羊傳)』이 『춘추』 「경문」의 기록 방식을 분류하여 소견(所見)·소문(所聞)·소전문(所傳聞)의 사실을 구분하였다고 말하였다.

11) 저궁(渚宮) : 춘추시대 초나라 성왕(成王)이 세운 궁전. 지금 강릉현(江陵縣) 성에 그 유적이 있다고 한다.

12) 도안(道安) : 진(晉)의 고승. 전진(前秦)의 고승 부류위씨(扶柳魏氏)의 아들. 어려서 유학하다가 업(鄴)에서 불도징(佛圖澄)을 만났다. 습착치(習鑿齒)가 도안을 보고, '사해의 습착치(四海習鑿齒)'라고 하자 도안은 '하늘 끝까지 석 도안(彌天釋道安)'이라고 즉좌에서 답하였다고 한다. 부견(苻堅)이 양양(襄陽)을 취한 뒤 도안을 영접하여 장안(長安) 오중사(五重寺)에 거처하게 하였다. 『승니궤범(僧尼軌範)』, 『법문청식(法門淸式)』을 저술하였다. 『양고승전(梁高僧傳)』에 나온다.

13) 계빈(罽賓) : 서역의 나라 이름. 한나라 때부터 당나라 때까지의 기록에 보인다. 한나라의 책에서는 그 치성(治城)을 순선성(循鮮城), 북위 이후의 역사서에서는 선견성(善見城), 당나라 시적에서는 가습미라(迦濕彌羅)라고 한다. 인도의 북부, 지금의 카쉬밀 지방에 있던 나라이다.

게 오열하면서, 담익에게 이르길, "근래 천축(天竺)에서 잃어버렸소. 어찌하여 멀리 이곳으로 강림하셨을까?"라고 하였다. 불상이 천축을 떠난 때를 따져 물으니 합치하지 않는 바가 없었다. 그리고 자세히 불상의 글귀를 살펴보매, 범어로 "아유타의 왕이 만들었다[阿育王造]"라는 네 글자가 있었다. 송(宋)·제(齊) 이래로 빛을 발하고 상서로움을 드러내어, 기이한 자취가 아주 많았다.

지금 이 불상의 모습과 복식은 이미 용렬한 장인(匠人)이 옻칠을 자주하여 흐릿흐릿해져서 글자를 읽지 못할 정도이다. 장사사(長沙寺)란 절은 고을 사람인 등준(滕畯)이 자신의 집을 희사하여 절로 만들었으므로 장사사가 되었다.

대저 선보(宣父 : 공자)는 괴이를 말하지 않고,[14] 국가의 큰 제사인 체(禘 : 종묘의 큰제사)·상(嘗 : 가을제사)[15]·교(郊 : 교외에서의 제사)·사(社 : 사직단 제사)에 대해서도 곧 '알 수가 없다'고 하였다.[16] 성인은 대개 '알 수 없음'을 두고 괴이하다고 여긴 것이지, 곧바로[17] 그것이 없다고 한 것은 아니다. 또한 "(교·사의 예와 체·상의 의리에 대하여 밝히 안다면) 나라를 다스리는 것은 손바닥을 보이는 것과 같으리라"[18]라고 하였으니, 이는 환희하고 찬탄하여 마지않아서 이루 형용할 수 없음을 말한 것이다. 성인은 대개 '이루 형용할 수 없음'을 두고 '말하지 않는다'라고 한 것이지, 곧바로 업신여긴 것이 아니다. 그런데 그것을 두고 곧바로 없다고 여겨

---

14) 선보불어괴(宣父不語怪) : 『논어』「술이(述而)」편에, "공자는 괴이와 용력과 패란과 귀신을 말하지 않았다(子不語怪力亂神)"라고 하였다.

15) 상(嘗) : 가을에 신곡(新穀)을 올려 지내는 제사.

16) 운불가지(云不可知) : 공자가 체·상·교·사의 큰 제사에 대하여 알 수가 없다고 한 예는 찾을 수 없다. 『중용』19장에 보면, 공자의 말로 "교사의 예는 상제를 섬기기 위한 것이고, 종묘의 예는 그 조상을 제사지내는 것이다. 교사의 예와 체상의 의리에 대하여 밝게 안다면 나라를 다스리는 것은 손바닥을 보이는 것과 같으리라(郊社之禮, 所以事上帝也. 宗廟之禮, 所以祀乎其先也. 明乎郊社之禮, 禘嘗之義, 治國其如示諸掌乎)"고 하였다.

17) 직(直) : 여기서는 곧바로, 정말로의 뜻이다.

18) 치국여시장(治國如視掌) : 위에 주석에 든 『중용』19장의 말을 참조.

업신여긴 것이라고 간주한 것은 곧 송대 유학자들이 마음을 스승으로 삼은 결과 벌어진 폐단이다. 그것은 파순(波旬)[19]의 설이지 성인의 말씀이 아니다.

논하는 자들은, 요(堯)·순(舜)·우(禹)·탕왕(湯王)·문왕(文王)·무왕(武王)의 자취는 모두 평범하여 달리 기이함이 없지만, 부처는 환궤(幻詭)하고 기변(奇變)하므로 변치 않는 일정한 뜻이 아닌 듯하다고 여긴다. 무릇 시대는 발전하기도 하고 퇴보하기도 하고 성인의 자취 또한 차이가 있기 때문에, 예악(禮樂)이 다하면 형서(刑書)가 나오고 편달(鞭撻)이 궁하면 영괴(靈怪)가 드러난다. 무릇 도적은 법이 있음을 알지 못하면서도, 저주하면서 맹서할 때는 반드시 신에게 질정한다. 그러므로 괴이함이 사람을 두렵게 하는 것이 시서(詩書)나 창검보다 빠르다. 따라서 하늘에 상서로운 구름과 신이한 기운, 패결(珮玦)[20]과 혜성[21]의 변괴가 없다면, 하늘은 두려워할 만하지 않다. 땅에 지초와 신령한 나무, 무너지고 울부짖고 천둥치고 가뭄 드는 변괴가 없다면, 땅은 신령하지 않다. 무릇 하늘과 땅은 일부러 요사스럽고 기이한 일을 지어내 세상을 놀라게 하는 것이 아니라, 성스러운 자를 인도하고 완악한 자를 경계하려는 것이다.

또한 부처는 처음부터 항상스럽지 않은 것이 없기에 그 마음을 이야기하고 이치를 이야기하는 것이 사람으로 하여금 율법을 따르고 의를 실행하게 만든다. 이것은 진실로 떳떳한 윤리이다. 성인은 처음부터 괴이하지 않은 것이 없기에, 봉황이 위의를 갖추고 와서 축하하고[22] 낙수(洛水)에서 까마귀가 상서를 표하며, 하수에서 그림이 나오고[23] 물고기가

---

19) 파순(波旬) : 범어 papiyas의 음역으로, 불도에 정진하는 사람의 수행을 방해하는 악마·악인을 지칭한다.

20) 패결(珮玦) : 옥패(玉佩)의 일종. 환형이면서 결구(缺口)가 있다. 여기서는 별의 이름인 패진(珮珍)을 말하는 듯하다.

21) 유발(流字) : 혜성.

22) 의봉(儀鳳) : 순(舜) 임금이 기(夔)를 시켜서 소소(簫韶) 음악을 완성하자 봉황새가 와서 축의(祝儀)하였다고 한다. 『서경(書經)』 「익직(益稷)」에 나온다.

23) 출도(出圖) : 『주역』 계사전(繫辭傳)에 "황하에서 도가 나오고 낙수에서 서가 나오니,

배로 튀어 올랐으며,24) 금박을 입히고 옥으로 장식한 책을 내리고,25) 용의 재앙26)과 물의 요괴를 굴복시키는 일이 있었다. 이것은 정말로 역시 세상의 유학자들이 듣기를 두려워하는 사실이다.

어떤 사람은, "정말로 그러하다면, 성현은 어째서 항상 괴이함을 이루어 그로써 천하를 통섭하지 않는가?"라고 한다. 그것은 그렇지 않다. 비유하자면 꽃의 뿌리며 줄기며 가지며 잎은 상물(常物)이로되 우연한 하나의 꽃받침을 보고 사람들은 다투어 기이하게 여긴다. 꽃받침이 평상에서 벗어날수록 사람들은 더욱 괴이하게 여긴다. 만일 꽃이 평상의 꽃받침을 지니고 있다면 꽃은 장차 소중히 여겨지지 못하게 된다. 만일 꽃이 뿌리나 줄기, 가지나 잎에 불과할 뿐이라면, 꽃은 진작에 폐기될 것이다. 이것이 부처와 성현의 은미한 뜻이다.

고을의 수령인 서견가(徐見可 : 徐時進)27)가 상도(常道)로 백성을 다스리면서 또한 공자의 환희와 찬탄의 뜻을 미루어 사찰을 장엄하게 하여서 교묘하게 세상을 인도하니, 왕정(王政 : 유가의 이상을 따르는 왕도정치)을 폐기하지 않은 것이다. 임군(林君) 무화(茂化)는 오 땅의 사람인데, 고을 수령

성인이 그것을 효칙하였다(河出圖, 洛出書, 聖人則之)"라는 구절이 있다.

24) 약어(躍魚) : 주나라 무왕(武王)이 황하를 건널 때 물고기가 튀어올라 배 안에 들어왔던 고사를 말한다. 『사기』 「주본기(周本紀)」에 나온다.

25) 금니옥간지석(金泥玉簡之錫) : 봉선(封禪)에 사용하는 서함(書函)를 내리는 일. 금니옥간은 금니옥검(金泥玉檢)으로, 봉선의 옥첩(玉牒)과 옥검(玉檢 : 옥으로 된 봉함)에 금니(金泥)로 봉한 것을 말한다.

26) 용얼(龍孽) : 용이 뜻밖에 나타나 이루는 재앙. 『후한서』 「환제기(桓帝紀)」에 보면, 파군(巴郡)에 황룡이 나타났다는 말이 있었다고 한다.

27) 군후서견가(郡侯徐見可) : 형주 지부(荊州知府) 서시진(徐時進). 자는 견가(見可)이고, 호가 빈악(濱岳)이다. 근현(鄞縣) 사람으로, 1595년(만력 23년)의 진사이다. 남경공부주사(南京工部主事)를 제수받고 낭중(郎中)으로 옮겼다가, 악주 지부(岳州知府)로 나갔고, 결원이 된 형주 지부(荊州知府)로 임명되었다. 뒤에 대리시경(大理寺卿)으로 치사(致仕)하였다. 권29 「옛 태수 서빈악이 악양의 관찰사로 가면서 우연히 내가 있는 고을로 길을 잡았기에 시를 지어 전송하다(舊太守徐濱岳觀察岳陽, 偶道敝邑, 詩以送之)」를 참조. 이 시는 서시진이 이미 이임한 뒤에 지은 것이고, 이 글은 아직 임직에 있을 때 지은 것이다. 따라서 전백성(錢伯城)의 전교(箋校)는 1601년(만력 29년)의 작으로 추정하였다.

인 서견가가 그 어짊을 가상히 여겨 이 불전의 건립을 맡기니, 불전이 굳
건하고 꼼꼼하여 훌륭하게 이루어져서 마치 귀신의 솜씨와도 같았다. 그
사람은 전아한 인사로, 기이함을 즐기되 황폐함을 애석하게 여겨서 그렇
게 한 것이니, 구차하게 복전(福田)[28]이나 구하려고 그런 것이 아니다.

소잠부(蘇潛夫 : 蘇惟霖)[29]가 별도로 글을 지어 그 일을 자세하게 적었
으므로, 나는 더 이상 군더더기 말을 하지 않겠다.

張無盡有慈氏瑞像讚, 蔣氏有記, 傳者以爲天黃山自來像. 余初疑之,
旣讀法苑珠林, 載廣州商舶事, 與記略同. 然據像, 乃迦文非補處也. 時
乃東晉永和, 非高氏淸泰時也. 二公或別有所見耶? 抑偶得於傳聞, 而
遂據以爲文耶?

按記 : 永和五年, 有廣客舟, 下載未竟, 夜覺有人奔船, 跡之不得, 而
載忽重. 旣達渚宮, 若有人躍而上, 舟遂輕. 是夕現像於郡城之北, 鎭牧
而下, 傾懷渴仰, 如睹慈母, 千衆咸迎, 凝然不動. 有道安弟子曇翼卓錫
長沙寺, 聞之嘆曰 : "斯余本誓." 令小師三人導之, 颯然輕擧, 遂歸長沙.

後罽賓僧伽難陀, 瞻像悲咽, 謂曇翼曰 : "近失天竺, 何爲遠降此土?"
詰其年月, 無不符合, 細勘像文, 有梵書阿育王造四字. 宋, 齊以來, 放
光現瑞, 異迹尤多. 今其像貌衣褶, 已被庸工數𥙿, 𩨁𩨁不可見字. 長沙
寺者, 郡人滕畯捨宅爲寺, 故長沙守也.

夫宣父不語怪, 而至於禘嘗郊社, 則云 : "不可知", 聖人蓋以不可知
爲怪, 非直無之也. 又云 : "治國如視掌", 此歡喜讚嘆之極, 形容不及之
詞也. 聖人蓋以形容不及爲不語, 非直蔑視之也. 以爲直無而蔑視, 此

---

28) 복전(福田) : 부처를 공양하여 얻는 복. 부처를 섬기면 그 복덕(福德)이 밭에서 곡식이
   나는 것과 같다고 한데서 비롯하였다.
29) 소잠부(蘇潛夫) : 소유림(蘇惟霖). 자는 운포(雲浦), 호가 잠부(潛夫)이다. 강릉(江陵)
   사람이다. 만력 26년의 진사로, 일찍이 감찰어사(監察御使)를 지냈다.『강릉현지(江陵
   縣志)』권27에 전(傳)이 있다. 원굉도가 죽은 뒤 소유림은 딸을 원굉도의 차남 악년(岳
   年)에게 시집을 보내고, 또 원굉도의 장녀를 며느리로 맞았다.

宋儒師心之敝, 是波旬說, 非聖說也. 言者以爲堯·舜·禹·湯·文·武, 其迹皆平平無他異, 而釋氏幻詭奇變, 似非經常之旨. 夫世代有升降, 而聖賢之軌轍亦異, 故禮樂盡而刑書出, 鞭撻窮而靈怪顯. 夫盜不知有法也, 而其詛而誓, 必質於神. 故怪之懾人也, 捷於詩書劍戟. 故天不有祥雲異氛, 㦛玦流孛之怪, 則天不畏, 地不有芝草靈木, 崩吼震竭之怪, 則地不靈. 夫天地非故爲妖異以駭世也, 所以導聖而警頑也. 且佛未始不常, 其談心談理, 使人蹈律而行義, 則固典彝也, 聖未始不怪, 如儀鳳洛烏, 出圖躍魚, 金泥玉簡之錫, 龍孼水妖之伏, 固亦世儒之所怖聞也. 或曰 信爾, 聖賢奚不恆爲怪, 以攝天下? 是不然. 辟如花之根株梢葉, 常物也, 而偶爾一蕚, 則人爭異. 蕚愈難, 人愈怪. 使花而常蕚, 花將不重, 花而止於根株梢葉, 花之廢久矣. 此佛與聖賢之微旨也.

郡侯徐見可以常道治民, 又推宣尼歡喜讚嘆之意, 莊嚴佛廬, 善巧導世, 王政所不廢也. 林君茂化, 吳人也, 郡侯嘉其賢, 托以玆殿, 堅緻完好, 若鬼工焉. 其人雅士, 樂其奇而悼其廢, 非區區爲福田者也. 蘇潛夫別有文悉其事, 余故不贅.

전校교 1601년(만력 29년 신축)에 지었다.
○ 故長沙守也 : 守는 유고본에 寺로 되어 있다.
○ 是波旬說 : 波旬은 유고본에 彼拘로 되어 있다.
○ 如儀鳳洛烏 : 洛이 서종당본·소수본·유고본에는 落으로 되어 있다.

評 진계유(陳繼儒)는 '而載忽重' 구에 대해 "배의 무겁고 가벼움이 곧 신통하게 드러났다(舟之輕重處, 便顯神通)"이라 하였다. '無不符合' 구에 대해 "불력의 광대함은 이승과 저승에 두루 통하므로, 천축을 떠나서 여기 왔거늘, 어찌 구역을 택하여 처하겠는가(佛力之廣, 可遍幽明, 而乃離天竺而來此, 豈擇地而處耶)"라고 하였다. '非直茂視之也' 구에 "이것은 불법을 멸할 수 없음을 말한 것이다(此言佛法之不可滅)"라고 하였다. '則地不靈' 구에 대해 "이것은 불법이 신령함을 드러냄을 말한 것이다(此言佛法之顯靈)"라고 하였다. '則人爭異' 구에 대해 "절

실한 비유이다(切喩)"라고 하였다(유고본 참조).

호이암[30] 불이화상[31]의 비에 적다(虎耳巖不二和尙碑記)

나는 어릴 적에 불이선사(不二禪師)의 이름을 익히 들어서, 생각하길 오래 전의 훌륭한 승려인가보다 여겼다. 세월이 지나 원미(元美)[32]와 백옥(伯玉)[33] 두 선생의 문집을 열람하다가 종종 그에 대해 언급한 것을 보고 비로소 그 분이 근대의 선사임을 알게 되었다. 그러나 두 선생도 또한 선사의 승려 된 햇수가 엄부의 연세와 같이 높다고[34] 해서 그를 섬긴 것이므로, 그때를 헤아려보면 모두가 장성한 나이 때의 일이다. 두 선생이 이미 한 세상을 유유히 노닐다가 늙으신 뒤 홀연 돌아가셔서, 무덤 앞의 백양으로 기둥을 만들 수 있게 되었지만,[35] 선사는 하얗게 센 머리를 치렁치렁 늘어뜨리시기를 예전과 같이 하시므로, 그 생년을 거꾸로 계산하면 선덕(宣德)·성화(成化) 연간[36]에 나신 것이다. 여러 제자들이 언젠가

---

30) 호이암(虎耳巖) : 태화산(太和山)에 있다.

31) 불이화상(不二和尙) : 이름은 원신(圓信)으로 방산(房山) 사람이다.

32) 원미(元美) : 왕세정(王世貞, 1526~1590). 명나라 문인으로, 자(字)가 원미(元美)이다. 호는 봉주(鳳州)·엄주산인(弇州山人)이다. 강소성(江蘇省) 태창(太倉) 사람이다. 젊었을 때부터 문명이 높아 가정칠재자(嘉靖七才子), 즉 후칠자(後七子)의 한 사람으로 꼽혔고, 학식은 그 중에서도 제1인자였다. 후칠자의 맹주격인 이반룡(李攀龍)과 함께 왕리(王李)라고 병칭되었다. 『엄주산인사부고(弇州山人四部考)』(174권)와 『속고(續稿)』(207권)가 그의 문집이며, 그밖에도 많은 저술을 남겼다.

33) 원미백옥(元美伯玉) : 왕세정(王世貞)과 왕도곤(汪道昆). 후칠자(後七子)에 속하는 인물들이다. 당시 문단을 좌우하던 문인들이다. 두 사람의 문집 중에 일찍이 불이화상의 이름을 거론한 것이 있다.

34) 하랍고엄(夏臘高嚴) : 하랍은 승려가 출가한 연수를 말한다. 승려는 음력 7월 16일을 세수(歲首)로 하고 7월 15일을 제석(除夕)으로 삼는다. 출가한 뒤에 하랍(夏臘)으로 연세를 계산하니, 마치 일반 사람들이 연령을 춘추라고 하는 것과 같다. 고엄(高嚴)이란 엄부(嚴父)와 같이 높다는 뜻이다.

35) 백양가동(白楊可棟) : 백양나무는 흔히 무덤 가에 많이 심었으므로, 백양나무로 기둥을 세운다는 것은 죽음을 의미한다.

한 번 출가한 햇수를 여쭈었으나 대답하지 않으셨다. 일찍이 그 책 상자를 뒤지다가 오래된 계의[털로 짠 옷]를 찾았는데, 문득 이르시길 "이것은 무황제(武皇帝) 7년(정덕 7)에 왕성에서 시아귀(施餓鬼)[37]를 행하고서 얻은 옷이다"라고 하셨다. 더 여쭈었으나 다시 대답하지 않으셨다.

어떤 사람은 이렇게 말한다.

선사의 이름은 원신(圓信)으로 경조(京兆)의 방산(房山) 사람이다. 백운산(白雲山)에서 머리를 깎고 대승인 덕경(德敬)에게 예를 행하고 스님이 되었다. 상방산(上方山)과 홍라산(紅螺山)[38]을 왕래한 지 20여 년에, 운수행각이 이른 곳이 무림(武林),[39] 회안(淮安), 육안(六安),[40] 종남산(終南山)[41]이었는데, 매번 머물 때는 몇 해씩 되기도 하였다. 가정(嘉靖) 경신년(가정 37년, 1560)에 태악산(太嶽山)[42]에 이르러 호이암(虎耳巖)에 석장을 멈추자 굴속에 살면서 울부짖던 산짐승들이 다투어 피해 숨었다. 선사는 바위에 의지하여 집을 짓고 쌓여 있던 풀덤불과 돌무더기를 차츰차츰 깎고 평평하게 하여, 초가[43] 수십 여 개를 얽으매, 계곡 가의 바위에 웅크리고 앉

---

36) 선덕(宣德), 성화(成化) : 선덕은 명나라 선종(宣宗)의 연호이며(1426~1435), 성화는 헌종(憲宗)의 연호(1465~1487)이다.

37) 시식(施食) : 시아귀(施餓鬼). 연고 없는 망자의 혼령을 달래기 위해 불경을 읽고 공양(供養)하는 의식을 말한다.

38) 홍라산(紅螺山) : 홍라험(紅螺嶮). 계주(薊州) 성의 남쪽 5리에 있다. 일명 홍라산(洪螺山)이다. 산 위에 관재봉(棺材峯)이 있다.

39) 무림(武林) : 지금 항주(杭州) 시 서쪽에 있는 산인 영은산(靈隱山). 영은산은 천축 영취봉이 날아 온 것이라고 해서 붙은 이름으로, 영산(靈山), 즉 영취산(靈鷲山)이 여기에 숨어 있다는 뜻이다. 또 영원(靈苑), 선거(仙居)라고도 부른다.

40) 육안(六安) : 지금의 안휘성(安徽省) 육안현(六安縣)이다.

41) 종남산(終南山) : 장안(長安)의 남산. 섬서성(陝西省), 하남성(河南省), 감숙성(甘肅省)의 경계에 걸쳐 있으며, 주봉(主峯)이 섬서성 장안현(長安縣)의 남쪽에 있다. 남산(南山), 중남(中南), 지폐(地肺), 진령(秦嶺)으로도 불린다.

42) 태악산(太嶽山) : 태화산(太和山). 즉 무당산(武當山). 균현(均縣) 남쪽에 있으며, 처음 이름은 선실산(仙室山)이다. 전설에 의하면 진무(眞武)가 수련(修煉)한 곳이라고 한다. 영락(永樂) 연간에 진무(眞武)를 제(帝)로 높였으므로, 이 산을 태악(太嶽)이라고 이름하였는데, 또는 현악(玄嶽)이라고도 이름한다.

43) 환표(圜瓢) : 단표(團瓢)와 같은 말로, 초가집이다. 단초(團焦), 단모(團茅)와 같다.

거나 그윽한 풀과 아름다운 대나무 사이에 들쭉날쭉한 것이 마치 삿갓이 오밀조밀 이어져 있는 듯하였다.

호이암 가에 연못이 둘이었는데 너비가 2장(丈) 남짓으로, 가뭄에도 마르지 않았다. 초가의 방이 셋인데 넓이는 겨우 몸을 누일 만하였다. 옷 하나 음식 한 가지라도 얻은 것이 있으면 모두 시방의 떠도는 스님들에게 공양하였다. 그렇게 행한 지 몇 년만에 마침내 총림(叢林)을 이루었다. 이에 온 진단(震旦 : 중국)⁴⁴⁾의 남녀들이 울고불고 슬피 울면서 이르러 왔으니, 호이암에 이르지 못하면 산을 넘지 못하는 것과 같이 여겼다. 호이암에 이르러도 선사를 뵈옵고 정례(頂禮)하지⁴⁵⁾ 못하는 사람들은 스스로 인연이 없다고 여겨 반드시 통곡하고 떠났다. 그렇지 않으면 조심스레 호이암 사립문 밖에서 엿보다가 며칠만에 한 번 뵈옵게 되면 기대하지 못한 일을 분외에 얻었다고 기뻐하여, 돌아가 처자에게 말하면서 뿌듯해 하는 기색이 역력하였다. 이로써 호이암의 명성이 천하에 널리 퍼졌다.

기이한 것을 좋아하는 사람들은 심지어 옛 신이한 스님들의 고사를 덧보태었다. 집집마다 이야기하고 칭송하여, 비록 아주 어린 사내애나 계집아이라 해도 선사의 일을 말하지 않는 이가 없었다. 헤아려보면, 어진 사대부의 수레가 날마다 이르렀고, 상방(尙方)⁴⁶⁾의 하사품이나 액정(掖庭)⁴⁷⁾의 공양이 달마다 이르렀다. 가정(嘉靖)⁴⁸⁾과 융경(隆慶)⁴⁹⁾ 이래로 나이든 스님 중에 명성이 알려진 분이 선사만 같은 이가 없었다.

그러나 선사는 밀행(密行)⁵⁰⁾에 힘쓰고 해오(解悟 : 깨달음)를 드러내지 않

---

44) 진단(震旦) : 震世로도 표기한다. 고대 인도에서 중국을 震旦이라 불렀다.
45) 정례(頂禮) : 부처의 앞에 엎드려 이마를 땅에 대고 하는 절을 말한다.
46) 상방(尙方) : 천자가 쓰는 기물(器物)을 맡아보는 벼슬. 곧 천자의 하사품을 말한다.
47) 액정(掖庭) : 후궁이 거처하는 곳으로, 황후의 공양품를 말한다.
48) 가정(嘉靖) : 명나라 세종(世宗, 1521~1566) 주후총(朱厚熜)의 연호. 가정제는 소위 '대례(大禮)의 의(議)'로 유명하다. 세종은 효종(孝宗)의 조카였는데, 자기 생부를 추존하여 예종(睿宗)이라 하였다.
49) 융경(隆慶) : 명(明) 목종(穆宗)의 인호. 1567~1572.
50) 밀행(密行) : 소승불교에서는 계율을 엄밀하게 지키는 것을 말하고, 대승불교에서는

았다. 선종의 교리를 논할 때 기봉(機鋒)에 응하여 하는 말도 대부분 효 (孝)와 경(敬)에 근거하여, 어루만지고 따스하게 불어주어서 마치 유모가 철없는 아이를 대하듯 하였다. 금전이 솟아나듯 이르렀으나 거절하여 받지 않았고 양식을 보내는 이가 있으면 상주승(常住僧)[51]에게 맡겨 공양하게 하였다. 40여 년을 그림자도 산을 나서지 않고 감실 안에서 가부좌를 트니 마치 오래되어 썩은 그루터기와 같았다. 비록 영리한 자질을 지닌 학자, 기이한 이야기나 남 속이는 학문을 하기 좋아하는 사람일지라도 그 얼굴을 보면 숙연하여 공경심을 더하지 않는 사람이 없었다.

나는 선사를 사모함이 오래되어, 항상 선사께서 너무 늙으셔서 나의 성장을 기다려주시지 못할까 염려하였다. 올해 대인[52]을 모시고 산행을 하면서 호이암에서 선사께 한 번 큰절을 올릴 수 있었다. 선사의 모습은 매우 살찌고 이마는 불룩 나왔으며, 이마는 울퉁불퉁 솟아나 있으며, 정수리에 이르기까지 빛이 나고 매끈매끈하여 거울처럼 비쳐볼 수 있을 정도이며, 짧은 머리 몇 올이 눈처럼 희었다. 사람을 보면 눈을 감았는데, 상대의 기근(機根 : 깨우침의 자질)이 어떠한지 듣는 것이 매우 예리하고, 말씀이 맑고도 굳건하여, 바라만 보고도 도가 있는 분임을 알 수 있었다.

때마침 자성(慈聖)[53]이 궁중의 내탕금(內帑金)을 내어 스님을 위해 탑을 세웠다. 탑이 막 완성될 때 내가 이르러 왔는데, 선사의 손승(孫僧)인 진혜(眞慧) 등이 내게 기문을 청하였다. 그 세계와 나이는 상세히 알 수 없으므로 감히 망령되이 적을 수 없다. 가정 경신년(가정 39) 이후의 일은 상세하게 적었지만, 이것도 큰 대강일 뿐이다. 유력하는 사람의 전하는 바라든가 일 좋아하는 사람이 기록한 내용으로 말할 것 같으면, 후일 산

남이 모르게 수행하고 적선하여 드러내지 않는 것을 말한다.
51) 상주(常住) : 상주승(常住僧)으로, 돌아다니며 수행하지 않고 한 곳에 머무는 승려를 말한다.
52) 대인(大人) : 원굉도의 부친 원사유(袁士瑜).
53) 자성(慈聖) : 만력 황제의 모친을 말한다.

에 들어가 사실을 확인한 뒤에 기록할 것이니, 지금은 그런 것을 확인해 적을 겨를이 없다.

　余童年, 熟不二師名, 以爲古尊宿也. 旣而閱元美, 伯玉二先生集, 往往道之, 始知爲近代禪伯. 然二先生亦以夏臘高巖事之, 度其時皆壯盛. 二先生旣悠游以老去, 奄忽若干歲, 白楊可棟, 而師白鬖鬖如舊時, 逆其生, 當在宣, 成間也. 諸徒屬試以臘叩, 不答. 嘗檢其篋, 得奮縷衣, 忽云: "此武皇帝七年, 王城中施食所得衣也." 扣之, 復不答.

　或云: 師名圓信, 京兆之房山人. 薙髮白雲山, 禮大僧德敬爲師. 往來上方, 紅螺之間. 二十餘年, 行脚所至, 爲武林·淮安·六安·終南, 每住輒數載. 以嘉靖庚申至太嶽, 駐錫虎耳巖, 穴而哮者爭避匿去. 師倚石爲屋, 稍稍剪夷其積, 園瓢數十餘, 踞石沿澗, 出入幽花美箭之中者, 纍纍如笠. 巖上蓮池二, 闊可二丈, 旱歲不竭. 蓬室三, 方廣當身. 所得一縷一粲, 盡以供十方遊衲, 行之數年, 遂成叢林. 傾震旦士女, 號呼悲啼而至者, 不至虎耳巖猶未躋嶽也. 至巖不面頂禮者, 自以爲慳緣, 必痛哭去. 否則謹伺巖扉外, 經數日得一見, 則喜過望, 歸而對妻子言, 猶有矜張之色, 以故虎耳巖之名遍天下. 好奇者至附益之以古神僧事, 家譚戶豔, 雖齠男稚女靡不道. 計賢士大夫之轍以日至, 尙方之賜, 掖庭之供以月至. 自嘉·隆以來, 耆宿之著聞未有若師者也. 然師務爲密行, 不以解顯, 應機之言, 多依孝敬, 撫摩煦煦, 猶乳母之於驕子. 金錢湧而至, 拒不納, 有贈粳者, 付常住作供. 四十餘年, 影不出山. 趺坐一龕中, 如朽株. 雖利根之士, 好爲奇談詭學者, 睹其顏, 莫不肅然增敬.

　余慕師久, 常以其耄, 恐不及待. 今年侍大人山行, 獲一拜師於巖間. 師貌甚腴, 額峯隆起, 至頂光滑可鑑, 短鬚數莖如雪. 見人闔其目, 聞根甚利, 語淸健. 望而知爲有道. 會慈聖出內藏金, 爲師治塔. 塔甫成而余至. 師之孫眞慧等, 以記屬余. 世系年甲旣不能詳, 不敢妄載. 庚申以後詳之, 抑其大者. 至若遊人之所傳, 好事之所述, 俟他時入山, 實而志之, 今未暇也.

전校교 1602년(만력 30년 임인)에 지었다. 권28의 「호이암 불이화상(虎耳巖逢不二和尙)」를 함께 참조하라.

○ 奄忽若干歲 : 奄이 유고본에는 淹으로 되어 있다.

○ 巖上蓮池二 : 蓮은 패란거본에 薄으로 되어 있지만, 서종당본·소수본·유고본·이운관본에 따라 고친다.

○ 好奇者至附益之以古神僧事 : 神이 유고본에는 高로 되어 있다.

○ 趺坐一龕中 : 趺는 패란거본에 跌로 되어 있지만 유고본에 따라 고친다.

評 진계유(陳繼儒)는 '穴而哮者爭避匿去' 구에 대해 "화상의 신통력이 곧바로 곤충초목을 감동시키는 것이 곧 이러하다(和尙神通直感昆蟲草木乃爾)"라고 하였다. '必痛哭去' 구에 대해 "능히 사람으로 하여금 경례하고 시축하게 하기를 이와 같이 한다(能啓人敬禮尸祝乃爾)"라고 하였다. '猶乳母之於騎子' 구에 대해 "매우 높다(高甚)"라고 하였다(유고본 참조).

형주[54]의 북성을 다시 보수한 비에 대해 적다(荊州修復北城碑記)

군국(郡國)에 성이 있는 것은 사람에게 있어 사지(四肢)가 있는 것과 같다. 몸이 정신을 잘 실으면 곧 안정되고 가득 차며 균형이 잡히고 적절하게 된다. 이제 어떤 사람이 있다고 하자. 의관을 멋지게 차려 입은 사람의 우뚝함을 부러워하여 자신의 한쪽 팔을 크게 부풀린다면 길 지나는 사람들이 다투어 비웃으며 "저자의 저것은 혹 덩어리인가? 그렇지 않다면 병들어 부스럼이 난 것이군"이라고 할 것이다.

형주성은 언제 창건되었는지 알 수 없다. 『노사(路史)』[55]에 이르길,

─────────────

54) 형주(荊州) : 남군(南郡). 지금의 호북성 강릉현에 위치하였던 고을. 옛 칭호가 형주(荊州)이다.

55) 노사(路史) : 송나라 나필(羅泌) 지음, 47권. 태호(太昊)부터 양한(兩漢) 말까지의 역사

"이왕(夷王)56) 때에 초(楚)의 웅거(熊渠)의 장자 강(康)이 구단(句亶)에 나라를 세우니 곧 지금의 강릉(江陵)이다"라고 하였으니, 아마도 창건된 것이 이때부터인 듯하다. 『초지(楚志)』에는 촉(蜀)의 장목후(壯繆侯)가 세웠고 환남군(桓南郡)이 그것을 증수하였다고 하나, 사서를 고증해도 또한 확실한 증거가 없다. 그러나 『명홍기(溟洪記)』에 실려 있기로는, 당나라 원화(元和) 연간에 배우(裴宇)가 석실에 안장되었는데 후대 사람들이 발굴해보니 그 형상이 강릉성과 같았다고 한다. 그리고 소자첨(소식)도 또한 말하길, 강릉 남문 밖에 집 모양의 바위가 있는데, 땅 속에 묻혀 있어 그 용마루만 보인다고 하였다. 근래 남쪽 성을 수리하다가 마침내 그 집 모양의 바위를 파내었다. 그러므로 식자들은 이 성의 규모와 제도는 아마도 그 이전의 어떤 것을 그대로 본뜬 듯하여, 시대를 더 거쳐도 감히 더하거나 빼지 못하였을 것이라고 한다.

만력 임오년(만력 10년, 1582)에 비로소 성 북쪽 모퉁이를 공사하여 폭을 넓게 하였으나, 지세가 움푹하여 집을 지을 수가 없었고, 매년 봄과 여름 사이에 장마 물이 성의 밑둥을 침식해 때때로 무너지고 깎여졌다. 성의 주민들이 서로 쳐다보며, 그것은 군더더기로서 아무 쓸모가 없다고 하여, 모두들 목소리를 높여 오직 1할만 베어버리면 통쾌하리라고 하였다. 이 지역에 관리로 있는 사람들은 의론이 자자했지만 오래도록 결론을 내리지 못하였다. 그 뒤 지금 감사인 주공(周公)57)이 부임하여 두루 둘러보고 이렇게 탄식하였다.

"대저 형주는 참으로 사방으로 통하는 지역으로 옛 전장터이다. 시대

를 다루고, 성씨와 지리를 기록하고 변난(辯難)하고 고증(考證)하였다. 「전기(前紀)」 9권, 「후기(後紀)」 14권, 「국명기(國名紀)」 8권, 「발휘(發揮)」 6권, 「여론(餘論)」 10권이다. 명나라 말의 서위(徐渭)도 2권의 『노사』를 엮었으나, 나필의 것에 비하여 대단히 소략하다.

56) 이왕(夷王) : 주(周)나라 제9대의 이왕. 이름은 섭(燮)으로, 의왕(懿王)의 태자였다.

57) 감사주공(監司周公) : 주응중(周應中). 호광 병순도(湖廣兵巡道)에 임명되어 있었다. 권35 「감사주공실정록서(監司周公實政錄敍)」를 참조.

가 태평하면 1백 치(雉)[58] 크기의 성벽이 잘 갖추어져 있다고 하겠지만, 하루아침에 전란의 경보가 이르면 적의 침입을 막을 험준함이라고는 한 치도 없고, 온 성안의 물을 아침에 트면 그대로 그 아침에 성안으로 쏟아져 들어와서 그 물 높이가 성가퀴와 가지런하여, 이름은 성이라고 하지만 실상은 참호(塹壕)에 불과하다. 옛날의 성지는 높은 지역을 이용하여 보루를 만들어서, 구불구불 이어진 것이 모두 땅의 등줄기이니, 비유하자면 잇몸에 이를 얹기만 하면 딱딱한 것을 씹을 수 있는 그런 형상이었다.

그러나 지금 이 성은 우묵한 밭이라서 밭두둑을 만들어도 또한 물에 젖어드니, 입술에 이를 얹은 형국이거늘, 어찌 성으로서의 소임을 다할 수 있으랴? 더구나 성가퀴를 덧대고 사다리를 설치하여 건초와 갈대를 손님으로 맞아두니 첫 번째 소용이 없음이다. 큰집과 여염, 관아와 부서, 골목과 거리, 정자와 동산으로 온 성을 메운다고 해도 부족하거늘 어찌 이런 저지대의 못이 있을 수 있겠는가? 이것이 두 번째 소용이 없음이다. 형주가 성을 옮긴 이래로 민가가 비어 쓸쓸해지고 벼슬아치들의 무리가 모두 호적을 옮겨 줄어들므로, 지금 시대의 형가(形家 : 풍수지리가)가 또한 이 점을 병폐로 보았다. 대도회는 그 제도가 그 풍수지리의 형세를 감당하지 못하면 이것을 '연약하다(緩)'고 하고, 형세가 그 기운을 묶어두지 못하면 '샌다(漏)'고 하니, 연약한 것과 새는 것은 모두 생명력을 일으켜 상서로운 상태를 이끌어낼 수가 없다. 이것은 천지 자연의 적절함과 마땅함에 따르는 것이지, 억측하여 해결할 것은 아니다. 무릇 백 가지가 이로워도 열 가지가 해로우면 그래도 옳지 않다고 하는데, 하물며 쓸모 없는 것으로 해로움을 사겠는가?"

주공은 마침내 성을 복구할 논의를 힘써 주장하여, 전 태수 서공(徐公),[59] 지금 태수 비공(費公)[60]과 더불어 설계를 하였다. 설계안이 정해지

---

58) 백치(百雉) : 치(雉)는 성첩(城堞)의 측정 단위. 1치는 길이 3장(丈), 높이 1장(丈)이다. 1장은 10자(1자는 약 33센치)이므로 100치는 약 1000미터(1킬로미터)이다.

자, 그 해 아무 달에 공사를 시작하여, 모두 서너 달이 걸려 완성을 고하게 되었다. 장(丈)의 길이로 계산하여 약간 장(丈)을 얻었는데, 높이나 두께가 모두 옛 성의 제도와 같고, 들어간 비용은 모두 약간 환(鍰 : 은전)[61]이다. 성이 이루어졌지만, 백성들은 그간에 공사에 동원되지 않아 부역을 몰랐다.

공은 진실한 마음으로 공사를 맡아, 매 순간의 생각이 모두 나라를 경영할 원대한 계획이었으니, 군과 읍의 큰 정사가 제대로 이루어지지 않은 것이 하나도 없었다. 일시에 진실로 이천석 벼슬[62]과 승(丞) 이하가 모두 우뚝하여 백성들로부터 칭송을 받았기에 능히 서로 협력하여 완성할 수가 있었다. 우리 백성들이 대대로 그 분들을 하늘과 땅처럼 여길 것이다.

이 공사에서 격문을 돌려 일을 주선한 사람은 아무개요, 감독하여 주선한 사람은 아무개요, 독려하여 주선한 사람은 아무개로, 모두가 이 공사에 자신의 온 힘을 다했다. 관례에 따라 아울러 함께 기록한다.

郡國之有城, 猶人之有肢體也. 體與神相載, 則爲平滿, 爲勻適. 今有

---

59) 선태수서공(先太守徐公) : 서시진(徐時進). 전 형주 지부(荊州知府). 권29「옛 태수 서빈악이 악양의 관찰사로 가면서 우연히 내가 있는 고을로 길을 잡았기에 시를 지어 전송하다(舊太守徐濱岳觀察岳陽, 偶道敝邑, 詩以送之)」를 참조

60) 금수비공(今守費公) :.비조원(費兆元). 자는 원정(元禎)이고 호는 대간(臺簡)으로, 오정(烏程) 사람이다. 만력 23년의 진사로, 형부주사(刑部主事)에 제수되고 원외랑(員外郞)으로 승진하였으며, 섬서(陜西)의 시험을 주관하였다. 임기가 차서 형주 지부(荊州知府)를 제수받고, 광동 부사(廣東副使)로 직급이 올랐다. 여러 관직을 거쳐 형부시랑(刑部侍郞)에 이르렀으며, 숭정(崇禎) 원년에 졸하였다. 『오정현지(烏程縣志)』 권15에 전(傳)이 있다.

61) 환(鍰) : 은전(銀錢). 원래는 고대의 무게 단위로, 1환은 6량에 해당한다.

62) 이천석(二千石) : 한(漢)나라 때 구경낭장(九卿郎將)에서부터 군수위(郡守尉)에 이르기까지, 질(秩 : 녹봉) 2천 석을 받은 사람들을 가리킴. 다시 3등급으로 나뉘어 중이천석(中은 가득하다는 뜻으로 달마다 180斛을 수령함), 진이천석(眞二千石, 달마다 150斛을 수령함), 이천석(달마다 120斛을 수령함)의 구분이 있었다. 단, 이설도 있다. 대개 후세에는 지방장관을 이천석이라고 불렀다.

人焉, 慕偉衣冠者之魁然, 而恢其一臂, 途之人爭笑之 : "夫夫贅耶? 不然, 則病臃腫者也." 莉州城不知所自關. 路史曰 : "夷王時, 楚熊渠長子康國句亶, 卽今江陵." 疑創置始此. 楚志以爲蜀壯繆侯所築, 桓南郡增修之, 考史亦無確證. 然溪洪記載 : 唐元和中, 裴宇瘞石室, 後人掘得, 其狀與江陵城同. 而蘇子瞻亦言江陵南門外, 有石狀若宇, 陷於地中, 而猶見其脊. 近歲繕南城, 乃得之. 故識者謂此城規度, 似有所受, 更閱時代, 未敢輕增減!

萬曆壬午, 始拓城北隅取方幅, 而地故凹, 肆廬不具, 每春夏間, 積潦浸城根, 時有崩剝. 居人相視以爲附贅, 無所用, 殷殷然惟一割之爲快. 吏斯土者, 議藉藉久未決. 今監司周公至, 環視嘆曰 : "夫莉固四達之區, 古戰場也. 時平則百雉爲具, 一旦有警, 無寸嶮可阨, 而萬城之水, 朝決朝注, 高與堞齊, 名雖曰城, 其實塹也. 舊址因高爲壘, 蜿蜒皆地骨, 辟如載齒於齦, 可以嚼堅. 今城皆宂田, 畦之且漬, 載齒於唇, 豈其有任? 且夫增陴置堞, 以客交葦, 無用一也. 第宅區署, 巷陌亭厠, 塡城中不足, 而何有此下澤? 無用二也. 莉自徙城以來, 閭井蕭條, 冠帶之倫, 悉減往籍, 故一時形家亦以爲病. 大都制不當其形是謂緩, 形不束其氣是謂漏, 緩與漏, 皆不足以發生而導祥, 此天地自然之節宣, 非臆決也. 夫百利而十害, 猶曰不可, 況其無用以賈害也? 公遂力主復城議, 與先太守徐公, 今守費公擘畫旣定, 以歲某月始事, 凡幾月日而告成. 以丈計之得若干丈, 高厚如舊城制, 凡用金若干鍰, 城成而民不知役.

公實心任事, 念念皆經國長計, 郡邑大政, 無不畢擧. 一時良二千石及丞以下, 皆卓卓有民譽, 故能相與有成. 我民世世, 實覆載之. 是役也, 橄修則某, 監修則某, 督修則某, 皆殫力此城. 例得並載.

전
筆校교   1603년(만력 31년 계묘)부터 1606년(만력 34년 병오) 사이에 공안에 있으면
서 지었다.

동문에 성을 보호하는 제방을 쌓은 기록(東門護城堤記)

공안 지역은 양자강에 기대어 있어서 강물이 강 언덕을 침식한 것이 백여 년이 되었는데, 근래 이르러 마침내 성의 반을 깎아 물에 주고 말았다. 일을 논의하는 사람들이 세 가지 의견을 내어 윗사람에게 올렸다.

첫째는 피하지, 물길과 맞서지 말자는 것이다. 즉, 장차 집들과 골목거리들을 거두어 높은 곳으로 옮기자는 것이다. 그런데 그렇게 되면 관아나 민간이나 모두가 고통을 겪고 재원이 다 고갈된다고 하여 동의하지 않는 이가 열에 일곱이었다.

둘째는 강의 상류에 돌 제방을 쌓아 물살을 약하게 하자는 것이다. 즉, 제방을 무지개처럼 둥글게 만들어 물길을 내면 물살이 북으로 가게 되어 그 남쪽 일대는 격랑에 부딪힘을 면하게 된다는 것이다. 그러나 물살이 소용돌이치며 빨라서 돌을 던져 넣어도 반드시 가라앉아 붙는다고는 할 수 없으므로, 천금을 거대한 물에 버리는 셈이라고 해서, 길가는 사람이라 하더라도 그것이 마땅하지 않음을 알았다.

셋째는 이성주(二聖洲)[63]의 옛 물길을 터서 강물의 흐름을 나누자는 것이다. 무릇 강의 본류는 남쪽에 있으니 물이 발원지를 떠나 거대한 물줄기로 나아가게 되면, 아무리 터놓는다고 하여도 그 진흙탕을 감당하지 못할 것이다. 따라서 이 계책은 최하의 것이다.

마침 직지사자[64] 응조경(應朝卿)[65]이 관할 지역을 순찰하다가 공안에 이르러 근심스러운 표정으로 탄식하며 말하였다. "강물로 인한 근심이 심

---

63) 이성주(二聖洲) : 이성사(二聖寺) 부근의 기슭. 이성사는 이성선림(二聖禪林). 공안현 동북쪽에 있다. 진(晉)나라 때 처음 세워졌으며, 흥화사(興化寺)·만수사(萬壽寺)·광효사(光孝寺)라고도 한다.

64) 직지사자(直指使者) : 순안어사(巡按御史).

65) 응공(應公) : 응조경(應朝卿). 자는 행숙(行叔). 선거(仙居) 사람이다. 1589년(만력 17년)의 진사로, 호광 순안어사(湖廣巡按御史)에 임명되었다. 『호북통지(湖北通志)』 「직관표(職官表)」 7에 나온다.

하구나. 그러나 의논을 하여도 이제껏 계책을 확정하지 못하니, 이곳에 사는 사람들이 위태위태하여 마치 삿자리 아래 불이 붙은 듯하다. 나는 높은 관청에나 거처하고 있었으니 어찌 무지한 자라고 하지 않겠는가?"

강물을 방어하는 담당 관리인 서공(徐公)이 말하였다. "마침 사대부 부로들과 의논하였으나 결정을 못하였습니다. 우리 고을은 삼면이 둑을 등지고 있으면서 동쪽만 틔어 있는데, 맹공제(孟公堤)66)가 오른쪽 팔뚝을 아래로 드리우고 있으므로 양 수령(양운재)67)이 그 줄기를 더 쌓아 앞을 가로막았습니다. 작년에 강물로 둑이 터져서 동문에 거주하는 읍민들이 거의 떠내려 간 것은 왼쪽 팔뚝이 부실했기 때문입니다. 최근에는 수재의 근심이 조금 줄어들었으니, 행여라도 만에 하나 다시 복구하려고 한다면 그 왼쪽을 견고히 하여 굳게 지키는 것이 옳을 것이니, 이것이 백대에 보전할 수 있는 계책입니다." 응공은 "좋다"라고 하였다.

이 지역은 자원이 형편없이 모자라고, 자원이 모자라는 데다가 또 재물을 더 걸을 수도 없기에, 고을을 다스리는 사람들이 약간의 돈냥을 내고, 감사(監司)와 군대부(郡大夫) 이하가 각자 차등 있게 재물을 내었다. 한 달여가 지나 제방이 완성되자, 고을의 남녀들이 거리마다 춤추고 노래하며, 모두 말하길, "직지사자가 아니라면 나라에 대한 재앙을 중하게 생각함이 여기까지 미치지를 못했을 것이다"라고 하였다.

자여(子輿 : 맹자)가 이르길 "편안히 하는 도리로 백성을 부린다면 백성들이 노역을 하더라도 원망하지 않을 것이다"68)라고 하였다. 하물며 백성을 부리지도 않은 데다가 또 재물을 내어 목숨을 구해줌에랴 어떠하

---

66) 맹공제(孟公堤) : 송나라 형양 총독(荊襄總督) 맹공(孟珙)이 수리한 둑.
67) 양령(楊令) : 양운재(楊雲才). 임계(臨桂) 사람이다. 거인(擧人)으로 공안 지현(公安知縣)으로 있었다. 『공안현지(公安縣志)』 4 「직관(職官)」을 참조
68) 이일도사중, 즉불원(以佚道使衆, 則不怨) : 『맹자』 「진심 상(盡心 上)」에 "편안히 하는 도리로 백성을 부린다면 백성들이 노역을 하더라도 원망하지 않을 것이고, 살리는 도리로 백성을 죽인다면 백성들이 비록 죽더라도 죽이는 자를 원망하지 않을 것이다 (以佚道使民, 雖勞不怨. 以生道殺民, 雖死不怨殺者)"라고 하였다.

겠는가?

당대의 뛰어난 지관들은 모두, 고을의 형세가 서북쪽으로부터 와서
뒤는 중첩되고 앞은 깎여 있으므로, 그것을 끊어 제방을 쌓으면 기운이
머물고 기운이 머물면 여러 상서로운 일들이 일어날 것이라고 말하였다.
또한 새로 쌓은 제방은 고을에서 보면 왼쪽인데, 왼쪽은 곧 용(龍)[69]에
속하는 것이라, 땅이 마땅히 풍성하여 형승에도 바탕이 될 것이라고도
하였다. 이 공사가 시작되자 관아의 뜰에 가득했던 불필요한 의논들이
일시에 멈추었다. 이것은 충양공(忠襄公)[70] 이래로 없었던 일이다.

公安治倚江, 江水齧岸者百有餘年, 至近歲逐割城之半以予水. 議者
畫爲三說以上. 一曰, 避勿與爭道也, 將盡撤其堂皇閭井以就高. 而公
私困竭, 不與者十常七也. 二曰, 築石堤於江之上流以殺水, 堤虹偃而
出, 水勢北走, 迤南一帶, 庶免衝激. 而勢湍速, 投之石未必膠, 委千金
於洪流, 途之人知不可也. 三曰, 疏二聖洲之故道, 以分江勢. 夫江身在
南, 水去原而就洪, 疏之不勝淤也, 策乃下.
　　會直指使者應公行部至邑, 愀然嘆曰: "江患逼矣. 而江議迄無定畫,
居者危危, 若簀下之火. 愚則處堂, 抑豈無智者也? 江防使者徐公進曰:
"適與薦紳父老言未竟也. 邑三面負堤, 而缺其東, 孟公堤垂右臂下, 楊
令增其支爲前障. 往年江決, 東門邑居漂盡者, 左臂虛故也. 邇來江患少
定, 幸萬一之復, 而峻其左, 可以墨守, 此百世之計也." 應公曰善. 是邦
也詘, 詘又不可以需, 則爲邑出鍰若干, 監司郡大夫而下, 捐貲各有差.
閱月而堤成, 邑士民相與歌舞於市, 皆曰: 微直指使者重念災國不及此.
子輿曰: "以佚道使衆, 則不怨." 況其不使, 且爲出貲以貸命也. 一時善

---

69) 용(龍): 감여가(堪輿家)가 말하는 산맥의 주세(走勢). 좌청룡(左靑龍)이라 하여 왼쪽의
　　산맥을 말한다.
70) 충양공(忠襄公): 송나라 형양 도독(荊襄都督) 맹공(孟珙)으로, 시호가 충양이다. 형강
　　의 동류하는 물줄기를 막기 위해 여섯 개의 둑을 쌓아 공안 지방을 보호하였다.

形家者, 皆言邑形勢自西北來, 後疊而前削, 截之以堤則氣留, 留則能爲諸祥, 且於邑爲左, 左, 龍屬也, 地宜豐, 形勝之所資也. 是役也興, 盈庭之議頓止, 自忠襄公以來, 未之有也.

> 전校교 1603년(만력 31년 계묘)부터 1606년(만력 34년 병오) 사이에 공안에 있으면서 지었다.

○ 而峻其左 : 左가 이운관본에는 右로 되어 있다.

전공제[71]를 신축하며 세운 비에 적다(新修錢公堤碑記)

물을 끼고 있는 고을의 수재 경보는 서북지역에 오랑캐가 침입할 때의 경보나 동남지역에 왜구가 침략할 때의 경보와 같다. 왜구나 오랑캐의 근심은 우리 백성을 살육하고 우리의 성곽을 짓밟는 것에 이르는데, 물의 포학함도 꼭 마찬가지다. 그러므로 그것을 막고 지키는 공은 쳐들어오는 적의 예봉을 꺾는 것[72]에 비유된다.

우리 고을은 본디 움푹 들어간 습지인 데다가, 강의 몸통을 끊어 도성을 만들었으므로, 매년 여름에 들어선 뒤에는 협곡의 물이 난폭하게 솟구쳐, 구름이 어두워지고 하늘이 빙글빙글 돌아, 거의 지축을 흔들 정도가 된다. 흰 풍랑이 성벽과 성가퀴 위로 솟구쳐 넘쳐나므로 거주하는 백성들은 바라보면서 부들부들할 뿐이다. 밤이 되면 수많은 우레 소리가 베개를 심하게 울려, 겨우 잠자리에 들었다가도 곧 일어나 서성이게 된다. 이런 것이 10여 일이요, 더러 5, 6일이나 계속된다. 매년 물이 대개 서너 차례 이르러 오므로, 아예 늘 있는 일로 여기고 있다. 창졸간에 수

---

71) 전공제(錢公堤) : 공안 지현(公安知縣) 전윤선(錢胤選)이 재임 때 수리한 둑. 권36 「전후직지소천서(錢侯直指疏薦序)」를 참조.
72) 절충(折沖) : 적의 전차를 후퇴시킴. 즉 적의 예봉을 막아 격퇴시킴. 충(沖)은 본래 전차의 일종이다.

재의 경보가 전해지면, 노인을 부축하고 어린아이는 업고 성 서쪽의 두제(斗堤)[73]로 달아나, 훌쩍이면서 우는 소리가 수십 리에까지 들린다.

이 제방은 옛날 맹공(孟公)[74]의 옛 터로, 예전에는 강과 멀리 떨어져 있었으나 지금은 절반이나 깎여 들어와 있어서, 문촌(文村)의 강물이 그대로 그 등을 때리고 있다. 만에 하나 강물이 뒤로 터지게 되면, 지세가 정면은 비록 높다하더라도 바야흐로 한껏 성을 내는 파도를 갑작스레 쏟아져나가게 할 수 없으므로, 그 물이 필시 장차 곁으로 갉아먹어 들어가고 필시 장차 곁으로 거세게 쳐댈 것이다. 그렇게 되면 우리 백성들이 다른 곳으로 달아나고자 하여도 사방이 모두 골짜기라서, 마치 움푹 팬 웅덩이에 빠진 개미처럼 급히 지푸라기라도 잡으려 하지만 지푸라기도 한 번 물에 휩쓸리면 제 목숨을 지킬 수 없게 되니, 참으로 어찌할 줄을 모르게 되는 것과 같다. 그래서 수십 년 이래로 고을 사람들이 위태로움을 느껴서 제방을 증설하고 보호하자는 의논을 내어, 상급의 일 맡은 관리가 격문을 현의 관청에 보내어 재심을 하게 하였으나, 끝내 중간에 그만두고 말았다.

자계(慈谿) 전윤선(錢胤選) 공이 갑진년(만력 32) 가을에 이곳 수령으로 오더니 쌓인 악정은 베어버리고 피폐한 것은 일으켜 세워, 무릇 우리 백성들이 고통받는 것을 자신의 병으로 여겨 그 좀벌레를 다 잡지 않으면 그치질 않듯이 하였다. 우리 백성들의 다급함을 자신의 집안 일로 여겨, 원통함과 수고로움, 험난함과 쉬움을 가리지 않고, 개연히 그 일을 맡아 요행을 바라지도 않았고 물러남도 없었다. 그래서 고을의 인사들은 수령이 장차 정치 방면에서 큰 업적을 이루리라는 것을 알고, 마침내 제방을 축조하는 일로 먼저 청하였다. 하지만 그 일을 중지하자고 주장한 자들은 자신들이 소유하고 있는 척박한 땅 몇 이랑이 제방 때문에 묻힐 것을 걱정하여 문득 옛 전철을 그대로 따르려고 하였다.

---

73) 두제(斗堤) : 공안현에 있는 둑. 법화암(法華庵 : 일명 精進林)의 앞에 위치한다.
74) 맹공(孟公) : 송나라 형양도독(荊襄都督) 맹공(孟珙).

수령은 가만히 그 사실을 모두 알아보고는, 지금 현승(縣丞)인 주승(周陞)75)과 함께 직접 조사하여 측량하기 시작하였다. 그런데 길을 막는 자들이 몇몇 있는 것을 보고는, 수령이 거꾸로 묻기를, "이곳은 양일제(楊一堤)의 옛 터이니 비록 옛 흔적이 미미하다고 하지만 찾아볼 만하오 그대들은 무엇을 호소하려는가?"라고 하였다. 그 몇몇 사람들이 땅에 엎드려 말하길, "옛 제방이오니, 어찌 감히 말하겠습니까? 그런데 제방의 한쪽 구석에는 무덤이 뭉긋뭉긋 모여 있어서, 여기를 파면 해골이 드러나게 되고 여기를 피하게 되면 공사를 중단해야 하오니 어찌하겠습니까?"라고 하였다. 수령은 주승을 돌아보고 웃으며, "너희들은 내가 이 고장에 익숙하지 않다고 보아, 뇌물 받은 아전으로 하여금 다른 데로 인도하게 한다면 속일 수 있으리라고 생각하고 있는 게지!"라고 하였다. 그리고는, 말 모는 자를 꾸짖어 물러나게 하고 덮개 수레에서 내린 뒤, 주승과 함께 풀이 빼곡하게 들어찬 곳을 맨 걸음으로 가면서, 일꾼들을 돌아보고 이르길, "내 발걸음이 이르는 곳을 보면 그곳이 곧 제방의 길일 것이다"라고 하였다. 그렇게 나아가 관묘(關廟) 앞에 이르렀는데, 대개 텅 빈 넓은 땅이어서 무덤이라고는 반 올의 갈기[무덤 위에 자란 풀]도 없었다. 이에 여러 사람들이 귀신같다고 하고는 모두 다리를 떨면서 뒤돌아 달아났다. 측량을 하여 약간 장(丈)을 정한 뒤, 정부(丁夫 : 장정 일꾼) 약간 명을 나누어, 현승 주승에게 그들을 인솔하여 감독케 하니, 석 달만에 완공되었다.

부로들 가운데 식견이 있는 자가 그 자제들에게 말하였다. "너희들은 이일이 쉽다고 말하지 말라. 강물 방비 책임자인 서공이 의견을 내었을 때, 먼저 대사자(臺使者)76)에게 상황을 보고하자 대사자 이하 여러 분들

---

75) 주군승(周君陞) : 주승(周陞). 회계(會稽) 사람. 공안 현승(公安縣丞). 『공안현지(公安縣志)』 4 「직관(職官)」에 나온다.

76) 대사자(臺使者) : 도어사(都御史)로서 하도(河道)를 시찰하러 외부에 파견된 관리. 명나라 때 도어사는 도찰원(都察院) 장관으로서, 관리의 감찰과 규탄을 책임졌고, 큰 안건을 심리하는 데 참여하였는데, 하도(河道)를 감독하는 일도 총괄하였다. 도찰원을 어

이 모두 근심스레 안색이 변하였다. 돈을 출연하게 됨에 이르러서는 곧바로 의논의 안건을 갖추어 위로 올렸으나, 당대의 간악한 무리들이 마침내 다른 안건을 내어 본 안건을 상정하지 못하게 하였다. 전에는 윗자리에서 의견이 나왔어도 일이 어려웠으나, 이제는 낮은 자리에서 의견이 나왔어도 일이 쉽게 이루어졌다. 너희들은 지금 수령을 어떤 부모라 하겠느냐?" 강물 방비 책임자란 옛 군수 요신(堯莘)을 말한다.

아아! 지금 강물이 언덕을 뭉개는 것은 정강(靖康)77) 연간 이후 오랑캐가 나라에 침략하는 근심거리와 같다. 그래서 고을이 자주 나른 지역으로 이사가거나 뒤로 물리거나 하니, 대개 송나라가 양자강 남쪽으로 천도하여78) 옹색하게 지내던 것79)과 같았다. 다행히 이번에 제방이 복구되어, 우리 백성들이 두제(斗堤)를 만리장성처럼 의지할 것이다. 듣건대 전윤선 수령은 또 북쪽 강의 옛 물길을 터서 물의 흐름을 나누고자 한다고 한다. 만약 그렇게 된다면 중흥(中興)80)을 바랄 수 있을 것이다.

무릇 강물과 습지가 많은 지역에서는 모두 제방이 있지만 아무리 중요하다고 하더라도 사람목숨과 관계하지는 않는다. 유독 이 제방만은 우리 백성들의 생사존망과 관계한다. 제방이 우리 백성들의 생사존망과 관계하므로, 전윤선 수령이 우리 백성들에게 준 것은 생명이지 제방을 준 것이 아님을 알겠다. 무릇 서울 밖의 지방에서 군사를 통솔하는 직무를 맡은 장수81)에게 의지하여 사는 군졸과 같은 존재의 경우에는 오로지

사대(御史臺)라고 하므로 어사대의 도어사를 대사라고 한 것이다.

77) 정강(靖康) : 송나라 흠종(欽宗)의 연호로, 1126~1127년이다.

78) 남도(南渡) : 북쪽에서 장강을 건너 남으로 내려옴. 진(晉) 원제(元帝)가 장강을 건너 건업(建業)에 도읍을 정하니 동진(東晉)이라 하고, 송 고종(高宗)이 장강을 건너 임안(臨安)에 도읍을 세우니 남송(南宋)이라 한다.

79) 국척(跼蹐) : 국천척지(跼天蹐地). 머리가 하늘에 닿을까 두려워 몸을 구부리고, 땅이 꺼질까 두려워 발끝으로 살살 걷는다는 뜻으로, 두려워서 몸둘 바를 모름을 지칭한다.

80) 중흥(中興) : 국난을 타개하고 앞 시대의 영화를 회복함. 송나라가 금나라의 침략으로 남도하여 중흥을 꾀하였던 일에, 두제를 수복하여 공안현의 중흥을 꾀하는 일을 겹쳐서 표현한 것이다.

81) 곤외(閫外) : 본래 성문 밖이란 말로, 서울 밖의 지방에서 군사를 통솔하는 직무를 맡

목숨만이 중요한 법이다. 그러므로 내가 그를 절충장군(折衝將軍)[82]에 비
긴다고 하여도 지나치지 않을 것이다. 이 글로 말하면 진실로 연연(燕
然)[83]에 공적을 새기는 일과 같은 것이다.

澤國之有江警, 猶西北之有虜警, 東南之有倭警也. 倭虜之患, 至於
芟夷我赤子, 蹂踐我城郭, 而水之虐正等, 故捍衛之功, 比於折衝. 邑故
窪澤, 割江身爲都, 每入夏後峽水暴湧, 雲昏天回, 幾撼地軸. 白浪躍雉
堞出, 居民望之搖搖然. 夜則萬雷殷枕, 甫就席, 輒彷徨起. 若此者十餘
日或五六日, 每歲率三四至, 以爲常. 倉皇有警, 則扶白負稚, 走郭西之
斗堤, 涕泣之聲, 聞數十里. 而堤故孟公舊址, 前此去江遠, 今蠶食且半,
文村之水, 直擣其背. 萬一水從後決, 地勢面雖高, 而方張之怒猝不得
洩, 必且爲旁齧, 必且爲橫激. 我民欲別走, 則四顧皆壑, 如坳堂之螳,
急而趨芥, 及芥一漂不可保, 則固未如何也已. 數十年來, 邑人岌岌, 議
增護堤, 當事者檄縣覆按, 竟中革.
而慈谿錢侯胤選, 以甲辰之秋來牧, 芟積擧廢, 凡我民之所疾如其疴,
不盡其蠹不止也. 凡我民之所急如其家, 不擇怨勞險易, 慨然當之, 無
邀倖, 無却退. 邑人士知侯將大有爲, 遂先以堤爲請, 而革議者有數垞
歠虞其壓, 輒欲踵故轍. 侯陰悉之, 偕令丞周君陞躬自按行, 見遮道者
數輩, 侯逆問曰: "是故楊一堤址, 雖微可尋也, 若何訴?" 數輩伏曰: "故
堤也, 何敢言. 而堤之一角, 塚壘壘, 穿之則暴骸, 避之則廢工, 奈何?"
侯顧丞笑曰: "若以余等不習其鄉, 令賄者曲爲導, 可謾也." 叱騶人後,

은 장수를 가리킨다.
82) 절충(折衝) : 적의 예봉을 꺾음. 적의 군대를 가장 먼저 꺾어버림으로써 기세를 잡는
일. 그러한 부대를 이끄는 장군을 절충장군이라고 한다.
83) 연연(燕然) : 연연산. 오늘날 몽고의 항애산(杭愛山)이다. 후한 화제(和帝) 때 거기장군
(車騎將軍) 두헌(竇憲)과 집금오(執金吾) 경병(耿秉)이 기병 3만 명을 거느리고 북선우
(北單于)를 크게 격파하고 연연산에 공적비를 세우고 돌아왔다. 『후한서(後漢書)』「두
헌전(竇憲傳)』에 나온다.

去輿蓋, 與丞偕步叢草間, 顧謂役夫曰 : "視吾趾所及, 卽爲堤徑." 行至
關廟前, 率曠土無半鬙, 輩輩以爲神, 皆股慄反走. 量之得若干丈, 分丁
夫若干名, 丞周君督率之, 閱三月告成.

　諸父老有識者, 謂其子弟曰 : "若無謂此舉易也. 當江防徐公建議時,
首爲臺使者言狀, 使者而下, 愀然動色, 至爲出錢, 趣具議上, 而一時狐
鼠, 竟以他議奪. 昔出於上而難, 今出於下而易, 若謂侯何等父母也?"
江防者, 奮郡守堯莘也. 嗟夫, 今江水之憑陵, 靖康以後之虜也. 邑頻徙
頻却, 大似南渡之踽躇. 幸此堤復, 我民倚斗爲長城. 聞侯又欲疏北江
之故道, 以分水勢, 如此則中興可望也. 諸澤國皆有堤, 雖甚重而無關
司命, 唯是堤與我民爲存亡." 堤與我民爲存亡, 故知侯與我民者命也,
非堤也. 夫闌外之寄, 唯命則重, 余之比於折衝, 非過也. 是記也, 固燕
然之勒也.

1605년(만력 33년 을사)부터 1606년(만력 34년 병오) 사이에 공안에서 지었다.
○ 竟中革 : 中이 이운관본에는 下로 되어 있다.
○ 周君陸 : 陸은 패란거본에 陞로 되어 있지만 서종당본·소수본·이운관본을 따
라 고친다.
○ 楊一堤 : 서종당본·소수본·이운관본에는 一이 二로 되어 있다. 아마 둘 다 잘
못인 듯하다. 公이어야 할 것이다.

공안현 유학인 양공의 생사에 적다(公安縣儒學梁公生祠記)

　하늘은 광대하여 가지고 있지 않은 것이 없지만, 그렇다고 그 때문에
자신이 지닌 자질을 끼고서 각축하지 않는다. 성인도 또한 그러하다. 가
령 하늘이 아득바득 봄과 더불어 꽃을 다투고 가을과 더불어 열매를 다
투며, 만물과 더불어 넓고 가늘며 크고 작음을 다툰다면, 하늘 역시 물

(物)일 뿐이다. 그러므로 성인의 위대함은 받아들이는 데 있지, 이기는 데 있지 않다.

천하의 도(道)라 하는 것은 여럿으로 갈라져 있는데, 그 도는 모두 우리(유학)의 근사한 것을 훔친 것이다. 우리(유학)가 그것(이단)들을 종복으로 삼아 부려쓰면 우리의 소용에 닿지만, 우리가 각축을 하게 되면 반드시 우리의 바깥으로 확장되기를 구하게 된다. 그러므로 공자는 성인이면서도 지식이 작아서 노담(老聃)을 스승으로 삼아 도를 물었으니,[84] 그렇다고 해서 그 때문에 위대함에 손상을 입는 것은 아니다.[85]

그러나 후대의 유학자의 경우에는 우리가 가지고 있는 것을 끼고서 젠체하여 남을 이기려 들었기에, 우리의 도가 한 번 변하여 유학이 비로소 이름을 갖게 되었고, 두 번 변하여 유학이 뒤로 물러나서 여러 학문들[86]의 줄 속에 자리하였으며, 세 번 변하여 유학이 곧 다른 도에 의해 이용되기에 이르렀다. 이것은 각축을 벌여 확장한 것이다.

더구나 저 제자백가[87]란 진실로 우리의 전범을 벗어난 적이 없다. 어지럽게 나뉘어서 명가(名家)[88]와 법가(法家)[89]가 되고, 나란히 하여 양주

---

84) 사노담문도(師老聃問道):『사기』「노자백이열전(老子伯夷列傳)」에 "공자가 주나라로 가서 장차 노자에게 예학을 물으려 하였다(孔子適周, 將問禮於老子)"고 하였다.

85) 부이시폄대(不以是貶大):『노자』 63장에 "그러므로 성인은 끝내 위대하다고 여기지 않기에 능히 위대할 수 있다(是以聖人終不爲大, 故能成其大)"고 하였다.

86) 구류(九流): 유학을 포함하여 중국 전국시대(BC 5세기~BC 3세기)에 활약한 학자와 학파를 통틀어 가리키는 말이다.『한서(漢書)』「예문지(藝文志)」에서는 옛 서적을, 유가(儒家)·도가(道家)·음양가(陰陽家)·법가(法家)·명가(名家 : 論理學派)·묵가(墨家)·종횡가(縱橫家 : 外交術派)·잡가(雜家)·농가(農家) 등 9류로 분류하였는데, 여기에 소설가(小說家)를 더한 것을 제자백가라고 한다. 단,『사고전서(四庫全書)』에서는 육경(六經) 이외에 자기 학설을 세운 저술가의 서적을 자부(子部)에 넣고 그것을 모두 14부로 나누었다.

87) 제자백가(諸子百家): 중국 전국시대에 활약한 학자와 학파를 통틀어 가리키는 말이다. 제자(諸子)란 여러 선생이란 뜻이고 백가란 수많은 유파를 뜻한다. 앞의 구류(九流)란 말과 유사하되, 구류 가운데서 유학을 뺀 나머지를 말한다.

88) 명가(名家): 논리 자체를 추구하는 학파와 상벌(賞罰)을 시행할 때 실제의 사실[形]과 그에 대한 명칭[名]을 일치시킴으로서 백성들을 효과적으로 통치하려는 기술을 제시한 유파를 말한다. 전자의 예는 공손룡(公孫龍)이 대표적 인물이다. 후자는 형명(形

(楊朱)와 묵적(墨翟)[90]이 되고, 은둔하여 노가(老家)와 석가(釋家)가 되었는데,[91] 오로지 우리 유학의 비슷한 점을 표절하여 더욱 극도로 발휘한 한 것이다. 따라서 그것을 가리켜 이학(異學)이라 하지만 실상은 우리가 지닌 것을 벗어나지 않는다.

무릇 우리도 "그 말하는 것을 듣고 그 행동하는 것을 본다"[92] 하고 "실제로 시험해 보아 칭찬한다"[93]고 하였으니, 이것을 보면 성인은 결코

名) 혹은 형명(刑名)의 학이라고 하며, 본래 선진(先秦)시기의 법가(法家)계열이 제시한 이론이었다.

89) 법가(法家) : 한비(韓非)가 대표적인 인물이다. 한비는 도덕적 관점이 아닌 현실성의 관점에서 인간을 파악하여, 인간을 '자리적(自利的) 인간'으로 보았다. 즉, 인간은 생물학적 조건이 충족되어야 하는 존재이기에 욕망은 필연적이라고 인정했다. 동시에 그는, 인간은 욕망을 충족시키려 하다가 오히려 재앙에 빠지게 된다는 사실에 주목하고, 유가의 윤리도덕으로는 사회의 안정과 발전 문제를 해결할 수 없다고 여겨, 법가(法家)의 법치사상을 유가의 사상 체계 속에 도입하였다. 순자는 "사람은 본성이 악한데 소위 선량하다는 것은 위장이며 거짓이다(人之性惡, 其善者僞也)"라 하였고, 인성이 악한 이유는, 사람은 "욕심을 가지고 태어나는 데(人生而有欲)" 사회의 재화는 한정되어 있기 때문이라고 했다. 한비는 그러한 성악설을 기초로 극단적인 법치사상을 구상해 냈다. 즉 순자는 여전히 현인(賢人) 정치를 주장하였으나, 한비는 인의(仁義)를 사적인 이해관계의 반영으로 보고 국가공리주의, 절대군주권의 확립을 주장하였다. 그 방편으로 한비는 법(法)·술(術)·세(勢)를 중시하였다.

90) 양묵(楊墨) : 양주(楊朱)와 묵적(墨翟). 둘 다 중 국 전국시대의 사상가인데, 유가에 의하여 이단(異端)의 대표로 손꼽혀 비판을 받았다. 양주는 쾌락적 인생관과 극도의 이기설(利己說)을 주장하였다. 길을 가다가 두 갈래가 되면 어느 곳으로 갈지를 몰라 울었다고 한다. 맹자는 양주에 대해, 양주는 자기 자신만을 위하므로, 자신의 터럭 하나를 뽑아 천하를 이롭게 할 수 있더라도 하지 않는다고 하였다. 『맹자』「진심 상(盡心 上)」에 그 비판이 나온다.

91) 둔이위노석(遁而爲老釋) : 세상의 번잡함을 피하여 도망해서 노자와 석가의 설이 이루어졌다는 말이다.

92) 청소언, 관소행(聽所言, 觀所行) : 『논어』『공야장(公冶長)』에 보면, "재여가 낮에 침소에 있었는데, 공자께서 말씀하시길, '썩은 나무는 조각할 수 없고 썩은 흙은 흙손질에 쓸 수가 없다. 내가 재여에게 무엇을 탓하랴?'라고 말씀하셨다. 다시 이렇게 말씀하셨다. '처음에 나는 사람을 볼 때에 그 말을 듣고 그 행실을 믿었으나, 지금 나는 사람을 볼 때에 그 말을 듣고 그 행동을 보게 되었다. 재여의 경우 때문에 그것을 바꾼 것이다(宰予晝寢. 子曰 : 朽木, 不可雕也. 糞土之墻, 不可圬也. 於予與 何誅?' 子曰 : 始吾於人也, 聽其言而信其行. 今吾於人也, 聽其言而觀其行, 於予與, 改是)"라고 하였다.

93) 예소시(譽所試) : 『논어』「위령공(衛靈公)」편에, "공자께서 말씀하셨다. 나는 사람에 대하여 누구를 욕하고 누구를 칭송하랴? 만일 칭송하는 사람이 있다면 그를 실제 일로

명가가 아닌 것이 아니다. 『춘추』의 도끼는 아무리 은미하더라도 반드시 악행을 저지른 자를 죽이니,94) 이것을 보면 성인은 결코 법가가 아닌 것이 아니다. 나는 나물밥을 먹고 즐거워하니,95) 그 즐거움은 나 자신에 한정한다. 앉은자리가 따뜻해진 적이 없고 수레를 풀어 쉬지를 않았으니,96) 그 사랑은 남을 아우르는 것이다. 이것을 보면 성인은 결코 양주와 묵적을 폐한 적이 없다. 잠자리에는 법도가 있고 식사에는 경계가 있었으니,97) 이것을 보면 성인은 결코 섭생을 폐한 적이 없다. 일이 채 일

시험하여 본 바가 있은 뒤에 한다(子曰 : 吾之於人也, 誰毁誰譽? 如有所譽者, 其有所試矣)"라고 있다.

94) 춘추지부월, 수은필주(春秋之斧鉞, 雖隱必誅) : 공자는 노나라 역사서인 『춘추』를 정리하면서, 한 글자를 더하거나 더 줄이는 속에 포폄(褒貶)을 하였으니, 그것을 미언대의(微言大義)라고 한다. 『맹자』「등문공 하(滕文公 下)」에 보면, "세상이 쇠미하고 도리가 희미해져서 사악한 설과 난폭한 행동이 일어나서, 신하로서 그 군주를 시해하는 자도 있고 자식으로서 그 아비를 시해하는 자도 있으므로, 공자께서 두려워하여 『춘추』를 지었다. 『춘추』가 다루고 있는 내용은 천하의 일이다. 그러므로 공자는, '후세에 나를 알아줄 것도 오직 이 『춘추』에 의해서이리라! 나를 죄주는 것도 오직 이 『춘추』에 의해서이리라'라고 하였던 것이다(世衰道微, 邪說暴行, 有作 臣弑其君者有之, 子弑其父者有之. 孔子懼, 作春秋. 春秋, 天子之事也. 是故, 孔子曰 : 知我者, 其惟春秋乎! 罪我者, 其惟春秋乎!)"라고 하였다.

95) 소사이유쾌(蔬食而愉快) : 『논어』「술이(述而)」편에, "공자께서 말씀하셨다. 나물밥을 먹고 물을 마시고 팔을 굽혀서 베개로 삼으니, 즐거움이 역시 그 속에 있도다. 불의로운 짓을 저질러서 부유하고 또 귀하게 된다고 하더라도, 그런 것은 내게는 뜬구름과 같다(子曰 : 飯疏食飮水, 曲肱而枕之, 樂亦在其中矣. 不義而富且貴, 於我如浮雲)"라고 하였다.

96) 석불온, 철불해(席不溫, 轍不解) : 공자가 세상 구제에 온 마음을 두어 한 군데 오래 머물지 못하였던 것을 말한다. 『문선(文選)』에 실린 반고(班固)의 「답빈희(答賓戲)」에 보면, "위대한 성인의 다스림은 늘 분주하고 바빠, 공자의 자리는 따뜻해진 적이 없고, 묵적의 연통은 검어진 적이 없다(至聖之治, 栖栖皇皇, 孔席不暖, 墨突不黔)"라고 하였다.

97) 침유경, 식유계(寢有經, 食有戒) : 『논어』「향당(鄕黨)」편에 보면, "반드시 잠옷을 갖추셨는데, 길이는 몸 길이 하나 반이었다(必有寢衣, 長一身有半)"라고 하였고, "음식을 드실 때는 대화를 하지 않고, 잠자리에서는 말을 하지 않았다(食不語, 寢不言)"라고 하였다. 또 "음식은 정갈한 것을 추구하셨고, 회는 가는 것을 추구하셨다. 음식이 쉬고 상하였거나, 생선이 썩고 고기가 문드러졌으면 잡숫지 않으셨다. 색깔이 나쁘면 잡숫지 않으셨다. 냄새가 나쁘면 잡숫지 않으셨다. 제대로 끓여지지 않았으면 잡숫지 않으셨다. 제 때가 아니면 잡숫지 않으셨다. 벤 것이 바르지 않으면 잡숫지 않으셨다. 장맛이 제대로 되어 있지 않으면 잡숫지 않으셨다(食不厭精, 膾不厭細. 食饐而餲, 魚餒而肉

어나지 않았을 때에 그 조짐을 궁구하고,[98] 도(道)는 소리나 냄새가 없는 경지에서 추구하였으니,[99] 이것을 보면 성인은 결코 허무(虛無)를 폐한 적이 없다. 오직 지니지 않은 것이 없되, 그것을 드러내기를 평담(平淡)하게 하였으므로, 그 위대함이 이름할 수 없는 경지에 이른 것이다.

이학(異學)을 하는 자는 우리 유학의 어떤 하나를 표절하여 칭송을 오로지 하려고 추구하기 때문에, 자취가 기궤하고 말이 방자하다. 그렇게 하지 않으면 스스로 자기 도를 높이기에는 부족하다고 여기기 때문이다. 하지만 천변만화(千變萬化)가 모두 우리 유학이 본디 지니고 있었던 것에서 나왔음을 모른다. 우리는 그 정수를 취하여 우리의 소용됨에 이바지하고 그 심한 것은 쓸어 없애버리며, 그들이 가려 덮여 있는 조박(糟粕: 찌끼)의 곳을 알려주게 되면, 저들도 또한 즐겨 우리의 소용이 될 것이다.

우리 유학은 하늘로서 덮어주고 군주로서 임하며 부모로서 보호하니, 저들이 어찌 우리의 범위를 벗어나서 우리를 해치겠는가? 다만 우리 유학이 그 도를 끼고서 저들과 각축하여, 거연히 저들에게 적(敵)이라는 이름을 부여하자, 저들도 또한 오만하게 적(敵)으로 자임하니, 이에 이단의 재앙이 우리 유학에게 처음부터 끝까지 닥쳐오게 되는 것이다. 그렇게 되면 그것은 명목상으로는 '우리 유학의 도를 높인다'고 하지만 실상은

敗, 不食. 色惡不食. 臭惡不食. 失飪不食, 不時不食. 割不正不食. 不得其醬不食"라고 하였다.

98) 기연어미발(幾研於未發) : 사물이 아직 발생하고 출현하기 이전에 그 조짐을 연구하여 알아냄. 『주역』 「계사전(繫辭傳)」에 "조짐이란 움직임이 아직 미약한 것으로 길흉이 미리 드러난 것이다(幾者, 動之微, 吉之先見者也)"라고 하였다.

99) 도경어무성취(道竟於無聲臭) : 도는 소리도 없고 냄새도 없는 무극(無極)의 상태에 있음까지 추구하였다는 말. 단 공자는 무성무취의 태극이나 무극 자체를 말한 적이 없다. 『논어』 「양화(陽貨)」편에 보면 "공자께서 '나는 아무 말도 하지 않으련다'고 하였다. 자공이 묻기를 '선생님께서 아무 말을 하시지 않으신다면 저희들은 무엇을 조술합니까?' 하자, 공자는 이렇게 말하였다. '하늘에 대하여 무엇을 말하랴? 사계절이 제대로 운행하고 온갖 만물이 생겨나거늘, 하늘에 대하여 다시 무엇을 말하랴?'(子曰 : 予欲無言. 子貢曰 : 子如不言, 則小子何述焉? 子曰 : 天何言哉, 四時行焉, 百物生焉, 天何言哉!)"라고 하였다.

우리 유학의 영역을 박하게 하고 적에게 창을 더 보태주는 격이 된다.

맹자는 유학의 도를 잘 지켜낸 사람이지만, 그의 말은 고작 "돌아오면 받아들인다"[100]라든가 "떳떳한 도리로 돌아갈 따름이다"[101]라고 한 것에 지나지 않는다. 떳떳한 도리로 돌아간다는 것은 천하 사람들로 하여금 분명하게 상도(常道)의 위대함을 알게 하는 것으로, 자기 자신에 근본을 두고서 천하를 경영하는 것이므로 모든 것이 작작하게 여유가 있다. 우리 유학은 항상 여유가 있지만 저 이단들은 부족하거늘, 또한 어찌 저들에게서 바탕을 빌리겠는가? 천하 사람들은 모두 유학이 다른 것을 빌리지 않음을 잘 알고 있다. 그런데 저들은 이른바 탁룡(濯龍)의 궁(宮)[102]이니 백마(白馬)의 집[103]이니 한다. 그렇기에 그 무리는 부득이 숫자상으로 적을 수밖에 없으며, 그래서 그들의 도는 저절로 쇠미하게 된다. 이것이 이른바 공격하지 않고도 깨뜨리는 방법이다. 그러므로 지금 우리 유학의 도를 확장하려고 한다면, 공자·맹자의 가법(家法)을 준수하여 그 책의 내용을 밝히고 그 취지를 잘 이해할 수 있도록 틔워주는 일이 더할 나위 없이 가장 좋은 방법이다.

이에 앞서 중승(中丞) 양운룡(梁雲龍) 공[104]이 감사(監司)로서 본 고을에 순찰 와서, 학궁이 무너진 것을 보고는 개연히 자금을 회사하여 새로 고

---

100) 귀사수(歸斯受) : 『맹자』「진심 하(盡心 下)」에 보면 "묵자에서 도망하면 반드시 양주로 돌아가고 양주에서 도망하면 반드시 유학으로 돌아오니, 돌아오면 이에 받아들이면 될 따름이다(逃墨必歸於楊, 逃楊必歸於儒, 歸斯受之而已矣)"라고 하였다.

101) 반경이이의(反經而已矣) : 『맹자』「진심 하(盡心 下)」에 "군자는 떳떳한 상도로 돌아갈 따름이다(君子反經而已矣)"라고 하였다.

102) 탁룡(濯龍) : 한나라 원림(園林)의 명칭으로, 북궁(北宮) 근처 낙양(洛陽)의 서남쪽에 있었다. 여기서는 도교의 도관을 말하는 것 같다.

103) 백마지사(白馬之舍) : 절. 후한 때 광무제의 아들인 명제(明帝) 유장(劉藏)이 승려나 사찰사를 파견하여 천축(天竺)에 가서 불경과 불상을 구해 오게 하고 낙양(洛陽)에 백마사(白馬寺)라는 절을 세웠는데, 이것이 중국에 불교가 전래된 시초라 한다.

104) 양공(梁公) : 양운룡(梁雲龍). 자는 회가(會可)이고, 경산(瓊山) 사람이다. 만력 11년의 진사로, 호광분수도(湖廣分守道)에 임명되어, 영내의 고을들을 순찰하다가 공안에 이르러 자금을 내어 학궁을 수리하게 하였다. 『강희공안현지(康熙公安縣志)』10에 전(傳)이 있다.

치도록 하였다. 그리고 매번 고을에 이를 때면 제생(諸生)들을 나오게 하여 성현의 은미한 뜻을 알려주니, 그 말이 소박하면서도 올곧아서 다듬거나 꾸미지를 않았다. 얼마 뒤 다시 책을 내어 약간 권을 베껴 전하는데, 대부분 선유들이 채 밝히지 못한 내용들이었다. 대개 공이 유학의 도를 지키는 것은 맹자의 '떳떳한 도리로 돌아감(反經)'의 뜻과 천고에 걸쳐 마치 계약의 부절처럼 딱 들어맞는다.

옛날 창려씨(한유)[105]가 우리 도를 지킨다면서 한갓 분격해서 늘어놓는 논설을 전개하였으되, 그 근본을 내걸지는 못하였다.[106] 그것은 갑옷 입고 투구 쓰고 지킨 것에 불과하다. 무릇 갑옷 입고 투구 쓰는 것은 상대를 공격하려는 것이지, 상대를 진정으로 복종시키는 것이 아니다. 이제 양공은 오로지 공자와 맹자의 깊은 뜻을 밝혀, 사람들로 하여금 우리 도가 하나도 남김 없이 모든 것을 덮고 있고, 제자백가의 책에 별다른 기록 사실이 없음을 알게 하였다. 이것은 마치 예악이 흥성하면 사납고 교활한 습속이 저절로 수그러드는 것과 같다. 따라서 양공이야말로 성학

---

105) 창려씨(昌黎氏) : 한유(韓愈). 한유는 자신의 본관이 창려(昌黎)라고 칭하였다.

106) 한유 운운 : 한유는 「진학해(進學解)」와 「맹상서에게 답한 서한(答孟尙書書)」에서 불교를 배척하고 유학 이념을 밝히는 것이 스스로의 사명이라고 힘주어 논하였고, 「원도(原道)」에서는 배불론을 이론적으로 전개하였다. 한편 「논불골표(論佛骨表)」에서는 유학 이념의 천명을 자임하지는 않았으나, 배불의 의지를 강하게 표명하였다. 「맹상서에게 준 서한(與孟尙書書)」에서는 자신이 유가 정통의 회복을 자임한다고 역설하고, 심지어 자기 자신을 맹자에 견주었다. 양자와 묵적의 사상이 횡행하고 삼강(三綱)·구법(九法)·예학(禮學)이 모두 붕괴되었던 시대에 맹자는 유가의 도를 옹호하여 확연히 길을 열어놓았으므로, 그 공적은 치수를 통해 백성들을 구제했던 우(禹)보다도 높다고 하였다. 그런데 한(漢)나라 이후 불교와 도가가 횡행하여 유가의 도가 다시 위태롭게 되었으니, 나야말로 이단을 물리치고 유가의 도통을 잇는 것을 소임으로 삼아야 하겠다고 주장하였다. 한유는 이렇게 불교를 배척하였지만, 사유방식은 불교의 영향을 받았다. 진인각(陳寅恪) 씨에 따르면 한유는 "유가의 쌓인 폐단을 보고 선학(禪學)의 효시를 본받아, 중국의 특성을 직접 가리켜서 가의(賈誼)·공영달(孔穎達)의 번거로운 문장을 제거했다." 곧, 한유는 선종의 '심성(心性)' 이론을 흡수하였고, 그 바탕 위에서 유학 이론을 발전시켰다고 말할 수 있다. 중당(中唐) 시기는 '천인지제(天人之際)' 문제를 핵심으로 삼은 한학(漢學)에서 '성리(性理)' 문제를 핵심으로 삼는 송학(宋學)으로 이행하는 과도기였는데, 한유는 그 변화를 선도하는 역할을 하였다고 말할 수 있다.

(聖學)의 문에서 이윤(伊尹)[107]이나 여상(呂尙)[108]과 같은 분이다.

이에 고을의 사민(士民)들이 공의 가르침을 머리에 이고 공의 사당을 세울 것을 다투어 청하였다. 공안 지현 전윤선(錢胤選)[109]이 그 말을 듣고 아주 기뻐하면서, "이것이야말로 왕도정치를 이루는 큰 사업이다"라 하고, 마침내 사민(士民)의 청원대로 하였다. 그리고 사당이 완공되자 내게 글을 부탁하였다. 나는 절을 하면서 이렇게 말하였다. "공은 훗날 백사(白沙)공[110] 등 여러분 사이에 제삿상이 차려져 배향될 것입니다. 그런데 후세 사람들로 하여금 고을 안에 성학(聖學)이 있게 된 것이 공으로부터 비롯하였고, 공을 사당에 배향함이 본 고을로부터 비롯하였음을 알게 하고, 일시의 영장(令長)과 사유(師儒)로 하여금 공의 덕을 흠뻑 입어 몸에 지니고 공의 사업을 기뻐하게 하며, 그리고 불초인 아무개가 문자로 그 일을 외람되이 기록하게 하시니, 이것은 모두 영원히 썩지 않을 공적입니다."

양공의 이름은 운룡이고, 광동(廣東)의 경산(瓊山) 사람이다. 초 땅 사람들은 그를 추대하기를 양숙자(羊叔子)[111] 같이 하였다. 지금 특별히 현학

---

107) 이윤(伊尹) : 중국 고대 전설 속의 인물. 상(商)나라의 유명한 재상으로 있으면서 탕왕(湯王)을 도와, 어진 정치를 하였으며 하(夏)나라의 걸왕(桀王)을 멸망시켰다. 탕왕(湯王)의 손자인 태갑(太甲)이 포악한 정치를 하자 이를 말리다가 귀양을 갔으나 뒤에 다시 돌아와서 어진 정치를 베풀었다.

108) 여상(呂尙) : 즉 여망(呂望). 주나라 때 명신 강자아(姜子牙). 본래 성은 강(姜), 이름은 상(尙). 선대에 여(呂)나라에 봉해졌으므로 여상(呂尙)이라고도 한다. 자(字)가 자아(子牙)이다. 문왕(文王)의 스승인 태공망(太公望)이다. 문왕의 사후에 즉위한 무왕(武王)을 도와 은(殷)나라 주왕(紂王)을 멸하였고, 제(齊) 땅에 봉해졌다.

109) 전윤선(錢胤選) : 공안 지현(公安知縣). 전공제(錢公堤)를 쌓은 인물이다. 앞에 나왔다.

110) 백사(白沙) : 진헌장(陳獻章). 자는 공보(公甫). 광동(廣東) 신회(新會) 백사촌(白沙村) 사람이라 후학이 그를 백사선생이라 부른다. 명나라 영종(英宗) 정통(正統) 연간의 거인(擧人)으로, 한림원검토에 천거되었으나, 부모의 봉양을 이유로 귀향하였다. 글씨와 그림에 뛰어났다. 학문은 정(靜)을 위주로 하였는데, 사람들은 그를 맹자의 환생[活孟子]이라 하였다. 효종(孝宗) 홍치(弘治) 연간에 죽었다. 신종(神宗) 만력 연간에 공묘(孔廟)에 종사(從祀)하고, 문공(文恭)의 시호를 내렸다.

111) 양숙자(羊叔子) : 양호(羊祜). 진(晉)의 태산(泰山) 남성(南城) 사람으로, 자가 숙자(叔子)이다. 비서감(秘書監)으로 있다가 무제(武帝) 즉위 뒤 여러 관직을 거쳐 상서우복야

(縣學)의 학교 안에 신주가 모셔져 있으므로, 양공이 성문(聖門)에 끼친 공적에 대하여 간략히 서술하였다. 그 나머지, 위엄과 은혜를 조화하여 이룬 정치적인 업적은 갖춰 적지 않는다. 다른 날, 현수(峴首)[112]에 비를 세웠듯이 이 분의 공적을 비로 세워 기록할 사람이 나타나길 기다리는 바이다.

天之大也, 無所不有, 而非挾其有以角也, 聖人亦然. 使天曉曉然與春爭華, 與秋爭實, 與萬物爭洪纖大小, 天亦物耳. 故聖人之大以受, 不以勝. 天下之爲道者歧矣, 其道皆竊吾近似者也. 吾僕役之則吾用, 而角之必且外吾而求張. 故以宣尼之聖而識小, 師老聃問道, 不以是貶大. 暨於後儒挾吾之所有以求勝, 而吾之道一變而儒始名, 再變而儒退然居九流之列, 三變而儒乃有爲異道用者, 是則角之而張者也. 且夫諸子百家, 固未有能出吾範者也. 梦而爲名·法, 比而爲楊·墨, 遁而爲老·釋, 唯其竊吾似而甚焉, 則指之曰異學, 而實不出吾之所有. 夫聽所言, 觀所行, 譽所試, 是聖人未嘗不名家也. 春秋之斧鉞, 雖隱必誅, 是聖人未嘗不法家也. 吾蔬食而愉快, 其樂我. 席不溫, 轍不解, 其愛兼. 是聖人未嘗廢楊, 墨也. 寢有經, 食有戒, 是聖人未嘗廢攝生也. 幾研於未發, 道竟於無聲臭, 是聖人未嘗廢虛無也. 唯其無所不有, 而出之以平淡, 故其大至於不可名. 異學者竊其一, 以求專其譽, 故迹詭而言放, 以爲不如是, 不足以自崇其道, 而不知千變萬化, 皆不出吾儒之固有. 吾取其精以供吾用, 而汰其甚, 告之以所蔽, 彼亦且樂爲吾用. 吾覆之以天, 臨之以君, 庇之以父母, 彼安敢出而爲吾害? 唯吾自挾其道而與之

(尙書右僕射)로 승진하고, 형주제군사(荊州諸軍事)를 도독(都督)하였다. 뒤에 입조하여 오나라를 치는 계책을 진헌하였다. 죽은 뒤 태부(太傅)에 추증되었다. 『진서(晉書)』에 입전(立傳)되어 있다. 양양(襄陽)의 현수산(峴首山)에 올랐던 곳에 백성들이 그 덕을 추모하여 비를 세웠다. 그리고 사람들은 그 비를 볼 때마다 눈물을 흘렸다고 한다. '타루비(墮淚碑)'의 고사이다.

112) 현수(峴首) : 양양(襄陽)의 현수산. 양호(羊祜)의 타루비(墮淚碑)가 세워진 곳이다.

角, 居然以敵名予之, 而彼亦傲焉以敵自居, 於是異端之禍與吾儒相終始. 名曰尊吾道, 其實薄吾藩, 而益賊以戈者也. 孟氏善衛道者, 其言不過曰: 歸斯受, 曰: 反經而已矣. 反經者, 使天下曉然知常道之大, 而本之身以措天下, 皆綽綽然而有餘. 吾常有餘而彼不足, 又安用借資於彼? 天下皆知吾之不借, 彼所謂濯龍之宮, 白馬之舍, 其黨不得不少, 而道自衰, 此所謂不攻而破者也. 故今之欲廓吾道, 莫若遵孔・孟之家法, 而明其書, 暢其旨.

先是中丞梁公以監司敝邑, 見學宮圮, 慨然捐鍰新之. 每至邑, 則進諸生徒, 告以聖賢之微旨, 其言朴直無雕飾. 已又出書傳若干, 多先儒之所未發. 蓋公之所以衛道者, 與孟氏反經之旨, 千古若一券也. 昔者昌黎氏衛吾道, 徒爲忿激之論, 而不標其本, 是以介冑衛也. 夫介冑所以攻, 非所以服. 今公第發明孔・孟之深旨, 使人知道之無遺覆, 而諸子百家無異載. 此猶禮樂盛而悍獷銷, 聖門之伊・呂也.

邑士民戴公誨, 爭請祠公. 邑錢侯聞之甚喜曰: "是王政之大者." 竟如士民請. 祠成以記屬余, 余拜手曰: "公他日當俎豆於白沙諸公之間者也. 然使後世知邑中有聖學自公始, 公之從祀自敝邑始, 一時令長師儒, 薰其德而快其事, 而不肖某得以文字濫其役, 是皆不朽之籍也."

公名雲龍, 廣之瓊山人, 楚人戴公如羊叔子. 今者特祠釁序間, 故略述其功在聖門者. 其他威惠不具載, 以俟異日志峴首者.

[전校교] 1605년(만력 33년 을사)부터 1606년(만력 34년 병오) 사이에 공안에서 지었다.
○ 轍不解: 轍은 유고본에 輒으로 되어 있고, 解는 鮮으로 되어 있다.
○ 未嘗廢攝生也: 攝은 유고본에 衛로 되어 있다.
○ 唯吾自挾其道而與之角: 吾는 유고본에 我로 되어 있다.
○ 其黨不得不少: 黨은 유고본에 勢로 되어 있다.

[評] 진계유(陳繼儒)는 '而實不出吾之所有' 구에 대해 "『논어』한 질을 전부 개괄하였다(一部論語該括已盡)"라고 하였다. '彼安敢出而爲吾害' 구에 대

해 "도를 보위하는 데 깊고, 양주·묵적을 배척하는 데 깊다(深于衛道, 深于距楊墨者)"라고 하였다. '而明其書, 暢其旨' 구에 대해 "공자·맹자의 말을 점출하여 따랐으니, 이것이 근맥이 있는 곳이다(點出遵孔孟, 是筋脈處)"라고 하였다. '公名雲龍' 구에 대해 "끝에 이르러 비로소 양공을 찬미하였으니, 이것은 대문장의 맥법이다(到末方贊出梁公, 是大文章脈法)"라고 하였다(유고본 참조).

【부론】 이 글의 논조는 박지원의 『열하일기』 가운데 「황교문답(黃敎問答)」에서 중국인 학자가 말하는 다음과 같은 논리와 비슷하다.

① 추생은 "유문(儒門)에도 도학(道學)과 이학(理學)의 이름이 있는데 귀국의 유문에도 역시 이런 분과(分科)가 있는지요?" 한다. 내가 "성문(聖門)의 설교(設敎)에는 오직 네 가지 과목을 두었습니다. 일관(一貫)의 도, 이것이 바로 이(理)이니, 이것을 배우고 이것을 묻는 것이 바로 학문일 것입니다. 어찌 유문(儒文)에 별도로 딴 분과를 두어 이런 두 가지 명칭을 붙이겠습니까?"하였더니, 추생은 이렇게 말하였다. "그렇습니다. 선생의 말씀이 지극히 옳습니다. 공자의 문도(門徒) 70명이 스승에게 물은 것은 인(仁)이나 효(孝)에 지나지 않았습니다. 후세에 와서는 그렇지 않아서, 제자 된 자는 스승 앞에 처음 와서 책을 펴기만 하면 이기(理氣)부터 강론하고, 선생은 옷깃을 여미고 자리에 올라앉기만 하면 곧 성명(性命)을 말합니다. 요즈음의 학자들은 학문이 하늘과 사람을 꿰뚫고 있지만 고을 하나도 다스리지 못하며, 이(理)의 공부는 솔개가 날고 물고기가 뛰는 현상을 살피면서도(『중용』) 사무 하나도 처리하지 못합니다. 이러한 학문을 하는 이를 이른바 이학선생(理學先生)이라 합니다. 시골 사숙(私塾)에서 천품과 성질이 고루하고 꽉 막힌 데다가 행동거지가 오활하고 괴이하면서, 경전(經傳)을 얼추 익히고 훈고(訓詁)를 대충 통하면 미상불 강석의 자리를 차지하고 강의를 열지 않는 일이 없으니, 묵고 썩어빠진 것을 숙속(菽粟)이라 한다는 것을 모르고 기우고 덧댄 것을 구갈(裘褐)이라 하여 안주하고는, 자막(子莫)의 집중(執中)을 오히려 수경(守經 : 정도를 지킴)이라 하고 호광(胡廣)의 처세(處世)를 스스로 중용(中庸)이라 합니다. 이러한 학문을 하는 이를 이른바 도학군자(道學君子)라 한답니다. 이런 것들은 오히려 족히 말할 것도 못됩니다. 옛날의 이단은 묵(墨)에서 도망하여 유(儒)로 돌아오기도 하고 유(儒)로부터 도망하여 양(楊)으로 돌아가는 자도 있어서 서로 반목하고 등을 돌리면서 간과 담 사이나 초나라와 월나라 사이처럼 전혀 길을 달리 하였습니다. 오늘날의 유학자들은 도망하더라도 제 고장을 벗어나지 않고 채지(采地)를 두람(兜攬)해서는 더욱 육경(六經)을 쌓아

올려 자기 성의 벽루(壁壘)를 튼튼히 하고, 때로는 여러 가지 말을 뒤바꾸어 깃발을 새롭게 하여 반은 주자(朱子)요 반은 육상산(陸象山)으로, 각각을 모두 포주(逋主)로 삼아서 머리를 감추기도 하고 머리를 들기도 하는 것이 이 모두 수박(水泊)입니다. 두어(蠹魚)를 길러서 여우나 쥐로 삼으려면 고증(攷證)을 그 성(城)이나 사(社)로 삼고, 기기(騏驥)를 억눌러서 노태(駑駘)로 삼으려면, 훈고(訓詁)를 그 재갈로 삼습니다. 간혹 군대를 멀리 내보내어 적진으로 깊이 들어가는 일이 있지만, 거꾸로 공격과 겁박을 만나면, 그 형세상 부득이 말에서 내려 올가미를 받고 두 무릎을 꿇고 항복을 하게 됩니다. 그러니 오늘날의 유학자말로 참으로 두렵다 할 것입니다. 무섭습니다, 무섭습니다. 저는 평생에 유학을 배우기를 원하지 않습니다. 만일 능히 눈을 크게 뜨고 일을 열어 이단의 학문을 제창하는 자가 있다면 저는 장차 불원천리하고 양식을 짊어지고 가서라도 스승으로 삼겠습니다. 지금 선생의 이론을 들으니 확연히 올바른 도리를 지키시므로, 소인의 마음으로 하여금 한편으로는 기쁘게 하면서도 한편으로는 슬프게 합니다.”

② 부재는 “인생의 무엇이 유(儒)가 아니리오마는 ‘유교’라고 부르고 보면 이미 구류(九流)의 열로 물러서게 되니 우리 도의 광대무외(廣大無外)한 것이 도리어 세 가지 교 속에서 협소하게 되어 있으니, 유(儒)자 하나로써 마감을 한다면 이것은 이단을 조장시키는 것이 될 것입니다” 한다. 이때 마침 회자(回子 : 회회인) 사람 몇이 와서 술을 마신다. 나는 “저 사람들도 서번의 부락 사람인가요?” 하고 물었더니 그는 “아닙니다. 회자(回子) 사람들은 당(唐)나라 때 회흘(回紇)이라고 불렸는데 당나라에 공을 세웠고 또 역시 중국의 큰 걱정거리가 되던 나라로서, 회골(回鶻)이라고도 부릅니다. 오대(五代) 시절에는 서쪽으로 돌궐(突厥) 땅을 침입해서 한(漢)의 서역(西域) 땅이었던 옛 지역을 점거하여 소위 청진교(淸眞敎)를 행했으니, 이 역시 이단 중의 한 교입니다. 천지 사이에는 다만 우리 도가 있을 따름입니다. 우리 도의 일단(一端)을 얻은 자가 스스로 한 교라 하니, 우리 도를 배운 사람들은 그대로 ‘우리 도’라고 부를 따름이지, 유(儒)라고 이름 부를 필요가 없습니다” 한다. 나는 이렇게 말했다. “그렇지 않습니다. 자기를 우리라고 부르는 것은 저 사람에 대해서 부르는 말입니다. 나와 저가 서로 대하게 될 때에는 타물과 내가 서로 형체를 부각시키게 되는 것이니, 유독 나만 이미 스스로 작게 여기는 것이 아니므로, 이미 나와 타물과의 사이에서 스스로를 사사로이 할 수가 없습니다. 도는 이 천지 사이에 가장 공변된 이치이거늘, 어찌 나 하나만의 물건으로 만들어 타자가 와서 엿보지 못하게 할 수 있겠습니까? 내가 생각하건대, 오도(吾道)라는 두 글자는 역시 확연(廓然)히 크

게 공변된 칭호가 아닙니다. 유(儒)에 대해서는 선생의 말씀을 잘 들었습니다. 교(敎)의 경우에는 어찌 '도를 닦는 것을 교라 한다'(『중용』)고 말하지 않으십니까? 문교(文敎)니 성교(聖敎)니 명교(名敎)니 하는 것은 모두 성인의 교화(敎化)입니다. 이것도 교(敎)라고 하고 저것도 역시 교(敎)라고 하면, 이단과 서로 혼동될까 부끄러워한다면 교(敎)라는 글자를 장차 폐기할까요? 지금 '우리 도'라고 부르고 저들도 역시 자기의 교를 '우리 도'라고 이름 붙인다면 불끈 화를 내어 우리 도까지도 삭제해야 할까요?" 부재는 이렇게 말하였다. "그렇다고 말한 것이 아닙니다. 세상 선비들은 이단이라는 것이 우리 도 가운데 하나인 줄을 모르고 분분히 배격하다 보니, 저들이 비로소 높이 고개를 쳐들고 우리 도와 대치하는 것입니다. 양(楊)·묵(墨)·노(老)·장(莊)의 말은 모두 우리 도에 있는 말입니다. 심지어 불씨의 인과설(因果說)의 경우에는 우리 도가 깊이 배척하는 바이지만, 사실상 우리 도에서 먼저 말한 것입니다." 내가 "인과(因果)가 윤회(輪回) 아닙니까?" 하고 물었더니, 그는 이렇게 답하였다. "아닙니다. 인과설(因果說)이란 다만 어떤 일이 원인이 되면 어떤 공이 생겨나는 것입니다. 비유하자면 밭을 갈고 씨를 뿌리는 것이 원인이고 싹이 나는 것이 결과이고, 밭을 메는 것이 원인이고 수확하는 것이 결과입니다. 나무를 심는 것도 역시 그러합니다. 그 꽃이 원인이고 그 열매는 결과입니다. 이를테면 '옳은 길을 가면 길하고, 역리를 따르면 흉하게 된다'고 하는 것이 곧 우리 도의 인과입니다. 옳은 길과 역리는 원인이고 길하고 흉한 것은 결과입니다. 길흉이 부족한 것을 말하여 '그림자와 소리와 같다'고 말합니다. '따르고 좇는' 사이에 부응(孚應)하는 징험이 이렇게 빠른 것입니다. 또 이를테면 '착한 일을 쌓는 집에서는 반드시 뒷날 경사가 있고, 착하지 않은 일을 쌓는 집에는 반드시 뒷날 재앙이 있다'고 하는데, 이것이 우리 도의 인과입니다. 재앙과 경사가 부족한 것을 말하여 '반드시 남음이 있다'고 말합니다. 이 '반드시 있다'는 것을 보는 이는 누구입니까? 불교를 하는 자들도 처음에는 인과를 말하였으니 아주 고명(高明)했습니다. 그런데 우리 도에서 좋고 나쁜 일에는 반드시 보응(報應)하는 자취가 있다는 것을 보고는 마침내 윤회(輪回)의 설을 하여 채웠으니, 실상 우리 도가 병통으로 치는 것입니다. 이를테면 '착한 일을 하는 자에게는 백가지 상서를 내리고 착하지 않은 일을 하는 자에게는 백가지 재앙이 내린다'고 말하는데, 이것은 우리 도의 인과(因果)입니다. 다만 상서와 재앙을 내리는 이는 누구입니까? 태서(泰西) 사람들은 공경의 자세를 취하는 것이 대단히 독실하여 불교를 공박하는 데 더욱 힘쓰지만, 그러면서도 천당지옥의 설을 말합니다. 그들은 우리 도가 일심으로 대월(對越)하여 임(臨)하느니 감(監)하느니 보느니 듣느니

하여 분명히 주재(主宰)가 있음을 보고는, 한가지 재앙과 상서를 내린다는 말의 내릴 강(降) 자를 가지고 자신을 속이는 것입니다. 대개 불가에는 윤회설이라고는 없었는데 중원 사람이 불경을 번역할 때에 그 말과 글이 서로 다르므로 형용하기가 어려워서 보응(報應)과 윤회의 설로 번역하고 인과설까지 아울러 포괄한 것입니다. 후세의 선(禪)에서 논자는 또 인과를 말하는 것을 부끄럽게 생각하여 이를 불교의 조박(糟粕)이라 여겼습니다. 이는 살피지 않을 수 없습니다."

공안현 유학 주공의 생사에 적다(公安縣儒學周公生祠記)

고을의 학궁(學宮)이 예전에는 장강 가에 있어서 강물이 그 기지를 침식하였으므로 마침내 자리를 옮겼다. 그러나 고을이 해마다 양후(陽侯 : 강신, 즉 강물)[113]에 의해 고통을 받아 대성전의 재목이 좀 쓸어, 지나가는 사람마다 두려워하여 혹 무너진 집에 깔리지나 않을까 염려하였으므로, 버팀목을 덧대었다. 또 십여 년이 지나자 덧댄 것들도 태반이 썩어들었다. 고을 백성들이 서로 돌아보며 탄식하고 서글퍼하면서도 끝내 감히 중흥할 것인지 없앨 것인지 논의하지 못하였다.

무릇 고을의 고관의 띠를 두른 사대부에서부터 소매 넓은 유학자의 옷[114]을 입고 띠를 느슨하게 두른 수재에 이르기까지, 모두 공자의 책을 독송하고 공자를 본받는 자들이다. 작은 실을 모으면 실타래가 되고, 티끌을 모으면 산악이 되듯이, 고을 사람들도 역시 이러한 일을 해낼 수 있다. 다만 일은 중한데 지위가 낮으므로 어쩔 수 없이 그 논의를 늦춘 채, 천자가 명을 내린 관리가 오기만을 기다렸다. 무릇 지금의 향교는 비록 한 고을의 일이지만 그 시작은 대개 천자의 명을 받아서 행한 것이므로, 작게는 죽제나 목제의 제기(祭器)를 차리는 일에 이르기까지 모

---

113) 양후(陽侯) : 양후지파(陽侯之波). 진(晉)나라 양릉국후(陽陵國侯)가 익사하여 해신(海神)이 되어서는 풍파를 일으켜 배를 뒤집었던 고사로, 큰 물결을 지칭한다.
114) 봉의(縫衣) : 봉액(縫掖). 소매가 넓은 홑옷. 유학자의 옷. 유학자를 가리킴.

두 명령을 받들어서 행하여야 하지, 감히 그 의례를 갑자기 늘이거나 줄일 수가 없다. 그러므로 학궁의 귀중함은 태묘(太廟)와 같으며, 그 흥폐(興廢)는 일체 천자께 아뢰어 그 명을 따라야 한다. 다만, 외방에 있는 학궁의 일이어서 너무 멀어 직접 천자께 아뢸 수 없는 경우에는 천자가 명을 내린 관리에게 아뢰어 그 명을 따라야 하는 것이다.

지금 부처와 노자를 모신 사우가 하루아침에 무너질 경우에는 일을 주재하는 자가 오래도록 저자거리에서 외쳐대면 저자거리의 백정, 장사치, 품팔이꾼이 그 흥혁(興革 : 창건과 철거)을 주관하여 까마귀 떼처럼 일을 위해 모인다. 이것은 왜인가? 그 일이 가볍기 때문이다.

옛날 이사도(李師道)[115]가 개인 재물을 내어 위징(魏徵)[116]의 옛 집을 사들여 민간인의 손에 넘어가지 않게 하겠다고 하자, 백거이(白居易)는 상주문을 올려 그 일이 민간과 지식인의 정신 풍조를 진작시키는 일에 관계되므로 마땅히 조정에서 재물을 내어야 한다고 논하였다.[117] 무릇 이것은 이름난 신하의 옛 집일 뿐인데도 당시 국가의 기강[118]을 애석히

---

115) 이사도(李師道) : 당나라 헌종 때의 인물. 헌종 14년에 동평군(東平郡), 즉 운주(鄆州)의 절도사로 있다가 평로도지병마사(平盧都知兵馬使) 유오(劉悟)에게 살해된다.

116) 위징(魏徵) : 당나라 태종 때의 명신(580~643). 정국공(鄭國公)에 봉해졌고, 시호는 문정(文貞)이다. 충간(忠諫)으로 유명하다. 자(字)는 현성(玄成)으로, 곡성(曲城 : 山東省掖縣 東北)사람으로, 당나라 고조의 장남인 이건성(李建成)에게 동생 이세민(李世民)을 제거할 것을 권해 626년에 일어난 현무문(玄武門)의 변(變)에 깊이 관여하였지만, 그의 인물됨을 안 이세민은 즉위 후에 그를 간의대부(諫議大夫)로 삼고, 이어 비서감(秘書監)으로 옮겼다. 왕규(王珪)와 함께 간신(諫臣)으로서 태종(太宗)을 잘 섬겨, 그의 의론(議論)이 『정관정요(貞觀政要)』에 보인다. 또한 『수서(隋書)』와 『군서치요(羣書治要)』의 편찬에 관여하였고, 642년 태자태사(太子太師)가 되었다가 이듬해 죽었다. 643년 태종은 공신(功臣) 24명을 능연각(凌烟閣)에 그리게 하고 위징(魏徵)을 그 가운데 넣었다. 그러나 뒤에 두세륜(杜世倫)과 후군집(侯君集)의 사건에서 그의 행동에 불쾌감을 품게되어, 형산공주(衡山公主)를 위징의 장남 숙옥(叔玉)에게 강가(降嫁)시키려던 애초의 혼사를 중지시킨다. 이로부터 위징의 집안은 쇠퇴하였다. 『구당서』와 『신당서』에 모두 입전되어 있다.

117) 백거이논주이위사관격권, 합출조정(白居易論奏以爲事關激勸, 合出朝廷) : 백거이의 「위징의 구택을 사들일 것을 논하는 글論魏徵舊宅狀」을 말한다. 그 부제는 "이사도가 개인 재물을 내어 위징의 옛 집을 길이 대속하겠다고 주청한 일에 관한 건(李師道奏請出私財長續魏徵舊宅事宜)"이다.

여기는 사람이 처분을 삼가고 또 중하게 여기기를 이와 같이 하였으니, 감히 서너 인(仞) 높이의 학궁 담장을 헐고 일으키는 문제를 가벼이 논할 수 있겠는가? 반드시 주관하는 바가 있은 후에야 논의해야 하기 때문에 아랫사람들은 어쩔 수 없이 일을 늦추게 된다. 아래에서는 늦추어도 위에서는 서두르므로, 체통(體統)이 존중되어 일이 진행되는 것이다.

옛날의 위정자는 정치와 교육이 하나에서 나왔다. 그러므로 "반궁에서 포로들을 심문하고, 반궁에서 적의 머리를 바치네"[119]라고 하였다. 그러나 후대 사람들은 다만 학궁을 당대 문장[문학과 학문]의 성황을 보여주는 곳으로만 보았기 때문에, 그 수리하는 일을 항상 관아나 지역의 관서를 수리하는 일보다 뒤로 미루었다. 그래서 혹여 일으키거나 허물거나 하는 일이 있게 되면 곧바로 한두 유학자[120]에게 맡기므로, 그 일이 겨우 부처나 노자를 모신 사우의 건립이나 철거와 같게 되었다. 그렇기에 학궁이 비로소 가벼이 여겨지고, 성인의 덕을 현송(絃誦)[121]하는 곳이 이끼만 잔뜩 끼게 되었다. 그래서 후생과 말학들 가운데는 몇 년이 지나도록, 공자를 모신 사우의 문과 담장을 엿보지 못한 자마저 있다. 이것은 역시 위정자들의 책임이다.

감사 주공(周公)[122]은 순실한 선비이다. 아름답게 닦은 절개가 천하에 알려져 천자께서 상격(常格)을 뛰어넘어 발탁하였으니, 논하는 자들은 호위(胡威)[123]나 양도주(陽道州)[124]에 비유하였다. 임지에 도착한 지 한 달

---

118) 대체(大體) : 군국의 정치와 풍속의 교정에 기준이 되는 기강.
119) 재반헌괵, 재반헌수(在泮獻馘, 在泮獻囚) : 『시경(詩經)』 「노송(魯頌)」 「반수(泮水)」에 "용감한 장군들이 반궁에서 베어 온 적의 목을 바치며, 고요처럼 신문 잘하는 이가 반궁에서 포로들을 심사하네[矯矯虎臣, 在泮獻馘, 淑問如皐陶, 在泮獻囚]"라고 하였다.
120) 장봉(章縫) : 유학자의 관인 장보(章甫)와 서생의 옷인 봉액(縫掖)을 입은 사람. 유학자.
121) 현송(絃誦) : 유학의 옛 성인의 책을 송독하고 성인의 덕을 거문고에 맞추어 칭송하는 일. 현송의 곳이란 곧 학궁을 말한다.
122) 주공(周公) : 주응정(周應中). 호광병순도(湖廣兵巡道). 권35 「감사중공실정록서(監司周公實政錄序)」 참조.
123) 호위(胡威) : 진(晉)나라 사람. 자는 백무(伯武), 일명 비(貔), 시호는 열(烈). 부친 호질(胡質)과 함께 청신(淸愼)하다고 해서 알려졌다. 전장군(前將軍)에 임명되어, 청주(靑州)

이 못되어 고을 수령으로서의 위엄과 사랑을 크게 행하였다. 그리고 고을의 대성전(大成殿)[125]이 피폐했다는 말을 듣고 즉시로 전 분수도(分守道) 양공(梁公)[126]과 더불어 재물을 출연하여 원래의 건물을 철거하고 새 건물을 지었다. 일을 주관하는 자에게 그 대체를 잃지 말라고 명을 내자 백성들의 힘이 마침내 모여들었다. 그래서 고을 사람들 가운데 수십 년 동안 탄식만 하였지 감히 의논을 올리지 못하던 자들이 하루아침에 무거운 짐을 풀어놓은 셈이 되었다.

학궁이 완성되자 고을의 지현 전윤선(錢胤選)[127]이 여러 진신[128] 사대

의 군사를 감독하였다. 평춘후(平春侯)에 봉해졌다. 호위의 부친 호질이 위(魏)에서 벼슬 살아 형주 자사(荊州刺史)로 있을 때, 호위가 서울에서 오자 부친이 비단 한 필을 주었다. 호위는 부친에게, 평소 청렴하다고 알려지신 분이 비단을 어디에서 구하셨느냐고 묻자, 호질은 봉급 남은 것으로 구하였다고 답했다. 호위는 그것을 받아 가지고 가서 부하에게 주었다. 뒷날 무제(武帝)가 호위에게 부친의 어디가 청렴하냐고 묻자, 호위는, 부친의 청렴은 남이 알 것을 염려하였고 자신의 청렴은 남이 알아주지 못할 것을 염려하므로 자신의 청렴은 부친에게 도저히 미치지 못한다고 대답하였다. '호위추겸(胡威推縑)'이라는 표제(標題)로 『몽구(蒙求)』에 실려 있다.

124) 양도주(陽道州) : 도주자사(道州刺史)를 지낸 양성(陽城). 실은 한유(韓愈)가 쟁신론(諍臣論)을 지어 비판하였던 인물이다. 당나라 북평(北平) 사람으로, 자는 항종(亢宗). 가난하였지만 학문을 좋아하였고, 리(吏)가 되어 집현전(集賢殿)에 예속되어 있으면서 6년 간 서적을 읽었으며, 가까스로 진사가 되어 중조산(中條山)에 은둔하였다. 덕종(德宗)에게 징소(徵召)되어 간의대부(諫議大夫)가 되었으나 여러 간관(諫官)들이 자잘한 일을 논핵하는 것에 염증을 느껴 두 아우 및 손님과 함께 밤낮으로 통음(痛飮)하였으므로, 한유(韓愈)가 쟁신론을 지어 그를 비난하였다. 그러나 육지(陸贄)가 벼슬에서 쫓겨나자, 상소(上疏)하여 육지는 무죄이고 배연령(裴延齡)이 간녕(奸佞)하다고 논하였다. 국자사업(國子司業)으로 개직(改職)되고, 도주자사(道州刺史)로 옮겼다. 도주의 부세(賦稅)를 공납(貢納)하지 않아서, 관찰사판관(觀察使判官)의 재판을 받았는데, 도중에 사라져버렸다. 순종(順宗) 초에 서울로 징소될 참이었으나 조칙을 듣지 못하고 죽었다. 『구당서』와 『신당서』에 입전(立傳)되어 있다.
125) 대성전(大成殿) : 공자를 모신 문묘(文廟).
126) 전분수양공(前分守梁公) : 양운룡(梁雲龍). 호광분수도(湖廣分守道). 앞에 나왔다.
127) 전윤선(錢胤選) : 공안 지현(公安知縣). 전공제(錢公堤)를 쌓은 인물이다. 앞에 나왔다.
128) 진신(縉紳) : 홀(笏)을 큰 띠인 신(紳)에 꽂는다는 말로, 공경(公卿) 또는 널리 고관을 일컫는다. 한나라 장형(張衡) 「서경부(西京賦)」의 "관대가 교착하여 있다(冠帶交錯)"라는 구절에 대한 『문선』의 주에 "관대는 진신(縉紳)이니, 관리[吏人]을 말한다"라고 하였다.

부들을 이끌고 낙성하였다. 모두 이르길 "공이 아니라면 우리가 무슨 낯으로 선성(先聖: 공자)을 다시 뵐 수 있었겠는가?"라 하며, 춤출 듯 기뻐함이 마치 당(唐)의 자손이 망한 지 오랜만에 고향을 보는 듯하였다. 또 이르길 "이 고을은 공에게는 마치 신선이 다스리는 마을인 외루(畏壘)¹²⁹)와 같은 곳이다. 장차 대대로 자손들로 하여 공을 제사지내고 학궁을 집으로 삼아 공의 신주를 봉안함이 어떻겠는가?"라 하였다. 마침내 양공과 함께 두 개의 사당을 학궁의 왼편에 세웠다.

공의 이름은 응중(應中)으로, 절강(浙江)의 회계(會稽)사람이다. 무릇 학궁을 새로 건립한 일이 공의 이름을 중하게 만들 수 있으리라고는 말할 수 없을 것이지만 학궁은 공을 기다려서 중하게 되었다. 장차 후일의 글짓는 자들로 하여금 그 중함을 알게 하여 때때로 적시에 꾸밈을 더하게 하고, 후생과 말학으로 하여금 학궁의 담장을 바라보며 숙연하게 만들 것이다. 바로 이것이 사당을 세운 뜻인 것이다.

邑學宮舊濱江, 江水齧其址, 宮遂遷. 邑頻歲苦陽侯, 殿材蠹, 過者岌岌然慮其壓, 則以孫木贅之. 又十餘年, 而贅者蝕其半. 邑人相顧嘆惋, 竟不敢議興革. 夫邑之薦紳大夫, 以至縫衣緩帶, 皆誦法孔氏者也. 積縷而縋, 積塵而嶽, 邑之人亦能辦此. 獨以事重而地卑, 故不敢不緩其議, 以俟天子之命吏. 夫今鄉校雖一鄉, 其始蓋有所受之, 小至一籩一豆, 皆奉功令而行, 不敢輒有增損. 故學宮之重, 與太廟等, 而其興革, 一稟於天子, 外焉者邈而不得達, 則稟於天子之命吏.

今夫佛・老之舍, 朝而圮焉, 久而呼於市, 市之屠沽傭保, 操其興革,

<hr>

129) 외루(畏壘): 춘추 시대 노자(老子)의 제자라고 전하는 경상초(庚桑楚)의 고사에 나오는 산 고을 이름. 경상초는 노자에게서 도를 터득하고, 북쪽의 외루(畏壘)라는 산에 들어가 살면서 첩이나 하인 중에 지혜로운 자는 멀리하고 어리석은 자들만을 데리고 살았는데, 그곳에 산 지 3년 만에 그곳에 큰 풍년이 듦으로써 백성들이 그를 성인에 가까운 분이라고 존경하여 그를 임금으로 모시려고까지 했다고 한다. 『장자』 「경상초(庚桑楚)」에 나온다.

烏合而集事者, 何則? 其事輕也. 昔李師道請出私財贖魏徵舊宅, 白居
易論奏以爲事關激勸, 合出朝廷. 夫此名臣舊第耳, 當時惜大體者愼且
重若是, 其敢輕議數仞之宮墻與? 必有所操而後議, 故下之人不得不緩,
緩於下而急於上, 故體統尊而事行. 古之爲治者, 政學出於一, 故曰:
"在泮獻囚, 在泮獻馘." 後之人特以爲文章之具觀, 故其修擧, 常後於官
寺區署. 一有興革, 直付之一二章縫, 而其事僅與釋, 老之宮等, 於是學
宮始輕, 而絃誦之地, 鬱爲苔蘚. 後生末學, 有經年不窺夫子之門屛者.
是亦爲政之責也.

監司周公, 醇儒也. 修姱之節, 聞於天下, 天子超常格拔之, 論者以比
胡威, 陽道州. 下車未浹月, 威愛大行. 聞邑大成殿敝, 卽與前分守梁捐
貲撤而新之. 旣命有所操, 無失體, 衆力遂集. 而邑人士數十年嘆愌而
不敢議者, 一旦如釋重負. 宮旣成, 邑錢侯率諸薦紳士落之. 皆曰: "非
公, 余等何顔復見先聖? 洩洩然如唐子之久亡而忽見其鄕也. 則又曰:
"邑, 公之畏壘也, 將世世子孫俎豆公, 舍學宮其安之? 遂倂梁公兩祠於
宮之左.

公名應中, 浙之會稽人. 夫非謂學宮之能重公, 而學宮待公而重, 將
使後之作者知其重, 以時加修飾, 而後生末學, 望宮墻而肅然, 是祠之
所以作也.

전
筆校
교
1605년(만력 33년 을사)부터 1606년(만력 34년 병오) 사이에 공안에서 지었다.
○ 유고본에는 '道州下車未浹月……卽' 18자가 없다.

評 진계유(陳繼儒)는 '其事輕也' 구에 대해 "불교로 유교를 드러내고 가벼운
것으로 무거운 것을 드러내어 법도가 있다(以釋形儒, 以輕形重, 有法)"라
고 하였다. '鬱爲苔蘚' 구에 대해 "여기까지 보면, 책임의 귀결처가 있다(看至此,
責有歸矣)"라고 하였다. '而學宮待公而重' 구에 대해 "끝에서 비로소 덕을 주공에
게 돌려, 주공이 마땅히 종사되어야 할 바를 드러내었다(末方歸德周公, 見周公宜
從祀處)"라고 하였다(유고본 참조).

소벽당집(瀟碧堂集) 권15 지(誌)

34세 되던 1601년(만력 29년 신축)부터 39세 되던 1606년(만력 34년 병오)까지 지은 글을 수록하였다.

나의 대가(조부) 부장 묘석에 관한 기록(余大家祔葬墓石記)

우리 선대는 황주(黃州)[1]에서 남군(南郡)[2]으로 옮겼으니, 대개 무관 집

---

1) 황주(黃州) : 지금의 호북성(湖北省) 기주(蘄州), 황강(黃岡), 황안(黃安), 기수(蘄水), 나전(羅田), 마성(麻城), 광제(廣濟), 황해(黃海)의 7개 현을 관할하는 부(府). 여기서는 호북성 기주(蘄州)를 말하며, 현재의 기준현(蘄春縣)이다.
2) 남군(南郡) : 호북성(湖北省)의 옛 형주(荊州), 안륙(安陸), 한양(漢陽), 무창(武昌), 황

안[3]이었다. 할아버지 좌계공(左溪公) 항렬에 이르러 집안이 비로소 드러나게 되어, 자제들에게 장구업(章句業)[4]을 하도록 시켜서, 할아버지 대의 여러분들이 고을에서 으뜸으로 되었다. 나의 아버지 항렬에 이르러 비로소 문학이 제생(諸生)[5]의 으뜸으로 되었다. 우리 형제 무리에 이르러는 해내(천하)에서 일등한 자[6]가 한 명이요, 금마문(金馬門)[7]에 이름을 올린 이[8]가 두 명이요, 현서(賢書)[9]에 이름을 올린 이가 한 명이요, 괴문(槐門)[10]과 횡사(黌舍)[11] 사이에서 노닌 자가 40여명이다. 헤아리면, 고조 유윤공(有倫公)으로부터 우리들에게 이르기까지 5세에 집안 사람[12]이 거의 300명쯤 되니, 집안의 형제와 자질을 더러 자(字)도 알지 못하여, 말을 타고 가다가 길에서 만나도 얼굴을 알아보지 못해 혹 말에서 내리지 않게 되니, 역시 한 지방의 갑족(甲族)[13]이 되었다. 선대의 기록이 일실하 여

주(黃州), 덕안(德安), 시남(施南)의 여러 부(府)와 양양(襄陽) 부의 남쪽 경계 지역. 치(治)는 옛 초도(楚都)인 영(郢)으로, 지금 호북성 강릉현(江陵縣)의 동남쪽이다. 여기서는 구 형주(荊州)로, 공안현(公安縣) 동북쪽이다.

3) 무주(武胄) : 대대로 무관(武官)임.

4) 장구업(章句業) : 시・서를 읽어서 과거의 길로 나아가는 것을 말함.

5) 제생(諸生) : 부(府), 주(州), 현(縣)의 학교에 들어간 각종 생원을 통칭하는 말.

6) 괴해내자(魁海內者) : 원굉도의 형 원종도가 1586(만력 14)년에 진사 1등을 하였다.

7) 금규(金閨) : 한(漢)나라 미앙궁(未央宮)의 금마문(金馬門)을 지칭한다.

8) 적금규자(籍金閨者) : 조정에서 관직을 하여 궁문을 드나들 수 있는 사람. 조관(朝官). 원굉도는 1592(만력 20)년에 진사시에 합격하였는데, 이때 원중도(소수)는 아직 진사가 아니었다.

9) 현서(賢書) : 향시에 합격한 것을 거현서(擧賢書)라고 한다.

10) 괴문(槐門) : 괴시(槐市). 한나라 장안성의 동남 상만창(常滿倉) 북쪽에 시장이 있었는데 그곳에 괴수(槐樹)가 많았기 때문에 이렇게 이름을 붙였다. 『삼보황도(三輔皇圖)』에 보면, 상만창의 북쪽에는 괴수가 수백 줄 열지어 있고 장옥(牆屋)은 없는데, 제생(諸生)이 초하루와 보름이면 이 저자에 모여, 각각 그 고을에서 나는 물건과 경전(經傳) 서기(書記), 생경(笙磬) 악기를 가지고 와서 매매를 하였으며, 서로 예절을 잘 갖추고 괴수 아래서 토론을 하기도 하였다고 한다. 여기서, '괴시에 노닌다(遊槐市)'는 말이 제생의 자격을 취득하였다는 뜻으로 사용되기에 이르렀다.

11) 횡사(黌舍) : 부(府), 주(州), 현(縣)의 관학(官學).

12) 족지(族指) : 본족(本族)의 인구. 지(指)는 인구를 헤아리는 단위. 10지(指)가 1인이다. 따라서 족지가 '幾三千許'라고 한 것은 거의 300명쯤 된다는 말이다.

13) 하리지관족(下里之冠族) : 향리 중에서 두드러지게 번성한 세족(世族).

증조의 경우에는 심지어 자(字)14)를 알 수가 없을 정도이다. 기록에서 누락된 행적과 일에 대해서는 오로지 고조모 여씨(余氏) 할머니만이 그 대략을 말할 수 있었다.

내가 일찍이 증조모께 "대왕부(증조)는 어떤 분이셨습니까?"하고 여쭈었다. 할머니께서는 이렇게 말씀하셨다. "돌아가신 시어머니의 말씀을 들으니, 은일하셨지만 호방하신 분이었다고 한다. 집안을 출입하실 때는 반드시 칼을 찼고 말을 격하게 몰았으며, 말협의(鞢韐衣)15)를 입으셨다고 한다. 언젠가 작림(柞林)과 쌍전(雙田) 부근에서 노닐다가 큰 도적 수십 명을 만났는데, 격노하여 집안의 하인들을 이끌고 가서 대적해서 싸워서 당장에 그들을 갈라 죽였다. 기근이 든 해를 당하면 죽을 쑤어 굶주린 자들을 먹이셨는데, 살려준 사람이 얼마나 되는지 헤아리질 못할 정도였다고 하신다." 조부에 대해 여쭈니, 이렇게 대답하셨다. "나는 다른 것은 알지 못한다. 내가 기억하기로, 가정(嘉靖) 23, 24년 사이에 종자돈16)을 내어 천금을 만들 계획을 하고 곡식을 내어 만금을 만들 계획을 하였는데, 마침 고을에 기근이 심하게 들자 네 조부께서는 계약문서들을 꺼내 모두 불태우셨다. 그리고 노복들에게는 대문을 닫아걸고 밥을 먹게 하였으니, 그들이 혹시라도 빚을 받으러 가지 않을까 염려해서였다. 그 해에 네 아버지가 태어났다. 평생 고을 대부의 문이 어디인 줄 알지 못하였고, 사귀는 사람은 네 외조부인 공공(龔公)17)이었다. 작오(作吾) 조공(曹公)18)은 당시 가난한 제생(諸生)으로서 너무나 곤란을 겪고 있었는데,19) 그를 맞이하여 글을 읽으며 간담(마음)을 쏟아서 교유하셨다. 공공(龔公)은 후

14) 자(字) : 표자(表字). 이름의 자의를 취하여 만든 별명이다.
15) 말협의(鞢韐衣) : 보석을 주렁주렁 매단 가슴 보호용 가죽 갑옷.
16) 모전(母錢) : 본전(本錢). 본금(本金).
17) 공공(龔公) : 공대기(龔大器). 일찍이 하남포정사(河南布政使)를 지냈다. 원굉도 형제의 외조부이다. 『가설재문집(珂雪齋文集)』권9 「공춘소공전(龔春所公傳)」참조.
18) 작오조공(作吾曹公) : 미상.
19) 所交爲而外大父龔公·作吾曹公, 時爲貧諸生:『전교』는 〈所交爲而外大父龔公, 作吾曹公時爲貧諸生〉로 끊어 읽었으나 정정한다.

일 진사가 되어 벼슬이 하남 좌할(河南左轄)20)에 이르렀다. 조공도 세진사(歲進士)21)에 합격하였다. 툭 틔어 막힘이 없으시고 사람을 알아보시는 것이 대개 이러하였다." 내가 가만히 탄식하며, "이것이 우리 원씨가 흥성하게 된 까닭이구나!"라고 하며, 가승(家乘)22)을 엮고자 하였으나 이루지 못하였다. 작년에 봉사(奉使)로 나갔다가 돌아오니 할머니께서 너무 연로하셨기에23) 그 누우신 자리에 나아가 상세하게 여쭈어 개인적으로 기록하고자 하였으나, 마침 그때 돌아가시고 말았다. 아아!

할머니께서는 우리 고을 선주영(先主營)에서 태어나시니 정덕(正德) 을해년(乙亥年, 1515) 10월 20일이었다. 성장하셔서 원씨에게 시집오시니, 조부의 본부인 구씨(丘氏) 할머니께서 엄격하셨고, 가난과 모진 고통을 있는 대로 맛보셨지만, 할머니께서는 웃으시면서, 안색을 거슬린 적이 없으셨다. 무술년에 큰 고모를 낳으시고, 기해년에 구씨 할머니도 또한 둘째 고모를 낳아 기르시니, 겨우 몇 개월밖에 되지 않아 큰 고모를 먹이던 젖을 풀어 둘째 고모를 젖 먹이셨다. 계묘년에 우리 아버지를 낳으시고, 갑진년에 구씨 할머니가 또한 작은아버지를 낳아 기르시니, 겨우 몇 개월 밖에 되지 않아 내 아버지를 먹이던 젖을 풀어 작은아버지를 젖 먹이셨다.

경술년에 구씨 할머니께서 돌아가시자, 조부께서 할머니께 집안 살림을 맡기셨는데, 할머니께서는 두 어린 분(둘째 고모와 작은아버지)을 어루만지며 절통해 하셨다. 둘째 고모를 시집보내신 것이 큰 고모보다 먼저였고, 그 예물 또한 곱절이었다. 둘째 고모가 시집간 곳은 선비집안이어서 가난하였는데, 할머니께서 자산을 마련하여 대어주었다. 십여 년 뒤에

---

20) 하남 좌할(河南左轄) : 하남 좌포정사(河南左布政使). 좌할은 좌포정사로, 우할 곧 우포정사와 함께 성(省)의 행정장관이다.
21) 세진사(歲進士) : 세공(歲貢). 명나라 때는 매년 부, 주, 현에서 자격을 갖춘 늠생(廩生)을 선발하여 국자감(國子監)에 입학시키는데, 그것을 세공이라고 하였다.
22) 가승(家乘) : 가보(家譜).
23) 모(耄) : 80, 90세의 연령.

둘째 고모가 병이 들자, 할머니께서는 둘째 고모를 염려하여 밥을 끊을 정도였다. 하루는 새벽에 일어나자 새가 할머니의 품에 날아들어 차츰 기운이 없어져[24) 죽어가자 할머니께서 통곡하셨는데, 곡성을 마치기도 전에, 둘째 고모의 부음이 전하여 왔다. 할머니의 지극한 성품이 이와 같았다.

무오년에 할아버지께서 돌아가시고, 둘째 고모는 큰 조부를 잃고 외로이 되어, 집안은 더욱 낙척하게 되었으나, 할머니께서는 할아버지께서 계실 때와 같이 십안을 일으키셨다. 할머니께서는 내 아버지의 거자업(擧子業)을 점검하여 학문에 나아가게 하면서 다시는 먹고사는 일에 간여치 않게 하셨으므로, 내 아버지께서는 이 일로 제생이 되어 명성을 얻게 되었다. 을해년에 내 어머니께서 돌아가시자, 할머니께서 우리 형제와 누이를 양육하여 주신 것이 내 숙부와 고모를 양육하심과 같으셨다. 아아! 할머니이시면서, 또한 어머니이기도 하셨으니, 다시 무슨 말을 할 수 있겠는가?

을묘년에 내 형이 향시(鄕試)에 합격하자 할머니께서는 얼굴을 펴시고 활짝 웃으셨다. 병술년에는 형이 남궁(南宮)[25)의 시험에서 일등을 하였다. 무자년에는 불초손 굉도(宏道)가 이어서 향시에 합격하고, 임진년에 다시 진사시에 합격을 하였다.[26) 할머니께서 구를 듯이 기뻐하시면서 이렇게 말씀하셨다. "원씨가 두 대에 걸쳐 총부(적장자의 아내)[27)가 없었다. 내가 세상을 마치기까지 원씨를 위하여 고생을 해서 마음의 괴로움과 육체의 고통도 참고 견디느라[28) 조금도 여력이 없을 정도였는데도

---

24) 완전(宛轉) : 본래 구른다거나 천천히 춤춘다는 뜻이지만, 여기서는 보고 있는 사이에 차츰차츰의 뜻.
25) 남궁(南宮) : 예부(禮部). 과거 고시를 관장하는 기관.
26) 득준(得雋) : 진사(進士)에 합격하다.
27) 총부(冢婦) : 적장자의 정처(正妻). 즉 장부(長婦). 여기서는 원굉도의 적조모(嫡祖母) 구씨(丘氏)와 원굉도의 모친 공씨(龔氏)를 말한다.
28) 공고여조(攻苦茹燥) : 힘든 일을 하고 마음을 졸이는 고통을 감내함. 조(燥)는 조작(燥灼)의 뜻이다.

하늘은 높고 땅은 멀기만 하더니, 오늘과 같은 날이 있기 위해서였나 보다. 후일 지하에서 선부군(죽은 남편)29)을 보면 할 말이 있겠구나!" 갑오년에 내가 알선(謁選)30)되자 할머니께서 내 손을 잡고 울면서 이렇게 말씀하셨다. "네가 임금님을 보필할 일을 하게 되었으니, 팔, 구십 먹은 늙은이가 어찌 너를 기다릴 수 있겠느냐? 가거라, 네 아버지가 있으니 나는 염려하지 말아라." 내가 그때 너무도 느껍고 슬펐다.

경자년에 형님과 나, 그리고 아우가 모두 서울 집에 머물 때, 아버지께서 편지를 보내셔서 말씀하시길, "할머니께서 병이 드셔서 너희들을 애절하게 생각하신다. 얼마 전에는 며칠 동안 수저를 드시지도 않더니, 네 누이가 진현관(進賢冠)31)을 쓰고 침상 아래에서 절을 하면서 '손자아이가 돌아왔습니다'라고 하자, 할머니께서 기뻐서 웃으시더니32) 마침내 식사를 드셨다"라고 하셨다. 우리 형제들이 편지를 손에 쥐고 그 때문에 간장이 찢어지는 듯하였다. 그때 형님 백수는 동화(東華)33) 일강(日講)의 당직이었는데, 나라의 근본이 아직 안정되지 않았고34) 강연(講筵)에 참여하는 사람이 겨우 세 사람이었으므로, 어찌 차마 물러날 것을 아뢸 수 있었겠는가? 아우 소수는 과거가 임박하였고, 나는 막 태학(太學)의 벼슬을 맡아 관례상 물러날 것을 청할 수 없었으므로, 매일 마주하고서 울기만 하였다. 얼마 있다가 내가 춘조랑(春曹郎)35)으로 자리를 옮기게되자,

---

29) 선부군(先府君) : 여기서는 원굉도의 돌아가신 조부. 한(漢)·위(魏) 때는 태수(太守)를 부군(府君)이라고 칭하였는데, 당나라 이후는 작질(爵秩)에 관계 없이 비문에서는 죽은 사람을 부군이라고 통칭하였다.

30) 알선(謁選) : 이부(吏部) 등에 관직을 갖기 위해 선발을 기다림.

31) 진현관(進賢冠) : 한(漢)나라 때 문관(文官)이나 유자(儒者)가 쓰던 관. 치포관(緇布冠).

32) 견치(見齒) : 웃다. 『사기』 「일자전(日者傳)」에, "안색이 엄하여, 한 번도 이빨을 드러내고 웃은 적이 없다(顔色嚴振, 未嘗見齒而笑也)"라는 표현이 있다.

33) 동화(東華) : 북경(北京) 고궁(故宮)의 동쪽문이 동화문(東華門)이다. 곧 천자가 계시는 궁궐을 지칭한다.

34) 국본미정(國本未定) : 천자의 자리를 계승할 태자가 아직 정해지지 않음.

35) 춘조랑(春曹郎) : 예부(禮部) 관서의 속관. 원굉도는 1600년(만력 28년)에 예부의제청 리사주사(禮部儀制淸吏司主事)로 승진하였다.

가만히 기뻐하며, "이제 머지 않아[36] 할머니를 뵐 수 있겠구나"라고 하였다. 마침내 추시(秋試)가 끝나는 달에 아우를 데리고 남쪽 고향으로 돌아가, 돌아와 할머니의 침상 아래에서 절을 올리니, 그나마 즐거워하셨다. 하지만 11월 25일에 이르러 병이 심해지셔서 끝내 일어나지 못하셨다. 그때 죽은 형[37]의 부음이 또한 도착하였다. 오호라! 통재로다!

아아! 생각해보면, 원씨 삼대의 자손들을 어릴 때부터 클 때까지 어루만져 주신[38] 이는 모두 할머니였다. 산의 나무며 땅의 작물이며 언덕의 흙덩이며, 그 모든 것이 할머니가 광주리에 재물을 아껴 모으시고 삼을 잣고 면포 짜는 일[39]로 저축하신 결과인 셈이다. 지금 장안(長安)[40]에서 수십 리 밖에 울창한 숲과 무성한 대숲이 산처럼 푸르고 아름다우며, 소나무, 밤나무, 느티나무, 잣나무가 하늘을 막고 해를 가리고 있는 것은 모두 할머니께서 손수 심은 것들이다.

할머니께서는 성품이 베풀기를 좋아하셨는데, 베푼다는 것의 의리와 그 보답을 알아서 그러신 것이 아니라, 가난한 사람을 보면 불쌍하게 여기셔서 그러신 것뿐이었다. 성품이 남의 잘못은 잊어버리셨는데, 성냄을 버리는 의리와 덕을 파는 일을 알아서 그러신 것이 아니라, 원망할 일이 있으면 삭히셨을 뿐이었다. 아아! 이것은 성인의 자질이시다. 얼음과 서리로 매몰차게 하고 햇볕과 온기로 발생시키며 해와 별로 비추니, 발생하지 않게 하고자 한들 가능한 것이겠는가? 자식들과 손자들을 성장시키고자 하는 자라면, 다만 우리 할머니의 행실을 보고 우리 앞 세대 어른들이 성장한 연유를 볼 것 같으면, 비록 백세가 지난다해도 자식과 손자들을 무성하게 함이 가능할 것이다.

---

36) 유간(有間) : 불구(不久). 오래지 않아서.
37) 망형(亡兄) : 원종도가 만력 28년 9월에 북경에서 죽었다.
38) 촌마이척부지(寸摩而尺拊之) : 어릴 때부터 클 때까지 보듬고 기름. 마(摩)는 무마(撫摩)로, 양육의 뜻이다.
39) 벽광(辟絖) : 삼을 잣고 면포를 짜는 일.
40) 장안(長安) : 공안현(公安縣) 장안리(長安里). 원굉도의 가족이 거처하던 곳.

장차 신축년 10월 30일, 할아버지 좌계공의 봉산(鳳山) 언덕에 함께 장사지내려함에, 이 손자가 불민하기는 하지만, 삼가 그 사적을 빗돌에 적어 후인에게 알리는 바이다.

좌계공은 휘(諱)가 대화(大和)로 나이 46세에 돌아가셨다. 할머니는 아들이 한 분 있으니, 곧 나의 아버지인데, 천자의 명으로 한림원편수(翰林院編修)에 봉해졌다. 손자는 다섯이다. 첫째는 나의 형님인 종도(宗道)로, 벼슬이 우춘방우서자 겸 한림원시독(右春坊右庶子兼翰林院侍讀)이다. 다음은 굉도(宏道)이다. 다음은 중도(中道)로, 국자생(國子生)이다. 다음은 안도(安道)와 영도(寧道)로, 모두 읍(邑)의 제생(諸生)이다. 증손자가 넷이다. 종도를 이은 자는 기년(祈年)으로, 중도(中道)의 아들이다. 굉도의 아들은 팽년(彭年)이요, 안도의 아들은 춘년(椿年)이다. 구씨 할머니의 아들이 한 분 있으니, 나의 숙부인 사옥(士玉)이다. 따님이 한 분 있는데, 태수 왕공(王公) 아우 반(槃)에게 출가하였다가 일찍 죽었다. 손자는 사내가 넷이다. 말의 갈기 같은 무덤이 셋이 있으니, 가운데가 할아버지요, 그 서쪽이 구씨 할머니이다.

余先世自黃移南郡, 蓋武冑也. 至王父坐溪公行而族始著, 課子弟章句業, 冠里中. 至余大人行, 始文冠諸生. 至余兄弟輩, 而魁海內者一, 籍金閨者二, 舉賢書者一, 遊槐門黌舍之間者幾四十餘人. 計高祖有倫公至余輩凡五世, 族指幾三千許, 族兄弟子姪, 或不能字, 騎而遇道上, 不能貌, 或不下, 亦下里之冠族也. 先世闕記載, 大王父至遺其字, 其遺行逸事, 惟王母余大姑能道其略. 余嘗問大姑 : "大王父何如人?" 大姑曰 : "聞之先姑言, 隱而豪擧者也. 出入必帶劍, 馳怒馬, 着鞿鞴衣. 嘗遊柞林, 雙田之間, 遇魁盜數十人, 怒領家僮格鬪, 立磔之. 遇歲殣則煮糜以飼饑者, 所活不可計." 問王父, 則曰 : "余不知其他. 記嘉靖之廿三 · 四年間, 出母金以千計, 出穀以萬計, 時鄕邑饑甚, 王父取其券盡焚之, 蒼頭輩扃而飼, 恐其責負也. 是年而父生. 生平不識邑大夫門, 所交爲而外大父龔公, 作吾曹公時爲貧諸生, 困甚, 延之讀書, 傾肝膽交焉. 龔公後舉進士, 官至河南左轄. 曹公舉歲進士. 其豁達知人多此類.” 余私嘆曰: “是袁氏所以盛也.” 欲爲家乘未果. 去歲使回, 大姑耄矣, 欲就枕蓐間詳而私志之, 會卒. 嗟夫!

大姑生於邑之先主營, 爲正德之乙亥歲十月卄日. 長而歸於袁, 嫡姑丘嚴栗, 艱難辛楚備嘗之矣, 大姑怡然, 不色忤也. 戊戌, 舉長姑, 己亥, 丘亦舉二姑, 甫數月耳, 釋長姑乳乳之. 癸卯, 舉余父, 甲辰, 丘亦舉余叔, 甫數月耳, 釋余父乳乳之. 庚戌, 丘大姑卒, 王父委之家政, 撫二孩絶痛. 歸二姑也先於長, 倍其奩. 二姑所歸, 家儒而貧, 姑資給之. 十餘年後, 二姑病, 姑念之至絶食. 一日晨起, 有鳥投姑懷, 宛轉而死, 姑慟哭未絶聲而訃至, 其至性如此. 戊午, 王父卽世, 二姑焭然, 家益落, 大姑起之如王夕時. 課余父舉子業, 令之就學, 不復干生産事, 余父以是爲諸生有聲. 歲乙亥, 余母卒, 所以撫余兄弟姊者, 如余叔與姑也. 噫, 姑之矣, 復母之矣, 尚何言哉!

歲乙卯, 余兄舉於鄉, 大姑爲一開顔. 丙戌, 試南宮第一. 戊子, 不肖孫宏繼舉於鄉, 壬辰, 復得雋. 大姑乃輾然喜曰: “袁氏二世無家婦矣. 余畢世爲袁氏勞薪, 攻苦茹燥, 不遺餘力, 天高地遠, 以有今日, 他日見先府君地下有詞矣!” 甲午, 余謁選, 大姑執余手而哭曰: “爾有王事, 八九十老人豈能待爾耶? 去, 有爾父在, 莫念我也!” 余時感傷甚.

庚子, 長兄與余及三弟皆留京邸, 大人書來云: “大姑病, 痛念兒輩, 前者廢箸數日, 爾妹冠進賢拜床下曰: 『兒歸矣』. 大家喜見齒, 遂進食.” 余兄弟把書, 腸爲之裂. 時伯修直東華日講, 國本未定, 侍講筵者纔三人, 何忍言退. 小修試事迫, 余方官太學, 例不得請, 每相對而泣. 無何, 余轉春曹郎, 私喜曰: “是有間, 可以見大姑矣.” 遂以秋試終之月, 挾弟南歸, 歸而拜王母於床下, 則猶喜也. 至仲冬之卄五日, 病革, 遂不起. 時亡兄訃亦至. 嗚呼, 痛哉!

嗟乎, 計袁氏三世子孫, 寸摩而尺拊之, 皆大姑也. 山之毛, 地之産,

丘之塊, 皆姑積之筐箱而納之辟絖者也. 今長安數十里外, 見豐林茂竹,
蒼秀如山, 松栗槐柏, 干霄翳日者, 皆姑之手植也. 姑性好施, 非知有施
之義與其報, 貧則憫之而已, 性忘人過, 非知有捐忿之義與市德, 怨則
消之而已. 噫, 此聖質也. 冰霜以厲之, 陽溫以發之, 日星以照之, 欲不
發生可得乎? 欲長子若孫者, 但觀大姑之行, 及先世之所以長, 雖百世
茂可也. 將以辛丑年十月三十日, 祔葬王父左溪公鳳山之原, 孫不敏,
敬書其事於石, 以告後人.

左溪公諱大化, 年四十六卒. 大姑子一, 爲余父, 勅封翰林院編修. 孫
男五 : 長卽余兄宗道, 官至右春坊右庶子兼翰林院侍讀, 次宏道, 次中
道, 國子生, 次安道, 寧道, 俱邑諸生. 曾孫四 : 嗣宗道者祈年, 中道子也,
宏道子曰彭年, 安道子曰椿年. 丘大姑子一, 爲余叔士玉, 女一, 適太守
王公弟槃, 早卒. 孫男四. 馬鬣而封者三, 中卽王父, 其西則丘大姑也.

전
筆校교   1601년(만력 29년 신축), 공안(公安)에서 지은 글.

첨대가광기명(詹大家壙記銘)

나는 어머니 품에 있던 어릴 적에 병이 많아서 어머니께서 차마 직접
기르지 못하시고 첨씨(詹氏) 할머니께 맡겼으니, 첨씨 할머니의 은혜가
어머니보다 곱절이다. 겨우 여섯 살 때 어머니를 여의었는데, 그때 아우
중도(中道)는 고작 네 살이어서, 나와 아우는 모두 할머니의 손에서 길러
졌다. 이로써 우리들은 성인이 될 때까지 어머니를 여읜 슬픔을 몰랐다.

지난번 내가 오현의 현령이 되었을 때 할머니는 연세가 75세로 마침
병을 조금 앓으셨으므로, 내가 할머니 간병을 이유로 휴직을 청한 것이
세 차례였다. 그 이야기는 『거오독(去吳牘)』[41]에 실려 있다. 그때 오 땅의

수백 만 사람들이 서로서로 돈을 풀어 절에 공양하여 할머니를 위해 복을 빌면서 내가 머물기를 바랬다. 내가 허락하지 않자, 또 그 이름을 적어 성황단(城隍壇)에 청하기를, 각자 나이에서 열흘씩을 덜어 할머니를 더 오래 사시도록 해달라고 빌었다. 내가 차마 어쩌지 못하고 끝내 머물고 말았다. 그러나 가슴속은 이 때문에 답답해져서 반년을 넘지 못하고 마침내 병이 들어 고향으로 돌아갈 것을 청하기를 더욱 애썼다. 여섯 달이 지나서야 마침내 휴직의 청이 받아들여졌다.

그때 아버지의 서신이 이르러 왔는데, "첩씨 할머니는 이제 건강해지셨으니, 너는 이부(吏部)의 알선(謁選)을 거쳐 관직을 개차(改差)받은 뒤에 돌아오더라도 늦지 않을 것이다"라고 하셨다. 마침내 서울로 들어가 경조(京兆)의 벼슬로 고쳐 제수받았으므로, 또한 공안으로 돌아가지 못하게 되었다. 하지만 할머니께서는 더욱 식사를 잘 하시었다. 두 해가 지나서 국자감(國子監) 교유(敎諭)의 직에서 예부(禮部)[42]의 벼슬을 제수받았으므로, 비로소 개차(改差)를 청하여 돌아왔다. 할머니께서는 헝클어지신 흰 머리로 구장(鳩杖)에 의지하여 마중을 나오셨으므로, 내가 울면서 또한 기뻐하였다. 이미 관직의 일을 다 마친 뒤 마침내 나는 병을 이유로 귀향하고는, 문밖을 아예 출입하지 않으면서 할머니를 모셨다. 2년이 지나 돌아가시매, 향년 81년과 한 달 7일로, 때는 만력 임인년(1602) 10월 25일이었다.

할머니께서 돌아가시던 날 아버지 봉공(封公)[43]께서 애통히 곡을 하시며 내게 이렇게 말씀하셨다. "너는 단지 할머니가 너희들에게 어머니 같으셨던 것만 알지, 실은 할머니가 나에게 어머니 같으셨던 것은 모를 것이다. 내가 태어나 적모(嫡母)[44]의 엄격하고 매서움을 만나자 할머니는

---

41) 거오독(去吳牘) : 권7 「거오칠독(去吳七牘)」을 말한다.
42) 의조(儀曹) : 예부(禮部)를 지칭한다. 남조(南朝) 송(宋)에도 의조(儀曹)라는 명칭이 보이고, 북위(北魏)와 수(隋)에도 의조라는 관직명이 나타난다.
43) 봉공(封公) : 원사유(袁士瑜)는 천자의 명으로 한림원편수(翰林院編修)에 봉해졌다. 위의 글에 나왔다.

자신의 딸을 먹이던 젖을 풀어서 나에게 젖을 먹이시고 왼손으로는 아이포대기를 안고 오른손으로는 옷가지와 이부자리를 들고 빨았으므로 고통이 백 배나 되었지만, 마음으로 즐거워하지 않으신 적이 없었다. 얼마 있다가 내가 하인들의 거처로 나가 거처하였는데, 할머니께서는 떡이며 과일이며 구이 같은 것들을 저녁에 내어 두었다가 아침이면 하인들을 먹이고, 아침에 내어 두었다가 저녁이면 하인들에게 먹여주셨다. 하인들에게 연유를 묻자, 모두들 말하기를, 할머니가 여러 가지 방도를 써서 갖추어 놓은 것이라 하였다. 네 할아버지가 돌아가시자 그때 할머니 나이 겨우 30여 세라, 집안의 어른들이 할머니가 아직 젊으신 것을 불쌍하게 여기고 또 자식이 없었으므로 억지로 개가를 시키려 하였다. 할머니는 죽기로 맹세하여 개가하지 않고, 여씨(余氏) 할머니와 함께 집안의 일을 지탱하였다.

내가 약관일 무렵에 밖의 스승에게 나아가 배웠는데, 할머니께서 나를 독려하시길 아주 한껏 하셨단다. 겨우 성인이 되자 네 어머니가 세상을 떠났는데, 그 이후로 할머니께서 스무 해 동안 겪으신 노고는 네가 눈으로 직접 보았을 것이다. 네 형이 현서(賢書)에 오르고[45] 네 누이가 시집을 갔으며, 너희 두 사람이 비로소 관례를 올려 성인이 되었지만, 맏며느리인 조씨(曹氏)가 또 세상을 떠났으니, 조씨 소생의 셋이나 되는 어린 아이들[46]은 다시 목숨을 할머니에게 맡긴 것이다. 아아! 원씨 삼대가 모두 구씨 할머니 품속의 산물들이다."

말씀이 끝나자 다시 통곡을 하니 여러 손자들과 여러 권속(眷屬)들도 모두 통곡을 하였다. 못난 손자 굉도(宏道)는 곡을 하며 이 글을 돌에 새기고, 또 이어 명을 짓는다.

---

44) 적(嫡) : 적모(嫡母). 서자(庶子)가 아버지의 정실을 일컫는 말. 원굉도의 아버지 원사유(袁士瑜)는 서출로, 적모는 구씨(丘氏)였다. 위의 「나의 대가 부장 묘석에 대한 글(余大家祔葬墓石記)」을 참조.
45) 등현서(登賢書) : 향시(鄕試)에 합격하다.
46) 삼재포남녀(三在抱男女) : 원사유의 손자 손녀 세 사람을 말한다.

명은 다음과 같다.

하엽산(荷葉山)은 무성한데
삼관총(三官塚)은 황량하네.
내 꿈에 보이리라.
이곳은 정토(淨土)가 가까운 무덤이니
딸 선나(禪那)와 아이 해(海)[47]가 즐거워하며 따르는 것이.

余在抱卽多病, 母不忍自育, 托於詹大姑, 恩倍母. 甫六歲, 卽失母, 時中道弟方四歲, 皆育於大姑, 以是余等至成人, 無失母憂. 往余令吳, 大姑年七十有五, 會小病, 余爲之乞休者三, 語在去吳牘中. 時吳中數百萬人, 相率散緡飯緇, 爲大姑求福, 冀以留余. 余不許, 則又籍其名, 請命於城隍, 願各捐其壽十日以壽姑. 余不忍, 竟留. 然胸中自是鬱鬱, 不半載, 遂病, 乞歸益力. 閱六月, 乃得請.

大人書來云: "詹姑方健, 兒謁部得改, 歸未遲." 遂入改京兆授, 又不獲歸. 然大姑益善飯. 閱二歲, 由國子敎除儀曹, 始乞差還, 大姑白鬚鬚, 扶鳩杖出勞, 余泣且喜. 旣事竣, 余遂乞病, 杜門侍姑, 二年乃卒, 享年八十一餘一月及七日, 時萬曆壬寅十月之廿五日也.

卒之日, 家大人封公哭之慟, 謂余曰: "兒但知母若等, 不知實母余也. 余生値嫡嚴厲, 姑釋己女以乳, 左手褓, 右執衣褥浣焉, 艱辛百倍, 無弗恬也. 頃之余出就僮舍, 凡餠餌果炙之屬, 昏而出朝而飼焉, 朝而出昏而飼焉, 問之則皆大姑百計以具者也. 汝王父見背, 時姑年纔三十餘, 族長者憐其少, 且無子女, 强之改適. 姑以死自誓, 與余大姑共持家政. 余時弱冠就外傅, 所以督余者甚力. 甫成立, 而汝母卽世, 二十年勞瘁, 汝所目也. 及汝兄登賢書, 汝姊嫁, 汝二人始束髮, 而冢婦曹復去世. 三

---

47) 여선아해(女禪兒海): 원굉도의 딸 선나(禪那)와 원중도의 아들 해(海). 모두 일찍 죽었다. 『가설재문집』권9 「원씨삼생전(袁氏三生傳)」참조.

在抱男女, 復托命焉. 嗟夫, 袁氏三世, 皆姑懷中物也." 言已復哭, 諸孫
及諸眷屬皆慟哭, 不肯孫宏道哭而勒諸石, 且系以銘.

銘曰 : 荷葉山之翁翁, 三官塚之童童, 協余夢, 是惟淨土之近封, 女禪
兒海嬉以從.

전
筆校교
1602년(만력 30년 임인), 공안에서 지은 글.
○ 제목의 記가 소수본에는 誌로 되어 있다.

소계원공 묘석명(少溪袁公墓石銘)

숙부 소계공(少溪公)은 휘(諱)가 사옥(士玉)으로, 내 아버지 봉공(封公)[48]
과 함께 할아버지 좌계공(左溪公)[49]에게서 태어났지만 어머니는 다르다.
일곱 살 때 생어머니인 총모(冢母 : 嫡母) 구씨(丘氏)를 잃고 내 아버지의 어
머니인 여씨(余氏) 할머니를 어머니로 모셨다. 어려서 놀기를 좋아해서,
도박의 재주[50]를 끼고 동네를 내달리고, 술을 마셔 귓불이 달아오르며,
탄환으로 잡은 참새를 내어서 구워 여러 소년들을 두루 먹이고는 하였
다. 하지만 할아버지께서 아끼고 사랑하셔서 금하지를 않으셨다. 열다섯
살에 아버지를 여의고 내 아버지가 단지 한 살 위였지만, 숙부는 집안 일
을 내 아버지에게 맡기고, 놀러 다니기 좋아하기를[51] 전과 같이 하였다.

---

48) 봉공(封公) : 원사유(袁士瑜)는 천자의 명으로 한림원편수(翰林院編修)에 봉해졌다.
   위의 글에 나왔다.
49) 좌계공(左溪公) : 원대화(袁大和).
50) 와주(瓦注) : 기와를 걸어 승부를 다투는 일. 주(注)는 물건을 걸고 승부를 다투는 일.
   와주(瓦鉒), 와구(瓦摳)와 같다. 『장자』 「달생(達生)」편에, "질그릇을 내기로 걸고 활을
   쏘면 잘 쏠 수 있지만, 허리띠의 은고리를 내기로 걸고 활을 쏘면 마음이 흔들리고, 황
   금을 걸고 활을 쏘면 눈앞이 가물가물하게 되느니라. 그 재주는 마찬가지인데 연연해
   하는 바가 생기게 되면 외물을 중히 여기게 되니, 외물을 중히 여기는 자는 속마음이
   졸렬해지는 것이니라(以瓦注者巧, 以鉤注者憚, 以黃金注者㡬. 其巧一也, 而有所矜,
   則重外也. 凡外重者內拙)"라고 한 데서 나온다.

숙부는 천성적으로 말을 유난히 좋아하였다. 마구간의 말들이 모두 좋은 말들이었는데, 아무리 높은 가격을 내걸고 팔라 해도 팔지 않았다. 말들을 멀리까지 가게 하지 않고, 다만 날마다 물가와 숲으로 달리게 하여, 그 말들이 바람 속에 갈기를 날리고 안개 속에 갈기를 드날렸는데, 멀리서 바라보면 마치 천리마와 같았다. 숙부는 그 말들이 발로 땅을 차고 등뼈를 씹으며[52] 교만하게 웃고 콧소리로 이야기하는 것을 보면서 유쾌하게 여기셨다. 새벽닭이 울기 전에 일어나 머리를 감아 빗고 옷과 관모를 갖춰 입고서 마당 가운데 서서 하인에게 명하여 망아지를 끌고 나오게 하여, 솔가지를 태워 비추어보면서 그 망아지가 배가 고픈지 배가 부른지를 살펴 꼴을 먹인 뒤에 풀어놓았다. 저녁이 되면 산꼭대기에서, 말들이 돌아오는 때 일으키는 먼지를 바라보면서 이를 드러내고 웃었다.

숙부는 사람됨이 몸집이 아주 크고 우람하면서 다부졌고, 음식을 잘 드셨다. 날마다 가래나무 바둑판을 끼고 있거나 오로지 오목(五木)[53]을 가지고 놀았다. 또 여러 손님들을 끼고서 쌍전(雙田)과 맹계(孟溪) 사이에서 말을 달리고, 밤을 새워가며 마음껏 술을 마셔대었다. 사십 년을 하루같이 하면서, 잠시 동안도 공적인 일이든 사적인 일이든 일로 분주하여 인간세계의 수고로운 일[54]을 한 적이 없다.

---

51) 희협(喜狹) : 놀고 다니는 것을 좋아함. 협(狹)은 협사(狹斜)로, 본래는 장안(長安)의 유곽(遊廓)의 이름이다.

52) 설척(齧脊) : 말이 고개를 젖혀서 등의 갈기를 문대는 모습을 이렇게 표현한 것이다.

53) 오목(五木) : 저포(樗蒲)를 말한다.『태평어람(太平御覽)』「방술(方術)」·「저포복(樗蒲卜)」에 보면, "노자(老子)가 서융(西戎)에 들어가 저포를 만들었는데 저포는 오목(五木)이다"라고 하였다.

54) 노신(勞薪) : 옛날의 거각(車脚)을 시(柴)라고 한다. 수레로 물건을 운반하므로, 거각이 가장 고생스럽다. 그러므로 노신(勞薪)이라 한다. '세상의 노신'이란 인간세계의 노고를 말한다. 또한 채신지우(采薪之憂)를 가리키기도 한다. '채신지우'는 병이 나서 땔감을 채취하는 일을 하지 못함을 뜻하여 자신의 병(病)을 칭하는 겸사(謙辭)로 쓰인다. 하지만 일설에는 땔감을 채취하러 가서 신체가 피로한 것을 말한다고 하며, 부신지우(負薪之憂)라고도 한다.

공은 가정(嘉靖) 갑진년(1544)에 태어났으니, 향년 60세이다. 아들은 네 사람이고 손자는 열한 명이다. 계묘년(1603) 11월 20일에 봉산(鳳山)의 언덕에 부장(附葬)하니, 구씨 할머니의 묘역을 나누어 모셨다. 왼편은 할아버지와 여씨 할머니의 무덤이다. 장차 장사를 지내려 하면서[55] 내게 명(銘)을 맡겼다. 조카인 굉도 내가 붓을 잡고 흐느끼며 명을 짓는다.

명은 이러하다.

지공(支公)[56]이 신마(준마)를 좋아하고
무자(武子)[57]가 말 이야기를 알아들은 것[58]은
외곬스러운 것은 외곬스러웠지만
그래도 손자형(孫子荊)[59]이 검루(黔婁)의 기예[60]를 좋아함보다는 낫고 말고

---

55) 종(終) : 송종(送終). 장례를 치룸.

56) 지공(支公) : 지둔(支遁, 314~366). 진(晉) 진류(陳留) 사람으로, 자는 도림(道林)이고 본성은 관씨(關氏)이다. 집안이 대대로 부처를 숭상하니, 여항산(餘杭山)에 은거하다가 25세에 출가하여 고승으로 이름이 높았다. 특히 학과 말을 좋아하였다.

57) 무자(武子) : 진(晉)나라 왕제(王濟). 자가 무자이다. 무제(武帝)의 딸 상산공주(尙山公主)를 아내로 맞았다. 힘이 장사였으며, 말을 사랑하는 습벽이 있었다. 또한 마랄(馬埒 : 목마장의 바자울)을 만들고 동전을 엮어서 그 속을 채웠으므로 당시 사람들이 그것을 금구(金溝)라고 하였다. 『몽구(蒙求)』에 '무자금랄(武子金埒)'이라는 표제어가 있다. 언젠가 말에 장니(障泥)를 달고 타고 가는데 말이 물 앞에서 건너려고 하지 않았다. 왕제는 말이 장니를 아까워해서 그러는 것이라고 짐작하고, 사람을 시켜 장니를 풀게 하였더니, 말이 곧바로 물을 건넜다고 한다. 그 만큼 말의 본성을 잘 알았다는 것이다. 『세설신어』 「술해(術解)」에 나온다.

58) 마어(馬語) : 말이 하는 말. 소식(蘇軾)의 시(「한간십사마」)에, "늙은 수염의 해관(말 기르는 관리)이 말을 타고 고개를 돌려보니, 전생의 몸이 말이어서 말의 이야기에 통하네(老髥奚官騎且顧, 前身作馬通馬語)"라는 구절이 있다.

59) 손자형(孫子荊) : 진(晉)나라 중도(中都) 사람인 손초(孫楚). 자가 자형이다. 재주가 뛰어났는데, 젊어서 은둔의 뜻이 있었다. 나이 마흔에 석포(石苞)의 군사(軍事)에 계책을 도왔다. 혜제(惠帝) 초에, 풍익 태수(馮翊太守)가 되었다. 일찍이 왕제(王濟)에게, 바위를 베개삼고 시냇물로 양치질하겠다고 하여야 할 말을, 바위로 양치질하고 시냇물을 베개삼겠다[漱石枕流]라고 잘못 말하고는, 그 이유를 강변하는 둔사(遁辭)를 말하였다. 『진서』에 입전되어 있으며, 『몽구(蒙求)』에 '손초수석(孫楚漱石)'이라는 표제어가 있다.

60) 검기(黔技) : 검루지기(黔驢之技). 당나라 유종원(柳宗元)의 「삼계(三戒)」 가운데 '검

叔少溪公, 諱士玉, 與余父封公同出王父左溪公, 而母別. 七歲失家
母丘, 母於封公母余大家. 弱好弄, 挾瓦注走里閈, 酒後耳熱, 出所彈雀
炙之, 遍啖諸年少. 王父愛憐之, 不之禁. 十五歲孤, 封公止長一歲, 任
家政, 而公嬉狹如故. 性癖馬, 廐中皆良駒, 懸高貲不肯售. 不致遠, 但
日馳湖莽間, 風鬃霧鬣, 望若龍種, 觀其蹴踏嚙脊驕嘶鼻語以爲快. 未
鷄鳴輒起櫛沐, 衣冠而立庭中, 命臧獲奉駒出, 然松而照之, 視其饑飽
芻秣而後放. 晚則從山頭望歸塵, 掀齒而笑.

爲人魁碩長悍, 壯飲食, 日攜楸罫, 偏提五木, 挾諸客走馬雙田·
孟溪間, 劇飮徹晝夜. 四十年如一日, 未嘗一刻奔走公私, 作人間勞
薪事也.

公生於嘉靖甲辰, 享年六十. 子四人, 孫十一人, 以癸卯十一月二十
日附葬鳳山之原, 分丘姑之鬣而封之, 左則先王父與余大姑也. 將終,
以銘屬余, 姪宏道乃捖管獻欷而爲之銘.

銘曰 : 支公神駿, 武子馬語, 癖則癖矣, 猶勝孫子荊之嗜黔技.

전
校교 　1603년(만력 31년 계묘) 공안에서 지은 글.
　○ 제목의 銘이 서종당본·소수본에 志로 되어 있다.
○ 日攜楸罫 : 罫는 패란거본에 罣로 되어 있으나 서종당본·소수분·이운관본에
따라 고친다.

　　　　　　　　　　　　　　·

　지러(黔之驢)'에 나오는 우화. 검(黔) 땅에는 나귀가 없었는데, 어떤 호사자가 배로 실
어왔다가 쓸모가 없자 산에 풀어 놓았더니 호랑이가 처음 보는 동물이라 신으로 여겼
다. 어느날 나귀가 한 번 울자 호랑이가 놀라 도망을 하였다. 그러나 아무 능력이 없는
것을 알고는 접근해서 살살 건드리고 도발을 하자 나귀가 참다 못해서 발로 걷어찼다.
그러자 호랑이는 '기예가 이것뿐이구나(技止此耳)!' 하고는 펄쩍 뛰어 입으로 물어 목
을 끊어서 그 고기를 다 먹어치웠다. 이 우화에서부터, 검려지기(黔驢之技)라고 하면,
한계가 뻔한 한가지 재주라는 뜻으로 사용된다. 여기서는 둔사(遁辭)를 해대는 인사들
의 기예를 말하는데, 언의(言議)를 숭상하는 것을 배격하는 뜻을 담은 것이다.

칙봉 유인 요씨 묘석명(勅封孺人廖氏墓石銘)

유인(孺人) 요씨(廖氏)는 돌아가신 백수(伯修) 형님의 계실(둘째 부인)로, 형님보다 일곱 살이 적었는데, 나이 열여덟에 시집오니 그때 형님은 막 효렴(孝廉)[61]이었다. 형님이 한원(翰苑)에 벼슬을 하게 되자, 마침내 유인(孺人)에 봉해졌다. 형님을 따라 연(燕 : 북경)의 집에 있었던 것이 12년, 공안의 본집에 계셨던 것이 앞뒤로 5년이었으며, 미망인으로 불린 것이 4년인데, 향년 38세로 만력 갑진년(1604) 8월 18일 침소에서 돌아가셨다.

유인은 성품이 순박하고 화평하며 곧고 깨끗하여, 남편을 의로써 도왔고 첩들에게는 은혜로 대하였다. 형님이 돌아가시자 마음으로는 거의 살려고 하지 않아, 재계(齋戒)를 하고 부처를 수놓으며, 밤낮으로 죽을 날만을 기다렸다. 형님의 장례가 끝나자마자, 마침내 자신의 관을 만들고 귀의(수의)를 준비하여, 마치 먼 길을 가는 사람의 차림처럼 하면서 온화하고 편안한 태도이시더니, 2년이 채 못되어 돌아가셨다. 뒤를 이을 기년(祈年)이 그 해 12월 1일에, 먼저 죽은 부군[62]의 무덤 옆에 장사지내었는데, 떨어진 거리가 1장(丈) 남짓이다. 마침내 명을 짓는다.

명은 이러하다.

무덤의 오른편엔 시어머니와 남편
무덤의 왼편엔 자식과 조카들.
야대(저승)[63]에서 한데 모이니
대낮에 탄식하며 우는 것보다 나으리.
성품이 온화하고 곧았기에

---

61) 효렴(孝廉) : 본래는 효행이 있는 사람과 청렴한 사람을 추천하여 벼슬을 주던 것이었으나, 명대에는 과거를 보는 사람을 지칭하였다.

62) 선서자(先庶子) : 서자(庶子) 벼슬을 하다가 죽은 남편, 원굉도의 형. 서자(庶子)는 태자의 교육을 담당하는 벼슬.

63) 야대(夜臺) : 무덤을 말한다.

시어머니께 부끄럽지 않고,

지조가 엄정하고 깨끗하였으니

남편에게 부끄럽지 않으리.

오직 부끄럽지 않으니

이로써 웃음을 머금고 돌아가리라.

부디 황천에서도 남편을 잘 보필하시길.

孺人廖氏, 爲先庶子伯修兄繼室, 少庶了七歲, 年十八乃歸, 時伯修
方爲孝廉. 旣官翰苑, 遂封孺人. 隨伯修燕邸者十二載, 家居前後凡五
載, 稱未亡四載, 得年三十八, 以萬曆甲辰八月十八日卒於寢.

孺人性醇和貞粹, 相夫子以義, 畜妾媵以恩. 伯修亡, 意緖殆不欲生,
持齋繡佛, 日夜期地下. 伯修甫襄事, 遂命斲棺, 治鬼衣, 若遠行之裝
束, 恬然安之, 未及二年而逝. 嗣子祈年, 將以是年十二月一日安葬於
先庶子墓旁, 相距丈許, 遂爲之銘.

銘曰: 原之右爲姑若夫, 原之左爲子若姪, 夜臺之聚首, 勝白日之歔
泣. 性溫而貞, 不媿姑也, 操嚴而潔, 不媿夫也. 唯其不媿, 是以含笑而
歸, 願佐夫子於黃壚.

전校교 1604년(만력 32년 갑진)에 공안에서 지은 글.
○ 遂命斲棺 : 斲은 패란거본에 斷으로 되어 있지만 서종당본·소수본에
따라 고친다.

이릉 나자화 묘석명(夷陵羅子華墓石銘)

나공(羅公)의 휘(諱)는 문채(文彩)요 자(字)는 자화(子華)로, 그 선대는 소
주(蘇州)의 동정산(洞庭山)에 은거하였다. 할아버지인 흠(欽)은 상인으로

초(楚)땅와 촉(蜀)땅을 왕래하였는데, 이릉(夷陵)[64]의 순박하면서도 전아한 모습을 사랑하여 마침내 그곳에 집을 정했다. 흠이 이(怡)를 낳으니 이분이 회호공(懷湖公)이시다. 이(怡)가 세 아들을 낳았는데, 첫째는 문금(文錦)이요 막내는 문감(文鑑)이며, 공은 둘째였다.

나공은 나면서부터 뛰어나고 기특하여 하루에 수천 자를 기억하였으며, 대우(對偶)의 한 짝을 말하면 즉시 입에서 나오는 대로 응대하였다.[65] 그러나 공은 서적을 가까이하면 혹 마을 사람들의 놀림을 당할까 염려하여 마침내 거자업(과거공부)을 그만두었다. 형님과 함께 장사를 하면서도, 몰래 고문사(古文詞)[66]를 가지고 다니면서 읽었으며, 아름다운 산수를 만나면 곧 한참을 머물러서는 돌아가는 것을 잊었다. 형님이 꾸짖어서, "세상에 어찌 상아찌[67]의 주판과 청산 속의 장사치가 있단 말이냐!"라고 하니, 공이 사죄하고는 다시는 돌아보지 않았다. 얼마 지나 혼자 장사를 하는데, 낮이면 돈을 계산하고 밤이면 예전처럼 글을 지었으므로,[68] 이익은 남들보다 곱절이 되었지만 주머니 속에는 한푼도 남기지 않았다.

---

64) 이릉(夷陵) : 호북성(湖北省) 의창현(宜昌縣). 본래 초(楚)나라 선왕의 묘명인데, 그 위치에 대하여는 여러 가지 설이 있다.

65) 위우성, 첩수구응(爲偶聲, 輒隨口應) : 중국이나 조선에서는 아동들이 연장자의 호자(呼字)에 즉각 연구(聯句)를 짓거나 어른들이 불러준 안짝에 맞추어 즉각 대구(對句)의 바깥짝을 찾아낼 줄 알아야 시적 재능이 있다고 평가하였다. 후자를 멱대(覓對) 혹은 응구첩대(應口輒對)라 한다. 조선의 서거정(徐居正)의 『동인시화(東人詩話)』, 유몽인(柳夢寅)의 『어우야담(於于野談)』 등에는 응구첩대를 하여 지은 대구를 논평한 시화가 가장 많다. 서거정(徐居正) 본인도 아주 어려서 응구첩대를 잘하였다는 일화가 전한다. 그는 대여섯 살 때 중국 사신들이 머무는 태평관(太平館)에 들어가 창문을 뚫고 안을 엿보다가 중국 사신에게 붙잡혀 야단을 맞게 되었는데, 대구(對句)를 잘 지어 풀려났다고 한다. 중국 사신은 "손가락으로 종이 창을 뚫으니 구멍[孔子]을 이루었네(指觸紙窓成孔子)"라고 안짝 구를 말하였는데, 어린 서거정은 "손에 밝은 거울 쥐고 얼굴 돌려[顔回] 대한다(手持明鏡對顔回)"라고 바깥 구를 답하여, 공자(孔子)에 안회(顔回)로 짝을 멋지게 맞추었다.

66) 고문사(古文詞) : 이른바 당송 고문(唐宋古文)이 아니라 한위 고문(漢魏古文)을 가리키는 듯하다.

67) 아첨(牙籤) : 상아찌. 상아로 만든 책갈피.

68) 연참(鉛槧) : 연분(鉛粉)과 서판(書版)으로, 문필활동을 말한다.

형님이 마침내 탄식하고 승복하고 말았다.

　형님이 일찍 죽었는데, 그것은 회호공(懷湖公)이 세상을 떠난 때로부터 겨우 3년만이었다. 공은 통곡하며 "하늘이시여! 어찌하여 내 아버지와 형님을 이리도 빨리 앗아가십니까?"라고 하였다. 그리고는 형님의 아들을 자기 자식처럼 보살피고, 마을의 뛰어나고 영묘한 이를 가려 집안의 선생으로 삼으니, 형님의 아들들이 후일 모두 제생(諸生) 사이에 명성이 있었다. 얼마 지나지 않아 공 또한 세 번 향시(鄕試)에 합격하자, 마침내 장사를 그만두고 시서(詩書)로 전문을 삼았다.

　공은 성품이 베풀기를 좋아하였다. 언젠가 어떤 아낙이 때가 낀 얼굴로 울고 있었는데, 그 까닭을 물어보니, 자신을 팔아서 남편의 빚을 갚을 것이라고 하였다. 공이 불쌍히 여겨 마침내 대신 갚아 주었다. 또 한 첩을 사서 이미 납폐를 하였지만, 뒤에 원래 그 여인의 남편이 예식을 올릴 수 없어서 그 여인더러 개가하여 별도로 연명해나가도록 했다는 연유를 듣고는, 공은 재물을 대어서 그 여인을 본래의 남편과 합환하도록 하고, 앞서 납폐하였던 폐백은 일체 묻지 않았다. 공에게서 밑천을 빌어 장사하는 사람이 있었는데, 날마다 청루로 달려가 밑천을 탕진하고는 자기 집을 팔아서 갚으려고 하였다. 공은 불쌍하게 여겨, "젊은 나이에는 부디 귀한 집 자제들의 놀이[69]에는 빠지지 말게나. 나는 그대를 박절하게 하지 않겠네" 하고는, 마침내 그 빚 문서를 불태웠다.

　공은 거문고를 좋아하였는데, 늘그막에는 그 좋아함이 더욱 심해졌다. 언젠가 이렇게 말하였다. "원효니(袁孝尼)가 광릉산(廣陵散) 곡을 전하지 않았다[70]고 해서 어찌 세상에 소리가 없겠는가? 내 성품이 산수에 있어

---

69) 경비(輕肥) : 가벼운 가죽옷과 살찐 말로, 부유한 생활을 말한다. 『논어』 「옹야(雍也)」 편에 "공서적(公西赤)이 제나라로 감에 살찐 말을 타고 가벼운 가죽옷을 입었다(赤之適齊也, 乘肥馬, 衣輕裘)"고 하였다.

70) 광릉산(廣陵散) : 거문고의 곡명. 위(魏)나라 혜강(嵇康)은 거문고를 잘 연주하였는데 경원(景元) 3년(262) 죽임을 당했다. 형벌을 받으려 함에 거문고를 찾아 광릉산을 연주하니, 노래에 "원효니(袁孝尼)가 일찍이 나를 따라 광릉산을 배웠는데 내가 고집을 부

손가락으로 연주하여 소리가 활기차서, 늘 흐르는 샘과 멀리 흐르는 계곡의 운치가 있다. 인간세계에서 곤현(거문고줄)을 연주하며 쇠막대기로 퉁기는 소리를 듣고 싶지 않다." 협주(峽州) 사람들이 거문고를 제대로 감상할 수 있게 된 것은 공으로부터 시작한 일이다.

또 젊어서 언젠가 손님과 바둑을 두는데, 손님이 한 집을 먼저 두어 이길 수가 없게 된 일이 있었다. 공은 화를 내고 집으로 돌아와 기보(棋譜)를 가져다 보면서 깊이 생각하기를 반달이나 계속하여, 마침내 그 손님보다 두 집을 이겼다. 사람들이 그것을 보고 그 영민함에 탄복하였다.

집에 거처하면서 일상 생활을 할 때는 검소하고 순박함을 힘썼으며, 남는 것은 남에게 베풀었으니, 절을 수리하거나 다리를 건설하는 일에 항시 보시를 하였지 그냥 보낸 해가 없었다. 두 번이나 향음(鄕飮)을 맡았지만 그 뒤로는 문득 사양하였다.

늘그막에는 마음을 연방(蓮邦 : 극락세계)으로 돌려 매일 불경을 독송(讀誦)하여, 심지어 침식조차 잊었다. 병환이 난 뒤에는 약을 복용하지 않고 오직 극락에 왕생하겠다는 염불만을 평소처럼 외었다. 하루는 몸을 씻도록 준비를 해달라고 매우 서둘렀다. 여러 자식들이 울면서 아뢰길, "음양가(陰陽家)의 말에 날짜와 일시가 불리하다고 하는데 어찌하겠습니까?"라고 하자, 공은 손가락을 둥글게 그리면서[71] 말하길, "내일은 응당 이로우리니, 너희들을 위하여 하루를 머물겠다"라고 하였다. 기약한 시간이 되자 마침내 합장하고 이르길, "문밖에 고승이 나를 칠보지(七寶池)로 인도하기 위하여 와 있다"라고 하였다. 이윽고 정좌한 채 돌아가시니 향년 72세였다.

배(配)는 왕씨(王氏)로, 곧 소재(少齋) 형 유계공(柳溪公)의 따님으로, 현숙하기로 고을에 소문이 났는데, 공보다 26년 먼저 돌아가셨다. 아들은 셋이 있다. 첫째는 관(冠)으로 국자생(國子生)이며, 둘째는 면(冕)으로 늠제

려 전수하지 않았으니 광릉산이 이제 끊기게 되었구나!"라고 하였다.

71) 윤지(輪指) : 부처가 손가락을 둥글게 마는 형상이다.

생(庾諸生)이며, 셋째는 유(旒)로 주상생(州庠生)이다. 모두 시문으로 당시 이름이 알려졌다. 면(冕)은 유랑호(柳浪湖)72)에 한 달을 머물며 나와 더불어 오랫동안 시를 주고받았는데, 후일 목천(木天)73)과 석거(石渠)74)의 선발에 손색이 없을 것이다. 손자는 열 명이다.

계실(繼室) 노씨(盧氏)는 여러 아들을 기르면서 자기 소생과 다름없이 하였는데, 공보다 십 년 먼저 돌아가셨다. 노씨가 돌아가던 해에 공의 큰딸이 꿈을 꾸니, 돌아가신 작은아버지 문감공(文鑑公)이 나타나 이르길, "네 부모의 수가 이미 다했지만 내 아버지는 음덕(陰德)으로 마땅히 십년75)을 연장할 것이다"라고 하였다. 이 때에 이르러 보니 과연 그 말 대로였다. 이에 관(冠) 등이 아무 해 아무 달 아무 날에 하서(河西) 뒤 묘지에 합장하고 내게 명을 구하였다.

명은 이러하다.

이 분은 보살이자 단가(檀家)76)로
그 몸을 장엄하게 하신 분이시네.
이 분은 주공(周公)과 공자(孔子)의 예악으로
그 자손들을 훈육하신 분이시네.
이 분은 지나국(중국)의 선사(善士)이시되
극락 칠보 땅의 백성이라네.

羅公諱文彩, 字子華, 先世隱居蘇之洞庭山. 祖欽賈, 往來楚‧蜀間,

---

72) 유랑호(柳浪湖) : 원굉도의 공안 거처인 유랑관이 있는 호수.
73) 목천(木天) : 한림원(翰林院)의 이칭.
74) 석거(石渠) : 한대의 장서각(藏書閣) 이름. 석거각(石渠閣). 여기서는 궁중의 장서각을 뜻함.
75) 일기(一紀) : 보통은 12년을 말하는데, 여기서는 10년.
76) 단가(檀家) : 단월(檀越)의 집. 단월(檀越). 일정한 사원에 소속하는 신도(信徒), 혹은 그 집.

愛夷陵朴雅, 遂家焉. 欽生怡, 是爲懷湖公. 怡生三子: 伯文錦, 季文鑑, 公其仲也. 生而穎異, 日記數千言, 爲偶聲, 輒隨口應, 而公以近籍, 恐爲里閭所欺, 遂罷習擧子業. 與伯同賈, 私攜古文詞讀之. 遇山水佳處, 乃流連忘反. 伯叱之曰: "世豈有牙籤籌子・靑山賈兒耶? 公謝之不顧也. 已乃獨賈, 日則算緡, 夜則鉛槧如初, 利輒倍他人, 橐中不遺一錢, 伯乃嘆服. 伯早逝, 去懷湖公沒纔三年, 公慟哭曰: "天乎, 奪吾父兄之速耶!" 撫伯子如所生, 擇里中英妙爲之庭課, 後皆有聲諸生間. 未幾, 公亦三擧子, 遂去賈業, 以詩書爲專門.

性好施予, 嘗有婦垢面而呼, 問其故, 則鬻身以償其夫貸者也. 公憫之, 遂爲代償. 又買一姬, 納幣矣, 已乃聞其故夫不能成禮, 改而別字者, 公乃資之合歡, 幣帛一無所問. 有貸其貲以賈者, 日走靑樓中, 貲蕩盡, 以居求償, 公憐之曰: "少年幸莫入輕肥場, 吾不汝迫也." 遂焚其券. 公嗜琴, 晚年好益甚, 嘗曰: "袁孝尼不傳廣陵散, 世豈遂無音耶? 吾性在山水, 指間勃勃, 常有流泉遠澗, 不願聞人間鴟絃鐵撥聲也." 峽州之解琴自公始. 少時嘗與客弈, 客先一道, 不能勝, 公忿而歸, 取局譜觀之, 精思半月, 遂兩先客, 人以是服其敏. 居家務爲儉素淳朴, 所餘輒施, 修利造梁無虛歲. 再飮於鄕, 後輒辭. 暮年皈心蓮邦, 課誦至忘寢食. 旣病不服藥, 唯誦極樂如常. 一日呼洗浴甚急, 諸子泣曰: "陰陽家言, 時日不利奈何?" 公輪指曰: "明旦當利, 爲汝等一日留." 至期乃合掌曰 "門外有高衲攜我入七寶池矣." 遂端坐而逝, 享年七十有二歲. 配王氏, 卽少宰兄柳溪公女, 賢淑聞於鄕黨, 先公二十六年卒.

子三: 長冠, 國子生, 次冕, 廩諸生, 次旒, 州庠生. 皆以文藻知名於時. 而冕留柳浪湖一月, 與余倡和最久, 異日不媿木天・石渠之選者也. 孫男十. 繼室盧氏, 撫育諸子, 無異己出, 先公十年而卒. 卒之歲, 公長女夢其先叔文鑑謂曰: "汝父母數俱盡, 汝父以陰德當延一紀." 至是始驗. 於是冠等以某年月日合葬於河西之後莊, 而乞銘於余.

銘曰: 是以菩薩檀度, 莊嚴其身者也. 是以周・孔禮樂, 訓其子若孫者也. 是支那國之善士, 而蓮花七寶土之氓也.

전
筆校교 1604년(만력 32년 갑진)에 공안에서 지은 글. 권31과 권32의 나복경(羅服卿)에게 준 시들을 참조 나복경은, 즉 이 글에 나오는 나문채(羅文彩)의 차남 나면(羅冕)이다.

사마유인 묘명(司馬孺人墓銘)

　유인(孺人) 사마씨(司馬氏)는 우리 고을 곡승리(谷昇里) 사람으로 나이 열여섯에 우리 작은 고조할아버지 빙호공(冰壺公)에게 시집왔다. 몇 년 동안 시부모를 모시게 되면서 부인으로서의 도리를 다하였다. 시아버지는 덕흥현(德興縣)의 현승(縣丞)[77]을 지낸 용담옹(龍潭翁)이다.

　용담옹께서는 막 벼슬을 얻으셨다가 곧 관직을 내놓고 돌아오셔서는, 전원 사이에서 느긋하고 한가로이 거처하여, 선사(善士)라 일컬어졌다. 마을에는 예부터 도둑이 많았고, 옹의 집안은 대대로 재물이 가장 많았으므로, 이사하여 피하기를 자주 하여 한 곳에 늘 거처하지를 못하였다. 그런데 유인이 작은 고조할아버지(빙호공)를 도와서 층루를 만들어, 옹(용담옹) 부부를 그 위에 거처하게 하니, 옹이 기뻐하여 마을사람들에게 말하길, "내가 요즘 비로소 베개 높이 베고 자는 즐거움을 알게 되었소"라고 하였다. 옹이 고령의 나이에 이르도록 장수를 누리며 술을 마시고 시를 읊조림이 도잠(陶潛)이나 백거이(白居易)에 비견되었던 것은 작은 고조할아버지와 유인의 힘 때문이었다.

　작은 고조할아버지는 숨은 덕이 있어서, 자기의 다급함을 구하기 위해 모아두었던 재물을 덜어서 궁핍한 이를 구휼하고, 심지어 마을에서

---

77) 이(貳) : 장관(長官) 다음의 직책. 여기서는 현령(縣令)의 다음 직책인 현승(縣丞)을 말한다.

다리를 만들거나 배를 마련하는 일이 있으면 곧 즉시로 시혜를 하였다. 이 때문에 집안이 가난하게 되었으나, 유인은 편안히 여겼다.

유인은 하인들을 감독하고 일을 시키는 데에도 엄함과 자애로움을 함께 써서 법도가 있었다. 집안에 여분의 재물이 있지 않았지만, 남편이 덕행을 행할 수 있도록 돕는 일을 행하여 죽을 때까지 싫증내지 않았다.

경자년(만력 28년, 1600년)에 맏아들인 종영(宗郢)이 향시에 합격하자 마을 사람들이 가만히 탄복하여 말하기를, "이것은 저 내외가 배양하여 성장시킨78) 것이다"라고 하였다. 둘째아들인 종성(宗成)이 읍상생(邑庠生)이 되었고, 아들 아무개 등은 겨우 약관이었지만 모두가 준재(儁才)가 있었다. 맏아들이 향시에 합격하고 삼 년 지나서 유인이 돌아가시니, 갑진년(만력 32년, 1604년) 봄이었다. 나이 약간이었으며, 시어머니 오른쪽에 묻혔다.

굉도는 말한다. "곡승에서 대대로 어진 여인이 나왔다. 그리고 경자년에 세 사람이 과거에 합격하고, 우리 집안의 형제로서 경자년을 전후해서 진사가 된 사람이 다섯인데,79) 그 모두가 곡승리에 살았다.80) 이것이 우연이겠는가? 아니면 땅의 신령한 기운 때문이겠는가? 두 마을은 한 줄기 강물을 사이에 두고 떨어져 있다. 마땅히 장래의 아름다운 이야기로 될 것이다."

명은 이러하다.

---

78) 봉식(封殖) : 배양하여 성장시킴.
79) 득준(得儁) : 과거시험에 합격함.
80) 庚子之捷三人, 余家兄弟先後得儁五人, 皆甥於谷者也 : 전백성 씨의. 『전교』는 〈庚子之捷三人, 余家兄弟先後得儁, 五人皆甥於谷者也〉로 끊어 읽었으나, 사실과 부합하지 않는다. 1600년(만력 28년)의 경자년 향시에는 원가(袁家)에서 다만 사마유인의 장남 원종영(袁宗郢), 즉 원치도(袁致道)만 합격하고, 나머지 두 사람은 모가(母家) 사람으로서 원씨는 아니지만 모두 곡승리에 살았다. 또 원씨 가족의 경우, 1600년의 경자과(庚子科 : 경자년 과거) 이전에 원종도와 원굉도가 합격하고, 경자과 이후 1603년(만력 31년 계묘)에 원중도와 원이도가 합격하였다. 따라서 다섯 사람이 경자년의 전후에 합격한 것이 된다.

부인으로서 범절이 있었고

어머니로서 법식이 있었으니,

어찌 삼광(三光)81)과 더불어 빛나지 않고서

구지(九地 : 지하)에 꼭꼭 감추어지게 되었단 말인가?

이에 마땅히 그 무덤을 크게 하고

그 제도를 우람하게 하리니,

삼 년이 지나면

하늘의 말씀82)이 장차 이르리라.

孺人司馬氏, 邑之谷昇里人, 年十六而歸余同高祖叔冰壺公. 逮事舅
姑若干年, 克盡婦道. 舅卽德興縣貳龍潭翁也. 翁甫得官, 卽解綬歸, 優
游田里間, 稱善士. 村故多盜, 翁世雄於貲, 徙避不常. 孺人佐叔爲層
樓, 居翁姑其上. 翁喜謂里人曰 : “吾今日始覺高枕之爲甘也.” 翁晚歲
獲享耄期, 壺觴嘯詠比於陶・白者, 叔與孺人之力也.

叔有隱德, 捐己之急以卹困, 至於橋梁舟楫, 便卽施之, 以故家遂貧,
孺人安之. 督課僮力, 嚴慈有方. 家無羨財, 而佐夫子以行德者, 行之終
身不厭. 迨庚子秋, 伯子宗郢舉於鄉, 里人乃竊嘆曰 : “是乃若夫婦所爲
封殖者也.” 次子宗成邑庠生, 子某某甫弱冠, 皆有雋才. 伯子得雋之三
年, 而孺人卒, 是爲甲辰春. 年若干歲, 窆於先姑之右. 宏道曰 : “谷昇世
出賢女, 庚子之捷三人, 余家兄弟先後得雋五人, 皆甥於谷者也, 偶然
耶? 抑地靈耶? 兩村相隔一帶水, 當爲將來佳話.”

銘曰 : 其婦也範, 其母也式, 胡不耀之三光, 而襲之九地. 是宜隆其
封, 傑其制, 去此三年, 天語將至.

---

81) 삼광(三光) : 해, 달, 별.

82) 천어(天語) : 곧 천자로부터의 표창이나 정려(旌閭) 등을 가리킨다.

1604년(만력 32년 갑진) 공안에서 지은 글.

병부거가사원외랑 공안인 진씨 합장 묘석명(兵部車駕司員外郎龔公安人陳氏合葬墓石銘)

임인년(1602) 겨울 12월 보름 가부(駕部)[83]의 공공(龔公)[84]이 나와 함께 이성선림(二聖禪林)[85]으로 갔었다. 그날 저녁 삼성각(三聖閣)을 창건하였는데, 겨울 달이 선림을 물로 씻은 듯 비추었다. 공께서는 한밤중에 나를 밖으로 부르더니 웃으며 하는 말씀이, "이것은 바로 동파(소식) 공이 승천원(承天院)을 일으키려던 옛 구상이었는데, 우리 두 사람이 다시 그것을 계승한 것이오"라고 하였다. 함께 일한 여러 젊은 사람들을 불렀으나 응하지 않자, 한사코 부르기를 서릿발같이 위엄 있는 말로 하였다. 공이 말씀하시길, "젊은이들이 그리도 쇠약해서야 이 노건한 사람만 하겠소?"라고 하며, 겨울 달 아래를 배회하는데, 내 몸은 덜덜 떨려 점차 몸을 지탱할 수 없었건만 공은 더욱 활기찼다. 내가 속으로 생각하기를, "이것이 장수하는 사람의 상(相)이구나!"라고 생각하였다. 그 뒤 나흘 지난 날 병야(12시경)[86]에 갑자기 문을 두드리는 소리가 다급하게 났다. 내

---

83) 가부(駕部) : 관직명으로, 여연(輿輦), 전승(傳乘), 우역(郵驛), 구목(廐牧)을 관장하였다. 명내에는 거가사(車駕司)로 개칭되어 병부(兵部)에 속하였다.

84) 가부공경(駕部龔慶) : 공중경(龔仲慶). 자는 유장(惟長)이다. 호는 수정(壽亭). 공대기의 셋째 아들, 공중민의 아우이다. 만력 7년에 향시에 합격하고 8년에 진사가 되어서 행인(行人)의 벼슬을 받았다가 복건도(福建道) 어사(御史)에 개수(改授)되었다. 공중경은 장거정을 공격하는 사람들과 적이 되어, 장거정이 죽은 뒤에 조정의 당쟁에 휘말렸다. 자주(磁州) 통판(通判)으로 쫓겨났다가, 뒤에 병부거가사원외랑(兵部車駕司員外郎)으로 벼슬을 마쳤다. 만력 30년에 53세로 죽었다. 서적을 수집하기 좋아하여 일만 권에 이르렀으며, 몸소 수교(讎校)를 하였다.

85) 이성선림(二聖禪林) : 공안현 동북쪽에 있다. 진(晉)나라 때 처음 세워졌으며, 홍화사(興化寺)·만수사(萬壽寺)·광효사(光孝寺)라고도 한다.

가 옷을 풀어헤친 채 일어나 무슨 일이냐고 물으니, 그자가 대답하길 "공께서 갑자기 돌아가셨습니다"라고 하였다. 나는 버선도 신지 못하고 달려갔는데, 이르러보니 공이 눈을 감은 지 서너 시각이 지난 뒤였다.

공은 성명(性命)의 학[87]을 꼼꼼히 연구하셨다. 늘그막에 이르러서는 불학(佛學)에 통달하여, 비린 고기를 가까이하지 않은 것이 삼 년이었다. 재주가 높은데다가 넓게 학문을 하여, 서적이라고 하면 보지 않은 것이 없었다. 매번 기이한 서적을 보면 몸소 바로잡아 교정하니, 모은 책이 만여 축에 이르렀다. 고을사람들이 점차 옛 학문을 알아 사모하게 된 것은 공과 그 형님 태원공(太原公)의 힘이었다.

공은 성품이 너그러워 다른 사람의 과실을 이야기하는 것을 부끄러워하였다. 다른 사람이 교묘한 술책을 설치하여 공을 놀리면, 공은 거짓으로 그 술책에 빠진 척하였으나, 사실은 분명히 알고 있었으며, 그 뒤 비록 그자가 공을 배반할지라도 공은 그래도 끝내 사실을 밝히지 않았다.

공은 오래된 도화(圖畵)와 종정(鐘鼎)을 좋아하였다. 다섯 이랑의 택지에 화초와 대나무가 절반을 차지하고, 괴석과 마른 소나무의 뭉긋뭉긋 모여 있는 모습이 방안의 책상과 자리 밑까지 들어왔다. 누정이며 마루며 난간이 조금이라도 마음에 들지 않으면 곧바로 철거하고 하루가 지나면 다시 지었다. 단청(丹靑)과 편액을 다 끝내기도 전에 서까래와 기둥을 옮기기도 하였다. 공은 마침내 그 때문에 가난해졌지만, 괘념하지를 않았다.

언젠가 하북(河北)으로 가는 칙사를 따라 갔다가 돌아오는 길에서 버들가지가 하늘하늘 늘어진 것을 보고, 공은 그것을 사랑하는 마음을 어쩌지 못하고 일꾼을 불러 몇 가지를 베어 수레 옆에 묶어두게 하였다.

---

86) 병야(丙夜) : 밤 11시부터 다음날 1시까지를 말한다. 밤을 갑(甲), 을(乙), 병(丙), 정(丁), 무(戊)로 오등분한 오야(五夜) 중 세 번째 시간이다. 자시(子時) 또는 삼경(三更)이라고도 한다.

87) 성명(性命) : 원굉도가 말하는 성명지학(性命之學). 인간의 본래성을 탐구하는 학문.

그 까닭을 물으니, "강남에는 이처럼 아름다운 버들이 없으므로, 가지고 가서 심을 것이오"라고 대답하였다. 듣는 사람들이 속으로 웃었다. 집에 도착했을 때는 겨우 마른 가지 몇 개가 남았을 뿐이었으나 공은 그래도 물가에 심게 하였다. 그 운치가 고상함이 모두 이와 같았다. 아아! 이것을 악착같은 시속의 무리들에게 말할 수 있을 것인가? 정히 말한다고 하더라도, 역시 마땅히 이해하지 못할 것이다.

공은 늘그막에 나와 가장 가까이 마음을 주고받았지만, 내가 공에 대하여 말할 수 있는 것은 공의 행적 가운데 눈에 띌 만큼 큰 행적들 뿐이다. 공의 자득처(自得處)에 대해서는, 비록 공이라 하더라도 말로 표현할 수 없을 것이다.

공의 휘(諱)는 중경(仲慶)이요 자(字)는 유장(惟長)인데, 방백공(方伯公)[88]의 막내아들이며 태원령(太原令)[89]의 아우이다. 어머니는 조씨 부인(趙氏夫人)이다. 가정(嘉靖) 경술년(1550)에 태어나 만력(萬曆) 기묘년(1579)에 향시에 합격하니 이름이 세 번째에 있었다. 그때 나의 형님인 종도(宗道)는 8등이었는데, 마을에서 미담으로 전한다. 경진년(1580)에 진사가 되어 행인(行人)을 제수받았다. 을유년(1585)에 복건도 어사(福建道御史)로 다시 임명되었다가 겨우 두 달만에 자주 판관(磁州判官)으로 나아갔으니, 소(疏)를 올려 권당(權黨)을 탄핵하였기 때문이다. 얼마 지나지 않아 여녕 추관(汝寧推官)으로 승진하였다가 정해년(1587)에 남호부주사(南戶部主事)로 옮기고 무자년(1588)에 병부(兵部)의 거가사원외랑(車駕司員外郞)에 제수되었다. 잠시 뒤 어머니 상을 당하여 고향으로 돌아왔다. 곧이어 아버지 방백공이 또한 돌아가시자 공은 마침내 세상을 경영하고자 하는 뜻이 없어져 스스로 둔암거사(遯菴居士)라 일컫고, 각건(角巾) 쓰고 산대(散帶) 두른 이들을 벗하고 맨머리에 맨발로 지내는 사람들을 짝하여, 무성한 숲

---

88) 방백공(方伯公) : 공대기(龔大器). 하남포정사(河南布政使). 공중민(龔仲敏)과 공중경(龔仲慶)의 부친.
89) 선태원(先太原) : 공중민(龔仲敏).

속을 느긋하게 노닐며, 서로 대면하여 터놓고 이야기하기를90) 종일토록 하고는 하였다. 그렇게 지내기를 십여 년에, 마침내 앉아서 해탈하여 세상을 떠났다. 비록 세상의 나이로는 53세였지만, 손가락 퉁기고 부싯돌의 불이 튈 정도의 짧은 인생91)이 공에게 무슨 별스런 의미를 지니겠으며, 공이 학문한 것이 과연 어떠한 것이겠는가?

공이 돌아가신 지 3년 만에 탈상하고 한 달쯤이 지나 공의 아내 안인(安人) 진씨(陳氏)가 설사병으로 또한 돌아가시니, 때는 을사년(1605) 9월 13일이었다. 부인은 인자하고 지혜로우며 공손하고 근엄하여, 시부모를 효로 섬기고 첩을 은혜로 보살피고 여러 서출들을 자기 자식처럼 어루만졌으며, 베풀기를 좋아하고 선행을 즐기기를 남편과 함께 하였다. 안인(安人)에 봉해지니, 고을에서는 여성(女聖)이라고 불렀다.

이에 앞서 안인 진씨는 53부처의 명호를 매우 근엄하게 외고 계셨는데, 하루는 글씨 잘 쓰는 하인을 시켜 종이에 별도로 그 명호들을 적게 하였다. 하인이 채 반도 쓰지 못했는데, 책상을 둔 곳이 조금 더럽혀져 있었고, 또 그 하인은 술을 좋아하였다. 그런데 그날 낮에 사나운 바람이 땅을 휘몰아치더니 검은 옷을 입은 한 신인(神人)이 휘하의 옹위를 받으며 들어와 그 하인이 적던 경문을 빼들고는, 안인 진씨가 거처하는 누각 앞에 이르러, 허공 높이 펼치면서 위로 곧바로 올라가는데, 벽력이 크게 일어났다. 성의 사람들이 바라보니, 그 신인이 펼쳐든 경문이 마치

---

90) 오언(晤言) : 서로 만나서 마주하여 이야기를 나누는 것을 말한다. 오론(晤論)·오어(晤語)·오언(寤言)이라고도 한다. 오래된 예로 『시경』「진풍(陳風)」「동문지지(東門之池)」에 "저 아름다운 아가씨와, 마주하여 이야기하고 싶네(彼美淑姬, 可與晤語)"라고 하였다. 晤는 遇, 偶와 통한다고 보는 것이 통설이다. 완적(阮籍)의 영회시(詠懷詩)에 "아침저녁으로 친우를 그리워하나니, 만나 이야기하여 속내를 털어놓고 싶어라(日暮思親友, 晤言用自寫)"라고 하였다. 또한 두보(杜甫)의 시(「大雲寺贊公房」)에 "만나 이야기하매 깊은 마음이 서로 부합하였다(晤語契深心)"라고 하였다.

91) 탄지불석(彈指拂石) : 한 번 손가락을 퉁기고 부싯돌의 불을 일으킬 정도의 순식간의 일에 불과한 인생의 삶을 말한다. 탄지(彈指)는 식지(食指)의 손톱을 엄지손가락의 배에 대고 퉁기는 것으로, 불교에서는 짧은 시간을 말할 때 탄지(彈指) 혹은 탄지경(彈指頃)이라고 말한다.

비단 필과 같았다. 후일 성 밖에서 온 사람이 말하기를, 십리 밖에서도 볼 수 있었다고 하였다. 하지만 그것이 끝내 어디로 떨어지는지는 알 수가 없었다. 내가 그 말을 듣고 탄식하여, "이것은 정성이 감응한 것이다. 비록 그렇기는 하지만 부인께서 장차 세상을 뜨시겠구나!"라고 하였다. 얼마 뒤 과연 부인께서 돌아가셨다.

우리 형제는 어려서 어머니를 여의었는데, 안인 진씨께서 마치 자기 자식처럼 우리를 대해주셨다. 안인 진씨가 돌아가시자 나와 아우 중도와 여러 부인들이 모두 애통해하여 곡을 하였다. 안인 진씨는 기유년(1549)에 태어나 수(壽)가 공보다 네 해 많았다. 안인 진씨가 공을 섬긴 지 몇 년에, 세세하게 헤아려서 공을 기쁘게 하여 조금이라도 흠이나 부족함이 없었다. 공 또한 부인을 공경하고 예로써 대하였다.

맏아들인 병문(炳聞)과 그리고 이씨(李氏)에게 시집간 딸은 부인의 소생이다. 아들 아무개와 그리고 추씨(鄒氏)에게 시집간 딸은 모두 첩의 소생이다. 둘째 아들 아무개는 일찍 죽었다. 병문은 아들이 두 명이다.

병오년(1606) 정월 2일에 특구(特丘)의 동산(東山) 언덕에 합장함에, 내가 울면서 명을 지었다. 이것은 공의 뜻이자, 또한 나의 책무이기도 하다.

명은 이러하다.

공이 돌아가시던 날, 승려 보방(寶方)[92]이 어떤 대사가 표연히 남쪽으로 날아가는 꿈을 꾸었는데,

그 대사는 선인(善人)의 길벗이 되기 위해 가는 것이라고 하였다고 하더라.

얼마 뒤 죽었다가 살아난 사람이 있어서, 그 사람이 말하기를, 유리로

---

92) 보방(寶方) : 일명 원상(圓象)이다. 무적(無迹) 화상의 제자이다. 뒤에 원굉도를 따라 공안으로 가서, 이성사(二聖寺) 주지가 되었다. 권16 「반산 도중에 보방, 사심, 적자 세 화상을 조롱하며(盤山道中嘲寶方死心寂子三和尙)」 시와 『유거시록(遊居柿錄)』 권11을 참조

된 집에서 공을 보았는데,

공의 시녀는 밝은 미간과 윤기 나는 검은머리에 선녀의 옷자락을 너울거리며 공의 곁에서 웃고 있었다고 하더라.

유학자가 말하기를 "이것은 허무맹랑한 말이다"라고 하며 내게 물었지만 나는 웃으며 대답하지 않았다. 한참 있다가 그에게 고하기를, "너는 비단 필이 허공으로 끌려 올라가 곧장 위로 솟아나는 것을 보았다고 하였는데, 그것은 누가 주장한 것이겠는가?"라고 하였도다.

壬寅冬十二月望, 駕部冀公偕余往二聖禪林. 是夕建三聖閣, 寒月燭林如洗. 夜半, 公呼余出, 笑曰: "此坡公承天院舊案也, 吾兩人乃復繼之. 呼同事數少年不應, 苦邀之, 以霜威辭. 公曰: "少年何衰憊甚, 豈若老健耶?" 徘徊霜月下, 余體粟, 漸不支, 而公愈勃勃. 余私念曰: "是壽者相也." 後四日丙夜, 忽有叩門聲甚急. 余披衣起問之, 則曰: "公暴卒." 余不襪而馳, 至則公瞑目數刻矣.

公精研性命, 至晚乃通釋氏, 不葷血者三年. 高才博學, 於書無所不窺. 每得異典, 躬自讐校, 蓄書至萬餘軸. 邑人士稍知慕古者, 公與兄先太原之力也. 性寬厚, 恥談人過. 人有挾械以弄公者, 公佯若墮之, 而實了了, 後雖負公, 公亦竟不發. 好古圖畫及鐘鼎. 五畝之宅, 花竹居半, 怪石枯松, 纍纍几席間. 亭臺軒楯, 小不當意, 輒毀去, 踰日更作. 疏題未竟, 槦棟已移, 公竟以此貧, 然公不屑也. 嘗從河北使還, 見道上柳條嫋嫋, 公愛不已, 呼役夫伐數枝縛置輿旁. 問之, 則曰: "江南無此佳柳, 持歸樹之." 聞者匿笑. 及至家, 僅得枯株數條而已, 公猶令置水邊, 其韻致高遠皆此類. 噫, 此可與齷齪俗兒道耶? 政使道, 亦當不解也. 公晚歲與余最契, 所可言者, 公之粗迹, 至公之自得處, 雖公不能言也.

公諱仲慶, 字惟長, 方伯公季子, 而太原令之弟也. 母曰趙夫人. 生嘉靖庚戌歲, 萬曆己卯擧於鄉, 名第三, 時先兄宗道第八, 里中以爲美譚. 庚辰成進士, 授行人, 乙酉改福建道御史, 甫再月, 出爲磁州判, 以疏論權黨也. 未幾, 陞汝寧推官, 丁亥轉南戶部主事. 戊子調兵部車駕司員外郞. 頃之以內艱歸. 旣而方伯公亦卒, 公遂無經世意, 自稱遯菴居士, 角巾散帶之朋, 赤髭白足之侶, 優游茂樹, 晤言終日者十餘年, 竟若坐脫以去. 雖世壽僅五十三, 然彈指拂石, 於公何別, 公之學何學也哉?

公卒之三年, 釋服僅踰月, 公之妻安人陳氏以病瘍, 亦卒, 時乙巳之九月十有三日也. 安人慈慧恭謹, 事姑嫜以孝, 育妾媵以恩, 撫諸庶踰己出, 好施樂善, 與駕部同之. 封安人, 邑中呼爲女聖.

先是安人持五十三佛名號甚謹, 委家僮善書者另錄一紙. 僮書未半, 而所置案稍不潔, 其人復嗜飮. 是日午猛風捲地, 一黑衣神擁而入, 拔是經至安人所居樓前, 已排空直上, 霹靂大作, 市中人見若匹練. 後有人自城外來云, 十餘里尙見之, 竟不知墮處. 余聞之嘆曰:“此精誠之感也, 雖然, 安人恐將厭世.” 已而果逝.

余兄弟幼失母, 安人待之若所生. 安人之亡也, 余與中道弟及諸婦皆哭之慟. 安人生己酉, 壽踰公四年. 安人事公若干歲, 委曲以怡公者無所不至, 公甚敬禮之. 長子炳聞及女適李氏者, 安人出. 子某及女適鄒氏者, 皆庶出. 而次子某早卒. 炳聞子二. 以丙午正月二日, 合葬特丘東山之原, 而余泣爲之銘, 此公志, 亦余責也.

銘曰: 公歸之日, 釋者寶方夢一大士飄然而南翔, 云有善人, 結伴以行. 已復有逝而更生者, 云見公於琉璃之堂, 公之侍姬, 明眉鬒髮, 仙袂揚揚, 笑公之旁. 儒者曰:“此荒唐之言也.” 以問袁生, 生笑而不答. 旣而告曰:“汝見夫擘空而直上者, 誰之主張耶?”

전校교 1606년(만력 34년 병오) 공안에서 지은 글.
○ 公與兄先太原之力也: 太原은 이운관본에 大父로 되어 있다.
○ 炳聞子二: 二는 서종당본·소수본·이운관본에 三으로 되어 있다.

서대가 지석명(舒大家誌石銘)

할머니는 숭양(崇陽) 서씨(舒氏)의 따님으로, 가정(嘉靖) 임오년(1522)에 태어났다. 집안이 가난하였는데, 그 아버지가 서씨 할머니의 지혜로움을 애석하게 여겨 새로운 가곡을 가르치고자 형주(荊州)와 영(郢) 땅을 돌아다녔다. 얼마 지나지 않아 우리 마을에 이르렀다가, 우리 할아버지 좌계공(左溪公)이 인자하시면서 의협심이 있으신 것을 보고 몸을 기탁하였다.

나이 서른 살 남짓이 되었을 때 우리 할아버지가 돌아가셨다. 할머니는 혈혈단신이었고 달리 자식도 없었다. 집안의 어른들은 할머니가 한창인 나이[93]에 행여 서리와 눈처럼 혹독한 수절을 감당하지 못할까 염려하였으나, 할머니는 수절하여 죽겠노라고 맹서하였다. 아침이면 비단을 짜고 저녁이면 베를 짜며, 작은아버지를 위해서 집안 일을 하느라 매우 부지런하고 고생하셨다.

작은아버지의 아들인 종정(宗正) 등에 대해서 할머니는 모두 어머니같이 대하여, 마른 자리로 자식들을 밀고 스스로는 젖은 자리로 나아가셨으니, 그렇게 돌보심이 자기 소생에 대하여 그럴 것보다 더하셨다. 부인으로서 지닌 지조의 엄격함이 마치 차가운 옥(대나무)처럼 늠름하였다.

미망인을 일컬은 것이 오십 년이었으니, 수(壽)는 84세였다. 아아! 이러한 사실은 명을 지어 칭송할 만하다.

명은 이러하다.

탐천(貪泉)[94]의 물도

---

93) 농리(穠李) : 본래 꽃이 한창인 오얏나무로, 여기서는 아직 젊은 나이를 말한다.

94) 탐천(貪泉) : 광동(廣東) 남해현(南海縣) 서북쪽에 있는 물 이름으로, 석문수(石門水), 침향포(沈香浦), 투향포(投香浦)라고도 한다. 전하는 말에 탐천의 물은 마셔도 마셔도 물릴 줄 모른다고 한다. 진(晉)나라 오은지(吳隱之)는 성품이 청렴하고 깨끗한 인물인데, 그 물을 마시고 "석문에 탐천이 있으니, 한 모금 마시는 것이 천금보다 중하다네. 만약 백이(伯夷)와 숙제(叔齊)로 하여금 마시게 한다고 하더라도, 끝내 그 마음을 바꾸

청렴한 선비의 속은 바꾸지 못하네.
난초가 가시나무 덤불 속[95]에 자란다해도
그 꽃다움은 손상입지 않는 법.
귤[96]과 탱자가
어찌 그 자리가 바뀐다고 본성이 변하랴?[97]
할머니의 풍모와 절개를 들으니
죽음을 부끄러워할 만하네.

家崇陽舒氏女, 生嘉靖之壬午. 家貧, 父憐其慧, 敎之新聲, 走荊, 郢
間. 未幾至余里, 見王父左溪公慈而俠, 委身. 年三十餘而王父卽世. 家
子然一身, 無他男女, 族長者以其穉李, 恐不當霜雪, 家以死自矢. 朝絣
暮織, 爲余叔督家政, 甚勤苦. 叔諸子宗正等, 家皆母之, 推乾就濕, 倍
于所生. 閨操之嚴, 凜若寒玉. 稱未亡者五十年, 壽八十有四歲. 噫, 是
可銘也矣.

銘曰 : 貪泉之水, 不變廉士之腸. 蘭生叢棘中, 不敗其芳. 唯橘與枳,
何其易徙? 聞家之風, 可以愧死.

전
筆校교
1606년(만력 34년 병오) 공안에서 지은 글.
○ 家子然一身 : 子은 패란거본에 了로 잘못되어 있다.

지 않으리(石門有貪泉, 一揷重千金. 試使夷齊飮, 終當不易心)"라고 노래하였다.
95) 총극(叢棘) : 빽빽하게 우거진 가시나무 숲. 감옥의 비유로 사용한다. 사방에 가시나무
   로 울타리를 쳐서 죄수가 달아나지 못하도록 한 고대 감옥이었다.
96) 귤(橘) : 굴원(屈原)의 「귤송(橘頌)」의 뜻을 취하였다. 「귤송」에 보면, "천지간에 아름
   다운 나무가 있으니 귤이 우리 땅에 내려왔도다. 타고난 성품은 바뀌지 않으니 강남에
   서 자라도다. 뿌리가 깊고 단단하여 옮기기가 어려우니 한결같은 뜻을 지녔음이라. 푸
   른 잎에 흰 꽃은 어지러이 즐겁게 하며 겹겹의 가지와 날카로운 가시를 가지고서 둥근
   과일이 맺혀 있도다(后皇嘉樹, 橘徠服兮. 受命不遷, 生南國兮. 深固難徙, 更壹志兮.
   綠葉素榮, 紛其可喜兮. 曾枝[剡]棘, 圓果摶兮)"라고 하였다.
97) 유귤여지, 하기이사(唯橘與枳, 何其易徙) : 귤나무가 회수(淮水)를 건너면 탱자가 된
   다는 속어를 뒤집어 쓴 말이다.

○ 是可銘也矣 : 矣는 취오각본에 夫로 되어 있다.

評 육운룡(陸雲龍)은 '家崇陽' 2구에 대해 "세 마디 말이 남이 1천 수에 맞먹는다(三語可當人千首)"라고 하였다. 「銘」을 평하여, "초나라에서 이것을 얻었으니, 족히 풍송할 만하다(楚中得此, 良足可風)"라고 하였다. 또 "뜻은 다 하고 말은 그쳤으니, 역시 비지문의 문법이다(意盡語歇, 亦是誌法)"라고 하였다(취오각본 참조).

자계 전군 묘석명(慈谿錢君墓石銘)

자계(慈谿) 전후(錢侯)[98] 윤선(胤選)이 우리 고을의 현감으로 와서 한 해가 지나자 정치가 올바르게 이루어져 가장 높은 고과 점수로 조정에 알려지니 향대부(鄕大夫)들이 모두 축하하였다.

현감이 울면서 감사하며 말하였다. "이것은 돌아가신 아버지의 가르침입니다. 아버지께서 평소에 늘 저를 가르치시기를, '네가 사물의 실정(본질)을 아느냐? 저울이 사물의 무게를 딱 맞게 재는 것은 평정하기 때문이요, 물이 사물을 비추는 것은 맑기 때문이요, 봄날이 화창한 것은 따뜻하기 때문이요, 서리는 매서운 것은 깨끗하기 때문이다'라고 하시고, 내게 허리띠에 그 말씀을 적어서 차고 다니도록 명하시기에, 저는 조심조심 그것을 귀감(龜鑑)[99]으로 삼고 있습니다. 그래서 부임한 이래로 오직 하루아침이라도 아버님의 가르침에 어긋나 여러 대부들에게 욕이 될까 염려하였으니, 어찌 감히 고과 점수의 최고를 말할 수 있겠습니까?"

향대부들은 이렇게 말하였다. "그렇습니다. 바로 그것이 현감께서 우리 백성들을 복되게 한 것입니다. 아버님께서 구(矩 : 곱자, 법도)를 공평하

---

98) 자계(慈谿) 전후(錢侯) : 전윤선(錢胤選). 공안 지현(公安知縣).
99) 귀채(龜蔡) : 채(蔡) 땅에서 나오는 거북. 점을 칠 때 사용하는 거북을 귀채라고 부른다. 여기서는 귀감(龜鑑)으로 삼는다는 뜻이다.

게 견지하시니 현감은 그것을 기준으로 삼아 사물을 헤아렸고, 아버님께서 평소 마음을 깨끗하게 유지하시니 현감은 그것을 규범으로 삼아 사물을 비추었습니다. 따뜻하게 백성들을 데워주고 훈육하시는 것으로 말하면 오직 아버님의 고혈(膏血)에서 비롯한 것입니다. 밝고 얼음과 흰눈같이 희어서, 범접할 수 없는 것이 그 안색이니, 이것은 오직 아버님의 늠름하며 강매운 기상에서 비롯한 것입니다. 백성들이 아버님을 섬길 수는 없지만, 그래도 다행히 아버님의 가르침에 푹 젖어서 살아가니, 어찌 감히 절을 올리지 않겠습니까?"

이에 현감이 일어나서 감사하였다. 얼마 지나지 않아 현감이 아버님의 행장(行狀) 한 편을 가지고 내게 명을 지어주기를 청하였다. 나는 그 일을 맡게 된 것을 영광으로 여기기 때문에, 감히 글을 제대로 못한다는 이유로 사양하지를 못하였다.

공의 휘(諱)는 양신(良臣)으로 자가 현군(顯君)이니, 그 선대는 은(鄞)땅에 살았다. 전 왕조인 원(元)나라 때에 균일(均一)이라는 해원(解元)[100]이 비로소 자계(慈谿)로 이사하였고, 삼대를 전하여 전소참(滇少參) 삼(森)에 이르러, 정통(正統) 임술년(1442)에 진사가 되었다. 삼이 규(珪)를 낳고 규가 철(鐵)을 낳고 철이 의(儀)를 낳으니, 이 분이 곧 공의 아버지이다.

공은 태어나면서 자질이 뛰어났지만 어려서 아버지를 여의고 스스로 스승을 찾았으니 약관의 나이에 동년배들보다 두 배나 지식이 있었다. 사귀는 사람들은 대부분이 명사로, 시어(侍御) 향공(向公) 모, 태사(太史) 왕공(王公) 모, 문학(文學) 계공(桂公) 모, 효렴(孝廉) 장공(張公) 모 등은 평소 문학과 행실로 공을 높이 꼽았다. 그들과의 교유는 '소심교(素心交 : 마음으로 사귀는 벗)라고 일컬을 만하였다. 계공(桂公)은 일찍 세상을 떠나고, 향공(向公), 왕공(王公) 등이 앞뒤로 벼슬에 나아가 집안을 일으켰지만[101]

---

100) 해원(解元) : 향시(鄕試)의 장원. 해수(解首) · 영해(領解) · 발해(拔解)라고도 한다.
101) 기가(起家) : 집안에서 몸을 일으켜 벼슬에 나아가는 것을 말한다. 『사기』「조조전(晁錯傳)」에 "건원(建元) 연간에 임금이 어진 인재를 초빙하니 공경들이 등공(鄧公)을 추

공은 여러 차례 과거에서 좌절을 겪었다. 여러 공들은 매번 변치 않는 우정으로 후원하였으나, 공은 달갑게 여기지 않았다.

장년 시절에는 운간(雲間)[102]에서 글을 읽었는데 많은 호걸이 좇아 교유하니 당군(唐君) 모, 종군(鍾君) 모 등이 모두 공의 문하에서 배출되었다. 종군(鍾君)은 괄창(括蒼)에서 벼슬하게 되어 사자를 보내 공을 맞이하였는데, 공이 그곳에 이르러 이로운 일과 해로운 일이며 여러 부서의 아전과 하리들이 제대로 일하지 않는 실상을 조목조목 적었다. 종군이 탄식하며 "처음 제가 선생님을 따라 배울 때는 장구(章句)를 따지는 공부가 일상적인 것일 따름이라고 여겼는데, 이제야 학문이 벼슬에 소용되는 것임을 알았습니다. 제가 선생님의 기대를 다 이룰 수 없었거늘, 이 몇 가지 일들로 또한 어찌 선생님의 학문을 다 실행할 수 있겠습니까? 제가 선생님의 기대를 저버림이 부끄러울 뿐입니다"라고 하였다. 종군이 마침내 내직(內職)으로 불려 올라가 당시의 이름난 신하가 되었다고 한다.

공은 성품이 지극하여, 부모임을 봉양함에 제대로 하지 못한다고 여겨서 평소에 늘 울적해 하였다. 부모님이 돌아가시던 해에는 공도 고령의 노인이면서 매양 이야기가 부모님의 일에 미칠 때마다 눈물을 줄줄 흘렸다. 일찍이 고을의 관아에서 고을사람들에게서 연금(羨金)을 거둬들이는데, 공씨(孔氏) 성인 자가 재력이 미치지 못하자 아내를 팔아 갚으려 하였다. 공이 그 소식을 듣고 크게 놀라 급히 그만두게 하고 더 따지지 않았다. 몇 년 뒤 저자거리를 지나는데 어떤 아낙이 아이를 안고 공 앞에 절을 하였다. 공이 놀라 까닭을 물으니, 그 부인이 울면서 감사하기를, "이 몸은 지난번 어르신께서 너그럽게 처우하여 주신 자입니다. 우리 부부가 다행히 신명을 보전할 수 있었고 자식도 생겼습니다. 이 판향

천하였는데, 그때 등공이 사(士)의 신분을 벗고 출사하여 구경(九卿)이 되었다(建元中, 上招賢良, 公卿言鄧公, 時鄧公免, 起家爲九卿)"라고 하였다.

102) 운간(雲間): 강소성(江蘇省) 강현(江縣)의 옛이름. 강현은 또한 화정(華亭)이라고도 한다.

(瓣香)[103]은 어르신의 자식과 손자를 위해 불사를 것입니다"라고 하였다.
공은 짐짓 모른 체하고 피하였다. 다른 사람의 다급한 처지를 구원하여
살려주되 스스로의 덕이라 여기지 않는 것이 모두 이런 식이었다. 늘그
막에는 스스로 충봉거사(層峯居士)라 일컬었으니, 깊은 산중에 들어갈 뜻
이 깊으셨던 것이다.

공은 강사(强仕 : 사십 나이)[104]에 비로소 전후(錢侯 : 전윤선 공안현감)를 낳
았다. 그 때문에 현감은 매번, "아버님은 젊었을 적 기이한 행적이 많았
다고 하시는데, 제가 늦게 태어났기 때문에 끝내 듣지를 못했으니 안타
까울 뿐입니다"라고 하였다. 내가 말하였다. "공의 학문은 볼 수 없지만,
문도들과 현명한 자식에게서 볼 수 있는 것이 모두 공의 학문의 나머지
입니다. 썩지 않는 것이 세 가지[105]가 있는데, 공은 두 가지를 지녔으니,
무엇을 가슴아파 하겠습니까? 옛날 양왕손(楊王孫)[106]은 맨 몸으로 장사
지내라고 명한 말 때문에 이름이 후세에 전하고, 유령(劉伶)[107]은 「주덕
송(酒德頌)」을 지음으로써 이름이 후세에 전하였습니다. 선비 된 사람이
후세에 명성을 드리우는 것이 어찌 반드시 남긴 것이 많아야만 하겠습
니까?"

공은 가정(嘉靖) 정해년(1527) 9월 16일에 태어나 만력(萬曆) 무자년(1588)

---

103) 판향(瓣香) : 오이씨 모양의 향으로, 원래 선승(禪僧)이 사람을 축복할 때 피우던 것이
다. 사람을 존경하여 사숙하는 마음을 드러낼 때 사용된다.
104) 강사(强仕) : 『예기』에 "사십에 강사한다"고 하였다. 진(晉)의 왕술(王述)은 나이 마흔
에 벼슬을 살았다.
105) 불후자삼(不朽者三) : 삼불후(三不朽)를 가리킨다. 덕을 세우는 것은 덕을 정립(定立)
함을 말하고, 사업을 세우는 것이란 사업을 성취(成就)함을 뜻하며, 말을 세우는 것은
주의주장(主義主張)을 관철(貫徹)함을 말한다. 『좌전(左傳)』에 나와 있다.
106) 양왕손(楊王孫) : 한(漢)대 성고(城固) 사람으로, 황로술(黃老術)에 능했다. 천금이 있
었지만 죽을 때 자식에게 맨몸으로 장사지내라고 명하였다.
107) 유령(劉伶) : 위(魏)·진(晉) 교체기의 패국(沛國) 사람. 완적(阮籍) 등과 함께 죽림칠현
(竹林七賢)의 한 사람으로서 술을 좋아하여 항상 술을 지니고 다녔으며 「주덕송(酒德
頌)」을 지어 술을 예찬하였다. 『진서(晉書)』에 입전되어 있다. 어디서나 자신이 죽으면
바로 그 자리에 묻으라는 뜻에서 항상 종자(從者)에게 삽을 지고 따르게 했던 고사가
있다.

돌아가셨다. 돌아가신 지 3년 뒤 현감 전윤선이 향시에 합격하였다. 현감 전윤선의 어머니 심씨(沈氏)는 가정 임자년(1552) 12월 25일 태어나 만력 갑오년(1594) 3월 12일 돌아가셨다. 아들은 셋이다. 맏아들이 현감으로, 이름이 윤선(胤選)이며 부인은 조씨(趙氏), 둘째 부인은 향씨(向氏)이다. 둘째 아들은 기선(奇選)으로 응씨(應氏)에게 장가들었다. 막내아들은 용선(龍選)으로 읍제생(邑諸生)인데 정씨(鄭氏)에게 장가들었다. 딸이 한 명인데 제생 나운봉(羅雲鳳)에게 시집갔다. 손자는 여섯이다. 이름이 표(標)인 손자는 읍제생이고, 책(策)과 적(籍)은 모두 맏아들에서 나왔다. 과(科), 계(桂), 주(柱)는 모두 둘째 아들에서 나왔다. 손녀가 셋인데, 또한 모두 맏아들에서 나왔다.

장차 아무 해 아무 달 아무 날, 고을 동쪽 무산(鄭山)에 합장하려 하기에, 그것을 기념하여 그 빗돌에 다음과 같은 명을 새기고자 한다.

그 자신은 쓰이지 못했건만
여러 자식으로 시험했다네.
졸졸 흐르던 그 정수는
물결을 이루어 바야흐로 내달린다네.
가까이는 사명(四明)[108]까지
멀리는 초수(苕水)[109]까지.
필만(畢萬)[110]의 후손같이 창성하리라고

---

108) 사명(四明) : 절강성(浙江省) 은현(鄞縣) 서남 150리에 있는 산. 『당육전(唐六典)』에 의하면, 강남(江南) 도명산(道明山)을 사명산(四明山)이라 한다고 하였다. 280개의 봉우리에, 사면(四面)이 빼어나고, 특히 석창(石窓)의 사면(四面)이 영롱(玲瓏)한데 가운데가 별빛이 밝아 사창(四窓)이라 이름하였다. 그래서 사명(四明)이라고 이름하게 되었다고 한다. 여기서는 은현(鄞縣)을 가리킨다.
109) 초수(苕水) : 호주(湖州)의 강. 당나라 때 은사 장지화(張志和)는, "나는 집을 물에 띄우고서 초계(苕溪)와 삽계(霅溪) 사이를 왕래하는 것이 소원이다"라고 하였다.
110) 필만(畢萬) : 필만(畢萬)은 진(晉)나라 대부로, 본디 필공고(畢公高)의 후예로서 진 헌공(晉獻公)을 섬겨 맨 처음 위(魏)에 봉해졌고, 그 후손은 진(晉)의 경(卿)이 되었고, 또

부디 저 빗돌에 맹세하리라.

慈谿錢侯令余邑, 期年而政成, 以最考聞于朝, 鄕大夫畢賀. 侯泣謝
曰:"是先子敎也. 先子居常誨不肖曰:『而知物情乎? 衡之所以適者,
平也, 水之所以鑑者, 澄也, 春之所以暢者, 溫也, 霜之所以厲者, 潔
也』. 命不肖勒諸佩, 不肖兢兢龜蔡之. 下車以來, 唯恐一朝戾先子敎,
以爲諸大夫辱, 其敢言最?" 鄕大夫曰:"是也, 是乃侯之所以福我民者.
先公持矩平, 侯則之以程物, 居心淨, 侯規之以用照. 溫然而煦育耶, 唯
先公之膏液也, 皎然而冰雪耶, 不可犯者色耶, 唯先公之凜冽也. 民等
不獲事先公, 猶幸沐先公之敎以生, 敢不下拜?" 侯起謝. 未幾, 侯持先
公狀一通, 乞銘于余. 余唯執役之榮, 故不敢以不文辭.

公諱良臣, 字顯君, 其先家于鄞. 勝國時, 有均一解元者, 始徙慈, 三
傳而爲滇少參森, 正統壬戌進士也. 森生珪, 珪生鐵, 鐵生儀, 卽公之
父. 公生而穎異, 失怙早, 能自得師, 弱冠有倍年之知. 所與交多名士,
如侍御向公某, 太史王公某, 文學桂公某, 孝廉張公某, 雅以文行推重
公, 稱素心交. 及桂公早世, 向·王諸公先後起家, 而公屢蹶場屋. 諸公
每以石交援, 公弗屑也. 壯年讀書雲間, 豪傑多從之遊, 如唐君某·鍾
君某, 皆出公門下. 及鍾宦括蒼, 遣使迎公, 公至彼, 爲條利病及諸曹史
不職狀. 鍾嘆曰:"始余從先生學, 謂章句恆事耳, 今乃知學之所以仕也.
余不足以盡先生, 是數端者, 又安足以盡先生學, 余負魏多矣." 鍾卒內
召, 爲時名臣云.

公有至性, 自以奉養不逮, 居恆抑抑. 卽年當耆艾, 每一道及, 則淚泫
泫下. 嘗收邑子羨金, 有孔姓者力不及, 將鬻妻以償, 公聞之大驚, 急賫

그 후손에서 끝내 위 문후(魏文侯)가 나와서 위나라를 차지하게 되었다. 그에 관한 점사
(占辭)가 『좌전(左傳)』 '민공(閔公) 원년(元年)'조에 있어, 점을 쳐 본 결과 후손이 크게
될 것이라든지, 또는 후손이 반드시 나라를 가지게 될 것이라든지 하였다. 『사기』 「위세
가(魏世家)」와 「전경중완세가(田敬仲完世家)」, 주희의 『자치통감강목(資治通鑑綱目)』
에도 나온다.

不問. 數年後, 過市閭, 有婦人抱嬰拜公前者, 公驚問故, 泣謝曰 : "此乃
向者君所寬也. 余夫婦幸得瓦全, 遂有子. 此一瓣香, 爲君子若孫燒也."
公佯爲不知者而避之. 其旣以振人之急, 不自爲德, 皆此類. 晩年自號
層峯居士, 志入山之深也.

公彊仕始生邑侯, 故侯每曰 : "先子盛年多奇行, 生也晩, 遂不及聞,
傷哉!" 余曰 : "公之學不可見, 見於門墻及哲嗣者, 皆公學之餘也. 不朽
者三, 公有其二, 何憾也. 昔揚王孫以贏葬而傳, 劉伶以酒頌而傳, 士之
垂譽, 豈必在多哉!"

公生於嘉靖丁亥九月十六日, 卒于萬曆戊子四月九日. 逝後三年, 而
邑侯擧于鄕. 邑侯母沈, 以嘉靖壬子十二月二十五日生, 萬曆甲午三月
十二日卒. 子三 : 長卽邑侯, 名胤選, 娶趙氏, 繼娶向氏, 仲奇選, 娶應
氏, 季龍選, 邑諸生, 娶鄭氏. 女一, 適諸生羅雲鳳. 孫男六 : 名標, 邑諸
生, 名策名籍俱長出, 名科名桂名柱俱仲出. 孫女三, 亦長出也. 將以某
年月日合葬於邑東之鄄山, 乃爲之銘其碣曰 :

其身之不試, 而試諸子. 涓涓者液, 如波方駛. 近則四明, 遠唯茗水.
畢萬之後必大, 請誓諸砥.

전
篆校교 1606년(만력 34년 병오) 공안에서 지은 글.
○ 合葬於邑東之鄄山 : 鄄는 이운관본에 鄰으로 되어 있다.

『원중랑집』 제40권

제40권
袁中郎集

소벽당집(瀟碧堂集) 권16 소(疏)

33세 되던 1600년(만력 28년 경자)부터 39세 되던 1606년(만력 34년 병오)
까지 지은 소(疏: 佛事를 위한 모금 책자에 적은 글)를 모았다.

성모탑원의 소(聖母塔院疏)[1]

「형주비(荊州碑)」에 이르기를, "지자선사(智者禪師)[2]가 어버이에게 하직

---

1) 소(疏): 여기서는 모화(募化)를 위한 부책(簿冊)에 적은 글을 말한다.
2) 지자선사(智者禪師): 지자대사(智者大師). 수(隋)나라 승려인 지의(智顗, 538~597)를
가리킨다. 자는 덕안(德安)이고 속성은 진씨(陳氏)이나. 18세에 출가하여 남악(南嶽) 혜
사(慧思)에게 나아가 『법화경(法華經)』을 배웠다. 597년 천태산(天台山)에 들어가니 사

하고 출가할 적에 어머니가 맛있는 음식에 대해 말하자, 선사가 마침내 띠풀을 가리키며 벼라고 하였다"라고 하였는데, 그 말이 매우 불경하다. 그러나 고을의 모혜촌(茅蕙村)이라는 이름이 여기서 비롯되었으니, 지금 성모탑(聖母塔)은 바로 그 옛 터이다. 고을은 한나라와 당나라 이래로 문사(文士)가 없었으므로 옛 일이 매우 소략하다. 그리고 탑의 비문도 다 깎이고 침식이 되어, 전하는 일화들이 겨우 『통기(統記)』에 보일 뿐이다. 이른바 「형주비(荊州碑)」라는 것은 바로 『통기(統記)』의 협주(夾註)에서 기록을 모은 것일 뿐이고, 비문(碑文)도 누가 지었는지 알 수 없다. 옛 유적이 인몰된 지 오래되었음을 탄식하고, 문헌이 없어짐을 슬퍼하게 된다. 후대의 사람들의 경우에는 더욱 세월이 흐를수록 더욱 기록이 없어져서, 훗날 마야(摩耶)가 뼈를 묻었던 이 곳이, 집짓기 좋은 터를 잡는 이에게 빼앗기지 않을 줄 어찌 알겠는가?

중국에 지자선사가 있는 것은 서방의 땅에 석가(釋迦)가 있는 것과 같다. 장(藏)이냐 통(通)이냐 혹은 별(別)이냐 원(圓)이냐 하는 것을 기준으로 한 시대의 가르침을 판결함으로써[3] 석존의 가르침의 뜻을 다 드러내고,

---

람들이 지자대사(智者大師)라 칭하고 그 종파를 천태종(天台宗)이라 하였다.

3) 판일대시교(判一代時敎) : 동진 초기부터 당나라 초기까지 여러 불교 학자들은 어느 한 '경'이나 '논'에 근거를 두고 교설들의 지위를 정하려고 하였다. 그것을 '교상판석(敎相判釋)' 또는 '교판(敎判)'이라고 한다. '교판' 가운데 두드러진 것이, 석가세존이 성도한 뒤 입멸할 때까지 설법 기간을 다섯 시기로 나누어 각 경전을 대응시키는 '오시(五時) 교판'이다. 이것은 유송(劉宋 : 위진남북조 시대의 송나라) 시대에 혜관이 처음으로 주장하였으며, 천태 지의(智顗) 대사가 약간 고친 것이 널리 행하여졌다. 교판에는 천태의 5시교, 화엄의 5시교, 열반종의 5시교 등의 구별이 있다. 이 가운데 천태오시교를 살펴보면 다음과 같다. 제1 화엄시(華嚴時). 석가세존이 붓다가야에서 정각을 이루고는 삼칠일 동안 보리수 아래서 보살들을 위하여 『화엄경』을 설하였다. 이 가르침에 의지한다면 즉각 진리를 깨달을 수가 있다. 제2 녹원시(鹿苑時). 『화엄경』의 가르침을 듣고도 어리석은 중생들은 그것을 이해하지 못하였으므로 그들을 인도하는 방편으로 베나레스 부근의 사슴 동산에서 12년 동안 소승의 가르침을 설하였다. 제3 방등시(方等時). 소승의 가르침을 이해한 사람들을 위해서 8년 동안 『유마경』・『사익경(思益經)』・『금광명경』・『승만경』 등의 대승 경전을 설하여 그들로 하여금 소승을 부끄럽게 여겨 대승으로 향하겠다는 생각을 일으키게 하였다. 제4 반야시(般若時). 석가세존은 그 뒤 22년 동안 『반야경』을 설하여 공(空)의 이치를 알게 하였다. 제5 법화열반시(法華涅槃時).

공(空)·가(假)·중(中)의 삼관(三觀)으로 진제(眞諦)를 발명(發明)하여 선나(禪那 : 선)를 열고 십의(十疑)로 서방정토(西方淨土)의 뜻을 풀이함으로써 왕생(往生)의 문제를 결단하였다. 무릇 사구결(四句訣)로 49년의 은미한 말을 다 하였으니, 이는 마명(馬鳴)이나 용승(龍勝)도 발명하지 못했던 것이다. 삼관(三觀)으로 심종(心宗)을 바로 가리켰으며, 무량의해(無量義海)를 통섭하였으니, 혜안(惠安)이나 생십(生什)도 설명하지 못했던 것이다. 십육관문(十六觀門)을 요약하여 모두 제일의(第一義)로 귀결시켰으니, 영명(永明)4)과 천의(天衣) 등 여러 대사들이 모두 조술(祖述)한 것이다.

자그마한 이 고을이 이렇게 큰 성인을 냈으니, 비유하자면 저 눈먼 거북이가 물위에 떠가는 나무토막을 만난 것과 같다. 그렇거늘 향리의 후생들은 심지어 그 이름조차 들어 알지 못하니, 남긴 글이 없어지고 소략해서 도리어 이러한 지경에 이르고 말았다.

내 벗 최생(崔生)5)이 탑에서 5리쯤 되는 곳에 최근에 사원(寺院) 하나를 지어 이 탑을 영원토록 하고자 하였다. 담장의 부속 건물, 불당, 부엌 등 각종 건물을 건축하는 데는 청동 80근이 소용되지만, 여러 불자의 힘을 빌어 한 불모(佛母)를 공양하려 하는 것이므로, 계획을 실천에 옮기는 것이 응당 어렵지 않을 것이다. 최생은 부디 힘쓰도록 하라. 오직 점진

석가세존은 최후의 8년 동안 『법화경』을 설하여 소승을 행하는 자나 대승을 행하는 자나 다 함께 진리를 깨달을 수 있음을 밝히고, 돌아가시는 때에 『열반경』을 설하여 불성의 이치를 밝혔다고 한다.

4) 영명(永明) : 북송 때 지각선사(智覺禪師) 연수(延壽)의 법호(法號). 항주(杭州) 혜일산(慧日山) 영명사(永明寺)에 주석(住錫)하였으므로 영명이라 부른다. 법안종(法眼宗)의 제3조인데, 정토종(淨土宗)에서도 그를 제6조로 섬긴다. 임안부(臨安府) 여항(餘杭) 사람으로, 본명은 왕씨(王氏)이며, 자(字)는 중현(仲玄)이다. 그는 밤에는 귀신에게 먹을 것을 주고 낮에는 방생(放生)하며 염불하다가 72세로 좌화(坐化)하였다. 저서로 『종경록(宗鏡錄)』 100권, 『만선동귀집(萬善同歸集)』 6권, 『유심결(唯心訣)』 1권, 『영명심부주(永明心賦註)』 4권이 있다.

5) 최생(崔生) : 어쩌면 최회지(崔晦之)인지 모른다. 최회지는 공안(公安) 사람인데, 사적은 분명치 않다. 권1 「여름날 공산목·능자·최회지·추백학·이자염과 함께 기녀를 데리고 화상교에 배를 띄우고 노닐다. 두 수(夏日同龔散木能者·崔晦之·鄒伯學·李子髥擕妓泛舟和尙橋二首)」에 나온다.

적으로 오래도록 하면 이루어질 것이다.

荊州碑云: "智者禪師辭親出家, 母以甘旨爲言, 師遂指茅爲穗." 其
說頗不經. 然邑中茅蕙村名始此, 今聖母塔, 卽其故封也. 邑自漢·唐
來無文士, 故舊事多略, 而塔碑剝蝕盡, 逸事僅見統記中, 所謂荊州碑,
乃統記夾註所拾耳, 亦不知碑爲何人作也. 嘆先蹟之久湮, 悲文獻之殘
闕, 後來者彌永彌敝, 他日摩迦藏骨地, 焉知不爲卜兆者所奪略也.
夫中國之有智者, 猶西土之有釋迦. 以藏通別圓判一代時敎而敎意
盡, 以空假中三觀發明眞諦而禪那啓, 以十疑釋西方淨土之旨而往生
決. 夫四字盡四十九年之微言, 則馬鳴, 龍勝所未發也. 三觀直指心宗,
攝無量義海, 則惠安·生什所未詮也. 約十六觀門, 而皆歸之第一義,
則永明·天衣諸大師所共祖述也. 蕞爾小邑, 生此大聖, 辟彼盲龜, 値
浮木孔, 而鄕里後生至不聞其名, 遺文闕略, 抑至于此. 余友崔生, 去塔
五里, 近欲募修一院, 以永此塔. 墻宇堂廚之類, 費靑銅將八十千, 合衆
佛子之力, 而供一佛母, 計當不難, 生第勉爲之, 唯漸而恆乃可成.

1600년(만력 28년 경자)에서 1606년(만력 34년 병오) 사이에 공안(公安)에
서 지은 글.
○ 茅蕙村 : 蕙은 서종당본·소수본·이운관본에 穗로 되어 있다.

판교 시다의 소(板橋施茶疏)

혹심한 더위와 혹독한 추위에 다니는 사람은 아흔 살 된 이들이 반이
다. 목마른 말이 냇물로 뛰어가고, 길에 있는 행인은 폭염을 당하면 목
구멍이 불타고, 추위를 당하면 뱃속에 얼음이 있는 듯하다. 이때 한 잔
이나 한 구기 정도의 물을 마시고서 살아나는 자가 이루 헤아릴 수 없

을 만큼 많은 법이다.

그러다가 봄 날씨가 따뜻하고 가을 기운이 명랑하면, 행장을 풀고 짐을 놓는 유람객들과 모래를 밟으며[6] 지나가는 지친 나그네[7]는, 풍광이 갑자기 달라지고 흐르는 세월이 진토의 족적으로 됨을 서글퍼하게 되는데, 번뇌로 괴로운 때에 홀연 이 한 잔을 마시면 눈이 떠지고 마음이 풀어지는 듯 하니, 역시 그 지독히 고단한 괴로움을 조금 풀 수 있고, 여행길의 무료한 심경을 해소할 수 있지 않겠는가?

이것이 옛 사람들이 역원(驛院)을 두어 음식을 제공한 뜻이요, 왕도정치에서 급선무로 삼은 바이다.

차를 끓이려면 여름에는 장작이 소비되고 겨울에는 생강이 소비되는데, 그 노고와 비용 등을 계산해보면 한 달에 2금(金) 이하로 내려가지 않을 것이니, 고을의 여러 관원들이 주관하라. 봄과 가을의 비용은 마땅히 여름과 겨울의 3분의 2일 것이니, 여러 거사들과 왕래하는 나그네들이 주관하면 된다.

繁熱隆寒, 九十者半. 渴驥奔泉, 行人在道, 當其炎則燄在喉, 當其寒則冰在腹. 取之杯杓之間, 而所活者, 至不可計. 至若春煖秋明, 解裝釋馱遊人, 踏沙而過羈轍之客, 傷風烟之頓異, 而流光之爲塵足也, 煩懣之時, 忽此一杯, 眼若開而心若釋, 亦足以少舒其困頓之苦, 而發泄其羈旅無聊之況也乎? 此古人置郵傅餐之旨, 王政之所先也. 茶夏費薪, 冬費薑, 其勞費等, 計一月費不下二金, 邑諸宰官主之, 春秋之費, 當夏冬三之二, 諸居士塞夷及往來客子主之.

---

6) 답사(踏沙) : 풍진 속에서 힘들게 길을 나아가는 모습을 말한다.
7) 解裝釋馱遊人, 踏沙而過羈轍之客 :『전교』는 〈解裝釋馱, 遊人踏沙而過, 羈轍之客〉으로 끊어 읽었으나,『지의』의 설에 따라, '解裝釋馱'를 유인(遊人)의 수식어, '踏沙而過'를 '기천지객(羈轍之客)'의 수식어로 정정한다.

**전
校教
校교**　1600년(만력 28년 경자)에서 1606년(만력 34년 병오) 사이에 공안(公安)에
서 지은 글.

남도 천계사 모전의 소(南都天界寺募田疏)

승려의 공양이 분위(分衛)⁸⁾에서 나오는 것은 불가의 제도이다. 훗날
빌어먹는 자가 번거로움을 이길 수 없고 공양하는 자가 자주 함을 이길
수 없어 사전(寺田)을 두는 제도가 일어나게 되었다.

무릇 천하의 관리, 상인, 공인은 모두 농민이 있어야 먹고 살 수 있다.
밭가는 자는 한 명인데 먹는 자는 열 명이니 농민이 어찌 괴롭지 않겠
는가? 관리는 백성을 위해 가뭄과 홍수의 대책을 마련하고 경계와 도랑
을 바로잡으니, 이에 관리는 농사를 짓지 않은 적이 없다. 무릇 상인은
백성을 위해 곡식을 돈으로 바꾸고 배와 수레로 화물을 유통시키니, 이
에 상인은 밭을 갈지 않은 적이 없다. 공인은 백성을 위해 그릇을 굽고
철을 단련하며 옷감을 짜고 물건을 만드니, 이에 공인은 밭 갈지 않은
적이 없다.

지금 승려들은 머물면 도를 추구하고 길을 다니면 참례하여, 아주 조
금만큼의 이익도 백성에게 미치는 일이 없다. 진정으로 공양에 응하여
중생을 이롭게 하는 자는 백 명 가운데 한 명도 되지 않고, 앉아서 창고
의 곡식을 좀먹는 이가 열 명 가운데 아홉 명이다. 무릇 백가지 중에 하
나도 하지 못하는 자를 데려다가 모두 농민에게 공급을 받게 하면, 농민
이 곤궁하다. 못난 승려들의 폐단을 감독하여 복전(福田: 寺田)을 병합하
고 폐지하면 승려들이 곤궁하다. 이는 양쪽 다 폐단이 있는 길이다.

---

8) 분위(分衛) : 비구(比丘)가 행각하여 음식을 구걸하는 것을 말함. 『현응음의(玄應音
義)』에, 분위(分衛)는 말이 와전된 것으로, 실제로는 빈다파다(儐茶波多)가 옳다고 하였
다. 빈다는 단(團)이고, 파다는 타(墮)로, 음식이 바릿대에 떨어진다[食墮在鉢中]는 뜻
이며, 단(團)이란 것은 식단(食團)이니, 걸식(乞食)을 말한다는 것이다.

수나라 이래로 오래도록 폐단이 없었던 것은 오직 사전(寺田)의 법 하나뿐이다. 승려를 헤아려 밭을 주고, 밭을 헤아려 농부에게 주어, 1무(畝)의 수입으로 한 승려를 공양할 수 있고, 1무(畝)의 노동력은 늘 두 사람의 농부를 빌린다. 이것이 1무(畝)를 가지고서 승려 한 사람과 농부 두 사람을 먹여 살리는 방법이다. 승려의 수입 가운데 3분의 2는 자급하고 3분의 1은 관청에 세금으로 바치게 하면, 농부는 앉아서 먹더라도 나라를 좀먹지 않는다. 천하의 승려들이 모두 백성들의 노동력을 빌어 선(禪)을 닦고, 가난하여 밭이 없는 자는 다시 승려의 밭을 빌어 스스로 먹고 산다면, 이는 관리와 상인과 공인이 밭가는 것과 같다. 비유하자면, 바야흐로 오로지 입으로 정식(淨食)[9]하는 것을 가장 중시하는 자 가운데, 만일 구담(瞿曇)이 중국에 태어난다 하더라도, 마땅히 분위(分衛)의 제도를 바꾸어 전제(田制)를 시행할 것이다.

천계사(天界寺)에는 예로부터 밭이 있었는데, 지금 사원에 거주하는 승려를 공양하므로, 사방의 행각승들은 주발에 쌀 한 톨도 더하지 않는다. 선승 아무개가 밭을 무역하여 선승 대중을 공양하자고 건의하였다. 관직에 있는 거사들 가운데 능히 이 일을 함께 하여 이루는 자는, 나라에 대해서나 농민에 대해나 승려에 대해나 모두 커다란 이익을 주게 될 것이다. 이것이 세상을 경영하는 계책이로다.

僧供出自分衛, 佛制也. 後因乞者不勝煩, 供者不勝數, 而寺田之制始興. 夫天下之官者·商者·工者, 皆待食于農, 耕之者一而食之者十, 農安得不厲? 夫官爲民策旱潦, 正疆洫, 是官未始不農也. 夫商爲民以穀易錢, 以舟車通貨器, 是商未始不耒也. 夫工爲民陶冶鼓鑄織紝創作, 是工未始不耨也.

今夫僧居則辦道, 行則參禮, 無銖兩之事及民, 其眞能爲應供爲利生

者, 百不能一, 而坐而蠹庾粟者, 十人而九也. 夫取百不能一者, 而皆取
給于農, 則農困, 監劣僧之敝, 而倂廢福田, 則僧困. 此兩弊之道也. 自
隋以來, 久而不弊者, 唯寺田一法. 計僧而田之, 計田而夫之, 一畝之
人, 可供一僧, 一畝之力, 常借二夫. 是一畝而供一僧與二農也. 以其二
自給, 其一以辦官稅, 坐而食之, 不爲蠹國. 使天下之爲僧者, 皆借民力
以辦禪, 而其貧無田者, 復得借僧畝以自食, 此與官與商與工交相耡者
同. 比之方維口最爲淨食, 使瞿曇生中國, 決當易分衛之制而爲田也.
天界寺舊有田, 今以供院僧, 而四方行脚不沾盂粒. 禪者某議貿田以供
禪衆, 宰官居士有能共成此擧者, 於國於農於僧, 皆有大饒益, 此經世
之畫也.

전
筆校교   1600년(만력 28년 경자)에서 1606년(만력 34년 병오) 사이에 공안(公安)에
         서 지은 글.
○ 以舟車通貨器 : 貨器는 서종당본·소수본·이운관본에 器貨로 되어 있다.
○ 比之方維口最爲淨食 : 維는 패란거본에 繼로 되어 있으나, 서종당본·소수본·
이운관본에 따라 고친다.

여산 모연에 적은 소인(廬山募緣小引)

광려(匡廬)[10]의 승경은 봉우리로는 오로봉(五老峰), 샘으로는 폭포천(瀑
布泉), 바위로는 사자암(獅子巖)과 문수암(文殊巖)이 있다. 샘으로는 청옥협
(靑玉峽)과 옥연담(玉淵潭)이 있다. 그윽한 숲과 깊은 골짜기가 구불구불
굽이도는 것으로 말하면, 천지(天池)가 홀로 그 오묘함을 다 모으고 있다.
나는 정유년(1597년, 만력 25년, 30세) 이래로 명산에 들어온 것이 다섯 번
인데, 오설(五泄)은 폭포로 뛰어났고 천목(天目)과 제운(齊雲)은 바위로 뛰

10) 광려(匡廬) : 여산(廬山).

어났고, 반산(盤山)과 홍라험(紅螺嶮)은 기이함이 지극하였다. 요컨대 산이나 골짜기 어느 하나 때문에 빼어난 것이었는데, 광려는 그 둘을 모두 지니고 있다. 광려는 이르는 땅마다 마음으로 놀래고 눈을 번쩍 뜨게 한다. 이 산의 돌과 폭포를 지닌 바위산과 골짜기가 몸을 나누어 수십 수백 개의 산이 되더라도 천태(天台),[11] 안탕(雁蕩)[12]과 승경을 다툴 것이다.

천지(天池)의 승려 아무개가 가는 곳마다 반드시 나를 인도하여 돌 하나, 물 한 움큼이라도 모두 그 종류를 말하여 상세히 설명하였다. 내가 지난번 산에 들어갔을 적에는 머리가 허옇고 이름을 알 수 없는 중 하나가 있었는데, 소년상인이 홀로 수석(水石)에 탐심하고 있었으니, 이 또한 한 가지 즐거운 일이었다.

산중에서는 매년 말에 산공(山供)을 모두 합하는데 선자(禪者)가 마침 그 일을 맡아하였으므로 동행인 서너 승려들이 그 사실을 나에게 말하였다. 하지만 내 주머니는 마침 다 고갈되어 시주를 할 수 없었다. 다만 스스로 기(蘄)[13]와 악(鄂)[14]은 광려에서 가까운데다가, 또 내 친구 맹상(孟常)[15] 형제와 오고천(吳皐倩)[16]이 거기에 있다는 것을 떠올렸다. 그리고 선자(禪者)가 맡은 산공의 양은 삼십 천(삼만) 청동만 있으면 해낼 수 있다고 하니, 마땅히 아끼지 말아야 할 것이다. 그래서 광산(匡山)의 승경을 서술하고, 아울러 이 뜻을 전달한다.

---

11) 천태(天台) : 절강성(浙江省) 태주(台州) 천태현(天台縣) 서쪽에 있는 선하령맥(仙霞嶺脈)의 동쪽 가지. 형세가 높고 크며 서남쪽으로는 괄창산(括蒼山)·안탕산(雁蕩山), 서북쪽으로는 사명산(四明山)과 금화산(金華山)으로 이어진다. 지의(智顗)가 천태종을 연 곳이다.

12) 안탕(雁蕩) : 안탕산(雁蕩山). 절강성(浙江省) 낙청현(樂淸縣)과 평양현(平陽縣)의 경계에 있는 산.

13) 기(蘄) : 현 이름으로 지금의 안휘성(安徽省) 숙현(宿縣)의 동남쪽이다.

14) 악(鄂) : 악주(鄂州). 무창(武昌)을 가리킨다.

15) 맹상(孟常) : 미상.

16) 오고천(吳皐倩) : 미상.

匡廬之勝, 峰爲五老, 泉爲瀑布, 巖爲獅子, 文殊, 澗爲靑玉峽, 玉水潭. 至於幽林邃壑, 迂迴曲折, 則天池獨臻其奧. 余自丁酉來, 入名山者五, 五泄以瀑勝, 天目·齊雲以石勝, 盤山·紅螺嶺奇極矣, 要以巖壑勝, 而匡廬皆奄有之. 所至之地, 驚心駭目. 計此山之石之瀑之巖壑烟巒, 分身作十百山, 猶當與天台·雁蕩爭勝也. 天池僧某者, 所往必向導余, 一石一勺, 皆能言其目, 詳其委. 余往入山, 有白首不能名一丘者, 少年上人獨能耽心水石, 此一快也.

山中每年末, 具合山供, 禪者適隷其職, 同行數衲爲余言, 余囊適竭, 不能具檀. 自惟蘄·鄂去匡爲近, 又余友孟常兄弟及吳皐倩在焉. 而禪者所職, 得三十千靑銅可辦, 當不惜也. 因爲述匡山之勝, 倂以此意達之

[전/筆校교] 1600년(만력 28년 경자)에 지은 글. 이해 원굉도는 여산(廬山)을 유람하였다. ○ 則天池獨臻其奧 : 池는 패란거본에 잘못 地로 되어 있다. 서종당본·소수본·이운관본에 따라 고친다.

추로 소(甃路疏)

두제(斗堤)[17]에서 오면, 유학자이면서 관(館)에 묵는 자나 행각승이면서 암자에 묵는 자나 일꾼이면서 남의 정원에 물 대는 자나 옹기를 가지고 물긷는 자는 모두 이 거리를 지나간다. 거리는 움푹 파여, 비가 오면 물이 고이고 오래되면 물길이 생겨, 사람들이 걸어가고 소와 양이 짓이기면서 밟고 가면, 마치 아교처럼 담겨져서 정강이까지 빠지고, 작은 사람은 볼기에까지 이른다.

헤아려보면, 비단옷을 차려 입은 자는 매년 봄마다 가죽신 두 켤레가

---

17) 두제(斗堤) : 공안(公安)의 둑. 그 앞에 법화암(法華庵), 즉 정진림(精進林)이 있고, 그 절 주지의 이름은 진혜(眞惠)이다.

소비될 것이고, 시정 사람들은 비록 맨발이라 하더라도 저고리와 잠방이, 적삼과 치마가 더러워지면 그것을 씻는 데 하루의 공력이 소비될 것이요, 또 빨더라도 색깔이 빠질 것이다. 그렇게 되어 일꾼이 만일 정원에 물을 주지 못하게 된다면 임금이 감해질 것이요, 물긷는 이가 길을 돌아가면 밥을 짓는 일을 제때에 하지 못할 것이요, 부녀들이 맨발을 벗어서 심지어 그 흰 발을 드러내게 된다면 우아하지 않을 것이고, 혹 부녀가 기울어져 넘어지기라도 하면 옷을 빠는 비용은 몇 배가 들 것이다.[18]

그러므로 의논하는 자들이 이 길에 벽돌을 덮어 왕래하기 편하게 하자고 하였다. 그것은 단지 두건 쓰고 적삼 입은 자들이 그것을 바꾸어 입기가 아까워서 그런 것이 아니다. 시정의 도축꾼과 장사꾼, 아래로는 채소장수와 막일꾼, 그리고 아녀자에 이르기까지 그들의 옷을 보호하고 또 정강이를 보이는 것을 추악하게 여기는 자들이 역시 마땅히 약간의 돈을 내어야 할 것이다. 이 또한 비용을 절약하는 방법이니, 이것은 보시할 만하도다.

從斗堤而來, 儒而館者, 行脚而菴者, 傭而灌者, 甕而汲者, 皆道此巷. 巷凹, 雨則濘, 久則洿, 人趾之所踐, 牛羊之所躒踏, 漬若膠, 沒脛, 少者至臀. 計紕其衣者, 一春當費鞮二綆. 市人雖赤足, 其裲襜衫裙汚, 浣之, 費一日工, 色且脫. 傭不灌, 則減其直. 汲者迂道, 則饔飧不時, 婦女跣, 至見其晳則不雅, 或傾仆, 則費且葎. 故議者欲甃此巷, 以便往來, 蓋非獨巾衫者當惜其革, 至于閭里屠估, 下逮賣菜傭兒女子, 護其

18) 計紕其衣者, 一春當費鞮二綆. 市人雖赤足, 其裲襜衫裙汚, 浣之, 費一日工, 色且脫. 傭不灌, 則減其直. 汲者迂道, 則饔飧不時, 婦女跣. 至見其晳則不雅, 或傾仆, 則費且葎. 『전교』는 〈計紕其衣者, 一春當費鞮二綆. 市人雖赤足, 其裲襜衫裙汚浣之費一日工, 色且脫. 傭不灌, 則減其直. 汲者迂道, 則饔飧不時, 婦女跣至, 見其晳則不雅, 或傾仆, 則費且葎〉로 끊어 읽었으나, 뜻을 명확히 하기 위하여 『지의』의 설에 따라 구두를 조정하고 정정하였다.

褌而醜見其脛者, 亦當以數錢見與, 是亦減費之道, 是可施也已.

1600년(만력 28년 경자)에서 1606년(만력 34년 병오) 사이에 공안(公安)에서 지은 글.

○ 則費且徙 : 徙는 패란거본에 雁로 되어 있지만 서종당본·취오각본·이운관본을 따라 고친다.

○ 蓋非獨巾衫者當惜其革 : 革은 패란거본에 華로 되어 있지만 서종당본·취오각본·이운관본을 따라 고친다.

육운룡(陸雲龍)은 '一春當費輮二緉' 구에 대해 "「화식전」이다(貨殖傳)"라고 하였다. '則饔飧不時' 구에 대해 "여기까지 애처로워하다니 역시 노파심이다(憐至此亦是婆心)"라고 하였다. 전체에 대해 "그 가운데서 헤아려서 어리석음을 깨우칠 수 있다(就中商略, 可以開愚)"라고 평하였다. 또 "일부러 난삽하게 하였으니, 또한 별격이다(故作艱澀, 又一格也)"라고 하였다(취오각본 참조)

보장의 소(補藏疏)

이성사(二聖寺)[19]에 소장된 경전은 나와 공유학(龔惟學)[20] 선생이 그 항목을 편차하고 공유장(龔惟長)[21] 선생은 없어진 것을 보충하였으며, 통선

---

19) 이성사(二聖寺) : 이성선림(二聖禪林). 공안현 동북쪽에 있다. 진(晉)나라 때 처음 세워졌으며, 흥화사(興化寺)·만수사(萬壽寺)·광효사(光孝寺)라고도 한다. 청엽계여래(青葉髻如來)와 누지덕여래(婁至德如來)를 모셨다. 『공안현지(公安縣志)』에 나온다.

20) 공유학(龔惟學) : 공중민(龔仲敏). 자(字)가 유학이다. 호는 고정(吉亭), 별호는 협산(夾山)이다. 공안(公安) 사람으로 공대기(龔大器)의 둘째 아들이며, 원굉도의 외삼촌이다. 만력 원년에 향시에 합격하였고, 23년에 선발에 뽑혀서 가상(嘉祥)의 지현(知縣)이 되었다. 남현(嵐縣) 지현으로 있다가 56세에 죽었다.

21) 공유장(龔惟長) : 공중경(龔仲慶). 자가 유장이다. 호는 수정(壽亭). 공대기의 셋째 아들, 공중민의 아우이다. 만력 7년에 향시에 합격하고 8년에 진사가 되어서 행인(行人)의 벼슬을 받았다가 복건도(福建道) 어사(御史)에 개수(改授)되었다. 공중경은 장거정을 공격하는 사람들과 적이 되어, 장거정이 죽은 뒤에 조정의 당쟁에 휘말렸다. 자주(磁州) 통판(通判)으로 쫓겨났다가, 뒤에 병부거가사원외랑(兵部車駕司員外郎)으로 벼

(通禪)[22]과 여러 거사들은 그 책함을 수선하였으나, 좀먹은 것이 아직도 10분의 5였고 차례를 잃은 것이 10의 3이었다. 통선(通禪)이 보수하여 갖추려 하였으나 재원이 없었다.

고을에서 관장(官長)을 맡아보는 사람들은 처음에는 장경각을 만들어 주느라 지치고 또 책함을 만들어주느라 지쳤으므로, 힘을 합치는 자가 두세 사람에 지나지 않았으며, 또 가난하였다. 통선(通禪)은 여러 곤궁한 관원들을 다시 괴롭히지 않으려고 멀리 모집하고자 꾀하고는 나에게 계책을 물었다.

내가 말했다. "이것은 우리 고을 사람들의 수치요. 동서남북으로 석장(錫杖)이 이르러 가는 곳마다 그곳 사람들로 하여금 모두, 이 고을 대부들이 가난하고 인색해서 시주를 할 수가 없다는 사실을 비웃게 할 것이니 말입니다. 그런데 그곳 사람이 다시 금전을 보시하여 우리 고을 대부들을 부끄럽게 한다면 그것도 역시 시주의 마음을 발로하게 하는 한 방법일 것이외다."

二聖寺藏經, 余與龔惟學先生次其目, 惟長先生補其亡, 通禪曁諸居士飾其櫝, 而飽蠹粉者尙十之五, 失次者十之三, 通禪欲詮補之, 資具闕. 鄕之宰官長者, 始困于造閣, 旣困于治櫝, 其合力者不過兩三家, 且貧. 通禪不欲重困諸窮宰官, 謀爲遠募, 而問策于余. 余曰 : "此鄕人之恥也. 東西南北, 任錫所至, 使其人皆笑鄕大夫之貧且慳, 不能檀, 而更布金錢, 以愧吾鄕大夫, 是亦發露之一也."

전
校교

1600년(만력 28년 경자)에서 1606년(만력 34년 병오) 사이에 공안(公安)에서 지은 글이다.

슬을 마쳤다. 만력 30년에 53세로 죽었다. 서적을 수집하기 좋아하여 일만 권에 이르렀으며, 몸소 수교(讎校)를 하였다.
22) 통선(通禪) : 미상.

중향림의 소(衆香林疏)

관(官)에는 우(郵 : 역참)가 있고, 여(旅)에는 사(舍)가 있고, 승려에게는 총림(叢林)이 있으니, 이는 나아가 머무는 곳이다. 우(郵)에는 관리가 있고 사(舍)에는 주인이 있고 총림(叢林)에는 접대하는 승려가 있으니, 이는 맡아서 다스리는 사람이다.

우(郵)는 관청에서 물건을 공급받고 사(舍)는 나그네들에게서 비용을 마련하지만, 승려는 홀로 외롭게 석장(錫杖) 하나로, 역참에 들르면 검은 모자 쓰고 몽둥이를 든 자가 욕하고 배척하는 것이 마치 굶주린 종놈 같이 여기며, 여관에 투숙하면 바랑에는 오직 바리때 하나뿐이고 또 검은 옷에 머리를 깎아 상서롭지 못하다고 해서 급히 욕하여 내쫓는다. 이른바 총림이란 것은 다시 취할 바가 없게 되었으니, 사방의 사람들이 아주 급하지 않은 돈꿰미가 아니라면 한 줄의 돈도 던져주지 않는다. 그러므로 접대의 어려움이 암자를 두고 불상을 만드는 것에 비하여 백 배나 더하다. 그리고 행각승이 매번 이르는 곳마다 문둥이와도 자리를 다투려 하지 않는다. 그래서 만약 한 번 곤경을 만나면 우두머리가 있는 대로 간사하게 굴어서 승도들이 먼저 그 해를 당하게 되니, 곤장을 맞고 쇠고랑차고 호송되는 자[23]들이 비일비재하다. 이것은 모두 총림이 서지 못하는 것이니 이 지경에 이르렀다.

옛날 석두(石頭)[24]의 도가 흥성했을 때에는 수십 리마다 하나의 승우(僧郵)를 두었는데, 형주(荊州)가 가장 요지였으므로 총림에서 성대하다고 일컬었다. 지금 절터는 백성들의 거처와 섞여 있고 승려들도 시정인의 행동을 하는데 익숙하여, 이미 머리를 깎는 것이 무슨 일인지 알지 못한

---

23) 삼목뉴체자(三木杻遞者) : 법령에 걸려 쇠고랑차고 호송됨. 삼목(三木)은 곤장을 치는 세 종류의 형구(刑具)이다. 위희(魏禧)의 「강정의선생전(姜貞毅先生傳)」에 보면 삼목으로 죄인을 가혹하게 고문하는 장면이 묘사되어 있다.
24) 석두(石頭) : 당나라 때 석두희천(石頭希遷)이 호남(湖南) 일대에 일으킨 선종의 일파.

다. 큰선비의 집에서는 돼지로 손님을 대접하지만 객승이 오면 밥 한 그
릇 먹지 못하니 이 어찌 옛날과 지금이 이렇게 현격히 다르단 말인가?

　중향림(衆香林)은 염정(念淨) 거사가 창건하고 황태사(黃太史 : 黃輝)[25]가
명명하였으며, 자칭 북쪽에서 왔다고 하는 승려 아무개가 추렴하여 양곡
을 대고, 사방의 행각승들을 재웠다. 이는 성대한 일이다. 형주의 관장을
맡고 있는 이들에게 감히 고하나니, 청원(青原)[26]의 도를 일으켜서 유규
(劉虯)[27]와 나함(羅含)[28]의 업을 이을 때가 바로 지금이다. 경전에 이르기
를, "나그네는 오고가시만 우(郵)는 항상 그대로이다"라고 하였다. 형주
사람들은 힘쓸지어다.

　官有郵, 旅有舍, 僧有叢林, 此卽次之地也. 郵有宰, 舍有主人, 叢林
有接待僧, 此掌理之人也. 郵廩于官, 舍取辦于客, 而僧孑然一錫, 過傳
舍則皂而挺者呵斥等於餓隷, 投逆旅則囊惟一鉢, 又以其緇而髡也不
祥, 急叱之出. 所謂叢林者復無所取, 四方之人非甚不急之緇, 不投一
縷, 故接待之難, 比置菴造像百倍. 而行脚每至之處, 不敢與疥癩爭席.
至若一遇暴警, 令首詰奸, 而僧徒先遭其虐, 三木梏遞者, 比比皆是. 是

　25) 황태사(黃太史) : 황휘(黃輝). 자가 평천(平倩), 또 다른 자는 소소(昭素)이다. 호는 신
　　헌(愼軒)이며, 남충(南充) 사람이다. 만력 17년의 진사로, 서길사(庶吉士)에 개수되었다.
　　편수에서 우중윤(右中允)으로 옮겨, 황장자 강관(皇長子講官)에 충당되었다. 황휘는 불
　　교를 대단히 신봉하였다. 원굉도 형제와 성상종(性相宗)을 연찬하였고, 가는 곳마다 산
　　수를 유람하면서 선납(禪衲)을 심방하였고, 화요(華要)의 자리에 있었지만 도인(道人)
　　운수(雲水)의 운치가 있었다.
　26) 청원(青原) : 강서성(江西省) 여산현(廬山縣)의 동남쪽 산. 산 위에 정거사(淨居社)가
　　있다. 당나라 고승 행사(行思)가 이곳에 거처하였다. 여기서는 행사(行思)가 일으킨 도
　　를 말한다. 『전등록(傳燈錄)』에 보면, 행사 선사가 조계(曹溪)의 법석(法席)이 열린다는
　　말을 듣고, 가서 참례하니 조사가 깊이 존중하였으며, 법을 얻은 뒤 행사 선사는 길주
　　(吉州)의 청원사에 가서 정거(靜居)하였다고 한다.
　27) 유규(劉虯) : 남제(南齊) 때 남양(南陽) 사람. 자는 영예(靈預)로, 시호는 문범선생(文範
　　先生)이다. 관직은 진왕기실(晉王記室)에 이르렀는데, 뒤에 곡식을 먹지 않고 불교를
　　믿어서 『법화경』에 주석을 하였다. 『남제서(南齊書)』와 『남사(南史)』에 전이 있다.
　28) 나함(羅含) : 진(晉)나라 뇌양(耒陽) 사람. 자는 군장(君章). 주주부(州主簿)가 되었고,
　　환온(桓溫)이 정권을 잡은 뒤에 관직이 정위(廷尉), 장사상(長沙相)이 되었다.

皆叢林之不立, 以至于此

昔石頭道盛時, 每數十里置一僧郵, 而荊最要, 故叢林稱盛. 今淨地
與民居雜, 而僧習爲市, 已不復知薙髮爲何事. 大士之堂, 每以客冢, 而
客僧至者, 不得取一粲, 是何今昔之懸絶也? 衆香林創始于念淨居士,
而命名于黃太史, 托于北來僧某, 斂而粒之, 以郵四方之行脚者, 此盛
擧也. 敢以告荊之宰官長者, 興靑原之道, 而繼劉蚔・羅含之業, 此其
時也. 經曰 : "客有往來, 郵常自若." 荊人勉之.

[전校교] 1600년(만력 28년 경자)에서 1606년(만력 34년 병오) 사이에 공안(公安)에
서 지은 글이다.
○ 托于北來僧某 : 北은 패란거본에 比이지만 서종당본・소수본을 따라 고친다.

공승의 문적에 적다(題供僧籍)

쌀을 모집하여 승려를 공양하는 것이 있고 시주[29]를 모집하여 대신
공양하는 것이 있다. 전자의 경우는 쌀을 모집하는 사람은 아무개이고,
강석(講席)은 아무개이고, 기총림(期叢林)은 아무개이고, 공덕주(功德主)는
아무개라고 밝힌다. 이렇게 한다면 보시하는 것이 근거가 있으므로 사람
들이 즐거이 공양할 것이다.

시주를 모집하여 대신 공양하는 것은 승려 약간 명을 공양하겠다고
발원하게 한다. 오늘 한 사람을 만나서 재승(齋僧) 약간을 공양할 수 있
는 금액을 모집하고 다음날 또 그와 같이 모집한다. 흔쾌히 보시하는 사
람이 있으면 즉시로 명부에 그 이름을 올리고, 그 사람은 정해진 법대로
모두 공양하여 액수를 다한 뒤에는 그만둔다. 이렇게 하면, 승려는 양식
을 저장해야 하는 번거로움이나 양식을 운반하는 괴로움이 없고, 시주하

---

29) 단월(檀越) : 시주(施主).

는 사람은 승려가 다른 뜻이 없음을 믿고서 역시 즐겁게 공양을 하므로, 행각하는 승려들이 편하게 여길 것이다.

명승(明僧)[30]이 예전부터 이런 발원이 있었는데, 청평거사(靑平居士)가 그 대신에 내게 한마디 말을 써주길 요청하였다. 나는 생각하길, 만약 다만 승려를 공양하려는 소원을 만족시키려 할 뿐이라면, 앞서 내가 말했듯이 시주를 모집하여 대신 공양하는 일, 그 방법이 간단하고 그 발원을 쉽게 마칠 수 있다고 본다. 명승(明僧)은 헤아리도록 하라.

有募米供僧者, 有募檀越代供者. 募米者某, 講席某, 期叢林某, 功德主某, 此其施也有據, 故人樂供. 募檀越代供者, 發願供僧若干, 今日遇一人, 募齋僧幾許, 明日如之, 有樂施者, 卽籍名簿上, 其人爲具供如法, 畢其數而止. 僧無貯糧之煩, 轉輸之苦, 主者信其無他, 亦樂爲之供, 故行脚之人便之. 明僧舊有是願, 靑平居士代爲乞言. 余謂若但欲滿供僧之願而已, 則如前所云募檀越代供者, 其法簡, 其願易畢, 明僧酌之.

전
校교
　1600년(만력 28년 경자)에서 1606년(만력 34년 병오) 사이에 공안(公安)에서 지은 글이다.

청문암 건축을 위한 모금의 소(募建靑門菴疏)

산천의 요지에는, 선비들이 우아하여 화려함을 속되게 여기고 의를 좋아하기에, 그 사이에는 사찰이 반드시 많다. 그러므로 지금 경도와 오(吳), 월(越)에는 정람(절)이 바둑판처럼 늘어서 있고, 문장과 예악도 중하(중국)에서 으뜸이다. 수놓은 비단옷을 잘 차려입고 지나가는 이가 촌락

---

30) 명승(明僧) : 미상.

에 들어서면 노인과 어린이가 모여들어 놀라고 아랫 고을을 지나가면 선비들이 몰래 쑥떡거리며 그 등을 가리키지만 도회지에 이르면 일상적으로 여기니, 그 습속이 본디 그러한 것이다.

내가 어렸을 적에 두건과 관을 쓴 선비들과 노닐었는데, 둥근 머리에 검은 옷을 입은 승려를 보면 모두들 가리키며 양주(楊朱)[31]니 묵적(墨翟)[32]이라고 비난하였다. 조금 자라서, 제자서(諸子書)와 역사서를 읽다가 곁으로 노자와 석가에 미치면, 웃으며 말하길, "이들을 어찌 자여씨(子輿氏)[33]와 함께 두고 논할 수 있겠는가!"라고 하였다. 당시 사대부들은 다투어 글을 아로새기는 일을 일삼아서 당시의 여론에 아부하였으므로, 제자서, 역사서와 석가, 노자의 천근하고 간이한 내용을 익혔다. 그래서 절에 들어가는 선비는 읍례를 해서 반드시 복사뼈까지 공경하는 자세를 취하고, 승려를 보아도 화를 내지 않는다.

돌아가신 형 백수(伯修)가 중비(中秘)[34]의 직으로 있다가 고향으로 돌아와, 성명(性命)의 설을 제일 먼저 제창해서 유자와 석가를 한데 포괄하여 때때로 정미한 말을 한두 가지 사람들에게 보여주매, 사람들마다 그것이 배울 만한 큰 도이며 세 성인의 큰 뜻이 마치 한 사람에게서 나온

---

31) 양주(楊朱) : 중국 전국시대의 사상가. 쾌락적 인생관과 극도의 이기설(利己說)을 주장하였다. 길을 가다가 두 갈래가 되면 어느 곳으로 갈지를 몰라 울었다고 한다. 묵적(墨翟)과 함께 이단(異端)의 대표로 손꼽혀 비판을 받았다. 맹자는 양주에 대해, 양주는 자기 자신만을 위하므로, 자신의 터럭 하나를 뽑아 천하를 이롭게 할 수 있더라도 하지 않는다고 하였다. 『맹자』 「진심 상(盡心 上)」에 그 비판이 나온다.

32) 묵적(墨翟) : 전국시대 노(魯)와 송(宋)에서 대부 벼슬을 하였던 사상가이다. 주나라 정왕(定王) 때에 태어나서 안왕(安王) 대 졸하였으니, 향년 80이었다. 겸애(兼愛) 사상을 외쳐, 천하를 위한 일이라면 머리끝에서 발끝까지 다 닳아 없어지더라도 상관 않겠다는 자세였다.

33) 자여씨(子輿氏) : 맹가(孟軻). 자(字)가 자여(子輿)이다. 일설에는 자가 자거(子車)라고도 한다. 『사기』 「맹가·순경열전(孟軻荀卿列傳)」에서는 맹자의 이름이 가(軻)이고 추(騶, 騶는 鄒와 통한다) 사람이라고 하였다. 『사기』에서는 맹자가 "자사(子思)의 문인에게서 수업했다"라 하였는데, 다른 책들의 기록에서는 모두 맹자를 자사의 제자라고 하였다.

34) 중비(中秘) : 원종도가 1587년에 사경국세마(司經局洗馬)·직강독(直講讀)이 된 일을 가리키는 듯하다.

것 같다고 하였다.

형은 행각승 가운데 조금 담론할 줄 아는 이를 만나면 읍하고 상좌에 앉혔으며, 도가와 불교의 선사(先師)를 섬기기를 예를 갖추하였고, 이른바 정람(精藍)이라든가 선실(禪室)이라든가 하는 것도 역시 자주자주 꾸미고 장식하여, 차츰차츰 대국(大國) 전체의 풍조로 되어 갔다. 청금을 걸친 젊은 선비들 중에 입으로 삼교를 포괄하는 뜻을 말하는 자가 열 명 가운데 여섯이요, 그 도리를 몸소 실천하는 자가 열 명 가운데 세 명의 비율로 되었다. 오직 한두 늙은 유학자로서 묵은 경진을 오래도록 고수하는 자만이 다시 믿지 않았지만, 세간에서 본디 존중하지 않았으므로 그러한 풍조를 이길 수가 없었다.

심생(沈生)은 나를 따라 강학을 하였고, 불가의 교리를 듣고 깊이 젖어 들었다. 대대로 과저리(瓜渚里) 사람이다. 과저리의 인사들은 우아함을 닦는 것이 관습이어서, 장차 선사(禪舍)를 열고 상문(桑門 : 불교)에 객이 되려고 하였다. 내가 그 문의 상인방에 '청문(青門)'이라 썼으니, 고을의 이름을 기록한 것이다.35) 장차 아래 고을의 문풍을 기록함으로써 차츰 상국(上國)을 전부 한 울타리 안에 넣으려고 하는 것이다.

무릇 가을의 추수를 모르는 사람은 씨뿌리는 것을 보면 괴이하게 여겨, "어찌 먹을 수 있는 물건을 진흙 속에 버리는가?"라고 할 것이다. 복전(福田)의 도를 모르는 자도 역시 그러하다. 과저리 선비들은 애당초 그러한 것을 잘 알고 있을 터이므로, 부디 씨뿌리는 것을 아까워하지 말지어다. 전하는 말에 이르기를, "못가에 임하여 그저 물고기를 탐내는 것은 그물을 짜는 것만 못하다"36)라고 하였다.

---

35) 지리(志里) : 고을의 이름을 기록하다. 청문은 원래 한나라 장안성 동남문을 말하는데, 한나라 때 소평(邵平)이 청문 밖에 살면서 외를 심었다는 청문과(青門瓜)의 고사가 있으므로, 이 마을 이름이 과저리(瓜渚里)인 것에 연결시켜 고을 이름을 청문이라고 아칭하였다는 말이다.

36) 임연선어, 불야결망(臨淵羨魚, 不若結網) : 『한서』「동중서전(董仲舒傳)」에, "고인이 말하길, 못에 임하여 고기를 선망하는 것은 물러나 그물을 엮는 것만 못하다라고 하였

凡山川要會處, 人士都雅, 俗華而好義, 則其間刹宇必多. 故今京都・吳・越, 精藍棋置, 而文章禮樂, 亦甲中夏. 夫衣紈繡而過者, 入村落則老稚聚而駭, 過下邑則士竊議指其背, 至通都則常, 其習固也.

往余爲童子時, 與諸巾冠者遊, 見圓頂而緇者, 則羣指曰楊・墨. 稍長, 讀子史書, 旁及二氏, 笑曰: "此何與子輿氏舌." 而是時士競操觚業, 以謏時目, 故亦習子史及釋・老之淺易者. 士之入伽藍者, 揖必至踝, 見僧乃不怒.

造先伯修旣以中祕里旋, 首倡性命之說, 函蓋儒・釋, 時出其精語一二示人, 人人以爲大道可學, 三聖人之大旨, 如出一家. 見行脚之稍能談者, 揖而坐上座, 事二氏先師有禮, 而所謂精藍禪室者, 遂亦數數修飾, 浸循有大國風. 靑衿之士, 口者什六, 身者什三, 唯一二老儒守陳編久者不復信, 世雅不重之, 故不勝也.

沈生從余講業, 及熏聞貝典熟. 世爲瓜渚里人. 渚中人士, 習爲修雅, 將闢禪舍, 以客桑門. 余顔其楣曰'靑門', 志里也, 且以識下邑之文, 漸埒上國也. 夫不知有秋之穫者, 見人投種, 則怪曰: "奈何以可食之物, 棄之淤泥?" 不知福田之道者亦然. 渚中人士, 業知之已, 愼無惜種. 語曰: "臨淵羨魚, 不若結網."

전
箋校교　1600년(만력 28년 경자)에서 1606년(만력 34년 병오) 사이에 공안(公安)에서 지은 글이다.

○ 以謏時目 : 謏는 패란거본에 腴이지만 서종당본・소수본・이운관본을 따른다.

제천사 모금에 대한 소(諸天寺募疏)

평락(平樂)[37]은 우리 마을에서 불과 20리 떨어져 있는데, 평평한 밭두

다(古人有言曰 : 臨淵羨魚, 不如退而結網)"라는 말이 있다.

둑과 푸른 나무가 산언덕과 서로 섞여 있어 대체로 풍경이 우리 마을과 비슷하다. 지난 겨울 처음으로 그 땅을 밟아, 이른바 태세강(太歲岡)이란 것을 물으니, 마을사람들이 모두 모른다고 하였다.

그런데 제천사(諸天寺)는 높은 언덕에 기대어 있는데, 가시나무 숲 속에 아주 퇴락하여 있었다. 다만 절은 비록 허물어졌지만 유적은 없어지지 않았다. 그것을 지나며 밭이랑을 이루고 연못을 이루고 있기는 하지만, 입증할 만한 서적이 하나도 없는데, 아마 그 절이 기대고 있는 곳이 태세강(太歲岡)이 아닌가 싶었다.

절은 본디 조어(調御 : 부처)[38]를 공양하므로 천(天)이라 편액에 적었으나, 절에 그런 이름은 맞지 않는다. 무릇 기년(祈年)[39]과 미앙(未央)[40]의 뜻을 취하되, 문자를 생략하여 그렇게 서명한 것인데, 무지한 자들은 그것이 합치하지 않음을 모르고 있다. 백성들은 복전(福田)[41]의 설에 현혹되어 부엌의 격을 안방보다 높인다.[42] 이것은 범용한 자들이 공통적으

37) 평락(平樂) : 공안 평락촌(平樂村). 소죽림(小竹林)이 있는 곳이다.
38) 조어(調御) : 부처의 열가지 호 가운데 하나. 조어사(調御士) 혹은 조어장부(調御丈夫)라고 한다. 부처는 대자대지(大慈大智)이기 때문에 장부(丈夫), 즉 중생을 화도(化度)할 때에 혹은 부드러운 말, 혹은 강한 말, 혹은 비근한 말을 방편으로 사용하여 조어(調御 : 조절하여 제어함)하여 바른 길로 들여보내기 때문에 이렇게 말한다.
39) 기년(祈年) : 풍년을 기원한다는 뜻으로, 『시경』 대아(大雅) 「운한(雲漢)」에, "풍년을 기원하길 대단히 일찍 하고, 사방의 신과 사당에 제사하는 일도 늦지 않게 하네(祈年孔夙, 方社不莫)"라고 하였다. 진(秦)나라 목공(穆公)이 지은 기년궁이 섬서성(陝西省) 봉상현(鳳祥縣) 남쪽에 있다. 기년관(祈年觀)이라고도 한다.
40) 미앙(未央) : 아직 다하지 않음. 『노자』에 "황량하여 아직 다하지 않았도다(荒兮其未央)"라고 하였고, 『초사(楚辭)』에 "때가 아직 다하지 않았도다(時亦猶其未央)"라고 하였다. 섬서성(陝西省) 서안시(西安市) 서북쪽에 있었던 서한(西漢)의 궁전 이름이 미앙궁이기도 하다. 한나라 고조 7년에 소하(蕭何)가 주관하여 건립했다.
41) 복전(福田) : 부처와 비구 등 공양을 받을 만한 법력이 있는 이에게 공양하면 복이 되는 것이 마치 농부가 밭에 씨를 뿌려 수확하는 것과 같다고 해서 복전이라고 한다.
42) 제조우오(躋竈于奧) : 부엌 귀신을 안방 귀신보다 높여 대우한다는 뜻. 부뚜막 귀신과 안방 귀신. 『논어』 팔일(八佾)에 "왕손고가 묻기를, 안방에 잘 보이기보다는 부뚜막에 잘 보이라는 말이 있는데 무슨 뜻입니까고 하자, 공자께서 말씀하시길, 그렇지 않다, 하늘에 죄를 얻으면 기도할 곳이 없다라고 하였다(王孫賈問曰 : 與其媚於奧, 寧媚於竈, 何謂也? 子曰 : 不然. 獲罪於天, 無所禱也)"라고 하였다. 『집주(集注)』에 보면 "방

로 앓고 있는 병통이다.

옛날에 무진거사(無盡居士)[43]가, 공자와 석가 중 누가 더 나으냐고 물었더니, 묘희(妙喜)[44]가 말하길, "공자는 하늘을 스승 삼아 말할 때마다 하늘을 법칙으로 삼는다 하였고 석가여래는 하늘을 고을로 삼았으니, 비유하자면 공자는 신첩(臣妾)이요 장획(臧獲: 노비)인 셈이다"라고 하였다. 내가 그래서, "천(天)이라 편액한 것은 맞지 않는다"라고 한 것이다. 여러 시주들이 그 이름에 의미가 있다고 믿어서 단청으로 올린 것이지만, 어찌 그 이름까지 아울러서 바로잡지 않는단 말인가?

무릇 절의 승려가 고을 수령의 복을 맞아들이는 것은 절에 매겨진 세액(稅額)을 감면하고 자신의 신원을 복구하는데 불과하다. 천자의 복을 맞아들이는 것은 통후(通侯)[45]가 되고 경이(卿貳)가 될 수도 있다. 이러한

의 서남쪽 구석을 오라 한다(室西南隅爲奧)"라고 하였고, 또 "조란 것은 다섯 가지 제사 가운데 하나로, 여름에 제사지내는 것이다. 무릇 다섯 가지 제사를 지낼 때는 먼저 신주를 설치하여 그 해당 장소에서 제사를 지낸 뒤, 시동을 맞아서 방안의 서남방 구석에서 제사를 지내니, 대략 종묘의 의식과 같다. 조를 제사지내는 경우에는 부뚜막에 신주를 설치하고, 제사가 끝난 뒤 다시 방안 서남방 구석에 찬을 차려서 시동을 맞아들인다. 그래서 시속의 말에, 방안 서남방 구석이 늘 존귀하지만 제사지내는 주 대상이 아니고, 부뚜막은 비록 천하지만 당시에 행사를 하고 있으므로, 군주와 연결하기보다는 권신에게 아부하는 것이 더 낫다는 뜻을 비유한 것이다(竈者, 五祀之一, 夏所祭也. 凡祭五祀, 皆先設主而祭於其所, 然後迎尸而祭於奧, 略如祭宗廟之儀. 如祀竈, 則設主於竈陘, 祭畢而更設饌於奧, 以迎尸也. 故時俗之語, 因以奧有常尊, 而非祭之主, 竈雖卑踐, 而當時用事, 喻自結於君, 不如阿附權臣也)"라고 하였다.

43) 무진거사(無盡居士) : 송나라 장상영(張商英). 자는 천각(天覺). 호가 무진거사이다. 시호는 문충(文忠)이다. 관직은 대관(大觀) 연간에 상서우복야(尙書右僕射)에 이르렀다. 『송사(宋史)』에 입전되어 있고, 『원우당인전(元祐黨人傳)』에도 기록이 있다. 도솔종열(兜率從悅)의 제자이다. 불경을 읽어 비판하는 글을 지으려고 하다가, 『유마경(維摩經)』의 「문수사리향질품(文殊師利向疾品)」의 제5 구절에 이르러 불교의 깊은 이치를 터득하고는 참회하여, 구양수(歐陽脩)의 불교 비방을 반박한 『호법론(護法論)』을 지었다고 한다. 앞에 나왔다.

44) 묘희(妙喜) : 대혜종고(大慧宗杲, 1089~1163). 임제종(臨濟宗) 양기파(楊岐派)의 승려. 자는 담회(曇晦), 호는 묘희. 안휘성 선주(宣州) 영국(寧國) 사람. 공안선(公案禪)을 높이 제창하여, 임제(臨濟)의 재흥이라고 일컬어졌다. 불교에 한하지 않고 송나라, 명나라 사상계에 커다란 영향을 끼쳤다. 『대혜보각선사어록(大慧普覺禪師語錄)』 30권 등을 남겼다.

것들은 모두 단월[시주자]에게 달려 있어서 그에게서 취하는 것이다. 그러나 전(田) 선생은 말한다. "반드시 이름을 바로잡아야 하리라.[46] 어찌 복의 시작으로 삼으랴?"[47]라고 삼가 그와의 약속대로 마을의 백성들에게 고하는 바이다. 전 선생의 이름은 아무개이며, 대대로 마을의 망족(望族)이다.

平樂去余村二十里而近, 平疇碧樹, 與岡巒相錯, 大約風景似余村也. 去冬始一履其地, 問所謂太歲岡者, 村民皆口不知. 而諸天寺倚高阜. 剝落荊杞中, 寺雖敗落, 而遺蹟未朽. 過此則爲畦爲澤, 無復一卷, 疑所倚卽太歲岡也. 寺本供調御, 而額以天, 不稱. 夫取祈年·未央而省署之, 伺者知其不合. 民惑于福田, 而躋竈于奧, 此下凡之通病也.

昔無盡居士問孔·釋孰勝, 妙喜曰: "孔子師天, 言必以天爲則. 如來以天爲部, 辟則臣妾臧獲也." 余故曰: "額以天弗稱." 諸大檀信旣有意丹碧之矣, 盍倂其名正之. 夫邀令長之福者, 寬其稅額復其身而已, 邀天子之福, 則爲通侯爲卿貳, 是在諸檀越取之. 田子曰: "必也正名, 敢爲福始." 謹如所約, 以告里氓. 田子名某, 世爲里中望族.

[전 校교] 1600년(만력 28년 경자)에서 1606년(만력 34년 병오) 사이에 공안(公安)에서 지은 글이다.

---

45) 통후(通侯): 진(秦) 한(漢) 때에 작위가 20급에 해당하는 관직에 있는 사람 가운데 최고의 작위. 본래는 철후(徹侯)였으나 한나라 무제(武帝) 때 '통후(通侯)'로 개칭되었다가 나중에는 '열후(列侯)'로 통칭되었다.

46) 필야정명(必也正名): 『논어』 「자로(子路)」편에, "자로가, 위나라 군주가 선생님께 정치를 자문하신다면 선생님께서는 무엇부터 시작하시겠습니까? 라고 묻자, 공자께서는, 반드시 이름을 바로 하리라고 대답하셨다(子路曰: 衛君待子而爲政, 子將奚先? 子曰: 必也正名乎!)"라고 하였다.

47) 감위복시(敢爲福始): 어찌 복의 시작으로 삼으랴. 『조자건집(曹子建集)』 「구통친친표(求通親親表)」에 "불위복시(不爲福始), 불위화선(不爲禍先)"이라고 하였다. 『장자』 외편 「각의(刻意)」편에 "불위복선(不爲福先), 불위화시(不爲禍始)"라고 하였다. 화복은 표리일체이므로 외물에 마음을 움직이지 않도록 하라는 뜻이다.

○ 패란거본에는 편말의 2구가 없으나 서종당본・소수본・이운관본을 따라 보충한다.

왕로암의 소에 제하다(題王路菴疏)

왕래하는 승려들 중에 승우(僧郵)의 훌륭한 것을 극찬하는 사람들은 단양(丹陽)을 꼽거나 오강(吳江)을 꼽거나 서흥(西興)을 꼽거나 하는데, 고소(姑蘇)의 왕로암(王路菴)이 최고이다. 내 친구 사심(死心)[48]이 마침 월(越)에서 왔기에 이야기하였는데 입이 다물어지지 않았다. 그런데 암자의 재목을 모으는 이가 와서, 내 친구 전겸산(錢兼山)[49]과 조노천(曹魯川)[50]의 서신 한 통씩을 가지고 왔다. 그러면서 오 땅과 초 땅이 멀어서 나의 말[글]을 얻지 못하였다고 하면 사람들이 믿지 못하리라고 하였다.

나는 이렇게 말하였다. "암자 주인의 소원은 내가 오현(吳縣)의 수령으로 있을 때 조목조목 물어보았고, 산에 은거할 때 여러 소문에서 따져보았으며, 스님이 오셨기에 또 두 원님의 편지에서 확인하였소 그러니 내가 감히 말을 남겨야 할 인연을 함부로 하지 않겠소 부디 단나[시주]들이 왕로암을 믿는 마음으로 스님을 믿기를 바라니, 이것은 스님이 깊은 신심을 지니고 광장설[51]을 하는 것에 달려 있을 따름이오 힘쓰도록 하오"

---

48) 사심(死心) : 즉 원문위(袁文煒)이다. 자가 중부이다. 제생(諸生)으로, 이지(李贄)의 제자이다. 출가해서 이름을 사심(死心)이라고 하였다. 『유거시록(遊居柿錄)』 권4에 나온다. 권12 「원중부를 이별하며(別袁中夫)」 시를 참조

49) 전겸산(錢兼山) : 아마도 전희언(錢希言)의 호가 겸산인 듯하다.

50) 조노천(曹魯川) : 조윤유(曹允儒). 자가 노천이다. 태창(太倉) 사람으로, 용암(龍巖) 지현에 임명되었다. 천언(千言)을 상서(上書)하여, 곧바로 시사(時事)를 비판하였다. 또 『어왜조의(禦倭條議)』를 저술하여 강영과(江盈科)가 그 서문을 써 주었다. 일생의 사적은 『설도각집(雪濤閣集)』 권8 '조로천어왜의인(曹魯川禦倭議引)'에 대략 나와 있다.

51) 광장설(廣長舌) : 불교에서는 부처님의 32상 가운데 제27법상을 광장설상(廣長舌相)이라고 말한다. 부처의 혀가 넓고 길고 부드럽고 연하며 붉고 엷어서 능히 얼굴을 덮고 머리카락 끝까지 이른다고 한다. 대설상(大舌相)이라고도 한다. 현대에는 주로 장광설(長廣舌)로 표기한다.

往來衲子侈談僧郵者, 曰丹陽, 曰吳江, 曰西興, 而姑蘇之王路菴爲
最. 余友死心, 適從越來, 談未合齒, 而菴之鳩材者至, 持余友錢兼山‧
曹魯川書各一通爲質. 以吳‧楚地遠, 不得余一言, 人未信也. 余告之
曰:"菴主之願, 是余令吳時質諸目, 山居時質諸耳, 師來又復質諸兩宰
官牘. 余不敢爲妄語緣, 庶幾檀那以信王路菴者信師, 是在師深心與廣
長舌而已. 勉之."

○ 是余令吳時質諸目 : 是는 서종당본‧소수본에 王인데, 往의 잘못인 듯하다.

공안 이성사[52] 중수 천왕전 소(公安二聖寺重修天王殿疏)

형주(荊州) 전체에 사찰은 천 단위로 헤아리지만, 이성사가 가장 오래
되고 기이하다. 제천거사(濟川居士)가 비문에 매우 자세히 실어 놓았다.
고을에는 비록 늙고 덕망 있는 승려라 하여도 아는 이가 없다. 나는 어
려서 이곳을 지나다가 읽어보았는데 놀라서 형에게 그 말을 하였지만,
그러나 제천거사가 어떤 사람인지는 몰랐다. 훗날 『오등(五燈)』[53]을 읽다
가 비로소 부동헌 주인(不動軒主人) 묘희(妙喜)[54]가 인가(印可)[55]한 분임을
알게 되었다. 이 사람이 아니었다면 두 대사의 자취가 전해지지 않았을

---

52) 이성사(二聖寺) : 이성선림(二聖禪林). 공안현 동북쪽에 있다. 진(晉)나라 때 처음 세워
졌으며, 홍화사(興化寺)‧만수사(萬壽寺)‧광효사(光孝寺)라고도 한다. 청엽계여래(靑
葉髻如來)와 누지덕여래(婁至德如來)를 모셨다. 앞에 나왔다.
53) 오등(五燈) : 송나라 때 승려 보제(普濟)가 찬한 『오등회원(五燈會元)』을 말한다. 보제
는 자(字)가 대천(大川)으로 영은사(靈隱寺)의 승려였다.
54) 묘희(妙喜) : 대혜종고(大慧宗杲, 1089~1163). 임제종(臨濟宗) 양기파(楊岐派)의 승려.
자는 담회(曇晦), 호는 묘희. 앞에 나왔다.
55) 인가(印可) : 제자의 증득(證得) 사실을 사장(師匠)이 인정하는 일을 말한다.

것이요 절 또한 만들어진 연기(緣起)를 몰랐을 것이다.

고을의 문헌에는 살펴볼 만한 것이 전혀 없고, 이 읍이 있게 뒤로 이 읍에서 배태된 출신의 성명이라고는 한 사람도 역사책에서 찾아볼 수가 없다. 다만 떠돌아서 더부살거나 와서 벼슬살았던 자취는 조금씩 있기는 하다. 그러나 그것도 역시 자세하지 않다. 제자서(諸子書)와 역사서에 실린 것도 심지어 그 이름조차 듣지 못하였고, 자정(子正)56)과 소릉(少陵 : 두보)57)의 경우에는 고작 이름을 적어 두었을 뿐이다. 그런데도 문조(文藻)의 결핍을 부끄럽게 여기는 의리58)가 전혀 없다.

고작 겨우 지자선사59) 한 사람이 이 고을 출신인데, 고을 사람들은 대부분 모르고 있다. 또 기록하는 자들도 그의 출생지를 기술할 때 혹 영천(潁川) 사람이라 하여, 그 선조가 공(公)으로서 읍을 봉해 받아 이르러 왔던 사실을 알지 못한다. 오직 형주비에 모수(茅穗)와 유하(油下)의 일이 실려 있어 명확한 근거로 삼을 수 있다.

그런데 모촌(茅村)의 성모탑(聖母塔)은 돌계단은 예전 그대로 있지만 고을 사람들은 이미 그것이 어느 집의 무덤인지를 모르고, 밭 갈고 김매고 풀 베고 땔나무하는 자들이 날마다 침삭하여 그치지 않아서, 숫돌에 연마한 낫의 날에 당하거나, 혹 염장군(髯將軍 : 양)60)에게 가지(呵持)61)될 뿐이다. 대개 이 고을 사람들이 일 벌리기 좋아하지 않은 지는 오래되었다. 절의 시말은 비문에 실려 있으므로 군말을 하지 않는다. 옛 터가 강물에 씻어 먹혀서 초원(椒園)에서 옮겨온 이래 삼십 여 년이 지났다. 지난해

---

56) 자정(子正) : 삼국시대 오(吳)나라 심우(沈友) 혹은 당고(唐固)를 가리키는 듯하다.

57) 소릉(少陵) : 두보(杜甫). 여기서는 두보가 배로 공안(公安)에 정박하여 수심에 찬 시를 여럿 지었고, 결국 상수(湘水) 가에서 죽은 사실을 가리킨다. 「악양루에 올라(登岳陽樓)」도 이 시기에 지은 시이다.

58) 수조지의(羞藻之義) : 문조(文藻)의 결핍을 부끄럽게 여기는 뜻.

59) 지자선사(智者禪師) : 지자대사(智者大師). 수(隋)나라 승려인 지의(智顗). 자는 덕안(德安)이고 속성은 진씨(陳氏). 앞에 나왔다.

60) 염장군(髯將軍) : 양(羊). 염참군(髯參軍), 염수참군(髯鬚參軍), 염수주부(髯鬚主簿).

61) 가지(呵持) : 가호(呵護)하여 차지한다는 뜻인 듯하다.

비로소 그 담을 새로 지었으나, 천왕전은 도리가 썩었고 조잡하므로, 그저 명목만 있을 따름이다.

절은 옛날에 두 대사[62]가 분노의 상(像)을 드러내었으므로, 사천왕[63]의 그림만 두고 그 전각은 비워두었다. 그 전각을 비워둔 것은 옳다. 하지만 내 생각에는, 마땅히 지자대사의 상을 만들어서 그 안에 두어야 할 것이다. 그리고 다시 원(遠) 상인의 보주(寶珠) 따위를 두고, 아울러 여(呂)와 유(庾) 이하 여러 높은 관장(官長)과 객 및 이 고을의 도덕과 문학과 행실이 탁월한 자를 제사한다면, 여기 오는 사람이 한 번 이 당에 들어오기만 하면 문헌[64]이 완연히 눈앞에 펼쳐지게 될 것이다. 그렇게 된다면 그것은 역시 사람의 한가지 쾌거가 아닐 수 없다.

무릇 사천왕은 불법을 지키는 자라고 널리 일컬어지지만, 여러 선백(禪伯 : 부처)들은 사천왕이 예를 올리는 존재이다. 따라서 왕의 신하와 지방 수령이 유교(遺敎 : 유언)에 따라 위촉을 받아 번거로운 일을 하는 것은, 사천왕을 돕는 일이란 사실도 분명하고도 분명하다.

---

62) 이대사(二大士) : 견뢰(堅牢)・지기(地祇). 사천왕(四天王)과 함께 불법을 호지(護持)하는 신. 각각 부처 앞에서 호법(護法)의 맹세를 한 존재들이다. 사천왕과 아울러, 호법신 혹은 호법선신(護法善神)이라고 한다.

63) 사천자(四天子) : 사천왕(四天王). 견뢰(堅牢)・지기(地祇)와 함께 불법을 호지(護持)하는 신. 각각 부처 앞에서 호법(護法)의 맹세를 한 존재들이다. 호법선신(護法善神)이라고도 한다.

64) 문헌(文獻) : 『논어』「팔일(八佾)」편의 "하(夏)나라 예(禮)에 대해서는 내가 말할 수 있으나, 기(杞)로는 징험할 수는 없다. 은나라 예에 대해서는 내가 말할 수 있으나, 송(宋)으로는 징험할 수 없다. 문헌이 부족하기 때문이다"에서 처음 나타난다. 여기서의 '문헌'은, 주희(朱熹)의 해석에 따르면, 역대의 문건과 당시 현자들의 학설을 모두 포괄한다. 송말 원초의 사학가인 마단림(馬端臨)은 두우(杜佑)의 『통전(通典)』을 이어 전장(典章)과 제도에 대한 전문서적을 저술하고서 '문헌'이란 두 글자를 이름으로 붙여 『문헌통고(文獻通考)』라고 하였다. 그는 「자서(自序)」에서, 그 책의 취재원이 하나는 문헌기록이고, 다른 하나는 구전의론(口傳議論)이라고 하였다. 마단림은 문헌기록을 각 줄 꼭대기에서부터 적고, 명류・현자의 의론은 격을 하나 낮추어 적어서 둘이 비교가 되도록 하였다. 그것이 바로 '문헌통고'(문과 헌을 통틀어서 고찰함)란 뜻이었다. 그 뒤 문헌이란 말은 역사 문건만 가리키게 되었다. 현재는 문헌이란 말의 함의가 아주 넓어서, 인쇄형태 혹은 비 인쇄형태의 출판물 일체를 가리킨다.

여러 군자들이, 문헌이 오랫동안 인멸되었던 것을 애도하고, 성대한 일을 의리상 일으킬 것을 생각하였다. 비록 복전(福田)이 없다고 하더라도, 갑자기 어찌 모른 체 덤덤할 수 있겠는가? 영공(靈公)이 고을의 어른들에게 잘 말한다면, 내가 말한 내용과 반드시 부합하게 될 것이다.

環荊州之精刹以千數, 而二聖最古且異. 濟川居士載之碑甚具, 邑中雖耆宿莫有知者. 余童年過而讀之, 駭以語吾兄, 然未知濟川何等人也. 後讀五燈, 始知爲不動軒主人妙喜所印可者. 微斯人, 則二大士之跡不傳, 卽寺亦莫知所自始也. 邑中文獻, 絶無可考, 自有玆邑來, 姓名一無見史冊者, 流寓宦蹟, 稍稍有之, 而亦不詳. 子史所載, 至不能擧其名, 至於子貞·少陵之屬, 稍名之已, 而羞藻之義闕然.

僅僅一智者禪師爲邑産, 邑人多不知, 記者述其所自, 或曰潁川人, 不知其先以公封邑而至也. 獨荊州碑中載有茅穗·油河事, 可爲的據. 而茅村之聖母塔, 石級如故, 然邑人已不知爲誰家封鬣, 耕耨耘樵者, 日侵削不止, 其不爲鐮刀礪石者, 或亦髥將軍呵持之耳. 蓋邑人之不好事久矣. 寺始末載碑中, 故不贅. 舊址爲江所齧, 自椒園移來, 三十餘年. 去歲始新其垣, 天王殿架朽而柴之, 有其名耳. 寺故以二大士現忿怒像, 故置四天子貌而空其殿. 夫空之是已, 余意當範智者大士其中, 益以遠上人寶珠之屬, 倂祀呂·庾而下諸大宰官客子, 及玆邑道德文行之超越者, 使來者一入斯堂, 而文獻宛然在目, 亦士林之一快也. 夫四天子以護法著稱, 諸禪伯天子之所禮也, 王臣宰官遺敎之所囑累, 所以助四天子于明明者也. 諸君子悼文獻之久湮, 思盛事可以義起也. 雖微福田, 遽寧恝然已乎? 靈公善語邑長者, 於予言必有合也.

1600년(만력 28년 경자)에서 1606년(만력 34년 병오) 사이에 공안(公安)에서 지은 글.
○ 或曰潁川人 : 潁은 패란거본에 잘못 穎으로 되어 있다.

○ 故置四天子貌而空其殿 : 子는 패란거본에 不이지만 이운관본을 따라 고친다.
○ 王臣宰官遺教之所囑累 : 遺는 패란거본에 移로 되어 있지만 서종당본·소수본·이운관본을 따라 고친다.

판교를 만들기 위한 모금의 소(募作板橋疏)

11월에는 작은 다리를 놓고
12월에는 큰 다리를 놓아,[65]
수레와 말을 달그락달그락
몰고서 간다.
오로지 이 붉은 널다리는
수레 두 대가 나란히 가지 못하나니,
나무 밑판은 무너지고,
물은 멀리 흐르고 도로는 길구나.
지혜 있는 분에게 머리 조아리나니,
상자를 열고 주머니를 푸시오
쏠리지도 않고 울퉁불퉁하지도 않아,
오는 사람이 당당하게 오리라.
문서에 적는 이는 누구인가?
동성랑(東省郞)[66]이네.
그 세차(歲次)는 인(寅)이요,

---

65) 십일월강, 십이월량(十一月杠, 十二月梁) : 『맹자』 「이루 하(離婁 下)」에, "해마다 십일월에는 도보로 다니는 이들을 위한 작은 다리를 이루고, 십이월에는 수레가 다니는 큰 다리를 이룬다(歲十一月, 徒杠成. 十二月, 輿梁成)"라고 하였다.

66) 동성랑(東省郞) : 문하성(門下省)의 속관(屬官). 당나라, 송나라 때 문하성(東省)은 중서성(中書省)과 함께 기요(紀要)를 담당하였으나, 원나라 이후에 폐지되었다. 여기서는 중앙정부를 널리 가리킨다. 이 당시 원굉도는 예부(禮部)에 있으면서 의제청리사주사(儀制淸吏司主事)의 임무를 맡고 있었으므로 스스로 동성랑이라고 일컬었다.

해당하는 음률은 상(商)의 소리인 때라네.

十一月杠, 十二月梁. 車蹄格格, 以驅以行. 惟茲紅板, 軌不得方. 木
槽塊圮, 水遠道長. 稽首哲人, 開箱啓囊. 無偏無頗, 來者堂堂. 題籍伊
誰, 曰東省郎. 厥歲在寅, 厥律始商.

1602년(만력 30년 임인)에 공안(公安)에서 지었다.
○ 서종당본·이운관본은 제목에 疏자가 없다. 소수본은 제목을 「募化板
橋引」이라 하였다.

장경(藏經)을 청하는 소에 적은 인(題請藏疏引)

설랑(雪浪)[67]의 고족(高足 : 수제자) 아무개가 지난 가을에 나를 유랑(柳
浪)[68]으로 찾아오더니, 마침내 촉(蜀)으로 들어가 부대사(傅大士)를 알현하
고는, 이어서 파(播 : 貴州省의 지역)의 형승을 마음껏 구경한 뒤, 돌아와서
내게 그 유람의 일을 말하였다.

나는 웃으면서 말하였다. "그곳은 지난날 무염족왕(無厭足王)[69]의 국토
였는데, 지금은 마침내 자씨(慈氏 : 미륵)의 누각이 되었고, 안개 낀 물도
역시 마찬가지이니, 부디 동자는 다른 상상을 일으키지 말라." 다시 그
가 갈 곳을 캐어물으니, 이렇게 대답하였다. "장차 북으로 연(燕)에 들어
가, 두루 여러 단월(시주)을 방문하여, 영문(靈文 : 불경) 한 장(藏)을 청하여
운부산(雲浮山)[70]으로 돌아가겠습니다. 원컨대 거사께서는 그 끄트머리

---

67) 설랑(雪浪) : 어떤 승려인지 미상.
68) 유랑(柳浪) : 원굉도의 공안 거처인 유랑관(柳浪館).
69) 무염족왕(無厭足王) : 무염족은 만족할 줄을 모른다는 뜻. 나찰녀(羅刹女) 등을 가리
   키는 말이기도 하다. 여기서는 무엇을 가리키는 지 미상임.
70) 운부산(雲浮山) : 사천성에 있는 산인 듯하다. 광동성(廣東省) 운부현(雲浮縣)의 서남
   쪽에 있는 운부산과는 별개의 산이다.

에 도인(導引)의 말을 적어 주십시오"

이에 석공(원굉도 자신)이 그에게 다음과 같이 설하였다.

"선사는 설랑에게 유학하여,

가슴에 불장(佛藏)을 온전히 지니고 있네.

후학에게 모범이 되려 한다면,

명언 그것을 의지하라.

저 운부산으로 말하면,

편길(偏吉)71)이 상(相)을 드러내었던 곳.

노을 빛과 안개 무늬는,

여섯 어금니의 코끼리를 드러내네.

아아 빛나는 천자께서는,

인자의 덕으로 왕 노릇을 하시어

황권(黃卷)과 적축(赤軸)72)을,

저 만방에 베푸시네.

가구려 선재(善財)73)여,

인(仁)에 해당하여 손색이 없도다.

마치 용이 구름을 타듯,

마치 새가 광야로 들어가듯이.

백마74)로 돌아와,

---

71) 편길(偏吉) : 보현보살. 여기서는 아미산의 보현보살. 권40 「지통선책후(識通禪冊後)」에, "만수(曼殊)를 청량(淸凉)으로 귀근(歸覲)하고, 편길을 대아에서 예알한다(觀曼殊於淸凉, 禮偏吉於大峨)"하고 하였다.

72) 적축(赤軸) :『북사(北史)』「우홍전(牛弘傳)」에 보면, "유유가 요(姚)를 평정하고 그 도도서 전적을 수합하니, 모두 붉은 두루마리와 푸른 종이였고, 문자가 고졸하였다(劉裕平姚, 收其圖籍, 皆赤軸靑紙, 文字古拙)"라고 있다.

73) 선재(善財) : 범어(梵語) Sudhana의 음역, 또한 '선재동자(善財童子)'라고도 칭한다. 불교 보살의 하나이다.

74) 백마(白馬) : 불경과 불상을 싣고 오는 것을 말함. 후한 때 광무제의 아들인 명제(明帝) 유장(劉藏)이 승려나 사찰사를 파견하여 천축(天竺)에 가서 불경과 불상을 구해 오게 하고 낙양(洛陽)에 백마사(白馬寺)라는 절을 세웠는데, 이것이 중국에 불교가 전래

불법(佛法) 속의 장수가 되리.

대 단나에게 머리를 조아리면,

환희하며 기대하리라.

지혜의 인(因)을 지어서,

불종(佛種)이 무량하기를."

雪浪之高足曰某, 去秋詢余柳浪, 遂入蜀, 謁傅大士, 因得縱觀播形
勝, 還爲余言. 余笑曰: "是昔爲無厭足王國土, 今遂爲慈氏樓閣, 烟水
是同, 願童子勿生二想也." 復窮其所之, 曰: "將北入燕, 遍叩諸大檀,
乞靈文一藏, 歸雲浮山. 願居士爲引其端." 于是石公爲之說曰: "師遊
雪浪, 胸有全藏. 欲楷後學, 名言是仗. 維雲浮山, 徧吉所相. 霞光烟靄,
現六牙象. 於赫天子, 以慈德王. 黃卷赤軸, 施彼萬方. 行矣善財, 當仁
不讓. 如龍乘雲, 如鳥入曠. 白馬歸來, 爲法中將. 稽首大檀, 歡喜是望.
作智慧因, 佛種無量."

전
校註
1600년(만력 28년 경자)에서 1606년(만력 34년 병오) 사이에 공안(公安)에
서 지은 글이다.

보광사의 소(普光寺疏)

모수(茅穗)의 부처가 나온 것은 진단(震旦: 중국)[75]에 법이 흥기한 연유
이다. 형주비(荊州碑)에 실린 것이 『통기(統紀)』와 비록 합치하지는 않지
만, 그 명칭과 옛 유적을 따져보면, 지자(智者)[76]가 이 고을 사람임에는

된 시초라 한다.

75) 진단(震旦): 震怛로도 표기한다. 고대 인도에서 중국을 진단이라 불렀다.

76) 지자(智者): 지자선사. 수(隋)나라 승려인 지의(智顗). 앞에 나왔다.

의심의 여지가 없다.

지금 마을 사람들은 엇비슷한 유적을 가리키며, 모두 대사에게 부회하고 있다. 어떤 이는, 지자가 이 고을에 이름난 사찰 여섯 개를 세웠으니, 보광(普光), 보본(報本), 남관음(南觀音)이 모두 이것이라 한다. 지자는 일찍이 말하길, "절 36개를 세웠다"라고 하였으니, 이것 또한 있었던 일인 듯하다. 무릇 대사는 은혜에 보답하러 남쪽으로 돌아왔으니, 이 땅은 곧 그가 태어난 인연이 있었거늘 어찌 사찰이 없겠는가?

천태교(天台敎)[77]가 동쪽으로 건너온 때에, 중국의 사람들 중에는 심지어 삼관(三觀)이 있는지 모르는 사람도 있었다. 그리고 전씨(錢氏)[78]가 임안(臨安)에 왕으로 있을 때 처음으로 옛 물건들을 바꾸었으므로, 지자 대사의 자취가 숨겨져 드러나지 않게 된 것이 오래되었다. 게다가 중국의 학자는 심지어 그 교까지 아울러 없앴으니, 한 자의 서까래, 한 치의 돌덩이를 어찌 남겨 두었겠는가.

더구나 잔릉(屠陵:公安)[79]은 수나라, 당나라 때로부터 지금 시대에 이르기까지 사람과 문물이 쓸쓸하게 되어, 문채 있는 기록과 드러난 명성이 모두 없어져서, 솥 전체는커녕 한 손가락의 맛도 찍어볼 수 없게 되었다. 또한 중간에 종승(宗乘)을 천명하는 사람의 경우도 역시 고작 한두 납자를 얻었을 뿐이다. 요컨대 문정(門庭)이 서로 다르면 저쪽의 문하객을 그르다고 하였기 때문이다.

보광사가 퇴락한 지 오래되었다. 근래에 고을의 장자들이 대부분 선나(禪那:선)를 논하여, 여러 향촌에서 이른바 남사(藍舍)란 것이 모두 구

---

77) 천태교(天台敎): 천태종(天台宗). 당나라 지자대사(智者大師)가 천태산에서 입적했으므로 천태대사라고 부르고 천태대사가 세운 종파를 천태종이라고 한다. 이 종파는『법화경(法華經)』을 본경(本經)으로 하고『지도론(智度論)』을 지표(指標)로 삼으며『열반경(涅槃經)』을 부소(扶疏)로 삼고『대품경(大品經)』을 관법(觀法)으로 삼아서 일심삼관(一心三觀)의 묘리(妙理)를 밝혔다.
78) 전씨(錢氏): 오월(吳越) 때 전씨(錢氏) 광릉왕(廣陵王) 원료(元璙).
79) 잔릉(屠陵): 공안의 옛 이름이다.

름처럼 일어나게 되었다. 특히 지자 대사가 창립한 사찰에 대해서는 더욱 마음을 쏟아서, 마을의 대성(大姓)들이 다투어 광복(光復)하였다. 또한 말하기를, "마침 지금 큰 풍년을 만났으니, 온 촌락이 힘을 모으면 갖출 수 있으니, 다른 촌락의 집들은 번거롭게 할 것이 없다"라고 하였다. 그리고 이러한 내용으로 원자(袁子) 나에게 알려왔다.

원자(袁子) 나는 말한다. "성인의 거처에서 떨어진 것이 이처럼 가깝도다. 시대를 상고해보면 그럴 것임을 알리라."

茅穗佛所自出, 震旦之法由之以興. 荊州碑所載, 與統紀雖不甚合, 然藏其名與其故蹟, 智者爲里人, 無疑也. 今里中人指其近似, 皆附會大師. 或云智者于里中建名刹六, 而普光・報本・南觀音皆是. 智者嘗云:"建寺三十六", 疑此亦在. 夫師以酬恩南還, 此地乃其生緣, 安得無刹? 迨台敎東渡, 中國之人至不知有三觀, 而錢氏王臨安, 始還故物, 大師之迹晦而不章久矣. 夫中國學者, 至幷其敎而亡之, 而何有於尺椽寸塊也. 且屛陵自隋・唐迄今代, 人物寂寥, 文采著聞, 不得一指, 中間闡宗乘者, 亦纔得一二衲, 要之門庭互異, 則又非彼門下客也. 普光寺頹久矣, 近邑長者多談禪那, 諸鄕落所謂藍舍者皆雲興, 而大師所創立尤屬意焉, 里大姓競爲光復, 且曰:"値今大有年, 半村落中可具, 無煩他舍." 以告袁子. 袁子曰:"去聖人之居若此其近也, 以其時考之則可矣."

전
筆校
교
1600년(만력 28년 경자)에서 1606년(만력 34년 병오) 사이에 공안에서 지은 글.

○ 晦而不章久矣 : 章은 패란거본에 車이지만 서종당본을 따라 고친다.

보리사소(菩提寺疏)

보리사는 내가 한두 번 가보았는데, 그 땅은 다른 절에 비해 깨끗하였다. 요즘의 이른바 사찰은 이름은 비록 정람(精藍)이라 하지만 실제로는 짐승헛간이요 돼지우리다. 또 그보다 낫다고 해도 술지게미 언덕이요 누룩 즙이다. 심지어는 청두(靑豆)의 방[80]에다가 분대 바르고 푸른 치마 입은 여인들을 저장하거나, 우화(雨花)의 집[81]이거늘 음탕하고 왝왝거리는 소리를 연주한다. 그런데 보리사는 조금 밀리 치우쳐 있기 때문에, 마침내 이러한 누추함이 없게 되었다. 그러나 그 때문에 문과 건물은 모두 심하게 치장하지를 않았다.

보리사의 승려가 내가 옛적에 노닌 적이 있다는 것을 이유로, 나에게 모금책의 인(引)[82]을 요청하였다.

나는 말한다. "이곳이 정지(淨地)라는 것은 여러 단나(시주)들이 익히 아는 바이니, 내 말이 어찌 이곳을 더 중요하게 만들 수 있겠는가? 여러 상인들은 다만 정인(淨因)[83]으로 감응한다면, 얻지 않음이 없을 것이다."

菩提寺余一再至, 其地比他刹爲淨. 今之所謂刹者, 名雖精藍, 實則禽檻豕柙也. 又其上, 則糟丘澠汁也. 甚或靑豆之房, 以貯黛綠, 雨花之館, 以奏淫哇. 而菩提寺以少僻遠, 遂無復此穢, 然門殿皆不甚飾. 寺僧以余舊遊, 乞余爲引. 余曰 : "此淨地, 諸檀那所習也, 余言何足重? 諸上人第以淨因感之, 無弗得矣."

---

80) 청두지방(靑豆之房) : 승방. 불등인 청등(靑燈)이 콩알만하다고 하여 불가를 가리킨다. 청두방(靑豆房), 청두사(靑豆舍).

81) 우화지관(雨花之館) : 사찰. 석가가 설법할 때 제천(諸天)이 꽃을 아래로 뿌렸다는 고사에서 사찰을 우화사(雨花社)라고 한다.

82) 인(引) : 서문. 본래 곡조라는 뜻인데, 소식(蘇軾)은 자신의 조부가 '서(敍)'라는 이름이었으므로 서문의 序자를 쓰지 못하고 引이라고 하였다. 이후 序와 같은 뜻으로 사용된다.

83) 정인(淨因) : 업보를 없애고 불법을 깨우치는 인연. 선인(善因).

1600년(만력 28년 경자)에서 1606년(만력 34년 병오) 사이에 공안에서 지
은 글.

덕산 승려가 지장각 수리를 위해 모집하는 부책에 쓴 인(德山僧募修 地藏閣引)

법(法)은 엄연한 보지(寶池)에 처하거늘
구담(瞿曇)은 더러운 곳에 현신하였네.
오직 장대사(藏大士 : 地藏)가 있어
칼과 불의 지옥을 고향으로 삼았다네.
염부제[84]의 중생은
염념(念念 : 매순간) 펄펄 끓는 물로 다가가니,
눈을 뜨는 것도 눈을 감는 것도
모두가 대사의 빛에 의지해서네.
마음을 움직이면, 즉 니리 지옥[85]이기에

---

84) 염부제(閻浮提) : 염부주(炎浮洲). 범어 Jambudvipa의 역어(譯語)로, 염부주(炎浮洲)·
염주(炎洲)·염부주(閻浮洲, 琰浮洲)·염부제(閻浮提)·염부제비파(閻浮提鞞波)라고도
하고, 섬부주(瞻浮洲, 剡浮洲)라고도 칭한다. 제(提)는 제비파(提鞞波)를 줄여 말한 것
으로, 번역하여 주(洲)란 뜻이 된다. 수미산(須彌山) 주변의 네 대륙의 하나로 수미산의
남쪽 바다 가운데에 있다는 삼각형의 땅인데, 한 가운데 무성한 염부수(閻浮樹)의 숲이
있으므로 염부주라고 칭한다. 또 남방에 속하므로 남염부주라고 한다. 가로와 너비가
각각 7천 유순(由旬)이라고 한다.
85) 니리(泥犁) : 지옥을 말한다. 본래 십팔옥(十八獄), 십팔층지옥(十八層地獄) 혹은 십팔
중지옥(十八重地獄)의 하나이다. 불교의 후기 경전으로서 539년에 한역(漢譯)된 『정법
념처경(正法念處經)』 제3 「지옥품(地獄品)」에서는 팔대 지옥설을 말하면서 8지옥 각각
에 딸린 16내지 18소지옥(별처)에 대하여 상세하게 설명하였다. 하지만 그 뒤 민간에서
는 팔지옥에 딸린 것이 아니라, 신(身)·구(口)·의(意)가 각각 살(殺)·도(盜)·음(淫)의
악행을 저지르면 떨어진다는 십팔지옥의 설이 유행하였던 듯하다. 혹은 육근(六根, 眼
耳鼻舌身意)이 육입(六入, 色聲香味觸法)에 의하여 각각 삼독(三毒, 貪瞋癡)의 죄악을
저지르기 때문에 생긴다고도 한다. 『능엄경(楞嚴經)』에 보인다. 그리고 『곡원잡찬(曲園
雜纂)』은 『유문지옥경(惟問地獄經)』을 인용하여 십팔왕이 각각 십팔지옥을 관장한다

심상(尋常)을 멀리 벗어나는 것이 아니니,

내 생각이 깨끗지 못하기에

저 망망한 겁(劫)의 윤회를 가져온다네.

비유하자면 사방이 공(空)인데

방향에 따라 길고 짧게 만들면,

그 방향을 다 따라 가보려 하여도 다하지 못하고

공(空)도 역시 소멸하지 않는 것과 같네.

내가 덕산(德山)에 와서 배알하니

금을 모아 공왕(空王)을 예배하고 있네.

아득한 백련사(白蓮社)86)요

막막한 청두방(靑豆房)87)이로다.

신령한 종은 옛 종각에 보존되어 있고

집 추녀88)는 마치 까마귀가 비상하듯 하였더니,

이끼 얼룩은 화려했던 제액(題額)에 생겨나고

듣는 빗방울은 금칠 상을 얼룩지게 하네.

수행자도 오히려 차마 못 보겠거늘

고 하였다. 즉 가연(迦延)은 제1 니리(泥犁)지옥을, 굴준(屈遵)은 제2 도산(刀山)지옥을,
비진수(沸進壽)는 제3 비사(沸沙)지옥을, 비시(沸屎)는 제4 비시(沸屎)지옥을, 가세(迦
世)는 제5 흑이(黑耳)지옥을, 애차(壒嵯)는 제6 화차(火車)지옥을, 탕위(湯謂)는 제7 확
탕(鑊湯)지옥을, 철가연(鐵迦然)은 제8 철상(鐵牀)지옥을, 악생(惡生)은 제9 애산(壒山)
지옥을 각기 관장한다. 제10은 한빙(寒氷)지옥인데, 왕의 이름은 빠져 있다. 비가(毘迦)
는 제11 박비(剝皮)지옥을, 요두(遙頭)는 제12 축생(畜生)지옥을, 제박(提薄)은 제13 도
병(刀兵)지옥을, 이대(夷大)는 제14 철마(鐵磨)지옥을, 열두(悅頭)는 제15 빙지옥(氷地
獄)을 각각 관장한다. 제16은 철책(鐵柵)지옥인데, 왕의 이름은 빠져 있다. 명신(名身)은
제17 저충(蛆蟲)지옥을, 관신(觀身)은 제18 양동(洋銅)지옥을 관장한다.

86) 백련사(白蓮社) : 동진(東晉) 때 여산(廬山) 동림사(東林寺)의 승려 혜원(惠遠)이 여러
　 승려, 도사, 유생 등을 규합하여 백련사라고 이름했다. 동림사에 흰 연꽃이 많았기에 이
　 렇게 이름하였다.

87) 청두방(靑豆房) : 승방. 불동이 청등(靑燈)이 콩알만하다고 하여 붉가득 가리키다 청
　 두사(靑豆舍). 위에 나왔다.

88) 건거(騫擧) : 기세 좋게 날아오른다는 뜻인데, 여기서는 추녀를 말하는 듯하다.

급고(給孤)[89]를 어이 잊으리오
대단나에게 머리 조아리오니
단청이 그로써 빛나게 되기를.
이슬과 번개같은 인생사는 이치상 소멸하기 마련이니
번화의 광경은 꿈속에서 얼마나 서글픈가.
칼과 창의 숲[90]에서 발을 헛디딜 때
손을 쳐들면 청량의 경계[91]를 얻으리라.

法處嚴寶池, 瞿曇現穢方. 唯有藏大士, 刀火作家鄕.
閻浮提衆生, 念念迫炎湯. 開眼與閉眼, 俱仗大士光.
動念卽泥犁, 遠不隔尋常. 以我念不淨, 致彼劫茫茫.
辟如四方空, 因方作短長. 窮方不可盡, 空亦不銷亡.
我來禮德山, 金聚拜空王. 渺渺白蓮社, 莫莫靑豆房.
靈鐘存古閣, 騫擧若鳥翔. 苔斑生繡題, 溜雨駁金牀.
行道猶不忍, 給孤豈相忘. 稽首大檀那, 丹碧借輝煌.
露電理歸盡, 繁華夢幾傷. 失足劍戟林, 擧手得淸涼.

전
筆校교
1600년(만력 28년 경자)에서 1606년(만력 34년 병오) 사이에 공안에서 지
은 글이다.

---

89) 급고(給孤) : 급고원(給孤園), 급고독원(給孤獨園). 기수급고독원(祇樹給孤獨園)의 준
   말. 중인도 교살라국(憍薩羅國) 사위성(舍衛城) 남쪽에 있었던 승원(僧園). 기수(祇樹)
   는 기타(祇陀)가 소유하였던 수림(樹林)이란 뜻이고, 급고독원은 급고독장자(給孤獨長
   者 : 須達長者)가 그 수림을 사서 부처에게 헌상한 승원이란 뜻이다.
90) 검극림(劍戟林) : 지옥(地獄)의 광경을 드러내는 인간세계를 말한다.
91) 청량(淸涼) : 청량세계. 불위(佛位).

덕산승이 비로상을 꾸미기 위해 모금하는 부책에 적은 인(德山僧募裝毘盧像引)

연화장(蓮花藏 : 불국)은 형단(形段)이 없고
비로(毘盧)92)도 역시 참이 아니네.
마치 허공에 분칠을 하듯
마치 구름에 조각을 하듯.
어찌하여 잡화(雜花) 속에서
티끌 감추고 존특(尊特)93)을 드러내나.
덕산(德山)의 묘엄각(妙嚴閣)은
비로(毘盧)를 위하여 설치하였다지만,
속에는 실은 비로가 없어
마치 무궁화가 여러 바탕인 것과 같네.
설상(舌相)94)은 바람 부는 나뭇가지에서 나오고
인자한 모습은 못에 비친 달을 드러내네.
푸른 뫼와 가을의 시내가
그것을 부연(敷演)하여 조금도 쉼이 없구나.

---

92) 비로(毘盧) : 비로자나(毘盧遮那, 毘盧舍那). vairocana의 음역(音譯). 불(佛)의 진신(眞身)을 존칭하는 말. 그 해석은 제가(諸家)가 각기 다르다. 천태(天台)에서는 비로사나, 노사나(盧舍那), 석가를 각각 법(法)·보(報)·응(應)의 삼신(三身)에 배당한다. 화엄(華嚴)에서는 비로사나와 노사나를 범명(梵名)의 구(具)와 약(略)의 차이에 불과하고 보신불(報身佛)의 칭호라고 보아, 광명편조(光明遍照)라고 풀이하거나 편조(遍照)라고 풀이한다.

93) 존특(尊特) : 노사나불(盧舍那佛) 이칭(異稱).

94) 설상(舌相) : 불교에서 부처님의 32상 가운데 제27법상을 광장설상(廣長舌相)이라고 말한다. 부처의 혀가 넓고 길고 부드럽고 연하며 붉고 엷어서 능히 얼굴을 덮고 머리카락 끝까지 이른다고 한다. 대설상(大舌相)이라고도 한다. 광장설(廣長舌)이라고도 한다. 『지도론(智度論)』에 보면, "설상이 이와 같기에, 말이 반드시 진실하다(舌相如是, 語必眞實)"라고 하였다. 뜻이 번아져, 쉴 새 없이 말을 쏟아내는 것을 말한다. 현대에는 주로 장광설(長廣舌)로 표기한다.

나는 무안(無眼)으로 보아
보는 곳은 수풀을 벗어난다.
중생은 온 통 눈이 티끌로 덮였으니
어디에서 초월을 할 수 있으랴?
우뚝한 장육상(丈六像)은
금과 흙을 멋대로 긁어모아 장식하였고,
화관(花冠)은 청계(靑髻)에서 빛나고
보의(寶衣)는 옛 주름을 펼치네.
고개를 숙이고 합장하매
항하사의 공덕을 내리누나.
방탕한 자식이 인자한 아버지를 배반하고
온갖 성을 한가하게 거치는 격.
어느 실(實)도 권(權)에 의하지 않음이 없고
불성(佛性)은 연(緣)95) 따라 얻을 수 있네.
일탄지(一彈指)96)에 장엄 세계를 열고
만겁(萬劫)에 황금빛을 펼치네.
다른 날 비로를 보거든
아무 교섭 없다고 말하지 말게나.

花藏無形段, 毘盧亦不實. 如塗粉虛空, 如雕鏤雲物.
云何雜花內, 藏塵現尊特. 德山妙嚴閣, 名爲毘盧設.
中實無毘盧, 如舜若多質. 舌相出風柯, 慈容現沼月.
蒼巒與秋渚, 敷演無間歇. 我以無眼觀, 觀處離林樾.

---

95) 연(緣) : 육근(六根)에 감지되는 경험 세계.
96) 일탄지(一彈指) : 손가락으로 퉁길 정도로 짧은 시간만큼. 탄지(彈指)는 식지(食指)의
   손톱을 엄지손가락의 배에 대고 퉁기는 것으로, 불교에서는 짧은 시간을 말할 때 탄지
   (彈指) 혹은 탄지경(彈指頃)이라고 말한다. 앞에 나왔다.

衆生全眼塵, 于何得超越. 巍巍丈六像, 金土恣裝捏.
花冠耀靑髻, 寶衣披古摺. 低頭及合掌, 恆河沙功德.
窮子背慈父, 百城閱經歷. 無實不由權, 佛性緣可得.
一彈指莊嚴, 萬劫黃金色. 他時見毗盧, 莫道無交涉.

전
筆校교
1600년(만력 28년 경자)에서 1606년(만력 34년 병오) 사이에 공안에서 지
은 글이다.
○ 于何得超越 : 于은 서종당본·소수본·이운관본에 云이라 하였다.

문촌 진무[97] 묘를 수축하려고 모금하는 부책에 적은 인(募修文村眞武廟引)

문촌(文村) 모래톱에 돌연 강물이 생겨나
성난 파도가 곧바로 잔릉(공안) 성을 씹어내네.
머리 풀어헤친 대사가 칼을 들고 가서
소용돌이 속에서 옛 교룡의 정령을 끄집어내니,
늙은 침이 풀 속에 들어가 자갈이 비리고
푸른 원숭이를 사슬로 묶으니 강의 물결이 잔잔해졌도다.
아로새긴 현판과 붉은 난간, 푸른 기둥의 누헌
금을 녹이고 철을 다루어 현궁이 이루어졌건만,
서리와 비바람에 꺾이길 여러 해 하여
서까래 들보와 현판에는 곰팡이가 생겨났으니,
지나가는 수행자는 눈물을 뚝뚝 흘리고
도인은 머리 조아려 섬돌에 쳐 박고 있도다.
푸른 돈[98]과 붉은 돈[99]을 상자에서 꺼내면

---

97) 진무(眞武) : 진무제(眞武帝). 또한 현제(玄帝)라고도 칭한다. 전석에 의하면 황제(黃
帝)의 아들 창의(昌意)라고 한다.『가설재문집(珂雪齋文集)』권7「태화산에 유람한 기
록(遊太和記)」참조.

실 한 가닥과 모래 한 알이어도 좋으리.

비사 천자(毘沙天子)[100]가 증명하여

붉은 수염 푸른 눈의 영관(靈官)이 신령하리라.

文村沙嘴突江生, 怒波直嚙屛陵城. 披髮大士仗劍行, 盤渦曳出古蛟精.
老涎入草沙石腥, 靑獼猴鎖川波平. 雕題紅楯碧軒楹, 鑄金冶鐵玄宮成.
霜摧雨折歲屢庚, 榱梁額上菌芝生. 行道過者涕淚零, 道人稽首叩階庭.
靑錢赤仄出箱籯, 縣絲一縷沙一星. 毘沙天子作證明, 紅髥碧眼靈官靈.

전
筆校교   1600년(만력 28년 경자)에서 1606년(만력 34년 병오) 사이에 공안에서 지
은 글이다.

광중 구재의 소책에 쓰다(題光中鳩材小册)

산호로 당을 만들고 목난(木難)[101]으로 방을 만들매

하엽산[102] 머리에 구름이 옥구슬 같구나.

금색 두타가 꽃에 기대어 서 있어

서역의 쇠로 만든 지팡이 짚고 푸른 대껍질의 삿갓을 썼네.

나를 떠나 멀리 호상(湖湘)의 못으로 들어가더니

---

98) 청전(靑錢) : 동전(銅錢). 동전을 주조할 때 주석을 섞기 때문에 푸른빛이 돎.
99) 적측(赤仄) : 동전. 한나라 때 동전의 이름. 赤側이라고도 표기한다. 『사기』 「평준서
(平準書)」에 나온다.
100) 비사천자(毘沙天子) : 비사문천(毘沙門天). 사천왕(四天王)의 하나. 다문(多聞)이라고
번역한다. 수미산(須彌山)의 중간, 제4층의 수정타(水精埵)에 있다. 몸에 칠보장엄(七寶
莊嚴)의 갑주(甲冑)를 입고, 무량백천(無量百千)의 야차(夜叉)를 통솔하여, 북방을 수호
하고 재보(財寶)를 주관한다.
101) 목난(木難) : 막난(莫難). 목난주(木難珠). 보주(寶珠)의 이름. 누런 색이다.
102) 하엽산(荷葉山) : 원굉도가 살던 오중의 산 이름.

구기자나무, 가래나무, 편나무, 녹나무가 하늘을 검게 덮고,
푸른 수염에 흰 얼굴은 모두다 시주인들이네.
늙어 민머리 된 뒤로 손님을 만들지 않던 터에
돌연 상봉하여선 옛 친구 같이 하네.

珊瑚爲堂木難室, 荷葉山頭雲似壁.
金色頭陀倚花立, 番鐵拄杖靑皮笠.
辭我遠入湖湘澤, 杞梓梗楠被天黑, 靑髭白面盡檀越.
老去髡頭少作客, 驀地相逢如舊識.

전校교 1600년(만력 28년 경자)에서 1606년(만력 34년 병오) 사이에 공안에서 지은 글이다.
○ 荷葉山頭雲似壁 : 壁은 서종당본·소수본·이운관본에 壁으로 되어 있다.

오씨교를 수리하기 위한 모금에 쓴 소인(募修吳氏橋小引)

시냇물은 띠 같고
흐름은 빠른 말 같은데
다리를 수리하지 않아 길가는 사람이 죽어가네.
옛 귀신이 시끌시끌 새 귀신을 불러대니
소인은 응답하지 않고 군자는 부끄러이 여기도다.
다리 남쪽 다리 북쪽이 모두다 어진 마을이니
제천(濟川)의 기둥에 적는 것[103]이 이로부터 시작하리.

---

103) 제주(題柱) : 고향이 성도(成都)인 한(漢)나라의 사마상여(司馬相如)가 벼슬하기 이전에 서쪽으로 가면서 승선교(昇仙橋)를 지날 때 그 다리 기둥에다 쓰기를, "고거사마(高車駟馬)를 타지 않고서는 다시 이 다리를 지나지 않으리라"라고 하였던 고사가 있다. 『성도기(成都記)』에 나온다.

澗如帶, 流且駛, 杠梁不飭塗者死.

舊鬼啾啾喚新鬼, 小人無和君子恥.

橋南橋北皆仁里, 濟川題柱從此始.

전
筆校교
1600년(만력 28년 경자)에서 1606년(만력 34년 병오) 사이에 공안에서 지
은 글이다.

승천사의 모금책에 쓰다(題承天寺募冊)

서풍이 밤에 군장(君章)104)의 댁에 불어대매

난초 죽고 떨기 시들어 찾을 수가 없네.

한 길 풀이 깊고 난간은 차갑고

보지(寶池)105)에 물살이 거세어 차거(車磲 : 보석)106)가 찢어지네.

승련(勝蓮 : 멋진 연꽃)의 국토가 여래(如來)의 국토로 화하였다만

날리는 물살이 얼굴에 떨어지고 불상의 청계(靑髻)에는 먼지가 쌓였네.

한 번 왕사성(王舍城)107) 장자에게 말하나니

금은으로 사찰을 개창한 일에 너무도 부끄럽다고

---

104) 군장(君章) : 후한의 질운(郅惲). 자가 군장(君章)이다. 질운이 상동문후(上東門侯)가
되어 황제가 유렵(遊獵)에 탐닉하는 것을 간하다가 비단 백필을 하사받고 동중문후(東
中門侯)로 폄출되었다가, 다시 장사태수(長沙太守)로 유배되었다. 군장거렵(君章拒獵)
이라는 표제로『몽구(蒙求)』에 들어 있다. 군장의 댁이라고 한 것은 장사 지역을 가리
켜 한 말인 듯하다.
105) 보지(寶池) : 극락정토의 못. 8공덕의 물을 담고 있어, 이 물을 마시면 제 선근(善根)을
기를 수 있다고 한다. 여기서는 승천사의 절을 비유하는 말이다.
106) 차거(車磲) : 칠보 가운데 하나. 車渠. 서역에서 나는 옥석의 하나로, 형태는 방합(蚌
蛤)과 비슷하고, 문리(文理)가 있다.
107) 왕사성(王舍城) : 본래 중인도 마가타국(摩伽陀國)에 있으며, 빈파사라왕(頻婆娑羅王)
이 상모성(上茅城)의 옛 도읍에서 옮겨와 새로 도읍한 곳. 현재의 파트나(Patna)시의 남
방 비하르(Behar)지방의 라자기르(Rajigir)가 그 옛 유적지라고 한다.

西風夜吼君章宅, 蘭死叢枯覓不得. 一丈草深欄楯寒, 寶池波湧車碨裂.
勝蓮國土化如來, 飛溜濺面甕堆灰. 試語王舍城長者, 慚愧金銀佛寺開.

전校
1600년(만력 28년 경자)에서 1606년(만력 34년 병오) 사이에 공안에서 지은 글.

용당사 승려의 모금책에 쓰다(題龍堂寺僧募冊)

용당[절]에 비가 날려 창문을 축축하게 적시고
이끼 빛은 얼룩덜룩 옛 벽에 생겨났다.
조각은 떨어지고 반은 무너져 기둥은 뿌옇게 서있고
비 샌 흔적은 황금색 칠에 두루 금을 그었네.
납자는 말을 꺼내려 하며 얼굴이 먼저 계면쩍어하더니
부디 중개하여 오사모의 분들을 단월(시주)로 만들어달라고 하네.
이슬이 모여 물결을 만들면 강은 얻을 수 있는 법
동쪽 이웃 북쪽 마을의 어진 친구들이여,
산은 작은 흙덩이에서부터 이루어져 천백(千伯)[108]보다 커지는 법
동전 하나는 다 똑같아 아무 차별 없다네.
이끼 낀 섬돌을 청소하여 허공의 달을 저장하면
유리가 지상에서 맑고 밝게 빛나리라.

龍堂飛雨濺窗濕, 苔色斑斑生古壁. 彫疏半毀杜蒿立, 漏痕界徧黃金色.
衲子欲言面羞澀, 試介烏紗作檀越. 積露爲波江可得, 東鄰北里賢相識.
山自銖忽大千伯, 等一金錢無差別. 掃却苺墖貯空月, 琉璃地上光澄徹

---

108) 천백(千伯) : 동서 혹은 남북으로 통하는 길. 밭 사이의 길. 천맥(阡陌)과 같다.

전
篆校교 1600년(만력 28년 경자)에서 1606년(만력 34년 병오) 사이에 공안에서 지은 글.

○ 等一金錢無差別 : 錢은 서종당본·소수본·이운관본에 田으로 되어 있다.

선당에서 보리를 모집하는 부책에 적은 인(禪堂募麥引)

푸른 밭두둑이 보리로 가득하면, 누런 구름(보리)이 갓 잘린다. 허공에 보리 물결이 넘실거려, 마치 바다가 들끓듯 하고, 수레에는 제거한 더러운 오물들을 가득 싣고 가니, 마치 우레가 우릉우릉 하는 듯하다.

이러한 때에 절양류(折楊柳)[109]와 황화(黃花)[110]의 노래가 시정 골목에 가득하고, 항아리 표면과 독 머리의 봄 술은 저 집과 누각에 넘쳐난다.

그렇거늘 공양에 응하는 대사는 허리에 빈 바리때를 매달고, 붉은 수염의 정려(淨侶: 승려)는 주린 낯빛으로 길에 가득하니, 이것을 차마 볼 수 있으랴? 마음으로 진실로 연민하노라.

이에 백족[111]이 각 지역으로 분위(分衛)[112]하나니, 차라리 네 발에 누에고치처럼 물집이 생길지언정, 저 굶주림의 골짝에 쳐 박혀 질 수야 없기에 그러하네.

어진 이의 마음은 유자(儒者)도 허여하는 바이니, 어찌 이것을 도모하

---

109) 절양류(折楊柳) : 악부(樂府)의 이름. 한나라 횡취곡(橫吹曲)의 하나. 고향에서 나갈 때 버드나무 가지를 꺾어 이별의 정을 노래한 것이다. 『악부시집』 「횡취곡사(橫吹曲辭)」 「한횡취곡(漢橫吹曲)」에 들어 있다.

110) 황화(黃花) : 민가인 듯한데, 미상.

111) 백족(白足) : 승려. 본래 남조 양(梁)나라의 혜교(慧皎)가 발이 얼굴보다 희었던 데서 나온 말. 혜교는 아무리 진흙을 밟아도 발이 더러워지지 않아서 백족화상이라고 불리었다. 『고승전(高僧傳)』에 나온다. 이후 일반적으로 승려를 백족이라고 부른다.

112) 분위(分衛) : 비구(比丘)가 행각하여 음식을 구걸하는 것을 말함. 『현응음의(玄應音義)』에, 分衛는 말이 와전된 것으로, 실제로는 빈다파다(儐茶波多)가 옳다고 하였다. 빈다는 단(團)이고, 파다는 타(墮)로, 음식이 바릿대에 떨어진다[食墮在鉢中]는 뜻이며, 단(團)이란 것은 식단(食團)이니, 걸식(乞食)을 말한다는 것이다. 앞에 나왔다.

지 않으랴. 그래서 모집책자의 첫머리에 이 글을 두노라.

綠疇初滿, 黃雲甫截. 浮空麥浪, 如海斯湧, 滿車汚邪, 似雷之殷. 當
斯時也, 折楊黃花之歌, 遍于井閭, 缸面甕頭之春, 溢彼堂樹. 而應供大
士, 腰懸空盂, 赤髭淨侶, 枵然盈塗. 是可忍也? 心實憫之. 厥有白足,
分衛諸方, 寧繭余踵, 塡彼饑壑. 仁人之心, 儒者所與, 敢不圖之, 用弁
首簡.

전교 1600년(만력 28년 경자)에서 1606년(만력 34년 병오) 사이에 공안에서 지
은 글.

단도화상초암에 적은 인(書檀度和尙草菴引)

단도화상(檀度和尙)[113]이 나에게 말했다. "고을에서 백 리 떨어진 곳에
역참이 있는데 5리를 지나면 황종보(黃鐘堡)입니다. 어떤 거사가 그곳 땅
한 구역을 보시하여, 다니는 승려들을 대접하려 합니다. 감히 승우(僧郵)
라고 말할 수는 없어도 조금 발을 쉴 수는 있을 것입니다. 관사(官舍)에
비교하자면 공궤할 물자가 갖추어지지 않겠지만, 그래도 가게에 비교하
자면 돈을 받지 않아 나을 것입니다. 그리로 올 때에는 역려(逆旅: 나그네
를 맞는 사람)가 주인이니, 마치 집으로 돌아가듯이 올 것입니다. 사람이
바뀔 때에는 주인 또한 나그네이니 마치 신발을 벗듯이 떠날 것입니다.
띠풀로 지붕을 잇되 끝을 가지런히 다듬지 않고, 간신히 비바람이나 막
을 정도로 할 것입니다. 흙담을 바르되 흙 손질을 하지 않고 진흙 그대
로 둘 것입니다. 어르신께서 그 단서를 이끌어주십시오"

원자(袁子) 나는 듣고서 웃으며 말했다. "이런 일이 있군요! 내년에 형

---

113) 단도화상(檀度和尙): 미상.

산(衡山)에 들어갈 적에 마땅히 두어 승려와 함께 그대를 방문하여, 장차 그대가 새로 꾸린 것을 보고, 또 저 땅 거사들의 믿음의 근기(根機)[114]가 익었는지 어떠한지를 보겠소 만약 과연 선한 사람이 많다면, 비록 못난 나라고 하더라도 역시 표주박을 지고 삿갓을 비스듬히 쓰고서 그 사이 에서 너울너울 노닐고자 하오."

檀度和尙告我曰 : "去邑百里爲站, 過五里爲黃鐘堡, 有居士願捨地 一區, 以待去衲. 不敢言僧郵, 僅可歇足. 比于官舍, 則無供具, 比于店 肆, 則不取錢. 當其至, 則逆旅卽主人也, 來若歸舍, 當其代, 則主人亦 逆旅也, 去若脫屨. 不剪茅, 粗備風雨而已, 不墁飾, 泥土而已. 敢煩長 者引其端." 袁子聞而笑曰 : "有是哉! 明春入衡嶽, 當偕數衲過汝, 且觀 汝新政, 又觀彼土居士信根生熟如何. 若果善人多也, 雖不佞亦願擔瓢 欹笠, 婆娑乎其間也."

전
筆校교 1600년(만력 28년 경자)에서 1606년(만력 34년 병오) 사이에 공안에서 지은 글이다.
○ 僅可歇足 : 可는 서종당본·소수본·취오각본에 一로 되어 있다.

評 육운룡(陸雲龍)은 '來若歸舍' 구에 대해 "분명히 승려들의 역참이다(的是 僧郵)"라고 하였다. '又觀彼土' 구에 대해 "좋은 모금법이다(好募法)"라고 하였다. 전체에 대해 "붓마다 신기하여 구태를 벗어났으니, 사람들이 저절로 그 순 순히 타이르는 유혹에 빠져든다(筆筆新脫, 人自入其循循之誘)"라고 하였다(취오각 본 참조).

114) 근기(根機) : 기근(機根). 근(根)은 물건의 근본이 되는 힘, 기(機)는 발동한다는 뜻. 교 법을 듣고 닦아 얻을 수 있는 능력을 말한다. 즉, 교법을 받는 중생의 성능(性能).

염승의 동탑 모금 책(髯僧銅塔冊)

호승이 푸른 눈에 수염 석 자를
바람에 풀풀 날리면서 황금 석장(錫杖)을 걸치고는
황금으로 탑을 짓기를 산 높이만큼 하려고
저궁(渚宮)115)과 상택(湘澤)116)을 두루 다니자,
남중(南中)의 사대부들이 구름같이 모였나니
그 중에 누가 퇴사(堆沙)117)한 아육왕(阿育王)118)과 같은가.
납의는 세 번이나 가을바람에 해지고
하늘 높이 아미산의 천 인(仞) 푸른 뫼를 밟았네.
촉산(蜀山)의 동과 쇠를 이민족의 곳에서 중화로 날아 오고
큰 선박은 빼곡하게 기와와 조약돌을 실어오네.
이 가운데 응당 큰마음 지닌 사람이 있어
낭탁을 기울여 털고 손으로 던져주리라.
진애 세계에도 신령한 독수리119)가 있는 법
분위(分衛 : 모금)를 그물 짜듯 해야 한다고 말하지 말라.

胡僧碧眼鬚三尺, 風吹冉冉掛金錫. 黃金範塔等山齊, 走遍渚宮與湘澤.
南中冠帶簇如雲, 誰似堆沙老阿育. 衲衣三度敝秋風, 天踏峨帽千仞碧.

---

115) 저궁(渚宮) : 춘추시대 초나라 성왕(成王)이 세운 궁전. 지금 강릉현(江陵縣) 성에 그
유적이 있다고 한다.
116) 상택(湘澤) : 광서성(廣西省) 흥안현(興安縣)에서 발원하여 호남성(湖南省) 동정호(洞
庭湖)로 흘러가는 강.
117) 퇴사(堆沙) : 재물을 모래산만큼 쌓아 희사한 것을 말하는 듯하다.
118) 아육왕(阿育王) : 아쇼카. 아륜가(阿輪迦)로 적고, 무우왕(無憂王)이라고 번역한다. 불
멸(佛滅) 후 1백년에 마갈타국(摩羯陀國)에 군림한 왕. 부왕이 죽은 뒤 형제를 죽이고
즉위하였으나, 뒤에 후회하여 8만 4천의 탑을 건립하였다.
119) 취사(鷲子) : 닝취(靈鷲). 깨날음을 이룬 사람을 비유하는 말인 듯한데, 여기서는 대단
월(大檀越)을 말한다.

蜀山銅鐵走華夷, 高舶林林同瓦礫. 是中應有大心人, 橐可傾翮手可擲. 塵埃之內有鷙子, 莫道分衛去如織.

전
校교 1600년(만력 28년 경자)에서 1606년(만력 34년 병오) 사이에 공안에서 지은 글이다.

중향림의 모금책(衆香林冊)

중향국[120] 안에서도 꽃숲이 가장 깊은 곳
앵무새와 가릉새가 단향목에 이어져 있네.
자산(子山)[121]의 누대 북쪽에는 남기가 쌓여 있고
그 가운데 아미 대사의 길이 있구나.
선관(禪關)이 틀어 막혀 우주가 기울었더니
황금 석장(錫杖) 지닌 분이 구름처럼 훨훨 팔 흔들며 가누나.
몇 사람이나 일찍이 낙모산(落帽山)[122]을 지나갔던가
어느 누가 용주도(龍舟渡)[123]에 오르지 않았던가?

---

120) 중향국(衆香國) : 꽃 세계. 본래는 불교에서 가상으로 상정한 나라 이름. 즉 향적국(香積國). 그 나라의 누각이나 동산이 모두 향기롭고, 그 향기는 시방연량세계(十方然量世界)를 주류(周流)한다고 한다. 또한『유마경(維摩經)』「향적불품(香積佛品)」에 보면, 향적여래(香積如來)가 중향국토(衆香國土)에 대하여 설한 것이 있다.

121) 자산(子山) : 유신(庾信). 북주의 문학자. 자(字)가 자산(子山)이다. 표기대장군을 지냈다. 극히 박학하고 문장은 염려(艶麗)하여, 서릉(徐陵)과 함께 이름을 드날려 세상에서 서유체(徐庾體)라 일컬어졌다. 「애강남부(哀江南賦)」, 「소원부(小園賦)」, 「고수부(枯樹賦)」 등이 모두 서정과 묘사에 뛰어나다.

122) 낙모산(落帽山) : 용산(龍山). 동진 때 환온(桓溫)이 중구절에 용산에서 연회를 열었을 때 바람이 불어와 맹가(孟嘉)의 모자를 떨어뜨리니, 환온이 사람들에게 글을 지어 맹가를 놀리게 하고, 맹가는 그것에 답하는 글을 지은 고사가 있는 산이다.

123) 용주도(龍舟渡) : 단오절에 용의 모양을 장식한 배가 경조(競漕)하는 나루. 무릉(武陵)의 나루인 듯하다. 원굉도가 경도(競渡)를 시로 노래한 것이 있는데, 이미 당나라 유우석(劉禹錫)이 무릉의 경도를 소재로 경도곡(競渡曲)을 지은 것이 있다. 그런데 전백성

이십 일만의 사람이 어깨를 부딪히며 사는 나라
손으로 뜬 땀이 비를 이루어 소매 언저리가 안개를 이루는 곳.
집마다 일 전, 장정마다 돈 한 꿰미씩 낸다면
편나무, 가래나무, 예장나무도 경각에 갖추어지리.
붉은 얼굴 긴 수염 늘어뜨리고 불끈 성내는 이가 누구시던가?
황금을 시주하는 장자를 금새 만나리.

衆香國裏花深處, 鸚鵡迦陵旆檀樹. 子山樓北色堆嵐, 中有峨眉大士路.
禪關隘塞宇傾欹, 金錫如雲掉臂去. 幾人曾徑落帽山, 誰家不上龍舟渡?
二十一萬肩摩國, 揮汗成雨袂成霧. 戶擲一錢丁一緡, 楩梓豫章傾刻具.
赤面脩髯怒者誰? 布金長者驀相遇.

校勘 1600년(만력 28년 경자)에서 1606년(만력 34년 병오) 사이에 공안에서 지은 글.
○ 中有峨眉大士路 : 峨는 패란거본에 蛾로 되어 있지만 서종당본·소수본·이운관본을 따라 고친다.
○ 誰家不上龍舟渡 : 舟는 서종당본·소수본·이운관본에 洲로 되어 있는데 아마도 淵이어야 할 것이다. 용연도는 잠강현(潛江縣)에 있다. 『호북통지(湖北通志)』「건치지(建置志)」 권13에 나온다.

쌍전사 모금책(雙田寺冊)

쌍전(雙田)이 개산(開山)한 것은 당나라 때부터.
포악한 화염이 꺾여 자갈 부스러기의 터로 되었구나.
띠풀을 베고 구기자나무 등걸을 잘라 운당(雲堂)[124]을 만들매

_____

씨의 『전주』는 舟는 아마도 淵이어야 할 것이며, 용연도는 잠강현(潛江縣)에 있다고 하였다.

거울 같은 물은 물결치지 않고 연꽃은 향기를 퍼뜨리며

갈대꽃 날리어 그 꽃잎이 절에 서리가 가득하듯 하였네.

그루터기를 깎아 부처를 사람 키 만하게 만들고,

벽지(辟支)[125]와 나한(羅漢)은 엄연히 줄을 이루었지.

목과 뺨이 구별되지 않고 팔은 성난 기세로 뻗었으며

허리는 활같이 휘고 등은 굽었고 색깔은 흐릿하게[126] 되었으며

살갗이 쭈글쭈글하고 눈자위도 쭈글쭈글하며 이끼에 덮였네.

황면(黃面)의 늙은이[127]는 얼굴이 누렇지 않고

설산(雪山)[128]의 고행 때문인지 뼈가 파리하게 되었도다.

이에 큰마음을 지닌 단월(시주)의 왕이 있어서,

구리를 산처럼 쌓고 금으로 울을 만들며[129] 옥구슬을 상자에 가득 가지신 분이,

문에 들어서며 사방을 둘러보고 눈물을 흘리며 배회하더니

기름을 녹이고 촛불을 태워가며[130] 사방에 고하리라.

---

124) 운당(雲堂) : 산 위의 절간. 육유(陸游)의 『검남시고(劍南詩稿)』「절간에 거처하면서 잠에서 깨어나(寺居睡覺)」의 두 번째 수에서 "옷 떨치고 일어나 앉자 맑은 쇠약함이 심하여, 운당에 부죽 끓이는 향내를 상상하여 보네(披衣起坐淸羸甚, 想像雲堂煮粥香)"라는 구절이 있다.

125) 벽지(辟支) : 벽지불(辟支佛). 벽지가불타(辟支迦佛陀)의 준말. 연각(緣覺)이라고도 하고 독각(獨覺)이라고도 한다. 사우(師友)의 가르침 없이 저절로 깨달음을 말한다.

126) 저장(沮藏) : 시들고 흐릿하게 되었다는 뜻인 듯한데, 달리 용례가 없다. 원굉도의 조어인 듯하다.

127) 황면노자(黃面老子) : 부처. 황면은 부처의 황금빛 얼굴을 말한다.

128) 설산(大雪山) : 석존(釋尊 : 부처)이 과거세(過去世)에서 보살도를 닦던 곳으로, 당시 석존은 "제행무상(諸行無常), 시생멸법(是生滅法), 생멸멸기(生滅滅己), 적멸위락(寂滅爲樂)"의 사구게(四句偈)를 얻었다고 한다. 『지관(止觀)』에 보면 "설산대사(즉 부처)가 형체를 깊은 계곡에 묻고 인간세계를 대하지 않았다. 풀을 엮어 암자를 짓고 사슴 가죽으로 옷을 만들었다"라고 하였다. 앞에 나왔다.

129) 금랍(金坮) : 황금으로 연못의 울을 만든 것을 말함. 또는 돈을 울 주위에 엮은 금구(金溝)를 말한다. 진(晉)나라 왕제(王濟)가 낙경(洛京)의 땅에 마랍(馬坮)을 만들고, 돈을 엮어서 그 주위를 둘렀던 고사가 『진서』「왕제전(王濟傳)」과 『세설신어(世說新語)』「태치(汰侈)」편에 일화가 나온다. 여기서는 그러한 고사를 의식하여 사치스러운 부자의 예를 든 것이다.

삼십이상(三十二相)[131]이 어찌 평범한 것이랴?

머리를 조아리면 어느 집인들 낭탁을 기울이지 않을까

동쪽 마을과 서쪽 고을이 모두 연향(蓮鄕 : 연화장)이리라.

雙田開山自李唐, 虐焰摧爲瓦礫場.

芰茅誅杞作雲堂, 鏡水不波菱芡香, 蘆荻花飛滿寺霜.

刻株爲佛如人長, 辟支羅漢儼成行.

頸腮不辨臂怒張, 腰弓背曲色沮藏, 皺皮皺目苦蘚裝.

黃面老子面不黃, 雪山行苦骨羸尫.

爰有大心檀越王, 銅山金埒珠倉箱.

入門四顧淚徬徨, 融膏冶液告四方.

三十二相亦何常, 稽首誰家無橐囊, 東村西社皆蓮鄕.

전
筆校 교   1600년(만력 28년 경자)에서 1606년(만력 34년 병오) 사이에 공안에서 지
은 글.

○ 腰弓背曲色沮藏 : 背는 패란거본에 皆, 色은 패란거본에 包이지만, 서종당본·
소수본을 따라 고친다.

130) 야액(冶液) : 촛불을 녹인다는 뜻인 듯하다.

131) 삼십이상(三十二相) : 위대한 부처가 지닌 서른두 가지 신체적 특징. 삼십이종(三十
二種), 삼십이대인상(三十二大人相), 또는 삼십이대장부상(三十二大丈夫相)이라고 한
다. 이 상을 갖춘 이는 세속에 있으면 전륜왕(轉輪王)이 되고 출가하면 부처가 된다고
한다.

제41권
袁中郎集

소벽당집(瀟碧堂集) 권17 잡록(雜錄)

34세 되던 1601년(만력 29년 신축)부터 37세 되던 1604년(만력 32년 갑진)까지 지은 글을 모았다.

출세대효책에 적다(題出世大孝冊)

양명선생(陽明先生)[1]이 젊어서, 어떤 승려가 마른 등걸처럼 좌선하고

---

1) 양명선생(陽明先生) : 왕수인(王守仁, 1472~1529). 명나라의 유학자・정치가. 절강(浙江) 사람으로, 양명은 호이다. 지행합일(知行合一)과 치양지설(致良知說 : 주관적 唯心論)을 주장하여 주자학파(객관적 유심론)와 다투었다. 세상에서 그의 학파를 요강학파(姚江學派)라고 한다. 광서(廣西)의 반란군을 토벌하고 돌아오다가 안남(安南)에서 죽

있는 것을 보고는, 선생이 꾸짖으니, 승려가 놀라 선정에서 깨었다. 선생이 그와 더불어 한참 동안 이야기를 나누자 승려는 크게 만족하여, 선생의 설을 늦게야 듣게 된 것을 한탄하였다. 선생이 묻기를, "부모가 계시는가?"라고 하니, "있습니다"라고 하였다. 그러자 선생은 그에게 풀어버릴 수 없는 정(情)의 문제를 가지고 인도하니, 승려가 울면서 감사하고는 다시 건과 관을 쓰기를 처음과 같이 하였다.

천여선사(天如禪師)가 일찍이 서신을 그 아우에게 부쳐, 그 부모에게 부처의 명자(名字)를 지니도록 권하였는데, 그 서신의 언사가 아주 야박하였다. 아아, 이것은 출가한 자가 부모를 섬길 때 늘 하는 방식이다. 만일 양명선생이 만난 승려가 이 의리를 알았더라면, 마땅히 저 건과 관을 쓴 사람을 이기지 못했겠는가? 무릇 세간에는 건과 관을 쓴 자들이 많으니, 그들이 어찌 반드시 모두 증삼(曾參)이겠는가?

지금 승려를 비방하는 자들은 고작해야, "남쪽으로 참예하고 북쪽으로 순방하여 그 부모에게 조석을 얻지 못하게 할 것이다"라고 말하는 것에 불과하다. 무릇 공자는 유가의 종조(宗祖)이거늘, 날마다 그 무리와 더불어 아침에는 제나라로 가고 저녁에는 위나라로 가서, 심지어 앉은 자리가 따스해 질 수 없게까지 하였으니,[2] 보통 인간들이 혼정신성(昏定晨省)[3]하고 쇄소응대(灑掃應待)[4]하며 조곡(弔哭)하는 예절에 대하여는 역

었다.

2) 지부득난석(至不得煖席) : 공자가 세상 구제에 온 마음을 두어 한 군데 오래 머물지 못하였던 것을 말한다. 『문선(文選)』에 실린 반고(班固)의 「답빈희(答賓戲)」에 보면, "위대한 성인의 다스림은 늘 분주하고 바빠, 공자의 자리는 따뜻해진 적이 없고, 묵적의 연통은 검어진 적이 없다(至聖之治, 栖栖皇皇, 孔席不暖, 墨突不黔)"라고 하였다. 또 두보(杜甫)의 「동곡현을 떠나서(發同谷縣)」 시에 보면, "현인인 묵자(墨子)도 구들이 검도록 앉아 있지 못하고, 성인인 공자도 자리가 덥도록 있지 못하였지(賢有不黔突, 聖有不煖席)"라고 하였다.

3) 혼정신성(昏定晨省) : 아침에 부모님께 밤새의 문안을 올리고 저녁에는 부모님의 잠자리를 보살펴 드린다는 뜻이다.

4) 쇄소응대(灑掃應對) : 마당에 물 뿌리고 비로 쓸고, 손님이 오시면 응대하는 일. 일상의 생활. 일용응연지처(日用應緣之處)에서의 인간 활동을 말한다.

시 성글고 굼떴던 것이다. 저 공문의 3천 제자라든가 뛰어난 제자 70인[5] 이라든가 하는 사람들이 어찌 모두 부모와 권속이 없었단 말인가? 만일 오늘날 세상에 공부자 같은 분이 다시 나온다면, 유학자들은 반드시 그를 비판하여, "이 자들은 농사를 짓지도 않고 벼슬살지도 않으며 수백 수천의 무리를 이끌고 다니면서 한량하게 담론이나 하는 뿌리 없는 백성이다. 안으로는 자기 부모를 잊어버리고 바깥으로는 가벼운 일락(逸樂) 만을 일삼으니, 이는 불효 가운데 가장 불효한 것이다"라고 할 것이다.

아아, 도(道)가 망한 지 오래되었다. 도가 망하매 인륜도 그에 따라 망하고 말았다. 유학자는, "성인은 인륜을 지극히 하신 분이다"[6]라고 하여 아침저녁으로 공양하지만, 성인이 지극한 것이 아니라, 오로지 도라는 것이 지극하게 만드는 것이다. 그러므로 "아침에 도를 들으면 저녁에 죽더라도 좋다"[7]라고 하였던 것이다. 무릇 오로지 자식된 사람만이, 죽어도 좋다고 할 도를 얻어서 그 부모에게 고하여, 그 부모로 하여금 모두 하루 저녁의 즐거움이 있게 하고 인생 백년의 근심이 없을 수 있게 하는 것이니, 그것이 곧 지극한 효인 것이다. 유학자 가운데 하구(何求)[8] 형제 같은 사람이나 완효서(阮孝緒)[9] 같은 사람은 모두 늙도록 장가들지

---

5) 칠십(七十): 『문선(文選)』에 보면 한나라 유흠(劉歆)의 글「移書讓太常博士」에, "부자께서 돌아가시자 미언이 끊어졌고, 공자의 제자 칠십 분이 죽자 의리가 어그러졌다 (及夫子沒而微言絶, 七十子卒而義乖)"라고 하였다.

6) 성인, 인륜지지아(聖人, 人倫之至也): 『맹자』「이루 상(離婁 上)」에, "맹자가 말하길, 규거는 방원의 지극한 기준이고, 성인은 인륜의 지극한 기준이다라고 하였다(孟子曰 : 規矩方圓之至也, 聖人人倫之至也)"가 보인다.

7) 조문도, 석사가의(朝聞道, 夕死可矣): 『논어』「이인(里仁)」편의 구절.

8) 하구(何求): 하점(何點)과 하윤(何胤)의 형. 남제(南齊) 때 은자. 언(偃)의 종자(從子)로, 자(字)는 자유(子有). 영명(永明) 연간에 태중대부(太中大夫)에 임명되었으나 취직하지 않았다. 『남제서(南齊書)』에 입전(立傳)되어 있다. 하구(何求), 하점(何點), 하윤(何胤)의 삼형제로, 하점은 대산(大山), 하윤은 소산(小山)으로 불리기도 하고, 셋을 합하여 하씨 삼고(何氏三高)라고도 하였다.

9) 완효서(阮孝緒): 남제(南齊) 명제(明帝) 때 위씨(尉氏 : 司寇에 해당하는 벼슬)로 있던 인물. 이종 형인 왕안(王晏)이 모반죄로 죽임을 당하였으나 평소 왕안에게 자중할 것을 권하는 처신을 잘하였다. 『자치통감(資治通鑑)』「제기(齊紀)」에 사적이 나온다.

않고서 효도를 다하였다고 세상에 이름이 났으니, 그들이 도를 얻었기 때문이다.

아무개 선사는 어머니가 나이 아흔 둘이신데, 마흔 살에 수계를 받고 쉰 살에 고기를 끊었으며, 염주를 쥐고 염불을 하여 안양(安養 : 극락정토)[10]을 기약으로 하니, 죽어도 좋다고 할 도를 얻어서 그 모친에게 고한 사람이 어찌 아니라고 하겠는가? 이것은, 즉 천여(天如)가 수립한 모범을 따른 것이니, 석씨가 말하는 인륜의 지극함이란 것이다. 저 양명선생 같은 대유의 말로 말할 것 같으면, 정말로 유가가 지키는 승척(繩尺 : 법도 준척)이라 하겠다. 그런데 선사는 이미 머리를 둥글게 밀고 네모 옷깃의 도포를 입은 사람이거늘 그 유가의 승척을 무엇에 쓰겠는가?

陽明先生少時, 遇一僧枯坐, 先生訶之, 僧驚起, 與語移時, 僧大快, 恨聞之晩. 先生詰曰 : "有父母否?" 曰 : "有." 因導以不可解之情, 僧泣而謝, 復巾冠如初. 天如禪師嘗有書寄其弟, 勸其父母持佛名字, 書詞甚苦. 噫, 此出家兒事父母之恒式也. 使陽明所遇僧知此義, 當不勝彼冠巾邪? 夫世間冠巾多矣, 豈必皆曾參哉? 今之議僧者, 不過曰南參北詢, 使其父母不得朝夕而已. 夫孔子儒宗也, 日與其徒侶朝齊暮衛, 至不得煖席, 則於人間間省掃哭之儀, 亦疎闊矣. 彼三千七十人者, 豈其皆無父母眷屬者邪? 使今之世有一夫子者出, 儒者必譏之曰 : "此輩不耕不宦, 牽引數百千游談不根之民, 內忘其父母, 而外務爲輕逸, 此不孝之尤者也."

噫, 道之亡也久矣, 道亡而人倫隨之矣. 儒者曰 : "聖人, 人倫之至也." 朝供而夕養, 非至也, 唯道則至之. 故曰 : "朝聞道, 夕死可矣." 夫

---

10) 안양(安養) : 불교 용어. 극락정토 정토에 살면 마음을 편안하게 하고 몸을 길러 속히 부처와 같은 지덕(智德)을 얻기 때문에 이렇게 말한다. 『무량수경(無量壽經)』에, "여러 부처가 보살하게 고하길, 안양불을 뵈오라고 하였다(諸佛告菩薩, 令觀安養佛)"라 하였다.

唯人子得其可以死之道, 以告其父母, 使其父母皆有一夕之樂, 而無百年之憂, 乃爲至孝. 儒者之中, 若何求兄弟, 若阮孝緖, 皆至老不娶, 而以孝聞於世, 其道得也. 某禪人母年九十二矣, 四十而持節, 五十而斷肉, 持珠念佛, 以安養爲期, 豈非得其可以死之道, 以告若母者邪? 此卽天如之軌則, 釋氏所謂人倫之至者也. 若夫陽明大儒之言, 固儒家之繩尺也, 師旣已圓頂而方袍矣, 又安所用之?

전校교 1601년(만력 29년 신축)에 공안에서 지은 글.

징공의 책에 적다(題澄公冊)

징공(澄公)은 참선(參禪)의 상류(上流 : 일류)이다. 잠부(潛夫)[11]는 그를 빈 골짝에 울리는 반가운 발자국 소리[12]에 비유하였는데, 정말로 그러하다.

오늘날의 고승들은 '생각을 그친다[止念]'는 것으로 궁극의 목표를 삼는 사람들이 많다. 화두(話頭)를 제기하여서는 곧 '이것이 식(識)과 정(情)을 막는 법이다'라고 하고, 염불을 하여서는 곧 '이것이 생각을 섭렵하는 법이다'라고 한다. 그러나 이것은 아무런 생각이 없는 외도(外道)와 무엇이 다르단 말인가?

무릇 생각이란 어느 때이고 움직이지 않음이 없으니, 비록 혼몽하고 침묵하고 있더라도 움직인다. 또 생각은 어느 때고 고요하지 않음이 없

---

11) 잠부(潛夫) : 소유림(蘇惟霖). 권2 「소모 만시(挽蘇母)」를 참조.
12) 공곡족음(空谷足音) : 공곡음(空谷音). 사람 없는 깊은 계곡에 들려오는 반가운 발자국 소리. 『장자』 「서무귀(徐无鬼)」편에, "무릇 허공(虛空)으로 도망하는 자는 사람의 발자국 소리를 들으면 공연(跫然)하게 즐거워한다"라고 하였다. 황정견(黃庭堅)이 배중모(裴仲謀)에게 보낸 시에 "이별한 뒤 시를 부쳐 나를 위로하여주시니, 빈 골짝으로 도망하여 사람 소리를 들음과 같구려(別後寄詩能慰我, 似逃空谷聽人聲)"라고 하였다.

으니, 비록 '친구만이 그대의 생각을 따른다'13)고 하는 때라도 역시 고요하다. 달을 그림자 속에서 구하려고 하면 달은 바람 따라 흘러간다. 그림자를 달 속에서 구하려고 하면, 그림자는 애당초 적멸하지 않은 것이 아니다.

지난날 어떤 목동이 시냇가를 지나가다가, 물 속에 있는 금을 발견하고는 뛰어들어 찾았으나 없었고, 물 위에 일어나서 기다렸더니 금이 나타났다. 모두 열 번이나 물 속으로 뛰어들어 구하였으나, 저녁이 다 되도록 얻을 수가 없었다. 목동의 아버지가 지나가다가 보고 꾸짖었다. 그러자 목동이 말하길, "물 속에 금이 있는데, 눈으로는 볼 수 있으면서도 손으로는 더듬어 줄 수가 없어요. 저는 무척 고단합니다만 그냥 둘 수가 없군요"라고 하였다. 그 아버지가 가만히 보더니 웃으면서, "그건 그림자이고, 금은 나무에 있어. 너 참 어리석기도 하구나!"라고 말하고는, 훌쩍 나무 위로 올라가서 마침내 금을 얻었다.

징공(澄公)은 이미 그림자가 참이 아니란 것을 알았으니, 이는 능히 동(動)과 정(靜)의 바깥에서 달을 볼 수 있는 자라고 하겠으니, 달을 어찌 잡지 못하겠는가?

澄公, 參禪上流也. 潛夫比之空谷足音, 良然. 今之高僧, 以止念爲究竟者多矣. 提話頭, 則云此塞識情法也. 念佛, 則曰此攝念法也. 此與無想外道何異? 夫念, 無時而不動也, 雖昏沉冥默亦動也. 念, 無時而不靜也, 雖朋從爾思亦靜也. 求月於影, 則月隨風. 覓影於月, 則影未始不寂也. 昔有牧兒過溪上, 見水中金, 沒而求之, 無有也, 起而俟之, 金見. 凡十沒而求, 至昏不得. 牧之父過而詰之, 牧曰 : "水有金, 目得之而手不可探也. 兒困焉, 不能釋也." 其父窺而笑曰 : "是影也, 而金在樹, 甚

---

13) 붕종이사(朋從爾思) : 친구만이 너의 생각을 따른다. 동류끼리 상종함을 가리키는 말. 『주역』 함괘(咸卦) 구사 효사(九四爻辭)에, "불안한 마음으로 왕래하면, 동류의 친구만이 너의 생각을 따르리라(憧憧往來, 朋從爾思)"라고 하였다.

也兒之稚也!" 躍而上, 遂得金. 澄公旣已知影之非, 是能於動靜之外觀月者也, 月其有不得哉?

전
筆校교
1601년(만력 29년 신축)에 공안에서 지은 글.
○ 소수본은 제목의 題가 書로 되어 있다.

설조[14] 징권의 마지막에 적다(識雪照澄卷末)

> 징권 안에 아우 소수가 '꿈속에서 노승을 만났더니
> 그 노승이 말하길 내가 동파공의 후신이라고 하더라'라는 말이 있다.
> 그래서 마지막 문단에서 운운한 것이다
> (卷中小修有夢中遇老僧, 謂余爲坡公後身, 故末段云云).

동파(東坡)는 계공(戒公)의 후신이다. 계공은 기둥에 기대어 담소하다가 적멸하였는데, 당시에는 기이하다고 여겼다. 그런데 그의 법을 얻은 상수(上首) 아무개란 사람이, 처음으로 계공의 출처행장이 남과 비슷한 점으로 떨어진 것을 보고는 마침내 제자의 예를 다시는 갖추지 않았다. 이 것은 그 사람이 어찌 계공을 안다고 하겠는가? 하지만 동파공이 참요(參寥)[15]에게 답하여, "제불은 적멸하는 것이 어렵다는 것을 알므로 만리

---

14) 설조(雪照) : 권31의 「덕산으로 들어가는 배 안에서 한우·냉운·설조 등 여러 납자들 및 운영거사와 함께 달 빛 속에서 감회를 서술하다(入德山舟中, 偕寒友·冷雲·雪照 諸衲子及雲影居士月中有述)」라는 시에서 원굉도가 덕산 유람할 때 동반한 승려로 나온다.

15) 참요(參寥) : 송나라 승려 도잠(道潛). 어잠(於潛)의 하씨(何氏)의 아들. 호가 참요자(參寥子)이다. 항주(杭州) 지과사(智果寺)에 주석하였다. 내외전을 모두 보았고, 문장을 잘하였으며 시도 잘 지었다. 소식(蘇軾), 진관(秦觀)과 깊이 사귀었다. 소식은 도잠의 시에 대하여, 한 점 소순기(蔬筍氣, 蔬筍氣)가 없다고 하였다. 소식이 황주(黃州)에 있을 때 꿈에 함께 시를 지어, "한식과 청명도 모두 지나가고, 샘물과 홰나무 꽃이 일시에 새롭구나(寒食清明都過了, 石泉槐花一時新)"의 구를 얻었다. 뒤에 소식이 항주(杭州)의 수령이 되어 한식 다음날 도잠을 방문하여 「응몽기(應夢記)」를 지었다. 『참요자집(參寥子集

멀리까지 행차하여 조복16)을 하였다"라고 하였으니, 계공이 땅에 기대어 적멸한 것은 흡사 역시 초래한 것이 있었던 듯하다. 동파공은 글을 짓기를 마치 무녀가 장대 위에서 곡예를 하고 저자의 소년이 금 구슬을 놀리듯 하여, 마음에 불쑥 나오는 것을 팔뚝으로 받아내어 적지 않은 것이 없다.

동파공은 일찍이 오도자(吳道子)17)의 그림을 평하여, 마치 등불로 그림자를 취하는 것과 같아 돌연히 드러나고 갑자기 나오며 거꾸로 왔다가 순행하여 가서 각각 승제(乘除)한다고 하였다.18) 내가 보기에는 동파공의 문장이 역시 그러하다. 그 지극한 경지에 든 것은 맑은 하늘에 새가 발자취를 남기고 물의 표면에 바람이 흔적을 남기는 것과 같아, 천지가 있어온 이래로 오직 그 한 사람일 따름이다. 그런데 그가 선(禪)을 말하고 도(道)를 이야기하는 곳은 왕왕 작의(作意) 때문에 잘못되었으니, 이른바 '오흥(吳興)19)의 어린 아이가 말끝마다 태깔을 내는' 식이다. 그의 문장은 이런 법이 없다.

명교(明敎)20)가 눈을 휘둥그레 뜨고서 벌떡 일어나 말하기를, "세간에서는 동파공이 이(理)를 담론한 것이 지극히 명철(明徹)하다고 하거늘, 공은 어째서 홀연 이런 논리를 편단 말이오?"라고 하였다. 마침 『유산기(遊山記)』가 책상 위에 있었는데, 징공(澄公)이 바야흐로 소동파의 「적벽부(赤壁賦)」 전편과 후편21)을 읽고 있었다. 나는 이렇게 말하였다. "「전적벽

集)』 12권이 있다.
16) 조복(調伏) : 불교의 용어. 삼업(三業)을 조화하여 모든 악행(惡行)을 없앰. 혹은 불력(佛力)으로 악마를 항복시킴. 여기서는 후자의 뜻.
17) 오도자(吳道子) : 즉 오도현(吳道玄). 오도자라는 별명으로 더 알려져 있으며, 회화를 잘 그렸다. 당나라 양적(陽翟) 땅의 사람이다. 조주원(趙州院)에 오도자가 수벽을 그린 것이 있는데, 물살이 세차게 집으로 내달려 오는 형세이다.
18) 공상평도자화(公嘗評道子畵)~각상승제(各相乘除) : 소식(蘇軾)의 「서오도자화후(書吳道子畵後)」에 나온다.
19) 오흥(吳興) : 본래 지금의 절강성(浙江省) 호주시(湖州市)에 속하는 옛 현.
20) 명교거사(明敎居士) : 장오교(張五敎). 자가 명교이다. 호는 운영(雲影)으로 호광(湖廣) 사람이다. 제생(諸生)의 신분이었다.

부」는 선법(禪法)과 도리(道理)에 장애를 입어서, 마치 노학구(老學究)가 심의(深衣)를 입어 온 몸이 판에 박힌 듯한 것과 같소. 「후적벽부」는 곧바로 평평하게 서술해가서 무량(無量)의 광경(光景)이 있지만, 인가에서 몇몇이 모임을 가질 때 아주 우연히 음식을 굄새로 쌓아두고 기쁜 웃음을 저절로 발하여, 특별히 안배한 자보다는 열 곱절이나 즐거운 것과 같소. 그리고 마지막 한 단(段)에 이르러서는 소자첨(蘇子瞻 : 소식)은 역시 그것이 묘한 바의 이유를 모르고 언어가 중도에 끊어져 묵묵히 계합하였을 따름이라오. 그래서 나는 언젠가 생각하길, 동파공의 일체 잡문은 활조사(活祖師)이지만 그가 선(禪)을 말하고 도리(道理)를 말한 것은 세체(世諦 : 세속의 도리)[22]의 유행을 따왔을 따름이라고 하였소.”

명교(明敎)는, “그렇다면 노승이 공을 두고 동파의 후신이라고 말한 것은 어째서요?”라고 하였다. 나는 이렇게 말하였다. “그런 일이 있었소. 일찍이 내가 듣자니 교전(敎典 : 불교 경전)에 말하길, ‘앞서의 인연이 극히 부유하고 사치한 자는 지금 생에서 빈곤한 몸뚱이를 얻는다’라고 하였소. 동파공은 지혜의 면에서 극도로 사치하였으니, 지금에는 노둔하고 감체(憨滯 : 어리석고 막힘)함을 업보로 얻는 것은 정말 마땅한 일이요.”

명교가 설조(雪照)에게 눈짓을 하였다. 설조는 책상을 두드리길 한참 동안 하였다.

東坡, 戒公後身也. 戒倚柱譚笑而化, 當時以爲異. 而其得法上首某者, 初時以戒行藏落人疑似, 遂不復執弟子禮, 是其人豈知戒老者邪? 然坡公答參寥, 以爲諸佛知其難化, 故以萬里之行相調伏, 則戒公因地

21) 적벽부(赤壁賦) : 소식(蘇軾)은 46세 때인 송나라 신종(神宗) 원풍(元豐) 5년(1082) 가을 보름날 밤에 적벽강(赤壁江)에서 배를 타고 놀면서 「적벽부」를 지었다. 그리고 다시 그 해 10월 15일에 적벽에 노닐고서 「후적벽부(後赤壁賦)」를 지었다. 적벽은 호북성(湖北省) 황주(黃州)에 있는 절벽이다.
22) 세체(世諦) : 세속의 도리. 세속체(世俗諦), 속체(俗諦). 승의체(勝義諦)의 반대. 『인왕경(仁王經)』에 나온다.

似亦有招之矣. 坡公作文如舞女走竿, 如市兒弄丸, 橫心所出, 腕無不
受者. 公嘗評道子畫, 謂如以燈取影, 橫見側出, 逆來順往, 各相乘除.
余謂公文亦然. 其至者如晴空鳥跡, 如水面風痕, 有天地來, 一人而已.
而其說禪說道理處, 往往以作意失之, 所謂吳興小兒, 語語便態出, 他
文無是也.

明敎愕然起曰 : "世謂坡公譚理, 明徹極矣, 公何忽有此論?" 適『遊山
記』在案, 澄公方讀兩「赤壁賦」. 余曰 : "前賦爲禪法道理所障, 如老學
究着深衣, 通體是板. 後賦直平敍去, 有無量光景, 只似人家小集, 偶爾
飣餖, 歡笑自發, 比特地排當者其樂十倍. 至末一段, 卽子瞻亦不知其
所以妙, 語言道絶, 默契而已. 故余嘗謂坡公一切雜文, 活祖師也, 其說
禪說道理, 世諦流布而已." 明敎曰 : "然則老僧謂公爲坡後身云何?" 余
曰 : "有之, 嘗聞敎典云 : '前因富奢極者, 今生得貧困身.' 坡公奢於慧
極矣, 今來報得魯鈍慈濡, 固其宜也." 明敎目雪照, 照撫几久之.

전
校敎

1601년(만력 29년 신축)에 공안에서 지은 글.
○ 照撫几久之 : 久는 서종당본·소수본·이운관본에 笑로 되어 있다.

한회[23] 노납의 책에 적다(題寒灰老衲冊)

적음(寂音)은 말하길, "십겁을 거쳐 도량에 나지 않는다면 불법(佛法)은
앞에 나타나지 않는다"라고 하였으니, 불법이란 삼매(三昧)와 정승(靜勝)[24]
으로 얻을 수 있는 것이 아니라는 뜻이다. 육조(六祖)[25]는 말하길, "혜능

---

23) 한회(寒灰) : 원굉도가 공안(公安) 석두암(石頭菴)에서 사귄 승려. 석두암 승려 냉운(冷
    雲)과도 가까웠다.
24) 정승(靜勝) : 정한(靜閑)한 승지(勝地).
25) 육조(六祖) : 당나라 승려 혜능(慧能). 선종에서 초조(初祖) 달마(達摩) 이후 다섯 번
    전하여 그 법맥을 이은 승려. 그의 『단경(壇經)』(六祖壇經)은 남종선(南宗禪)의 후사들

(惠能)26)은 기량이 없으므로 온갖 상념을 끊을 수가 없다"라고 하였으니, 불법이란 정을 막고 생각을 제거함으로써 얻을 수 있는 것이 아니라는 뜻이다.

연(緣)에 따라 임운자재(任運自在)한 것을 임병(任病)이라 하고, 단초를 아예 끊어버리는 것을 각애(覺礙)라고 한다. 앞서의 선사들은 이 점에서 있어서 분소(分疏)27)를 내려놓지 않아서, 임시로 화두를 설치하여 오래 지나는 동안 와전되고 말아서 그로써 여러 소굴이 생겨났다. 이 화두에 즉하면 앞의 네 가지 병폐28) 가운데 하나로 떨어시게 되어, 마치 사람이 약을 먹을 때 약을 함께 복용하는 것을 꺼리다가 오래도록 약효가 없자 마침내 옛 약 처방이 영험하지 않다고 죄를 돌리는 것과 같으니, 어찌 아니 슬프랴!

어떤 도둑이 도둑에게 묻기를, "도둑질은 배울 수 있는가?"라고 물으니, "배울 수가 없다. 네가 어디 시험해 보렴"이라고 하였다. 도둑이 담을 넘어서 들어가, 규방의 구멍을 통해서 침상에 이르렀는데, 주인의 아들이 마침 물건을 잃어버린 것을 깨닫고는 홀연 울음을 터뜨려 크게 울었다. 주인이 침상 아래로 내려오려고 하자, 도둑이 아주 난처하여 방을 나오려고 하여도 그럴 수가 없어서, 제 스스로 아이가 잃어버린 물건을 찾아서 주인의 신발 속에 넣어 두었다. 주인은 신발에 발을 집어넣다가 물건을 얻어서는, 마침내 침상 밑으로 내려오지 않았다. 그제야 도둑은 몰래 나와서는, 다른 도둑에게 말하길, "네가 내게 가르쳐주지 않았기 때문에 하마터면 잡힐 뻔하였다"라고 하였다. 다른 도둑이 그에게 어떻

이 남종선의 우월성을 선전하기 위해 혜능에 관한 일화를 문언문의 경전 형식으로 기록한 것이다.

26) 혜능(惠能) : 육조(六祖). 慧能이라고도 적는다.

27) 분소(分疏) : 변해(辨解). 조진(條陳). 『한서』 「원앙전(爰盎傳)」의 '불이친위해(不以親爲解)'의 안사고(顏師古) 주에 보면, "해(解)란 지금 말하는 분소(分疏)와 같다(解者, 若今言分疏矣)"라고 하였다.

28) 사병(四病) : 삼매(三昧)와 정승(靜勝), 정을 막고 생각을 제거함, 임병(任病), 각애(覺礙)의 네 가지이다.

게 나올 수 있었느냐고 묻자, 그 도둑은 그에게 연유를 일러주었다. 다른 도둑은 놀라고 기뻐하면서, "도(道)가 바로 여기에 있도다. 네가 스스로 그걸 지녔거늘, 내가 어찌 네게 가르쳐 줄 수 있겠느냐"라고 하였다.

무릇 앞서의 선사들은 기연(機緣)²⁹⁾이 정말로 역시 그러하였을 따름인 것이니, 만약 실법(實法)³⁰⁾이 거기 있었다면, 도둑도 역시 가만히 웃었을 것이다. 승려 한회(寒灰)는 참예하고 심방한 것이 여러 해가 되었으니, 시험삼아 이런 방법으로 도를 구해보도록 하게나.

寂音云 : "十劫生道場, 佛法不現前." 謂佛法不可以三昧靜勝得也. 六祖云 : "惠能無伎倆, 不斷百思想." 謂佛法不可以塞情去念得也. 隨緣任運, 謂之任病, 有斷首者, 謂之覺礙. 先禪於此分疏不下, 權設話柄, 訛傳旣久, 窠臼從生. 卽此話頭, 墮前四病, 如人飮藥, 藥忌同服, 久而不效, 遂罪古方之不靈, 豈不悲哉! 盜問於盜曰 : "盜可學乎?" 曰 : "不可學也, 子試爲之." 盜踰垣而入, 穴閨及牀, 主人子方悟失物, 忽大啼哭. 主人將下, 盜者大窘, 欲出不得, 私爲覓物, 納主人履. 主人納履得物, 遂不果下. 盜者潛出, 謂其人曰 : "子不敎我, 幾爲所獲." 盜問何由得出, 因告之故. 盜驚喜曰 : "道在是矣. 若自有之, 吾豈能敎若哉?" 夫先禪機緣, 固亦若此, 若有實法, 盜亦竊笑矣. 寒灰參尋有年, 試以此求之.

1601년(만력 29년 신축)에 공안에서 지은 글.
○ 十劫生道場 : 生은 서종당본·소수본·이운관본에 坐로 되어 있다.
○ 主人子方悟失物 : 悟는 서종당본·소수본·이운관본에 寤로 되어 있다.
○ 試以此求之 : 이운관본에는 此자가 없다.

---

29) 기연(機緣) : 불도(佛道), 불성(佛性)을 깨우칠 기회와 바탕.
30) 실법(實法) : 실체로서의 진실. 진실의 모습. 진여(眞如).

운영 자해(雲影字解)

운영은 즉 명교거사[31]의 별호이다(卽明敎居士之別號也).

구름은 애당초 마음이 없지만, 변환(變幻)하고 기멸(起滅)하는 것은 마치 주관하는 자가 있는 듯하니, 이것도 역시 마음이다. 장생(莊生 : 장자)은 '내가 의지하는 바[吾之所待]'[32]라고 하였는데, 또한 의지하는 바가 있어서 그러한 것일까? 풀풀 날아와서 조각조각 나뉘어 사라진다. 그것을 두고 물(物)이 있다고 한다면 순식간의 일이 태공(太空)과도 같다. 그것을 두고 물(物)이 없다고 한다면, 한군데 뭉쳐 있기가 달리는 달과 같이 엉겨 있다.

내가 일찍이 높은 바위에 올라보고는, 구름이 뭉실뭉실하게 나의 옷과 신발에 붙는 것을 보았다. 얼마 있다가 그것이 미인이 되고 푸른 개가 되고 물고기의 비늘과 지느러미가 되어 마치 혼백과 정신이 있는 것 같았다. 이윽고 맑은 하늘에 깁 비단이 걷히자, 청색과 홍색으로 무늬가 일었으니, 또한 유현(幽玄)하게 어디로 가는지를 알지 못하였다. 그것은 돌아가는 곳이 있는 것일까? 돌아가는 곳이 없는 것일까? 옛 선생[33]은 말하길, "몽환(夢幻)과 포영(泡影)과 같다"[34]라고 하였는데, 구름은 곧 그

---

31) 명교거사(明敎居士) : 장오교(張五敎). 자가 명교이다. 호는 운영(雲影)으로 호광(湖廣) 사람이다. 제생(諸生)의 신분이었다. 앞에 나왔다.

32) 오지소대(吾之所待) : 『장자』「제물론(齊物論)」에, "망량이 그림자에게 묻기를, 앞서는 자네가 걷는가 싶더니 지금은 멈추거나, 앞서는 자네가 앉는가 싶더니 지금은 일어서거나 하니, 어찌 그다지도 지조가 없는가라고 하였다. 그림자가 말하길, 나는 의지하는 바가 있어서 그런 것일까? 내가 의지하는 것도 또 의지하는 바가 그런 것일까? 내가 의지하는 것은 뱀 비늘이나 혹은 매미 날개 같은 것일까? 어찌 그러한 것일까! 어찌 그렇게 되지 않는 것일까(罔兩問景曰 : 曩子行, 今子止, 曩子坐, 今子起, 何其无特操與? 景曰 : 吾有待而然者邪? 吾所待又有待而然者邪? 吾待蛇蚹蜩翼邪? 惡識所以然! 惡識所以不然!)"라고 하였다.

33) 고선생(古先生) : 석가를 말한다.

34) 여몽환포영(如夢幻泡影) : 뜬 인생은 거품과 그림자처럼 덧없다고 비유한다는 뜻. 『금강경(金剛經)』에 보면, "일체의 유위의 법은 몽환과 포영과 같다(一切有爲法, 如夢幻

림자인가? 아니면 그림자가 아닌가?

무릇 빈 못은 분대의 푸른빛을 띠어, 거기에 물체가 들어가면 색을 이루게 되니, 구름의 마음이란 능히 있지 않으면서도 그 있음을 환출(幻出)해내는데 교묘한 자이다. 거사는 다만 그림자 위에서 마음을 찾을 것이지, 토끼의 뿔35)에서 어찌 구하랴. 그림자 속에서 그림자를 그친다면 물속의 달36)을 손으로 움켜쥘 수 있을 것이다. 그래서 그 자(字)를 바꾸어 운영(雲影)이라 하니, 응당 이와 같이 보아야 하리라. 법왕37)의 법은 이와 같느니라.

雲未嘗有心也, 而變幻起滅, 若有司之者, 是亦心也. 莊生曰 : 吾之所待, 又有所待而然者邪? 飄飄而來, 分片而滅. 以爲有物, 倏同太空. 以爲無物, 屯膏走月. 余嘗登高巖, 見其絮絮然沾吾衣屨也. 少焉爲美人, 爲蒼狗, 爲魚鱗鬣, 似有魂魄精神者. 已而晴空捲紗, 青紅爛然, 又不知窈何之也, 其有歸邪? 其無歸邪? 古先生曰 : "如夢幻泡影." 雲卽影邪? 抑非影邪? 夫空潭黛碧, 入而成色, 雲之心能不有而巧於幻其有者也. 居士但於影上覓心, 則冤角焉求. 於影中息影, 則水月可掬矣. 因易字曰雲影, 應作如是觀, 法王法如是.

泡影"고 하였다.
35) 토각(兎角) : 토각귀모(兎角龜毛). 토끼에게 뿔이 생기고 거북에게 털이 생겨남. 이 세상에 있을 수 없는 일을 비유하는 말. 『술이기(述異記)』에, "은나라 주(紂)왕 때 큰거북에게서 털이 생겨나고 토끼에게서 뿔이 생겨났으니, 이것은 갑병(甲兵 : 전쟁)이 장차일어날 조짐이다"라고 하였다. 또한 『능엄경(楞嚴經)』에 보면 부처가 아난(阿難)에게고하는 말 가운데, "무(無)라고 하는 것은 거북에게서 털이 생기고 토끼에게서 뿔이 생겨나는 것과 같다(無則同於龜毛兎角)"라고 하였다.
36) 수월(水月) : 수저루(水底樓), 수중월(水中月). 제법(諸法)의 실체가 없음을 두고 하는말. 꿈이나 환영과도 같은 티끌세상의 부귀영화를 가리킨다. 『지도론(知度論)』에 보면, 제법(諸法)을 해료(解了)하면 환(幻)과 같고 염(焰)과 같으며 수중의 달[水中月]과 같고거울 속의 상[鏡中像]과 같으며 화(化)와 같다.
37) 법왕(法王) : 불법(佛法)의 종주(宗主)인 석가여래(釋迦如來).

1602년(만력 30년 임인)에 공안에서 지은 글.

○ 飄飄而來 : 飇는 이운관본에 飄로 되어 있다.

○ 法王法如是 : 유고본에는 이 구가 없다.

진계유(陳繼儒)는 '以爲有物' 4구에 대해 "다만 환이란 글자를 가지고 허로 뒤집어서 저 아래까지 갔으니 정말로 환상적인 붓이다(只以幻字虛翻到底, 眞幻筆也)"라고 하였다(유고본 참조).

○ 육운룡(陸雲龍)은 '以爲有物' 4구에 대해 "변론의 재주가 아무 막힘이 없다(辯才無礙)"라고 하였다. '則水月可掬矣' 구에 대해 "무심의 맛을 얻었다(得無心味)"라고 하였다. 전체에 대해 "구름을 따오고 그림자를 희롱하여 나의 진체를 발휘하였으니, 우담바라의 혀마저 묶어둘 정도다(拈雲弄影, 發我眞諦, 可結優曇之舌)"라고 하였다(취오각본 참조).

이 글에서 장자의 '내가 의지하는 바(吾之所待)'를 문제삼은 것은 박지원(朴趾源)이 『열하일기(熱河日記)』에서 형가(荊軻)의 결행에서 '기다리는 사람이 있다'는 것을 실제의 친구를 기다린 것이 아니라 자기의 의지를 기다리는 것으로 해석하는데 일정한 영향을 준 듯하다.

꿈 이야기를 적음. 심광의 모금 서책을 위하여(紀夢爲心光書冊)

임인년(1602) 가을에 내가 꿈에 한 암자에 들어갔더니, 솥이 열 다섯 개가 있고, 흰 쌀밥이 언덕처럼 쌓여 있었다. 물어보니 "왕로암(王路菴)[38]이다"라고 하였다. 비석 하나에, 축지산(祝枝山)[39]이 이 암자의 가람을 위

---

38) 왕로(王路) : 고소(姑蘇)의 왕로암(王路菴).

39) 축지산(祝枝山) : 축윤명(祝允明, 1461~1527)을 말함. 자는 희철(希哲)이고, 호는 지산(枝山)이며, 장주(長洲, 지금의 江蘇省 蘇州) 사람이다. 태어나면서 지지(枝指)가 있었기 때문에 지산(岐山), 또는 지지생(枝指生)이라 자호(自號)했다. 홍치(弘治) 5년(1492)에 과거에 합격하여 흥녕현(興寧縣) 지현(知縣)에 제수되었고, 이후 응천통판(應天通判)으로 옮겼으나 병으로 그만두고 귀향하였다. 가정(嘉靖) 6년(1527)에 세상을 떠났다. 문장에도 뛰어났지만 서법(書法)에 특히 뛰어났다. 귀향하여 가거(家居)할 때에 완세자방(玩

하여 적은 글이 씌어 있었는데, 꿈속에서는 그 글을 똑똑히 알아볼 수 있었으나, 꿈에서 깨니 기억하지를 못하였다.

무릇 세간에서 황홀하여 근거를 알 수 없는 것으로는 꿈이 가장 그러한데, 나는 또한 꿈을 가장 믿지 않는 자이다. 하지만 이 꿈은 실상 인(因)이 없는 것이 아닌데다가, 또한 나의 흉억 가운데서 만들어낸 것도 아니니, 이것은 기이하다고 할 것이다.

축지산의 서법(書法)은 당대에 제일이고, 문채와 풍류도 일세에 번쩍번쩍하여, 그의 해학 하나 웃음 하나까지도 모두 진(晉)나라 사람의 풍모[40]가 있다. 문단의 인사들은 그의 이야기를 입에 올려 전하여, 미전(米顚)[41] 이후로 오직 한 사람뿐이라고 한다.

나는 일찍이 고인을 논평한 적이 있는데, 이를테면 동방만천(東方曼倩),[42] 완보병(阮步兵),[43] 백향산(白香山),[44] 소자첨(蘇子瞻)[45]과 같은 무리들은 모두 정말로 도(道)를 알았지만, 화원(畫苑)과 서법(書法)에서부터 아래로 얄팍한 기능이라 하더라도 신묘한 경지에 들어간 것에 이르기까지

世自放)한 것으로도 유명하다. 저서에 『전문기(前聞記)』·『구조야기(九朝野記)』·『소재소찬(蘇才小纂)』·『집략(集略)』·『회성당집(懷星堂集)』 등이 있다. 『청사고(淸史稿)』 권286에 입전(立傳)되어 있다.

40) 진인풍(晉人風) : 위진(魏晉) 교체 시대의 죽림칠현(竹林七賢) 등 청류파 인사의 풍모를 가리키는 말이다.

41) 미전(米顚) : 미불(米芾)을 말함. 송나라 양양(襄陽) 사람으로, 자(字)는 원장(元章)이며, 호는 해악외사(海嶽外史) 또는 녹문거사(鹿門居士)이다. 예부원외랑(禮部員外郎)을 지냈기에 예부의 별칭인 남궁(南宮)으로도 불린다. 시서화(詩書畵)의 삼절로 일세를 울렸으며, 감식에 있어서도 당대는 물론 고금의 제일이라는 평을 들었다. 앞에 나왔다.

42) 동방만천(東方曼倩) : 동방삭(東方朔). 동방은 복성(複姓)이다. 자는 만천(曼倩). 한나라 무제 때 대조금마문(待詔金馬門)으로, 관직은 태중대부급사중(太中大夫給事中)에 이르고, 또 중랑(中郎)이 되었다. 늘 회해(詼諧)와 골계(滑稽)를 하면서 군주의 안색을 살폈다. 『한서』 「동방삭전」의 '찬(贊)'은 그를 골계(滑稽)의 웅(雄)이라고 일컬었다. 앞에 나왔다.

43) 완보병(阮步兵) : 위(魏) 나라 때 죽림칠현(竹林七賢)의 한 사람인 완적(阮籍). 보병교위(步兵校尉)를 지낸 적이 있어서 완보병(阮步兵)이라고도 불리었다. 앞에 나왔다.

44) 백향산(白香山) : 백거이(白居易). 향산(香山)의 승려 여만(如滿)과 향화사(香火社)를 결성하고, 자칭 향산거사라고 하였다. 앞에 나왔다.

45) 소자첨(蘇子瞻) : 소식(蘇軾).

는, 만약 그 자질이 도에 가깝지 않으면 기예와 신묘함이 끝내 서로 만나지를 못한다. 무릇 그림의 경우 오(吳)[46]・고(顧)[47] 같은 사람, 글씨의 경우 왕(王)[48]・욱(旭)[49] 같은 사람을 어찌 기능(技能)의 인사라고 지목할 수 있겠는가?

무릇 세인의 이목과 수족은 서로 같고, 심신(心神)도 같다. 모두 같으므로 그 기예도 서로 그리 멀리 차이가 나지 않는다. 같은 것들은 서로 멀리 차이가 날 수 없으니, 그 기예가 멀리 차이가 나서 사람의 힘으로 이르러 갈 수 없는 것은, 그 이목과 수족과 심신이 필시 보통 사람과는 크게 다른 바가 있기 때문이다. 그렇기에 그들을 이인(異人)이라고 부르는 것이다.

이인(異人)의 취향(趣向)은 평범한 사람으로부터 아주 멀리 떨어져 있으므로, 그들이 태어날 때는 분신(分身)하여 여러 사람들 속으로 흘러 들어가고 죽어서는 다시 분신하여 여러 귀신들 사이로 흘러 들어간다. 이에 사람의 관점에서 그를 보면 사람이라 하고 귀신의 관점에서 그를 보면 신이라 하며, 기(技)의 관점에서 그를 보면 기(技)라 하고 도(道)라 하되, 그가 다른 것들과 다르다는 점은 결코 변하지 않는다. 비유하자면 독을 우유 속에 넣으면 변하여 낙(酪 : 진한 유즙)이 되고 변하여 제호(醍醐 : 순정한 牛酪)가 되고 변하여 병(餠 : 떡)이 되지만 독(毒)은 애당초 변하지 않는 것과 같다.

나는 세간의 명유(名儒)와 대승(大僧) 가운데 거짓으로 성명(性命)의 학을 한다고 스스로 표방하는 자들에 대하여는 도살업자나 날품팔이와 마찬가지라고 보아, '이 속에 변하지 않는 것이 존재한다'라고 말한다. 그리고 호협하고 상쾌하며 기능이 신묘한 지경에 들어간 인사로서 정신이

---

46) 오(吳) : 오도자(吳道子), 즉 오도현(吳道玄).
47) 고(顧) : 진(晉) 나라 때의 화가 고개지(顧愷之).
48) 왕(王) : 진(晉)나라의 왕희지(王羲之).
49) 욱(旭) : 당나라 때의 서법가 장욱(張旭). 초서를 잘 쓴 것으로 유명하다. 당시 사람들이 장전(張顚)이라고 불렀다.

도와 합치된 사람에 대하여는 선현과 옛 부처와 마찬가지라고 보아 공경하여, '이 속에 변하지 않는 것이 존재한다'라고 말한다.

왕로암은 심광(心光)이 창건한 암자이다. 무릇 축지산은 명사이거늘, 어찌 자잘한 납자(승려)가 능히 불러서 오게 할 수 있겠는가? 그렇다면 심광도 역시 이인(異人)이다. 마침 구재승(鳩材僧)[50]이 돌아와, 모금책을 가지고 와서 글을 청하기에, 이에 그를 위해 이 일을 기록하여 암주(菴主)에게 부친다. 언젠가 다른 날 암자 속에서 마땅히 미담의 하나로 삼을 수 있을 것이다.

壬寅秋, 余夢入一菴, 有釜十五, 白粲如丘積. 問之, 曰 : "王路菴也." 一碑上載祝枝山爲此菴伽藍, 夢中了了識其文, 醒不記也. 夫世間恍惚不可據者莫如夢, 而余又最不信夢者, 然此夢實無因, 又非余臆中事, 是則奇矣. 枝山書法, 爲當代第一, 文彩風流, 輝映一世, 至其一詼一笑, 有晉人風. 騷壇之士, 傳爲口實, 米顚而後, 一人而已. 余嘗論古人, 如東方曼倩・阮步兵・白香山・蘇子瞻輩, 皆實實知道, 而畫苑書法, 下至薄技能之入妙者, 若其資非近道, 技與神卒不相遇. 夫畫如吳如顧, 書如王如旭輩, 豈可以技能之士目哉? 夫世人之耳目手足同也, 心神同也, 皆同故其技不相遠. 同者旣不能相遠, 則其遠而不可以人力至者, 其耳目手足心神, 必有大異乎人者矣, 是以謂之異人也.

異人之趣, 去凡民遠甚, 故其生也, 分身入流於諸人之中, 而其沒也, 又分身入流於諸神鬼之中. 於是人見之曰人, 神見之曰神, 技見之曰技, 道見之曰道, 而所以爲異者, 未嘗變也. 辟如投毒於乳, 變而爲酪, 變而爲醍醐, 變而爲餅, 而毒未始變也. 余於世之名儒大僧, 僞以性命自標幟者, 視之與屠沽傭保等, 曰 : 是其中有未變者在. 而一種豪爽雋快及技能入妙之士, 神與道遇者, 敬之若先賢古佛, 曰 : 是其中有未變者在.

---

50) 구재승(鳩材僧) : 사찰의 중창을 위해 모금을 하는 승려.

王路菴, 心光所創立者也. 夫枝山名士, 豈齟齬衲子所能招致者? 則心
光亦異人也. 適鳩材僧還, 持卷索書, 因爲之識其事, 以寄菴主. 他日菴
中, 當爲一段佳話也.

1602년(만력 30년 임인)에 공안에서 지은 글.
○ 適鳩材僧還 : 鳩는 패란거본에 잘못 村으로 되어 있다. 권42 「왕백곡」
의 '王路鳩材僧入楚' 운운을 참조하라.

통선의 모금책 뒤에 적다(識通禪冊後)

통선(通禪)이 공안(公安)에 거처한 지 여섯 해가 바뀌었는데, 대장경의
함을 수리하고, 여러 거사들이 장경각을 건립하자, 통선은 또한 불경을
정리하다가 순서가 맞지 않는 것들을 별도의 함으로 옮겼다. 처음에 통
선이 올 때에는 비만하고 희며 우람하더니, 지금은 마침내 깎은 듯이 말
랐다.

통선이 장차 다른 곳으로 간다고 하면서 길게 읍례하면서 내게 이렇
게 말하였다. "저는 어려서 교만하고 어여쁘다가 성장하여서는 호방하고
서글서글하여, 여러 귀인들과 사귀다가, 늘그막에는 번뇌가 있어 깨달음
에 이르지 못함51)을 생각하여 여러 거사들을 만나 처음의 소원을 조금
풀 수 있었습니다. 이제 명산의 유람을 생각해서, 장차 광산(匡山 : 廬山)52)
으로 출발하려고 하는데, 내 고향인 삼모(三茅)에 들러 쉬겠습니다. 그 다
음에는 동정(洞庭)과 마적산(馬跡山)53)을 올라보고, 오호(五湖)에 배를 띄어
천도(天都)54)의 정수리를 손으로 문질러보겠습니다. 다시 바다의 연안을

---

51) 유루(有漏) : 번뇌에 미혹하여 깨달음을 열지 못하는 범부(凡夫)의 경애(境涯). 누(漏)
는 번뇌.
52) 광산(匡山) : 여산(廬山). 광려(匡廬).
53) 마적산(馬跡山) : 태호(太湖)에 있는 산. 馬蹟山으로도 표기한다.

따라 남하하여, 뇌산(牢山)과 역산(歷山)에서 풀어지고55) 제(齊)·노(魯)의
훌륭한 자취를 살피고,56) 일관봉(日觀峰)57)에서 지팡이를 짚고 해돋이를
보겠습니다. 소실산(少室山)과 태항산(太行山)을 끊고 나와서, 옥녀세두분
(玉女洗頭盆)58)에 앉아서 거령이 도끼로 다듬은 자국을 찾아서 보겠습니
다. 그런 뒤에 청량산(淸涼山)에서 만수(曼殊)59)를 참배하고 대아산(大峨山)
에서 편길(偏吉)60)을 예알하고서 삼협(三峽)으로 배를 놓겠습니다. 그런
뒤에 유랑(柳浪)61)에 들러서 소매 속에서 아미산의 흰눈을 꺼내어 거사62)
와 함께 온갖 성시의 개관을 이야기하더라도 늦지 않을 것입니다."

내가 말하였다. "훌륭하군요. 15년을 기약으로 삼으면 될 것입니다.
내가 어찌 유랑의 한 구역 물을 줄곧 지키고 있겠습니까? 다른 날 어느
산에서 해후하게 될지 모르겠군요. 나도 어복(魚服)63)을 하고 선사의 얼
굴도 쭈글쭈글하게 되어서, 아마도 목소리를 듣지 못하게 되고 또 서로
알아보지 못하게 될지도 모르겠군요."

---

54) 천도(天都) : 안휘성(安徽省) 황산(黃山)의 3대 주봉(主峰) 가운데 하나. 신선이 도읍을
    하였다는 전설이 있어서, 천상의 도회라는 뜻의 이름을 갖게 되었다.
55) 방어뇌력(放於牢歷) : 뇌산(牢山)에서부터 역산(歷山)까지 마음껏 돌아다닌다는 뜻. 이
    구절과 그 위의 구절은 『맹자』 「양혜왕(梁惠王)」의 "바닷가를 따라서 남하하고 낭야산
    을 마음껏 돌아다녔다(遵海而南, 放於瑯邪)"라는 구법을 따른 것이다.
56) 遵海而南, 放於牢·歷, 覽齊·魯之勝蹟 : 『전교』는 〈遵海而南, 放於牢, 歷覽齊·魯
    之勝蹟〉로 끊어 읽었으나 오류이므로 『지의』의 설에 따라 바로잡는다.
57) 일관봉(日觀峯) : 태산 동남쪽 꼭대기의 이름. 아침에 돋는 해를 구경하는 봉우리라
    하여 붙여진 이름이다.
58) 옥녀세두분(玉女洗頭盆) : 화산(華山)의 봉우리 이름. 연화봉(蓮花峯)에는 상궁(上宮)
    이 있고 상궁 앞에는 옥정(玉井)이라는 못이 있는데, 일명 옥녀세두분이라 한다고 한다.
59) 만수(曼殊) : 범어 Manju의 역어. 올바르게는 만수실리(曼殊室利). 묘길상(妙吉祥), 묘
    덕(妙德)이라고 역한다. 『유마경(維摩經)』에 나오는 문수사리(文殊師利)이다.
60) 편길(偏吉) : 보현보살. 여기서는 아미산의 보현보살.
61) 유랑(柳浪) : 공안의 원굉도 거처. 유랑호(柳浪湖).
62) 거사(居士) : 원굉도를 말함.
63) 어복(魚服) : 농부나 은둔자의 모습으로 모양을 바꿈. 본래 물고기가 아니면서 물고기
    의 복장을 한다는 말로, 신분이 높은 사람이 천한 사람의 복장으로 변복(變服)하는 일.
    장형(張衡)의 「동경부(東京賦)」에 "백룡이 어복하였으나 예차에게 곤란을 겪었네(白龍
    魚服, 見困豫且)"라고 하였다.

通禪居公安, 六易歲, 治藏經櫝, 諸居士建閣已, 通又移櫝葺經之不次者. 始通來, 肥晳魁然也, 今遂如削. 且他適, 長揖謂余曰："僧少而驕憐, 長爲豪達, 得交諸貴人, 晚思爲有漏, 因遇諸居士, 得小畢初願. 今乃思名山遊, 將發匡山, 過余鄕之三茅憩焉. 以次踏洞庭馬跡, 航五湖, 捫天都之巓. 遵海而南, 放於牟, 歷覽齊·魯之勝蹟, 杖策日觀峰, 觀日出焉. 截出少室·太行, 坐玉女洗頭盆, 求所爲巨靈斧者觀之. 然後觀曼殊於淸涼, 禮徧吉於大峩, 放舟三峽. 過柳浪, 袖中出峨嵋雪, 與居士談百城之槪, 未晩也." 余曰："壯哉, 十五載爲期可矣. 余豈守柳浪一區水者, 他日不知邂逅何山. 余旣魚服, 師面目皺, 恐不聞聲, 亦復不相識矣."

전
筆校교 1603년(만력 31년 계묘)에서 1604년(만력 32년 갑진) 사이에 공안에서 지은 글.

○ 師面目皺 : 目은 서종당본·소수본·이운관본에 日로 되어 있다.

한회[64]의 모금 서책을 위하여, 운양 진현랑에게 부치다(爲寒灰書冊寄鄖陽陳玄朗)

영(郢)의 제생(諸生)인 장명교(張明敎)[65]란 자는 사문(沙門) 한회(寒灰)를 따라 노닐어, 나를 유랑(柳浪)으로 찾아와, 그릇되게도 내가 지옥을 아는 자라고 여겨서, 인생의 일대사를 내게 물었다.

나는 그에게 이렇게 말하였다. "무릇 두 분 군자는 모두 유학자이면서 선을 하시는 분들이오. 불씨(부처)는 생사를 일대사로 여겼는데, 선사(공

---

64) 한회(寒灰) : 원굉도가 공안(公安) 석두암(石頭菴)에서 사귄 승려. 석두암 승려 냉운(冷雲)과도 가까웠다.
65) 거사장명교(居士張明敎) : 장오교(張五敎). 권30 「더위에 배로 가서 촌마을 집에 들어가다. 냉운과 명교 거사와 함께 갔다(暑中舟行入村舍, 偕冷雲及明敎居士)」를 참조.

자)도 '아침에 도를 들으면 저녁에 죽어도 좋다'66)고 하였으니, 이것도 역시 일대사의 취지라오. 지금 유학자들은 장구(章句)67)에 탐닉하여, 비록 걸출한 자가 있다고 하더라도 고작, '선비가 이 세상에 태어났으면 다만 효를 다하고 충성과 청렴과 신의와 절개를 다 할 수 있다면 이것이 곧 도이다'라고 말할 따름입니다. 그렇다면 한 세상 사람들로 하여금 아침에 효제(孝悌)의 설을 들으면 저녁이면 뚜껑을 덮게 하여도 된단 말입니까? 더구나 공자의 제자 칠십자의 무리는 그 가운데 어찌 그 사람됨이 충성스럽지 못하고 공순하지 못한 자들이 있었다고, '거의 가깝다'는 것은 자연(子淵)68)에 그치고 일관(一貫)69)의 도리는 고작 증씨(曾氏: 증삼)

66) 조문도, 석사가의(朝聞道, 夕死可矣) : 『논어』「이인(里人)」편의 구절.
67) 장구(章句) : 주소(注疏)의 하나. 경전의 본문에 대한 주해 또는 이전 사람의 주해에 대한 주해를 주소(注疏 : 註疏)라고 한다. 주(注 : 註)는 경(經)을 해석한 것이고, 소(疏)는 주(注)를 해석·부연한 것이다. 즉, 주(注)는 경(經)만 해석하는 반면에 소(疏)는 주(注)의 해석을 겸한다. 주소(注疏)는 자의(字義)와 사의(詞義)에 대한 해석을 넘어서서, 문의(文意)의 설명, 구두(句讀)의 분석, 문자의 교감, 어법(語法)의 설명, 수사법의 해설, 성어(成語) 및 전고(典故)의 해명, 고음(古音) 및 고의(古義)의 고증, 사건의 기술과 사실(史實)의 고증, 지명의 비정(比定), 범례(凡例)의 제시 등을 모두 포괄한다. 이것들을 모두 훈고(訓詁)라고도 불렀다. 주소(注疏)의 명칭은 매우 많다. 처음에는 전(傳), 설(說), 해(解), 고(詁), 훈(訓)이 있었고, 후에 다시 전(箋), 주(注), 석(釋), 전(詮), 술(述), 학(學), 정(訂), 교(校), 고(考), 증(證), 미(微), 은(隱), 의(疑), 의(義), 소(疏), 음의(音義), 장구(章句) 등의 별명(別名)이 나왔다. 이 가운데 명칭만 다를 뿐 실제로는 같은 것도 있고, 의미상 약간 차이가 있는 것도 있으며, 어떤 경우에는 서로 결합되어 새로운 명칭이 된 것도 있다. 훈고(訓詁), 고훈(詁訓), 해고(解詁), 교주(校注), 의소(義疏), 소증(疏證) 등이 후자의 예이다. 특히 주희(朱熹)는 『사서장구집주(四書章句集註)』를 이루었다.
68) 자연(子淵) : 안회(顔回). 노나라 사람으로 자(字)가 자연(子淵)이다. 공자보다는 서른 살 어렸다. 가난하였지만, 29세에 머리털이 모두 희어질 정도로 학문에 열중했다. 31세로 그가 요절하자 공자는 "하늘이 나를 버리는구나!(天喪子, 天喪子!)"(『논어』「先進」)라고 탄식하였다. 안회에 관한 기록에는 다음과 같은 것들이 있다. 『논어』「안연(顔淵)」편에, "어질구나, 회(回)여! 한 그릇 밥과 한 표주박 물을 마시며, 좁고 누추한 거리에 사니, 남들은 그 근심을 견디지 못하거늘, 회(回)는 그 즐거움을 고치지 않는구나(子曰 : "賢哉, 回也! 一簞食一瓢飲, 在陋巷, 人不堪其憂, 回也不改其樂. 賢哉, 回也!")라고 하였다.
69) 일관(一貫) : 『논어』「이인(里仁)」 제15장에 나오는 말이다. "공자께서 말씀하시길, 삼아, 내 도는 하나로 꿴다라고 하였다. 증자가 말하길, 그렇습니다라고 하였다. 증자가 나가자 문인들이 묻기를, 무엇을 말씀하신 것입니까 하였다. 증자가 말하길, 선생님의

에게만 언급하였으니, 이것은 무슨 소리입니까? 그러다가 이정(二程)과 주씨(朱氏 : 주자)가 나와, 효제(孝悌) 바깥의 원본(源本)이 있음을 명확하게 알았으나, 또한 생사(生死)의 중대사를 알지 못하였다. 무릇 도(道)를 들어 알되 죽음의 일에 무익하다면 도를 깨우치지 못한 자들이 직접적이고 민첩한 것만 못하다. 어째서인가? 죽게 되어 먼지와 티끌과 같아진다면, 영화를 탐내고 이익을 다투어 세간의 주색장 속의 아주 쾌활한 사람이 되는 것만 같겠는가? 그렇거늘 어찌 쭈그려 웅크러들어[70] 이 유한한 삶을 가지고서 저 차갑고 매몰차서 인정에 가깝지 않은 일을 일삼는단 말인가? 이렇기에 송나라 여러 현자들은 아직 '조문석사(朝聞夕死)'의 본지를 충분히 열어 보이지 못한 점이 있는 것이다.

그러다가 근대에 왕문성(王文成)[71]과 나우강(羅旴江)[72]의 무리가 나오기에 이르러서, 비로소 능히 옛 성인의 정수를 열어제쳐 공씨의 본당에 들어가매, 요순(堯舜)의 깃발을 높이 걸고 문왕(文王)·무왕(武王)의 목탁을 쳐서, 일시의 배냇귀머거리와 소경 같은 사람들[73]에게 외쳐서 그들을 일깨웠던 것이다. 그렇지만 세상의 유학자들은 반은 믿고 반은 의심하였다. 의심하는 자들은 정말로 말할 것도 없되, 이른바 믿는 자들의 경우도 역시 그 거죽과 외모만을 믿어서 자신의 누추함을 스스로 꾸미

도는 충서일 따름이다라고 하였다(子曰 : 參乎! 吾道一以貫之. 曾子曰 : 唯. 子出, 門人問曰 : 何謂也? 曾子曰 : 夫子之道忠恕而已矣)."

70) 국국연(局局然) : 국축(局促)한 모습을 말하는 듯하다. 『장자』 「천지(天地)」편에, 몸을 웅크리고 킥킥 웃는 모습이란 뜻으로 사용된 용례가 있다. 즉 「천지」편에, "계철이 몸을 웅크리고 웃었다(季徹局局然笑)"라는 말이 있고, 그 소(疏)에 "국국은 몸을 구부리고 웃는 모습이다(局局, 俛身而笑也)"라고 하였다.

71) 왕문성(王文成) : 왕수인(王守仁). 즉 양명선생(陽明先生).

72) 나우강(羅旴江) : 나근계(羅近溪). 나여방(羅汝芳, 1515~1588). 왕기(王畿, 용계)와 더불어 양명학 좌파의 사상가. 양지현성(良知現成)의 모습을 '적자지심(赤子之心)'에서 구하여, 지식인이든 백성이든 따지지 않고 양지설의 보급에 노력하고, 농촌공동체의 진흥에 진력하여, 양명학이 하층계급에 침투하게 하는데 공헌하였다.

73) 농외(聾瞽) : 도맹(道盲). 불도(佛道)를 들어도 알아들을 수 없는 배냇귀머거리와 소경이란 뜻이다.

는데 이용할 따름이다. 그래서 나는 일찍이 말하길, 당(唐) · 송(宋) 이래로 공씨의 학맥은 끊어져 그 맥락은 마침내 마대사(馬大師)[74] 등 여러 사람에게 있게 되었고, 그러다가 근대에 이르러서는 종문(宗門)의 적파(嫡派)가 끊어져 그 저파가 마침내 여러 유학자들에게 있게 되었다고 한 것이다. 오늘날에 이르러서는 이른바 명령(螟蛉)[75]이라 할 것도 역시 끊어져서, 유학과 선종의 전통에 관해서는 그것을 잇는 적절한 사람을 보지 못하게 되었을 뿐만 아니라, 그 본령의 말도 들을 수 없게 되었다. 지금 한회(寒灰) 선생은 유학자의 마음이면서 치의(승복)를 걸치고 있고, 명교(明敎)는 선승의 마음이면서 유학자의 옷을 걸치고 있으므로, 그렇다면 그 가운데에 반드시 얻는 바가 있을 것이니, 부디 내게 가르침을 주기를 바라오"

한회는 또 이렇게 말하였다. "운(鄆) 땅에 진현랑(陳玄朗)이라는 훌륭한 인사가 있는데, 자취는 이 티끌 세상 안에 노닐고 있어도 마음은 방외(方外)에 가탁하고 있으니, 이 사람도 역시 유학과 선종의 본지를 논할 수 있는 자입니다. 부디 거사께서 한마디를 적어 고해 주시기 바랍니다." 내가 말하였다. "달리 더 말하지 마시오" 그리고는 이 글을 적어서, 떠나가는 납자에게 부쳤다.

鄆諸生張明敎者, 從沙門寒灰遊, 過余柳浪, 謬謂余知道者, 以一大事爲訊. 余告之曰:"夫二君子, 皆儒而禪者也. 佛氏以生死爲一大事, 而先師云:朝聞道, 夕死可, 是亦一大事之旨也. 今儒者溺於章句, 縱有傑出者, 不過謂士生斯世, 第能孝能忠廉信節, 卽此是道. 然則使一世之人, 朝聞孝悌之說, 而夕焉蓋棺可乎? 且七十子之徒, 其中豈有不忠

<hr>

74) 마대사(馬大師) : 마조(馬祖). 마조도일(馬祖道一, 709~788). 속성은 마(馬)이고, 시호는 대적선사(大寂禪師)이다. 신라 무상(無相, 684~762)의 제자로, 집로(執勞)를 중시하는 법맥을 이어, 복무노역(服務勞役)과 사회봉사를 출가승의 도리라고 보는 사상을 지녔다.
75) 명령(螟蛉) : 나나니벌이 업고 기른다는 유충으로, 양자를 말함.

不悌其人者? 而殆庶止於子淵, 一貫僅及曾氏, 是何說也? 迨程·朱氏
出, 的知有孝悌外源本矣, 而又不知生死事大. 夫聞道而無益於死, 則
又不若不聞道者之直捷也. 何也? 死而等爲灰塵, 何若貪榮競利, 作世
間酒色場中大快活人乎? 又何必局局然以有盡之生, 事此令淡不近人
情之事也? 是有宋諸賢, 又未盡暢‘朝聞夕死’之旨也.

至近代王文成·羅旴江輩出, 始能抉古聖精髓, 入孔氏堂, 揭唐·虞
竿, 擊文·武鐸, 以號叫一時之聾瞶. 而世之儒者, 疑信相參. 其疑者固
無足言, 所謂信者亦只信其皮貌, 以自文其陋而已. 故余嘗謂唐宋以來,
孔氏之學脈絶, 而其脈遂在馬大師諸人. 及於近代, 宗·門之嫡派絶,
而其派乃在諸儒. 至於今, 所謂螟蛉者亦絶, 儒禪之統緖, 不惟不見其
人, 兼亦不聞其語矣. 今寒灰子儒心而緇服, 明敎禪心而儒服, 是其中
必有得也, 願有以益我.”

寒灰又言:“郞有佳士陳玄朗者, 跡遊纒內, 而心託方外, 是亦可語儒
禪之旨者也, 乞居士一言以詔之.” 余曰:“無他說.” 因書以付去衲.

전교주 1604년(만력 32년 갑진)에 공안에서 지은 글.
○ 朝聞孝悌之說: 悌는 서종당본·소수본·이운관본에 弟로 되어 있다.
이하 같다.
○ 而又不知生死事大: 知는 서종당본·소수본·이운관본에 信으로 되어 있다.
○ 馬大師: 大는 패란거본에 太이지만 서종당본·소수본·이운관본을 따른다.

소승(사미승) 습지에게 주는 설(贈小僧習之說)

사미 성성(性成)은 한회(寒灰)76)의 제자이다. 나는 여러 납자들과 더불
어 덕산(德山)77)에 유람하는데, 성성도 함께 왔다. 짬이 있는 날 내게 자

---

76) 한회(寒灰): 원굉도가 공안(公安) 석두암(石頭菴)에서 사귄 승려.

(字)를 청하기에 내가 그의 자를 습지(習之)라고 하였다.

속담에 말하길, "습관적으로 보고 습관적으로 듣는다"라고 하였고, 불씨(부처)도 역시 미혹 가운데 엎어버리고 끊어버릴 수 없는 것을 습기(習氣)[78]라고 한다. 어찌 참 학구가(學究家)가 말하는 '배우기를 그치지 않기를 마치 새가 자주 날아 익히듯이 한다'[79]라고 한 것도 이것이 아니겠는가? 무릇 사미가 익히는 것은 계(戒)이고 행(行)이니, 이것은 습(習)으로써 익히는 것이지 성(性)으로써 익히는 것이 아니다. 성(性)은 볼 수도 없고 들을 수도 없다. 습(習)도 역시 볼 수도 없고 들을 수도 없다. 볼 수 있고 들을 수 있는 자이면서 볼 수 없고 들을 수 없는 것을 익히는 것, 이것을 괴(壞)[80]라고 한다. 이를테면 맹인이면서 밝게 보는 것을 익힌다거나 발뒤꿈치 잘린 형벌을 입었으면서 달리는 것을 익힌다거나 한다는 것은 결코 불가능한 요행수일 따름이므로, 괴(壞)라고 하는 것이다. 볼 수도 없고 들을 수도 없는 자이면서 볼 수도 없고 들을 수도 없는 것을 익히는 것, 이것을 성(成)[81]이라고 한다. 이를테면 공(空)을 공(空)에 합하고, 물을 물로 되돌리는 것이라든가, 이를테면 부채를 바람 속에서 부친다면, 비록 대단히 지혜가 있는 사람이라 하더라도 그 공력을 이루 헤아릴 수 없으므로, 그것을 성(成)이라 하는 것이다.

어떤 사람이 존숙(尊宿 : 고승)에게 "무엇이 부동지(不動智)[82]입니까?" 하

---

77) 덕산(德山) : 무릉현(武陵縣) 동남쪽에 있다. 본래 이름은 왕산(枉山)이다.
78) 습기(習氣) : 업(業)의 잠재적 인상(印象). 잠재여력(潛在餘力), 습관성. 훈습(薰習)으로 남은 기분(氣分). 실질적으로는 종자(種子)와 같다. 번뇌 그 자체는 끝나버렸지만 그 뒤에 습관성이 남아 있는 것을 말한다.
79) 학지불이, 여조삭비(學之不已, 如鳥數飛) : 『논어』 「학이(學而)」편의 '학이시습지(學而時習之)'에 대한 주희(朱熹) 『집주(集注)』의 풀이이다.
80) 괴(壞) : 변화하여 멸망하는 것. 논리적으로 파탄(破綻)하는 것. 사념(思念), 분별의식(分別意識)을 가리키기도 함. 괴견(壞見)은 번뇌에 의하여 사리의 분별을 그르치는 것을 말한다.
81) 성(成) : 성립시킴. 성취함. 성불(成佛)함.
82) 부동지(不動智) : 동요하지 않는 마음. 진여(眞如) 그 자체가 상주(常住)하여 불변부동임을 아는 지혜를 말한다.

고 물었는데, 마침 사미승이 땅의 자리를 비로 쓸고 있었다. 존숙이 갑자기 사미승을 부르자 사미승이 '예'라고 대답하니, 존숙이 말하길, "이것이 부동지가 아니냐"라고 하였다. 그 사람이 또 "무엇이 주지무명(住地無明)[83]입니까?" 하고 묻자, 존숙이 이에 사미승에게 말하길 "어찌하여 너는 불성(佛性)이냐" 하고 물으니, 사미승이 멍청해 하였다. 존숙이 말하길, "이것이 주지무명(住地無明)이 아니냐"라고 하였다. 지금 성(性)과 습(習)의 뜻을 이해하려고 한다면 다만 그 멍청해 하였던 그 장(場)에서 이해하여야 하리라.

沙彌性成, 寒灰弟子也. 余與諸衲遊德山, 成偕來. 暇日乞字於余, 余字之曰習之. 諺語云 : "習見習聞." 佛氏亦以惑之不可伏斷者, 曰習氣. 豈眞學究家所謂學之不已, 如鳥數飛者邪? 夫沙彌所習者, 曰戒曰行, 此以習習者也, 非以性習者也. 性不可見, 不可聞, 習亦不可見, 不可聞. 以可見可聞者, 習不可見不可聞者, 是之謂壞. 如以盲習明, 以刖習馳, 萬不可得之數也, 故曰壞也. 以不可見不可聞, 習不可見不可聞者, 是之謂成. 如以空合空, 以水歸水, 如鼓扇風中, 雖有大智, 不能測也, 故曰成也. 有人問尊宿 : "如何是不動智?" 適沙彌掃地次, 尊宿遽呼沙彌, 沙彌應諾. 尊宿曰 : "此非不動智乎?" 又問 : "如何是住地無明?" 尊宿因謂沙彌 : "如何是你佛性?" 沙彌茫然. 尊宿曰 : "此非住地無明乎?" 而今要會得性習義, 只在茫然處會取.

전
교 1604년(만력 32년 갑진)에 덕산(德山)에 노닐 때 지은 글. 권31에 덕산에 노닐 때 지은 시들이 있다.

---

83) 주지무명(住地無明) : 근본무명(根本無明). 무시무명(無始無明). 주지(住地)는 법(法)을 낳는 근본적인 것. 번뇌를 봉쇄하여 둔 곳. 무시(無始)의 시간 이래로 존재하는 무명. 생사유전(生死流轉)의 근본이 되는 무명은 늘 존재하고 있어서 그 기원이 달리 없음을 말한다.

명교설(明敎說)

거사 장오교(張五敎)[84]는 영(郢) 땅의 제생(諸生)인데 직지(直指)[85]의 학에 깊이 몰두하매, 고승 한회(寒灰)[86]가 그의 이름을 바꾸어 성종(性宗)이라고 하였다. 장오교가 나에게 자(字)를 지어달라고 청하기에, 내가 그에 따라 그의 자를 명교(明敎)라고 하였다.

무릇 종(宗)과 교(敎)는 서로 다른가? 다르지 않다. 자사(子思)는 말하길, "본성을 그대로 따라 나가는 것을 도라고 하고 도를 닦아나가는 것을 교라고 한다"[87]라고 하였으니, 성(性)이 곧 종(宗)이요, 교(敎)는 이 종(宗)을 체현한 것이다. 속유의 하찮은 공부는 귀로 듣고 눈으로 보는 것을 성(性)이라고 여기는 것이 많다. 옛 부처가 그것을 논파하여, '천명(天命)을 성(性)이라고 한다'라고 하였다. 하늘은 인간과 상반되므로 하늘이라 말하였으니, 이목과 사려가 기능하지 않으므로 이것을 일러 미발(未發)[88]이라 하는 것이요, 이것을 일러 '보지도 못하고 듣지도 못한다'[89]고 하는 것이다. 저 밝디밝고 신령스러운 것(마음)은 이목과 사려를 그대로 따르지, 본성을 그대로 따르지 않는다. 본성을 그대로 따르는 것을 알지 못하므로, 이에 눈을 감고 귀를 닫고 혀를 말고 자기 의(意 : 마음의 작용)

---

84) 장오교(張五敎) : 명교거사(明敎居士). 자가 명교이다. 호는 운영(雲影)으로 호광(湖廣) 사람이다. 제생(諸生)의 신분이었다.

85) 직지(直指) : 직지인심(直指人心). 선종의 깨달음을 말한다. 『육조단경』에 보면 '직지인심(直指人心)'과 '견성성불(見性成佛)'의 깨달음을 중시하였다.

86) 한회(寒灰) : 원굉도가 공안(公安) 석두암(石頭菴)에서 사귄 승려.

87) 솔성지위도, 수도지위교(率性之謂道, 修道之謂敎) : 『중용』 제1장 제1절에, "天命之謂性, 率性之謂道, 修道之謂敎"라고 하였다.

88) 미발(未發) : 『중용』 1장 4절에, "희로애락의 감정이 발하지 않은 것을 중이라고 하고, 그런 감정이 발하되 모두 절도에 맞는 것을 화라고 한다. 중이란 것은 천하의 큰 근본이요, 화란 것은 천하의 위대한 도이다(喜怒哀樂之未發, 謂之中, 發而皆中節, 謂之和. 中也者, 天下之大本也, 和也者, 天下之達道也)"라고 하였다.

89) 불도불문(不睹不聞) : 『중용』 제1장 제2절에, "군자는 아직 드러나 보이지 않는 점에 있어서 조심하고, 아직 뚜렷이 들리지 않는 점에 있어서 두려워한다(君子戒愼乎其所不睹, 恐懼乎其所不聞)"라고 하였다.

을 꽉꽉 막아서는 이른바 성(性)이란 것을 추구하니, 그러면 그럴수록 성(性)은 점점 더 멀어지는 것이다.

『능엄경(楞嚴經)』에 나오는 여러 악마들은 모두 눈을 감고 귀를 막고 있는 중에 나온 것들이다. 어째서인가? 성(性)이 하늘에 근본하고 있음을 알지 못하고 인위(人爲)로 간여하였기 때문이다. 그러므로 옛 부처는 말하길, "한 번 미혹하여 마음을 지으면 끝내 미혹은 색신(色身)의 속의 일이 된다"라고 하였다. 색신이란 눈과 귀요, 속이란 사려이다.

유종(儒宗)은 보여지고 들림90)과 바깥에서 구함91)을 벗어났기에, 그 경지가 궁극에 이르러 천지가 제 자리를 차지하고 만물이 자라나게 된다.92) 선종(禪宗)은 심의(心意)와 식학(識學)을 끊었기에, 한 사람이 자기 본유의 진성을 밝혀 일으키니 시방세계가 모두 운명하였다.93) 천지가 제 자리를 차지하고 만물이 자라나는 것, 이것은 진단(震旦)94)의 옛 부처95)의 가르침이니, 귀를 잡아당겨 대면하여 명한 것이 아니다. 시방세계가 소멸하고 운명한다는 것은 서방 성인96)의 가르침이니, 노란 책과 붉은 축에다 적은 것이 아니다. 시방세계가 운명하지 않으면 천지가 제 자리를 차지할 수 없고, 천지가 제 자리를 차지하지 않으면 시방세계가 운명하지 않으니, 운명함과 제자리를 차지함은 서로 반대되는 것 같으면

---

90) 도문(睹聞) : 남에게 보여지고 남에게 들림.『중용』제1장 제2절에, "군자는 보이지 않는 바에서 경계하고 삼가며, 들리지 않는 바에서 염려하고 두려워한다(君子戒愼乎其所不睹, 恐懼乎其所不聞)"라고 하였다.

91) 외구(外求) : 본질을 벗어난 명리를 구함. 곧 위기(爲己)가 아닌 위인(爲人)을 가리킴.

92) 천지위, 만물육(天地位, 萬物育) : 『주역』「계사전(繫辭傳)」에, "하늘과 땅이 제자리를 잡고 만물이 자란다(天地位焉, 萬物育焉)"라고 하였고,『중용』에 "중화를 이루면, 천지가 제자리를 잡고 만물이 자란다(致中和, 天地位焉, 萬物育焉)"라고 하였다.

93) 일인발진, 시방개운(一人發眞, 十方皆殞) : 『능엄경』9장에 나오는 말.

94) 진단(震旦) : 震怛로도 표기한다. 고대 인도에서 중국을 진단이라 불렀다.

95) 진단고불(震旦古佛) : 유가의 옛 성인들과 부처가 동심일체라는 뜻에서 이렇게 표현한 것이다.

96) 서방성인(西方聖人) : 석가가 유가의 성인들과 동심일체라는 뜻에서 이렇게 표현한 것이다.

서도 실은 서로 서로 이루어주는 것이다. 무릇 선보(宣父 : 공자)의 당시에, 춘추시대의 천지는 어지러울 대로 어지러웠는데, 선보는 정말로 중화(中和)를 가져온[97] 자라고 하면 어이하여 천지가 제 자리를 차지하지 않았단 말인가? 이와 같기에 정말로, 한 번 시방세계가 소멸하여 운명하는 것은 결코 우리 부자(공자)가 자리를 잡게 하고 길러주는 공용(功用)에 의하여 이루어지는 것이 아니라는 사실을 알 수가 있다.

거사는 유학자의 옷을 입고 마음 속으로는 선종을 따르는 사람인가? 아니면 승려의 옷을 입고 마음 속으로는 유학을 하는 사람인가? 오로지 거사가 스스로 명명할 따름이니, 제발 분별의 생각을 짓지는 마시오.

居士張五教, 郢諸生也, 潛心直指之學, 高僧寒灰易其名曰性宗, 而求字於余, 余因字之曰明教. 夫宗與教, 有異乎? 無異也. 子思曰: "率性之謂道, 修道之謂教." 性卽宗也, 教卽體此宗者也. 俗儒小學, 以耳聽目視爲性者多矣. 古佛破之曰 : 天命之謂性. 天與人反, 言天則耳目思慮不行, 是謂未發, 是謂不睹不聞. 彼昭昭靈靈者, 是率耳目思慮, 非率性也. 旣不知率性, 於是閉其眼, 塞其耳, 卷其舌, 凝窒其意, 以求所謂性, 而性愈遠矣.

楞嚴諸魔, 皆從閉眼塞耳中來者也. 何則? 不知性之本天, 而以人爲參之也. 故先佛云: "一迷爲心, 決定惑爲色身之內." 色身卽眼耳, 內卽思慮也. 儒宗出睹聞外求, 故致之則天地位, 萬物育. 禪宗絶心意識學, 故一人發眞, 十方皆殞. 天地位, 萬物育, 此震旦古佛之教也, 非耳提而面命也. 十方消殞, 此西方聖人之教也, 非黃卷赤軸也. 不殞則不位, 不位則不殞, 殞與位似反而實相成也. 夫宣父當年, 春秋之天地亂極矣, 宣父固致中和者也, 而何以不位? 若此固知非一番消殞, 決不知吾夫子位育功用也. 居士儒服而禪心乎? 抑禪服而儒心乎? 唯居士自命, 第一

---

97) 치중화(致中和) : 『중용』 제1장 제5절에, "중과 화를 완전히 실현하면 하늘과 땅이 제 위치를 잡고 만물이 모두 잘 성장하게 된다(致中和, 天地位焉, 萬物育焉)"라고 하였다.

莫作分別想也.

전
筆校교
1604년(만력 32년 갑진)에 공안에서 지은 글.

정절부의 전 뒤에 적다(題鄭節婦傳後)

전에 내가 절부시(節婦詩)[98]를 지어, 그 시에서 "눈물은 옥 창문의 꽃
을 적시고 홍자색은 피를 이루네(淚濕瑣窗花, 紅紫也成血)"라고 하였고, 또
"눈물을 훔치고서 아비 잃은 자식을 보고, 차마 산머리의 바위라고 되누
나(裹淚看零丁, 忍作山頭石)"[99]라고 하였다. 대개, 미망인임을 자칭하는 사
람은 육신과 그림자가 서로 조문하는[100] 외로운 처지여서 슬프게 울고
하늘을 부르는 형국에 이른다는 것을 말한 것이다.

그런데 정모(鄭母)는 유독 눈물을 흘리지 않고서 거의 그 처지를 편안
히 받아들이는 것 같기에 내가 들은 과부의 형국과는 다르다. 지난날 공
북해(孔北海)[101]의 어린 자식들이 자기 아버지가 체포되어 간다는 말을
듣고도 조금도 안색을 변하지 않았다. 그러자 공북해가 그 이유를 물었

---

98) 절부시(節婦詩) : 원굉도의 '절부시'는 원래 제목이 「절수(節壽)」편으로 『병화재집(瓶
花齋集)』에 들어 있는데, 소산 지현(蕭山知縣) 심광승(沈光乘)의 모부인을 위한 시이다.
두 수인데, 한 수는 자작이고, 한 수는 대작이다.

99) 裹淚看零丁, 忍作山頭石 : 원문에 忍이 認으로 되어 있으나 오자이다.

100) 형영상조(形影相弔) 자기의 몸과 그림자가 서로를 불쌍히 여긴다는 뜻으로, 외로워
의지할 곳이 없음을 의미.

101) 공북해(孔北海) : 공융(孔融). 북해(北海)의 상(相)을 지냈으므로 공북해라고 한다. 공
융이 조조(曹操)의 미움을 사 잡혀 들어 갈때 당시 아홉 살 여덟 살인 두 아들은 태연
한 얼굴로 짐짓 탁정(琢釘) 놀이를 하고 있었다. 공융이 사자(使者)를 잡고 부탁하기를,
"죄가 나에게서 그치고 저 두 애들은 무사하게 할 수 없을까?"라고 하자 그 애들이 가
라앉은 목소리로 말하기를, "아버지께서는 엎어진 새집 밑에 성한 알이 있는 것을 보신
적이 있습니까?"라고 하였다. 그 후 곧 그들도 붙잡혀 갔다. 『세설신어(世說新語)』「언
어(言語)」에 나온다.

더니, 그 자식이 하는 말이, "아버지께서는 새둥지가 엎어져 떨어져 질 때 그 안에 들어있던 새 알이 온전한 것을 본 적이 있으십니까?"라고 하였다고 한다. 대개 어찌 할 수 없음을 이미 알기에 그 처지를 편안히 받아들인 것이다. 정모(鄭母)가 눈물을 흘리지 않은 것은, 그 지혜가 남보다 뛰어나기 때문이지, 비단 정조(貞操)가 있기 때문만이 아니다.

정모는 방자공(方子公)[102]의 누나인데, 나이 스물에, 하늘로 삼아오던 부군을 잃고, 지금 예순이 되어 가려 한다. 방자공이 그녀의 큰 절개와 관한 일화를 서너 조목 골라 직접 써서 내게 보여주기에, 내가 기이하게 여겨 그 뒤에다 이렇게 적는다.

　　往余爲節婦詩, 有云 : "淚濕瑣窗花, 紅紫也成血." 又云 : "裹淚看零丁, 認作山頭石." 蓋謂稱未亡者, 形影相弔, 必至哀號呼天, 而鄭母獨以不淚, 殆將安之, 異乎吾所聞也. 昔孔北海小兒女聞父被收, 了無異色, 北海問故, 乃云 : "大人見覆巢之下, 有完卵乎?" 蓋已知其不可奈何, 故安之. 鄭母之不淚, 其智有過人者, 不獨以操也. 鄭母爲方子公姊, 年二十, 喪所天, 今將六十. 子公手書其大節數條示余, 余異之, 因爲識其後.

전
筆校교　　1604년(만력 32년 갑진)에 공안에서 지은 글.

---

102) 방자공(方子公) : 방문선(方文僎). 자는 자공. 신안(新安) 사람이다. 반지항(潘之恒)에게서 시를 배웠다. 곤궁하고 실의하여 9월에도 얇은 옷을 입었다. 1609년(만력 37년)에 죽는다. 그의 사적은 원중도의 『유거시록(遊居柿錄)』 권3에 나온다. 앞에 나왔다.

소벽당집(瀟碧堂集) 권18 척독(尺牘)

33세 되던 1600년(만력 28년 경자)부터 35세 되던 1602년(만력 30년 임인)
까지의 척독을 수록하였다.

황평천[1] 서자(黃平倩庶子)[2]

저는 단오절 이후 돛을 걸고 몇몇 노승을 데리고 광려[3]로 들어가서,

---

1) 황평천(黃平倩) : 황휘(黃輝).
2) 서자(庶子) : 춘방(春坊)의 벼슬 이름. 좌서자, 우서자가 있다.
3) 광려(匡廬) : 여산(廬山).

조용한 산과 깊은 골짜기를 어느 하나도 탐승하지 않은 곳이 없습니다만, 평생토록 본 명산 중에 이곳이 가장 기이합니다. 형 백수(원굉도의 형 원종도)는 평소 산에 오르는 습벽이 있었거늘 이곳을 보지 못한 것을 한으로 여기니, 사람이 발 힘이 건장할 때 어찌 쉽게 접질리고 만단 말입니까!

천하의 친구들이 새벽 별처럼 영락하여, 죽은 이는 볼 수가 없고 산이도 모일 수가 없습니다. 저는 이번에 역시 산으로 들어가려 하므로, 훗날에 언제 모이게 될 지는 알 수가 없습니다. 비록 엄한 아버님의 존명이 있어 자주 나올 것을 독촉 받지만, 게으른 습벽이 이미 굳어져 효서(孝緖)⁴⁾가 벼슬을 끊은 것과 태진(太眞)⁵⁾이 옷깃을 끊은 것을 마음 속으로는 혹 차마할 수도 있을 것 같고 차마 못할 것 같기도 합니다.

옥천⁶⁾은 기이한 승경이라, 내년에 집을 지을 것인데, 지금은 대부분 지자동(智者洞)⁷⁾에 있으니, 한편으로는 고요하게 수양하고 한편으로는 큰형의 돌아오는 길을 기다리는 것입니다. 듣자니 『아미소초(阿彌疏鈔)』를 판각하려 한다는데, 양본(襄本)⁸⁾에는 본디 의심이 있으나 이는 분변하기 어렵지 않습니다. 다만 현장(玄奘)⁹⁾의 번역과 해동(海東)¹⁰⁾의 소(疏)를

---

4) 효서(孝緖) : 완효서(阮孝緒).
5) 태진(太眞) : 진(晉)나라 온교(溫嶠)의 자(字). 온교는 젊어서 효제(孝悌)로 이름이 높았는데, 유곤(劉琨)의 군막(軍幕)에 참여하여, 장사(長史)의 좌사(左史)로 임명되었다. 사신이 되어 표(表)를 가지고 강동(江東)으로 권진(勸進)하러 가게 되었을 때, 모친이 한사코 만류하자, 옷자락을 끊어버리고 떠났다. 그곳에 가서 유곤의 충성을 글로 적어서 진술하였는데, 글의 언사와 취지가 강개하였으므로, 원제(元帝)는 그의 기량을 중히 여겨, 산기시랑(散騎侍郞)에 임명하였다. 뒤에 태자중서자(太子中庶子)로 옮겼고, 뒤에 다시 표기장군(驃騎將軍)에 임명되고, 시안군공(始安郡公)에 봉해졌다.
6) 옥천(玉泉) : 옥천산(玉泉山). 당양현(當陽縣) 서쪽 30리에 있다. 일명 퇴남산(堆藍山)으로, 처음 이름은 복주산(覆舟山)이었다. 산 계곡에 종유굴이 있고, 옥천이 그 속에 이리저리 흐르며, 물가에는 명초(茗草)가 늘어서서 자란다. 『당양현지(當陽縣志)』에 나온다.
7) 지자동(智者洞) : 당양현(當陽縣)에 있다. 진(晉)나라 때 지자선사(智者禪師)가 정수(靜修)하던 곳이다. 『당양현지(當陽縣志)』에 나온다.
8) 양본(襄本) : '양'에서 찍어낸 판본. '양'은 양양(襄陽)을 가리키는지 미상.
9) 현장(玄奘) : 당나라 승려로 인도에서 불경을 가져 오고 번역하였다. 『서유기(西遊記)』는 곧 원나라 오창령(吳昌齡)이 지은 '당현장서천취경(唐玄奘西天取經)'의 일을 내용

참조하시고 만약 이러한 어의(語義)가 없으면 후인들에 의해 보태진 것임에 의심할 여지가 없습니다. 만약 제가 단연코 후인이 덧붙인 것이라고 판정한다면, 소(疏)가 아니면 잘못될 것입니다.

弟以午節後挂帆, 挾數老衲人匡廬, 幽巒邃谷, 無所不探, 生平所見名山, 此爲最奇. 伯修素有登臨癖, 恨不見此, 人生足力健時, 何得輕易蹉過也! 海內道侶, 零若晨星, 死者不可見, 活者不可聚. 弟此回亦欲入山, 後會遂不可知. 雖嚴親尊命, 屢以出相迫, 然懶癖已成, 孝緖之絶宦, 與太眞之絶裾, 心或有可忍不可忍也. 王泉奇勝, 明歲結室, 多在智者洞, 一以便靜修, 一以遲長兄歸道也. 聞欲刻阿彌疏鈔, 於襄本有疑, 此不難辨, 但檢玄裝譯及海凍疏, 若無此語義, 爲後人增益無疑. 若弟斷然以爲後人增益, 非疏則訛也.

전교 1600년(만력 28년, 경자)에 지은 글.

○ 황평천(黃平倩) : 황휘(黃輝). 자가 평천(平倩), 또 다른 자는 소소(昭素)이며, 호는 신헌(愼軒)이며, 남충(南充) 사람이다. 1589년(만력 17년)의 진사로, 서길사(庶吉士)에 개수되었다. 편수에서 우중윤(右中允)으로 옮겨, 황장자 강관(皇長子講官)에 충당되었다. 『명사』 권288에 전(傳)이 있다. 황휘는 불교를 대단히 신봉하였다. 주국정(朱國楨) 『용당소품(湧幢小品)』 권10 '기축관선(己丑館選)'조에 이러한 기록이 있다. "황신헌은 마음과 입이 상쾌하였으며, 불교를 좋아하여 재계하고 불경을 독송하기를 노승처럼 하였다. 요로에 있는 어떤 사람이, 그렇게 해서는 안 된다고 생각하였다. 그래서 별도의 일을 기회로 올바르지 못하다고 품지를 적어 올렸는데, 그 가운데 '불교의 수행은 마땅히 깊은 산으로 들어가야 합니다'라는 말이 있었다. 또한 그 기회에 좌주로 추천하고는 언관을 사주하여 탄핵하였다. 황신헌은 마침내 관적에 그 사실이 적히게 되었다. 얼마 있다가 하루는 승려 만여 명이 와서, 선무문부터 그의 우거까지 3리쯤 어깨와 발뒤꿈치가 줄을 이었는데, 모두 말하기를

으로 삼았다. 『반야경』의 한역본 가운데 현장(玄奘)의 649년 역본이 널리 통용된다.
10) 해동(海東) : 신라에서 조선까지의 우리나라를 가리키는 듯함.

황공이 초청하였다고 하였다. 황신헌은 실은 모르는 일이었다. 한참 뒤에 비로소 흩어졌다. 황신헌은 그 연유를 알고는, 재빨리 귀향하고 벼슬길에 나가지 않았다. 그런데 달화상(紫柏達觀)의 옥사(妖書를 전파했다는 일로 옥에 갇혀 피살됨)가 일어나자, 요로의 그 사람은 달화상의 일로 황신헌을 연좌하려고 하였으나, 달화상은 본시 황신헌이 좋아하지 않던 사람이었으므로 마침내 화를 면할 수 있었다(黃慎軒心口爽快. 好佛, 茹齋持頌若老僧. 當道頗不謂然. 因別事票旨, 有薰修當入深山之語, 又因推祭酒, 哠言官劾之. 黃遂註籍. 俄一日, 僧萬餘人來造, 自宣武門至寓所, 可三里, 肩頂相接, 皆曰黃公所招. 黃實不知也. 久之始散. 黃知所自來, 亟歸不出. 而達和尙之獄起, 意欲因達連黃, 而達故黃所不喜也. 遂得免)."

 원종도(袁宗道)는 1600년 9월에 북경에서 죽었다. 따라서 이 서한은 그 이전에 보낸 것임을 알 수 있다.

고승백[11] 수찬(顧升伯修撰)

헤어질 때 하도 급하여 한 마디도 말하지 못했습니다. 그러다가, 지난날 달밤에 사당(射堂)[12]에 구경갔다가, 곡수(曲水)[13]의 노래를 듣고, 이후에 도전창(稻田廠) 근처의 한 뙈기 땅을 찾아 꽃을 구경하고 달을 기다리는 곳으로 삼기로 약속했던 것을 기억합니다만, 그 뒤 얼마 되지 않아 출처(出處)[14]와 생사(生死)가 여름 구름처럼 쉽게 바뀌니 인생의 어떤 일

---

11) 고승백(顧升伯) : 고천준(顧天埈). 자는 승백(升伯)이고, 호가 담암이다. 곤산(崑山) 사람이다. 만력 20년의 진사시에서 1갑 3명으로 급제하고, 한림원 편수(編修) 직을 제수받았다. 여러 번 승진하여 우유덕(右諭德)에 올랐고, 조선으로 봉사(奉使)간 일도 있다. 뒤에 언론의 공격을 받고 치사하고 귀향하였다. 『훼여고(毁餘稿)』 2권, 『고태사문집(顧太史文集)』 8권이 있다. 향년 67세. 『곤신합지(崑新合志)』 권25에 전(傳)이 있다. 한림원 편수였을 때 원굉도와 관반(館伴)이었다.

12) 사당(射堂) : 북경의 시사당(試射堂). 고시 때 사장(射場)으로 쓰는 곳으로, 사실(射室)이라고도 한다.

13) 곡수(曲水) : 『전교』는 지명으로 보았으나, 곡류(曲流)의 물이라는 일반적인 뜻인지 모른다.

을 미리 헤아릴 수 있겠습니까?

저는 세상 인심이 차가움을 깨달아, 평생의 질은 습관이 화장 짙게 한 여인을 데리고 노는 일에서 벗어나지 않았다가, 이제는 그런 습관이 역시 조금 줄어들었습니다. 그러하니 때때로 맑은 노래와 아름다운 춤을 대하면 또한 마치 꽃이나 새에게 우연히 눈을 주는 것과 같으므로, 마음속이 얼추 깨달은 듯도 하여 스스로 다행이라고 여기니, 은거할 만합니다.

6월중에 광산(여산)15)을 두루 유람하니 물과 바위의 승경이 빼어났습니다만, 묵은 인연16)이 깊지 못해 이 속의 정려(淨侶: 승려)가 될 수 없음을 스스로 한스러워하였습니다. 진주(眞州)에 이르러 셋째(원중도, 소수)를 만났는데, 셋째는 형의 요사이 행적을 속속들이 알고 있었습니다. 형의 재주와 식견은 세상을 덮을 만하고 이러저러한 세상사를 겪은 지가 이미 오래이니, 만약 이번 일에 대해서 조금 감파(勘破)17)하신다면, 인간세상의 아름답거나 추악한 인정과 세태는 정말 형께서 한 번 웃어버릴 만한 거리도 못될 것입니다.

別時卒卒, 不及吐一語. 因憶往昔踏月射堂, 聽歌曲水, 共約此後當覓稻田廠前後一片地, 爲看花待月之所, 曾未幾時, 而出處生死, 有同夏雲, 人生何事可算得也! 弟世情覺冷, 生平濃習, 無過粉黛, 亦稍輕減, 卽有時對淸歌豔舞, 亦如花鳥之寓目, 自幸心中粗了, 可以隱矣. 六月內徧踏匡山, 水石勝絶, 自恨宿因不深, 不得爲此中淨侶. 至眞州遇三弟, 備知兄近日行履. 兄才識蓋世, 閱事已久, 若於此事稍稍勘破, 人間佳惡情態, 眞不直兄一笑也.

---

14) 출처(出處) : 출사(出仕)와 은둔(隱遁).
15) 광산(匡山) : 여산(廬山). 광려(匡廬).
16) 숙인(宿因) : 전세(前世)의 인연.
17) 감파(勘破) : 헤아려 분쇄함.

1600년(만력 28년, 경자)에 지은 글.

이상주[18] 편수(李湘洲編修)

저는 형께서 이미 북쪽으로 떠난 줄도 모르고 이에 앞서 서신을 보내 안부를 여쭈었습니다. 형과는 2년 동안 헤어져 있군요. 그러고 보니 어렴풋한 모습[19]과 동고동락하던 일이 오늘 아침의 꿈과 같습니다. 눈앞의 일은 죽는 것을 제외하고는 하나도 헤아릴 수 있는 것이 없습니다. 형은 재주가 있고 식견이 있고 또 담력이 있으나 다만 도에 대한 생각이 아직 간절하지 못하여 혹 눈앞의 사소한 의혹에 흔들립니다.

저는 지난번에 미인을 좋아하는 습벽이 있었으나 요사이는 이러한 기관(機關)을 조금씩 조금씩 분쇄하여 없애매, 상쾌하기가 끝이 없습니다. 비로소, 배우는 사람이 적막하지 않으면 결코 철저하게 수용(受用)[20]할 수 없음을 알 것 같습니다. 지난날 맹랑한 말이 매우 많았음을 생각해보니, 부쳐 사는 인생(寄)[21]을 즐거움으로 삼을 줄은 알고 부쳐 사는 인생이란 영원할 수 없음을 알지 못했습니다.

이제는 끝났습니다. 비록 조용한 벼랑과 인적 끊긴 깊은 골짜기에 부쳐 산다고 하여도 역시 맑은 노래나 묘한 춤을 즐기는 것과 매한가지입

---

18) 이상주(李湘洲) : 이등방(李騰芳). 자는 자실(子實) 혹은 장경(長卿)이며, 호가 상주이다. 만력 20년의 진사로, 서길사(庶吉士)에 개수되었다. 고천준(顧天埈)과 사이가 좋아서 '고당(顧黨)' '이당(李黨)'이라는 지목을 받았다. 여러 벼슬을 거쳐 좌유덕(左諭德)으로 옮기고, 예부상서에 이르렀다. 『이상주문집(李湘洲文集)』이 있다. 『명사』권216에 전(傳)이 있다.

19) 광경(光景) : 어렴풋한 모습. 여기서는 상대방의 모습.

20) 수용(受用) : 도를 받아들임. 깨우침.

21) 기(寄) : 부쳐 사는 것. 인생. 인생여기(人生如寄)라는 말에서 온 것임. 기(寄)에 대해서는 앞에 나왔다.

니다. 원컨대 형께서는 하루빨리 스스로 깨달으시기를 바랍니다. 훗날 마음이 맑고 시원해져서, 좋은 소리 듣고 미색을 보는 즐거움으로부터 떠날 수 있게 된다면 비로소 제 말이 거짓이 아님을 믿게 될 것입니다.

弟不知兄已北發, 前此曾馳書奉問. 與兄兩年別耳, 而光景苦樂, 有同朝夢. 眼前事除却死, 眞無一可算者也. 兄有才有識又有膽, 獨道念未切, 或爲眼中粗惑所轉. 弟住時亦有靑娥之癖, 近年以來, 稍稍勘破此機, 暢快無量. 始知學人不能寂寞, 決不得徹底受用也. 回思往日孟浪之語最多, 以寄爲樂, 不知寄之不可常. 今已矣, 縱幽崖絶壑, 亦與淸歌妙舞等也. 願兄早自警發, 他日意地淸涼, 得離聲色之樂, 方信弟言不欺也.

1600년(만력 28년, 경자)에 지은 글.

공유학[22] 선생(龔惟學先生)

제가 이번에 사직의 청[23]이 받아들여졌으므로 매우 기쁩니다. 금년에 광산(여산)을 조금 유람하였으니, 이것 밖에는 조금도 다른 생각이 없습니다.

자식은 고깃덩이일 뿐이고, 집은 여관이고, 신체와 수족은 우연일 뿐

---

22) 공유학(龔惟學): 공중민(龔仲敏). 자(字)가 유학이다. 호는 고정(吉亭), 별호는 협산(夾山)이다. 공안(公安) 사람으로 공대기(龔大器)의 둘째 아들이며, 원굉도의 외삼촌이다. 만력 원년에 향시에 합격하였고, 23년에 선발에 뽑혀서 가상(嘉祥)의 지현(知縣)이 되었다. 남현(嵐縣) 지현으로 있다가 56세에 죽었다.

23) 청(請): 원굉도는 만력 28년 8월에 아우 소수(小修 : 원중도)와 함께 휴가를 얻어 고향으로 돌아가고, 9월에 형 백수(伯修 : 원종도)의 부음을 들었다. 겨울에 고병소(告病疏)를 올렸으나 오래도록 청이 받아들여지지 않다가, 이번에 청이 받아들여졌다.

입니다. 모두 언제까지고 편안히 머무르려고 계획하기에 부족합니다. 유랑관24)에 나그네가 살고 있으면서, 새벽에 일어나 물빛이 푸른 밭두둑 같은 것을 보고 문득 세수할 것도 잊어버립니다. 새벽 공양 후 치천(稚川)25)의 여러 한가로운 이들을 이끌고 지팡이를 짚고 촌락으로 들어갑니다. 오후26)가 되면 배를 저어 노 하나로 물을 가르며, 많이 실어도 세 사람을 넘지 않습니다. 저물면 책을 읽는데 1, 2각27)이 지나면 등잔 아래 여러 승려들을 모아 십법계의 도보를 펼쳐 주사위 놀이를 하여28) 진 사람이 낸 돈을 거두어 방생(放生)의 비용으로 삼습니다. 여가가 있으면 시의 운자를 골라 짚어 시제를 내어 읊어 즉석에서 술술 창화해서 성률(聲律)에 얽매이지 않습니다.

한가로운 중에 내키는 대로 지내는 것29)이 이와 같기에, 그리로 가는 편지에 썼으니, 하룻저녁의 아름다운 이야기로 삼을 만하실 겁니다.

某此回得請, 甚快, 今年粗了匡山, 此外別無分毫想. 兒孫, 塊肉耳. 田舍, 郵也. 身體手足, 偶而已. 皆不足安頓計較. 客居柳浪館, 曉起看水光綠疇, 頓忘櫛沐. 晨供後, 率稚川諸閒人, 杖而入村落. 日晡, 棹小舟以一橈劃水, 多載不過三人. 晩則讀書, 盡一二刻, 燈下聚諸衲擲十法界譜, 斂負金放生. 暇卽拈韻賦題, 率爾倡和, 不拘聲律. 閒中行徑如此, 聊述之去牘, 以當一夕佳話也.

---

24) 유랑관(柳浪館) : 원굉도가 공안에서 거주한 곳. 본래 왕승광(王承光)의 소유였던 유랑호(柳浪湖)를, 가지고 있던 옛 불상과 바꾸어 얻은 뒤 거기에 집을 지은 것이다.
25) 치천(稚川) : 도가에서 말하는 선향(仙鄕)의 하나.
26) 일포(日晡) : 오후 3시에서 5시. 즉 신시(申時).
27) 각(刻) : 동루(銅漏)로 재는 시간 단위. 1 주야를 1백 각으로 나누었으므로, 1각은 14.4분에 해당한다.
28) 척십법계보(擲十法界譜) : 십법계의 그림을 펼쳐 놓고 주사위를 던져 십법계에서의 위치를 이동시켜 승부를 가리는 놀이는 하는 것을 말한다. 십법계는『법화경』에서 지옥, 아귀(餓鬼), 축생(畜生), 아수라(阿修羅), 인(人), 지(地), 천(天)의 여섯과 성문(聲聞), 연각(緣覺), 보살(菩薩), 불(佛)의 넷을 통칭한 것을 말한다.
29) 행경(行徑) : 마음 내키는 대로 지냄. 경(徑)은 경행(徑行)의 뜻이다.

1600년(만력 28년, 경자)에 공안(公安)에서 지은 글.

육운룡(陸雲龍)은 '皆不足安頓計較' 구에 대해 "달인의 대관이다(達人大觀)"라고 하였다. 전체에 대해 "『예기』「악지」와 비교하더라도 이렇게 간결하고 명쾌하지 못하다(校之樂志, 不似此之簡)"라고 하였다(취오각본 참조).

공유학 선생, 또 다른 편지(又)

들자니 남(嵐)[30] 땅은 추위가 심하다고 하던데, 어르신께서는 전혀 괴롭게 여기지 않으시는군요. 곤궁을 견뎌 부자가 되고 과거장에서 우수한 인재를 선발하시니,[31] 호호연하게 화서씨의 나라[32]에 처한 듯 합니다. 이것은 그 땅은 춥더라도 그 백성은 따뜻하기 때문이리니, 어르신께서 즐거워하는 것이 무엇이 이상하겠습니까? 그러나 남(嵐) 땅을 위해 생각

---

30) 남(嵐): 지금의 산서성(山西省) 남현(嵐縣).
31) 현편철극(懸鞭徹棘): 곤궁을 견뎌 부자가 되고, 과거 시험장에서 우수한 인재를 선발함. 현편(懸鞭)은 곤궁을 견뎌 부자가 됨을 뜻하는 말로, 『진서(晉書)』「순우지전(淳于智傳)」에 나오는 말. 포원(鮑瑗)은 집이 가난하였는데, 순우지가 와서 괘를 펼쳐보았다. 괘가 이루어지자 순우지는 포원에게, "그대는 안택이 적절하지 않아서 곤궁한 것이네. 그대의 집 동북쪽에 큰 뽕나무가 있네. 그대는 곧바로 시장에 가서 문에 들어가 수십 보를 가면 어떤 사람이 가시나무로 만든 말채찍을 쥐고 있는 사람이 있을 것이니, 곧 그것을 사다가 이 뽕나무에 걸게나. 그러면 삼 년 만에 갑자기 재물을 얻게 될 것이네"라고 하였다. 포원이 그 말대로 시장에 가서 말채찍을 구해다 나무에 걸었다. 삼 년 뒤에 우물을 준설하다가 수십만 전을 얻었다고 한다. 철극(徹棘)은 『오대사(五代史)』「화응전(和凝傳)」에 나온다. 화응은 후당(後唐) 명종(明宗) 때인 천성(天成) 연간에 지공거(知貢擧)였다. 당시 진사가 부박하여 걸핏하면 소란을 피워 주사(主司)를 곤란하게 만들었다. 주사는 합격자 방을 낼 때마다 가시나무를 주위에 두르고 성(省)의 문을 닫아서 사람들이 출입하지 못하는 것이 상례였다. 화응이 지공거가 되어서 가시나무를 철거하고 문을 열었는데, 선비들은 숙연하고 아무 소란을 피우지 않았다. 그 당시 일류의 수재들을 선발하였다고 한다.
32) 화림서국(花林醑國): 화서씨(華胥氏)의 나라. 『열자』「황제(黃帝)」편에 나온다. 그 나라에는 요절하는 일도 없고 애증도 없고 이해(利害)의 관념도 없다고 한다.

한다면 원컨대 반드시 한 세대나 백년을 다스려주셨으면 합니다만,[33] 주인을 위해 생각한다면 한 번 내직에 발탁되어, 부지런히 수고하시는 괴로움을 조금 덜 수 있기를 바랍니다. 그렇게 되면 2, 3명의 후덕한 어른들 사이에서 느긋하게 노닐면서 산수의 오묘함을 탐승하는 것을 과제로 삼고 내세의 인연[34]을 맺으며 꽃을 심고 시를 읊으며 입에서 나오는 대로 노래를 부르는 것도, 이 세상에 태어난 사람으로서의 지극한 즐거움일 것입니다.

그런데 저는 둔암옹(공중경)[35]을 위해서 활을 짊어지고 앞에서 내달리는 자[36]일 따름입니다. 어르신께서 어찌 하나의 관직에 연연하시겠습니까? 비록 그러하나, 백향산(백거이)[37]는 70세에 벼슬을 그만두면서 스스로 통달하였다고 여겼고, 도팽택(도연명)[38]은 80일 동안 현령을 지내면서

---

33) 원필세백년(願必世百年) : 원컨대 한 세대나 한 백년을 다스려주길 바랍니다라는 뜻. 한 세대를 다스려 어진 정치가 이루어지게 하여 달라는 뜻으로, 『논어』「자로(子路)」의 "왕도 정치를 펴는 사람이 있다면, 반드시 한 세대 뒤에는 어진 나라가 될 것이다(如有王者, 必世而後仁)"이라고 한 것에 근거한다.

34) 당래지연(當來之緣) : 내세의 인연. 득도하여 생사의 번뇌를 벗어나는 일.

35) 둔암옹(遯庵翁) : 공중경(龔仲慶). 자는 유장(惟長), 호는 수정(壽亭). 원굉도의 셋째 외삼촌. 권1 「초여름에 유학(惟學)·유장(惟長) 두 분 외삼촌과 함께 이성(二聖) 선림에 노닐면서 불경을 뒤적이다가 짓는다(初夏同惟學 惟長舅尊游二聖禪林檢藏有述) 네 수」 참조

36) 부노선구자(負弩先驅者) : 공경을 표시함을 뜻함. 『사기』「사마상여전(司馬相如傳)」에 "촉나라 태수 이하가 교외에서 영접하고, 현령은 활과 화살을 등에 지고 앞서서 달려갔다(蜀太守以下郊迎, 縣令負弩矢先驅)"라고 하였다.

37) 백향산(白香山) : 백거이(白居易). 향산(香山)의 승려 여만(如滿)과 향화사(香火社)를 결성하고, 자칭 향산거사라고 하였다. 백거이는 32세로 교서랑(校書郎)에 취임한 뒤 58세로 태자빈객 동도분사의 직위를 얻어 낙양에 침거하기까지 거의 삼십년에 걸친 관료 생활을 하였는데, 그때부터 이미 마음은 퇴임의 경지에 있었다고 한다. 그는 실제로는 71세에야 완전히 퇴임하였지만, 마음은 상당히 일찍부터 퇴임의 경지에 들어서 있었다. 긴 만년의 시기를 보낸 낙양에서 백거이는 자적의 만족감을 노래하는 '한적(閒寂)'의 문학을 위주로 하였다.

38) 도팽택(陶彭澤) : 도잠(陶潛), 즉 도연명(陶淵明). 도잠이 일찍이 팽택령(彭澤令)이 되었을 때, 군(郡)에서 독우(督郵 : 지방 감찰관)를 팽현에서 보내자, 현의 아전이 도잠에게 "응당 의관을 갖추고 독우를 뵈어야 한다"고 하므로, 도잠이 탄식하며, "나는 오두미(五斗米) 때문에 허리를 굽힐 수 없다" 하고는, 즉시 인끈을 풀어 던지고 떠났다. 팽

괴롭다고 여겼으니, 두 사람의 처지가 다르지만 그 멋은 완전히 똑같다고 하겠습니다.

저는 근래 비로소 일을 더는 즐거움을 알게 되었습니다. 이른바 일을 더는 것이란 비단 인사(人事 : 남과의 의례적인 관계)뿐만이 아니라 밭과 집, 자녀의 일이 다 그런 것입니다. 조금 궁하면 조금 즐겁고 크게 궁하면 크게 즐겁습니다. 의식을 겨우 충당하고 나면 나머지는 베푸니, 이것이 일을 더는 긴요한 방법입니다. 대개 한 푼이라도 남는 것이 있으면 한 푼 만큼 계책을 일으키고, 조금 남으면 집을 만들고 재물을 증식하며, 많이 남으면 자손을 위한 계책을 삼게 되어, 이르지 못하는 곳이 없습니다. 집은 잣나무로 만들고 녹나무로 만들려 하고, 밭은 기름지게 하고 비옥하게 하려 하고, 또 실제로는 앞날을 판단해줄 지혜를 지니지 못한 말라빠진 뼈다귀에게 물어 도모하여 자신의 부가 오래가고 영구하기를 바라게 됩니다. 이는 다른 데 이유가 있지 않습니다. 재물이 넉넉하게 되면 마음이 그것에 부림을 당하여 갈팡질팡하기 때문입니다.

종소문(宗少文)39)이 말하길, "나는 이미 부유함이 가난함만 못함을 알고 귀함이 천함만 못함을 안다"라고 하였습니다.40) 저는 처음에는 이 말이 실정을 벗어난 과장된 말41)이라고 여겼는데 이제야 믿게 되었습니다.

택령으로 있은 지 80일만이었다고 한다.

39) 종소문(宗少文) : 남조 때 송나라 남양(南陽) 사람 종병(宗炳). 자가 소문(少文)이다. 송나라 무제가 형주(荊州)를 경략한 뒤 그를 장소하여 주부(主簿)의 벼슬을 주려 하였으나, 취임하지 않았다. 그는 "내가 구학에 은거한지 삼십년이 되었으니, 어찌 왕의 문에 나아가 허리를 꺾어 관리 노릇을 할 수 있겠는가(吾棲隱丘壑三十年, 豈可于王門折腰爲吏耶)"라고 말하였다고 한다. 서화에 뛰어났으며, 벼슬 살지 않고 은둔하였다. 산수에 노닐기를 좋아하여, 여산(廬山)에 집을 짓고, 남쪽으로 오악의 하나인 형산(衡山)에 올랐다.

40) 종소문운(宗少文云)~귀불여천(貴不如賤) : 『이문요별집(李文饒別集)』 권2 〈부 하(賦下)〉에 실린 「문천도부 병서(問泉途賦幷序)」에 보면 후한 때 상장(向長, 자는 子平)의 말로 되어 있다. 즉, 그 글에, "지난 날 상자평은 말하길, '나는 이미 부유함이 빈천함보다 못하고, 귀함이 천함만 못함을 알았다. 존망(삶과 죽음)의 문제가 어떠한지를 모를 따름이다'라고 하였다(昔向子平稱, 吾已知富不如貧, 貴不如賤, 未知存亡如何耳)"라 하였다.

41) 교담(矯談) : 교왕지담(矯枉之談). 잘못을 바로잡으려다가 과격하게 된 말.

전에 황평천[42]에게 이렇게 말한 적이 있습니다. 다만 한밤중의 장안 거리를 보더라도, 옛 사당과 썰렁한 점포에 거지와 빌어먹는 승려가 코를 우레같이 드르렁드르렁 골고 있거늘, 백발의 늙은 귀인은 비단이불을 두르고 휘장을 내리고서 한 번 눈을 감고자 구하더라도 그렇게 하지를 못한다고 말입니다. 그러니 종소문의 말이 맞습니다.

聞嵐地寒甚, 而尊殊不以爲苦. 懸鞭徹棘, 浩浩然如處花林醋國. 此其地則寒, 而民則煖, 何怪尊之樂之也? 然爲嵐計, 則願必世百年, 爲主人計, 則願得一內擢, 稍釋拮据之苦, 優游二三長者之間, 課山水之奧, 結當來之緣, 種花賦詩, 隨口卽謳, 此亦生人之至樂, 而某與遯庵翁負弩先驅者也. 夫尊豈戀戀一官者哉? 雖然, 白香山七十致政, 自以爲達, 陶彭澤八十日爲令, 自以爲苦. 兩人者所遇不同, 其趣木始不一也.

某近來始知損事之樂. 所謂損事者, 非獨人事, 田宅子女皆是也. 小窮則小樂, 大窮則大樂. 衣食僅充, 餘則施之, 是爲損事要法. 蓋有一分餘, 則有一分興作圖度, 小餘則造房治産, 大餘則爲孫子計, 無所不至. 宅則欲柏欲楠, 田則欲膏欲沃, 又或謀之不可知之枯骨, 以倖其長且久, 此無他, 貲有餘而心爲之驅使顚倒也. 宗少文云: "吾已知富不如貧, 貴不如賤." 始以爲矯談, 今乃信之. 往曾與黃平倩言, 但看長安街夜半時, 古廟冷鋪中, 乞兒丐僧, 齁齁如雷吼. 而白髭老貴人, 擁綿下幬, 乞一合眼而不可得, 則宗少文之言驗矣.

전교 1600년(만력 28년, 경자)에 공안(公安)에서 지은 글.
○ 懸鞭徹棘 : 徹은 서종당본·소수본·이운관본에 撤이다. 의미는 서로 통한다.
○ 則願得一內擢 : 願은 패란거본에 顧이지만 서종당본·소수본·이운관본을 따라 고친다.

---

42) 황평천(黃平倩) : 황휘(黃輝).

하본강 객부(何客部本江)[43]

　글을 쓴 것은 우구(又九)[44]의 다음날(동지후 19일)이었습니다. 마침 지팡이를 짚고 나서서 몇몇 승려들과 함께 옥천산[45]으로 가서, 퇴람(옥천산)[46]의 산색을 거두어 시의 자료로 삼고 선인장 차[47]를 마셨습니다. 이 땅은 형께서 진작에 경유하신 곳입니다. 훗날 저장(沮漳 : 當陽)[48]으로 들어가 길가는 사람이 지자동[49]에 한 늙은 승려가 사는데 머리카락은 시

43) 하객부본강(阿客部本江) : 하기승(何起升). 부순(富順) 사람. 만력 20년의 진사로, 만력 23년에 상담 지현(湘潭知縣)에 임명되었다. 당시 예부주객청리사주사(禮部主客淸吏司主事)로 있었다.

44) 우구(又九) : 동지 후 18일. 동지 후의 81일을 9개 단락으로 나누어 차례대로 1구, 2구 …… 9구라고 부른다. 우구는 곧 2구에 해당한다.

45) 옥천(玉泉) : 옥천산(玉泉山). 당양현(當陽縣) 서쪽 30리에 있다. 일명 퇴남산(堆藍山)으로, 처음 이름은 복주산(覆舟山)이었다.

46) 퇴람(堆藍) : 옥천산(玉泉山)의 별명.

47) 선인장차(仙人掌茶) : 『전교』는 옥천산의 봉우리 이름이 선인장이라고 하였으나, 『지의』는 명확한 근거가 없다고 하였다. 단, 뒤에 보듯 최호(崔顥)의 시를 보면 옥천산을 '선장(仙掌)'이라고 한 예가 있으므로 『전교』의 설이 완전히 잘못은 아니다. 다만 여기서 말하는 선인장차는 아마도 옥천산 부근에서 나는 손바닥 모양의 차를 말하는 듯하다. 이백(李白)의 「족질 승려 중부가 옥천 선인장차를 준 것에 답하여(答族侄僧中孚贈玉泉仙人掌茶)」 '서(序)'에서, "내가 형주 옥천사 부근 청계의 여러 산에 대하여 이야기를 들었는데 …… 그 물가에는 곳곳에 차의 풀이 깔려서 나는데, 가지와 잎이 벽옥과 같다. 오직 옥천의 진공이 늘 캐어서 마셔서, 나이 여든에도 안색이 복사꽃 같다. 그리고 이 차는 맑은 향과 매끄러움이 다른 것과 달라, 능히 동년으로 되돌리고 시든 것을 떨칠 수 있어 인간의 수명을 돕는다. 내가 금릉에 노닐 때 종승 중부를 만났더니 내게 차 수십 편을 보여주는데, 주먹처럼 뭉쳐 있고 손 모양이어서, 선인장차라고 호한다. 대개 옥천의 산에서 갓 나온 것으로 예전에는 전혀 볼 수 없었던 것이다(余聞荊州玉泉寺近淸溪諸山 …… 其水邊處處有茗草羅生, 枝葉如碧玉, 惟玉泉眞公常采而飮之, 年八十余歲, 顏色如桃李, 而此茗淸香滑熟, 異于他者, 所以能還童振枯, 扶人壽也. 余游金陵, 見宗僧中孚, 示余茶數十片, 拳然重疊, 其狀如手, 號爲仙人掌茶. 蓋新出乎玉泉之山, 曠古未覿)"라고 하였다.

48) 저장(沮漳) : 본래 저수(沮水)와 장수(漳水)의 두 강인데, 저수는 호북성 보강현(保康縣)에서 서남쪽으로 흘러 당양현(當陽縣)에 이르러 장수와 합류하여 저장하(沮漳河)가 된다. 여기서 저장은 당양(當陽)을 가리키는 말이다.

49) 지자동(智者洞) : 당양현(當陽縣)에 있다. 진(晉)나라 때 지자선사(智者禪師)가 정수(靜修)하던 곳이다. 『당양현지(當陽縣志)』에 나온다.

든 갈대 같고 몸은 동으로 만든 것 같으며, 남기(嵐氣)를 마시고 바위에 눕고 하며 지내면서, 사람에게 말할 때는 눈으로 하지 입으로 말하지 않는다는 것을 듣게 될 겁니다. 그 사람이 반드시 저일 것입니다.

형께서 사자(使者)의 깃발을 버리고 가까이 모시는 하급관리들을 물리치고, 자취를 따라 찾아 나선다면 혹 저를 만나게 되실 지 모르겠습니다. 그렇지 않다면 사슴과 함께 놀라서 달아날 것입니다.

作字時, 又九之次日也. 方杖而出, 偕數衲往玉泉, 收堆藍山色, 飮仙人掌茶. 此地兄宿經由, 他日入沮漳, 聞路人云, 智者洞中有一老頭陀, 鬚髮如敗葦, 身若豎銅, 飮嵐臥石, 語人以目不以口者, 是必我也. 兄去旌節, 屛侍史, 踪之或可得, 不然, 與鹿麏同駭而去.

[전校교] 1601년(만력 29년, 신축)에 지은 글.

뇌원량 군승(雷元亮郡丞)[50]

진주(眞州)에 가서 머리를 맞대고 모여 큰 소리 지르고 마음껏 술을 마신 것은 큰 즐거움이었습니다. 얼마 뒤 부평초처럼 동서로 떠돌아다니다가, 광산(여산) 길에서 온 사람이 있으면 그때마다 소식을 물어보았는데, 물어볼 때마다 며칠동안 가슴속에 불만이 차 올라 답답하지 않은 적이 없습니다. 그러한 참이라, 지금 마침내 굽어보아 주시는 아래에 있게 될 줄은 생각도 못했습니다.

---

50) 뇌원량군승(雷元亮郡丞) : 뇌영(雷暎). 자가 원량(元亮)으로 풍성(豐城) 사람이다. 거인(擧人)으로, 만력 28년에 형주부 동지(荊州府同知)에 발탁되었다. 『형주부지(荊州府志)』 31 「관사(官師)」에 나온다.

처음 뜻은 장강을 건너고자 하였으나, 선고의 장례[51] 때문에 동분서
주하여, 광산의 절승에 탐닉하는 일을 지금까지 미루게 되었습니다. 그
렇지 않고 야인(은둔자)은 관례상 관아가 있는 성으로 들어가지 않는 것
이, 역시 자그마한 절개를 고집하는 셈일 것입니다. 또 수령 휘하의 백
성은 명분과 권세가 현격히 차이가 있으므로, 아무개(제)가 비록 옷 앞섶
을 부여잡고 공경한 태도를 취한다고 해도, 늙은 공조(관리)[52]의 자격으
로 임하시어 검은 모자 쓴 하리(下吏)들을 끼고서 흰 얼굴의 아전들로 두
렵게 하신다면, 능히 그러고도 지난날처럼 즐거워서 소리지르고 장난스
레 해학을 할 수 있겠습니까? 이것이 제가 문을 나서지 못하고 우선 주
저주저한[53] 이유입니다.

제가 이런 지경에 이르렀음을 살피신다면, 배를 움켜쥐고 거듭 저의
우활함을 비웃지 않으실까요? 한 장의 볼 것 없는 서신을 올려 짐짓 제
속내를 펴 보이오니, 삼가 부디 살펴보아 주시길 바랍니다.

往眞州聚首時, 高呼暢飮, 大快也. 已而萍迹東西, 人從匡山道上來,
輒問, 問輒無有不快快數日者, 不謂今者遂在照臨之下也. 初意欲渡江,
值先姑後事, 東馳西走, 耽延至今. 抑野人制不入城府, 亦硜硜之小節.
又則部民分勢隔絶, 某雖搵衣, 臨之以老公祖, 擁之以皁帽, 恐之以白
皙之佐史, 能攄若曩者之懽呼謔浪乎? 此某所以未出門而先次且也. 觀
至此, 得無捧腹而重笑其迂耶? 一介之訊, 聊復申意, 伏維照察.

전
校教

1601년(만력 29년, 신축)에 공안(公安)에서 지은 글.
○ 패란거본은 '一介之訊' 3구가 없으나 서종당본·소수본을 따른다.

51) 선고후사(先姑後事) : 돌아가신 조모를 장례 지내는 일. 원굉도의 서조모 서씨(徐氏)
　　가 만력 28년 겨울에 죽어, 그 다음 해 10월에 장례를 치루게 된다.
52) 공조(公祖) : 보통 순무(巡撫), 안찰사(按察使), 도태(道台), 지부(知府) 등을 가리키는
　　말. 여기서는 군승은 뇌원량을 가리킨다.
53) 차차(次且) : 차저(趑趄). 주저주저하고 망설임.

황평천(黃平倩)[54]

산으로 참례하러 가는 도중에 호(胡) 사인을 만나 형의 편지를 얻어, 근황을 잘 알게 되었습니다.

이 산은 빼어나게 기이하여, 그 돌은 곤륜(崑崙)과 현포(玄圃)[55]의 것이요 그 궁실은 기년(祈年)[56]과 미앙(未央)[57]의 것이며, 그 나무는 제갈공명 사당 앞의 늙은 잣나무[58]입니다. 광산(여산)의 승경은 시냇물 때문이고 폭포 때문이요, 그 밖의 것은 향로봉[59] 하나를 당하지 못하고, 오로봉[60]이 조금 대적할 만합니다. 아미산과는 진정으로 백중을 가릴 수 있을지 모르겠습니다.

도를 배우는 사람이 벼슬을 이롭게 여기지 않음이 오래되었습니다.

---

54) 황평천(黃平倩) : 황휘(黃輝). 황휘는 이때 북경에서 우춘방 우서자(右春坊右庶子)로 있었다. 『전교』는 황휘가 "퇴직하고 집에 있으면서 불교에 심취하여 있었다. 그런데 당시 명망이 있었으므로 곽정역(郭正域)·고헌성(顧憲成)과 함께 이름이 나란하였다. 그러므로 원굉도는 '다른 모든 것을 끊을 수는 있어도 관직은 끊을 수 없을 것이다'라고 말하였다"라고 해설하였으나, 『지의』의 고증에 따르면 황휘는 아직 북경의 관직에 있었다.

55) 곤륜현포(崑崙玄圃) : 곤륜산 북쪽 봉우리인 낭풍(閬風)은 신선이 산다는 곳인데, 그 딴 이름이 현포라고 한다. 혹은 둘다 곤륜산의 신선경이라고 한다.

56) 기년(祈年) : 기년궁. 기년관(祈年觀) 진(秦)나라 목공(穆公)이 지은 궁. 섬서성(陝西省) 봉상현(鳳祥縣) 남쪽에 있다. 기년은 풍년을 기원한다는 뜻으로, 『시경』 대아(大雅) 「운한(雲漢)」에, "풍년을 기원하길 대단히 일찍 하고, 사방의 신과 사당에 제사하는 일도 늦지 않게 하네(祈年孔夙, 方社不莫)"라고 하였다.

57) 미앙(未央) : 미앙궁. 지금의 섬서성(陝西省) 서안시(西安市) 서북쪽에 있었던 서한(西漢)의 궁전. 한나라 고조 7년에 소하(蕭何)가 주관하여 건립했다. 용수산(龍首山)을 배후로 둘레가 28리나 되었다. 왕망(王莽) 때 '수성실(壽成室)'로 개명했는데, 병화(兵火)로 소실되었다. 미앙은 아직 다하지 않았다는 뜻으로, 『노자』에 "황량하여 아직 다하지 않았도다(荒兮其未央)"라고 하였고, 『초사(楚辭)』에 "때가 아직 다하지 않았도다(時亦猶其未央)"라고 하였다.

58) 공명묘전노백(孔明廟前老柏) : 두보(杜甫)가 기주(夔州) 제갈공명(諸葛孔明) 사당에 있는 늙은 잣나무를 노래한 고백행(古柏行)을 남긴 것이 있다. 앞에 나왔다.

59) 향로봉(香爐峯) : 천주봉(天柱峯). 태화산(太和山)의 주봉(主峯)으로, 자소봉(紫霄峯) 혹은 금정(金頂)이라고도 한다.

60) 오로봉(五老峯) : 제운산(齊雲山) 사신암(捨身巖) 서쪽에 있다.

요로의 상관[61]의 뜻으로는 장차 벼슬을 해임시켜 여러 대부들을 힐난하려고 하지만, 이것은 마치 물고기를 골짜기에 풀어놓고 새를 산에 놓아주는 것과 같으니 누군들 즐겁지 않겠습니까?

다만 제가 이러한 말을 하는 것은, 이미 부처의 계율을 지켜서 입에는 고기를 끊고 몸으로는 음욕을 끊으며 마음으로는 자손과 전택의 생각을 제거하여 모든 것을 끊을 수 있었지만, 벼슬만은 홀로 끊지 못했으니, 어찌 천하에 스스로를 해명할 수 있겠는가, 라고 생각해서입니다. 요로의 상관이 이번에 취한 조처는 한 번 풀무에서 크게 야철을 하는 것과 같은 것이 아니라고 말할 수 없습니다.

집에서 도를 배울 수 없음은 벼슬하면서 도를 배울 수 없는 것과 같습니다. 벼슬을 할 때는 친구가 있어도 겨를이 없고 집에 있을 때는 겨를이 있어도 외톨이이니, 오직 노닐어야 그 둘을 겸하여 얻을 수가 있습니다. 제 생각으로는 봄가을로 산에 들어가 두루 찾아다니고 겨울과 여름에는 문을 닫고 책을 읽는 것뿐이라고 봅니다. 이미 세간을 벗어나는 큰 일을 도모하였거늘, 뱃속에 들어있는 것이 만약 여전히 속인의 집안 물건뿐이라면, 말하지 않는 것이 더 나은 것입니다.

옛 사람은 도를 배울 때 은밀함을 귀하게 여겼으므로, 비단 다른 사람들로 하여금 그의 장점을 깨닫지 못하게 할 뿐만 아니라 자기의 옳은 점을 다 보이려 하지 않았기 때문입니다. 이를테면 보시하는 일 한가지의 경우에도, 분수에 따라 이웃과 마을을 구제해주면 은밀한 것이요, 반드시 명산과 대찰, 큰 고을과 대도시에 보시한다면 어리석은 이는 놀라고 지혜로운 이는 웃을 것입니다. 오도(五度)[62]가 모두 그러하니, 한가지를 들면 충분히 전체의 예가 될 것입니다.

---

61) 당사자(當事者) : 요로에 있는 상관.
62) 오도(五度) : 五道를 이렇게 적은 듯하다. 五道는 지옥(地獄), 아귀(餓鬼), 축생(畜生), 인(人), 천(天)을 말하며 이것에 수라도(修羅道)를 더하여 육도(六道)라고 한다. 다섯 종류의 미혹의 경계.

우리들은 이른바 계율을 지키고 정진하는 사람들이지만, 스스로도 전혀 깨닫지 못한 사이에 이러한 구역에 떨어지지 않을 수 있겠습니까? 이는 약을 먹어서 속이 부대낀다면 약을 먹지 않는 것이 더 나음과 같은 것입니다. 저는 요새 이 병을 통렬히 깨닫고 있으므로 이에 대해 언급한 것입니다. 이른바 '섣달의 부채'[63]라는 것이겠습니다만, 남쪽 지방은 날씨가 고르지 않을까 염려되어 준비하는 것일 따름입니다.

參山道中逢胡舍人, 得兄手書, 具悉近況. 此山奇絶, 其石則崑崙·玄圃, 其宮室則祈年·未央, 其樹則孔明廟前老柏也. 匡山之勝, 以澗以瀑, 其他不當香爐一峰, 五老差敵耳. 未知峨眉眞能伯仲否也? 學道之不利官久矣, 當事者之意, 將以解官難諸大夫, 此猶縱魚於壑, 而放鳥於山, 其誰不快? 然弟亦有此言, 謂旣持釋子戒, 口斷葷血, 身斷冶淫, 心中斷却了子孫田宅之想, 諸皆可斷, 而官獨不斷, 何以自解於天下也? 當事者此擧, 未可謂非一番大鑪冶也. 家之不可學道, 猶官也, 官有友而不暇, 家則暇而孤, 唯遊可兼得之. 弟意欲春秋入山諮訪, 冬夏則閉門讀書而已. 旣已圖出世 一大事, 而其腸胃所貯, 若依然只俗子家物, 何若不談之愈哉?

古人學道貴密, 不惟令人不覺其長. 亦且不盡見己之是. 卽如布施一事, 隨分周隣里鄕黨則密, 必名山大刹, 通邑大都, 則愚者駭智者笑矣.

---

63) 납월선자(臘月扇子) : 부채는 여름에만 소용되고 가을에는 소용이 되지 않는 데서 쓸모 없음을 뜻하는 말이다. 본래는 실연한 여인이 자신을 비유해 하는 말이었다. 한나라 때 반첩여(班婕妤)의 「원가행(怨歌行)」에 "새로 제나라 흰 비단을 찢으매, 눈 서리처럼 희고 깨끗하여라. 마름하여 합환선을 만드니, 명월처럼 둥글구나. 그대의 품 소매에 드나들며, 가만히 흔들면 미풍을 일으켰다만, 늘 두려운 것은 가을이 오면, 서늘한 바람이 무더위를 앗아가, 이것을 고리짝 속에 버려, 은정이 중도에 끊어지지 않을지(新裂齊紈素, 皎潔如霜雪. 裁爲合歡扇, 團圓似明月. 出入君懷袖, 動搖微風發. 常恐秋節至, 涼飇奪炎熱. 棄捐篋笥中, 恩情中道絶)"라고 하였다. 이 시는 강문통(江文通)이 의작(擬作)한 「의원가행(擬怨歌行)」과 함께 상설본(詳說本) 『고문진보』에 실려 널리 알려져 있다.

五度皆然, 舉一可例. 吾輩所謂持戒精進, 得無有不覺不知, 墮此區宇者耶? 此飮藥而服忌, 不若不飮之愈也. 弟近來痛省此病, 故言及此, 所謂臘月扇子, 恐南地寒暄不常耳?

1601년(만력 29년, 신축)에 공안(公安)에서 지은 글.

도주망[64] 궁유(陶周望宮諭)

작년에 광산(여산)에 들어갔고 금년에 태화산[65]으로 들어가 보았는데, 천목산[66]이나 동정[67]은 그저 큰 언덕일 뿐입니다. 형께서 참으로 관직을 그만두고 가셨다니, 제가 내년 봄 마땅히 서호[68]로 가서 함께 천태산[69]과 안탕산[70]에 노닐고, 또 무이산[71]과 보타산(普陀山)에 노닐겠다고

---

64) 도주망(陶周望) : 도망령(陶望齡). 자는 주망(周望)이고, 호는 석궤(石簣)이다. 회계(會稽) 사람이다. 만력 17년 회시(會試)에서 일등을 하였고 정시(廷試)에서 3등을 하였다. 처음에 한림원 편수를 제수받았고, 뒤에 국자감 좨주(國子監祭酒)로 관직 생활을 마쳤다.

65) 태화(太和) : 태화산(太和山). 즉 무당산(武當山). 균현(均縣) 남쪽에 있으며, 처음 이름은 선실산(仙室山)이다. 전설에 의하면 진무(眞武)가 수련(修煉)한 곳이라고 한다. 영락(永樂) 연간에 진무(眞武)를 제(帝)로 높였으므로, 이 산을 태악(太嶽)이라고 이름하였는데, 또는 현악(玄嶽)이라고도 한다.

66) 천목(天目) : 절강성(浙江省) 서북부의 안휘성(安徽省)과 접경한 절서산맥(浙西山脈) 가운데 있는 산으로, 임안현(臨安縣)의 서북 50리 지점에 어잠현(於潛縣)과 지경을 접하고 있다. 두 목(目)이 있어서, 임안에 있는 것을 동천목(東天目), 잠현에 있는 것을 서천목(西天目)이라고 한다. 천목산은 곧 옛날의 부옥산(浮玉山)을 말한다.

67) 동정(洞庭) : 여기서는 동정호 속의 군산(君山)을 말하는 듯하다.

68) 서호(西湖) : 절강성(浙江省) 항주(杭州)에 있는 호수 이름. 이 호수 가운데 있는 고산(孤山)이라는 섬에 많은 매화가 있는데, 북송(北宋) 때 매화를 아내로 삼고 학을 아들로 삼고서 지낸 임포(林逋)가 여기에서 살았다.

69) 천태산(天台山) : 절강성(浙江省) 태주(台州) 천태현(天台縣) 서쪽에 있는 선하령맥(仙霞嶺脈)의 동쪽 가지. 형세가 높고 크며 서남쪽으로는 괄창산(括蒼山)·안탕산(雁蕩山)에, 서북쪽으로는 사명산(四明山)과 금화산(金華山)에 이어진다. 동해변으로 굼벵이 기듯 뻗어나가서 옷의 푸른 산과 같다.

했던 묵은 약속을 다 실행하겠습니다. 늘 보던 것을 바꾸어 새로운 것을 보고 가보지 못했던 곳에 이르러 증명하는 것도 역시 즐거운 일입니다.

호태육(胡太六)72)을 만나 사중(社中)의 형제73)가 요새 더욱 정진하였다는 말을 들었습니다. 제 생각에, 여러 형은 순전히 인삼이나 감초라서 약 중에서 지극히 순수한 것과 같은 분들입니다. 저와 같은 사람은 다만 파두(巴豆)74)나 대황(大黃)75)과 같아 배가 더부룩할 적에 조금 효과가 있을 따름입니다.

아버님께서 저를 나오라고 재촉하시지만 저는 세상일에 게으르고 본성이 편벽되고 성글어서 세상을 경영할 재목이 결코 아닙니다. 저는 또 생계가 조금 줄어들어 몇 칸의 스러진 초가집과 열 이랑의 차조 밭은 이미 처자에게 관리하도록 맡겨서 제 몸 하나 자족하므로, 벼슬길에서 마음을 썩힐 필요가 없습니다.

저는 시골의 오두막에 붙여 살면서 사방의 도우(道友)들과 음식을 함께 만들어 나누어 먹고 있습니다만, 비록 친척과 벗들이라 하더라도 일상의 예법을 지키지 않는다고 저를 책망하지 않습니다. 풍수와 전택의 문제를 알리고 왕래하며 수답하는 일로 말하면, 저는 공공연하게 하나의 방외인76)일 뿐입니다.

---

70) 안탕(雁蕩) : 안탕산(雁蕩山). 절강성(浙江省) 낙청현(樂清縣)과 평양현(平陽縣)의 경계에 있는 산. 괄창산맥(括蒼山脈)에 속한다.

71) 무이(武夷) : 복건성(福建省) 숭안현(崇安縣)의 무이산(武夷山).

72) 호태육(胡太六) : 미상.

73) 사중형제(社中兄弟) : 북경의 숭국사(崇國寺) 포도원에서 결성하였던 포도사(葡萄社)의 여러 사람들을 말한다.

74) 파두(巴豆) : 파촉(巴蜀)에서 나는 콩 같이 생긴 식물. 한의약의 재료로 쓰이며 성질은 뜨겁고 맛은 맵다. 적체증을 없애고 헛물을 없애주며, 담을 제거한다.

75) 대황(大黃) : 약초 이름. 초하에 줄기를 내어 녹색의 작은 꽃 무리를 붙인다. 뿌리를 하제약(下劑藥)으로 사용한다.

76) 방외인(方外人) : 방(方)이란 도(道)라는 뜻으로, 방외란 사람이 지켜야 할 도(道)의 바깥에 있다는 뜻. 방외인은 도의 밖에 있는 사람을 가리키기도 하고, 세상을 버린 사람을 가리키기도 한다. 후대에는 불교도를 가리키는 말로 사용되었다.

그러나 저는 여전히 이런 생활조차 괴롭게 여기고 있습니다. 문을 나서면 비록 해진 옷으로 비틀비틀 다니더라도 사람들이 반드시 손가락으로 가리키며 아무 관직에 있는 사람이라 합니다. 며칠만에 한 번 처자를 보는데, 아내는 혹 고하기를, "아무 쪽의 울타리는 낡아 무너졌고, 아이 아무개는 공부를 안 해요"라고 합니다. 동리에 사리를 알지 못하는 이가 와서는, 마을의 불만스런 일에 대해 말하면 마음이 움직임을 면치 못합니다. 만약 일단 집을 떠나게 된다면, 위에 열거한 몇몇 일도 모두 없어질 것입니다. 항상 보아 낯이 익을 대로 익은 사람이 아닌 그런 사람을 이 눈으로 보게 된다면, 비록 속세라고 해도 즐거울 것 같습니다.

정허(靜虛)[77] 형께서 이미 그리로 돌아가신 듯한데, 그가 말한 돈제점수(頓除漸修)[78]라는 것은 저의 지향이 전혀 아닙니다. 그런 식이라면 어떻게 수양을 하겠습니까? 만약 거친 밥을 먹고 고기를 먹지 않는 것을 수양이라 한다면 소나 양이나 사슴이나 돼지도 역시 거친 밥을 먹고 있습니다. 만약 밤새도록 자지 않는 것을 수양이라 한다면 훈호(수리부엉이)[79]나 박쥐도 자지 않습니다. 만약 한 생각도 일으키지 않는 것을 수양이라 한다면 아무 상념도 없는 여러 외도[80]들도 역시 생각을 일으키지 않습니다. 만약 기세 등등하여 제 멋대로 행동하여 머물지도 않고 막히지 않는 것을 수양이라 한다면 개구리가 울고 새가 지저귀는 것도 기세 등등하여 제 멋대로 구는 것입니다.

『능엄경』에 이르기를, "한 번 마음이 미혹되면 결단코[81] 육신의 안에서 미혹하게 된다"라고 하였습니다. 무릇 육근[82]을 통섭하고 유지할 수

---

77) 정허(靜虛) : 왕찬화(王贊化). 산음(山陰) 사람. 거사(居士)이다.
78) 돈제점수(頓除漸修) : 돈(頓)을 제거하고 점수(漸修)한다는 뜻인 듯하다.
79) 훈호(訓狐) : 휴류(鵂鶹). 수리부엉이. 한유(韓愈)에게 사훈호시(射訓狐詩)가 있다.
80) 외도(外道) : 불교 바깥에서 도(道)를 세우는 자, 사법(邪法). 진리 바깥의 것.
81) 결정(決定) : 결단코
82) 육근(六根) : 불가의 용어. 이근(耳根)·안근(眼根)·비근(鼻根)·설근(舌根)·신근(身根)·의근(意根)을 육근(六根)이라고 한다. 『반야경(般若經)』에 나온다.

있는 것은 모두 몸입니다. 소(疏)를 분변하여 깨달아 들어갈 수 있는 것
도 모두 몸이 보는 것입니다. 이른바 점수(漸修)라 하는 것은 어디서부터
손을 대야 할지 모르겠습니다.

정허가 아직 떠나지 않았다면 부디 이 글을 보여주십시오

去年入匡山, 今年入太和‧天目‧洞庭, 直魁丘耳. 兄眞解官去, 弟
來春當之西湖, 偕遊天台‧雁蕩, 便了却武夷‧普陀諸約. 新其所常見,
而證其所不至, 亦快事也. 會胡太六, 知社中兄弟近益精進. 弟謂諸兄
純是人參甘草, 藥中之至醇者. 若弟直是巴豆大黃, 腹中悶飽時, 亦有
些子功效也. 家父迫弟出, 而弟懶於世事, 性僻而疎, 大非經世料材. 弟
又生計減少, 數椽殘茅, 十畝秋田, 已付之妻兒管理, 身口自足, 無庸勞
心仕途. 弟客寄村廬, 四方道侶分餐而食, 雖親戚朋友亦不責弟以常禮,
及告以風水田宅, 往來酬答之事, 弟公然一方外人也. 然弟尙以爲苦.
出門雖敝衣踉蹌, 人必指曰某官人. 數日一見妻子, 或告曰, 某籬落壞,
兒子某廢學. 黨中有不解事者至, 言及鄉里間不平之事, 未免動念. 若
一離家, 倂前數事亦無, 眼中得不常見爛熟人, 雖俗亦快也.

靜虛兄恐已歸, 所云頓除漸修, 大非弟指, 不知以何爲修? 若云蔬食
斷腥是修, 則牛羊鹿豕亦蔬也. 若云長夜不眠是修, 則訓狐蝙鼠亦不眠
也. 若云一念不起是修, 則無想諸外道亦不起也. 若云騰騰任運不着不
滯是修, 則蛙鳴鳥語, 亦騰騰任運也. 『楞嚴經』云: "一迷爲心, 決定惑
爲色身之內." 凡六根可攝持, 皆身也. 可分疏悟入, 皆身見也. 所云漸
修, 不知當從何處着手? 靜虛若未去, 幸以此字示之.

1601년(만력 29년, 신축)에 공안(公安)에서 지은 글.
○ 大非經世料材 : 料는 이운관본에 科로 되어 있다.
○ 無庸勞心仕途 : 心은 서종당본‧소수본‧이운관본에 薪으로 되어 있다.

소윤승[83] 서자(蕭允升庶子)

　해내(천하)의 교유 중에 형님처럼 못난 저와 제 형에게 대해주는 사람이 얼마나 있겠습니까? 무릇 세상에는 살갗으로 교유하는 이가 있고 뼈로 교유하는 이가 있고 기로 교유하는 사람이 있습니다. 뼈로 교유하는 것은 형가(荊軻)[84]나 섭정(攝政)[85]같은 사람들입니다. 기로 교유하는 사람은 기미(氣味)가 서로 합하여 마치 물이 소금에 대한 것과 같으니, 스스로 성명(목숨)을 걸어 서로 기약하지 않는다면 어찌 이 경지에 이르겠습니까? 형께서 죽은 저의 형 백수에게 대한 관계가 이러하였습니다.

　생각건대 임진년(1592, 만력 20)[86]에 제가 처음 여러 도우들과 교제를 맺을 적에, 형께서 맹단에 걸터앉아 계시고, 염방(念方)[87]과 칙지(則之)[88] 어른의 논란이 계속 이어졌는데, 그런 광경을 접한 것은 족히 천년에 한

---

83) 소윤승(蘇允升) : 소운거(蕭雲擧)로, 자는 윤승(允升)이며 호가 현포(賢圃)이다. 선화(宣化) 사람이다. 만력 14년의 진사. 한림의 관원으로 있으면서 원종도와 같은 관원으로서 좋은 친구였다. 뒤에 승진하여 병부시랑이 되었다.

84) 형가(荊軻) : 전국시대 말기의 자객(刺客)으로, 원래는 제(齊)나라 사람으로서 위(衛)나라로 옮겨가 살았는데, 사람들이 '경경(慶卿)'이라 했다. 그가 연(燕)나라에 이른 뒤에는 사람들이 '형경(荊卿)'이라 불렀다. 연나라 태자(太子) 단(丹)이 상객(上客)으로 받들었는데, 태자의 명으로 진왕(秦王) 영정(嬴政)을 암살하기 위해 진 나라에 갔다가 실패하여 살해되었다.

85) 섭정(聶政) : 전국시대 한(韓)의 지(軹) 땅 사람이다. 그 어머니가 죽자, 혼자 가서 한시(韓傀)를 찔러 죽이고는, 얼굴 껍질을 벗기고 눈을 뺀 뒤 죽었다. 그래서 아무도 그를 알아 볼 수 없었다. 그 누이가 아우를 알아보고 그 시체 옆에서 자살하였다.

86) 임진(壬辰) : 1592년. 원중도가 진사 시험에 합격한 해.

87) 염방(念方) : 이계미(李啓美). 자는 성보(成甫), 혹은 염방(念方)이다. 풍성(豊城) 사람. 만력 14년의 진사로 서길사(庶吉士)로 개차되고 검토(檢討)에 제수되었다. 『이태사집(李太史集)』이 있다. 오회보(吳會甫)는 그의 시를 평하여, "염방의 시를 독송하면, 마치 들판의 절에서 외론 종소리가 울리는 것 같아서 티끌 덮인 흉금을 순식간에 씻어주는 듯하다(誦念方詩, 如野寺孤鐘, 令人塵襟頓滌)"라고 하였다. 『명시종(明詩綜)』 권55에 전(傳)이 있다.

88) 칙지(則之) : 왕도(王圖). 자는 충백(衷白). 원중랑 및 탕현조(湯顯祖)와 절친하였던 문인. 탕현조의 『옥명당시(玉茗堂詩)』 권7 「을미년 2월 6일에 오현 지현 원중랑과 함께 관문을 나서려고 약조하고서 왕충백·석포·동사백을 그리워하며(乙未計逡二月六日同吳令袁中郎出關懷王衷白石浦董思白)」라는 시가 있다.

번 있을까 말까한 그런 일이었습니다. 그러다가 얼마 안되어 동서로 영락하고 흩어져, 염방은 이미 세상을 떠나고 그 뒤 제 형이 뒤를 이어서, 사당(射堂)89)의 가을달은 격세의 일이 되고 보니, 인생에 모이는 것이 어찌 일정한 이치가 있겠습니까?

저는 이미 벼슬길로 나아가는 것에 대해 생각을 끊었으나, 아버님의 뜻은 여전히 견결하십니다. 그러나 저를 산 밖으로 나가게 하는 것을 편케 여기지는 않으십니다.90)

저의 초암은 유랑호91)에 있는데, 커다란 수양버들이 일만 그루, 잣나무가 일천 본, 호수는 일백 무이며, 연 잎이 밭마다 가득하여 마름 같은 수초들과 어지럽게 섞여 있습니다. 나무 아래에는 초가92)를 얽고, 차와 외와 연밥은 취하여 공급하는 것이 넉넉합니다. 아우는 또 늘 고향에 머무는 것이 아니어서, 광산(여산)을 다 구경하자마자 태화산93)으로 들어가고는 합니다. 또 하안거(夏安居)를 마친 뒤에는94) 형악(衡嶽)95)에 들어가 인연을 만나면 머물고 그렇지 않으면 떠나니, 역시 족히 즐겁게 죽음을 기다릴 만합니다.

형께서 저를 믿어주심을 알기에, 허랑하게 한 번 언급하였사오니, 사

---

89) 사당(射堂) : 시사당(試射堂). 고시 때 사장(射場)으로 쓰는 곳으로, 사실(射室)이라고도 한다.

90) 弟已絶意仕進, 而家父意尙果, 然未便驅弟出山 : 『전교』는 〈弟已絶意仕進, 而家父意尙果然, 未便驅弟出山〉로 끊어 읽었으나, 果는 견결(堅決)의 뜻으로 보아, 『지의』의 설에 따라 구두를 정정한다.

91) 유랑호(柳浪湖) : 두호제(斗湖堤) 서남의 호수.

92) 단표(團瓢) : 초가. 단초(團蕉), 단모(團茅)와 같다.

93) 태화(太和) : 태화산(太和山). 즉 무당산(武當山). 진무(眞武)가 수련(修煉)한 곳이라고 한다. 영락(永樂) 연간에 진무(眞武)를 제(帝)로 높였으므로, 이 산을 태악(太嶽)이라고 이름하였는데, 또는 현악(玄嶽)이라고도 한다. 앞에 나왔다.

94) 해하(解夏) : 불가에서, 하안거(夏安居)의 마지막 날인 음력 7월 15일을 이르는 말. 하안거는 인도(印度)의 우기(雨期)에 해당하는 음력 4월 15일부터 90일 동안 중미한 곳에 조용히 있으면서 불도(佛道)를 닦는 일을 말한다. 하안거가 시작되는 날을 결하(結夏)라고 한다.

95) 형산(衡山) : 호남성 형양현(衡陽縣) 북쪽에 위치한 산.

리를 모르는 자에게 말해주어서는 안 될 것입니다.

海內交游, 如兄丈之於不肖兄弟有幾? 夫世有膚交, 有氣交, 有骨交.
骨交則荊·聶之儔也. 氣交者氣味相合, 如水之於鹽, 自非性命相期,
胡以至此? 若兄丈之於先伯修是已. 憶壬辰之歲, 弟初獲交於諸道友,
先兄踞壇而坐, 念方·則之丈論難疊出, 足爲千載一時. 曾未幾何, 而
東零西散, 念方旣已下世, 先兄繼之, 射堂秋月, 有若隔世, 人生會合,
何可常也! 弟已絶意仕進, 而家父意尙果然, 未便驅弟出山.

菴居柳浪湖, 長楊萬株, 柏千本, 湖百餘畝, 荷葉田田, 與荇藻相亂,
樹下爲團瓢, 茶瓜蓮藕, 取給有餘. 弟又不常居鄕, 繞了匡山, 便入太
和. 解夏後, 入衡嶽, 遇緣則住, 不則去, 亦足以樂而待死矣. 知兄信我,
漫一及之, 不可爲不知者道也.

전
筆校교 1601년(만력 29년, 신축)에 공안(公安)에서 지은 글.
○ 소수본은 제목의 庶子 위에 中자가 있다.
○ 樹下爲團瓢 : 團은 패란거본에 잘못 圓으로 되어 있다.

풍상서 좌주(馮尙書座主)[96]

바야흐로 춘경(春卿[97])으로 임명한다는 명령이 떨어지자, 문하에 있던
선비들이 목을 빼고 발꿈치를 세우며 한편으로 경하하면서 한편으로 위

---

96) 풍상서좌주(馮尙書座主) : 풍기(馮琦). 자는 용온(用韞), 호는 탁암(琢菴)인데, 탁암(卓
菴)으로도 쓴다. 임구(臨朐) 사람이다. 만력 5년의 진사로, 서길사(庶吉士)를 개수받았
고, 편수(編修)에 제수되었다. 예부우시랑으로 옮겼다가 이부(吏部)에 고쳐 임명되었다.
풍기는 원굉도가 향시에 합격하였을 때 주고(主考)였으므로 원굉도는 그를 스승(師)이
라 칭하였다.
97) 춘경(春卿) : 예부의 싱시와 시랑을 말한다. 여기서는 풍기가 예부우시랑의 직에 임명
된 것을 말한다.

로하지 않는 이가 없었습니다. 얼마 되지 않아 동조(東朝 : 동궁)가 세워지자, 20년 동안 조정 신하들이 다투었으나 뜻을 이루지 못한 것이 하루아침에 정해졌습니다. 이것은 비록 주상께서 홀로 결정하신 것이지만, 그래도 역시 우리 스승께서 주상의 뜻에 순응하여 일을 처리한 것이 비밀스럽고 신속하였던 결과입니다. 저는 인연이 특히 모질어서, 그 성대함을 한 번 눈으로 직접 보지를 못하였습니다. 평소에 거울을 가지고 스스로 비추어보니, 이러한 골상으로 어찌 감히 달고 살찐 곳에 들어가겠습니까? 스스로의 분으로 보건대 우짖는 두꺼비나 울어대는 개구리와 함께 한 몸이 되어 태평성대를 노래하면서 역시 즐기고 달게 여길 따름입니다. 비록 스승께서 앉으신 자리와 날로 멀어지지만 만에만도 결단코 정을 잊을 수 없습니다. 해내[천하]에 스승처럼 문생을 아끼셔서 문생이 지닌 백가지 단점은 다 잊어주시고 우연히 얻은 한가지 좋은 꾀[98]를 인정하여 주시는 이가 얼마나 되겠습니까? 제가 어찌 목석 같아 스스로 알지 못하겠습니까? 무릇 저의 졸렬함은 마치 거만한 것 같고 게으름은 태만한 것 같아서, 비록 동년배들도 혹 참지 못하거늘 스승께서 사랑하여 주시고 아껴주시기를 시종일관 하루같이 하십니다. 제가 홀로 무슨 마음으로 그 은덕을 가슴에 메워두고 뱃속에 새겨두지 않겠습니까? 다만 재주와 능력이 둔하고 모자라서 한가지 기이한 책략도 세우지 못하고 한가지 관직의 임무도 제대로 하지 못하여, 백가지 일에 백가지 모두 사문(師門)을 등지게 됩니다.

오직 시문 한가지 일이라면 조금 스스로 떨치고 빼어날 수 있어서, 산수 유람과 성명지학(性命之學)의 나머지를 애오라지 한 번 시문으로 드러내었습니다. 하지만 질(質)이 평범하다 못해 하품이어서 옛 궤철(법도)에 부합하지 않습니다. 삼가 기문(記文) 몇 수와 산행의 시 몇 편을 베껴서 삼가 열람하시도록 하여, 해학의 담론에 견주오니, 스승께서 한 번 파안

---

98) 일득(一得) : 천려일득(千慮一得). 『춘추(春秋)』에서 나온 말인데, 바보도 많이 생각한 끝에 한가지 얻는 것이 있다는 말. 자기의 계책을 겸손하게 일컫는 말이다.

대소하시게 할 수 있다면 만족합니다. 부디 스승께서 산삭(刪削)하고 바로잡아주십시오. 그러나 이것이 지나면, 역시 붓과 벼루를 불태우고자 합니다. 사람이 태어나 정력이 얼마나 된다고, 마치 유한한 정신으로 이런 무익한 기량을 일삼는 것처럼 한단 말입니까? 곧 이것은 명근(名根: 명예욕)이 다 제거되지 않은 것입니다. 산중 사람이 이러한 장애를 깨뜨리지 않는다면, 번잡하고 화려한 세간의 재미에 분분하고 그것을 영화로 삼는 것과 무엇이 다르겠습니까? 필경에는 모든 인연이 쉽게 끊길 것이겠지만 이것만큼은 유독 버리기 어렵군요. 이것도 어쩌면 문인의 업습(業習)이 아닐까요?

작년에 광려(여산)에 노닐었고 금년 봄에 태화산[99]에 올랐는데, 모두 기이하고 오묘한 극치를 다하였습니다. 하안거가 끝난 후[100] 다시 행장을 꾸려 형악(형산)으로 들어가고자 합니다. 해내(천하)의 기이한 산수는 줄잡아 십 년이면 다 돌아볼 수 있습니다. 지역이 승경이면서 거처하는 사람들이 맑은 그런 땅을 골라 거처하면서, 스승께서 훗날 돌아오시기를 기다렸다가, 저는 바야흐로 지팡이 짚고 동해(東海)[101]를 지나 추(鄒)·노(魯)[102]의 승경을 끝까지 다 보아, 일관(日觀)[103]에 앉아보고 운래(雲來)[104]를 방문하고 돌아와서, 스승과 더불어 천하의 산수의 아름다운 곳을 평

---

99) 태화(太和) : 태화산(太和山). 즉 무당산(武當山). 균현(均縣) 남쪽에 있으며, 처음 이름은 선실산(仙室山)이다.

100) 해하(解夏) : 불가에서, 하안거(夏安居)의 마지막 날인 음력 7월 15일을 이르는 말. 하안거가 시작되는 날은 결하(結夏)라고 한다.

101) 동해(東海) : 선경(仙境)인 봉래도(蓬萊島)가 있다는 동쪽 바다. 대개 산동반도의 앞바다를 가리킴.

102) 추로(鄒魯) : 추나라는 맹자(孟子)의 고향, 노나라는 공자의 고향. 유학이 흥성한 고장, 학문적인 분위기가 있는 고장이다.

103) 일관(日觀) : 해가 뜨는 봉우리. 산동성(山東省) 태안현(泰安縣)의 태산(泰山) 정상의 동쪽 바위. 동산(東山)이라고도 한다. 왕세정(王世貞)은 일관(日觀), 진관(秦觀), 월관(越觀)을 하나의 봉우리라고 보았다.

104) 운래(雲來) : 봉래산(蓬萊山)의 별칭. 『습유기(拾遺記)』에 나온다. 봉래산은 또한 방구(防丘)라고도 한다고 하였다.

함으로서 와유(臥遊)105)에 대신하고자 합니다. 이것이 곧 제가 위로 지기의 분에게 알리고자 하는 내용입니다. 미친 이야기라서 아주 비웃을 만하겠습니다만, 부디 스승께서 용서하십시오.

죽은 형의 흉전(凶典 : 장례식의 예식)은 『회전(會典)』에 모두 실려 있으므로 삼가 어린 심부름꾼을 시켜서 상소(上疏)하나이다. 엎디어 생각하건대, 죽은 형은 4년 동안 강독(講讀)을 하다가 끝내 그것 때문에 죽었습니다. 일생 스스로를 닦아 근실하여 터럭 하나만큼의 잘못도 없이 성학(聖學)을 강론하여 밝히니, 조정 현자들의 인가를 받은 듯합니다. 만일 특별한 은혜를 입게 된다면, 흉전의 은덕을 입고 시호를 추증받는 일은 모두 관례에 있는 바이오니, 이것은 스승께서 주장하고 처리하시는데 달려 있을 따름입니다. 하지만 소(疏)를 마땅히 올려야 할지 어떨지를 역시 감히 기필(期必)하지는 못하겠습니다. 부디 스승께서 판결하여 주십시오.

方春卿之命下, 凡在門下士, 無不延頸擧踵, 且慶且慰者. 無何而東朝建, 二十年廷臣所爭而不可得者, 一旦遂定. 此雖主上獨斷, 抑亦吾師之將順者潛而速也. 某殊慳緣, 不獲一覩其盛. 居常持鏡自照, 此等骨相, 豈堪人甘肥場? 自分與吠蛤鳴蛙, 一體歌詠太平, 亦樂而甘之. 唯師席日遠, 萬萬不能忘情. 海內如師之愛門生, 忘其百漏, 而取其一得者有幾? 某豈木石, 而不自知? 夫以某之拙似傲, 懶似慢, 雖同輩或不可堪, 而師愛之惜之, 終始如一日, 某獨何心, 能不塡胸刻腑也! 自恨才力鈍劣, 不能建一奇, 當一官, 百負師門. 唯詩文一事欲稍自振拔, 山水性命之餘, 聊一發之, 而質凡下, 不合古轍, 謹錄記文數首, 山行詩數篇塵覽, 比於詼談, 得師破顔一笑足矣. 惟師削而正之. 然過此亦欲焚却

---

105) 와유(臥遊) : 「여행기(旅行記)」나 「산천 화도(山川畵圖)」를 보면서 실제로 여행하는 기분을 느끼는 것을 말한다. 남조(南朝) 송(宋) 때에 종병(宗炳)이 산수(山水)를 매우 좋아하여 원유(遠遊)하기를 좋아했는데, 뒤에 병으로 다니지 못하게 되자 탄식하기를, "명산(名山)을 두루 관람하기 어려우니, 누워서 구경을 해야겠다"라 하고, 전에 구경했던 모든 명산 대천을 모두 방안에 그려 붙였다는 데서 온 말이다.

筆研, 人生精力幾何, 若爲以有限之精神, 事此無益之伎倆也! 卽此是
名根未盡, 山中人不破此障, 亦何異粉華世味也. 畢竟諸緣皆易斷, 而
此獨難捨, 或亦文人之業習耶?

去年游匡廬, 今春登太和, 皆奇奧之極. 解夏後, 復欲束裝入衡嶽. 海
內奇山水, 計十年可盡. 擇其地勝而人淸者居之, 俟師他日歸來. 某方
策杖過東海, 窮覽鄒·魯之勝, 坐日觀而扣雲來, 與師評天下山水佳絶
處, 以當臥遊, 此卽某之所以上報知己者也. 狂談可笑之甚, 唯師恕之.

先兄卹典, 會典具載, 謹遣小价上疏. 伏念先兄講讀四年, 竟以此
卒. 生平修謹, 無纖毫過, 講明聖學, 似亦朝賢之所許可. 儻荷特恩,
蔭卹贈諡, 皆例所有, 是在尊師主持耳, 然亦未敢必疏之當上否也?
唯尊師裁之.

전
筆校교 1601년(만력 29년, 신축)에 공안(公安)에서 지은 글. 망형 원종도를 위해 휼
전(卹典)을 청하기 위해, 신임 예부상서(禮部尙書) 풍기(馮琦)에게 서신을
부친 것이다. 풍기는 이 해 10월에 이부좌시랑(吏部左侍郞)에서 예부상서(禮部尙
書)를 제수받았다. 『명사칠경연표(明史七卿年表)』에 나온다.
○ 동조건(東朝建) : 신종(神宗)이 1601년(만력 29년)에 동궁을 세운 일. 『명사』 권
216 「풍기전(馮琦傳)」에 보면 다음과 같은 기록이 있다. "황제가 장차 동궁을 책봉
하여 세우려고 하여, 조칙을 내려 기일이 임박하였는데, 중관(중관)으로서 일을 맡은
자가 비용을 댈 수 없다는 구실을 말하였다. 풍기는 말하길, '오늘의 예는 중대한 것
이니 성상의 뜻을 다툴 수가 없다'고 하였다. 그 아우 호부주사 풍원(馮瑗)도 황제
의 순행에 따라가 공으로 은 4만 량을 받고 도성을 나갔는데, 풍기가 즉각 쫓아가
되돌려 받아서 비용에 대었다. 이로써 일이 잘 해결되었다(帝將冊立東宮, 詔下期
迫, 中官掌司設監者以供費不給爲詞. 琦曰 : 今日禮爲重, 不可與爭. 其弟戶部主
事瑗適賫餉銀四萬出都, 琦立追還, 給費, 事乃克濟)."
○ 無何而東朝建 : 朝는 유고본에 廟로 되어 있다.
○ 豈堪人甘肥場 : 堪은 이운관본에 可로 되어 있다.
○ 百負師門 : 百은 유고본에 不로 되어 있다.
○ 而此獨難捨 : 捨는 서종당본에 除로 되어 있다.

왕이명[106]에게 답하다(答王以明)

거사는 언어를 건립하는 것을 두려워하여 지옥의 업화를 받으리라고
하셨는데, 옳은 말입니다.[107] 하지만 유독, 『역해(易解)』도 역시 언어를
건립함이란 것은 두려워하지 않습니까?

만약 일체의 논저(論著)를 모두 제거하면서 『역해』는 제거하지 않는다
면, 이것은 결코 언어를 말소하는 것이 아니니, 이것은 곧 함부로 말한
죄를 저지르는 것입니다. 만약 논설을 건립이라고 보고 『역해』는 건립
이 아니라고 한다면, 이것은 절로 말이 모순되는 것이니, 이것은 딴 말
을 하는 죄를 범하는 것입니다. 함부로 말하는 것과 딴 말을 하는 것은
둘 다 지옥[108]에 떨어질 업보가 아닙니까? 거사는 어째서 스스로 이해
하지 못합니까? 이해하지 못하면 미혹해 있는 사람을 깨우칠 수가 없고,
이해하고 있다면 다시 언어를 건립하는 업을 저지르는 것입니다. 어찌
거사만 그런 것이겠습니까? 복희와 문왕[109]이 그 우두머리인 셈입니다.
그러므로 저는 생각하길, 거사는 진실로 언어를 두려워하는 것이 아니라
고 보므로, 차라리 그대로 남겨두어 한가한 날의 소일거리로 삼는 것만
못하다고 봅니다.

---

106) 왕이명(王以明) : 이름은 왕로(王輅)로, 자(字)가 이명(以明)이다. 공안 사람으로, 원굉
　도가 과거 공부할 때 스승이었다. 마흔 살에 감생(監生) 출신으로 봉상부(鳳翔府) 통판
　(通判)에 제수되었다. 반년만에 관직을 버리고 귀향하여, 공안 평락촌(平樂村) 소죽림
　(小竹林)에 은거하였다. 『죽림집(竹林集)』(혹은 『소죽림시문집』이라고 함)이 있다. 숭정
　(崇禎) 초에, 아들을 보내어 만언서(萬言書)를 올리자, 사종(思宗)이 가납(嘉納)하였다.
　『형주부지(荊州府志)』, 「공안현지(公安縣志)』와 고세태(高世泰) 『삼초문헌(三楚文獻)』
　에 모두 입전(立傳)되어 있다. 또 『호북시징(湖北詩徵)』에 이르길, 왕로는 나이 스물에
　무생(無生)의 이치를 깨닫고서, 그 당대의 인사들인 이탁오(李卓吾)·도석궤(陶石簣)·
　원백수(元伯修)와 함께 삶과 죽음을 초월한 교제를 맺었다고 하였다.
107) 爲地獄業火之, 是已 : 『전교』는 〈爲地獄業, 火之是已〉로 끊었으나 오류이므로 바로
　잡는다.
108) 니리업(泥犁業) : 지옥에 떨어질 죄. 니리는 지옥의 하나. 앞에 나왔다.
109) 복희(伏羲)·문왕(文王) : 복희는 8괘를 긋고 문왕은 64괘를 연성(演成)하여 『주역』의
　기본 체계를 만들었다고 알려져 있다.

태화산에서 지은 여러 시들을 삼가 올리오니, 부디 보시고 즉각 버리십시오. 기(記)는 아직 완성이 되지 않았고, 지금 바야흐로 하안거에 들어가서[110] 『능엄경(楞嚴經)』의 종지(宗旨)를 요리해야 하므로, 문자업(文字業)을 지을 짬이 없습니다. 저는 문자를 두려워하는 자가 아니니, 이 두려워하지 않는 것(이 편지)[111]을 올리오니, 거사는 받아주겠소 받아주지 않겠소?

전에 일찍이 『역해』의 여러 텍스트를 보관하고 있었는데, 지금은 모두 없어지고 말았습니다. 득의한 곳이 있다면 부디 한 번 보여주기 바랍니다.

居士畏語言建立, 爲地獄業火之, 是已. 獨不畏易解亦語言建立乎? 若一切論著皆去, 而易解不去, 是未曾抹却語言也, 此卽犯妄語罪. 若以論說爲建立, 易解爲非建立, 是自語相違也, 此卽犯兩舌罪. 妄語兩舌, 非泥犁業乎? 居士何以自解? 不解則無以曉喩迷人, 解則復犯語言建立矣. 豈惟居士, 伏羲·文王便是招頭矣. 故走謂居士, 非眞畏語言者也, 不若留却, 且消遣閒日也. 太和諸詩奉覽, 幸卽擲下. 記尙未成, 時方結夏, 料理楞嚴宗旨, 故未暇作文字業耳. 走非畏文字者也, 倂此無畏奉施, 居士納不? 往曾藏得易解數本, 今亡盡矣, 有得意處, 幸一見示.

전
筆校교　1601년(만력 29년, 신축)에 공안(公安)에서 지은 글.
○ 且消遣閒日也 : 日은 패란거본에 目이지만 유고본·소수분·이운관본을 따라 고친다.

---

110) 결하(結夏) : 해하(解夏)의 반대. 즉 음력 4월 15일에 하안거에 들어가는 일.
111) 차무외(此無畏) : 문자업을 저지른다고 두려워하지 않고 적은 것. 곧 이 서한.

도주망[112]에게 답하다(答陶周望)

시[113]가 와서, 진실되고 절실한 마음을 잘 알았습니다. 산에서의 생활이 아주 자재하시고, 저의 아우[소수, 원중도]도 최근에 즐겨 붓을 잡고 있군요. 한적할 때에 간간이 역시 창화하겠습니다.

유랑호에서는 강물에 비친 달을 모두 시의 자료로 수집하였으므로 그 광경이 더 이상 도망할 곳이 없습니다. 지난날에는 다만 맹렬하게 정진하는 것을 공부요 과제라고 여겼으나, 지금은 자유자재로 마음내키는 대로 지내는 것도 공부요 과제임을 비로소 알게 되었습니다. 맹렬하게 정진하는 것은 뜨겁고 열띤 것이고, 마음내키는 대로 지내는 것은 차갑고 담박한 것이니, 사람의 정이란 뜨겁고 열띤 곳으로 달려가기는 쉽지만 차갑고 담박한 곳으로 달려가기는 어려우니, 그렇기에 도는 추구할수록 더욱 멀어지는 법입니다.

저의 학문은 여러 차례 변하였습니다만, 필경 처음에 입문한 것은 다시 바꿀 수가 없습니다. 그 차이가 나는 부분은 다만 교왕과직(矯枉過直)[114]일 따름이니, 어찌 달리 나아갈 길이 있겠습니까? 형의 견해에 의거한다면, 종전에는 전부다 옳지 않았으므로 지금은 무언가 옳은 곳을 찾아야 한다는 것인데, 이 일이 어이 한마디 말로 다 할 수 있는 것이겠습니까? 오늘 이와 같고 내일 또 이와 같으면 그러면 겹쳐지는 곳이 있는데, 그러면 그때그때 즉각 끊어버립니다. 오늘 끊어버린 곳이 내일이 되면 다시 겹쳐지는 곳입니다.

---

112) 도주망(陶周望) : 도망령(陶望齡). 자는 주망(周望)이고, 호는 석궤(石簣)이다. 회계(會稽) 사람이다. 만력 17년 회시(會試)에서 일등을 하였고 정시(廷試)에서 3등을 하였다. 처음에 한림원 편수를 제수받았고, 뒤에 국자감 좨주(國子監祭酒)로 관직 생활을 마쳤다. 강학으로 이름이 있었다. 『헐암집(歇菴集)』이 있다.

113) 조(藻) : 문조(文藻). 시나 산문의 작품을 말함.

114) 교왕과직(矯枉過直) : 교왕과정(矯枉過正)과 같은 말. 『한서』「효성허황후전(孝成許皇后傳)」에는 '교왕과직'으로 나오고, 『후한서』「중장통전(仲長統傳)」의 '이란(理亂)'에는 '교왕과정'으로 나온다. 잘못을 바로잡으려다가 잘못하여 중도를 지나친다는 뜻이다

산에 노니는 것이 도에 방해가 된다면, 밥 먹고 옷 입는 것도 역시 도에 방해가 됩니다. 이와 같으니, 형은 진정으로 진동보(陳同甫)[115]가 말한, "웃고 기침하는 것이라 하여도 불가하다고 여기는 자"라고 할 것입니다. 도가 진실로 사람을 방해하는 것이라면, 사람이 무어 도를 구할 필요가 있겠습니까?

藻來, 具知眞切矣. 山居頗自在, 舍弟近亦喜把筆. 閒適之時, 間亦唱和. 柳浪湖上, 水月被搜, 無復遁處. 往只以精猛爲工課, 今始知任運亦工課. 精猛是熱鬧, 任運是冷淡, 人情走熱鬧則易, 走冷淡則難, 此道之所以愈求愈遠也. 弟學問屢變, 然畢竟初入門者, 更不可易. 其異同處, 只矯枉過直耳, 豈有別路可走耶? 據兄所見, 則從前盡不是, 而今要求個是處, 此事豈可一口盡耶? 今日如此, 明日又如此, 纔有重處, 隨卽剿絶. 今日之剿, 在明日又爲重處矣. 遊山若礙道, 則喫飯着衣亦礙道矣. 如此則兄眞如陳同甫所云, 雖咳嗽亦不可者. 道實礙人之物, 人亦何用求道耶?

전
筆校교

1601년(만력 29년, 신축)에 공안(公安)에서 지은 글.

왕칙지[116] 궁유(王則之宮諭)

헤어진 뒤로 훌쩍 십 년이 넘었고, 제 형(백수, 원종도)이 세상을 뜬 지도 두 해가 지났습니다. 장안(북경)에서 모여 놀던 때가 비단 전생의 일 정도가 아니라 그보다 훨씬 앞 세상의 일인 듯하니 차마 말할 수 없군

---

115) 진동보(陳同甫). 진량(陳亮). 남송의 철학사이자 산문가이다. 자가 동보이고, 호는 용천(龍泉)이다. 무주(婺州) 영강(永康 : 지금의 절강성에 속하는 지역) 사람이다.

요, 차마 말할 수가 없군요.

근일 학문은 세간 관심을 끊어버릴 수 있었는지요 어떤지요? 도주망[117]은 진실로 참선하는 사람이니, 비록 학문에 착수하지는 않았지만 그가 진보는 헤아릴 수 없을 것입니다. 황평천[118]도 매우 용맹합니다. 장안(북경)에서 온 편지를 자주 얻어봅니다만, 조소경,[119] 왕행인,[120] 좌시어,[121] 왕형부[122] 등이 모두 탁월하게 큰 근력이 있어 이 일에 참구하고 있습니다. 한스럽게도 저는 늙고 게을러 다시 세상에 나갈 뜻이 없으니, 한 번 문장(門墻)[123]을 두드려 의문 나는 일을 여쭤보고 결정할 수도 없습니다. 존형께서 남북을 왕래하시다 보면 마땅히 만날 때가 있을 것이니, 곳곳마다 실증하여 일일이 저에게 가르쳐주시면 다행이겠습니다. 제가 비록 영민하지 못하지만, 그래도 뼈를 깎고 피를 뿌려 반게(半偈)[124]의

---

116) 왕칙지(王則之) : 왕도(王圖). 자는 충백(衷白). 원중랑 및 탕현조(湯顯祖)와 절친하였던 문인. 탕현조의 『옥명당시(玉茗堂詩)』 권7 「을미년 2월 6일에 오현 지현 원중랑과 함께 관문을 나서려고 약조하고서 왕충백·석포·동사백을 그리워하며(乙未計逸二月六日同吳令袁中郎出關懷王衷白石浦董思白)」라는 시가 있다.

117) 도주망(陶周望) : 도망령(陶望齡). 자는 주망(周望)이고, 호는 석궤(石簣). 회계(會稽) 사람. 진사로서 한림원 편수를 제수받고, 뒤에 국자감 좨주(國子監祭酒)로 관직 생활을 마쳤다.

118) 황평천(黃平倩) : 황휘(黃輝). 자가 평천(平倩), 또 다른 자는 소소(昭素)이며, 호는 신헌(愼軒)이며, 남충(南充) 사람이다. 퇴직하고 불교에 심취해 있었다.

119) 조소경(趙少卿) : 조참로(趙參魯). 자는 종전(宗傳). 근현(鄞縣) 사람이다. 융경(隆慶) 5년의 진사로, 호과급사중(戶科給事中)을 제수받았다. 중관(내시)를 탄핵한 이유로 전사(典史)로 유배되었다. 추관(推官), 제학첨사(提學僉事), 순무(巡撫)로 옮겼다. 당시 대리시소경(大理寺少卿)으로 있었다. 『명사』 권221에 전(傳)이 있다.

120) 왕행인(王行人) : 왕낙선(王樂善). 자는 존초(存初)로, 패주(覇州) 사람이다. 만력 20년의 진사로, 행인사행인(行人司行人)을 제수받았다. 『명시기사경첨(明詩紀事庚籤)』 권17에 전(傳)이 있다.

121) 좌시어(左侍御) : 좌종영(左宗郢). 남성(南城) 사람이다. 만력 17년의 진사로, 관직은 감찰어사(監察御史)에 이르렀다. 『강서통지(江西通志)』 권92에 보인다.

122) 왕형부(王刑部) : 왕지채(王之寀). 자는 심일(心一)로, 조읍(朝邑) 사람이다. 만력 29년의 진사로, 형부주사(刑部主事)를 제수받았다. 『조읍현지(朝邑縣志)』 권12에 전(傳)이 있다.

123) 문장(門墻) : 상대방을 스승의 위치에 두고 하는 말.

124) 반게(半偈) : 석가모니가 설산(雪山)에서 고행할 때 천제(天帝)가 나찰악귀(羅利惡鬼)

글을 구하여 장래의 정인(淨因)[125])으로 삼고자 합니다.[126])

저는 내년 봄에 남쪽으로 가서 천태산과 안탕산의 공안(公案)[127])을 마치려고 하니, 만약 그때 아직 남쪽에 계셔서 만나게 된다면 역시 하나의 즐거운 일이 될 것입니다. 저의 머리는 이미 몇 가닥 흰 것이 생겼으니 칙지(則之 : 왕칙지)의 경우는 당연히 머리에 흰 것이 가득할 것입니다.

別遽十年餘矣, 亡兄奄忽二載. 長安聚首之樂, 不啻隔生. 不忍言, 不忍言! 近日學問得剗絶不? 陶周望是眞實參禪人, 雖未入手, 然其進不可量也. 黃平倩亦甚勇猛. 數得長安書云, 有趙少卿·王行人·左侍御·王刑部, 皆卓然有大根力, 參究此事, 恨弟老懶, 無意復出, 不得一扣門墻諮決. 尊兄往來南北, 當有所遇, 實證據處, 幸一一示我. 弟雖不敏, 尚能削骨瀝血, 乞半偈書, 作將來淨因也. 弟明春欲南行, 了天台·雁蕩公案, 若尙在南, 亦一快事. 弟頭髮已有數莖白者, 如則之當滿頭矣.

로 변하여 그를 시험하였는데, 먼저 '제행무상(諸行無常), 시생멸법(是生滅法)'의 상반게(上半偈)만 설명을 하고 후반의 게는 말하지 않았다. 이에 석가가 종신토록 그의 제자가 되겠다고 서원하면서 나찰에게 전게(全偈)를 설해 달라고 하자, 나찰은 배가 고프다고 하였다. 석가가 자기 몸을 주어서 주림을 채워주겠다고 하자, 이에 나찰이 '생멸멸이(生滅滅已), 적멸위락(寂滅爲樂)'의 하반게를 말하였다. 석가는 이에 바위 위, 벽위, 나무 위에 모두 이 게를 써두고 널리 전파하려고 하고, 마지막에 높은 나무에서 뛰어내려 몸을 던져 나찰에게 잡아먹히려고 하였다. 이때 나무 아래에 있던 나찰이 다시 천제의 모습으로 변하여 손을 뻗어서 석가를 받았다. 고사는 『대반열반경(大般涅槃經)』 권14 「성행품(性行品)」에 나온다. 이 『전교』는 "아마도 왕치등(王穉登)을 말하는 듯하다"라고 하였으나, 잘못이다. 『지의』의 설을 따른다.

125) 정인(淨因) : 업보를 없애고 불법을 깨우치는 인연. 선인(善因).

126) 弟雖不敏, 尙能削骨瀝血乞半偈書, 作將來淨因也. : 『전교』는 〈弟雖不敏, 尙能削骨瀝血, 乞半偈書, 作將來淨因也〉로 끊어 읽었으나, 『지의』의 고증에 의거하여 바로잡는다.

127) 공안(公案) : 본래는 선문답의 고칙(古則)을 말하지만, 여기서는 산수에서 깨닫는 오묘한 진리를 시문으로 표현하는 일.

1601년(만력 29년, 신축)에 공안(公安)에서 지은 글.

왕백곡(王百穀)[128]

매번 오 땅의 승려가 오는 것을 만날 때마다 먼저 백곡에 대해서 물어봅니다. 거동과 근황이 평소보다 곱절 좋다고 하는 말을 들으면 매우 기뻐하며, 풍아[129]의 도가 쇠하였으나 그나마 이 노성인[130]에 힘입어 지탱하고 있다고 생각합니다. 내년에 천태산과 안탕산[131]에 들어가 양 동정[132]으로 길을 잡으면, 온 성의 안개 낀 물 속에서 먼저 대지식[133]을 찾아갈 것입니다. 상상컨대 옹께서는 덕운(德雲)[134]의 얼굴 표정을 짓지 않으실 것이기에, 칠일의 짚신 값[135]도 허비할 필요가 없을

---

128) 왕백곡(王百穀) : 왕치등(王穉登). 만력 연간에 조칙으로 국사를 편수할 때, 대학사 조지고(趙志皐) 등이 왕치등과 위학례(魏學禮)·육필(陸弼)·왕일명(王一鳴)을 천거하여, 조칙으로 징소하여 등용하려 하였으나, 건의가 올라가지 전에 사국(史局)이 파하였다. 권3 「현재(縣齋)에서 쓸쓸하던 참에 마침 조이신·왕백곡·황도원·방자공이 방문하였으므로 시를 지었다(縣齋孤寂, 時曹以新·王百穀·黃道元·方子公見過, 有賦)」를 참조

129) 풍아(風雅) : 풍류유아(風流儒雅). 여기서는 문화수양과 생활정취를 지닌 사람을 말한다.

130) 노성인(老成人) : 경력이 많고 사리에 통달하여 있거나 문장이 노련한 사람. 『시경(詩經)』 「대아(大雅)」 「탕(蕩)」의 구절에 "노성인은 없더라도 여전히 전형은 있다(雖無老成人, 尙有典刑)"라는 말이 있다. 정현(鄭玄)의 전(箋)에 따르면 여기서의 노성인은 이윤(伊尹)·이척(伊陟)·신호(臣扈) 등을 가리킨다고 하였고, 주희(朱熹)의 『시집전(詩集傳)』은 노성인이란 구신(舊臣)이라고 하였다.

131) 태탕(台蕩) : 천태산과 안탕산.

132) 양동정(兩洞庭) : 서동정과 동동정을 말한다.

133) 대지식(大知識) : 불교의 현자.

134) 덕운(德雲) : 불경에 나오는 인명. 선재동자(善財童子)가 참예한 53지식(知識) 가운데 한 사람이다. 『화엄경』에 보면, "선재동자가 덕운 비구에게 법에 대하여 물었다(善財童子問法於德雲比丘)"라는 말이 있다.

135) 초혜전(草鞋錢) : 행각승(行脚僧)의 여비. 『경덕전등록(景德傳燈錄)』 권8 「예주대동광징선사(澧州大同廣澄禪師)」에 보면, 선사가 "장수의 값은 차치한다고 해도 초혜전은 아난에게 돌려달라고 해야 하겠다(漿水價且置, 草鞋錢敎阿難還)"라고 한 말이 있다.

것입니다.

면죽(綿竹)136)의 승려가 일 때문에 오 땅에 들어가기에 그 편에 멀리 안부를 여쭈오니, 부디 저를 개발하여 주시기 바랍니다. 일일이 아뢰지 못합니다.

每逢吳僧來, 輒首訊百穀. 聞動履倍常, 則大喜, 謂風雅道衰, 尚賴此老成人撑持也. 明春入台·蕩, 取道兩洞庭, 百城烟水中, 首扣大知識, 想翁不作德雲面孔, 費不肖七日草鞋錢也. 綿竹僧以緣事入吳, 便致遠訊, 惟有以開發之. 不一.

1602년(만력 30년, 임인)에 공안(公安)에서 지은 글.
○ 패란거본은 마지막의 不一 2자가 없으나 서종당본·소수본을 따른다.

서견가 태부137)에게 답함(答徐見可太府)

동남쪽으로 향하였던 유람은 오설(五泄)138)에서 극에 달하였고, 장차 천태산, 안탕산, 보특(普特)139)을 남겨두어 훗날의 기약으로 삼고자 합

---

136) 면죽(綿竹) : 한나라 때 사천성(四川省) 덕양현(德陽縣) 북쪽에 두었던 현. 수(隋)나라 때는 사천성 면양현(綿陽縣) 서쪽, 면양하(綿陽河)의 서남안에 둔 현. 명나라 때의 현은 수나라 이후의 지역을 가리킨 듯하다.

137) 서견가태부(徐見可太府) : 서시진(徐時進). 호가 빈악이다. 진사 출신으로 남경공부주사(南京工部主事)를 제수받고 낭중(郎中)으로 옮겼다가, 악주 지부(岳州知府)로 나갔고, 결원이 된 형주 지부(荊州知府)로 임명되었다. 뒤에 대리시경(大理寺卿)으로 치사(致仕)하였다. 권29 「옛 태수 서빈악이 악양의 관찰사로 가면서 우연히 내가 있는 고을로 길을 잡았기에 시를 지어 전송하다(舊太守徐濱岳觀察岳陽, 偶道敝邑, 詩以送之)」를 보라.

138) 오설(五泄) : 오설산(五泄山). 제기현(諸暨縣) 서쪽 50리에 있다. 모두 다섯 개 폭포가 있어서 오설이라고 한다. 오 지방 사람들은 폭포를 설(泄)이라 한다.

139) 보특(普特) : 즉 보타산(普陀山).

니다. 공140)께서 이미 내년 봄으로 기약하셨으니 마땅히 채찍을 잡고
따를 것입니다. 요사이 산장으로 옮겨와 살고 있는데 성에서 소 울음
소리 들릴 정도의 거리입니다. 산 속에는 노송이 천 그루 있고 길게 자
란 대나무가 만 그루 있어, 홀로 즐기기에 족합니다. 하늘을 찌를 듯한
가지가 바람과 이슬을 막아주고, 속이 텅 빈 나무로 거처를 대신합니
다. 그리고 푸른 수염 같은 등 덩굴과 이끼 낀 바위를 벗으로 삼습니
다. 이 즐거움은 공이 아니라면 아마도 다시 감상할 사람이 없을 것입
니다. 그렇지 않다면, 기벽으로 여기고 바보 같다고 여기지 않을 사람
이 없을 것입니다.

『산행주(山行注)』는 한낱 노정(路程)을 적은 책이라고 하겠으니, 어찌
공의 큰 붓을 번거롭게 하여 첨삭을 해달라고 하겠습니까? 정히 부스럼
과 고름 먹기를 좋아한 유옹(劉邕)141)의 기호를 반복하는 것이니, 명공께
서도 혹 우연히 같을지도 모르겠습니다. 만일 향리의 선비로서 바보 같
고도 기벽에 치우쳤음을 아는 자가 우연히 대인 군자에게 칭찬을 받는
다고 한다면, 이 또한 천한 선비의 영광스러운 만남이 될 것입니다. 관
찰사의 깃발은 북쪽으로 가거늘, 야인은 산 남쪽에 누워 전송하고 있으
니, 역시 허탄한 데 가깝습니다. 하지만 제 스스로는 공을 깊이 아는 것
이 이 야인보다 나은 사람이 없을 것이라 여깁니다. 그러므로 체모(체면
과 예의)를 생략하고 군자를 섬기는 것입니다.

東南之遊, 極於五泄, 將留台·蕩·普特, 以爲後約. 仁公旣期以來
春, 便當執策從事矣. 近日移居山莊, 去城一牛吼地, 山中老松千本, 修
篁萬竿, 頗足自快. 干霄之幹, 以障風露, 枵中之木, 以當菴廬. 蒼髥之

藤, 蘚皮之石, 以爲友朋. 此樂非仁公恐不復見賞. 不然, 未有不以爲癖且癡者. 山行注, 一路程本子也, 何足煩大筆, 政復劉邕之嗜, 明公或偶同焉. 使夫鄕里之士, 知癡而僻者, 亦偶見賞於大人君子, 此亦賤士之榮遭也. 干旄北矣, 野人臥山南而送之, 亦復近誕. 然自以爲知仁公之深, 莫野人若也, 故且略形體, 以事君子.

【전교】 1602년(만력 30년, 임인)에 공안(公安)에서 지은 글.
○ 政復劉邕之嗜 : 政은 이운관본에 改이며, 윗구에 이었다.

서견가 태부[142)]에게 답함, 두 번째 서한(又)

이반룡[143)]에게는 심원한 체격(體格)이 있고 왕세정[144)]에게는 심원한 운치(韻趣)가 있습니다. 그러나 모의하여 그 골격을 손상시켰으니, 비유하자면 왕(王)이 『남화진경(南華眞經)』을 배운 것[145)]과 같습니다. 회계(會稽)의 서문장(서위)[146)]이 조금 떨쳐 일어나 구투에서 벗어날 줄을 알았으나 체격(體格)과 위치(位置)는 양흔(羊欣)의 치마에 쓴 글씨[147)]와 조금 비

---

142) 서견가태부(徐見可太府) : 서시진(徐時進). 호가 빈악이다. 앞에 나왔다.

143) 이반룡(李攀龍) : 자는 우린(于鱗), 호 창명(滄冥), 역성(歷城) 사람. 이선방(李先芳)·사진(謝榛)·오악(吳岳) 등과 시사(詩社)를 조직하고 복고(復古)를 내걸었다. 그러다가 후에는 왕세정(王世貞)·종신(宗臣)·양유예(梁有譽)·서중행(徐中行)·오국륜(吳國倫) 등이 차례로 입사하여 이선방·오악 등과 함께 '칠자(七子)'가 되었다. 앞에 나왔다.

144) 왕세정(王世貞) : 자(字)는 원미(元美)이며, 호는 봉주(鳳州)·엄주산인(弇州山人)으로, 강소성(江蘇省) 대창(大倉) 사람이다. 가정칠재자(嘉情七才子), 즉 후칠자(後七子)의 한 사람이다. 후칠자의 맹주격인 이반룡(李攀龍)과 함께 이왕(李王)이라고 불렸으며, 이반룡이 죽은 뒤에는 그 자리를 독점하였다. 앞에 나왔다.

145) 왕(王)이 『화(華)』를 배운 것 : 미상.

146) 서문장(徐文長) : 서위(徐渭). 자는 문장(文長) 혹은 문청(文淸)이며, 호는 천지산인(天池山人), 청등도사(靑藤道士) 등이다. 산음(山陰) 사람으로 제생(諸生)이었으나, 과거에 여러 차례 낙방하였다. 호종헌(胡宗憲)이 하옥되자, 그는 화가 미칠까 두려워 자살을 시도하였으나 뜻을 이루지 못하였다. 이에 후처를 죽이고 옥에 7년 간 있었다.

147) 양흔서(羊欣書) : 양흔(羊欣)은 동진 시대 인물로 예서(隸書)를 잘 썼다. 나이 열 두 살

슷하였습니다. 형께서는 어떻게 마침내 그것들 모두를 아울러 지니시게 되었는지요?

제 시는 시골의 유치한 말일 따름입니다. 그렇거늘 어른께서 칭찬하시는 것이 너무 지나치시니, 장차 파초 섬유로 짠 베옷을 안에 입고 낡은 비단을 그 위에 걸쳤다는 창피를 당하지는 않을지요? 무릇 윤부인이 형부인이 바라보고 한탄하여 눈물을 흘린 것은 그래도 미색이 뒤떨어지기 때문이었습니다.[148] 하지만 지금 만일 이광(夷光)[149]이 인도하고 모모(嫫母)[150]가 수레를 몬다고 하여도, 태충(太沖)[151]의 배척을 능히 면하겠습니까?

산에서 지낸 지 이미 두 달이 지났고, 성에서 떨어진 것이 백여 리입니다. 보내주신 편지가 아니었더라면 수레가 골짜기를 지나가는 것도 역시 몰랐을 것입니다. 산에서의 물자가 부족하던 것이 갑자기 풍족해졌으니, 스스로 이문(夷門)[152]에는 지척만큼 가까이 간 의리도 없거늘 갑작스

에 왕헌지(王獻之)가 오흥(吳興) 태수가 되어, 양흔을 아주 사랑하였다. 영흔이 어느 여름에 새 비단 치마[裙]를 입고 낮잠을 잤는데, 왕헌지가 보고 그 치마 서너 폭에 글씨를 쓰고 갔다. 이른바 양흔백련군(羊欣白練裙), 양군(羊裙)이라는 고사이다. 『남사(南史)』 「양흔전(羊欣傳)」에 나온다. 양군이라고 하면 문인들 사이에 서로 칭송하고 흠모한다는 뜻의 전고가 되었다. 여기서는 희필(戲筆)이란 뜻으로 쓴 듯하다.

148) 윤부인지망형야, 차유이색각야[尹夫人之望邢也, 此猶以色却他] : 한무제의 후궁 형부인(邢夫人)과 윤부인(尹夫人)의 고사. 『사기』 「외척세가(外戚世家)」에 나온다. 한무제는 윤부인과 형부인을 총애하였지만 두 사람이 서로 얼굴을 마주치도록 하지 않았다. 언젠가 윤부인이 형부인을 만나보고 싶다고 하자 무제는 다른 여인에게 옷을 입혀 시녀 수십 인을 거느리게 해서 윤부인에게 보였다. 그러나 윤부인은 그녀가 차림이나 태도로 보아 군주의 총애를 받을 만한 여인이 아니라고 하였다. 다시 무제가 형부인에게 낡은 옷을 입혀 윤부인 앞에 나아가게 하였다. 윤부인은 형부인을 바라보고 자신이 그녀에게 미치지 못함을 한탄하여 눈물을 떨구었다고 한다.

149) 이광(夷光) : 서시(西施). 오나라로 들어갈 때 이광(夷光)이란 이름을 사용하였다.

150) 모모(嫫母) : 황제(黃帝)의 네 번째 비(妃) 이름으로, 아주 못생겼었는바, 후대에는 추녀(醜女)의 대명사로 쓰인다.

151) 태충(太沖) : 서진(西晉)의 유명한 부(賦) 작가인 좌사(左思). 촉도(蜀都)·오도(吳都)·위도(魏都)에 관하여 10년 구상 끝에 「삼도부(三都賦)」를 완성하자, 당시 귀호(貴豪)들이 너도나도 베껴 가는 바람에 낙양(洛陽)의 종이 값이 올랐다고 한다. 『진서(晉書)』 「좌사전(左思傳)」에 나온다.

레 후덕한 어른의 시혜를 만났다 생각하니, 얼굴 심히 붉어집니다.

길가에서 길게 읍하여 예를 표하고 수레를 더위잡고 만류하며 칭송하는 사람들의 열을 따르지도 못한 데다가, 또 헛된 의식(儀式)을 가장할 수 없으므로, 오직 북쪽을 바라보며 아홉 번 머리를 조아릴 뿐입니다. 다른 날 혹 토속의 말을 짓게 된다면 아름답고 밝은 세상을 높이 노래하여 드날릴 것이오니, 이것이 바로 띠풀 집에 사는 이가 보답하는 방법입니다. 이만 줄입니다.

于鱗有遠體, 元美有遠韻. 然以摹擬損其骨, 辟則王之學華. 會稽徐文長稍自振脫, 而體格位置, 小似羊欣書, 仁公何得遂奄有之? 不佞下里穉語耳, 尊敍奬藉過甚, 將無蕉葛衷而古錦襲乎? 夫尹夫人之望邢也, 此猶以色却也, 今使夷光導而媒母御, 能免太沖之擲耶?

山居已兩月, 去城百餘里. 微來札, 亦不知板車之過谷也. 山資之乏, 輒爾饒足, 自惟無夷門咫尺之義, 而橫遭長者之施, 赬顔甚矣. 旣不能長揖道旁, 隨諸攀轅之後, 又不敢以虛儀爲將, 唯有北望九頓而已. 異日者或撰爲俚言, 以歌揚休明, 是乃草茅之所以報耳. 不具.

전
校校교 1602년(만력 30년, 임인)에 공안(公安)에서 지은 글.
○ 패란거본은 마지막의 不具 2자가 없으나 서종당본·소수본을 따른다.

경숙대 중승에게 준 서한(與耿中丞叔臺)

지난번에 백하(남경)에 들렀을 때 외람되이 어른께서 매우 친절을 베

---

152) 이문(夷門) : 후영(侯嬴)의 고사를 빌어와, 자신을 후영에 비기고 상대를 신릉군(信陵君)에 비유하였다. 후영은 위(魏)나라의 숨은 인물로, 나이 70에 대량성(大梁城) 동문인 이문(夷門)의 문지기를 했다. 뒤에 신릉군이 신의를 베풀었으므로, 신릉군이 조나라를 구하려 할 때 계책을 내어 도왔다.

풀어주셨습니다. 최근에 산 속으로 돌아갈 즈음에 편지를 써서 사례의 뜻을 말하려 하였으나, 이른바 편지를 전하는 사람이 산에 사는 사람이 아니면 승려로, 그 뜻은 모두 동쪽의 여러 제후들에게 요구하는 것이 있기에, 그 때문에 끝내 편지를 올리지 못했습니다. 그렇지 않다면 제가 무심한 것이 아닌데 어찌 올올하게 감동할 줄 모르고, 감동하고도 한마디 말도 통하지 않겠습니까?

저는 돌아온 뒤로 할 일이 없어, 산에 올라가 보는 여가에 그때마다 문득 시를 읊조리기를 마치 밤 개구리나 아침 까치처럼 하여, 소리지르면서 뛰고 지저귀면서 껑충 뛰어대어, 스스로 그칠 수가 없습니다. 그 말은 모두 꽃, 나무, 벌레, 새이니, 한퇴지(한유)가 이른바, "늙어지니 지혜와 상상력이 없어져 똥이나 썩은 흙을 주워 모으네"[153]라고 한 것이 이에 해당합니다. 요컨대 어른에게 말씀드릴 것이 못됩니다. 다만 공무에서 물러난 여가에 이것을 빌어 웃을 일은 때때로 있을 것입니다. 마치 배장(연극공연장)에서 이빨로 껍질 단단한 것을 씹는 것[154]은 음악의 절주에는 아무 도움이 안 되지만 크게 발휘하는 바탕은 되는 것과 같습니다. 제 집 어른 양양(襄陽) 지사의 편에 덧붙여 보내어 가르침을 청하오니, 부디 엄정하게 첨삭하여 주시길 바랍니다.

往過白下, 辱翁臺愛至渥. 比歸山中, 欲具餞謝, 而所謂致書郵者, 非山人則緇客, 其意皆有干於東諸侯者, 故箋竟不致. 不然, 某非無心, 豈兀兀不知感, 感而不爲一言以通也? 某歸來無所事, 登臨之暇, 輒復吟哦, 如夜蛙朝鵲, 叫跳鳴躍, 不能自止, 其言皆花木蟲鳥. 退之所云: "窮年枉智思, 掎摭糞壤間"者, 要無足爲翁道. 但公退之暇, 借以發笑, 時

---

153) 궁년왕지사, 기척분양간(窮年枉智思, 掎摭糞壤間) : 한유(韓愈)의 「황보식 공의 안원지 시를 읽고 그 시집의 뒤에 적다(讀皇甫湜公安園池詩書其後)」라는 시의 한 구절이다.
154) 합과(嗑瓜) : 이빨로 껍질 단단한 것을 씹는 것. 중국의 『한어대사전(漢語大詞典)』은 원굉도의 이 용례를 가장 먼저 실어 두었다.

亦有之, 如排場嗑瓜, 無益音節, 大爲發諢之資也. 因舍親楊知事之便, 附上求教, 幸有以繩削之.

1602년(만력 30년, 임인)에 공안(公安)에서 지은 글.
○ 경중승숙대(耿中丞叔臺) : 경정력(耿定力). 자는 자건(子健)으로, 또 다른 자가 숙대(叔臺)이다. 황안(黃安) 사람이다. 융경(隆慶) 5년의 진사로, 공부주사(工部主事)를 제수받았고, 외직으로 나가 성도 지부(成都知府)를 지내고 복건 제학부사(福建提學副使)로 옮겼다. 1601년(만력 29년)에 우첨도어사(右僉都御史)로 승진하고 장강의 치수를 감독하였다. 경정력은 양명학파의 도학가로, '인을 구하고 선을 행함(求仁爲善)'을 주장하였다. 『호북통지(湖北通志)』권151에 전(傳)이 있다.
○ 패란거본은 마지막의 因舍親 3구가 없으나 서종당본·소수본을 따라 보완한다.

왕백곡(王百穀)[155]

초 땅에는 강남의 선비가 전혀 없고, 다만 때때로 맨발을 벗고 붉은 수염을 기른 사람이 있을 뿐입니다. 왕 선생의 근황을 물었으나 역시 알지 못했습니다. 매번 포산[156]과 천목[157]의 승경을 생각할 때마다 나막신[158]이 용약하므로, 마침내 배를 사서 곧장 그 길로 반게주인[159]을 방

---

155) 왕백곡(王百穀) : 왕치등(王穉登). 재야의 학자. 만력 연간에 조칙으로 국사를 편수할 때, 대학사 조지고(趙志皐) 등이 왕치등과 위학례(魏學禮)·육필(陸弼)·왕일명(王一鳴)을 천거하여, 조칙으로 징소하여 등용하려 하였으나, 건의가 올라가지 전에 사국(史局)이 파하였다.
156) 포산(包山) : 태호(太湖) 가운데 있는 동정서산(洞庭西山)으로, 일명 부초산(夫椒山)이라고 한다.
157) 천문(天門) : 천문산(天門山). 안휘성(安徽省) 당도현(當塗縣) 서남쪽 20리에 있으며, 두 산이 양자강을 끼고 대치(對峙)하고 있는데, 동쪽을 박망산(博望山)이라 하고 서쪽을 양산(梁山)이라고 한다.
158) 극치(屐齒) : 나막신. 치(齒)는 발굽. 동진(東晉) 때의 사안(謝安)이 남경에 있는 동산(東山)에 별장을 짓고 자주 나가 놀았는데, 산에 오를 때면 나막신의 발굽을 뒤에 붙이고 내려올 때는 앞에 옮겨 붙였다고 한다.
159) 반게주인(半偈主人) : 편지의 내용으로 보아 왕치등(王穉登)의 호인 듯하다.

문하고자 하였습니다. 하지만 집에 계시는 늙은 어버이가 왕왕 만류하시니, 내년에 한 번 멋진 제목(명목)을 하나 찾아서 동쪽으로 내려가 마땅히 이 소원을 성취하고자 합니다.

왕로암160)의 재목을 모으는 승려가 초 땅으로 들어갔지만 구기자나무, 가래나무, 편나무, 녹나무 같은 쓸모 있는 나무를 하나도 구하지 못했기에, 제가 조금 주선하여 겨우 포류(蒲柳)161) 등 좋지 않은 재목 수십 그루를 얻었을 뿐입니다. 사실 상수(湘水)의 부호들이라 하여도 오 땅의 군색한 사람을 대적하지 못합니다. 승려가 말하길, "동정호에 도주(陶朱)162)와 의돈(猗頓)163) 같은 부호가 있는데 왕백곡과 친척이다"라고 하므로, 백곡에게 보시를 청하는 납화전164) 한 폭을 얻고자 하는데, 괜찮은지 모르겠습니다.

산방의 편액(扁額) 두세 개는 노련한 솜씨로 한 번 휘호하여 주시길 바랍니다. 그리로 가는 승려에게 보내주십시오

楚中紹無江南士人, 但時有白足赤髭耳. 問王先生近況, 亦復不曉. 每思包山·天目之勝, 屐齒輒躍, 遂欲買舟, 便道訪半偈主人, 而堂上白頭往住見勒, 明年尋一佳題目東下, 當了此願也. 王路鳩材僧入楚, 不能得杞梓梗楠之一, 佞稍爲區置, 僅獲蒲柳下材數十株耳. 其實湘中富室, 不能敵吳之竆人. 僧云東洞庭有陶朱·猗頓焉, 且與百穀爲戚, 願得百穀布施蠟花牋一幅, 未識可否? 山房數額, 望老手一揮, 便付去衲.

---

160) 왕로(王路): 고소(姑蘇)의 왕로암(王路菴). 권40 「왕로암의 소에 제하다(題王路菴疏)」를 참조.
161) 포류(蒲柳): 수양버들. 버들잎이 일찍 떨어지므로 체질이 유약(柔弱)하거나 몸이 허약한 것을 비유하기도 한다.
162) 도주(陶朱): 즉 도주공(陶朱公) 범여(范蠡).
163) 의돈(猗頓): 옛날의 부호. 도주공과 병칭된다.
164) 납화전(臘花牋): 납매의 그림이 인쇄되어 있는 고급 편지지.

1602년(만력 30년, 임인)에 공안(公安)에서 지은 글.
○ 不能得杞梓楩楠之一 : 楩은 패란거본에 梗이지만 서종당본·유고본·
소수본·이운관본을 따라 고친다.
○ 패란거본은 마지막의 山房 3구가 없으나 서종당본·유고본·소수본을 따른다.

원무애(袁無涯)

제 시문은 손가는 대로 입에서 나오는 대로 쓴 것이 대부분이므로, 스
스로 해내(천하)에 다시 제 음을 알아줄 이가 없다고 여겼거늘, 형께서 그
것을 간행하신다 하니, 이는 유옹(劉邕)이 부스럼과 고름을 좋아한 것165)
과 무엇이 다르겠습니까? 삼가 깊이 감추시어 저의 추한 모습을 보호하
여 사람들에게 널리 보이지 않으시길 바랍니다. 거듭 부탁드립니다.

무술년(만력 26) 이후로 조금 저술을 하였는데, 그리로 가는 승려가 서
두르기에 적어 보내지 못하였습니다. 『광장』과 『병화집』 시 각1책을 보
내드리고, 나머지는 이산(怡山)166)이 돌아오기를 기다렸다가 다시 보내겠
습니다.

내년 봄에는 마땅히 집의 동생과 함께 남쪽으로 갈 것이니, 혹 호구
(虎丘)167) 가는 길에 서로 만날 수 있을지 모르겠습니다.

不肖詩文多信腕信口, 自以爲海內無復賞音者, 兄丈爲之梓行, 此何
異瘡痂之嗜. 幸謹藏之奧, 爲不肖護醜, 勿廣示人也. 至囑, 至囑. 戊戌
以後, 稍有著述, 去僧忙不及錄寄, 附去廣莊及甁花集詩各一冊, 餘俟

---

165) 창가지기(瘡痂之嗜) : 남조 송(宋)나라 사람 유옹(劉邕)은 창가(瘡痂), 즉 부스럼과 고
름 먹는 것을 좋아하였다. 그는 부스럼의 맛이 복어(鰒魚) 맛과 같다고 하였다고 한다.
『낭야대취편(瑯琊代醉編)』 '창가(瘡痂)'조에 나온다.
166) 이산(怡山) : 누구인지 미상.
167) 호구(虎丘) : 지금의 강소성(江蘇省) 소주시(蘇州市) 창문(閶門) 밖 산당가(山塘街)에
있다. 오왕 부차(夫差)가 그의 부친을 여기에 장사지냈다고 한다.

怡山還致之. 明春當偕家弟南行, 或得相從虎丘道上也.

1602년(만력 30년, 임인)에 공안(公安)에서 지은 글.

○ 원무애(袁無涯) : 원숙도(袁叔度). 자가 무애(無涯)이며, 오현(吳縣) 사람
이다. 원굉도 형제, 이지(李贄)와 친구였다. 일찍이 원굉도의 시문집 7종을 목판으로
간행하고, 양정견(楊定見)과 공동으로 이지(李贄) 수비(手批)의 『수호전전(水滸全
傳)』을 수정하여 목판으로 간행하였다.

○ 패란거본에는 이 편이 없으나, 서종당본·소수본·이운관본을 따라 보완하였다.

제43권
袁中郎集

소벽당집(瀟碧堂集) 권19 척독(尺牘)

36세 때인 1603년(만력 31년 계묘)부터 39세 때인 1606년(만력 34년 병오)
까지 작성한 척독을 수록하였다.

도주망[1]에게 답하다(答陶周望)

보내주신 서한을 자세히 살펴보니, 마치 이 일은 기근(機根)이 날것인

---

1) 도주망(陶周望) : 도망령(陶望齡). 자는 주망(周望)이고, 호는 석궤(石簣). 회계(會稽)
사람. 진사로서 한림원 편수를 제수받고, 뒤에 국자감 좨주(國子監祭酒)로 관직 생활을
마쳤다.

상태의 곳[生]에서도 익힐[熟] 수가 있고 기근이 익은 상태의 곳[熟]에
서도 수증(修證)할 수가 있는 듯이 말씀하셨습니다만, 이것은 실을 그렇
지 않습니다.

알 수 있는 것은 결코 실제의 앎이 아닙니다. 증명할 수 있는 것은 결
코 실제의 증명이 아닙니다. 이 일은 습기(習氣)를 분쇄하느냐 분쇄하지
못하느냐를 비교할 따름이니, 부디 형께서는 습기의 깊고 옅음을 기준으
로 사람을 논하지 마시고, 정력(定力)의 거칠고 정세함을 기준으로 도를
논하시기 바랍니다.

천근(川勤)의 깨달음의 경우에, 고안(高安)과 비교하여도 종신토록 그
아래로 떨어지지 않았습니다. 묘희(妙喜)2)의 깨달음의 경우에, 원오(圓悟)3)
는 그것이 성기(性氣)에 의한 것이라고 통렬하게 경계하였습니다. 이러한
것들은 만약 속안으로 본다면 옳겠지만, 어찌 인천안목(人天眼目)4)으로야
인허하겠습니까? 백낙천·소동파·장상영(張商英)·양(楊)은 참 격식(格式)
입니다. 양명5)·근계(近溪)6)는 참 맥락(脈絡)입니다.

최근에 작은 근기의 마자(魔子)가 있어서, 낮에는 두 끼의 식사를 물리
쳐 주리고, 밤에는 한바탕 정좌를 하여, 곧 스스로 마음을 높이 지니고

---

2) 묘희(妙喜) : 대혜종고(大慧宗杲, 1089~1163). 임제종(臨濟宗) 양기파(楊岐派)의 승려.
자는 담회(曇晦), 호는 묘희. 안휘성 선주(宣州) 영국(寧國) 사람. 공안선(公案禪)을 높이
제창하여, 임제(臨濟)의 재흥이라고 일컬어졌다. 『대혜보각선사어록(大慧普覺禪師語
錄)』 30권 등을 남겼다.
3) 원오(圓悟) : 명나라 고승. 의흥(宜興) 장씨(蔣氏)의 아들. 자는 각초(覺初), 호는 밀운
(密雲). 숭정(崇禎) 연간에 천동(天童)에 살면서, 조계적파(曹溪嫡派)를 열었다. 저서에
『천동어록(天童語錄)』이 있다. 『신속고승전(新續高僧傳)』 권21에 전이 있다.
4) 인천안목(人天眼目) : 인천(人天)은 인간계와 천상계의 일체 중생을 말함. 인천안목은
인간계와 천상계의 일체 중생을 진정으로 바라보는 눈. 오묘한 경지에 도달한 사람의
눈, 탁월한 식견을 가지고 시방세계를 관파(觀破)하는 명안(明眼)을 말한다.
5) 양명(陽明) : 왕양명(王陽明), 즉 왕수인(王守仁).
6) 근계(近溪) : 나여방(羅汝芳). 왕기(王畿, 용계)와 더불어 양명학 좌파의 사상가. 양지
현성(良知現成)의 모습을 '적자지심(赤子之心)'에서 구하여, 지식인이든 백성이든 따지
지 않고 양지설의 보급에 노력하고, 농촌공동체의 진흥에 진력하여, 양명학이 하층계급
에 침투하게 하는데 공헌하였다.

억단을 함부로 하면, 비단 백낙천·소동파 이하 여러 사람만 그 자의 배척을 받는 것이 아니라, 심지어 대혜(大慧)[7]·중봉(中峰)[8]도 역시 의심과 비방을 입고 있습니다. 이들을 묵조(默照)의 사선(邪禪)[9]에 비긴다면, 오히려 하늘과 연못의 차이처럼 떨어져 있으니, 만약 종고공(宗杲公)[10]을 만난다면, 어찌 그저 침을 뱉고 욕하고 소리지를 뿐이겠습니까?

저는 지난날 광선(狂禪)이 범람하는 것을 보고 마침 배격을 한 바 있습니다만, 그것은 함부로 종문(宗門)의 여러 노숙(老宿)들을 헐뜯은 것이 아니었습니다. 그러나 지금의 관점에서 보면, 소근(小根)의 폐해는 광선보다 백 곱절 더한 바가 있습니다. 제 아우 소수(小修)는 전에 제가 이렇게 헤아려 논하는 것을 보고는 역시 제가 망탕(莽蕩)[11]하다고 여겼습니다만, 지금은 다시는 그렇게 여기지 않습니다. 저는 감히 스스로 이미 증명하였다고는 여기지 않습니다. 하지만 노두(路頭)는 결코 잘못 나아가지 않

---

7) 대혜(大慧) : 대혜종고(大慧宗杲). 즉 묘희(妙喜). 임제종(臨濟宗) 양기파(楊岐派)의 승려. 앞에 나왔다.

8) 중봉(中峰) : 명본(明本). 항주(杭州) 전당(錢塘) 사람으로, 속성은 손(孫)씨, 자는 중봉(中峰). 호는 환주도인(幻住道人). 남송 경정(景定) 4년(1263)에 출생하여, 일찍 어머니를 잃고 15세에 출가할 뜻을 품고 오계(五戒)를 경지(敬持)하며 법화(法華)·원각(圓覺)·금강(金剛) 등을 배웠다. 원나라 지원(至元) 23년(1286)에 천목산(天目山) 사자원(獅子院)에서 고봉원묘(高峰原妙)에게 사사(師事)하여 24년에 스님이 되어, 이듬해에 구족계(具足戒)를 받아, 26년에 심인(心印)을 전수받았다. 대덕(大德) 2년(1298)에 호주(湖州) 변산(辨山)에 환주암(幻住庵)을 짓고 거처하매 학도가 날로 늘어났으므로 대덕 4년에 평강(平江) 안탕산(雁蕩山)으로 옮겼다. 그곳에 다시 환주암을 짓고 거처하였는데, 오는 자가 많아 법석(法席)을 이루었다. 지대(至大) 원년(1308)에 황태자가 도행(道行)을 흠모하여 법혜선사(法慧禪師)라는 호를 내렸다. 연우(延祐) 5년(1318) 9월에 인종(仁宗)이 불자원조광혜선사(佛慈圓照廣慧禪師)의 호와 금란가사(金蘭袈裟)를 하사하였다. 지치(至治) 3년(1322)에 61세로 입적(入寂)하니, 절의 서쪽 망강석(望江石)에 탑을 세우고 전신을 봉안하였다.

9) 묵조사선(默照邪禪) : 선종 조동종(曹洞宗) 계통을 비판한 말. 이를테면 송나라 때 대혜종고(大慧宗杲)와 같은 시대의 진헐청료(眞歇淸了, 1089~1151)는 조동종을 이었고, 그의 법제(法弟)인 굉지정각(宏智正覺)은 묵조선(默照禪)을 선양하였다.

10) 고공(杲公) : 즉 대혜종고(大慧宗杲).

11) 망탕(莽蕩) : 본래는 초원의 넓은 모습을 형용하는 말로 주로 쓰이지만, 여기서는 체계적이지 못하고 허랑하다는 뜻인 듯하다.

았습니다.

종문(宗門)과 교(敎)는 원래 별파(別派)입니다. 영가(永嘉)[12]는 "듣자니 여래는 돈교문을 제거하길 기왓장처럼 부수지 못한 것을 한스러워하였다"라고 하였습니다. 지금 소근(小根)이 집착하는 것은 비린내가 나고 좋아하는 것은 구더기와 같으니, 어이 다시 한스러워 할 것이나 있겠습니까만, 나근계(羅近溪) 이하로는 정말로 한스러워할 만합니다. 부디 형께서는 안목을 높이 가지셔서, 평상의 구덩이 속에 떨어지지 말도록 하십시오.

아우분[13]과 저택에서 함께 모이시는 것은 역시 하나의 쾌사(快事)이겠군요. 두 분 형과 함께 교우를 맺어, 오로지 일대사(一大事)를 닦을 것을 기약하므로, 말씀드리는 것이 부득이 억셀 수밖에 없습니다. 만약 이 말을 게으르고 태만한 사람에게는 듣지 못하도록 한다면, 저는 그만입니다. 이제부터는 오로지 승순(承順 : 고분고분함)을 일삼아서 다시는 이런 말을 하지 않겠습니다.

細繹來札, 似謂此事有生處可習, 熟處可證, 此實不然. 所可知者, 決非實知. 所可證者, 決非實證. 此事校破與不破耳, 願兄勿以習氣之淺深論人, 以定力之粗細論道也. 川勤之悟也, 而與高安終身不相下. 妙喜之悟也, 而圓悟痛戒之以性氣. 此等若以俗眼觀可, 詎以人天眼目相許耶? 白·蘇·張·楊, 眞格式也. 陽明·近溪, 眞脈絡也. 近有小根魔子, 日間挨得兩餐饑, 夜間打得一回坐, 便自高心肆臆, 不惟白·蘇以下諸人遭其擯斥, 乃至大慧·中峰, 亦被疑謗. 此等比之默照邪禪, 尙隔天淵, 若遇呆公, 豈獨唾罵呵叱而已?

弟往見狂禪之濫, 偶有所排, 非是妄議宗門諸老宿. 自今觀之, 小根之弊, 有百倍于狂禪者也. 小修舊見弟如此商榷, 亦以弟爲莽蕩,

12) 영가(永嘉) : 영가현각(永嘉玄覺). 영가화상의 말은 『증도가(證道歌)』에 나온다.
13) 영제(令弟) : 도망령의 아우 도석령(陶奭齡).

今不復然矣. 弟不敢自謂已證, 然路頭決不錯走, 宗門與教, 原自別派. 永嘉云 : "聞說如來頓教門, 恨不滅除令瓦碎." 如今小根所執犡, 而悅之者如蛆, 寧復可恨, 近溪而下, 眞可恨者也. 願兄高着眼, 莫落斷常坑也. 令弟邸中相聚, 亦一快事. 與兩兄相結, 專以一大事相期, 故言之不得不力. 若以爲此懈慢人無可聽者, 弟已矣, 從此專事承順, 不敢復道之矣.

전校교 1603년(만력 31년 계묘) 공안(公安)에서 지은 글.

소윤승[14] 좨주(蕭允升祭酒)

산야인의 이름은 생경하고 껄끄러워서, 분수로 볼 때 춘명문(春明門)[15]에 들여 넣을 수가 없습니다. 이에 비록 서신을 갖고 오는 인편이 있더라도 감히 한 글자도 통하지를 못하였습니다.

구방고(九方皐)[16]가 천리마를 급히 구하는 것은 천리마가 구방고를 급히 만나려 하는 것과 마찬가지입니다. 그러므로 저의 집 아우는 비록 문장(門墻)에 있으면서도 역시 감히 한 마디로 감사의 말씀을 드리지 않은 것입니다.

---

14) 소윤승(蘇允升) : 소운거(蕭雲擧)로, 자는 윤승(允升)이며 호가 현포(賢圃)이다. 선화(宣化) 사람이다. 만력 14년의 진사. 한림의 관원으로 있으면서 원종도와 같은 관원으로서 좋은 친구였다. 뒤에 승진하여 병부시랑이 되었다.

15) 춘명문(春明門) : 본래는 당나라 수도 장안(長安)의 동문 셋 가운데 중간문. 뒤에 춘명이라고 하면 수도를 가리키게 되었다. 당나라 왕건(王建)의 「광문 장박사에게 부치다(寄廣文張博士)」에 "춘명문 밖에 한미한 관리 되니, 병든 친구를 한 해 지나도록 문병하지 못하네(春明門外作卑官, 病友經年不得看)"라고 하였다.

16) 구방(九方) : 구방고(九方皐). 진(秦)나라 목공(穆公) 때 사람으로 말의 상(相)을 잘 보았다. 여기서는 인재를 천거하는 사람을 비유한 말이다.

모르겠군요, 사당(射堂)¹⁷)의 저녁달과 서문(西門)의 봄 버들은 여전히 지난날 주선(周旋)하던 일을 기억하고 있는지요? 이 십 년 사이의 사람들을 손꼽아보니, 옛 친구들이 성글게 되어 마치 새벽 별이 드문드문한 것과 같이 되었고, 형님 백수(伯修)의 무덤에는 백양나무가 기둥을 만들어도 될 정도가 되었습니다. 그러니 저의 온갖 상념이 어이 재처럼 식지 않겠습니까?

산 속은 꽃씨 뿌리고 풀을 심으면서 자못 스스로 만족할 만합니다. 다만 땅이 소박하고 사람이 거칠며, 천석의 승경도 전혀 없으며, 악기와 노래의 소리가 끊어졌습니다. 게다가 기이한 인사나 우아한 손님도 다시는 방문하지 않으니, 적적하게 하루 하루를 보내지 않을 수가 없습니다. 하지만 천석은 시냇물과 대나무로 대신하고, 악기와 노래 소리는 꾀꼬리 울음과 개구리 취주로 대신하며, 기이한 인사는 좀먹은 서간으로 대신한다면 그래도 얼추 상당합니다. 사실 이것들이 없다면 마음을 열 것이 없습니다. 이것은 근래 습기를 다 하지 못하여 그런 것입니다. 도를 닦은 분을 만난다면 부득이 스스로를 폭로하여 참회하고자 할 따름입니다.

山野姓名生澀, 分不宜入春明門, 以是雖有便郵, 不敢輒通一字. 九方之急千里, 猶千里之急九方也. 以是舍弟雖在門墻, 亦不敢以一字道謝. 不知射堂夕月, 西門春柳, 猶記往日周旋否? 屈指十年之間, 故交落落, 有若晨星, 伯修墓上, 白楊幾堪作柱, 百念那得不灰冷也? 山中蒔花種草, 頗足自快. 獨地朴人荒, 泉石都無, 絲肉絶響, 奇士雅客, 亦不復過, 未免寂寂度日. 然泉石以水竹代, 絲肉以鶯舌蛙吹代, 奇士以蠹簡代, 亦略相當, 舍此無可開懷者也. 此近日未盡習氣也, 遇有道者, 不得不暴, 以希懺悔.

---

17) 사당(射堂) : 시사당(試射堂). 고시 때 사장(射場)으로 쓰는 곳으로, 사실(射室)이라고도 한다.

1603년(만력 31년 계묘) 공안(公安)에서 지은 글.

○ 分不宜入春明門 : 春은 유고본에 承으로 되어 있다.

○ 舍此無可開懷者也 : 開는 서종당본·소수본·유고본·이운관본에 關으로 되어 있다.

고승백[18] 궁윤(顧升伯宮允)

산 속에서 얼추 심심하고 맺힌 마음을 풀어버릴 만하기에 나가려고 생각하지 않는 것이지, 정말로 장안[서울]을 잊어버린 것이 아닙니다. 하지만 시골에는 더불어 말할 사람이 절로 없으므로, 마치 동아(東阿 : 曹植)[19]가 만년에는 문하 사람들이 모두 말먹이는 자들과 범재들뿐인 것과 같으니, 어찌 응창(應瑒)과 유정(劉楨)[20] 같은 여러분들을 생각하지 않겠

---

18) 고승백(顧升伯) : 고천준(顧天埈). 자는 승백(升伯)이고, 호가 담암이다. 곤산(崑山) 사람이다. 만력 20년의 진사시에서 1갑 3명으로 급제하고, 한림원 편수(編修) 직을 제수받았다. 여러 번 승진하여 우유덕(右諭德)에 올랐다. 한림원 편수였을 때 원굉도와 관반(館伴)이었다.

19) 동아(東阿) : 동아왕(東阿王) 조식(曹植). 삼국시대 위(魏)나라 사람. 무제(武帝), 즉 조조(曹操)의 셋째 아들. 문제(文帝)의 아우. 자는 자건(子建). 진왕(陳王)에 봉해졌고, 죽은 뒤에 시호를 사(思)라고 하였다. 그래서 진사왕(陳思王)이라고도 칭한다. 열 살에 글을 지었고, 붓을 잡으면 금방 시문을 이루었으므로, 무제가 각별히 사랑하였다. 문제가 그 재주를 시기하여 해치려고 칠보시(七步詩)를 짓게 하였다는 이야기는 매우 유명하다. 처음에 동아왕(東阿王)에 봉해졌다가 뒤에 진왕(陳王)으로 개봉(改封)되었다. 봉국에 가서 특별히 알현하고 등용되기를 바랐으나 끝내 허락을 받지 못하였으므로 서글퍼서 희망을 끊고 마침내 병이 나서 죽었다. 나이 마흔 하나였다. 조식은 문학적 재능이 부염(富艶)하여, 사령운(謝靈運)은 일찍이 말하길, 천하의 문장이 다만 한 섬(一石)인데, 그 가운데 조자건이 혼자 여덟 말(八斗)을 차지하였다고 평하였다. 세상 사람들은 그를 수호(繡虎)라고 하였다.

20) 응유(應劉) : 응창(應瑒)·유정(劉楨). 조비(曹丕)는 「오질에게 준 서한(與吳質書)」의 서두에서, "지난 해(건안 22, 217년)에 전염병이 돌아, 많은 친구들이 그 재앙에 걸려, 서간(徐幹)·진림(陳琳)·응창(應瑒)·유정(劉楨)이 한꺼번에 서거하였으니, 그 통렬함을 어찌 말로 하겠소!(昔年疾疫, 親故多離其災, 徐·陳·應·劉, 一時俱逝, 痛可言邪!)"라고 비통해 하였다.

습니까?

명년에 한바탕 천태산(天台山)21) · 안탕산(雁蕩山)22)에 노닐 생각이어서, 이미 동쪽으로 내려가려고 결심을 하였기에, 북쪽으로 노닐 마음은 아직 동하지 않았사오니, 어느 때에야 형의 덕에 경도하게 될지 모르겠군요 사람이 태어나 얼마나 세월을 산다고 이와 같이 현격하게 떨어져 있어야 하는지요 가령 다시 만난다고 하여도, 형은 흰 수염으로 황각의 어르신23)이 되어 계실 지 모르겠습니다.

저의 집 아우24)는 형의 덕에 감격하고 형을 생각함이 아주 대단한데, 이것은 인형께서 보이시는 교우의 도리에서 비롯된 것이기에, 저도 역시 감히 형에 대한 칭송을 그만두지를 못하겠습니다.

山中粗足自遣, 便不思出, 非眞忘却長安也. 然村鄕自乏人與語, 如東阿晩年, 門下皆廝養凡才, 那得不念應 · 劉諸公. 明年思一遊台 · 蕩, 已決意東下, 北遊念尙未動, 不知傾倒何期? 人生幾何歲月, 而隔絶若此, 假使再見, 亦恐兄白髭黃閣老矣. 舍弟感念殊甚, 此自仁兄交道, 弟亦不敢言謝.

전
筆校교
1603년(만력 31년 계묘) 공안(公安)에서 지은 글.
○ 패란거본은 끝의 舍弟 3구가 없으나 서종당본 · 소수본을 따른다.

---

21) 태(台) : 천태산(天台山). 절강성(浙江省) 태주(台州) 천태현(天台縣) 서쪽에 있는 선하령맥(仙霞嶺脈)의 동쪽 가지. 형세가 높고 크며 서남쪽으로는 괄창산(括蒼山) · 안탕산(雁蕩山), 서북쪽으로는 사명산(四明山)과 금화산(金華山)으로 이어진다. 지의(智顗)가 천태종을 연 곳이다.

22) 탕(蕩) : 안탕산(雁蕩山). 절강성(浙江省) 낙청현(樂淸縣)과 평양현(平陽縣)의 경계에 있는 산. 괄창산맥(括蒼山脈)에 속한다.

23) 황각로(黃閣老) : 재상(宰相). 한나라 승상(丞相)의 청사(聽事)의 문은 황색으로 칠하였으므로 황각이라고 한다. 당나라 문하성(門下省)도 역시 황각이라고 하였다. 두보(杜甫)의 「엄팔 각로에게 바침(奉贈嚴八閣老)」를 보면, "성군을 호종하여 황각에 오르니, 명공은 홀로 묘령의 나이이시네(扈聖登黃閣, 明公獨妙年)"라고 하였다.

24) 사제(舍弟) : 원중도(袁中道). 당시 북경에 있었다.

김급간(金給諫)

제가 게으르고 예절에 서툴다는 것은 형님도 잘 아실 것입니다. 만약 형해의 바깥에 노니는 관점에서 저를 보신다면, 서툰 예절과 우활한 절목은 그래도 속죄할 만할 것입니다. 만약 세간에서 반드시 그래서는 안된다는 관점에서 저를 책망하신다면, 저는 패려궂은 사람[戾人]일 따름입니다. 하지만 저는 이미 뼈와 태도가 세속의 예법에 온당하지 못하다는 사실을 스스로 잘 알고 있기에, 긴 숲 속에 몸을 가리고 수석 사이에서 휘파람을 불어 장차 삶을 마치려고 합니다. 볼품 없이 초라하고 실지하여25) 달게 사슴·돼지와 무리를 이루니, 그렇다면 그 사람됨이란 결국 예의범절의 문제로 책망을 할 수 없을 것입니다. 이 아우가 감히 세상 사람들의 대열에 끼려고 하지 않거늘, 세상이 어찌 선뜻 저를 끼워주겠습니까? 세상 사람들은 혹 책망해도 무익하다는 것을 보면 마침내 그로써 저를 내버려둘 것입니다만, 하지만 모르겠군요, 이것이 이 아우가 형님께 제 자신을 해명하는 것이 될지요. 여기까지 읽으셨다면 혹여 이 아우 때문에 한바탕 웃음을 웃지 않으실까요?

신도(新都)26) 사람 아무개는 젊으면서도 문학적 재능이 있어서, 거자업(擧子業: 즉 공령문)으로 질정을 하려고 하고 있습니다. 그는 시에도 새로운 격조가 있으니, 육조(六朝) 이래의 아름다운 산수가 어이 필연(筆硯)을 도와주는 바가 없었겠습니까? 인형께서 결코 소외하지 않으시리라고 압니다.

弟之懶而疎, 兄丈所知也. 若以形骸之外觀弟, 疎節闊目, 似猶可贖.

---

25) 언건(偃蹇) : 보통 뜻이 높고 성한 모양을 가리키는 말로 잘 쓰이지만, 여기서는 고생스럽다는 뜻으로 사용되었다. 『정자통(正字通)』에 보면, "偃은 언건곤돈(偃蹇困頓)으로, 뜻을 잃은 모양[失志貌]이다"라고 하였다.

26) 신도(新都) : 삼국시대 오(吳)나라가 두었던 현. 진(晉)나라 때 신안(新安). 절강성(浙江省) 순안현(淳安縣)의 서쪽.

若以世間之必不可已者責弟, 弟爲戾人矣. 然弟已自知骨態之不宜, 蔽長林而嘯水石, 殆將終焉. 龍鐘傴僂, 甘與鹿豕爲伍, 則其人果不可以禮數責者也. 弟自不敢齒於世, 而世肯與之齒乎? 世或見責之無益, 遂從而置之, 亦未可知, 此又弟之自解於兄丈者也. 讀至此, 能無爲弟發一笑乎? 新都人某, 少年有文藻, 欲以擧子業就正, 詩有新調, 六朝佳山水, 何可無佐筆研者乎? 知仁兄之決不見外也.

전
筆校교 1603년(만력 31년 계묘) 공안(公安)에서 지은 글.

○ 김급간(金給諫) : 김사형(金士衡). 자는 병중(秉中)으로 장주(長州) 사람이다. 1592년(만력 20년)의 진사로, 영풍 지현(永豐知縣)을 제수받고, 남경 공과급사중(南京工科給事中)으로 발탁되었다. 광세(礦稅)의 징수를 옳지 않다고 여겨 상소해서 세사(稅使)를 철폐할 것을 청하였다. 천계(天啓) 연간에 여러 관직을 거쳐 태복시소경(太僕寺少卿)에 이르렀다. 『명사』 권236에 전(傳)이 있다. 원굉도가 이 편지를 쓸 때 김사형은 남경공과급사중에 임명되어 있었으므로 편지에서 '육조(六朝)' 운운하였다.

나운련(羅雲連)[27)]

구공(구양수)[28)]은 이릉(夷陵)[29)]의 산천이 기이하고 수려하다고 극찬했는데,[30)] 지난 날 형을 만나 이릉의 경승에 대해서는 한마디도 하지 않았군요 또한 귀 고장의 인사가 이렇게 많아서, 형께서 하나 둘 일컬어 서술할 수가 없었으니, 어찌 제가 족히 더불어 말할 수 없어서 그런 것이

---

27) 나운련(羅雲連) : 나복경(羅服卿). 나면(羅冕). 자가 복경이다. 이릉(夷陵) 사람으로, 늠생(廩生)이다. 권39 「이릉 나자화 묘석명(夷陵羅子華墓石銘)」을 참조
28) 구공(歐公) : 구양수(歐陽脩). 일찍이 이릉령(夷陵令)을 지냈으며, 시문 속에서 이릉의 승경을 자주 찬미하였다.
29) 이릉(夷陵) : 지금의 호북성(湖北省) 의창시(宜昌市) 동남쪽. 초나라 선왕(先王)의 묘지가 있다.
30) 구양수의 『문충집(文忠集)』 곳곳에 이릉의 산천에 대한 찬탄이 보인다.

겠습니까? 아니면 늙은 수염이 알기에 부족해서이겠습니까?

저의 마음은 이미 삼유동(三遊洞)[31] 앞에 있기에, 만일 편한 배가 있다만 마땅히 여러 납자들과 함께 협곡으로 들어가 한 번 구경하고자 합니다. 정월 보름 이후에 비가 오지 않는다면 마땅히 이 소원을 풀겠습니다. 또한 저는 매번 유람할 때마다 여러 승려들을 데리고 갑니다만, 귀 고장에서 탁발을 할 수 있을지 어떨지 모르겠습니다. 만일 탁발을 할 수 없다면, 흰 쌀 썩은 것과 푸른 채소를 좀 내려달라고 여러 군자들을 괴롭히지 않을 수 없겠습니다.

형의 가작이 아주 통창하여, 다른 날 명륜당[32] 속에서는 이런 훌륭한 시를 찾을 수가 없을 듯합니다.

유원정(劉元定)[33] 등 여러분에게 말씀드려서 옛날부터 친한 사람들과 새로 알게 된 사람들이 한 집에 모여 흔쾌하게 오론(晤論)[34]을 하게 된다면 인간 세계의 제일 즐거운 일이 될 것입니다. 꿈속에서도 그리로 갑니다.

歐公極稱夷陵山川奇秀, 向日會兄, 都不一言. 又貴鄕多士如此, 兄皆不能稱述一二, 豈弟不足與言耶, 抑老鈍識不足也? 弟心已在三遊洞前矣, 倘有便舟, 當偕數衲入峽一觀, 元夕後不雨, 當了此願也. 又弟每

---

31) 삼유동(三遊洞) : 이릉(夷陵) 서북쪽, 대강(大江)에 임하여 있으며, 바위 동굴이 으슥하고 깊다. 『호북통지(湖北通志)』「여지지(輿地志)」20을 참조. 당나라 때 백거이(白居易), 백행간(白行簡), 원진(元稹)이 함께 이 삼유동에 노닐어, 백거이는 「삼유동서(三遊洞序)」를 썼다. 뒤에 소순(蘇洵), 소식(蘇軾), 소철(蘇轍) 삼부자가 이 동에 노닐어, 사람들이 그것을 '후삼유(後三遊)'라고 일컬었다.
32) 명륜당(明倫堂) : 학궁에서 공자를 제사지내는 대전(大殿). 여기서는 학궁을 말한다.
33) 원정(元定) : 유감지(劉戡之). 자가 원정(元定)이다. 장거정(張居正)의 사위로, 이릉(夷陵) 사람이다. 음보로 낭중(郞中)에 제수되었고, 덕주 지주(德州知州)에 임명되었다. 원굉도가 일찍이 그의 시에 서문을 적었다. 『의창부지(宜昌府志)』권7에 전(傳)이 있다.
34) 오(晤) : 오언(晤言), 오론(晤論). 서로 만나서 마주하여 이야기를 나누는 것을 말한다. 오어(晤語)·오언(寤言)이라고도 한다. 완적(阮籍)의 「영회시(詠懷詩)」에 "아침저녁으로 친우를 그리워하나니, 만나 이야기하여 속내를 털어놓고 싶어라(日暮思親友, 晤言用自寫)"라고 하였다. 또한 두보(杜甫)의 시(「大雲寺贊公房」)에 "만나 이야기하매 깊은 마음이 서로 부합하였다(晤語契深心)"라고 하였다. 앞에 나왔다.

遊, 必挾多衲, 不知貴土可托鉢否? 不然, 未免以白腐靑蔬困諸君子也.
佳作甚暢, 他時明倫堂中, 恐着此騷雅不得. 致聲元定諸公, 舊雅新知,
快晤一堂, 人間第一樂也. 夢寢以之.

1604년(만력 32년 갑진) 공안(公安)에서 지은 글.

도효약(陶孝若)[35]

삼제(원소수)가 와서, 귀 땅의 산천이 절승이고 인사가 모두 우아하다
고 극찬을 하기에, 저는 지극히 경모하고 상상하다가 몽매간에도 어렴풋
이 보는 것 같이 되었습니다. 또 삼제는 인형(仁兄)이 일념으로 학문에
참입하여 뼈가 맑고 기가 정세하여 친구들 사이에게 그런 사람을 찾으
려 하여도 손가락을 하나 둘 꼽지 못한다고 하므로, 저는 즉일로 쫓아가
모셔서 형의 떨이채[36]를 받들고 이러저러 심부름을 하지 못하는 것이
한스럽습니다.

저의 고장은 진흙탕길 저자이고, 주먹만한 돌과 한 치 되는 골짝도 눈
여겨 볼만한 것이 없는데다가, 또 함께 이야기할 만한 사람도 아주 적습
니다. 만일 여러 형들께서 삼유동[37] 앞에 저의 가사를 하나 들여 넣을
땅을 베풀어주신다면, 저는 비단 목마른 말이 샘물로 달려가는 정도에
그치지 않을 것입니다.

---

35) 도효약(陶孝若) : 도약증(陶若曾). 이때 거인(擧人)의 신분으로 기문 교유(祁文敎諭)가
　　되었다. 권32 「나복경이 이릉으로 돌아가는 것을 전송하면서, 아울러 도효약 형에게 서
　　간을 대신하여 부치다(送羅服卿還夷陵, 兼柬陶孝若年兄)」를 참조.
36) 주미(塵尾) : 고라니 꼬리로 만든 먼지떨이를 이름. 진(晉) 나라 때에는 특히 청담(淸
　　談)을 하는 사람들이 이것을 손에 쥐고 휘두르면서 청담을 나누었다고 한다.
37) 삼유동(三遊洞) : 이릉(夷陵) 서북쪽, 대강(大江)에 임하여 있으며, 바위 동굴이 으슥하
　　고 깊다. 앞에 나왔다.

형의 훌륭한 시와 여러 형들의 시를 읽어보니, 주옥이 한 줌에 가득한데, 길을 떠날 기한이 매우 촉박하여 즉각 창화하지 못하는 것이 한스럽습니다.

유랑(柳浪)[38]의 봄 버드나무 가지가 아주 사람 마음에 흡족하니, 여러 동학들과 한 번 들르실 수 있을지요? 인형과는 같은 고을 출신의 동문인데다가 같은 도를 추구하거늘, 어이 이리 서로 알게 된 것이 더뎠는지요? 하지만 한 번 알게 된 뒤로는 마침내 형체와 외모를 잊어버리고 심간을 토로하니, 천박한 자들과 동렬에 놓고 논할 것이 못됩니다.

三弟來, 極道貴土山川勝絶, 人士都雅, 弟傾想之至, 形於夢寐. 又道仁兄一意參學, 骨淸而氣細, 求之朋輩中, 指不一二屈, 弟恨不卽日趨侍, 奉塵尾周旋也. 敝鄕塗泥爲市, 無卷石寸壑可入目, 又可與談者極少, 諸兄能于三遊洞前, 施我一袈裟地, 弟不啻如渴驥之奔泉也. 讀佳詩及諸兄詩, 珠玉滿把, 去役甚迫, 恨不卽和. 柳浪春條極可人, 能挾諸同學一過不耶? 與仁兄同郡同門又同道, 夫何相識之晩? 然一相識, 而遂遺形去貌, 又非淺淺者可同年論也.

1604년(만력 32년 갑진) 공안(公安)에서 지은 글.

황평천(黃平倩)[39]

지난 해 서신 한 장을 부쳐서 아우 분[40]에게 전달해 주기를 부탁하였

---

38) 유랑(柳浪) : 원굉도의 공안 거처.
39) 황평천(黃平倩) : 황휘(黃輝). 자가 평천(平倩), 또 다른 자는 소소(昭素)이다. 호는 신헌(愼軒)이며, 남충(南充) 사람이다. 퇴직하고 불교에 심취해 있었다. 앞에 나왔다.
40) 영제(令弟) : 황휘(黃輝)의 아우 황위(黃煒). 권12 「광릉곡(廣陵曲)」에 나온다.

는데, 바로 소설(小雪)의 시절이었습니다. 뒤에 듣자니, 마을에 들어가 축하하고는 곧 돌아왔다니, 그 종이도 역시 마땅히 흐지부지 되었을 것[41]입니다.

저는 근일 마음이 정말로 죽을 지경인데, 마을에 흘러 들어와 부쳐 사는 사람들이 상당히 있어서, 그들과 토론하는 것이 아주 통쾌합니다. 아우 소수(小修)는 근일의 조예가 아주 심오하므로, 형을 이별할 때의 광경이 아닙니다. 이 일은 다만 마음을 평안히 하기를 구하는 것이기에, 관리가 되어도 좋고, 농부가 되어도 좋고, 거간꾼이나 장사치가 되어도 좋습니다.

『잡화』[42]의 쉰 다섯 선지식은 이 뜻을 간단히 하고 분명하게 하였습니다. 이를테면 왕도(王圖)·조남성(趙南星) 같은 분들은 유학자이면서 참람되게도 승려이었으니, 모두 다른 길로 달려간 자들입니다. 모든 일은 다만 평상적으로 해야지, 무리를 놀라게 하고 대중을 움직여서는 안됩니다. 추호라도 기특한 마음을 지니게 된다면 이것은 곧 명근(名根)[43]으로서, 곧 기탄하는 바가 없는 소인[44]입니다. 그렇게 되면 도리어, 명리를 좋아하는 사람이 진실로 온당하고 편안하여 차단 당하는 것도 없고 굴절하는 것도 없어서 명리의 장 속에서 대자재인(大自在人)이 되는 것만

---

41) 부침(浮沈) : 서신을 부치지 않음.『세설신어』「임탄(任誕)」에, 은홍교(殷洪喬 : 殷羨)가 예장군(豫章郡)을 만들고, 출발에 임하였을 때, 도하(都下)의 사람들이 백여 통의 서신을 부쳤으나, 석두(石頭)에 이르러 모두 물 속에 던지고는 축문을 하기를 "가라앉는 것은 절로 가라앉고 뜰 것은 절로 뜨리니, 은홍교가 서신을 전하는 우체부가 될 수 없도다(沉者自沉, 浮者自浮, 殷洪喬不能作致書郵)"라고 하였다. 뒤에 서신을 보내지 않는 것을 부침(浮沈)이라 하게 되었다.

42) 잡화(雜花) : 불교 경전인『잡화경(雜花經)』. 다른 명칭이 곧『화엄경(華嚴經)』이다.『화엄경』에 대하여는 앞에 설명하였다.

43) 명근(名根) : 명성을 추구하는 뿌리.

44) 무기탄지소인(無忌憚之小人) :『중용』제2장 제2절에, "소인이 스스로 중용이라고 일컫는 것[소인이 중용에 반하는 것]은 소인의 본질 그대로 삼가고 두려워하지를 않는다(小人之[反]中庸也, 小人而無忌憚也)"라고 하였다. 주희(朱熹)의『집주(集註)』에 "왕숙(王肅)의 판본에는 '小人之反中庸也'로 되어 있다. 정자(程子)도 이것이 옳다고 하였다. 이것을 따른다"라고 하였다.

못합니다.

 형은 날카로운 근기와 지혜로운 본성을 지니고 있어서, 한 번 헤치면 곧 전환할 것입니다. 저는 형께서 이제부터 천이백[45]의 짐을 내려놓고서, 충분히 온몸의 족쇄를 제거할 수 있으리라고 알고 있습니다.

 시문은 바로 우리들의 한가지 올바른 일로, 이것이 없다면 날을 보낼 방도가 없으니, 공교한 경지를 다하면 극도로 변화를 하게 되는 법입니다. 형께서 온 힘을 다하여 깊은 경지로 나아가지 않는다면 누구와 더불어서 이 도를 말할 수 있겠습니까? 백낙천·소동파 두 분은 어찌 대보살이 아니겠습니까? 하지만 시문의 공교로움은 결단코 성급하게 서둘러 얻을 수 있는 것이 아닙니다. 부디 형께서는 손 가는 대로 짓는 것이 도에 가깝다고 여기지 마십시오.

 지난 겨울에 저보(邸報)[46]를 보고, 시 두 편을 지어 보내드리려고 하였습니다만, 오랫동안 인편이 없어서 이제야 올립니다. 하지만 모르겠군요, 어느 때에야 금강(錦江)[47]에 들러주실지요?

 客歲附一紙, 托令弟轉達, 正是小雪時節. 後聞以入賀里旋, 此紙亦當浮沉矣. 弟近日此心眞死矣, 邑中頗有流寓者, 與之商榷甚快. 小修近造亦奧, 非復別兄光景也. 此事只求安心, 便作官也好, 作農夫也好, 作僧兒市賈亦好. 雜花五十三知識, 單明此義, 如王·趙諸公, 以儒而濫僧, 皆走別路者也. 凡事只平常去, 不必驚羣動衆, 纔有絲毫奇特心, 便是名根, 便是無忌憚之小人, 反不若好名利人, 眞實穩安, 無遮攔, 無委曲, 於名利場中作大自在人也. 兄利根慧性, 一撥便轉, 弟知兄從此放下千二百擔子, 勝去却通身枷鎖也.

---

45) 천이백(千二百) : 석존(釋尊)의 설법의 회좌(會座)에 열한 문제자의 수인 천이백오십(千二百五十)을 의식한 표현이다. 각 불경은 첫머리에서 대중을 표시할 때 천이백오십을 드는 것이 항례이다. 여기서는 많다는 뜻이다.
46) 저보(邸報) : 관부(官府)에서 조정의 문서 초본(抄本)과 정치 정보를 알리는 소식지.
47) 금강(錦江) : 강서성(江西省) 여강현(餘江縣) 남쪽, 신강(信江)의 하류.

詩文是吾輩一件正事, 去此無可度日者, 窮工極變, 舍兄不極力造就, 誰人可與此道者? 如白·蘇二公, 豈非大菩薩? 然詩文之工, 決非以草率得者, 望兄勿以信手爲近道也. 客冬見邸報, 得詩二章奉寄, 久無便郵, 今始得呈, 然亦不知何時得過錦江也?

1604년(만력 32년 갑진) 공안(公安)에서 지은 글.

○ 왕조제공(王·趙諸公) : 왕도(王圖). 권5 「백수(伯修)」에 나온다. 조남성(趙南星), 자는 몽백(夢白), 고읍(高邑) 사람. 1574년(만력 2년)의 진사이다. 이부 고공낭중(吏部考功郎中)으로 있을 때 경조관(京朝官)의 내계(內計)를 맞아, 상서(尙書) 손비양(孫丕揚)을 도와서 당로의 사사로운 사람들을 모두 내쫓아 집정자의 원한을 사서, 견책을 당하고 삭적(削籍)되었다. 고향에 거처한 지 30년에 천계(天啓) 연간에 이부상서에 임명되고, 위충현(魏忠賢)의 뜻을 거슬린 죄로 견책을 받아 파직되고 대동(大同)에서 수자리를 살다가 그곳에서 죽었다. 조남성는 의기가 있었고 함부로 남을 인정하거나 남의 평가를 그대로 받아들이지 않았다. 시는 칠자(七子)를 싫어하고 박대하였으나, 이반룡(李攀龍)의 법식을 그대로 따라서 그 소굴을 벗어나지 못하였다. 문장은 웅건하고 씩씩하였으며 쏟아내는 것이 우람하였다. 『명사』 권 243에 전이 있다. 원굉도는 여기서 왕도와 조남성을 나란히 거론하여, 유학을 하면서 불가의 수계의 학을 논하는 사람이라고 보았다.

○ 眞實穩安 : 安은 이운관본에 妟로 되어 있다.

친구에게(與友人)

수일 전에 사두(沙頭)[48]에 들어갔다가 비로소 인형이 관직에 보임되었다는 명이 내려왔다는 것을 알았습니다. 하나의 궁한 사인(舍人)[49]이 일천이백여 개[50]의 날카로운 이빨로 장안의 먼지를 씹어대어야 하니, 어찌

---

48) 사두(沙頭) : 사시(沙市).
49) 사인(舍人) : 명나라 때 무직(武職)은 지서(支庶)가 습직하게 되어 있는데, 그것을 사인이라고 한다. 송, 원 이래로 세간에서는 신분이 높은 집안의 자제를 사인이라고 하였다.

굶주리지 않을 수 있겠습니까? 인형을 위해 대단히 걱정하고 있습니다.

아우는 명년 봄에 결단코 배를 강에 띄워 북쪽으로 가서, 서호로 들어가 여름을 보내고자 하오니, 중추의 밤에 함께 사당(射堂)의 아름다운 달 아래 거닐며 이별 뒤의 가장 득의한 일에 대하여 이야기를 나눌 수 있을 것입니다.

근일에 함께 노니는 사람은 어떤 분들입니까? 그 가운데 일은 다 샅샅이 파헤쳐 알았습니까? 형은 현명함과 지혜로움은 남음이 있지만 깊이 침잠함은 부족하며, 일을 떠맡는 데는 과감하지만 기미를 살피는 데는 얕습니다.[51] 일을 떠맡는 데 과감하므로, 천하의 일을 쉽게 봅니다. 기미를 살피는 데 얕으므로, 천하의 사람들을 쉽게 봅니다. 이것은 모두 세상에 처하는 사람들이 깊이 꺼리는 바입니다. 지난날에 소동파가 장덕원(張德遠)[52]을 논하여, "군자를 아는 데는 밝았지만 소인을 아는 데는 어두웠다"라고 하였습니다. 이것은 고금의 고사(高士)들이 공통으로 지닌 병이기는 하되, 또한 절로 불학무술(不學無術)의 잘못이기도 합니다. 학문

---

50) 일천이백여(一千二百餘) : 석존(釋尊)의 설법의 회좌(會座)에 열한 문제자의 수인 천이백오십(千二百五十)을 의식한 표현이다. 각 불경은 첫머리에서 대중을 표시할 때 천이백오십을 드는 것이 항례이다. 여기서는 많다는 뜻이다. 앞에 나왔다.

51) 천우기(淺于幾) : 기미를 살피는 것이 얕다. 기(幾)는 기찰(譏察)의 뜻으로 살핀다는 뜻이다. 『맹자』「공손추(公孫丑)」에, "관소를 두고 살피기만 하고 세금을 징수하지 않았다(關幾而不征)"이라 하였는데, 幾는 譏와 통하며, 察의 뜻이다.

52) 장덕원(張德遠) : 송나라 때 장준(張浚). 자가 덕원(德遠)이며, 호는 자암거사(紫岩居士)이다. 면죽(綿竹) 사람으로, 휘종(徽宗) 때 진사이다. 고종 때 지추밀원사(知樞密院事)를 맡아, 천섬경서(川陝京西) 제로의 선무처치사(宣撫處置事)로 나가 금나라에 대항할 것을 힘껏 주장하였고, 악비(岳飛)와 한세충(韓世忠) 등 항금(抗金) 장수들을 등용하였다. 진회(秦檜)가 화의를 주장하자, 장준은 폄출되어 외방에 근 20년을 있었다. 효종 때 중용되어 강회(江淮) 지역에서 군사를 감독하는 일을 맡았다. 위국공(魏國公)에 봉해졌으나, 뒤에 주화파에 의하여 배제되고 벼슬이 갈렸다. 단, 장준은 금나라 병사가 섬서(陝西)를 공격하였을 때 경원(涇原)에서 군대를 조련하고 유민과 도망병을 모았던 곡단(曲端)을 선주관찰사(宜州觀察使)에 제수하고 위주(渭州)를 맡게 하였다가, 그가 재주를 믿고 오만하게 군다는 이유로 공주(恭州)의 감옥에 집어넣어 곡단이 몸의 온 구멍에서 피를 쏟고 죽었다. 그러다가 장준이 벌을 받게 되자, 곡단은 장민(壯愍)의 시호를 추시받은 일이 있다.

을 하면 눈이 열리고 눈이 열리면 절로 기만을 당하지 않아서, 세상에 응할[53] 수 있고, 세상을 구제할 수 있고, 세상을 벗어날 수 있습니다.

세상에 응한다는 것은 세상을 응적(應迹)[54]의 곳으로 여겨 세상에 응하는 것입니다. 이를테면 주렴계(周濂溪)[55]·방도현(龐道玄)[56]이 그런 사람이니, 응하는 것도 역시 나가는 것입니다. 세상을 구제하는 것에는 세가지 종류가 있습니다. 나가는 것을 구제하는 것으로 삼는 부류가 있으니, 불도징(佛圖澄)[57]·육법화(陸法和)[58]·요광효(姚廣孝)[59]의 부류가 그런 사람입니다. 세상에 응하는 것을 구제하는 것으로 삼는 부류가 있으니, 장자방(張子房)[60]·적량공(狄梁公)[61]·이업후(李鄴侯)[62] 등이 그런 사람입

---

53) 응세(應世) : 불교 용어. 부처의 출현이 시대에 응한 것이라는 뜻이다.

54) 응적(應迹) : 불교 용어. 불보살이 기연(機緣)에 응하여 여러 화신(化身)으로 화하여 중생을 구제한다는 뜻이다.

55) 주렴계(周濂溪) : 송대의 유학자 주돈이(周敦頤). 도주(道州) 사람으로, 자(字)는 무숙(茂叔)인데, 관도현(管道縣) 염계(濂溪)가에서 세서(世居)하였으므로 세상에서는 염계선생(濂溪先生)이라 일컬었다. 그는『태극도설(太極圖說)』과『통서(通書)』등을 지어 이기학(理氣學)의 개조(開祖)가 되었다. 정호(程顥), 정이(程頤) 형제는 모두 그 제자이다. 시호(諡號)는 원공(元公)이다.

56) 방도현(龐道玄) : 당나라 방온(龐蘊). 원화(元和) 연간에 북쪽 양양(襄陽)에 노닐고, 배에 보물 수만 점을 싣고 가서 상수(湘水)에 가라앉히고는 집안 사람 모두 수행을 하였다. 일찍이 강서(江西)의 마조(馬祖)를 알현하고, 선종을 통달하였다. 앞에 나왔다.

57) 불도징(佛圖澄) : 진(晉)나라 때 승려. 본래 천축(天竺) 계빈(罽賓)의 소왕의 장남으로, 회제(懷帝) 영가(永嘉) 4년에 낙양(洛陽)으로 와서 후조(後趙) 석륵(石勒), 석호(石虎)의 신임을 얻어, 대화상(大和尙)이라 일컬어졌다. 업(鄴)에서 죽었다. 그와 석륵, 석호의 창도로 불교가 크게 성행하여, 사찰이 893개소에 세워졌다.

58) 육법화(陸法和) : 북제(北齊) 사람. 도술이 있었는데, 강릉(江陵) 백리주(百里洲)에 숨었다. 후경(侯景)이 난을 일으켜 장수를 보내어 양(梁)나라 상동왕(湘東王)을 강릉에서 공격하자, 육법화가 군사를 이끌고 항거하였다. 양나라 원제(元帝)는 그를 도독영주자사(都督郢州刺史)로 삼고 강승현령(江乘縣公)에 봉하고, 사도(司徒)의 직함을 가하였다. 원제가 패망한 뒤에 육법화는 영주의 판도를 가지고 북제(北齊)에 귀의하였다. 문선제(文宣帝) 고양(高洋)이 그를 대도독(大都督)으로 삼았고, 인견할 때 신하를 칭하지 않고 형산거사(荊山居士)라 칭하였다.

59) 요광효(姚廣孝) : 명나라 때 장주(長洲) 사람이다. 나이 열네살에 도첩을 얻어 승려가 되었다. 연왕(燕王), 즉 성조(成祖)가 천자의 지위를 찬탈하는데 도움을 주어 태자소사(太子少師)가 되어, 그 성을 복구 받았고, 광효라는 이름을 하사받았다.

60) 장자방(張子房) : 장량(張良). 자가 자방(子房)이다. 원래 한(韓)나라 사람인데, 태공망

니다. 비유하자면 순면이 쇠를 싸고 있어서 칼끝과 칼날을 드러내지 않는 것과 같습니다. 또한 비유하자면, 검을 던져 허공에 휘둘러도 허공의 바퀴(太陽)는 일그러지지 않는 것과 같으니, 지극하게 화(化)하는 것입니다. 그리고 구제함을 구제함으로 여기는 부류가 있으니, 한(漢)·당(唐) 이래로 공을 세우고 업적을 일으켜 자기 일신을 돌보지 않은 사람들이 모두 그런 사람들입니다.

하지만 각각 학술이 있어서 각각 눈을 뜨고 있었으니, 오늘날 사람들이 갈 곳도 모르는 체 곧바로 내달려가고 걸핏하면 죄과를 입는 것과 같지 않았습니다. 오로지 실제로 참구(參究)[63]하고 널리 두루 읽으며 많은 사람들을 만나면 이러한 죄과를 면할 수 있습니다. 저는 형과 똑같이 이 병을 앓고 있으니, 부디 각자 노력하여야 하겠습니다.

가을 들어 마침 실록(實錄)[64]을 읽고 있는데, 선배이신 여러 노성인들 가운데는 상당히 그런 인물들이 많음을 볼 수 있는데, 그 분들 가운데는 학문을 하지 않고서 세상을 능히 구제할 수 있었던 사람이라고는 없었습니다.

(太公望 : 呂尙)의 병법서를 얻어 공부하고 패공(沛公)이 일어나자 그를 따랐다. 전략을 군막에서 세우고 눈에 보이지 않는 승기(勝機)를 마련하였다. 적송자(赤松子 : 神農시대의 仙人)처럼 되고자 하여 곡식을 피해 먹지 않고 몸을 가볍게 하는 술법을 배웠다. 앞에 나왔다.

61) 적량공(狄梁公) : 당나라 때 적인걸(狄仁傑). 자는 회영(懷英), 태원(太原) 사람. 명경과(明經科)를 거쳐 등용되어 고종(高宗)·중종(中宗)·예종(睿宗) 때에 여러 관직을 역임하고 주자사(州刺史)에까지 이르렀다. 측천무후(則天武后) 때에도 난대시랑동평장사(鸞臺侍郞同平章事)로 있으면서 황가(皇家)를 보호하고 측천무후가 무삼사(武三思)를 후계자로 세우는 것을 막고 당조(唐朝)의 회복(回復)에 공을 세웠다. 예종 때 양국공(梁國公)에 추봉되어 세칭 적량공이라고 한다.

62) 이업후(李鄴侯) : 당나라 때 이비(李泌). 자는 장원(長源). 천보(天寶) 연간에 한림공봉(翰林供奉)이었고, 현종·숙종·대종·덕종의 4조 때 두루 벼슬을 살았다. 획책을 잘하여 존중을 받아 궁중에 출입하였고, 재상에 이르렀다. 권신의 시기를 자주 입었으나 기지로 모면하였다. 업현후(鄴縣侯)에 봉해졌으므로 세칭 업후(鄴侯)라고 한다.

63) 참구(參究) : 불교 용어로는, 승려와 대중이 한데 모여서 좌선하거나 설법하여 선리를 궁구하는 것을 말한다. 여기서는 사리를 토론하고 연구하는 것을 말한다.

64) 실록(實錄) : 인물의 전기(傳記) 행장(行狀)과 같이 실제 사적과 행적을 적은 기록물.

경사(서울)는 호걸과 준재가 가득한 바다입니다. 세계가 이렇게 크고 아는 사람이 이렇게 많거늘, 어찌 옛 선인들에게 대적할 만한 한두 분이 없겠습니까? 형께서는 부디 마음을 비우고 구하시기 바라며, 만일 그런 분이 계시면 급히 제게 알려주시기 바랍니다.

數日來入沙頭, 始知仁兄補官命下. 一窮舍人, 攜一千二百餘利齒, 嚼長安塵沙, 那得不饑? 甚爲仁兄慮之. 弟明春決意泛舟北行, 入西湖過夏, 中秋夜可得共踏射堂佳月, 談別後最得意事也. 近日所與遊者何人? 箇中事看得破不? 兄明慧有餘, 而深沉不足, 果于任而淺于幾. 果于任, 則易視天下事. 而淺于幾, 則易視天下人, 處世者之深忌也. 昔蘇翁之論張德遠也, 曰: "明于知君子, 暗于知小人." 此古今高士通病, 然自是不學之過. 學則眼開, 眼開則自不受瞞, 可以應世, 可以濟世, 可以出世.

應世者, 以世爲應迹而應之者也, 如周濂溪·龐道玄其人是也, 應亦出也. 濟世有三種 : 有以出爲濟者, 佛圖澄·陸法和·姚廣孝之類是也. 有以應爲濟者, 張子房·狄梁公·李鄴侯等是也, 辟則純綿裹鐵, 不露鋒刃. 又辟則擲劍揮空, 空輪不虧, 至矣化矣. 有以濟爲濟者, 漢·唐以來, 建功立業, 不有其身者皆是. 然各有學術, 各各開眼, 不似今人冥行徑趨, 動而得過者比也. 唯實參究, 廣誦讀, 多會人, 可免此過. 弟與兄同此病者, 願各努力. 秋來偶讀實錄, 見前輩諸大老, 頗有其人, 未有不學而能濟世者. 京師豪傑海也. 世界如此之大, 相識如此之多, 豈無一二人與古先抗衡者, 兄幸虛心求之, 有則急以報我.

🔲 전校교
1605년(만력 33년 을사) 공안(公安)에서 지은 글.
○ 泛舟北行 : 泛은 서종당본·소수본·이운관본에 從으로 되어 있다.

심하산[65] 의부에게 답하다(答沈何山儀部)

소가(蘇家)[66]의 심부름꾼이 와서, 인형의 수찰을 읽어보고는, 형께서
이 아우를 얼마나 깊이 생각하시는지 잘 알았습니다.

저는 지리(支離)[67]하고 우스꽝스런 사람입니다. 이를테면 깊은 산의
오래된 나무 뿌리가 규룡처럼 구불구불하고 군더더기 혹이 나서 서까래
나 기둥으로 쓰기에 무익한 것과 같습니다. 그것을 그릇으로 만들자니
먹줄도 튕길 수 없고 도끼로 다듬을 수도 없으며, 완상물로 만들자니 관
상에 보탬이 안 됩니다. 거두어 별도의 장소에 두자니, 터무니없이 무겁
고 한참 포개어져 있어서, 일만 두의 소가 아니면 가져올 수가 없습니다.

그렇지만 세상의 고인(高人)과 운사(韻士)는 그 고졸하고 질박함을 사
랑하여, 산방의 일종의 맑은 공완(供玩)으로 여겨서는, 연(輦) 수레를 보내
어 오게 하니, 비용을 들이기를 혹 사치하지 못한 것이나 아닐까 염려하
나니, 그런 사람들이 아주 많습니다. 인형은 혹 저를 산방의 완상물로
여기시는지요? 그렇다면 또한 어찌 한 조각 맑고 차가우며 널찍하고 한
가한 땅을 찾아서 돌이끼 섬돌과 이끼 계단을 두고서 진종일 마주 대하
시려고 하지 않고서, 반드시 저를 커다란 고을 큰 도회지에 두어, 한 사
람의 완상품이어야 할 것을 일천 사람이 침 뱉게 만드시려고 하십니까?
만일 그렇게 하려는 것이라면 인형께서는 어떻게 스스로를 해명하시겠

---

65) 심하산(沈何山): 심연(沈演). 자는 숙부(叔敷), 호가 하산이다. 오정(烏程) 사람. 만력
    20년의 진사로, 공부시랑 심절보(沈節甫)의 아들이다. 공부주사를 거쳐 남경 형부상서
    를 역임하였다. 권5 「심하산(沈何山)」 참조.
66) 소가(蘇家): 아마도 소유림(蘇惟霖)을 말하는 듯하다. 이때 북경에서 관직을 맡아 있
    었다.
67) 지리(支離): 잔결(殘缺). 지리올(支離兀), 지리쇼(支離疏)로도 쓴다. 형체가 기형이어
    서 세상에 쓸모 없고 남의 구제나 받아야 하는 인물. 『장자』「인간세(人間世)」편에 보
    인다. 쓸데 없는 기예를 배운 것을 비유하기도 한다. 주평만(朱泙漫)이란 사람이 천금
    의 가산(家産)을 기울여 지리익(支離益)이란 사람에게서 용(龍) 잡는 기술을 배운 결과,
    3년 만에 그 기술을 습득하였으나 그 기술을 쓸데가 없었다는 고사가 역시 『장자』「열
    어구(列禦寇)」에 나온다.

습니까?

비록 그렇기는 하지만, 터무니없이 무겁고 쓸모 없는 물건이거늘 고인(高人)과 운사(韻士)의 기호에 든다면 역시 다행한 일입니다. 어이 감히 다시 풀 죽은 채로 있으면서 몰아주시고 처치해주시는 영을 듣지 않겠습니까? 이 아우는 갑니다.

蘇家使來, 讀仁兄手書, 知念弟之深. 弟支離可笑人也, 如深山古樹根, 虯曲臃腫, 無益榱棟. 以爲器則不受繩削, 以爲玩則不益觀. 欲取而置之別所, 則又癡重頹壘, 非萬牛不能致. 而世之高人韻士, 愛其古樸, 以爲山房一種淸供, 輦而致之, 費之唯恐不奢, 累累有之. 仁兄或者以弟爲山房玩乎? 則又何不尋一片淸冷寬閒地, 苔墁蕁砌, 鎭日相對, 而必欲置之通邑大都, 使一人玩而千人唾, 則仁兄亦何以自解乎? 雖然, 以一癡重無用之物, 而致高人韻士之嗜, 爲幸多矣, 敢復偃蹇不聽驅置邪? 弟行矣.

전교 1605년(만력 33년 을사) 공안(公安)에서 지은 글.
○ 패란거본에는 없지만, 서종당본 · 유고본 · 소수본 · 취오각본 · 이운관본을 따라 보완한다.

評 육운룡(陸雲龍)은 '非萬牛不能致' 구에 대해 "묘한 비유이다. 이것은 지리멸렬하고 초라한 것의 별명이다(妙喩. 是支離臃腫別名)"라고 하였다. '仁兄或者以弟爲山房玩乎' 구에 대해 "마땅히 잘 조치한 것이다(宜善所置)"라고 하였다. '弟行矣' 구에 대해 "오만하지도 않고 아첨하지도 않았으니, 「산거원에게 주어 절교를 하는 서신」보다 낫다(不傲不諂, 勝與山巨源絶交書)"라고 하였다(취오각본 참조).

오본여⁽⁶⁸⁾ 의부에게 답하다(答吳本如儀部)

제가 지금 마땅히 벼슬에 나가야 하는데도 머뭇거리고 있는 것은 실은 매우 우활하고 게으른 까닭이지, 진정으로 부귀를 사랑하지 않아서가 아닙니다.

공자가 말하기를, "부유함을 구할 수만 있다면 비록 채찍을 잡는 마부라도 내가 하겠다"⁶⁹⁾라고 하고, 또 말하길 "작록(爵祿)을 사양할 수 있다면 날선 칼 위라도 걸을 수 있다"⁷⁰⁾라고 하였습니다. 공자가 부귀를 구하는 것은 그토록 급하게 하고 작록을 거절하는 것은 이토록 어려워한 것을 알 수 있습니다. 그렇다면 제가 또한 어떤 사람이라고 공자보다 더 훌륭한 사람이 되길 바라겠습니까?

형님은 제가 배고픔과 추위에 내몰려 있으므로, 한 번 부끄러움을 참지 못하면 종신토록 부끄럽게 된다고 하시면서,⁷¹⁾ 이렇게 벼슬에 나갈 것을 책려하십니다. 그러나 가령 즐거운 마음으로 낮은 벼슬에 취직하여

---

68) 오본여(吳本如) : 오용선(吳用先). 권2 「홍자를 이별하면서 아울러 오임천에게 부치다 (別洪子兼寄吳臨川)」를 참조. 이때 예부주사(禮部主事)에 임명되어 있었다.

69) 부이가구야(富而可求也)~오역위지(吾亦爲之) : 『논어』「술이(述而)」에 기록된 공자의 말. 「술이」편에 "부라는 것을 구할 수가 있다고 한다면 남의 말채찍을 잡는 천한 일이라도 나는 할 것이다. 만일 구할 수 없다고 한다면 내가 좋아하는 바를 따라 행할 것이다(富而可求也, 雖執鞭之士, 吾亦爲之. 如不可求, 從吾所好)"라고 하였다.

70) 작록가사야(爵祿可辭也), 백인가도야(白刃可蹈也) : 『중용』(주자 장구 제9장)에, "공자께서 말씀하셨다. 천하의 국가는 균평하게 다스릴 수가 있다. 고귀한 작위와 높은 봉록도 사퇴할 수가 있다. 흰 칼날도 밟을 수가 있다. 하지만 중용만은 행할 수가 없다(子曰 : 天下國家可均也, 爵祿可辭也, 白刃可蹈也, 中庸不可能也)"라고 하였다.

71) 일참불인(一慚不忍) : 한 번 부끄러움을 참지 못하면 종신토록 부끄럽게 된다는 말. 왕유(王維)의 「위거사에게 주는 서한(與魏居士書)」에서, "근래에 도잠은 사판을 잡고 허리 굽혀 독우를 알현하는 것을 달가워하지 않아서 인끈을 풀어버리고 관직을 버리고 떠났지만, 뒤에 가난하여 걸식을 하여, 시에 '문을 두드리지만 말을 제대로 꺼내지 못하네'라고 하였습니다. 이것은 여러 차례 구걸을 해서 부끄러움이 많았던 것입니다. 앞서 한 번 독우를 알현하였더라면 편안하게 공전 서너 이랑의 소출을 먹었을 것을, 한 번 부끄러움을 참지 못하여 종신토록 부끄럽게 되다니!(近有陶潛, 不肯把板屈要見督郵, 解印綬, 棄官去, 後貧乞食, 詩云 : 叩門拙言辭, 是慙乞而多慚也. 嘗一見督郵, 安食公田數頃, 一慚之不忍, 而終身慚乎!)"라고 하였다. 앞에 나왔다.

그저 봉록이나 얻는 것이라면 괜찮겠지만, 만일 이 색력(色力)을 다하여 힘써 훈업을 이루는 일에 매진하여 공이 이루어지길 기다린 뒤 점차 녹야(綠野)72)나 향산(香山)73)의 옛일과 같은 일을 도모하려고 한다면, 모름지기 먼저 염라대왕과 함께 시득(始得 : 才智나 德行)을 분명하게 따져보아야 할 것입니다. 저는 그런 어리석은 생각은 하지 않습니다.

옛사람들이 벼슬에 나가거나 벼슬에서 물러나는 것은 모두가 물이 모여 큰 도랑을 이루듯 자연스러웠던 것이니, 원컨대 형님께서는 이런 생각을 마음에 두지 않으셨으면 합니다. 조정이나 저자에 있으면서 산림을 생각하는 것과 산림에 머물면서 조정이나 저자를 마음에 두는 이러한 두 가지 마음은, 하나는 뒤얽혀 미련을 두는 것이고 하나는 속된 기운에서 그러는 것입니다. 원컨대 형님은 분별하여 생각하지 말아주셨으면 합니다.

저는 다음 봄에 수로를 따라 북쪽으로 갈 예정이므로, 가을 기운이 청량할 때쯤이면 혹 뵈옵고 손바닥을 치면서 껄껄 웃을 수 있을 것 같습니다. 저는 술을 잘 못하지만 육안다(六安茶)74)의 좋은 것을 일, 이십 병 가지고 있으므로, 함께 청담을 나누며 마시는 것이 어떻겠습니까?

弟此時實當出, 所以遲回者, 實迂懶之故, 非眞不愛富貴也. 孔子曰 : "富而可求也. 雖執鞭之士吾亦爲之." 又曰 : "爵祿可辭也, 白刃可蹈

---

72) 녹야(綠野) : 당나라 때 중서령을 지낸 배도(裵度)의 일을 가리킨다. 배도가 벼슬에서 물러나 낙양(洛陽) 남쪽의 오교(午橋)에 꽃나무 만 그루를 심고서 그 중앙에 여름에 더위를 식힐 누대와 겨울에 따뜻하게 지낼 집을 짓고 녹야당(綠野堂)이라 이름을 붙인 뒤에 백거이(白居易)·유우석(劉禹錫) 등 문인들과 모여 시주(詩酒)로 소일하였다.

73) 향산(香山) : 백거이(白居易). 향산(香山)의 승려 여만(如滿)과 향화사(香火社)를 결성하고, 자칭 향산거사라고 하였다. 그는 실제로는 71세에야 완전히 퇴임하였지만, 마음은 상당히 일찍부터 퇴임의 경지에 들어서 있었다. 긴 만년의 시기를 보낸 낙양에서는 자적의 만족감을 노래하는 '한적(閑寂)'의 문학을 위주로 하였다.

74) 육안다(六安茶) : 육안(六安)에서 나는 차. 육안은 지금의 안휘성(安徽省) 육안현(六安縣)이다.

也." 將知愛富貴如此之急, 而辭爵祿如此之難, 弟亦何人, 欲作孔子以上人耶? 兄謂弟饑寒所迫, 一慚不忍, 以此鞭弟, 使樂就升斗則可. 若云趁此色力, 勉就勳業, 俟功成之後, 漸謀綠野·香山故事, 須先與閻羅講明始得, 弟不作此癡想也. 古人進退, 多是水到渠成, 願兄亦勿置此念胸中. 居朝市而念山林, 與居山林而念朝市者, 兩等心腸, 一般牽纏, 一般俗氣也, 願兄勿作分別想也. 弟明春將從水程北來, 秋淸或得抵掌. 弟不能拍浮, 六安茶佳者, 貯一二十甁, 供淸談中用, 如何?

유행소 의부(劉行素儀部)

초여름에 부소고(附疏稿)와 단전(短箋)을 인형에게 올려 뜻을 받아주시길 바랐는데, 끝내 사친(舍親)인 소잠부(蘇潛夫)[75]가 저지하였으므로, 아마 전(箋)도 역시 전달이 되지 않았을 것입니다.

저는 졸렬하고 게으른 성격이라 산림이 가장 알맞거늘, 주림과 추위에 내몰려서 역시 때때로 도원량(陶元亮 : 도연명)이 남의 집 문을 두드려 구걸을 하였던 것과 같은 부끄러운 짓[76]을 하고 있습니다. 왕거사(왕

---

75) 소잠부(蘇潛夫) : 소유림(蘇惟霖). 자는 운포(雲浦), 호는 잠부(潛夫)이다. 강릉(江陵) 사람이다. 만력 26년의 진사로, 일찍이 감찰어사(監察御使)를 지냈다. 『강릉현지(江陵縣志)』 권27에 전(傳)이 있다. 소유림과 원굉도는 절친하여, 원굉도가 죽은 뒤 소유림은 딸을 원굉도의 차남 악년(岳年)에게 시집을 보내고, 또 원굉도의 장녀를 며느리로 맞았다. 권2 「소모 만시(挽蘇母)」 참조.

76) 원량고문지치(元亮叩門之恥) : 도연명은 29세에 비로소 벼슬길에 나아갔으나 사안(謝安)과 사현(謝玄)이 죽고 정치가 어지러웠던 진(晉)의 효무제(孝武帝)의 치하에서 관료 생활에 안주하지 못하고 대단히 곤궁하였던 듯하다. 이때 그는 「걸식(乞食)」이라는 시를 지었다. 앞에 나왔다.

유)77)가 말하기를, "한가지 부끄러움을 참지 못하여 종신토록 부끄럽다니!"78)라고 하였습니다.

내년 봄에는 결단코 북쪽으로 떠나고자 하오니, 혹 큰 가르침을 받들 수 있을지 모르겠습니다.

夏初附疏稿及短箋, 上仁兄求達, 竟爲舍親蘇潛夫所止, 恐箋亦便浮沉也. 弟拙懶之性, 最宜山林, 而饑寒所迫, 亦時有元亮叩門之恥. 王居士有言 : "一慚之不忍, 而終身慚乎!" 明春決意北發, 或得領大敎也.

전
箋校교

1605년(만력 33년 을사) 공안(公安)에서 지은 글.
○ 유행쇼(劉行素) : 유근문(劉覲文). 자는 숙희(叔熙)이고 호가 행쇼(行素)이다. 단도(丹徒) 사람으로, 만력 23년의 진사이다. 예부원외랑(禮部員外郞)으로 있었다. 『유씨유서(劉氏遺書)』 14권이 있다. 『단도현지(丹徒縣志)』 권18에 전(傳)이 있다.

이상주79) 사업(李湘洲司業)

서신을 통하지 못한 것이 또 한 해 남짓 되었습니다. 괴문(槐門)80)에

---

77) 왕거사(王居士) : 왕유(王維). 왕유의 「위거사에게 주는 서한(與魏居士書)」을 가리킨다. 이 서한의 내용은 앞에 나왔다. 『전교』는 이 왕거사가 왕백곡(王百穀), 즉 왕치등(王穉登)을 가리킨다고 보았으나 잘못이다. 『지의』의 설을 따른다.

78) 일참지불인, 이종신참호(一慚之不忍, 而終身慚乎!) : 『전교』는 의문문으로 보아 〈一慚之不忍, 而終身慚乎?〉라고 표점을 하였으나, 감탄문으로 보아야 하므로 바로잡는다.

79) 이상주(李湘洲) : 이등방(李騰芳). 자는 자실(子實) 혹은 장경(長卿)이며, 호가 상주이다. 만력 20년의 진사로, 서길사(庶吉士)에 개수되었다. 여러 벼슬을 거쳐 좌유덕(左諭德)으로 옮기고, 예부상서에 이르렀다. 『이상주문집(李湘洲文集)』이 있다.

80) 괴문(槐門) : 원래는 삼공(三公)의 거처하는 문을 가리켜 삼공(三公)의 이칭으로 쓰이지만, 여기서는 당나라 때 학사원(學士院)의 제삼청(第三廳)인 괴청(槐廳)의 문을 가리켜, 학사원, 즉 국자감의 거처를 말한다. 그런데 당나라 때는 괴청에 거처하던 자들이 대부분 재상으로 들어간 사람이 많아서, 학사들이 다투어 괴청에 들려고 하였다고 한다. 여기서는 이등방이 학사원이라고 할 국자감에 있다가 재상부로 진출할 것을 기대

계시는 광경이 때때로 꿈이나 상상 속에서 떠오르고는 합니다. 마치 감람을 먹을 때 조금 신맛이 있지만, 맛을 돌이켜 음미할 때에 벼랑에서 채취한 꿀보다 몇 곱절이나 더 나은 것과 같습니다. 저는 가만히, 인형이 이 관직에 부합한다고 여깁니다. 하하.

지난해에는 다만 도화원[81])의 경승을 끝까지 다 보았으니, 정말로 방사와 신선의 객이 되었습니다. 산이 뾰족하고 수려하기는 대략 월 땅과 같되, 그윽하고 외지기는 월 땅보다 나으니, 기이함과 올바름이 서로 도와 증폭시키고 메마름과 고음이 각기 태깔을 달리하였습니다. 저는 이미 어선사(漁仙寺)의 한 조각 땅을 골라서 깃들어 은둔할 땅으로 삼았습니다. 다른 날 백두의 각로[82])께서 무릉계를 건너실 때에, 혹 길을 굽혀서 한 번 이르러 오시면 좋겠습니다.

『화원주』[83]) 1책은 귀문의 문생 아무개가 가져갔습니다. 그 사람은 재치가 있는 인사여서 더불어 이야기할 만하였습니다. 감히 대종사(大宗師)[84])의 위엄이 걷히기를 바랄 수야 없겠으나, 상례보다 조금 시간을 넉넉히 내어주시면 아주 많은 은혜가 될 것입니다.

고승백[85]) 형은 때때로 만나보시겠지요? 내년 봄 삼월에 답화(즉 꽃구경)하러 가겠다고 말씀드려 주십시오. 『화원주』는 다 보시거든 부디 고승백 형에게 전달해 주십시오.

하면서 한 말이다.
81) 도화원(桃花源) : 도연명의 「도화원기」에 나오는 이상향인데, 지리적으로는 도원산(桃源山) 아래 도화동(桃花洞)을 말한다.
82) 각로(閣老) : 관직에 있는 사람에 대한 존칭. 또한 황각로(黃閣老). 즉 재상이 되어 있을 이등방.
83) 화원주(花源注) : 도화원의 승경을 찾아 지은 시집을 해학적으로 말한 것임.
84) 대종사(大宗師) : 대선생. 혹은 명청 때 조정에서 부현(府縣)의 동생(童生)의 시험을 전담하도록 파견한 학정(學政). 제학(提學)을 대문종(大文宗) 혹은 대종사(大宗師)라고 하였다. 여기서는 대선생이란 뜻으로 사용하여, '모(某)'의 스승인 이등방을 가리킨다.
85) 승백(升伯) : 고승백(顧升伯), 즉 고천준(顧天埈).

不通往來訊, 又一年餘矣. 槐門光景, 時時形于夢想. 如啖橄欖, 略有酸氣, 至回味時, 却勝崖蜜幾十倍也. 不侫竊謂仁兄此官似之, 笑笑. 去歲直窮花源之勝, 眞方士仙人之所客也. 山尖秀略如越, 而幽僻勝之, 奇正相發, 瘦妍異態. 弟已選得漁仙寺一片地, 爲棲隱之所. 他時白頭閣老, 渡武陵溪時, 或可迂道一至也. 花源注一冊, 附貴門生某去. 其人翩翩士, 可與語, 不敢望霽大宗師威嚴, 比常例少寬日月, 爲惠多矣. 升伯兄時相見不? 致聲明春三月踏花至矣. 花源注看竟, 乞轉致之.

🔲전
筆校교   1605년(만력 33년 을사) 공안(公安)에서 지은 글.

증퇴여[86] 편수(曾退如編修)

신낭군[87]은 마음에 흡족해 하고 계십니까? 명월주[88]를 탐색하는 자는 반드시 향수의 큰 바다에서 찾아야 하니, 사두(沙頭)[89]는 정말 도랑의 봇물에 불과할 따름이니, 어이 큰 철망을 허용하겠습니까? 그렇기는 하지만 남쪽 끝 변방에서라야 비로소 녹주(綠珠)를 얻는 법입니다. 노두(老杜: 두보)는 말하길, "만약 무산의 여인을 추하고 못생겼다고 한다면, 어이하여 이곳에 소군촌[90]이 있단 말인가?"[91]라고 하였습니다. 성을 기울일 만

---

86) 증퇴여(曾退如) : 증가전(曾可前). 권33 「증장석 태사에게 부치다(寄曾長石太史)」 참조
87) 신낭군(新郎君) : 당나라 때 새로 급제한 진사. 여기서는 진사시에 갓 합격하여 한림원 편수로 있는 증가전(曾可前)을 말한다.
88) 명월(明月) : 명월주(明月珠).
89) 사두(沙頭) : 공안의 사시(沙市).
90) 소군촌(昭君村) : 호북성 흥산현(興山縣)의 남쪽에 있는 마을. 『태평환우기(太平寰宇記)』에 따르면 한나라 왕장(王嬙), 즉 왕소군(王昭君)이 이 읍 사람이라서 소군의 현[昭君之縣]이라고 하는데, 마음은 무협(巫峽)에 이어져 있으니, 바로 이 땅이라고 하였다. 『안릉부지(安陵府志)』에는 소군촌이 형문주(荊門州)에 있다고 하고 두보의 회고(懷古) 제3수 "군산만학이 형문으로 달리고, 명비가 생장한 마을이 아직도 있네(群山萬壑赴荊

한 요염한 미인은 정말로 땅을 가리지 않고 나는 법입니다. 하하.

헌부92)의 말씀이 족하가 곧 오리라고 하던데, 과연 그런지요? 저는 장차 청계(靑溪)의 학93)을 기다렸다가 족하를 모시겠습니다만, 다만 정녕 둥지 속에서 입은 은혜와 사랑을 베어버릴 수가 없을 듯합니다. 어찌하겠습니까!

서신을 부치려고 하는데 마침 소리봉두(小李蓬頭)94)가 말하길, 장차 동쪽으로 가서 증각로(즉 증퇴여)를 뵈올 것이라 하기에, 서신 한 장을 적어서 부칩니다.

新郎君得意不? 探明月者, 必于大香水海, 沙頭固溝洫也, 豈能容許大鐵網乎? 雖然, 南荒邊地, 乃得緣珠, 老杜云:"若道巫山女麤醜, 何得此有昭君村?" 傾城之妖, 固未必擇地也, 笑笑. 獻夫道足下當來, 果不? 弟且遲靑溪鶴待足下, 政恐未能割却被窩中恩愛耳. 奈何! 正欲寄訊, 適小李蓬頭云, 將東見曾閣老, 便書一紙付之.

전校교 1605년(만력 33년 을사) 공안(公安)에서 지은 글.
○ 不敢望霽大宗師威嚴 : 大는 패란거본에 太이지만 서종당본·소수본·이운관본을 따라 고친다.

門, 生長明妃尚有村)"를 인용하였다.
91) 약도무산녀추추, 하득차유소군촌(若道巫山女麤醜, 何得此有昭君村) : 두보의 「부신행(負薪行)」에 나오는 구절이다.
92) 헌부(獻夫) : 어쩌면 소유림(蘇惟霖) 형제인지 모른다. 소유림의 자가 잠부(潛夫)이니, 헌부(獻夫)와 의미가 부합한다.
93) 청계학(靑溪鶴) : 청계는 절강성(浙江省) 청전현(靑田縣) 목계(沐溪)를 말한다. 전하는 말에 이 마을에 한쌍의 백학이 있어 매년 어린 학을 낳아, 다 자라면 늙은 학을 떠나 날아갔다고 한다. 『초학기(初學記)』권30과 『예문유취(藝文類聚)』권90에 인용된 「영가군기(永嘉郡記)」에 나온다. 여기서는 원굉도가 스스로를, 어버이를 떠나 멀리 날아가는 학에 비유하였다.
94) 소리봉두(小李蓬頭) : 누구인지 미상.

비태부[95]에게 답하다(答費太府)

서기(敍記)는 모두 초고를 잡으라고 독려하시기에 별도로 붙여서 올리오니 첨삭을 하여 주시기 바랍니다. 저는 실로 문장을 잘 하지 못하거늘, 어이 부림[役]에 이바지할 수 있겠습니까? 그렇거늘 하사품을 중하게 내리시니, 더욱 헐떡이게 되어 제대로 일을 맡아하지 못할까봐 걱정하였습니다.

그러다가 얼마 뒤에 스스로, "문장을 잘 하지 못하는 자를 선발한 것은 문하께서 간별(簡別 : 선택)을 내려주신 것이므로, 온당한 재주가 아닌 사람에게 간별을 내려 주신 것은 문하의 책임이다. 하지만 그 부림에 이바지하지 않는다면 그것은 천한 선비가 윗사람을 오만하게 대하는 것이 되므로 과실을 저지르는 것이 실로 심대하다"라고 생각하게 되었습니다.

그래서 마침내 하루에 양쪽 원고를 갖추어, 오로지 신속하게 올리려고만 하였습니다. 그렇기에 글이 더욱 옹졸하게 되었습니다만, 이는 또한 장차 신속함으로 옹졸함의 허물을 덮으려고 한 것입니다. 하하.

敍記皆勉屬草, 附呈求削. 某實不文, 豈能供役? 又重之貺, 益惴惴焉, 懼不任也. 旣而自念, 不文自門下授簡, 授非其才, 門下責也. 不供則以賤士傲長者, 負過實深. 遂以一日兩具稿, 唯其速, 是以益拙, 又將以速掩拙也. 笑笑.

> 校 1605년(만력 33년 을사) 공안(公安)에서 지은 글.
> ○ 又重之貺 : 之는 이운관본에 遠으로 되어 있다.

동현재[96] 태사에게 답하다〈答董玄宰太史〉

연중(燕中 : 북경)의 여러 군자들을 따라 노닌 것은 마치 전단[97]의 숲에 있는 것과 같아서, 매번 분향하고 시질(詩帙)을 펼치며 청언(淸言)을 하루 종일 나누어, 저쪽에서 한가지 의리를 세우면 이쪽에서 반박의 의리를 내세웠으니, 가히 늙음이 장차 이르러 옴을 몰랐다[98]고 말할 수 있었습니다. 노성인의 전형(典刑)이 너무 멀리 계셔서, 서화문[99]의 길 위에 계시니, 돌연 마음이 참담해집니다. 비유하자면 아름다운 나무 아래서 쉬는 사람이 그 나무의 짙은 그늘 덕임을 잊고 있다가, 하루아침에 그 나무를 떠나게 되고서야 비로소 붉은 먼지와 뜨거운 태양의 고통을 느끼게 되는 것과 같다고 하겠습니다.

저는 일찍이 이 세상에 겸재(兼才)[100]가 없다고 탄식하였지만, 족하(그대)께서는 거의 그러한 재주를 포괄하고 계십니다. 성명(性命)의 학술과 소아(騷雅), 서원(書苑)과 화림(畫林)을 두루 지니셨습니다. 옛날에 이 도를 아울렀던 분으로는 오로지 왕우승(王右丞 : 왕유)과 소옥국(蘇玉局 : 소식)뿐이었는데, 마힐(摩詰 : 왕유)은 임지(臨池)[101]하여 서법을 익혔다는 명예가 없고, 파공(坡公 : 소식)의 염한(染翰)[102]은 고작 마른 대와 뾰족한 바위를

---

96) 동현재(董玄宰) : 동기창(董其昌). 권6 「동사백(董思白)」을 참조.

97) 전단(栴檀) : 전단향(栴檀香). 인도산 향나무의 일종.

98) 부지노지장지(不知老之將至) : 왕희지(王羲之)의 난정서(蘭亭叙)에 "무릇 사람이란 한 세상을 함께 부앙(俯仰)하면서, 혹은 회포를 들어서 한 방안에서 마주하여 이야기하기도 하고, 혹은 뜻을 가탁하는 바에 의거하여, 형해(形骸)의 바깥을 방랑하기도 하여, 비록 삶의 방식은 만가지로 다르고, 고요한 자태와 동적인 행동도 서로 다르지만, 자신이 처한 경우에 흔연해 하여 잠시 자기의 처지에 만족하여 쾌히 자득해서, 늙음이 장차 이르러 올 줄을 모르는 법이다(夫人之相與俯仰一世, 或取諸懷抱, 悟言一室之內, 或因寄所託, 放浪形骸之外. 雖趣舍萬殊, 靜躁不同, 當其欣於所遇, 暫得於己, 快然自得, 曾不知老之將至)"라고 하였다.

99) 서화(西華) : 북경 서화문(西華門).

100) 겸재(兼才) : 다른 사람의 재주를 아우를 만한 재주. 또한 학문과 여러 기예를 동시에 갖춘 재주.

101) 임지(臨池) : 즉 묵지(墨池)의 고사가 있을 만큼 서법(書法)에 정통함을 말한다.

칠 줄 알았습니다. 그러므로 저는 장차 족하를 왕(王)과 소(蘇)의 사이에 위치 지을 생각이온데, 세상 사람들이 마땅히 제 말을 지언(知言)이라고 여길 것입니다.

초(楚) 땅의 문체는 나날이 황폐하여, 아로새김을 힘쓸 뿐이고 정신과 감정은 모두 없어지고 말았습니다. 종장(宗匠)께서 그 무너진 것을 힘껏 만회하시는 바에 힘입기를 기대합니다.

높은 깃발이 두 번이 강기슭을 지나갔습니다만, 저는 멀리 수풀 속에 엎드려 숨을 죽이고 산봉우리를 바라보듯 우러러 보고 있었습니다. 그런데도 외람되이 멀리 하사품을 내리시니, 부끄러운 마음이 실로 심합니다. 여섯 해 동안 꿈꾸고 상상하던 것을 하루아침에 잃어버리고 말았으므로,103) 대단히 망연하여 스스로를 한탄할 따름입니다.

燕中與諸君子周旋, 如在旃檀林, 每焚香展帙, 清言彌日, 彼竪一義, 此建一難, 可謂不知老之將至. 典刑旣遠, 西華道上, 頓爾落莫. 辟如息佳木者, 忘其濃蔭, 一旦失去, 始有紅埃白日之感也. 不佞嘗嘆世無兼才, 而足下殆奄有之. 性命騷雅, 書苑畫林, 古之兼斯道者, 唯王右丞‧蘇玉局, 而摩詰無臨池之譽, 坡公染翰僅能爲枯竹巉石, 不佞將班足下于王‧蘇之間, 世當以爲知言也.

楚中文體日敝, 務爲雕鏤, 神情都失, 賴宗匠力挽其頹. 高牙兩過江干, 不佞遠伏林莽, 息心望岫, 旣辱遠貺, 愧感實甚. 六年夢想, 失之一朝, 殊惘然自恨也.

전
筆校
교
1605년(만력 33년 을사) 공안(公安)에서 지은 글.
○ 殊惘然自恨也 : 惘은 유고본에 怏으로 되어 있다.

---

102) 염한(染翰) : 붓에 먹을 묻힌다는 뜻으로, 여기서는 화법(畵法)을 말함.
103) 육년몽상(六年夢想), 실지일조(失之一朝) : 여섯 해 동안 공안에 침거하여 천석 사이에서 자적하던 삶을 하루아침에 잃어버리고 권문에 명함을 들이게 된 것을 말한다.

설좌할에게 답하다(答薛左轄)

지난 겨울에는 외람되이 멀리 심부름꾼을 보내주셔서, 저의 여행길을 빛내주셨습니만, 저는 이미 여정을 쉬고 있습니다. 그런데 저의 죽은 형 서자(庶子)[104]의 형수 유인(孺人)이 세상을 떠나서, 그 때문에 뒷일을 처리하느라 집안 일이 아주 바빠서, 지금까지 미적미적 하던 차에, 문하께서 인자한 서신을 보내어 질책하시는 말씀을 다시 듣게 되어 주었습니다.

하지만 봄이 되면 즉시 북쪽으로 가겠습니다. 구렁에 뒹굴 몸뚱이가 간신히 살아남은 격이거늘 어이 아로새기고 꾸미고 하겠습니까만, 어르신의 독려가 있기에 제 한 몸의 근골을 감히 아낄 수가 없을 따름입니다.

客冬辱遠使, 光行役, 已秣馬矣, 而先庶子嫂孺人卽世, 爲之料理後事, 家政旁午, 遷延至今, 有負門下慈命. 然入春卽當北上. 斷溝之殘, 豈容雕飾, 抑堂上鞭策, 不敢自愛筋骨耳.

【전교】 1606년(만력 34년 병오) 공안에서 지은 글.

○ 설좌할(薛左轄) : 설삼재(薛三才). 자는 중유(仲孺). 정해(定海) 사람이다. 1586년(만력 14년)의 진사로 병과급사중(兵科給事中)을 제수받고, 여러 관직을 거쳐 산동 포정사(山東布政使)에 이르렀다. 뒤에 병부상서(兵部尙書)에 승진하여 임기 중에 죽었다. 『절강통지(浙江通志)』 권159에 전이 있다. 이때 산동 포정사였다.

○ 已秣馬矣 : 秣은 패란거본에 잘못 抹로 되어 있다.

---

104) 서자(庶子) : 우서자(右庶子). 원종도의 마지막 관직이 춘방(春坊)의 우서자였으므로 이렇게 칭한 것이다.

이유경[105]에게 답하다(答李酉卿)

아우는 2월에 장차 동쪽으로 내려가 수로로 서울에 들어가려고 하는데, 그때 한 번 오언(晤言)을 할 수 있을 것 같군요. 비록 오언을 나눌 수는 없다고 하여도 함께 모이는 일이 멀지 않을 것입니다. 여러 형께서 이 큰 일을 이끌고 나가는 것을 알고 아우는 아주 유쾌하였습니다.

매장공[梅之煥]은 언제 출발하십니까? 저는 초봄에 이미 배를 갖추었으나, 읍대부(지현)가 읍승(읍지)을 편찬하는 일을 맡겨서,[106] 궁한 시골을 위해 과장이 적도록 하려고 여러 사서를 점검하고 자료를 모으지 않을 수 없어, 출발하는 기일이 조금 지체되었습니다. 그러나 4월에는 결단코 남쪽으로 가려고 하니, 형께서는 부디 나를 기다리시기 바랍니다. 염공[107]과 매장공에게 말씀을 드려서, 강기슭의 약속을 하시면 곧 함께 갈 수 있으리라고 하여 주십시오.

보내주신 편지에 "매형상(梅衡湘 : 梅國楨)[108]은 착오로 죽었다"라고 하셨는데, 그것은 염라대왕의 실수입니다. 구장유(丘長孺)[109]가 낭패를 당한 것도 이와 같은 이유이니, 아마도 그들은 염라대왕도 이루다 쓸 수가 없어서 세상에 남기게 된 점경(點景)일 뿐일 것입니다. 형은 근기와 기량이 그러하거늘 도를 공부하는 것에 대하여 무어 우려할 것이 있겠습니

---

105) 이유경(李酉卿) : 이장경(李長庚). 자가 유경(酉卿)으로, 마성(麻城) 사람이다. 1595년(만력 23) 진사가 되어 호부주사(戶部主事)를 제수 받았으며, 강서좌우포정사(江西左右布政使)를 지냈다. 숭정(崇禎) 연간에 관직이 이부상서(吏部尙書)에 이르렀다. 『명사(明史)』 권256에 전(傳)이 있다.

106) 읍대부이읍승견역(邑大夫以邑乘見役) : 공안 지현(公安知縣) 전윤선(錢胤選)이 「공안현지(公安縣志)」를 편수하는 일을 맡긴 것을 말한다.

107) 염공(念公) : 무념(無念). 이름은 심유(深有)이다. 마성(麻城) 용호(龍湖) 지불원(芝佛院)의 주지이다. 무념은 이지(李贄)의 학문에 심복하여, 제자의 예를 취하였다.

108) 매객생(梅客生) : 매국정(梅國楨). 대동 순무(大同巡撫)였다. 권5 「매객생(梅客生)」의 전(箋) 참조.

109) 구장유(丘長孺) : 구탄(丘坦). 당시 무거(武擧)에 응시하여 불합격하였으므로, 원굉도는 다른 서신에서 그의 '운명이 박하다'고 하였다.

까. 정히 학문을 하지 않음이 두렵지, 학문을 한다면 오입(悟入)하지 않을
리가 없습니다. 다만 급하게 서두르지 않는 것이 제일의(第一義)입니다.
급하게 서두르면 지해(知解)[110]의 소굴 속으로 빠져 들어가, 쉽게 벗어나
올 수가 없습니다.

　弟二月終將東下, 由水道入京, 此時便可一晤. 縱不晤, 聚首不遙. 得
諸兄提挈此大事, 弟之至快也. 梅長公何時發? 弟春初已具舟, 而邑大
夫以邑乘見役, 欲爲窮鄕少誇張, 未免檢括諸史, 行期稍濡, 然四月決
可南, 兄幸俟我. 致聲念公·長公, 江干之約, 便可同赴. 來書云 : "錯死
了梅衡湘." 此閻羅錯也. 丘大狼狽乃爾, 恐閻羅亦用他不着, 留與世間
點景而已. 兄根器如此, 何憂學道, 政恐不學, 學則無不入之理. 但莫急
性是第一義, 急性則走入知解窠裏, 容易脫不出也.

전
校
教
　1606년(만력 34년 병오) 공안에서 지은 글.
　○ 매장공(梅長公) : 매지환(梅之煥). 자는 빈보(彬父)로 호가 장공(長公)이
며, 별호는 신천(信天)이다. 1604년(만력 32년)의 진사로, 서길사(庶吉士)에 개수되
었다. 7년 뒤에는 이과급사중(吏科給事中)을 제수받았다. 숭정 초에 우첨사도사(右
僉都御史)로서 감숙(甘肅)을 순안(巡按)하였고, 일찍이 침입하는 달단(韃靼) 군사를
대파하였다. 『명사』 권248에 전이 있다.
　○ 弟二月終將東下 : 二는 서종당본·소수본·유고본에 三으로 되어 있다.
　○ 未免檢括諸史 : 史는 패란거본에 吏이지만 서종당본·소수본·유고본·이운관
본을 따른다.

이항주에게 주다(與李杭州)

　동화문[111]에서 한 번 이별한 것이 대개 팔 년 전 일입니다. 인형은 오

---

110) 지해(知解) : 분별지(分別智)를 휘둘러 참지식이라고 오해하는 누습.

마(五馬)¹¹²⁾의 직책으로 성읍을 전담하고 있거늘, 저는 여전히 하잘 것 없는 풍초(豊草)¹¹³⁾에 불과하니, 혹여 우활하고 완만하다고 조롱하지 않으실지요?

호림(虎林)¹¹⁴⁾은 이름난 고을입니다. 지난날 백태부(白太傅 : 백거이)가 낙양에 들어가서도 오히려 "강남의 추억은 항주가 가장 그립다"라고 하였으니, 항주가 얼마나 아름다운지 알 만합니다. 하지만 당나라 때 태수였던 분들은 공사의 여가에 산수에서 마음껏 감정을 풀었는데, 분대 칠한 가희는 안개 낀 남기의 산과 함께 비취빛을 띠었고, 갈피리와 북은 솔바람 소리와 교대로 음악을 연주하였습니다. 또 소화중(蘇和仲 : 소식)이 수령이었을 때는 매번 나가 노닐 때마다, 아전들을 여러 조로 나누고 기녀들을 차출하여 쇠북을 울리고 함께 모여 식사를 하였습니다. 그래서 항주 사람들이 지금도 미담으로 여깁니다.

인형께서 만일 이렇게 주선하실 수 있다면, 이 아우는 마땅히 날짜를 서둘러서 동쪽으로 내려가 유미당(有美堂)¹¹⁵⁾ 안의 손님이 되겠습니다. 하하.

마침 저의 연우(年友)¹¹⁶⁾인 효렴(孝廉) 도효약(陶孝若)¹¹⁷⁾이 육교(六橋)¹¹⁸⁾

---

111) 동화(東華) : 동화문(東華門). 북경 고궁의 동문 안에 있다. 원종도는 당시 동궁 강관(東宮講官)으로 있었으므로 동화문 안의 궁중에서 당직을 하였다.

112) 오마(五馬) : 수령의 직을 말함.

113) 풍초(豊草) : 무성한 들풀. 『시경』 「소아(小雅)」 「담로(湛露)」편에 "흠씬한 이슬이여, 저 풍초에 있도다(湛湛露斯, 在彼豊草)"라고 하였다.

114) 호림(虎林) : 즉 무림(武林). 항주(杭州)를 말한다. 강서성(江西省) 여간현(餘干縣) 동북쪽.

115) 유미당(有美堂) : 소식(蘇軾)에게 「유미당에 손님을 모았는데, 주분 장관과 여러 승려들이 함께 서호에 배를 띄우고 북산의 호수로 가다가 당에서 노래하고 웃는 소리를 들었다면서 시를 보내 왔기에 그 시에 화운하여 두 수를 짓는다. 당시 주분은 복중에 있었다(會客有美堂 周邠長官與數僧同泛湖 往北山湖中 聞堂歌笑聲 以詩見寄 因和二首 時周有服)」라는 제목의 시가 있다.

116) 연우(年友) : 동년(同年)의 친구. 도효약은 원굉도와 만력 16년 향시의 동년인데, 20년 동안 북경의 회시에 응시하였으나 진사에 합격하지 못하고는 궁벽한 작은 고을인 기현(祁縣)의 학관이 되었다.

117) 도효약(陶孝若) : 도약증(陶若曾). 이때 거인(擧人)의 신분으로 기문 교유(祁文教諭)가 되었다.

286   역주 원중랑집 8

에서 꽃구경을 하다가, 편지를 부쳐와 인형의 안부를 물었습니다. 도효약
은 멋진 인사로, 장차 동남의 경승을 두루 다 돌아보려고 하여, 먼저 호림
(무림)에서 유람을 시작하였을 따름이지, 동쪽의 제후에게 벼슬을 구하려
는 것이 아닙니다.

東華一別, 蓋八年所. 仁兄五馬專城, 而弟猶碌碌豊草, 得無以迂緩
見笑耶? 虎林, 名郡也. 昔白太傳入洛陽, 猶云 : "江南憶, 最憶是杭州",
足知杭之佳麗也. 然唐時爲太守者, 公事之餘, 放情山水, 歌黛與烟嵐
共翠, 笳鼓與松風間作. 蘇和仲爲守, 每出遊時, 分曹徵妓, 鳴金聚食,
杭人至今以爲美談. 仁兄若能辦此, 弟當刻日東下, 爲有美堂中客也.
笑笑. 適敝年友孝廉陶孝若看花六橋, 附字奉訊. 孝若佳士, 將窮東南
之勝, 經始虎林耳, 非有干于東諸侯者也.

왕백곡[119]에게 주다(與王百穀)

왕로[120]의 승려가 와서, 주옥이 거의 책상머리에 가득하듯 하였습니

---

118) 육교(六橋) : 송나라 소식(蘇軾)이 항주지사(杭州知事)가 되어 서호(西湖) 속에 봉니
(封泥)를 쌓아서 긴 둑을 만들었다. 그 둑 가운데 육교(六橋)가 있다.
119) 왕백곡(王百穀) : 왕치등(王穉登). 만력 연간에 조칙으로 국사를 편수할 때, 대학사 조
지고(趙志皐) 등이 왕치등과 위학례(魏學禮)·육필(陸弼)·왕일명(王一鳴)을 천거하여,
조칙으로 징소하여 등용하려 하였으나, 건의가 올라가기 전에 사국(史局)이 파하였다.
위에 나왔다.

다. 봉함을 열자마자, 여러 아우들과 마을 청년들이 한 종이씩 가지고가서, 불초는 졸부가 강도를 만난 것과 같았습니다. 정말 크게 웃을 만합니다.

들자하니 왕선생께서는 더욱 건강하셔서 젊은 미인과 함께 아들을 낳으셨다고 하니, 늙어서도 용맹하심을 상상할 수 있겠습니다. 저는 사십도 못되어서 이미 쇠하였는데 이 소식을 들으니 매우 부럽습니다. 아마도 족하께서 남모르는 비법을 가지고 계신 것 같은데, 그렇지 않다고 하시면 저를 속이시는 것입니다.

강영[121]이 끝내 수(壽)를 다하지 못하였으니, 애석합니다! 세상에 어찌 다시 이런 사람이 있겠습니까? 원무애[122]에게 말을 전하여, 구학 중에 거의 시신이 되어 뒹구는 자가 어이 족히 다 거두어져 창졸간에 수놓은 비단이 입혀지겠느냐고 하여 주십시오

저의 동년[123] 도효약(즉 陶若曾)은 관령과 같은 시사의 친구입니다만, 왕선생의 명성을 흠모한지 오래입니다. 사람됨이 청수(淸修)한 인사이니, 족하께서 보시면 스스로 식별하실 수 있을 것입니다.

王路僧來, 珠王幾滿案頭. 甫開函, 而諸弟及里中少年, 各持一紙去, 不肖如暴富兒被掠, 眞可一笑也. 聞王先生益健飯, 猶能與靑娥生子, 老勇可想. 不肖未四十已衰, 聞此甚羨. 恐足下自有秘戱術, 不則誑我也. 江令遂不祿, 惜哉! 世豈復有斯人? 致聲袁無涯, 溝中之斷, 豈足復收而橫被之繡也. 敝同年陶孝若, 關令同社友也, 慕王先生名且久, 其

---

120) 왕로(王路) : 고소(姑蘇)의 왕로암(王路菴). 권40 「왕로암의 소에 제하다(題王路菴疏)」를 참조.
121) 강령(江令) : 장주 지현(長洲知縣) 강영과(江盈科)로, 이때 이미 죽은 뒤이다.
122) 원무애(袁無涯) : 원숙도(袁叔度). 자가 무애(無涯)이며, 오현(吳縣) 사람이다. 원굉도 형제, 이지(李贄)와 친구였다. 원굉도의 시문집 7종을 목판으로 간행하였다. 앞에 나왔다.
123) 동년(同年) : 앞서 말하였듯이, 도효약은 원굉도와 만력 16년 향시의 동년이다. 그는 20년 동안 북경의 회시에 응시하였으나 진사에 합격하지 못하고는 궁벽한 작은 고을인 기현(祁縣)의 학관이 되었다.

人淸修士, 足下見自識之.

🔲전
筆校교 1606년(만력 34년 병오) 공안에서 지은 글.
○ 관령(關令) : 관정선(關政善). 자는 심곡(心轂)이고, 민지(澠池) 사람이다.
1604년(만력 32년)의 진사로, 1605년(만력 33년) 10월에 장주 지현(長洲知縣)에 임명
되고 1607년(만력 35년)에 상을 당하여 떠났다.『장주현지(長洲縣志)』「직관표(職官
表)」에 나온다. 단『장주현지』는 '政善'을 잘못하여 '善政'으로 표기하였는데,『명
진사제명비(明進士題名碑)』에 의거하여 정정한다.

반무석(潘茂碩)[124]

연경에서 한 번 헤어진 뒤 훌훌 일곱 해가 지났습니다. 사람이 태어나
얼마나 산다고, 이렇게 헤어져 이별하여야 한단 말입니까! 지금 인형께
서는 훨훨 나는 오마(五馬 : 지방관)의 벼슬이지만, 아우는 옛날의 저와 같
습니다. 오로지 나무와 바위를 관아의 부서로 삼고 새와 물고기를 제민
(같은 평민)[125]으로 삼으며 상정(주령)과 바둑의 격식을 법령으로 삼아, 스
스로 우활하고 소탈한 성격을 분으로 알고 지냅니다. 나랏일의 경영이란
점에서는 정말로 그런 것이 당연하겠습니다만, 준승(규범)에 맞지 않는
가죽나무가 세상에 결국 무슨 보탬이 되겠습니까!
가대인(부친)이 저를 심하게 채근하시므로, 가을이 되면 억지로 얼굴
표정을 짓고 한 번 나가야 하겠습니다. 비유하자면 호손(원숭이)이 새장
에 들어가는 것[126]과 같으니, 어찌 펄쩍펄쩍 뛰는 것을 감내하겠습니까?

---

124) 반무석(潘茂碩) : 반진(潘榛). 자가 무석이다. 또 다른 자는 무곤(茂昆)이다. 추현(鄒縣)
사람으로, 만력 20년의 진사인데, 청현(青縣) 지현의 직을 받았다.『청현지(青縣志)』권
5 「관제(官制)」편을 참조. 뒤에 여러 관직을 거쳐 산서(山西) 안찰사가 되었다.
125) 제민(齊民) : 평민.『관자』「군신 하(君臣 下)」에, "제민은 노동력으로 먹어, 근본을 만
든다(齊民食于力, 則作本)"라고 하였다.
126) 호손입롱(胡孫入籠) : 송나라 매요신(梅堯臣)이,『당서(唐書)』편수의 관직을 제수받

어쩌면 길들이고 친숙하게 하기를 오래하면 완고한 성품이 돌연 바뀌어서 마침내 사람에게 부림을 당할 것인지, 역시 알 수가 없군요.

산 속에 오래 살다보니, 운람(雲嵐)과 친숙하여졌으나, 역시 가증스럽기도 합니다. 사람의 정이란, 제철의 채소와 신선한 과일을 보면 가져다 먹기를 혹여 미치지 못하지나 않을까 염려하듯이 하지만, 한참 오래되다고 보면 염증을 내지 않는 것이 없습니다. 그것이 역시 늘 그런 식인 것입니다.

燕中一別, 忽忽七年. 人生幾何時, 而暌隔若此! 今仁兄翩翩五馬, 而弟猶故吾也. 唯是木石以爲曹署, 魚鳥以爲齊民, 觸政弈格以爲令甲, 自分迂疎之性, 其爲經濟固爾, 不中繩之樗, 于世竟何益也! 家大人迫弟甚, 入秋當强顔一出. 辟之胡孫入籠, 豈堪跳擲? 或者馴狎之久, 頑性頓革, 遂復見役于人, 亦未可知. 山居旣久, 與雲嵐熟, 亦復可憎. 人情遇時蔬鮮果, 取之唯恐不及, 迨其久, 未有不厭者, 此亦恆態也.

전
筆校교 1606년(만력 34년 병오) 공안에서 지은 글.

○ 가대인(家大人) : 원사유(袁士瑜). 『사고존목제요(四庫存目提要)』에 원사유 『해여편(海蠡編)』 2권을 저록한 것을 보면, 그 해제에 이러하다. "사유(士瑜)는 호가 칠택(七澤)으로 공안 사람이다. 즉 종도, 굉도, 중도의 아버지이다. 그 책의 취지는 불가와 유가 2가가 근원이 같되 유파가 다름을 위주로 하였는데, 혹은 불경을 원용하여 공자를 호통하고 혹은 공자를 가지고 불교를 증명하였다. 그리고, 염락 제현이 성인의 서적을 해석한 것이 오묘하고 통창하여 마치 술 동이를 가지고 바다에 쏟는 것과 같았으나, 이 편은 여(蠡)를 가지고 바다에 쏟는 것과 같으므로 이름을 '해여편'이라고 한다고 하였다. 첫 권의 첫머리에는 '명덕은 지선에서 그친다'는 것을 해석하였는데, 대개 석씨의 허무적멸의 설과 무선무악의 설에 근본하여 부연한

고 아내에게, 스스로 자유자재하게 지내지 못하게 된 것을 '원숭이가 푸대에 들어간 꼴(胡孫入袋)'이라고 말하였다는 고사를 연상시킨다. 그때 매요신의 아내는 매요신에게 당신의 벼슬살이는 '메기가 죽간 위에 올라간 것(鮎魚上竹竿)'과 무엇이 다르냐고 대구하였다고 한다.

것이다. 아마도 요강(姚江: 왕양명) 말류를 따라서 그 근본을 바꾸어 더욱 혹심하게 한 것이라고 하겠다(士瑜號七澤, 公安人. 卽宗道‧宏道‧中道之父也. 其書旨以 僧儒二家同源異派, 或援釋疏孔, 或證孔于釋. 謂濂‧洛諸儒于聖人書詮釋妙暢, 如樽注海, 是編如鑫注海, 故名海鑫編. 開卷釋 "明德止于至善", 皆本釋氏之虛寂 與無善無惡之說而曼衍之, 盖沿姚江末流而變本加厲者也)."

○ 頑性頓革 : 頓은 패란거본에 須로 되어 있지만 서종당본‧소수본‧유고본‧이 운관본을 따라 고친다.

『사고존목제요(四庫存目提要)』는 『해여편(海鑫編)』 2권을 원사유(袁土瑜) 의 저술이라고 하였으나, 『해여편』은 실은 원굉도의 형 원종도가 1590년 (만력 18년) 하반기에서부터 1591년(만력 19년) 봄까지 공안현의 집에서 자기의 학 술연구의 사상을 천술하고 종합한 저술로, 원사유와는 관계가 없다. 이 단행본은 뒤 에 『백소재유집(白蘇齋類集)』에 수록되었다. 원래의 제목은 「설서류(說書類)」로, 모두 106조항이다.

소잠부(蘇潛夫)[127]

최근에 『병화(瓶花)』‧『소벽(蕭碧)』 두 문집을 간각하느라, 거의 유호장 (柳湖莊)[128]을 팔 뻔하였습니다. 헤아리건대 이 달 안에 책으로 엮일 것 같습니다만, 멀리 부치느라 종이와 먹을 너무 허비할 수는 없을 것 같습 니다.

한회(寒灰)[129]는 아무래도 괜찮은 사람이어서, 유랑에 거주하면서 담 론을 아주 많이 하고 있습니다.

형은 화두에 착락한 바가 있겠지요? 부귀의 장은 사람을 쉬이 골몰하

---

127) 소잠부(蘇潛夫) : 소유림(蘇惟霖). 자는 운포(雲浦), 호가 잠부(潛夫)이다. 강릉(江陵) 사람이다. 앞에 나왔다.
128) 유호장(柳湖莊) : 즉 유랑관(柳浪館).
129) 한회(寒灰) : 원굉도가 공안(公安) 석두암(石頭菴)에서 사귄 승려. 석두암 승려 냉운 (冷雲)과도 가까웠다.

게 만듭니다. 눈앞에 당장 임운자재(任運自在)한 것은 오사모 쓴 관리입니다. 이는 하인이 떠받들므로, 이는 생사의 문제가 눈앞에 이르러오지 않기에, 하고 싶은 말을 제멋대로 크게 떠벌려 마치 자미(재미)가 있는 듯하기 때문입니다. 그들은 종일토록 소탈하고 털털하지만, 이것은 모두가 다른 광경을 빌려 온 것이므로 학문이라고 오인해서는 안됩니다.

우리 고장에 욕심쟁이가 있습니다. 그가 우연히 옆집을 들렀더니, 주인이 막 나가면서 갑자기 여종을 불러, "내게 술 주전자를 씻어다오!" 하기에, 욕심쟁이는 행동거지가 날 듯하고 정신이 온 몸에 쭉 흐르는 듯하였더랍니다. 얼마 있다가 주인이 다시 여종을 부르더니, "주전자를 씻었거든 급히 아무개 집에 보내거라"라고 하였습니다. 욕심쟁이는 신색이 돌연 저상하는 느낌이 들었습니다. 비로소, 아까 주인의 말을 듣고 자기를 위한 즐거운 술자리가 있으리라고 오인하였던 것임을 알았답니다.

이 말은 아주 긴절하므로, 이것을 우스개 이야기라고 여기지 마십시오. 만약 우스개 이야기라고 이해한다면, 틀림없이[130] 그 사람은 문외한입니다.

왕칙지(王則之)[131]에게는 서신을 따로 쓰지 못하였으니, 부디 이 문자를 그에게 보여주십시오.

팔월 초 무렵에 아우는 분명히 북쪽으로 출발할 것입니다. 지난날에 단양 지현 팽씨[132]가 아우 소수에게 말하길, "만약 기한을 넘긴다면, 마땅히 병으로 기한을 어겼다는 사유서를 받아야 하겠다"라고 하였답니다. 그 고을을 도중에 들르게 될지 모르겠습니다.

아우는 이 한 가닥 게으른 힘줄을 정말로 뽑아내기 어렵기에, 대인께서 자주 그 점을 꾸짖으십니다. 스스로 생각하건대, 벼슬길에 들어선 지 열 다섯 해에, 백발의 부친에게 아무 보탬이 된 것이 없는데다가 또한

---

130) 보관(保管) : 틀림없이.
131) 왕칙지(王則之) : 왕도(王圖). 권5 「백수(伯修)」 참조.
132) 팽단양(彭丹陽) : 미상.

부친의 노여움을 더욱 심하게 하였으니, 정말로 사람 꼴을 못 이루었습니다. 무릇 이 아우가 어찌 고요하게 은퇴하여 있는 것을 고고하다고 여기겠습니까? 누정 하나와 작은 못 하나로, 약간의 편의를 강구할 따름입니다. 이것은 이 아우가 극히 재주를 이루지 못한 점입니다. 만약 이 아우를 두고 그렇기 때문에 고고하다고 말한다면, 그렇다면 이 아우의 눈은 마치 검은 콩 두 알 같을 따름입니다.

近日刻『瓶花』·『蕭碧』二集, 幾賣却柳湖莊. 計月內可成帙, 然不能寄遠, 以大費楮墨也. 寒灰竟可矣, 住柳浪甚好與談, 兄話頭有着落不? 富貴場中, 易汩沒人, 眼前任運自在的, 是烏紗, 是下人取奉, 是生死未到眼前, 信口大話, 似有滋味. 終日洒洒落落, 都是借他光景, 莫錯認作學問也.

吾鄉有饕兒, 偶過鄰家, 主人方出, 遽呼婢曰 : "爲我淨却酒注子!" 饕兒擧止飛揚, 精神通體. 頃之, 主人復呼婢曰 : "注子洗却, 可急爲某家送去." 饕兒神色頓覺沮喪, 始知悞認以爲有宴喜也. 此語最切, 莫道是戲談, 若作戲談會, 保管是門外漢也. 王則之不及作書, 幸便以此字示之. 八月初間, 弟當北發. 往彭丹陽曾謂小修云 : "若過限, 當乞一病狀." 不知在本縣爲途中也. 弟此一條懶筋眞難拔, 大人頻以爲言. 自思入仕十五年, 絲毫無益于白髮, 而又重其怒, 眞不成人也. 夫弟豈以靜退爲高者哉? 一亭一沼, 討些子便宜, 是弟極不成才處. 若謂弟以是爲高, 則弟之眼, 如雙黑豆而已.

1606년(만력 34년 병오) 공안에서 지은 글.
○ 패란거본에는 '吾鄉有饕兒'부터 '眞不成人也'까지가 없지만, 서종당본·소수본·이운관본을 따라 보완한다.

도주망¹³³⁾ 좨주(陶周望祭酒)

봄 들어서 저보(邸報)를 보고는 너무 기뻐서, 금년 가을에 북쪽으로 출발하면 모두 모일 수 있으리라고 생각하였는데, 뜻밖에도 인형께서 끝내 병으로 사직을 하셨군요. 황평천¹³⁴⁾은 오랫동안 음신(音信)이 없더니, 수일 전에 그가 병들었다는 전갈을 하는 자가 있었으나, 확실하지 않았습니다. 그래서 어제 사람을 큰길로 보내어 방문을 하게 하였는데, 아직 회복하지 않았다고 합니다. 과연 그러하다면 이것은 하늘이 도인에게 재액을 내리는 것이 심합니다. 공망 형¹³⁵⁾과는 이번 겨울에 틀림없이 오어(晤語 : 서로 만나 흉금을 털어놓고 대화함)를 할 수 있을 것입니다.

산에 살아 오랫동안 이인(異人)을 보지 못하니, 옛 유람이 몇 해나 지난 일같이 생각됩니다. 푸른 산과 흰 바위, 그윽한 꽃과 아름다운 대는 능히 사람의 눈에 완상 거리를 제공하지만 사람의 말을 이해할 수는 없습니다. 흰눈 같은 이빨과 고운 눈썹의 미녀는 사람의 말을 할 수는 있어도 사람의 뜻은 이해할 수가 없습니다. 그러니 소요하기를 얼마 오래하지 않아 염증이 이미 생겨나기 마련입니다. 오로지 좋은 벗만이 오래될수록 더욱 친밀하게 되는 법입니다. 이용호(李贄)는 우정을 성명(性命 : 목숨)으로 여겼는데,¹³⁶⁾ 정말로 빈 말이 아닙니다. 월 땅으로 들어가려고 자주 마음먹지만, 또한 길이 멀기 때문에 이 높은 흥취¹³⁷⁾를 발하지 못

---

133) 도주망(陶周望) : 도망령(陶望齡). 자는 주망(周望)이고, 호는 석궤(石簀)이다. 회계(會稽) 사람이다. 만력 17년 회시(會試)에서 일등을 하였고 정시(廷試)에서 3등을 하였다. 처음에 한림원 편수를 제수받았고, 뒤에 국자감 좨주(國子監祭酒)로 관직 생활을 마쳤다.

134) 황평천(黃平倩) : 황휘(黃輝). 자가 평천(平倩), 또 다른 자는 소소(昭素)이며, 호는 신헌(愼軒)이며, 남충(南充) 사람이다. 앞에 나왔다.

135) 공망형(公望兄) : 도공망(陶公望). 도석령(陶奭齡). 자가 공망(公望)이고, 또 다른 자는 군석(君奭)이며, 호는 석량(石梁)이다. 만력 31년에 비로소 거인(擧人)에 합격하였다.

136) 이용호이우위성명(李龍湖以友爲性命) : 이용호(李龍湖)는 이지(李贄)이다. 이지의 우정론에 대하여는 앞의 부론(附論)에서 다루었다.

137) 고흥(高興) : 높은 흥취. 진(晉) 나라 때 왕휘지(王徽之)가 섬계(剡溪)에 사는 친구 대규(戴逵)가 생각나서 갑자기 눈 내리던 밤에 배를 타고 섬계를 건너갔다가 흥이 다하여

하니, 어느 때에야 청익(請益)을 하게 될지 모르겠군요. 형께서는 유념하십시오.

귀읍의 효렴 주관국[138]이 성친(省親)의 일로 저희 고장에 왔다가 유랑(柳浪 : 유랑관)에서 담소를 하여, 시를 지어 전송하였는데, 아울러 두 분 형에게도 시를 올리니, 인편이 있으시면 제게 답장을 해 주십시오.

入春見邸報, 喜甚, 謂今秋北發, 可得合倂, 不意仁兄竟以疾辭. 黃平倩久未得耗, 數日有傳其病者, 然亦不確. 昨遺人於通途往訪, 尙未回復. 果爾, 是天之厄道人甚也. 公望兄今冬定得晤語. 山居人不見異人, 思舊遊如歲. 靑山白石, 幽花美箭, 能供人目, 不能解人語. 雪齒娟眉, 能爲人語, 而不能解人意. 盤桓未久, 厭離已生. 唯良友朋, 愈久愈密. 李龍湖以友爲性命, 眞不虛也. 數擬入越, 又以道遠, 不能發此高興, 不知何時得請益, 兄念之. 貴邑孝廉周觀國, 以省親至敝地, 抵掌柳浪, 爲詩送之, 倂及兩兄, 有便復我.

대류를 찾아보지 않고 그대로 돌아온 고사를 의식하여 한 말이다.

138) 주관국(周觀國) : 회계(會稽) 사람이다. 미상. 위에 「봄날 사우초·주관국·아우 소수·이징지·왕상보·최회지·유승지와 함께 지자당에 들러서 도문법사를 방문하고 운자를 뽑았는데 심(心)자를 얻었다. 당시 도문법사는 난 뒤에 이곳에 이르러 있었다(春日同謝于楚·周觀國·小修·李澄之·王尙夫·崔晦之·劉繩之過智者堂訪度門法師, 得心字. 時度門難後至此)」라는 시에 처음 나온다.

전운문[139] 읍후에게 답하다(答錢雲門邑侯)

　공안 둑을 보호하는 공정이 끝나매, 고을 사람들이 처음으로 교룡이 굴에 똬리 틀고 살 걱정을 하지 않게 되었습니다. 이 거사는 아마도 광장설로 찬탄하더라도 부족할 것이거늘, 하물며 썩은 유학자의 서너 줄 글줄로야 어디 다 찬미를 하겠습니까? 저의 시문은 질박하고 간솔하여, 마치 농부가 농사일과 누에치는 일을 이야기하는 것과 같아서, 향토의 음일 따름입니다. 그런데 그대 문하에 즐비한 작자들은 봉급을 덜어서 그 완성을 돕는다고 하니, 장차 저로 하여금 죽고 싶을 정도로 창피하게 만들 것입니다! 외람되게도 귀 좌사(座師)의 독책을 입으니 감히 서둘러 내달리지 않겠습니까만, 날씨가 여전히 맹렬하게 덥기 때문에 가을의 맑은 기운이 돌 때를 기약으로 삼을 따름입니다.

　저는 결코 은퇴를 고고하다고 여기는 자가 아닙니다. 다만 게으른 젓가락을 쉽사리 소매에서 끄집어내지 못하고 있을 따름이고,[140] 작은 하나의 부끄러움을 참지 못하여 종신토록 부끄럽게 된다는 왕마힐(왕유)의 말이 단안(철안)이라는 사실을 깨닫기에,[141] 쉽사리 벗어나지 못하였을

---

139) 전운문(錢雲門) : 전윤선(錢胤選). 공안지현(公安知縣)으로, 자계(紫谿) 사람이다. 자계의 별호가 운문이다. 공안의 둑을 수리하였다. 권39 「자계전군묘석명(慈谿錢君墓石銘)」을 참조.

140) 지시나근불이추출(只是懶筋不易抽出) : 『청이록(淸異錄)』 「기구(器具)」 '제견대사(齊肩大士)'에 나오는 고사를 이용한 표현이다. 합포(合浦)에 장봉세(張奉世)라는 서생이 있었는데, 지독하게 고난해서 표박하여 지위가 높은 사람의 문에 아첨해서 올라가 주식을 얻어먹었다. 하루는 술이 거나하게 되자, 사우(士友)들이 각각 자기의 재능을 자랑하였다. 그때 어떤 사람이 가만히 말하길, "장군도 역시 재주가 있소 그는 밤낮으로 제견대사(齊肩大士)를 사신으로 파견하는데, 그 대사의 공력(功力)이 신과 같소"라고 하였다. 듣는 사람들치고 깔깔대고 웃지 않는 사람이 없었다. 대개 젓가락 놀리는 것이 민첩하여 소반에 아무 음식도 남기지 않기 때문에 그런 것이라고 한다.

141) 일참불인, 각마힐단안(一慚不忍, 覺摩詰斷案) : 한 번 부끄러움을 참지 못하면 종신토록 부끄럽게 된다고 한 왕마힐(王摩詰), 즉 왕유(王維)의 말은 영구히 뒤집을 수 없는 철안(鐵案)이라는 뜻. 왕유는 「위거사에게 주는 서한(與魏居士書)」에서, "근래에 도잠이 있었는데, 사판을 잡고서 허리 굽혀 독우를 알현하는 것을 달가워하지 않아서, 인끈을 풀어버리고 관직을 버리고 떠났지만, 뒤에 가난하여 걸식을 하여, 시에 '문을 두드

따름입니다.

이 몸을 용납하여 주시기에 사례의 말씀을 아뢰옵니다. 자세히 적지
못하나이다.[142]

護堤工竟, 邑人始無蛟窟之慮, 此擧恐廣長舌讚歎不足, 況腐儒數行
文墨也. 不肖詩文質率, 如田父老語農桑, 土音而已. 門下至比之作者,
又分俸以助其成, 將令不肖愧死乎! 辱貴座師見督, 敢不疾驅, 天氣尙
炎, 秋淸爲期耳. 不肖非以退爲高者, 只是懶筋不易抽出, 一慚不忍, 覺
摩詰斷案, 未易出脫也. 容躬布謝不一.

[전교] 1606년(만력 34년 병오) 공안에서 지은 글.
○ 天氣尙炎 : 尙은 서종당본·소수본·유고본·이운관본에 向으로 되어
있다.
○ 容躬布謝不一 : 패란거본에는 없으나 서종당본·소수본·유고본을 따른다.

채가흥에게 주다(與蔡嘉興)

저희 집 아우가, 족하께서 정진하시어 견인불발(堅忍不拔 : 인내하여 굽힘
이 없음)이시라고 말하는 것을 듣고, 저는 아주 부끄러웠습니다. 취리(就
李)[143]는 곧 근대의 불국(佛國)이니, 족하께서 장차 안양여래(安養如來)[144]

리지만 말을 제대로 꺼내지 못하네'라고 하였습니다. 이것은 여러 차례 구걸을 해서 부
끄러움이 많던 것입니다. 앞서 한 번 독우를 알현하였더라면 편안하게 공전 서너 이
랑의 소출을 먹었을 것을, 한 번 부끄러움을 참지 못하여 종신토록 부끄럽게 되다니!"
라고 하였다. 앞에 나왔다.
142) 불일(不一) : 자세히 적지 못한다는 뜻. 편지글의 마지막에 쓰는 표현 가운데 하나.
143) 취리(就李) : 檇李라고 적는다. 절강성(浙江省) 가흥현(嘉興縣)의 서남쪽에 있는 지명.
  가흥군(嘉興郡)의 이칭으로 쓰인다. 춘추시대 월왕 구천(句踐)이 오왕 합려(闔廬)를 격
  파한 곳이다. 『공양전(公羊傳)』에서는 醉李라고 표기하였다.
144) 안양여래(安養如來) : 안양불(安養佛). 극락세계의 부처.

로서 통섭하시겠습니까, 아니면 가문(迦文 : 석가모니)[145]이 말한 오탁(五濁)[146]의 세계라고 보아 꺾어버리시겠습니까?

이 아우의 관점으로 보건대, 말대[147]의 중생은 악랄하고 열등하며 부화하고 교활하여, 지옥의 쇠로 만든 침상과 활활 타는 구리 기둥이 곧 장엄 세계일 것이니, 모름지기 작은 염라왕의 호자기(鬍子氣)[148]를 조금 띠어야만 바야흐로 적은 분수가 상응할 것입니다. 어떻습니까?

家弟道足下精進堅忍, 弟甚愧之. 就李乃近時佛國, 足下將以安養如來攝之, 抑以迦文五濁折之也? 以弟觀之, 末代衆生, 惡劣浮巧, 鐵床銅柱, 便是莊嚴, 須帶些小閻鬍子氣, 方有少分相應也, 何如?

전교 1606년(만력 34년 병오) 공안에서 지은 글.

○ 채가흥(蔡嘉興) : 채승식(蔡承植). 유현(攸縣) 사람. 1583년(만력 11년)의 진사. 1607년(만력 33년)에 가흥 지부(嘉興知府)에 임명되었다. 『가흥부지(嘉興府志)』 권19에 나온다. 단, 『가흥부지』는 채승식을 복건(福建) 사람이라 하였으나, 『명진사제명비록(明進士題名碑錄)』에 의거하여 정정한다.

○ 何如 : 서종당본 · 소수본에는 如何로 되어 있다.

145) 가문(迦文) : 석가모니(釋迦牟尼). 석가문불(釋迦文佛)이라고도 칭하므로 그것을 줄여서 가문이라 하였다.
146) 오탁(五濁) : 오재(五滓), 오혼(五渾). 주겁(住劫) 중에는 인수(人壽)가 2만이고, 겁후(劫後)에는 혼탁(混濁) 부정(不淨)한 법(法)에 다섯 종류가 있다고 한다. 즉 겁탁(劫濁), 견탁(見濁), 번뇌탁(煩惱濁), 중생탁(衆生濁), 명탁(命濁)의 다섯이다. 오탁으로 가득한 세계를 오탁세계(五濁世界)라고 한다.
147) 말대(末代) : 말법(末法)의 시대. 부처가 행한 설법을 정법(正法)이라 하고, 부처가 멸한 뒤 5백년을 지나고 다시 1천년 동안은 행하는 정법(正法)이 불법(佛法)과 유사하다는 데서 상법(象法)이라고 한다. 그 이후의 시기는 말법(末法)의 시대이다.
148) 호자기(鬍子氣) : 노기(怒氣), 위엄을 말한다.

도주망에게 답하다(答陶周望)

서한을 얻으매 마치 인기척 없던 골짝에 반가운 발자국 소리를 듣는 것 같았습니다.

이 아우 생각으로는 형께서는 정말 안심하셔도 좋으리라고 여깁니다. 이미 큰 관리를 하셨고, 또 인연을 끊고 욕망을 줄였거늘, 스스로 세간 인정이 재같이 차갑다고 말하시니, 다른 사람이 믿을지는 차치하고라도 본인 스스로도 역시 말씀이 과하십니다. 그렇거늘 형은 오히려 깨닫지 못하시니 어째서입니까?

하지만 이 아우의 경우로 말할 것 같으면 깨닫지 못하는 뿌리가 바로 여기에 있으니, 이것이 바로 이 아우가 옛날 병을 앓았던 곳입니다. 왕남당(王塘南)[149]이 비록 나근계[150]에게 미치지는 못하지만, 그러나 오히려 상당히 제게는 절실한 바가 있습니다. 아무개, 아무개의 경우에는 바깥의 시속을 따르는 학문[151]이니, 별도의 길이므로, 내가 알 바가 아닙니다.

대개 세간에는 일종의 평이하고 실질적이어서 도(道)에 아주 가까운 사람이 있는데, 그 스스로는 자신을 아주 범용하기 짝이 없다고 보고 도라는 것은 너무 고도하여 배울 수가 없다고 여깁니다. 청사(淸士)와 명류(名流)들은 스스로, 내가 아니면 도를 배울 수가 없다고 여겨서, 자기 자신의 욕망을 지나치게 억제하여 다른 사람과 다른 절조를 보이려고 하

---

149) 왕남당(王塘南) : 명나라 때 왕시괴(王時槐). 자는 자식(子植), 호는 남당으로, 가정(嘉靖) 연간의 진사이다. 태복소경(太僕少卿)을 거쳐, 융경(隆慶) 말년에 섬서 참정(陝西參政)으로 나갔으나, 경찰(京察) 때문에 파직되었다. 만력 연간에 귀주 참정(貴州參政), 홍려(鴻臚寺), 태상시(太常寺)의 직으로 기용되었으나, 부임하지 않고 강학으로 일생을 마쳤다. 『광인유편(廣仁類編)』, 『우경당합고(友慶堂合稿)』를 남겼다.

150) 근계(近溪) : 나여방(羅汝芳). 왕기(王畿, 용계)와 더불어 양명학 좌파의 사상가. 양지 현성(良知現成)의 모습을 '적자지심(赤子之心)'에서 구하였다. 앞에 나왔다.

151) 순외지학(徇外之學) : 시속에 곡종(曲從)하면서 유학의 정통을 자임하는 정주이학(程朱理學)을 비판적으로 가리키는 말.

다가,152) 끝내는 스스로를 속이고 도와 배치하여서 도를 배울 수가 없게
됩니다. 도에 가까운 자들은 학문을 하지 않고, 도를 배우는 자들은 도
에 가깝지 않으니, 그래서 둘 다 어려운 것입니다.

나근계는 "성인이란 존재는 평상의 사람이면서 선뜻 마음을 평안히
하는 자이다. 평상의 사람이란 성인이면서 선뜻 마음을 평안히 하려고
하지 않는 자이다"153)라고 하였다. 이 말은 성학(聖學)의 정수를 잘 캐내
었습니다. 하지만 나근계 소년은 역시 청정(淸淨)을 견뎌내지 못하여 포
기하고 바깥의 명성을 얻으려고 힘쓴 사람입니다. 그러므로 이미 진사시
에 합격한 뒤에도 여전히 승려로서 행리를 어깨에 이고 다녔습니다. 그
러다가 이미 행취(行取)154)한 뒤에는 산중으로 숨었습니다. 뒷날 백반으
로 단련을 겪은 뒤에는 바깥을 따르는 학문을 독사같이 피하고 도적처
럼 미워하여, 그런 뒤에 나를 옛날의 나로 되돌려, 옛날의 내가 나오자
진정한 성현과 진정한 불자(佛子)가 나왔던 것입니다. 이것이 별전(別傳)
의 정통 맥락입니다.

이 아우는 어려서 역시 약간 그러한 맥락에 이른 것을 본 적이 있습
니다만, 필경 바깥을 따르려는 뿌리가 서리고 걸친 것이 깊었으므로, 두
번 변하여 고통스런 적막으로 되고 말았습니다. 만약에 산으로 돌아가

---

152) 교려태심(矯厲太甚) : 지나치게 자신을 고양시켜 대중과 다른 절조(節操)를 지킨다는
   점을 과시하는 것을 말한다. 『문선』에 실린 성공수(成公綏)의 「소부(嘯賦)」에 "이때에
   홀로 숨어 교제를 끊으매, 속마음이 고양되어 강개하다(時幽散而將絶, 中矯厲而慷慨)"
   라고 있다. 교려(矯厲)는 교려(矯勵)로도 표기하며, 마음이 고양되는 것을 말한다.『진
   서』「왕돈전(王敦傳)」에 보면, "처음에 왕돈은 힘써 교려하려고 하고, 청담을 숭상하여
   입으로 재물과 여색에 대하여 말하지를 않았다(初敦務爲矯厲, 雅尙淸談, 口不言財
   色)"라고 하였다.
153) 성인자(聖人者)~성인이불긍안심자야(聖人而不肯安心者也) : 『명유학안(明儒學案)』
   권34에서 『근계어록(近溪語錄)』을 인용한 곳에 보인다.
154) 행취(行取) : 명나라 제도에서 주현(州縣)의 관리로서 정치적 성적이 있는 자가 지방
   장관의 보거(保擧)를 거쳐 이부(吏部)의 행문(行文)을 거쳐 서울로 조취(調取)되어 가서
   고선(考選)을 통과해 과도(科道)나 혹은 부속 관직에 보수(補授)되거나, 혹은 칙지를 받
   들어 소견(召見)하는 것을 말한다.

여섯 해 동안 반복하여 연구하고 참 도적이 어디 있는지를 추적하여 찾
아나가지 않았더라면, 오늘날에 이르러서는 역시 장차 기탄하는 것이 없
는 소인[155])이 되었을 것입니다.

무릇 이 아우가 말하는 '바깥을 따른다(徇外)'는 것이, 어찌 참말로 이
것을 빌어서 세상을 속이는 것을 두고 말하는 것이겠습니까? 원두(源頭)
가 맑지 않으면 치지(致知)의 공부가 주도하지 못합니다. 그러므로 사람
이 자기 스스로를 속이면서도 스스로 깨닫지 못하여, 그 마음은 본디 성
명(性命)의 학을 하려고 하지만 그 학문은 뚜렷한 듯하지만 나날이 망하
게[156]) 됩니다. 이것은 다른 데 이유가 있지 않습니다. 본정(本情)을 고집
하길 너무 심하게 하여서 길을 잘못 나아가기 때문입니다.

『성학종전(聖學宗傳)』[157])은 이 세상에 크게 공이 있습니다.[158]) 하지만
여러 전(傳)은 여전히 친절하지 못한 곳이 있습니다.

---

155) 무기탄지소인(無忌憚之小人) : 『중용』 제2장 제2절에, "소인이 스스로 중용이라 일컫
는 것(소인이 중용에 반하는 것)은 소인의 본질상 꺼리거나 두려워함이 없다(小人之[反
]中庸也, 小人而無忌憚也)"라고 하였다. 『주자집주(朱子集註)』는 왕숙(王肅)의 판본에
따라 '小人之反中庸也'가 옳다고 보았다.

156) 적연일망(的然日亡) : 『중용』에, "그러므로 군자의 도는 어둑한 듯하면서도 나날이 드
러나고, 소인의 도는 뚜렷한 듯하면서도 나날이 망하고 만다(故君子之道, 暗然而日章,
小人之道, 的然而日亡)"라고 하였다.

157) 성학종전(聖學宗傳) : 명나라 주여등(周汝登)의 저술. 18권으로, 선유의 말 가운데 선
학(禪學)에 가까운 것을 전부 채집하였다. 『명사』 권98 「예문지(藝文志)」 3에, "周汝登
『聖學宗傳』十八卷"이라 하였다. 또 『명사』 권283 「왕간전(王艮傳)」에 보면, 나여방(羅
汝芳)의 학은 양기원(楊起元)과 주여등에게 전하였다고 하고, "양기원은 수신을 맑게
하고 절조를 아름답게 지녔으나, 그 학문은 선(禪)을 위배하지 않았다. 주여등은 더 한
층 유(儒)와 석(釋)을 합하여 회통하려고 해서 『성학종전』을 편집하여, 선유의 말 가운
데 선(禪)에 유사한 것들을 모두 채집해서 넣었다. 대개 만력 시대의 사대부로서 강학
하는 자들은 대개 이와 비슷하다"라고 하였다. 주여등은 자가 계원(繼元), 별호가 해문
(海門)으로 승현(嵊縣) 사람이다. 종형 주몽수(周夢秀)와 함께 왕용계(王龍溪)에게서 도
를 들었고 나근계(羅近溪)를 알현하였다. 황종희(黃宗羲)의 『명유학안(明儒學案)』 권36
「상보주해문선생여등(尙寶周海門先生汝登)」에 기록이 자세하다. 또한 도망령(陶望齡)
은 주여등으로부터 학문적인 영향을 많이 받아서, 도망령의 『헐암집(歇菴集)』 권3에 「
해문문집서(海門文集序)」가 있다.

158) 『聖學宗傳』, 大有功於斯世. : 『전교』는 '성학종전'이 서명임을 몰라서 〈聖學宗傳, 大
有功於斯世〉로 표점하였으나, 『지의』의 설에 따라 바로잡는다.

해문거사[159]의 근일 조예처가 당연히 더욱 탁월할 것이니, 만나게 되면 부디 이 글을 꺼내어 보여주시기 바랍니다.

得手書, 如空谷之音, 弟謂兄眞可安心矣. 旣做大官, 又討便宜, 又斷緣寡欲, 便自說世情灰冷, 無論他人信之, 卽自家亦說得過矣. 而兄猶以爲不了, 何哉? 然弟則謂不了之根, 正在於此, 此弟舊時受病處也. 王塘南雖不及近溪, 然猶有幾分切己. 若某某, 則徇外之學, 別是一路頭, 非吾所知也. 大都世間自有一種平易質實, 與道相近者, 而自視庸庸, 以道爲高而不敢學. 淸士名流, 自以爲非吾不能學道也, 而矯厲太甚, 終成自欺, 與道背馳而不可學. 近者不學, 學者不近, 所以兩難.

羅近溪曰 : "聖人者, 常人而肯安心者也. 常人者, 聖人而不肯安心者也." 此語抉聖學之髓. 然近溪少年亦是撇淸務外之人, 故已登進士, 猶爲僧肩行李. 已行取, 猶匿山中. 後來經百番鍛鍊, 避之如毒蛇, 仇之如怨賊, 而後返吾故吾, 故吾出, 而眞聖賢眞佛子出矣. 此別傳之正脈絡也. 弟少時亦微見及此, 然畢竟徇外之根, 盤據已深, 故再變而爲苦寂. 若非歸山六年, 反復硏究, 追尋眞賊所在, 至於今日, 亦將爲無忌憚之小人矣. 夫弟所謂徇外者, 豈眞謂借此以欺世哉? 源頭不淸, 致知工夫未到, 故入於自欺而不自覺, 其心本爲性命, 而其學則爲的然日亡. 無他, 執情太甚, 路頭錯走也. 『聖學宗傳』, 大有功於斯世. 然諸傳尙有不

---

159) 해문거사(海門居士) : 주여등(周汝登). 주여등은 자가 계원(繼元), 별호가 해문(海門)으로 승현(嵊縣) 사람이다. 종형 주몽수(周夢秀)와 함께 왕용계(王龍溪)에게서 도를 들었고 나근계(羅近溪)를 알현하였다. 황종희(黃宗羲)의 『명유학안(明儒學案)』 권36 「상보주해문선생여등(尙寶周海門先生汝登)」에 기록이 자세하다. 또한 도망령(陶望齡)은 주여등으로부터 학문적인 영향을 많이 받아서, 도망령의 『헐암집(歇菴集)』 권3에 「해문문집서(海門文集序)」가 있다. 주여등은 『성학종전(聖學宗傳)』 18권을 엮어서, 선유의 말 가운데 선학(禪學)에 가까운 것을 전부 채집하였다. 아마도 도망령은 막 간행된 『성학종전』을 원굉도에게 보냈기 때문에, 원굉도가 이 책에 대한 자신의 의견을 말하고, 아울러 주여등에게 이 서신을 보이라고 한 것이다. 『전교』는 해문거사를 고양겸(顧養謙)으로 보았으나, 고양겸은 임협(任俠)으로 저명한 정치군사가이지, 이 서한에서 말하는 철학적 논의와는 관련이 없다. 『지의』의 설을 따른다.

親切處. 海門居士近造當盆卓, 會間, 幸出此字示之.

전
筆校교 1606년(만력 34년 병오) 공안에서 지은 글.

○ 도주망(陶周望) : 도석궤(陶石簣). 원중도의 「중랑선생행장」에 다음과 같은 기록이 있다. "이때 도석궤로부터 서신이 왔는데, '듣자니 족하는 전원 생활이 아주 즐겁다고 하는데, 큰 심장과 내장이 있어서 세상을 즐기고, 딱딱한 심장과 내장이 있어서 세상에 응하며, 궁한 심장과 내장이 있어서 주림을 참는다고 하였습니다. 이것은 정말로 우리 중랑이 아니면 해낼 수 없을 것입니다. 그런데 소소(昭素 : 黃輝)는 느긋한 장을 가지고 있고 이 아우는 궁한 장을 가지고 있으니, 모두 형의 딱딱할 경(硬) 한 글자에는 못 이겠습니다'라고 하였다(聞足下田居甚樂, 有大心腸以玩世, 有硬心腸以應世, 有窮心腸以忍饑, 眞非吾中郎不辦. 此昭素有寬腸, 弟有窮腸, 總輸兄一硬字耳)." 이 서신은 도석궤의 문집 『헐암집(歇菴集)』에는 수록되어 있지 않다.

○ 서종당본·소수본은 제목 아래 祭酒 2자가 있다.

○ 此弟舊時受病處也 : 時는 서종당본·소수본·이운관본에 日로 되어 있다.

조진사 평자에게 주다(與曹進士平子)

자주 초삽(苕霅)[160]의 승려를 만나, 그때마다 평자(平子) 그대의 출처 행장을 물었으나, 아주 자세히 알지는 못하였소 평자는 장차 관직 하나

---

160) 초삽(苕霅) : 초계와 삽계. 초계는 가을에 양쪽 기슭에 초화(苕花 : 갈대이삭)가 수면에 떠서 흰 눈처럼 희기 때문에 그렇게 이름한다. 동초(東苕)와 서초(西苕)의 두 근원이 있는데, 동쪽 수원은 절강성(浙江省) 천목산(天目山)의 남쪽에서 나와 삽계(霅溪)가 된다. 서쪽 수원은 천목산의 북쪽에서 나와 오흥현(吳興縣)의 성중으로 이르러 삽계와 합류하여 태호(太湖)로 흘러들어간다. 당나라 은사(隱士)인 장지화(張志和)가 친상(親喪)을 당한 뒤로는 벼슬을 그만두고 강호(江湖)에 살면서 연파조도(煙波釣徒)라 자호하였는데, 안진경(顏眞卿)이 호주 자사(湖州刺史)로 있을 때 그가 안진경을 찾아가 뵙자, 안진경이 그의 배가 망가졌음을 보고 새것으로 바꾸기를 청하니, 장지화가 말하기를, "나는 집을 물에 띄우고서 초계(苕溪)와 삽계(霅溪) 사이를 왕래하는 것이 소원이다"라고 하였다. 『당서(唐書)』 권196에 나온다.

를 헌신 벗듯이 벗어 던질 참이오? 듣자니 곤궁하여 뼈에 사무친다고 하거늘, 어이 차마 그럴 수 있겠소! 비록 그렇기는 하지만, 가령 평자로 하여금 비옥하고 기름진 곳에 처하게 한다면, 역시 당연히 부끄럽고 떨려름해서 손을 제대로 내지 못하는 원생(원굉도 자신)과 같게 될 따름입니다. 그렇게 된다면 어찌 능히 발신하여 집을 윤택하게 하겠소?

최근 지은 시가 역시 많으리라고 생각되오 인편이 있으면 부디 보여주기를 바라오. 청송각(聽松閣)에 앉아서 첩운시[161]를 제한하여 짓고, 심비하(沈飛霞)[162]가 분판(粉版)을 들고서 글씨를 쓰면, 먹물이 코 위로 튀어오를 것이니, 이 광경은 정말 상상할 만하구려. 어느 때에야 다시 한데 모일 수 있을지요?

흡(歙) 땅 사람 오장통(吳長統)[163]이 심비하와 더불어 글씨를 적어 평호(平湖) 영군[164]에게 보이려는 것이 있기에, 여덟 줄 글을 보내어 평자에게 보이는 바요

數逢茗雪僧, 輒問平子行藏, 頗不悉. 平子將須脫屣一官乎? 聞窮且澈骨, 亦何可忍! 雖然, 使平子而處脂膏地, 亦當如羞澀不能出手之袁生耳, 豈能發身而潤屋也? 近作想亦多, 有便幸示之. 坐聽松閣, 限疊韻詩, 沈飛霞持粉版作書, 書成而墨濡鼻上, 此光景可念也. 何時再得合倂也? 歙人吳長統, 有與之書見平湖令君者, 便致八行, 以見平子.

전
篆校교 1606년(만력 34년 병오) 공안에서 지은 글.
○ 조진사평자(曹進士平子) : 조징용(曹徵庸). 자는 원생(遠生), 또다른 자

---

161) 첩운시(疊韻詩) : 첩운을 이용하여 지은 시. 양나라 때 처음으로 시행되었고, 뒷날 쌍성(雙聲)과 병용하는 일도 있다. 첩운이란 두 글자가 같은 운(韻), 즉 미음(尾音)의 글자로 이루어진 숙어를 말한다.
162) 심비하(沈飛霞) : 미상. 다른 시에 의하면 원굉도와 함께 혜산을 유람하였다.
163) 오장통(吳長統) : 흡현(歙縣) 사람. 권35 「오장통의 행권에 부치는 인(吳長統行卷引)」 참조
164) 평호영군(平湖令君) : 즉 조징용(曹徵庸). 평호(平湖) 사람이다.

가 평자(平子)이다. 평호(平湖) 사람이다. 1597년(만력 25년)의 진사로 연안 추관(延安推官)을 제수받았다. 내직으로 들어와 대리평사(大理評事)가 되고, 형부주사(刑部主事)로 옮겼고, 외직으로 나가 분주 지부(汾州知府)로 나갔다. 『빙설헌집(冰雪軒集)』이 있다. 『절강통지(浙江通志)』는 『취리시계(檇李詩繫)』를 인용하여 전(傳)을 두었다. 『정지거시화(靜志居詩話)』는 조징용의 시를 논하여, "시품이 높고 빼어나서 낭송하면 마치 애(哀) 땅의 배와 연약한 대추 같아서 크게 사람을 상쾌하게 만든다(詩品高逸, 誦之如哀梨脆棗, 大是爽人)"라고 하였다.

○ 亦當如羞澁不能出手之袁生耳 : 패란거본에 耳자가 없으나 서종당본·소수본·유고본·이운관본을 따라 보완한다.

○ 豈能發身而潤屋也 : 패란거본에 而자가 없지만 서종당본·소수본·유고본·이운관본을 따라 보완한다.

증퇴여[165]에게 답하다(答曾退如)

「병화서(瓶花序)」는 아주 훌륭하여, 앞사람이 미처 발명하지 못한 것을 발명하였습니다. 저는 늘, 소릉(두보)은 참으로 위(魏)·진(晉)을 법으로 삼은 자이고 파공(소동파)은 참으로 반고(班固)·사마천(司馬遷)을 법으로 삼은 자라고 여겨 왔습니다. 만약 다만 그 형태의 비슷함을 취한다면, 그렇다면 오늘날 수염이 많은 사람들은 모두 공자이고 뺨이 오이같이 생긴 사람은 모두 고요(皐陶)[166]입니다. 형의 이 논평이 나옴으로써, 세간의 조롱에 대해 해명할 수 있게 되었습니다.

서문의 자안(字眼) 가운데 대략 한 두 가지 증감할 것이 있기에, 이 아우는 타산지석(他山之石)이 됨을 아끼지 않겠습니다. 어찌 형이 간담을 토로하여 허여하였거늘 이 아우는 여전히 형체와 자취를 아끼겠습니까?

---

165) 증퇴여(曾退如) : 증가전(曾可前). 권33 「증장석 태사에게 부치다(寄曾長石太史)」 참조.
166) 고요(皐陶) : 순(舜) 임금의 신하로 자(字)는 정견(庭堅)이다. 사구(司寇), 즉 옥관(獄官)의 장(長)을 지냈으며, 咎繇라고도 쓴다. 전하기로는 춘추시대의 영(英), 육(六) 등의 나라는 그의 후대라고 한다.

하지만 이러한 작품은 절로 불후한 문자입니다. 이 아우는 상습적으로 아첨하는 자가 아닙니다.

「지서(志序)」는 아직 보지 못하였습니다. 죽은 형(원종도)의 전(傳)을 이미 형의 이름을 빌려서 내가 지었으니, 대장인을 대신하여 도끼질을 하니 어찌 손가락을 다치지 않겠습니까?[167] 지금 서신에 붙여서 보내오니, 가르침을 청합니다.

　瓶花序佳甚, 發前人所未發. 弟嘗謂小陵眞法魏·晉者, 坡公眞法班·馬者. 若直取其形似, 是今之多髥者皆孔子, 而面如瓜者皆皐陶也. 兄此論出, 可以解嘲. 序中字眼, 略有一二可上下者, 弟不惜爲他山之石, 豈有兄吐肝相與, 而弟猶惜形跡者乎? 然如此等作, 自是不朽文字, 弟非習爲佞者也. 志序尙未見, 先兄傳已借尊名作之, 代大匠斲, 寧不傷指. 今附去請敎.

전
校
교
1606년(만력 34년 병오) 공안에서 지은 글.
○ 병화서(瓶花序) : 증가전(曾可前)이 지은 「병화재집서(瓶花齋集序)」이다. 증가전은 그 글에서, "곳곳마다 귀를 기울이고 눈을 주게 되니, 모두 베끼고 낭송할 만하다(隨所耳目, 俱可書誦)"라고 하였고, 원굉도의 시에 대하여는 "스스로 기축을 내어, 위로는 이백과 두보가 아니고, 중간으로는 중당과 만당의 시가 아니며, 아래로는 왕세정과 이반룡 등 여러 사람의 시가 아니다. …… 차라리 병을 병으로 여겼지, 병이 아닌 것을 병으로 여기지는 않았다(自出機軸, 上不爲李·杜, 中不爲中·晚, 下不爲近世王·李諸家. …… 寧以病病, 不欲以不病病)"라고 하였다.
○ 패란거본에는 마지막 구가 없으나 서종당본·소수본·유고본을 따라 보완한다.

167) 대대장착, 영불상지(代大匠斲, 寧不傷指) : 『노자』에 "대장인을 대신하여 도끼질을 하는 자는 그 손을 다치지 않는 자가 드물다(夫代大匠斲者, 希不傷其手矣)"라고 하였다.

전읍후(錢邑侯)[168]

「지(志)」 30권[169]은 이미 끝냈습니다. 저는 문장을 잘 하지 못하므로 열심히 하느라고 하기는 했지만 탈락과 소략이 많음을 정말 깨닫겠습니다. 그렇다고 여러 기록 가운데서 보고듣기에 참이 아닌 것들은 감히 함부로 끼워 넣지 못하겠습니다.

전(傳)의 문체는 반고의 『한서』와 『남사』·『북사』를 모방하여 작은 부분에서 크게 보여주려 한 것이 많습니다. 방지(方志)의 체제라고 하여 운치를 손상하려고 하지를 않았기 때문입니다. 여러 대로(大老)들의 전(傳) 가운데 언젠가 국사(國史)에서 취하여 증거로 삼을 것들의 경우는, 고을이 외진 곳이기에 지장(誌狀)이 대부분 전하지 않으므로 부득이 상세하게 적지 않을 수 없었습니다. 『잡조(雜俎)』 한 편에는 일사(逸事)가 조금밖에 없습니다.

염천이 괴롭고 자료를 수집하기가 어려워,[170] 얼추 서너 단을 서술하였을 따름입니다. 부디 첨삭하여 바로잡아 주십시오

志三十卷已卒業, 生不文, 勉爲之, 殊覺脫略, 然諸傳非聞見眞者, 不敢濫入也. 傳體倣班氏及南·北史, 多於小處見大, 不欲以方體損韻致也. 諸大老傳他日國史所取以爲據者, 邑僻地, 誌狀多不傳, 故不得不詳. 雜俎一篇, 逸事僅有. 炎天苦, 檢括難, 聊述數端耳. 幸削正之.

---

168) 전읍후(錢邑侯) : 전윤선(錢胤選). 공안지현(公安知縣). 앞에 나왔다.
169) 지삼십권(志三十卷) : 원굉도가 지은 『공안현지(公安縣志)』. 지금은 없어졌다. 아마도 지금 남아 있는 강희(康熙)·동치(同治)의 『공안현지』는 분명히 그 체제와 글을 답습하였을 것이다.
170) 炎天苦, 檢括難 : 『진교』는 '炎天, 苦檢括難'으로 끊어 읽었으나 구두의 잘못이므로 바로잡는다.

전校교 1606년(만력 34년 병오) 공안에서 지은 글.

왕관찰(汪觀察)

지난날 즉묵(卽墨)의 수령 편에 어르신께 서신을 올리려 하였습니다만, 그 사람이 보고서는 모두 극어(劇語)요 광초(狂草)라고 해서 감히 바치지를 않았습니다. 상관의 위엄이 중한 것이 곧 이와 같은 것입니까?

지금 형의 명성과 영화는 나날이 갖추어지고 덕과 지위는 모두 높습니다. 동림사에서 연화루의 시각에 맞춰 청담을 나누면서 지내자던 약속171)을 아직도 굳게 기억하고 계신 지요? 하지만 세간의 참된 보살이라면 곧 능히 세상 사람을 구제할 수 있거늘, 빈 산 속에서 웅크리고 있고 눈을 감고 귀를 막고 있다면, 그것은 소인이 자기 마음 내키는 대로 해대는 것172)일 뿐이므로, 형께서는 이 아우의 말을 듣고 즉각 부끄러움을 일으키지는 마시기 바랍니다.

팽산인 장경(長卿)173)은 파(巴)의 객이면서 형(荊) 땅에 더부살고 있는 사람인데, 청원174)으로 달려가 옛 친구를 방문한다고 합디다. 그래서 이 아우는 생각하기를, 도중에 만약 왕사군(즉 왕관찰)을 만나거든 일시 거기에 묵을 수 있으리라고 여겨, 최근에 판각한 두 종류의 문집을 아울러 부칩니다.

산인은 예모(禮貌)를 갖춘 대우를 황금 얼음보다도 더 중하게 여기므

---

171) 동림연루지약(東林蓮漏之約) : 동림은 여산(廬山) 동림사, 연루는 동림사에서 시각을 알리던 연화루(蓮花漏). 승려와 속인의 구별을 잊고 청담을 즐기며 세속을 벗어나자는 약속을 말한다.

172) 행경(行徑) : 마음 내키는 대로 지냄. 경(徑)은 경행(徑行)의 뜻이다.

173) 팽산인장경(彭山人長卿) : 팽장경(彭長卿). 권1 「팽산인의 곳에서 술을 마시다(飮彭山人)」를 참조.

174) 청원(淸源) : 산동성(山東省) 임청현(臨淸縣)의 운하(運河) 부근인 듯하다.

로, 형의 명성에 아무 손상이 없을 것입니다. 게다가 한 집안 식구가 굶주려 곡하는 소리를 그치게 할 수 있다면 그것도 역시 보살행일 것입니다. 방편바라밀(方便波羅蜜)[175]이 곧 단파라밀(檀波羅蜜)[176]입니다. 하하.

往附卽墨令致書左右, 是人見皆劇語狂草也, 不敢投. 上官之威重, 乃如此耶? 今兄聲華日整, 德位俱高, 東林蓮漏之約, 猶記持否? 然世間眞菩薩, 乃能濟世, 蹋蹐空山, 閉眼塞耳, 此是小夫行徑, 兄勿聞弟言便生慚愧也. 彭山人長卿, 巴客而寓荊者, 走淸源, 訪故人, 弟謂道上若値汪使君, 便可作郵, 并以近刻二種附上. 山人得禮貌, 甚於得金, 於兄聲名無損, 而可以止一家之哭, 亦菩薩行也. 方便波羅蜜, 卽檀波羅蜜. 笑笑.

전校교 1606년(만력 34년 병오) 공안에서 지은 글.
○ 왕관찰(汪觀察) : 왕가수(汪可受). 자는 이허(以虛), 호는 정봉(靜峯)으로 황매(黃梅) 사람이다. 산서(山西)의 독학(督學)을 맡다가 포정사(布政使)로 승진하였다. 자주 병부시랑(兵部侍郎)에 발탁되어 계(薊)·요(遼) 지방의 총독이 되었다. 『황매현지(黃梅縣志)』 24에 전(傳)이 있다. 권16 「백수의 서재에서 왕참지 등 여러 형과 함께 이야기를 나누다(伯修齋中同汪參知諸兄共譚)」 참조 당시 산동 안찰분순(山東按察分巡)으로 있었다. 『산동통지(山東通志)』 「직관지(職官志)」 4 참조
○ 즉묵령(卽墨令) : 『산동통지』 권73에 의거하면, 1603년(만력 31년)에 즉묵 지현(卽墨知縣)으로 임명된 사람은 이일경(李一敬)으로, 5년 간 재직하였다. 아마 이 사람을 말하는 듯하다.

---

175) 방편바라밀(方便波羅蜜) : 바라밀은 도(度), 도피안(到彼岸)이라고 번역함. 생사의 고해를 건너 열반의 피안에 이르는 행법(行法)을 말한다. 방편바라밀은 방편이 되는 행법이란 뜻이다.
176) 단바라밀(檀波羅蜜) : Danparamita. 육바라밀(六波羅蜜)의 하나. 혹은 십바라밀(十波羅蜜)의 하나. 단(檀)은 단나(檀那)의 줄임말. 보시(布施), 시주(施主)라고 번역함. 재물이나 법(法)을 남에게 시여(施與)하는 것. 단바라밀은 보시를 통하여 열반의 피안에 이르는 행법을 가리킨다.

원무애(袁無涯)[177]

북쪽으로 떠날 수레는 이미 차축에 기름을 칠하여 준비를 끝냈습니다만,[178] 종선(宗禪)[179]이 마침 이르러 왔습니다. 봉함을 열고 서신을 읽기를, 마치 목마른 사슴이 샘물을 얻은 듯이 하여, 기뻐서 껑충 뛰기를 평소보다 곱절이나 하였습니다. 고름에 불과한 것을 맛있게 잡수시듯 분에 넘치게 해주시는 칭송[180]을 깊이 입게 되니, 부끄러워서 땀이 흘러 몸둘 바를 모르겠습니다.

저는 하찮은 범재일 따름입니다. 양주(楊朱)의 골수[181]를 좋아하면서 몰래 불교의 겉껍데기를 훔쳤습니다. 장자(莊子)처럼 우언과 변설을 해대느라 입술이 썩으매[182] 유학자의 밝은 눈을 후벼팠습니다. 한가롭게 거처하는 소인을 추하다고 여기고, 아울러 오늘날의 명성이 높은 분들이 바깥을 추구할 뿐 본정(本情)을 드러내지 않는다고 의심하였습니다. 함께 태어나고 함께 성장하는 제민[183]을 스승으로 삼아, 그 일을 동등하게 행

---

177) 원무애(袁無涯) : 원숙도(袁叔度). 자가 무애(無涯)이며, 오현(吳縣) 사람이다. 원굉도 형제, 이지(李贄)와 친구였다. 앞에 나왔다.

178) 북거이지(北車已脂) : 북쪽으로 떠날 수레는 이미 차축에 기름을 칠하여 준비를 끝냈다는 뜻.『시경』「소아(小雅)」「하인사(何人斯)」에, "너는 빨리 떠나기 위해, 급히 너의 수레를 기름칠하라(爾之亟行, 遑脂爾車)"라고 하였다.

179) 종선(宗禪) : 어떤 인물인지 미상.

180) 기가지예(嗜痂之譽) : 자신의 고름에 불과한 시문을 맛있는 음식처럼 여겨주시는 것과 같은 칭찬. 남조 송(宋)나라 사람 유옹(劉邕)은 창가(瘡痂), 즉 부스럼과 고름 먹는 것을 좋아하였다. 그는 부스럼의 맛이 복어(鰒魚) 맛과 같다고 하였다고 한다.『낭야대취편(瑯琊代醉編)』'창가(瘡痂)'조에 나온다.

181) 양지수(楊之髓) : 양주는 쾌락적 인생관과 극도의 이기설(利己說)을 주장하였다. 맹자는 양주에 대해, 양주는 자기 자신만을 위하므로, 자신의 터럭 하나를 뽑아 천하를 이롭게 할 수 있더라도 하지 않는다고 하였다.『맹자』「진심 상(盡心 上)」에 그 비판이 나온다.

182) 부장지순(腐莊之脣) : 장자(莊子)처럼 우언과 변설을 해대느라 입술이 썩을 정도라는 뜻. 동방삭의「객의 힐난에 답한다(答客難)」에 "성인의 의리를 흠모하여 시·서와 백가의 말을 풍송(諷誦)한 것이 이루 기억할 수 없을 정도이고, 죽간과 비단에 저술하고 입술이 썩고 이빨이 빠져, 마음속에 깊이 새겨 떼어놓지 않았습니다(慕聖人之義, 諷誦詩書百家之言, 不可勝記者, 著於竹帛, 脣腐齒落, 服膺而不可釋)"라고 하였다.

하였습니다.

나아가 시문의 경우에는 어긋나고 잘못된 것이 더욱 많아서, 명망 있는 대가를 둔적(鈍賊)[184]이라 간주하고 그들이 중시한 격식(格式)을 눈물과 침이라고 간주하여, 자기 마음을 스승으로 삼아 함부로 입을 놀려댔습니다. 스스로 생각하여도 이 세상에서 커다란 패려인(悖戾人)일 따름입니다. 그렇거늘 누가, 세상에 그것을 좋아하기를 원무애처럼 '이 사람이다, 이 사람이다'[185]라고 하는 사람이 있을 줄을 알았겠습니까? 무애가 잘못입니다.

범부(凡夫 : 趙宦光)의 여러 작품을 읽어보니 그는 정말로 훌륭한 인물입니다. 그간 몰랐던 것이 한스럽습니다. 화산[186]의 공안은 어떠합니까? 지난날 범부(조환광)의 원력(願力)[187]이 오현 현령보다 더 하였기 때문에, 범부는 성공하고 오현 현령이었던 나는 실패하여 성패의 자취가 현격하게 달랐던 것입니다. 다만 범부는 보지(寶地)[188]를 이미 회복하였으니, 마땅히 평순한 기(氣)로 대처하여야 할 것입니다. 천하의 일은 이루지 못하는 것이 염려되는 것이 아니라, 이룬 뒤에 어떻게 처하는가 하는 것이 염려될 따름입니다. 부디 범부에게 이 말을 해 주십시오

183) 제민(齊民) : 평민. 『관자』「군신 하(君臣 下)」에, "제민은 노동력으로 먹어, 근본을 만든다(齊民食于力, 則作本)"라고 하였다. .

184) 둔적(鈍賊) : 원굉도는 전후칠자(前後七子)를 둔적이라고 비판하였다.

185) 기인기인(其人其人) : 시문이 그 작자의 인간됨과 본정을 그대로 드러냄을 가리켜서 한 말이다. 『맹자』「만장 하(萬章 下)」에, "천하의 선사(善士)와 벗하는 것을 만족스럽지 못하게 여겨, 또다시 위로 올라가서 옛사람을 논하나니 그 시를 외우며 그 글을 읽으면서도 그 사람을 알지 못한다면 되겠는가. 이 때문에 그 당세를 논하는 것이니, 이는 위로 올라가서 벗하는 것이다(以友天下之善士, 爲未足, 又尚論古之人, 頌其詩, 讀其書, 不知其人, 可乎? 是以, 論其世也, 是尚友也)"라고 한 말을 빌어온 것이다.

186) 화산(花山) : 천지(天池). 소주시 창문(閶門) 밖 30리에 있다. 산 정상에 못이 있어, 천년 연화가 피어난다고 한다. 그래서 화산(花山) 혹은 화산(華山)이라고 부른다.

187) 원력(願力) : 서원(誓願)의 힘. 본원력(本願力), 숙원력(宿願力), 대원업력(大願願力). 부처가 보살 때에 세운 본원(本願)이 완성되어 그 힘을 나타내는 것을 말한다. 『지도론(智度論)』권7에 보면 "장엄(莊嚴)한 불계(佛界)의 일은 너무나 커서 혼자 공덕(功德)을 행해야 이루어지지 않기 때문에 반드시 원력이 필요하다"고 하였다.

188) 보지(寶地) : 본래는 불사가 있는 지역, 절을 뜻한다. .

『병화(瓶花)』·『소벽(瀟碧)』 두 문집은 보실 수 있도록 부쳐드립니다. 또『상정(觴政)』 1편은 당나라 사람이 옛날에 이미 지은 것이 있기에 대략 증감하였을 따름인데, 역시 아울러 올립니다.

北車已脂, 而宗禪適到. 開函讀手書, 如渴鹿得泉, 喜躍倍常. 深蒙嗜痂之譽, 愧汗無地. 僕碌碌凡材耳. 嗜楊之髓, 而竊佛之膚. 腐莊之唇, 而鑿儒之目. 醜閒居之小人, 而倂疑今之名高者, 以爲徇外不情. 師竝生竝育之齊民, 而等同其事. 至於詩文, 乖謬尤多, 以名家爲鈍賊, 以格式爲涕唾, 師心橫口, 自謂于世一大戾而已. 而孰謂世有好之, 如無涯其人其人者, 無涯誤矣.

讀凡夫諸作, 信佳士也, 恨不識之. 花仙公案何如? 往日凡夫願力過於吳令, 故成毁頓異. 但寶地旣復, 則當平氣處之. 天下事不患不成, 患居成者耳, 幸爲凡夫道之. 瓶花·瀟碧二集寄覽. 又觴政 一編, 唐人舊有之, 略爲增減耳, 倂上.

전箋校 1606년(만력 34년 병오) 공안에서 지은 글.

○ 범부(凡夫) : 조환광(趙宦光). 자가 범부(凡夫)이다. 오현(吳縣) 사람인데, 한산(寒山)에 은거하였다. 재예가 풍부하고, 전서(篆書)에 뛰어나, 왕치등(王穉登)과 이름이 나란하였다. 오익봉(吳翌鳳)은『등창총록(鐙窓叢錄)』권2에서 이렇게 말하였다. "한 집안이 운치가 있고 우아하여, 시와 술로 빈객을 머물게 하므로, 귀한 유람객들이 떼지어 모여들어 거의 조정이나 저자와 같을 정도다. 오땅 사람이 말하길, '성안의 숙소는 왕백곡, 산중의 역참은 조범부'라고 하였다. 빈객의 왕래가 성대한 사실을 극언한 것이다(一門風雅, 詩酒留賓, 貴游麕至, 幾同朝市. 吳人語曰: 『城裏歇家王伯穀, 山中驛遞趙凡夫』. 極言其賓客往來之盛)."『설문장전(說文長箋)』·『한산만초(寒山蔓草)』 등이 있다.『오현지(吳縣志)』권16에 전이 있다.

○ 화산공안(花山公案) : 화산은 천지(天池)의 별명이다. 원중도가 지은 「중랑선생행장」에 의거하면, 원굉도는 오현 지현으로 있을 때, "마침 오중에 천지산의 송사가 있었는데, 선생의 의견이 당로자와 어긋났으므로 울울하여 기분이 나빠, 마침내 문

을 닫고 옷을 떨치고 떠날 뜻이 있었다(會吳中有天池山之訟, 先生意見與當路相左, 鬱鬱不樂, 遂閉門有拂衣之志)"라고 하였다. 이 송사의 안이 무슨 일을 두고 다툰 것인지는 확실하지 않다. 십여 년이 지나도록 여전히 완전히 해결되지 않은 것을 보면, 관련된 국면이 상당히 넓었을 것이다.

○ 패란거본은 마지막의 '瓶花' 5구가 없으나 서종당본·소수본을 따라 보완한다.

소벽당집(瀟碧堂集) 권20 덕산주담(德山麈譚)

37세 되던 1604년(만력 32년 갑진)에 저술하였다.

덕산주담[1] 병인(德山麈譚 幷引)

갑진(1604, 만력 32년) 가을에, 나는 승려 한회(寒灰)·설조(雪照)·냉운(冷

---

1) 덕산주담(德山麈譚) : 『덕산서담(德山暑譚)』이 원래 제목이었던 듯하며, 원굉도의 선
문답집인 『산호림(珊瑚林)』을 초략(抄略)한 것이다. 원굉도는 1604년(만력 32년, 갑진,
37세) 5월에 승려와 선비 서녀명과 호북성 공안현(公安縣)의 작림(柞林)에 이르러 하엽
산방(荷葉山房)을 거쳐 만송림(萬松林)에 들어가 산호림(珊瑚林)에서 쉬면서, 훈풍 속
에 대좌하여 법의(法義)에 관한 문답을 하였고, 이후 3개월 간 그러한 문답을 계속하였

雲),²⁾ 그리고 제생(諸生) 장명교(張明教)³⁾와 함께 도화원(桃花源)⁴⁾에 들어갔다. 잔서(늦더위)가 아직 대단하였으므로, 마침내 덕산(德山)⁵⁾의 탑원(塔院)에서 쉬웠다.

탑원의 뒷산에는 오래된 녹나무가 있어서, 너울너울 일산처럼 드리우고 있었고, 양산(梁山)⁶⁾의 푸른빛은 물빛과 서로 푸른 비취빛 나무들이 빼곡하게 무성하여, 매서운 폭염이 씻기는 듯하였다. 머리를 감고 빗질을 미처 다 하기도 전에, 여러 분들이 이미 그 숲 아래에 앉아 있었다. 이미 유잡(糅雜 : 죽)의 음식도 끊었고, 떠들고 소리치는 악대나 가희도 없으므로, 한가한 말과 차가운 대화가 모두 제일의(第一義)의 문제로 귀착하였다.

장명교가 차례를 매겨서 그것을 엮고는, 돌아온 뒤에 나에게 보여주

다. 그 해 가을 8월에, 원굉도는 다시 여러 승려들과 함께 상덕부(常德府) 도원현(桃源縣)의 덕산(德山)으로 가서 다시 토론을 심화하였는데, 거기에 열좌하였던 장명교(張明教)가 그 내용을 기록하였다. 이것이 『산호림(珊瑚林)』으로, 원굉도가 죽은 뒤 진계유(陳繼儒)가 서문을 짓고 간행하였다. 그리고 그 초략인 『덕산서담』 곧 『덕산주담』은 『원중랑전집』에 수록되었다. 아라키겐고(荒木見悟) 편, 『산호림(珊瑚林)』(ペ り か ん 社, 2001.3), はしがき, 3면 참조. 이 번역본에서는 『원굉랑전집』 및 전백성(錢伯城) 교주본의 편차 순서에 따라 각 문답에 일련번호를 매긴다.

2) 냉운(冷雲) : 공안(公安) 석두암(石頭菴)의 주지(住持). 『가설재문집(珂雪齋文集)』 권9 「석두암비(石頭菴碑)」에 나온다.

3) 장명교(張明教) : 장오교(張五教). 운영거사(雲影居士). 권30 「더위에 배로 가서 촌마을 집에 들어가다. 냉운과 명교 거사와 함께 갔다(暑中舟行入村舍, 偕冷雲及明教居士)」를 참조.

4) 도화원(桃花源) : 즉 도화동(桃花洞), 도원산(桃源山) 아래에 있다. 일명 진인동(秦人洞)이라고도 한다. 『청일통지(清一統志)』에 보면, "동구에 흐르는 샘과 폭포가 일천 장 길이인데, 석벽 아래로 떨어져 1리쯤 흐르다가 땅 밑으로 숨어서 보이지 않게 되어 북쪽으로 3리를 가서 도화의 계곡과 합류하여 원강(沅江)으로 들어간다(洞口流泉瀑布千丈, 落石壁下, 流里許, 伏地不見, 至北三里, 與桃花溪合流, 入沅江)"고 하였다.

5) 덕산(德山) : 무릉현(武陵縣) 동남쪽에 있다. 본래 이름은 왕산(枉山)이다. 수나라 개황(開皇) 연간에 자사(刺史) 번자개(樊子蓋)가, 일찍이 요임금과 순임금의 선양 시기의 은둔자인 선권(善卷)이 여기에 살았다고 해서 이름을 선덕산(善德山)이라 고쳤다. 산에는 건명사(乾明寺)가 있다. 『호남통지(湖南通志)』 「산천지(山川志)」 11에 나온다.

6) 양산(梁山) : 공안현 남쪽에 있다. 『공안현지(公安縣志)』에 나온다. 옛 이름은 양산(陽山)이며, 『수경주(水經注)』에는 숭량산(嵩梁山)이라 칭하였다.

었다. 나는 이렇게 말하였다. "이것은 바람이 물에 흔적을 남긴 무늬이
거늘, 공은 그것을 기록한 보(譜)를 만들다니요? 하지만 공의 흉중에는
활수(活水)란 것이 있으므로, 판에 박힌 글을 만들지는 않을 거외다."

마침내 그 가운데 순정에 가까운 것 한 권을 골라 뽑아서 목판 인쇄
하도록 하였다.

갑진년 겨울날에 석공 굉도가 기록한다.

甲辰秋, 余偕僧寒灰·雪照·冷雲, 諸生張明敎, 入桃花源. 餘暑尙
熾, 遂憩德山之塔院. 院後嶺有古樟樹, 婆娑偃蓋, 梁山靑色, 與水光相
盪, 蒼翠茂密, 驕欲如洗. 櫛沐未畢, 則諸公已先坐其下. 旣絶糅雜, 闕
號呴, 閒言冷語, 皆歸第一. 明敎因次而編之, 旣還, 以示余. 余曰: "此
風痕水文也, 公乃爲之譜邪? 然公胸中有活水者, 不作印板文也." 遂揀
其近醇者一卷, 付之梓. 甲辰冬日, 石公宏道識.

1604년(만력 32년 갑진)에 지은 글.
○ 소수본은 제목의 塵가 暑로 되어 있다.
○ 패란거본은 「소인(小引)」에 '甲辰冬日' 2구가 없으나, 서종당본을 따른다.

【1】 묻는다 : 어째서 중용은 실천이 불가능하다[7]는 것인가?

답한다 : 이것이야말로 바로 '성인이라 하더라도 역시 불가능한 것이
있다[8]고 하는 그것이다. 생각건대, 중용은 원래 실천이 불가능한 것이
며, 실천하기 어렵다고 말할 것이 아니다. 군자의 중용은 '시(時)'라는 한

---

7) 중용불가능(中庸不可能) : 『중용』 제9장(朱子 章句, 이하 동일)에, "공자께서 말씀하
셨다. 천하의 국가는 균평하게 다스릴 수가 있다. 고귀한 작위와 높은 봉록도 사퇴할
수가 있다. 흰 칼날도 밟을 수가 있다. 하지만 중용만은 행할 수가 없다(子曰 : 天下國
家可均也, 爵祿可辭也, 白刃可蹈也, 中庸不可能也)"라고 하였다.
8) 수성인역유불능처(雖聖人亦有不能處) : 『중용』 12장에 "도의 극치에 이르게 되면, 비
록 성인이라고 하여도 모르는 것이다(及其至也, 雖聖人亦有所不知焉)"라고 한 말을
이용한 것이다.

글자로 다 포괄된다.[9] 실체화된 중용을 실천하려고 하는 것이 아니다. 공자는 '벼슬할 만한 때에 벼슬살고, 그만두어야 할 때에 그만두며, 오래 있어야 할 때에는 오래 있고, 얼른 떠나야 할 때에는 얼른 떠난다'[10]는 것을 실천하였다. 이것이 바로 그가 시중(時中 : 시시처처에 응하여 中正의 행동을 취함)한 것이다. '소인은 그때그때 할 수 있는 행동을 한껏 다하여 꺼리는 것이 없다'[11]라는 것은 소인이 시중(時中)을 못하기 때문이다. 성인과 범부의 차이는 바로 여기에 있다.

問 : 如何中庸不可能? 答 : 此正是雖聖人亦有不能處. 蓋中庸原不可能, 非云不易能也. 君子之中庸, 只一'時'字, 非要去能中庸也. 孔子可以仕則仕, 可以處則處, 可以久則久, 可以速則速, 正是他時中. 小人而無忌憚, 只爲他不能時中. 聖凡之分, 正在於此.

【2】 묻는다 : 무엇을 시중(時中)[12]이라 하는가?

답한다 : 시(時)란 곧, 춘하추(春夏秋), 해자축(亥子丑)과 같은 시간의 흐름으로서의 시를 말한다. 한 순간도 멈추지 않는 것 그것을 시(時)라 하고, 앞과 뒤가 들러붙지 않는 것을 중(中)이라 한다. 『금강경(金剛經)』에서 "어떤 것에도 집착하지 않고서 마음을 살아 움직이도록 하지 않으면 안 된다"[13]라고 한 것도 역시 이 의미이다. 정지하지 않으므로 집착하지 않는다(無住)라고 하고, 앞과 뒤가 딱 붙지 않으므로 마음이 살아 활동한다(心生)고 한다.

---

9) 군자지중용, 지일시자(君子之中庸, 只一時字) : 『중용』 2장에 "君子之中庸也, 君子而時中"이라 하였다.
10) 공자가이사즉사(孔子可以仕則仕)~가이속즉속(可以速則速) : 『맹자』「만장 하(萬章下)」와 「공손추 상」에 나오는 말.
11) 소인이무기탄(小人而無忌憚) : 『중용』 2장에 "小人之中庸也, 小人而無忌憚也"라 하였다.
12) 시중(時中) : 『중용』 2장에 나온다. 위에 나왔다.
13) 응무주이생기심(應無住而生其心) : 『금강반야경(金剛般若經)』에 나오는 말.

묻는다 : 딱 붙지 않는다(不相到)란 무슨 말인가?

답한다 : 급류에서 흘러가 버린 앞의 물은 흘러오는 뒤의 물이 아닌 것과 같다. 그러므로 딱 붙지 않는다고 말한다.

묻는다 : 마음이 살아 있다는 것은 무슨 뜻인가?

답한다 : 마치 장강과 대하의 물이 썩는 일이 없는 것과 같다. 그러므로 마음이 살아 있다고 한다.

問 : 何謂時中? 答 : 時卽春夏秋亥子丑之時也. 頃刻不停之謂時, 前後不相到之謂中. 金剛經 "應無住而生其心", 亦此義. 不停故無住, 不相到故心生. 問 : 何謂不相到? 答 : 如駛水流, 前水非後水, 故曰不相到. 問 : 何謂心生? 答 : 如長江大河, 水無腐敗, 故曰心生.

【3】묻는다 : 무엇을 소인이면서 기탄이 없다[14]고 말하는 것인가?

답한다 : 중용의 실천이 대단히 어렵다[15]는 것을 모르고서, 기이한 것을 표방하고 이상한 것을 숭상하여 행함으로써 중용을 실천하려고 하는 것이다. 이러한 사람은 태도나 행적은 훌륭하게 보일지 몰라도, 하지만 집착이 너무 심하여, 마음이 생기가 없이 죽어 있다. 세간에서는 다만 이런 종류의 인간이 가장 사람의 마음을 움직인다. 그러므로 공부자께서는 통탄해하고 한스러워 하셔서 기탄이 없다고 말씀하신 것이다.

問 : 何謂無忌憚? 答 : 不知中庸之不可能, 而欲標奇尙異以能之. 此人形迹雖好看, 然執着太甚, 心則死矣. 世間唯此一種人最動人, 故爲夫子所痛恨.

【4】증자(曾子)[16]가 『대학』에서 말한 이른바 '격물(格物)'[17]은 형이상과

---

14) 무기탄(無忌憚) : 『중용』 2장의 말. 앞에 나왔다.
15) 중용지불가능(中庸之不可能) : 『중용』 9장에 "中庸, 不可能也"라 하였다. 앞에 나왔다.

형이하를 관통하는 말[18]이다. 자양(紫陽: 주자)[19]은 "사물의 도리를 궁구하는 것이다"라고 말하였지만, 이것은 형이하만을 관통하는 말이다. 이 세상의 사물은 모두 지식으로는 궁구할 수 없다는 사실에 대하여 그는 조금도 깨닫지 못하고 있다. 눈썹은 어째서 위아래로 길고 눈은 어째서 옆으로 긴가,[20] 머리칼은 왜 길고 콧수염은 왜 짧은가, 남녀의 정혈(精血)은 왜 사람을 형성하는가, 이러한 사실의 도리는 과연 끝까지 궁구할 수 있을 것인가? 이것들이 형이상을 관통하는 언어인 것이다. 사물의 도리를 알려고 하는 것은 나방이 등불에 향하여 가서 거꾸로 등불에 타는 것과 같은 것이다. 햇빛이 쬐는 곳에서 등불 하나를 켜보았자, 대체 무슨 소용이 있겠는가?

曾子所謂格物, 乃徹上徹下語. 紫陽謂窮致事物之理, 此徹下語也. 殊不知天下事物, 皆知識到不得者. 如眉何以竪, 眼何以橫, 髮何似長, 鬚何以短, 此等可窮致否? 如蛾趨明, 轉爲明燒. 日下孤燈, 亦復何益.

【5】 묻는다: 묘희(妙喜)[21]는 "여러 공[22]들은 다만 격물(格物)을 알 뿐이

---

16) 증자(曾子): 『덕산주담』에서는 '曾子曰'로 되어 있으나, 『산호림』에서는 '大學所謂'로 되어 있다.
17) 격물(格物): 『대학』의 팔조목(八條目) 가운데 하나.
18) 철상철하(徹上徹下): 『주자어류(朱子語類)』에는 20개 곳에서, 『전습록(傳習錄)』에서는 3개 곳에서 사용되었다. 보통 '철두철미(徹頭徹尾)'라든가 '철상철하(徹上徹下)'라든가 하는 말과 같이, 사물의 철저성을 가리키는 말이지만, 여기서는 형이상과 형이하의 문제를 관통한다는 뜻으로 보았다. 『주자어류』에 그러한 용례가 있다.
19) 자양(紫陽): 남송의 주희(朱熹, 1130~1200), 곧 주자(朱子)의 별호. 주희의 이 말은 『대학장구(大學章句)』「경(經)」의 주(注)에 나온다.
20) 미하이수, 안하이횡(眉何以竪, 眼何以橫): 구어의 '안수미횡(眼竪眉橫: 험악한 얼굴, 성난 눈초리)'이란 말을 이용한 표현인 듯하다.
21) 묘희(妙喜): 대혜종고(大慧宗杲, 1089~1163). 임제종(臨濟宗) 양기파(楊岐派)의 승려. 자는 담회(曇晦), 호는 묘희. 안휘성 선주(宣州) 영국(寧國) 사람. 공안선(公案禪)을 높이 제창하여, 임제(臨濟)의 재흥이라고 일컬어졌다. 앞에 나왔다. 이 글에 인용된 묘희의 말은 『대혜보각선사연보(大慧普覺禪師年譜)』 소흥(紹興) 10년의 조항, 『오등회원(五燈會元)』 권20, 『속전등록(續傳燈錄)』 권32 등에 나온다.

고 물격(物格)을 알지는 못한다"고 하였는데, 어떤 의미인가?

답한다 : 격물과 물격의 관계는 속담에 "이쪽이 상대를 때리려고 하다가 거꾸로 상대에게 맞는다"라는 말 그대로이다. 최근의 사람들은 일생 사색을 끝까지 파고들어 그 도리를 궁구하고자 하지만, 거꾸로 대상으로부터 이쪽이 궁구당하고 있다. 그것이 묘희가 말한 물격(물이 사람을 궁구함)이라는 것이 아니겠는가?

問 : 妙喜言諸公但知格物, 不知物格, 意旨如何? 答 : 格物物格者, 猶諺云 "我要打他, 反被他打"也. 今人盡一生心思欲窮他而反被他窮倒, 豈非物格邪?

【6】『중용』14장에서 "소인은 일부러 위험한 행동을 함으로써 요행을 바란다"라고 하였는데, 이것은 이익을 쫓아서 그런 것이 아니다. 다만 행동이 평실하고 간이하지 않으므로 기이한 것을 좋아하여 지나치게 현실에서 동떨어지므로, 그것을 위험하다고 말하고 그것을 요행이라고 말한 것이다.

"小人行險以徼倖" 非趨利也, 只是所行不平易, 好奇過高, 故謂之險, 謂之倖.

【7】맹자는 인간의 본성이 선하다고 말하였지만, 그것은 본성이 아니라 정(情)의 측면을 말한 것일 뿐이며, 본성에 대해 선악의 틀을 끼워 맞추는 것은 불가능하다. 이를테면 주자학에서는 측은(惻隱)의 정을 인(仁)의 단(端)이라 하고,[23] 맹자가 말한 "홀연 어린아이가 우물에 들어가려는

---

22) 제공(諸公) : 왕성석(汪聖錫, 應辰, 1119~1176), 풍제천(馮濟川, 楫, ?~1153) 등을 가리킨다.

23) 측은위인지단(惻隱爲仁之端) : 『맹자』「공손추 상(公孫丑 上)」에 나온다. 이하의 말은

것을 본다"는 말을 들어서 그 증거로 삼고 있다. 하지만 만일 사람이 홀연 미녀를 본다면 마음이 동탕할 것이고 홀연 금은을 본다면 마음이 두근두근 할 것인데, 이것도 역시 태어나면서부터 그런 것이지 억지로 그렇게 시켜서 그렇게 되는 것이 아니다. 이것을 두고, 진심24)의 발로라고 말할 수 있을 것인가?

孟子說性善, 亦只說得情一邊, 性安得有善之可名? 且如以惻隱爲仁之端, 而擧乍見孺子入井以驗之. 然今人乍見美色而心蕩, 乍見金銀而心動, 此亦非出於矯强, 可俱謂之眞心邪?

【8】 묻는다: 불경의 첫머리에 있는 '여시아문(如是我聞)'25)이란 무엇인가?

답한다: 마음과 대경(對境)이 하나로 합하는 것을 여(如)라 하고, 시비의 분별을 초월하는 것을 시(是)라 하며, 안·이·비·설·신·의의 육근(육식)26)에 떨어지지 않는 것을 아(我)라고 하고, 언어나 문자에 집착하지 않고 회득(깨달아 얻음)하는 것을 문(聞)이라고 한다.

問: 何謂如是我聞? 答: 心境合一曰如, 超於是非兩端曰是, 不落眼耳鼻舌身意曰我, 不從語言文字入曰聞.

【9】 대경(對境)에 대한 분별적인 밝음이 없는 것이 참된 밝음이다.27)

주희의 주석을 비판한 것이다.

24) 진심(眞心): 주희의 『맹자집주』에 "사자(謝子)가 말하길, 사람은 모름지기 그 진심을 알아야 한다"라고 하였다.

25) 여시아문(如是我聞): 불경의 첫머리에 놓여 있는 상투어. 일반적으로 아(我)는 석가의 제자 아난(阿難)의 일인칭이라고 간주된다. 아난이 석존의 불법을 듣고 그것을 틀림없이 대중에게 전달한다는 의미를 지닌다.

26) 안이비설신의(眼耳鼻舌身意): 불가에서 이근(耳根)·안근(眼根)·비근(鼻根)·설근(舌根)·신근(身根)·의근(意根)을 육근(六根)이라고 한다.

27) 무명즉시명(無明卽是明): 『능엄경(楞嚴經)』 권4의 "본성의 각(覺)은 반드시 명성(明

세계의 산하가 생겨나는 원인은,[28] 모두 분별적인 밝음을 추구하는 일념에서 발생하는 것이다. 그러므로 분별적인 밝음에는 참된 밝음이 없는 것이다. 이 세상 사람들을 보면, 염념 부단하게 분별적인 밝음을 추구하지 않는 자가 한 사람도 없다. 이것이야말로 그들이 윤회(전생)하는 근본 원인이다.

　　無明卽是明, 世界山河所由起, 皆始於求明一念, 故明卽無明. 今學道人無一念不趨明者, 不知此卽生死之本.

　【10】 묻는다 : '지견(知見)에 지(知)를 세운다'[29]는 것은 무엇인가?
　답한다 : '산은 산이고 물은 물이다'[30]라는 것과 같이 고정적으로 파악한다. 이것이 '지견에 지를 세운다'는 것이다.
　묻는다 : '지견에 견(見)이 없다'[31]는 것은 무엇인가?
　답한다 : '산은 산이 아니고 물이 물이 아니다'라는 것과 같이 집착하지 않는다. 이것이 '지견에 견이 없다'는 것이다.
　수일 뒤에 또 물었다 : '지견에 지를 세운다'는 것은 무엇인가?
　답하였다 : '산은 산이 아니고 물이 물이 아니다'라고 고정적으로 파악

　性)을 갖추고 있지만, 그것을 오해하여 소명(所明)에 대한 주관으로서의 능명(能明)의 각이라고 생각하는 것이다(性覺必明, 妄爲明覺)"라는 구절을 염두에 둔 표현이다.
28) 세계산하소유기(世界山河所由起) : 『능엄경』 권4의 첫머리에서 부루나(富樓那)가 "청정은 본연이거늘, 어찌하여 홀연 산하대지 등 모든 것의 상(相)이 이루어집니까?"라고 질문한 내용을 이용한 것이다.
29) 지견입지(知見立知) : 『능엄경』 권5에 "지견에 지를 세우는 것은 곧 무명의 뿌리"라고 하였다. 사려분별에 사로잡히는 것을 말한다.
30) 산시산(山是山), 수시수(水是水) : 황벽희운(黃檗希運)의 『완릉록(宛陵錄)』에 "이견(異見)을 내지 말라. 산은 산이요 물은 물이고 승은 승이요 속은 속이라(但莫生異見, 山是山, 水是水, 僧是僧, 俗是俗)"고 하였다. 또 운문문언(雲門文偃)의 『운문광록(雲門廣錄)』 상권에도 비슷한 표현이 있다.
31) 지견무견(知見無見) : 『능엄경』 권5에 "지견에 견이 없음은 곧 열반(涅槃), 무루진정(無漏眞淨)이다"라고 하였다.

한다. 이것이 '지견에 지를 세운다'는 것이다.

묻는다 : '지견에 견이 없다'는 것은 무엇인가?

답한다 : '산은 산이고 물은 물이다'라는 것과 같이 집착하지 않는다. 이것이 '지견에 견이 없다'는 것이다.

問 : 如何是知見立知? 答 : 山是山, 水是水, 此知見立知. 如何是知見無見? 答 : 山不是山, 水不是水, 此知見無見. 數日又問 : 如何是知見立知? 答 : 山不是山, 水不是水, 此知見立知. 如何是知見無見? 答 : 山是山, 水是水, 此知見無見.

【11】『능엄경』에 말하길, "마음을 안정할 수가 있다면 모든 것이 안정한다"[32]고 하였다. 그러나 마음을 안정시키는 것이 어찌 쉬운가? 증자(曾子)의 혈구(絜矩)[33]와 공자의 충서(忠恕)[34]는 마음을 안정시키는 모범이다. 그러므로 학문하여 투철하게 되면 언어는 모두 사람 마음의 정에 부합한다. 도리에 집착하여 사람을 얽어매는 것이 아니다.

經云 : "能平心地, 則一切皆平." 顧心地豈易平哉? 曾子之絜矩, 孔子之忠恕, 是平心的樣子. 故學問到透徹處, 其言語都近情, 不執定道理以律人.

---

32) 능평심지, 즉일체개평(能平心地, 則一切皆平) : 『능엄경』 권4에 "當平心地, 則世界地一切皆平"이라 하였다.
33) 혈구(絜矩) : 혈구지도(絜矩之道)의 준말로, 자기의 마음을 미루어 남의 마음을 헤아리는 도덕상의 법도를 말한다. 『대학』「전(傳)」 10장에 나온다.
34) 충서(忠恕) : 『논어』「이인(里仁)」제15장에 나오는 말. "공자께서 말씀하시길, '삼아, 내 도는 하나로 꿴다'라고 하였다. 증자가 말하길, '그렇습니다'라고 하였다. 증자가 나가자 문인들이 묻기를, '무엇을 말씀하신 것입니까?' 하였다. 증자가 말하길, '선생님의 도는 충서일 따름이다'라고 하였다(子曰 : 參乎! 吾道一以貫之. 曾子曰 : 唯. 子出, 門人問曰 : 何謂也? 曾子曰 : 夫子之道忠恕而已矣)."

【12】 묻는다 : 『법화경(法華經)』「방편품(方便品)」에 나오는 "모든 부처, 두 다리의 존자"35)라는 여섯 글자는 어떻게 풀이하여야 하는가?

답한다 : '모든 법에는 언제나 실체가 없다고 안다'라고 하는 것이 부처의 오른발인 혜족(慧足)이며, '불성은 인연에 의하여 생기한다'고 하는 것이 부처의 왼발인 복족(福足)이다. '모든 법에는 언제나 실체가 없다고 알기에', 일체의 법을 단멸시(斷滅視)하지 않을 수 없다. 이것을 '인연에 의하여 생기한다'고 하는 것이다. 성문(聲聞)과 연각(緣覺)의 이승(二乘)은 인연에 주의하지 않으므로 만법의 물들을 잘게 분석하여 공(空)을 회득(會得)한다. 그러나 보살의 일승은 그렇지 않다. 본래 일체의 법은 각각 공(空)으로서 존재하며, 생멸변화하는 세간의 상(相 : 모습)은 그대로 계속해서 존재하여, 어떠한 인연이라도 법이 아닌 것이 없으므로, 어찌 그 인연의 도리를 무시할 수 있겠는가? 그래서 광대한 자비를 지닌 부처와 보살이, 타버린 종자36)처럼 불성이 쭈그러든 이승의 사람들을 엄하게 경계한 이유인 것이다. 오늘날의 불교의 선생들이 '인연을 회득하는 것은, 제법이 계속하여 존재하고 각각의 위치를 점유하고 있기 때문이다'라고 해석하는 것은 완전히 잘못된 것이다.37)

問 : '諸佛兩足尊'六句, 當如何解? 答 : 知法常無性卽慧足, 佛種從緣起卽福足, 知法無性, 所以不斷一切法, 是謂從緣起也. 二乘遺緣, 故折色明空, 一乘却不然, 蓋一切法, 各住在空位, 世間相卽是常住, 無緣非

---

35) 제불양족존(諸佛兩足尊) : 『법화경』 권2에 "제불은 두 다리를 가진 인간 가운데 가장 위대하여, 법이 늘 무성이며 불종이 연을 따라 일어남을 안다. 그러므로 일승을 설하여, 법은 법의 위에 정주하고 세간상은 상주한다고 말한다(諸佛兩足尊, 知法常無性, 佛種從緣起, 是故說一乘, 是法住法位, 世間相常住)"라고 하였다. 양족존(兩足尊)은 두 다리를 가진 인간 가운데 가장 위대한 인물이란 뜻으로 부처를 가리킨다고 한다. 또 부처는 복(福)과 혜(慧)의 두 다리를 가지고 있고, 오른쪽 다리가 혜족(慧足)이라고 간주된다.

36) 초종(焦種) : 타버린 종자. 4권본 『능가경(楞伽經)』 권1이나 『유마경(維摩經)』 권중 등에 나오는 말이다. 초아패종(焦芽敗種)과 같은 말이다.

37) 今師家作了因緣因法住法位解者大非 : 『산호림』에는 이 구절이 없다.

法, 安用遺緣, 此大慈所以訶焦穀也. 今師家作了因緣因法住法位解者
大非.

【13】『법화경』에 "한 목소리로 '남무불'을 일컬으면 누구라고 불도를
성취할 수 있다"[38]라고 하였다. 또 "대통지승불(大通智勝佛)은 십겁의 오
랜 기간에 걸쳐서 도량에 안좌하여 있지만, 불법이 현전하지 않아서 불
도를 성취할 수가 없다"[39]라고 하였으니, 앞서의 말과 어찌 모순되는
가?[40] 대개 시겁(時劫), 즉 시간이란 본디 고정적인 것이 아니다. 그러므
로 일순간의 칭명(稱名)과 십겁의 안좌(安坐)란 어느 것이나 같은 내용으
로, 시간의 장단을 구별하는 것은 아니다. 이를테면 두 사람이 함께 여
기서 잠을 자는 경우에, 잠자는 시간이 동일하고 잠깨는 시간이 동일하
다고 하더라도 한쪽은 꿈속에서 서너 날을 지내고 한쪽은 꿈속에서 아
주 짧은 시간밖에 지내지 않는다. 이 경우 실질적으로 이 두 사람의 시
간의 장단을 구별할 수가 있을까?

---

38) 일칭남무불, 개이성불도(一稱南無佛, 皆已成佛道) : 『법화경』「방편품(方便品)」에 나
온다. 남무불(南無佛)은 부처에 귀의한다는 뜻이다.

39) 대통지승불, 십겁좌도량, 불법불현전(大通智勝佛, 十劫坐道場, 佛法不見前) : 『법화
경』「화성유품(化城喩品)」에 나오는 말이다. 대통지승불(大通智勝佛)은 과거무량무변
불가사의겁(過去無量無邊不可思議劫)에 출현하여 도량(道場)에 앉아서 마군(魔軍)을
전부 격파하고 보리(菩提)를 얻으려고 하였으나, 제불(諸佛)의 법(法)이 현전하지 않는
다. 이때 도리(忉利)의 제천(諸天)이 대통지승불을 위해 보리수(菩提樹) 아래에 사자(獅
子)의 좌(座)를 깔고, 대통지승불은 그 자리에 앉아, 십소겁(十小劫)을 거쳐 보리를 이
룬다. 이 부처가 아직 출가하지 않은 때에 열 여섯 명의 아이가 있었는데, 그들은 부처
를 따라 사미(沙彌)가 되어, 『법화경』의 홍포(弘布)를 돕는다. 석존(釋尊)도 그 한 사람
이라고 한다. 이 설화는, 『법화경』이 단순히 현세에서 처음으로 설해진 것이 아니라, 구
원의 역사적 배경을 지닌다는 점을 의미하고, 금생에서 『법화경』을 청문(聽聞)하는 일
은 깊은 숙연(宿緣)에 의한 것이란 점을 강조하는 것이다. 『임제록(臨濟錄)』의 시중(示
衆)에도 이 말을 근거로 한 단락이 있다. 아라키겐코의 해설 참조.

40) 又云 : "大通智勝佛, 十劫坐道場, 佛法不見前, " 何相矛盾也. : 전백성(錢伯城) 전주
본은 〈又云 : "大通智勝佛, 十劫坐道場", 佛法不見前, 何相矛盾也〉로 끊어 읽었으나
잘못이기에 바로잡는다.

經云 : "一稱南無佛, 皆已成佛道." 又云 : "大通智勝佛, 十劫坐道場, 佛法不見前." 何相矛盾也? 蓋時劫本無定, 故一稱與十劫, 同是一樣, 非分久暫. 如二人同在此睡, 睡時同, 醒時亦同, 而一人夢經歷數日, 一人夢中止似過了一刻, 此二人可分久暫邪?

【14】지난 날 어떤 사람이 내 형 백수(伯修)에게, "어떠한 시각에도 망념을 일으키지 않는다"[41]라는 『원각경』의 4구를 설명하여 달라고 하였다. 백수는 이렇게 말하였다. "'어떠한 시각에도 망념을 일으키지 않는다'라는 것은 지병(止病 : 판단정지, 무관심 등의 병폐)이고, '모든 망심을 억제하거나 멈추거나 하지 않는다'는 것은 작병(作病 : 작의과다, 의식과잉의 병폐)이며, '망상의 경지에 거주하여 지각을 기능시키지 않는다'는 것은 임병(任病 : 방임, 무책임의 병폐)이고, '지각이 없는 상태에서 진실을 변별하지 않는다'는 것은 멸병(滅病 : 허무, 절멸지향의 병폐)이다. 이 네 구는 약이 되는 말이면서 동시에 병을 주는 말이다."

往有問伯修, '居一切時, 不起妄念'四句作何解者. 伯修曰 : "居一切時, 不起妄念, 是止病. 於諸妄心, 亦不息滅, 是作病. 住妄想境, 不加了知, 是任病. 於無了知, 不辨眞實, 是滅病. 要知此四句, 是藥亦是病."

【15】묻는다 : 『능가경(楞伽經)』에서 대혜보살(大慧菩薩)과 석존이 문답하는 백팔 구[42] 가운데, 석존은 대혜보살이 질문하지 않은 것까지 언급

---

41) 거일체시, 불기망념(居一切時, 不起妄念) 등 4개 문장 : 『원각경(圓覺經)』에 나오는 말. 지병(止病), 작병(作病), 임병(任病), 멸병(滅病)은 각각 다른 장소에 나온다. 지병은 제념(諸念)을 그치고 아무 것에도 관심을 가지지 않고 원각(圓覺)을 추구하는 일이다. 작병은 본심에 손을 대어 수행을 통해서 원각을 추구하는 일이다. 임병은 일체의 법성에 맡겨서 원각을 추구하는 일이다. 멸병은 모든 고뇌나 공허한 대상물을 일체 절멸시키고 원각을 추구하는 일이다. 원종도와 원굉도의 4병설은 『원각경』의 본래 뜻과는 조금 어긋나 있다.

42) 능가백팔구(楞伽百八句) : 『대승입능가경(大乘入楞伽經)』 「집일체법품(集一切法品)」

하였지만, 그 내용은 모두 대단히 미세한 일이다. 이것에는 무슨 긴요한
의미가 있는가?

답한다 : 비유하자면, '대지는 어떻게 움직이는가?'라는 질문을 하는
사람이 있다고 하자. 도리를 잘 아는 사람이라면 '그러한 질문은 취할
만하지 않다. 그보다는 자신의 눈은 어떻게 움직이는가, 수족은 어떻게
움직이는가, 라고 왜 질문하지 않는가?'라고 대답할 것이다. 생각건대 석
존은 천지 사이에 존재하는 모든 것들은 완전히 궁구할 수 없으며 보통
이라든가 특수라든가 크다든가 작다든가 멀다든가 가깝다든가 하는 관
점으로 둘로 나누어 생각해서는 안 된다는 사실을 통찰하고 있다. 그러
므로 미세한 것에 언급하지 않지만, 석존의 본의는 본래 이처럼 미세한
차별상을 문제시하고 있는 것은 아니다. 만일 정말로 대혜보살에게 '눈
썹은 몇 개 있고, 미진은 얼마나 있는가'[43]라고 질문하게 하려고 하였다
면 그것은 얼마나 긴요한 것일까. 지금의 교학의 승려들이 종합적 견해,
개별적 견해라는 해석을 하고 있는 것은 정말 대단히 잘못이다.[44]

問 : 楞伽百八句中, 佛詰大慧所來, 問者皆極細事, 有何緊要? 答 : 辟
之有人問曰 : "云何地動?" 達者應曰 : "此何足問, 汝眼睛如何動, 手足

에서, 상수(上首)의 대혜보살은 석존에 대하여 '송(頌)'의 형식으로 백팔의 의의(疑義)를
제출하는데, 석존도 또 '송'의 형식으로 응답한다. 이 석존의 '송' 가운데 '일백팔 종의
구'가 있으며, 그것을 받아서 대혜보살이 1백 8구란 무엇인가 묻는다. 석존은 과거제불
의 제설로서, '상구비상구(常句非常句)'를 시작으로 '문자구비문자구(文字句非文字句)'
까지 백팔을 거론하였다. 그 백팔 가운데, 이를테면 '궁구비궁구(弓句非弓句)' '산수구
비산수구(算數句非算數句)' '화륜구비화륜구(火輪句非火輪句)' 등, 대혜보살의 의의
(疑義)에는 관계가 없는 것이 있다. 여기서의 질문자는 이 점을 문제삼은 것이다.

43) 미모유기, 미휘유기(眉毛有幾, 微麾有幾) : 『대승입능가경(大乘入楞伽經)』「집일체법
품(集一切法品)」의 석존의 '송(頌)'에서, "성문벽지불, 제불 및 불자, 이러한 등량신(等
量身)이 각각 얼마나 미진(微塵)이 있으며, 화풍(火風)이 각각 얼마나 미진이 있으며,
하나하나의 뿌리에 얼마나 있는가, 눈썹 및 모든 털구멍에 또한 각각 얼마나 미진으로
이루어졌는가. 이러한 여러 가지 일을, 어째서 내게 묻지 않는가"라고 하였다.
44) 今法師家作總相別相解者大非 : 『산호림』에는 이 구절이 없다.

如何動, 何故不問?" 蓋佛見得天地間事物, 總不可窮詰, 勿以尋常奇特, 大小遠近, 作兩般看也. 佛意原如此, 若眞正要大慧問眉毛有幾, 微塵有幾, 此有何關繫. 今法師家, 作總相別相解者, 大非.

【16】 묻는다 : 유마힐(維摩詰)은 신체가 무아(無我)인 것을 불에 비유하고 신체가 무인(無人)인 것을 물에 비유하였는데[45], 어째서인가?

답한다 : 불은 타기 위해 반드시 장작이 필요하다. 불에는 불 자신의 몸이 없다. 그러므로 신체가 무아라는 사실을 불에 비유한 것이다. 물에는 물 자신의 몸이 있다. 물이기 위해서는 다른 것이 필요 없다. 그러므로 신체가 무인이란 것을 비유한 것이다.

問 : 維摩以火喩無我, 以水喩無人, 何也? 答 : 火必藉薪, 無有自體, 故喩身之無我. 水有自體, 不藉他物, 故喩身之無人.

【17】 경전에는 모두 권(權)의 부분이 있고 실(實)의 부분이 있다.[46] 그러나 사람들은 권을 알지 못하고 왕왕 권에 구속당하고 권을 고집하여 경전을 확실하게 읽어내지 못한다. 다만 선종의 조사들만은 권의 가르침을 설한 경전 그 자체를 인정하지 않았다. 그러므로 실(實)의 상(相)만을 제시하여 제자들을 접화(接化)한 것이다.[47]

---

45) 화유무아, 이수유무인(火喩無我, 以水喩無人) : 『유마힐소설경(維摩詰所說經)』 상권에 "이 몸이 무아임은 불과 같고 …… 이 몸이 무인임은 물과 같다(是身無我, 爲如火 …… 是身無人, 爲如水)"라고 하였다.

46) 경교개유권실(經敎皆有權實) : 천태지자(天台智者)의 『법화문구(法華文句)』 권1 상에 "若應幾設敎, 敎有權實深淺不同. 須置指月亡迹尋本. 故肇師云, 非本無以垂迹, 非迹無以顯本"이라고 있다. 이처럼 경전은 권과 실의 두 면을 겸비한 것으로서 널리 인식되어 왔다.

47) 유조사불인권교, 고단이실상접인(惟祖師不認權敎, 故單以實相接人) : 당나라 때 선문에서는 육조혜능(六祖慧能)의 "제불의 묘리는 문자에 관계하지 않는다"(『景德傳燈錄』 권5)라는 발언이나 임제(臨濟)의 "삼승 십이분교는 모두 부정(不淨)을 씻는 휴지"(『臨濟錄』 「示衆」)라고 한 말에서 알 수 있듯이, 경교(經敎) 자체를 지월(指月)의 손가

묻는다 : 권의 가르침이란 것은 부처의 거짓말인가?

답한다 : 거짓말이 아니다. 이를테면 머리를 깎으려고 하지 않는 어린 아이가 있다고 한다면, 양친이 그 아이에게 '머리를 깎으면 아주 보기 좋단다. 모두가 네게 과자를 줄 것이다'라고 말하였다고 하자. 이 말은 실(實)의 일은 아니다. 하지만 양친에게 아이를 속인 죄는 없다. 아마 그렇게 말하지 않으면, 그 아이는 결코 머리를 깎지 않았을 것이다. 그러므로 '무언가를 빌어서 권도로 일을 성취하는 것은 거짓말이 아니다'라고 말하는 것이다.

凡經敎皆有權有實, 不達其權, 往往牽纏固執, 看不痛快. 惟祖師不認權敎, 故單以實相接人. 問 : 權敎豈佛誑語邪? 答 : 非誑語也. 如小兒不肯剃髮, 父母語之曰 : "剃了頭極好看, 人都把果品與你." 此語非實事, 然父母無誑子之罪, 以爲不如是語, 則彼不肯剃髮. 故曰權以濟事, 則非誑也.

【18】 묻는다 : 『화엄경(華嚴經)』에는 "한사람의 신체로 정(定)에 들어가, 다인수의 신체로 정(定)에서 일어난다, 남자의 신체로 정(定)에 들어가 여자의 신체로 정(定)에서 일어난다"[48]고 있다. 무슨 의미인가?

락, 즉 방편으로서 보아 부정하는 경향이 있었다. 단, 송나라 이후의 선문에서는 교선일치(敎禪一致)의 주장이 주류가 되었으니, 명나라 말기도 결코 예외는 아니었다. 만력의 삼 고승의 한 사람인 감산덕청(憨山德淸)은 경전에 의한 인심(印心)을 주장하여 "교안(敎眼)과 종안(宗眼)은 본래 두 눈이 없다"(『몽유집(夢遊集)』)고 갈파하였다. 또 삼 고승의 한 사람 자백진가(紫柏眞可)도 "간교(看敎)와 참선(參禪)은 모두 승사(勝事)이다"(『자백전집(紫柏全集)』)라고 말하였다. 원굉도는 교선일치를 일단 인정하였지만, 간경(看經)에 대하여는 부정적이었다. 또 교(敎)와 선(禪)의 교량 역할을 하였던 『종경록(宗鏡錄)』에 대하여 『산호림』을 저술한 만력 31년에 스스로 『종경섭록(宗鏡攝錄)』 12권을 편찬하였지만, 『종경록』 자체를 높이 평가하지는 않았다. 원굉도는 감산류(憨山流)의 교선일치가 지해(知解)의 소굴에 떨어질 위험성을 경고하였다고 말할 수 있다. 이상, 아라키 겐코의 설에 의한다.
48) 일신입정다신기, 남자입정여인기(一身入定多身起, 男子入定女人起) : 『화엄경』 권15

답한다 : 분별의식49)이 있으면, 일즉다(一卽多)의 원리를 이해할 수 없으므로 일신과 다신이 융합할 수 없으며 남자의 몸과 여자의 몸이 감응할 수가 없다. 분별의식이 완전히 없어진 사람만이 이러한 자유자재한 입정(入定)과 출정(出定)을 할 수 있는 것이다.

問 : 華嚴經 "一身入定多身起, 男子入定女人起" 答 : 有分段識, 則一多不能互融. 男女不能互用, 惟分段識盡者有之.

【19】묻는다 : 정(定)에 들어간다는 것은 무엇인가?

답한다 : 사람들은 모두 본디 함께 정(定)에 들어가 있는 것이다. 눈을 감고 정좌하지 않으면 정(定)에 들어가지 않는다고 결론지을 수 있는 것은 아니다.

묻는다 : 보살이 오랜 세월에 걸쳐서 결가부좌(結跏趺坐)하고서 정(定)에 들어가 있었던 것은 어째서인가?

답한다 : 이것은(持戒·禪定·智慧 등 三學 가운데) 선정(禪定)을 정(定)이라고 이해하는 것이다. 그런데 『화엄경』에 서술하는 입정50)은 지혜를 정(定)으로 이해한 것이다. 즉 정(定)이란 것은 마음 속이 맑고 밝으며 분별의 상념이 일어나지 않으므로 정(定)이라는 것이다. 만일 마음 속이 맑고 밝지가 않으면서 의심과 공포의 념이 생긴다면 부정(不定)이라는 것이다. 이를테면 만일 자신이 어떤 마을의 도로를 잘 알고 있어서 발길에 맡겨 발길 닿는 대로 걷는다면 정(定)에 다름 아니다. 그러나 만일 길을 확실히 모르면서 문을 나서면 점점 망설이게 되는데 이것은 부정(不定)이라는 것이다. 또 이를테면, 자신이 여기에 앉아 담 저쪽에서 전해오는 불

와 권42의 내용을 결합한 구문.

49) 분단식(分段識) : 분단하는 의식. 즉 분별의식.

50) 화엄소론입정(華嚴所論入定) : 80권본『화엄경』권15에 나온다. 혜(慧)를 정(定)으로 보는 것은, "정혜일체로서 이것은 둘이 아니다"라는『육조단경(六祖壇經)』「정혜(定慧)」제4의 말에서 나타나듯, 선문(禪門)에서 특히 주장되는 내용이다.

교의식에서 사용하는 금고(金鼓)의 소리를 귀로 듣는다고 하여도 자신이 완전히 귀에 익숙해 있다면, 마음이 흔들리지 않으므로 정(定)이다. 만일 지금까지 들은 적이 없다면 의심의 념이 일어나서 주저하지 않을 수 없다. 이것은 부정(不定)이라는 것이다.

　問: 何謂入定? 答: 人人皆有定, 不必瞑目靜坐, 方爲定也. 問: 菩薩跏趺, 入定多年, 又何謂也? 答: 此以定爲定者也. 華嚴所論入定, 則以慧爲定者也. 蕃所謂定者, 以中心明了, 不生二念曰定. 儻不明了, 心生疑怖, 斯名不定. 臂如我今認得某村路, 隨步行去, 此卽是定. 若路頭不明, 出門便疑, 是爲不定. 又如我在此坐, 聞垣外金鼓聲, 我已習知, 便定. 若從來不聞, 未免有疑, 是爲不定.

【20】『화엄경』에 "마음이란 것은 함부로 과거의 사물에 이끌리지 않고 또 미래의 사물에 집착하지 않으며, 현재에 정주하지 않는다"[51]라고 하였다. 그렇지만 우리들의 일상생활에서는 과거의 사물에 대하여 당장 계속하여 실행하고 싶다는 생각하는 것이 있으므로 완전히 그것을 실행하지 않을 수는 없을 것이다. 또 내일 무슨 일인가를 실행하려고 생각하여, 오늘 미리 그 준비를 해야 할 것이 있다면, 완전히 그 준비를 하지 않을 수는 없을 것이다. 이렇게 과거의 일은 계속되고 미래의 일은 미리 준비한다고 하는 것, 이것이 현재에 다름 아니다. 요컨대 이 현재에야말로 활기(活機)가 있는 것이어서, 고갈한 형식[52]에 구애되어서는 안 된다는 점을 알아두어야 할 것이다.

---

51) 심불망취과거법(心不妄取過去法)~불우현재유소주(不于現在有所住):『화엄경』권28에 나오는 내용을 축약한 것이다.

52) 사본(死本): 현대어로는 이자가 붙지 않는 원금이란 뜻이지만, 명대의 의미는 잘 알 수 없다. 활기(活機)의 반대어로 보았다.

經云 : "心不妄取過去法, 亦不貪着未來事, 不于現在有所住." 然吾人日用間, 於過去事有卽今要接續做者, 難道不去做. 明日要爲某事, 今日須預備者, 難道不預備. 過去事續之, 未來事預備之, 便卽是現在矣. 要知此中有活機, 不是執定死本的.

【21】 묻는다 : '삼계(욕계·색계·무색계)의 모든 것은 다만 마음을 기저로 하며 일체의 만법은 유식의 변화이다(三界惟心, 萬法唯識)'[53]라고 하는 것은, 유식(唯識)에서 말하는 여덟 종류의 식(識) 가운데 어디에 속하는가?

답한다 : 유식에서는 마음은 제8식, 의(意)는 제7식, 식(識)은 제6식이라고 한다. '삼계유심'이란 것은 전 7식은 세계를 만들어낼 수가 없으므로 제8식만이 그것을 만들 수가 있으니, 제7식은 그 이루어진 세계를 지속적으로 보유할 수가 없기 때문이다. '만법유식'이란 것은 제법(존재)은 의식의 대상에 상당하므로, 의식이 분별을 하기 시작하면, 갖가지 법이 발생하는 것이다. 이를테면 밥 속에 더러운 것이 들어가 있으나 다른 사람이 가만히 그것을 제거하고 자신은 전혀 눈치채지 못했다면 혐오가 일지 않는다. 더러운 것에 대한 의식이 아직 작용하지 않기 때문이다. 만일 자신이 그릇 속의 더러운 것을 눈치챈다면 결단코 밥과 함께 전부 토해 낸다. 이로써, 토한다는 것은 자신의 견(見)을 토해내는 것이지, 물(物)을 토해내는 것이 아니라는 사실을 알 것이다. 또 이를테면, 다른 지방에서 온 땅 주인이 자기 지방의 언어로 이 땅의 사람을 욕한다고 하더라도 이 땅의 사람은 눈치채지 못하고 빙글빙글 웃으면 들을 것이다. 하지만 만일 자기 땅 사람을 욕한다고 한다면 상대는 대단히 화가 날 것임에 틀림없다. 이로써, 성을 낸다는 것은 자신의 지(知)를 성내는 것이지, 물(物)을 성내는 것이 아니라는 사실을 알 것이다. 이상 서술한 것에 의하여, '만법유식'이란 것은 아마도 제6식에 의한 것이지, 제5식이나

---

53) 삼계유심, 만법유식(三界惟心, 萬法唯識) : '삼계유심'은 『화엄경』 권54에 나온다. '만법유식'은 유식학(唯識學)의 관념이다.

제7식, 제8식에 해당하는 것이 아님을 알 수 있다. 그 이유는 제5식과 제8식은 제6의식처럼 분별을 가지지 않으며, 제7식은 제6의식과는 관계 없이 사량(思量)할 뿐이어서, 자아(自我)에 집착할 뿐이기 때문이다.

問 : 三界惟心, 萬法唯識, 於八種識內何屬? 答 : 心是八識, 意是七識, 識是六識. 三界惟心者, 以前七識不能造世界, 惟第八能造, 爲前七不 任執持故. 萬法惟識者, 法屬意家之塵, 故意識起分別, 則種種法起. 如 飯內有不淨物, 他人私取去, 我初不知, 便不作惡, 以意識未起故. 若自 己從盞內見, 決與飯俱吐. 可見吐者, 是吐自己之見, 非吐物也. 又如鄕 人, 以彼處鄕談, 罵此土人, 此土人不知, 怡然順受. 若以罵彼土人, 其 怒必甚. 可見怒者是怒自己之知, 非怒物也. 以此見萬法惟識, 定是六 識, 非屬前五與七八也, 以五八無分別故, 第七但思量故, 但執我故.

【22】묻는다 : 안·이·비·설·신의 전 5식은 성경(性境 : 본성 그 자체로 부터 나타난 인식대상)[54]에 속하고 사고분별을 벗어난 현량(現量 : 직접지각)에 속한다. 그렇거늘 어째서 탐진치(貪嗔癡 : 탐욕, 분노, 무지) 따위의 번뇌가 5 식의 활동에 부속하여 존재하는 것인가?

답한다 : 탐진치(貪嗔癡)는 구생(俱生)의 혹(惑)[55]이므로, 의식에 의한 분 별작용을 기다리지 않고 일어나는 것이다. 갓난아이의 안식(眼識 : 눈의 작

---

54) 성경(性境) : 본성 그 자체로부터 나타난 인식대상. 유식설(唯識說)의 용어로, 삼유경 (三類境)의 하나. 진실한 대상이란 뜻이다. 삼유경이란, 유식설에서 인식의 대상을 그 성질에 따라서 세 종류로 나눈 것으로, 첫째 성경(性境 : 종자로부터 실제로 나타난 것), 둘째 독영경(獨影境 : 見分에서 임시로 나타난 것), 셋째 대질경(帶質境 : 위의 둘의 중 간에 있는 것)이다. 즉 성경이란 진실의 종자로부터 생겨나 진실의 실체, 진실의 기능 이 있어서, 심식(心識)이 여실하게 그 진상을 인식하는 대상을 말한다. 제8식에서 변하 여 온 삼경(三境 : 種子·五根·器界)의 상분(相分), 전 5식, 5구(俱)의 의식에서 인연되 어 나온 상분(相分), 누(漏)·무루(無漏)의 정심(定心)에서 인연되어 나온 상분(相分) 등 을 말한다.
55) 구생혹(俱生惑) : 태어나면서부터 선천적으로 지니고 있는 번뇌.

용)은 꽃과 나무를 분별할 수 없지만, 아름다운 꽃을 보면 좋아하게 된다. 이것은 안식(眼識)의 탐(貪)이다. 갓난아이의 설직(舌識)도 맛을 구별할 수 없지만, 그러나 젖에서 떨어지면 소리를 높여서 운다. 이것이 설직(舌識)의 진(瞋: 분노)이다. 치(癡: 무지)의 경우에는 더 말할 것도 없다.

問: 前五識屬性境, 屬現量, 何以有貪瞋癡? 答: 貪瞋癡乃俱生惑, 不待意識而起者. 如小孩子眼識不曾分別, 然見好花則愛, 此眼識之貪也. 小孩子舌識亦無分別, 然去却乳則哭, 此舌識之瞋也. 至于癡, 則不待言矣.

【23】 제6식은 작용을 분명하게 보이지만 늘 작용하고 있는 것은 아니다. 이를테면 평소에는 분별하지만 숙면하고 있을 때는 작용하지 않으며, 헷갈리고 번민하여 정신을 잃어버렸을 때는 작용이 없다. 제8식은 늘 작용하고 있지만 분명한 작용은 보이지 않는다. 제연(諸緣)의 근본이 되는 종자를 소장하고 있지만 그 자체는 흐릿하다. 제7식만은 늘 작용하고 있으면서 게다가 그 작용을 분명하게 보인다.[56] 이것이 자연적인 것이다. 노자의 학문에서 현묘의 궁극을 설한 것은, 이 제7식의 단계에 머무르고 있는 데 불과하다. 유가에서 말하는 『대학』의 격물·치지·성의·정심은 모두 제6식의 단계이다. 『장자』의 '도가 천지를 낳는다'[57]라고 하는 것은 제8식을 도라고 이해한 것이다.

第六識審而不恒, 如平時能分別, 至熟睡時則忘, 迷悶時則忘. 第八識恒而不審, 雖持一切種子, 而自體瞢昧. 惟第七識亦恒亦審, 是爲自然. 老氏之學, 極玄妙處, 唯止于七識. 儒家所云格致誠正, 皆第六識

---

56) 유제칠식역항역심(惟第七識亦恒亦審): 『성유식론(成唯識論)』에 "두 번째로 말하면, 사량(思量)이다. 즉 제7식이다. 늘 분명하고 사량하기 때문에(恒審思量故)"라고 하였다.
57) 도생천지(道生天地): 『장자』 「대종사(大宗師)」편의 글을 적절하게 따온 말이다.

也. 至云道生天地, 亦是以第八識爲道.

【24】 묻는다 : 제8식은 그 앞의 7식과는 별도로 체성(體性 : 본체)이 있는가?

답한다 : 제8식에서 앞의 6식은 제8식의 견분(見分)58)에 다름 아니다. 8식의 앞의 오근진(五根塵)은, 즉 8식의 상분(相分)에 지나지 않는다. 색(色)과 성(聲) 등은 내 몸에 소원한 상분이며, 안(眼)과 이(耳) 등은 내 몸에 친밀한 상분이다.

묻는다 : 어째서 다시 제7식이 있는 것인가?

답한다 : 제7식에는 실체가 없지만, 앞의 6식의 집착하는 일념이다. 큰 바다의 물처럼 크고 작은 물결로 되지만 물로서의 젖음의 성질은 동일하다.

問 : 第八識別有體性邪? 答 : 前六識卽第八見分, 前五根塵卽第八相分, 色聲等疎相分也, 眼耳等親相分也. 問 : 云何又有七識? 答 : 七識無體, 卽前六中之執我一念, 如大海水, 波濤萬狀, 濕體則一"

【25】 묻는다 : 무릇 사량(思量)에 속하면(사고가 있으면) 거기에는 간단(間斷 : 중간에 끊어짐)이 있다. 그렇거늘 제7식만은 어째서 늘 작용하는 것인가?

답한다 : 제6식인 의식의 사량(사고)이라고 하는 작용은 물에 대응하여 일어난다. 그러므로, 작용한다든가, 작용하지 않든가 한다. 제7식은 자아에 집착하는 일념에 지나지 않는다. 자아로부터 일어나, 사람이 태어나면서부터 가지고 있으므로, 어찌 작용한다든가 작용하지 않는다든가 하는 것이 있겠는가? 갓난아이처럼 지혜가 없고, 수면 중인 것처럼 의식이

---

58) 견분(見分) : 유식학(唯識說)의 용어. 유식설은 마음의 작용에 네 가지 분(分)이 있다고 본다. 첫째 상분(相分)으로, 객관적 측면을 말한다. 둘째 견분(見分)으로, 주관적 측면을 말한다. 셋째 자증분(自證分)으로, 자신이 대상을 인식하고 있음을 자각하는 측면을 말한다. 넷째 증자증분(證自證分)으로, 자분증의 작용을 더욱 자각하는 측면이다.

없어도, 이 마음의 작용은 은연히 존재하여 끊어지는 법이 없다. 어째서 인가? 자아란 아(我)에 집착하는 일념이기 때문이다. 태어나면서부터 자연히 있는 것이거늘, 갓난아이나 수면중의 사람은 그 존재를 깨닫지 못하기 때문이다.

問：凡屬思量, 卽有間斷, 七識何以獨恒? 答：六識思量, 附物而起, 故有起有滅. 七識惟我愛 一念, 依我而起, 生與俱來, 寧有起滅? 蓋雖 癡如孩提, 昏如睡眠, 此念隱然未間斷也. 何故? 我卽我愛, 故自然而 有, 不覺知故.

【26】묻는다：탐진치(貪嗔癡)는 각각 관련을 지니면서 생기하는 것이 거늘 어째서 제7식[59]에는 탐(貪)과 치(癡)만 있고 진(嗔)은 없는 것인가?

답한다：제7식에서는 그 성립요건인 자아가 탐(貪)이라고 말할 수 있다. '자아'라고 말한 이상, 어찌 '자아가 자아에게 성낸다'라는 것이 있을 수 있겠는가?, 즉 분노는 제7식에는 존재할 수 없다. 하지만, 자아에 집착하는 일념은 진실로 미세하다. 성문(聲聞)과 연각(緣覺)의 이승(二乘)이 비록 힘을 다하여 제거하려고 하여도, 의연히 자아는 그대로 있다[60].

問：貪嗔癡相因而起, 七識何以有貪癡而無嗔? 答：七識以我爲貪. 旣云我矣, 豈有我嗔我之理邪? 然我愛一念甚細, 二乘雖極力破除, 居 然是我在.

【27】묻는다：묘희(妙喜)[61]의 『대혜어록(大慧語錄)』[62]에 "8식을 한 칼로

---

59) 제7식(第七識)：칠식은 체가 없다. 곧 전6식 속에 집아(執我)의 일념이 제7식이라고 한다.

60) 그러므로 삼독(三毒) 가운데 하나가 없다고 해서 안심해서는 안 된다는 뜻이다.

61) 묘희(妙喜)：대혜종고(大慧宗杲, 1089~1163). 임제종(臨濟宗) 양기파(楊岐派)의 승려. 자는 담회(曇晦), 호는 묘희. 안휘성 선주(宣州) 영국(寧國) 사람. 공안선(公案禪)을 높이

자른다"라고 하였는데, 8식을 어떻게 잘라버릴 수 있는가?

답한다 : 고공(杲公 : 대혜종고)은 각종 문장의 기억의 축적을 제8식으로 본 것이다. 하지만 기억은 제6식의 작용이다. 이에 대하여 제8식은 지속적으로 종자를 저장하는 곳[63]으로, 기억이 아니다. 만일 제8식을 끊어버린다고 한다면, 눈앞의 산하대지는 순식간에 모두 소멸되고 말 것이다.

問 : 妙喜語錄云 : "將八識一刀兩斷" 八識如何斷得? 答 : 杲公以種種文字記憶, 爲第八識也. 記憶是第六識, 八識乃持種, 非記憶也. 八識如斷, 則目前山河大地一時俱毀矣.

【28】 유학자는 다만 자아가 자아라는 것만을 알뿐이고, 사사물물이 모두 자아라는 것을 모른다. 만일 자아가 사사물물이 아니라고 한다면, 자아는 어디에 존재하는가. 이를테면 색법(色法)이 있기에 바로 안견(眼見)이 작용하는 것인데, 만일 일월이 산하대지를 비추지 않는다면 안견(眼見)은 작용할 수가 없다. 마찬가지로 청취(聽取)가 있기에 비로소 이문(耳聞)이 작용하는 것인데, 만일 음성이 없다면 이문(耳聞)은 작용할 수가 없다. 이렇게 비(鼻)·설(舌) 이하도 마찬가지여서, 제6식에 있어서는, 일체의 사물을 기억하기에 비로소 심지(心知)[64]가 작용하는 것인데, 만일 종래 기억하여 오던 것을 모두 버리게 되면 심지(心知)는 작용할 수가 없다.

제창하여, 임제(臨濟)의 재흥이라고 일컬어졌다. 앞에 나왔다. 이 글에 인용된 묘희의 말은 『대혜보각선사연보(大慧普覺禪師年譜)』 '소흥(紹興) 10년'의 조항, 『오등회원(五燈會元)』 권20, 『속전등록(續傳燈錄)』 권32 등에 나온다.

62) 어록(語錄) : 묘희(妙喜), 즉 대혜종고(大慧宗杲)의 어록은 『대혜선사어록』이 별도로 있다. 그러나 인용구절은 『대혜보설(大慧普說)』 권3에 나온다.

63) 지종(持種) : 일체 제법이 수시수소(隨時隨所)에 생기하는 것은 그 친인연(親因緣)이 되는 종자가 필요하다. 더구나 이 종자는 간단 없고 변역 없이 항상부단하게 지속한다. 그런 까닭에 제8식을 지종이라고 부른다.

64) 심지(心知) : 불교의 용례는 心智가 대부분인데, 心知는 心智와 같은 말이라고 추측된다. 心知란 심체(心體)의 지각(知覺)이란 뜻이다.

儒者但知我爲我, 不知事事物物皆我. 若我非事事物物, 則我安在哉? 如因色方有眼見, 若無日月燈山河大地等, 則無眼見矣. 因聲方有耳聞, 若無大小音響, 則無耳聞矣. 因記憶一切, 方有心知, 若將從前所記憶者, 一時抛棄, 則無心知矣.

【29】 최근의 사람들은 모두 "타인이 나에게 방해가 되고 사물이 나에게 방해가 된다"고 생각하고 있다. 그러나 방해가 된다고 말한다면, 자신도 또한 남에게 방해가 된다는 사실을 모른다. 마치 눈이 듣지 못하고 귀가 보지 못하고 다리가 물건을 집지 못하는 것과 같다. 만일 서로 방해가 되지 않는다고 말한다면, 허공(虛空)은 자신을 수용할 수 있어, 허공을 제외하고 신체를 수용할 곳이 없다. 이것은 허공과 자신이 융합의 상상(相狀)[65]에 있기 때문이다. 겨울에 불을 때면 춥지 않은 것은 불과 자신이 융합의 상상에 있기 때문이다. 그러므로 지(地)·수(水)·화(火)·풍(風)·공(空)·견(見)·식(識)을 세존의 교리에서 칠대(七大)라고 말한다.[66] 이 일곱 가지는 모두 자신과 융합하고 있으므로 하나의 신체인 것이다.

今人皆謂人有礙於我, 物有礙於我, 庸知若論相礙, 卽我自身亦礙, 如眼不能聽, 耳不能見, 足不能持是也. 如說不相礙, 則空能容我, 舍空無容身處, 是空亦我也. 地能載我, 舍地無置足處, 是地亦我也. 夏飲水則不渴, 而冬煨火則不寒, 是水火亦我也. 故地水火風空見識, 教典謂之七大, 總是一箇身耳.

【30】 묻는다: 팔종의 식(識)은 동시에 존재하는가?

---

65) 일합상(一合相): 갖가지 것이 융합하여 하나의 상(相)을 이루는 것.

66) 고지수화풍공견지, 교전위지칠대(故地水火風空見識, 教典謂之七大): 『수능엄경(首楞嚴經)』 권3에 나오는 말을 요약한 것이다. 대(大)란 이 일곱 가지가 진리에 부합하여 원융(圓融)하여 모두 여래장(如來藏)이기 때문에 갖가지 사상(事象)에 주편(周遍)하지 않는 것이 없으며, 함용(含容)하지 않는 것이 없다는 뜻이다.

답한다 : 동시에 존재한다. 비유하자면, 조 아무개라는 이름의 사람이 있다고 하자. 조 아무개의 신체와 여러 정신의 활동은 제8식이 변화한 것이다. 부르면 들리는 것은 전 5식의 이식(耳識)의 활동이고, 불려진 이름을 분별하여 조 아무개라고 판단하는 것은 제6식이다. 타인은 응답하지 않고 조 아무개만 응답하는 것은 제7식의 자아에의 집착심이다. 특히 제7식은 가장 끄집어내어 설명하기가 어렵다. 지음은 대략 그 대강을 지적하여 둘 따름이다.

問 : 八種識一時具不? 答 : 皆具. 譬如有人名趙甲者, 趙甲之身, 及諸受用, 則第八識所變 : 呼之卽聞, 此前五中之耳識分別. 所呼之字爲趙甲, 則第六識. 餘人不應, 獨趙甲應, 斯第七識. 就中七識, 最難別出, 今略指其凡耳.

【31】 묻는다 : 근(根 : 인식능력)과 진(塵 : 인식대상)은 분명히 별도의 것이다. 어째서 경전에서는 "서로 모르고, 서로 이르지 않는다"[67]라고 말하는 것인가?

답한다 : 두 가지가 별도의 것으로 있기 때문에 비로소 저것과 이것이 서로 이른다고 한다. 만일 단지 하나만 있는 것이라고 한다면, 마음이 마음을 안다든가, 마음이 마음에 이른다든가 하는 일이 있을 수 있겠는가? 이를테면, 귀가 눈에 이르지 않는 것은 눈과 귀가 비록 별도의 형태이기는 하지만, 어느 것도 모두 같은 머리이기 때문이며, 손가락이 손바닥에 이르지 않는 것은 손가락과 손바닥은 비록 별도의 형태이기는 하지만, 어느 것도 모두 같은 손이기 때문인 것이다.

---

67) 각각불상지, 각각불상도(各各不相知, 各各不相到) : 80권본 『화엄경』 「보살문명품(菩薩問明品)」에 나오는 말을 기초로 하고 있는 듯하다. 단, '各各不相到'는 출전을 알 수 없다.

問 : 根與塵分明是兩物, 如何經言各各不相知, 各各不相到? 答 : 有兩箇則彼此相到, 今只是一心, 寧有心知心, 心到心者乎? 如耳不到眼, 以眼耳雖兩形, 同是一頭. 指不到掌, 以指掌雖兩形, 同是一手.

【32】소동파의 여러 작품들은 원활(圓活)하고 정묘(精妙)하여, 후대에 오래도록 짝할 것이 없다. 다만 그 속에 도리를 의론하고 인물을 비평한 것은 송인의 기미(취향)를 벗어나지 못하였다.

東坡諸作, 圓活精妙, 千古無匹. 惟說道理, 評人物, 脫不得宋人氣味.

【33】왕용계(王龍溪)[68]의 글은 대부분 혈맥(血脈)을 말하고 있고, 나근계(羅近溪)[69]의 글은 대부분 광경(光景)[70]을 말하고 있다. 비유하자면 여기에 어떤 사람이 있다고 하자. 그 열 두 경락(經絡)[71]을 누른다든가, 그 얼굴 모습이나 손과 발을 가리킨다고 하여도, 모두 같은 한 사람에 지나지 않는다. 다만 초학자는 광경을 올바르다고 인정하지 말고 혈맥을 찾지 않으면 안 된다.

王龍溪書多說血脈, 羅近溪書多說光景. 辟如有人於此, 或按其十二經絡, 或指其面目手足, 總只 一人耳. 但初學者, 不可認光景, 當

---

68) 왕용계(王龍溪) : 왕기(王畿, 1498~1583). 호가 용계(龍溪)이다. 왕수인(王守仁, 1472~1528, 호는 陽明) 문하의 재목으로서 양지현성론(良知現成論)을 제창하였다.

69) 나근계(羅近溪) : 나여방(羅汝芳, 1515~1588). 왕기(王畿)와 더불어 양명학 좌파의 사상가. 양지현성(良知現成)의 모습을 '적자지심(赤子之心)'에서 구하여, 지식인이든 백성이든 따지지 않고 양지설의 보급에 노력하고, 농촌공동체의 진흥에 진력하여, 양명학이 하층계급에 침투하게 하는데 공헌하였다.

70) 광경(光景) : 광영(光影)과 마찬가지이다. 실재 그 자체가 아니라, 그럴듯하게 환출(幻出)하는 것. 환영.

71) 경락(經絡) : 신체의 힘줄, 및 혈관. 『황제내경소문(黃帝內經素問)』「피부론(皮部論)」에, "모든 십이 경락은 피부의 부에 속한다(凡十二經絡者, 皮之部也)"라고 하였다.

尋血脈.

【34】 묻는다 : 유학과 노(老)·장(莊)은 같은가 다른가?

답한다 : 유가의 학문은 인정(人情)을 따르지만, 노·장의 학문은 인정에 거스른다. 하지만 인정에 거스른다고 하는 점이야말로 인정에 따르는 점인 것이다. 그러므로 노자와 장자는 언제나 '인(因)'72)이라든가 '자연(自然)'73)이라든가 하는 말을 입에 달고 다닌다. 이를테면 노자는 "어진 이를 등용하지 않으면 사람들은 경쟁을 그친다"라고 하는데, 이 말은 인정에 거스르는 것 같지만, 실제로는 '인(因)'(인정에 즉함)이다. 잘 생각해보면 알 것이다. 유학자는 인정을 따른다. 하지만 시비(是非)나 진퇴(進退)라는 대립이 있으므로, 인정에 따른다고 하기보다는 『주역』의 '혁(革)74)'에 가깝다. 혁(革)이란 가지런하지 않은 것을 개혁하여 커다란 조화에 귀입(歸入)하는 것이다. 역시 '인(因)'(인정에 즉함)이다. 하지만 저속한 유학자는 '인(因)'이 '혁(革)'이란 사실을 깨닫지 못한다. 그래서 어디에 가더라도 반드시 위세를 부리려고 한다. 이를테면 밭을 경작하고 우물을 파고, 목이 마르면 물을 마시고, 배가 고프면 밥을 먹는다. 멋진 일이 아닌가? 그런데 여기에 만일 총명(聰明)을 과시하고 싶어하는 자가 있으면, 새로 조약을 세워서는75) 여기서 약조하고 저기서 금하고 하는 식으로 가는 곳마다 찾아다니면서 개혁을 실행하여 여러 가지 사단(事端)을 내고 말지

---

72) 노장지인(老莊之因) : 예를 들면 『장자』「제물론」에 "긍정이 있으면 부정이 있고 부정이 있으면 긍정이 있게 된다. 그래서 성인은 그런 것에 의거하지 않고, 자연의 본성을 관조할 뿐이다. 곧 자연의 도리에 맡기는 것이다. 그러므로 명석한 지혜로 사물을 관조하는 것이 가장 좋다는 것이다(物无非彼, 物无非是. 自彼則不見, 自是則知之. 故曰彼出於是, 是亦因彼. 彼是方生之說也. 雖然, 方生方死, 方死方生, 方可方不可. 因是因非, 因非因是. 是以聖人不由, 而照之於天, 亦因是也)"라고 하였다.
73) 자연(自然) : 이를테면 『노자』 제3장에 보인다.
74) 혁(革) : 『주역』 64괘의 하나. 옛것을 고친다는 뜻을 지닌다.
75) 창립과조(創立科條) : 『산호림』에는 '講學者, 便要聚衆講鄕約'라는 구절이 더 있어서, 여기서 과조를 세운다는 것은 향약을 세우는 것을 말하는 것임을 알 수 있다.

만, 악인을 반드시 다 잘 다스리지도 못하고 양민은 그 번거로움을 참을 수가 없게 된다.[76] 이러한 일은 인정에 따르는 듯하지만 실은 개혁하고 있는 것이니, 잘 알아두지 않으면 안 된다.

묻는다 : 유자(儒者)도 역시 '자연'을 존중하는가?

답한다 : 그렇다. 공자가 말한 '혈구(絜矩)'[77]라는 것이 바로 '인(因)'이고 바로 '자연'이다. 뒷날의 유학자는 '구(矩)'라는 글자를 '리(理)'라는 글자로 간주하였으므로 '인(因)'도 아니고 '자연'도 아니게 된 것이다. 무릇 "민중이 좋아하는 것을 좋아하고 싫어하는 것을 싫어한다"[78]고 하였는데, 이것은 민중의 정을 '구(矩)'(기준)으로 삼는다는 것이다. 그렇게 한다면 어찌 다스려지지 않는 일이 있겠는가? 지금 사람은 다만 오로지 '리(理)'에 의하여 '혈(絜)'(재어나감)하여 가려고 한다.[79] 그래서 반드시 안으로는 자기 마음을 속이고 바깥으로는 인정에 위배된다. 그러니 어찌 민중을 잘 다스릴 수 있겠는가? 무릇 리(理)가 장애가 되고 있는 것이 아니다. 리(理)가 인정 안에 있다는 점을 깨닫지 못하고, 인정에 거슬리는 곳에서 리(理)를 인정하려고 한다. 그렇기 때문에 더욱 다스리기 어렵게 되어 버리고 마는 것이다.

問 : 儒與老・莊同異? 答 : 儒家之學順人情, 老・莊之學逆人情. 然逆人情, 正是順處. 故老・莊嘗曰因, 曰自然. 如"不尙賢, 使民不爭",

---

76) 惡人未必治, 而良民已不勝其擾 : 전백성(錢伯城)의 전교본은 〈惡人未必治而良, 民已不勝其擾〉로 끊었으나 바로잡는다.

77) 혈구(絜矩) : 혈구지도(絜矩之道)의 준말로, 『대학』「전(傳)」 10장에 나온다. 혈(絜)은 잰다는 뜻이고 구(矩)는 컴퍼스이다. 자기 마음을 잣대로 삼아 남의 마음을 헤아린다는 뜻이다. 자기의 마음을 미루어 남의 마음을 헤아리는 도덕상의 법도를 말한다.

78) 민지소호호지, 민지소오오지(民之所好好之, 民之所惡惡之) : 『대학』「전(傳)」 10장에 나오는 말이다.

79) 『산호림』에는 이 다음에 "자신에게 있거늘 없는 듯이 가장하고는 있어서는 안 된다고 사람들에게 요구한다든가, 자신에게는 없거늘 있는 듯이 가장하고는 없어서는 안 된다고 민중에게 강제한다(或以己之所有者, 責人上以必無, 或以己之所無者, 責百姓以必有)"라는 구절이 있다.

此語似逆而實因, 思之可見. 儒者順人情, 然有是非, 有進退, 却似革.
夫革者, 革其不同, 以歸大同也, 是亦因也. 但俗儒不知以因爲革, 故所
之必務張皇. 卽如耕田鑿井, 饑食渴飮, 豈不甚好? 設有逞精明者, 便創
立科條, 東約西禁, 行訪行革, 生出種種事端. 惡人未必治, 而良民已不
勝其擾, 此等似順而實革, 不可不知. 曰 : 儒者亦尙自然乎? 曰 : 然. 孔
子所言絜矩, 正是因, 正是自然. 後儒將矩字看作理字, 便不因, 不自
然. 夫民之所好好之, 民之所惡惡之, 是以民之情爲矩, 安得不平? 今人
只從理上絜去, 必至內欺己心, 外拂人情, 如何得平? 夫非理之爲害也,
不知理在情內, 而欲拂情以爲理, 故去治彌遠.

【35】 일체의 모든 사람들은 모두 삼교(三敎)를 갖추고 있다. 배고프면
밥을 먹고, 지치면 잠자고, 더우면 바람을 쐬고, 추우면 옷을 겹쳐 입는
다. 이것이 도교의 섭생(攝生)[80]이다. 서민이 오고 가고 왕복하는 때에도
역시 읍양의 예를 취하고, 윗분을 존경하고 양친과 친하게 지내어, 그
줄거리가 확연하여 문란하는 법이 없다. 이것이 유교의 예교(禮敎)이다.
이름 부르면 대답하고, 초청하면 움직인다. 이것이 선(불교)의 무주(無住 :
집착하지 않음)[81]이다. 이르러 가는 곳에서 모두 도에 통한다면, 삼교의 학
은 모두 나에게 있는 것이다. 어찌 삼교의 학에 대하여 멀리 흠모하여
구할 필요가 있을 것인가?

　一切人皆具三敎. 饑則餐, 倦則眠, 炎則風, 寒則衣, 此仙之攝生也.
小民往復, 亦有揖讓, 尊尊親親, 截然不紊, 此儒之禮敎也. 喚着卽應,
引着卽行, 此禪之無住也. 觸類而通, 三敎之學, 盡在我矣. 奚必遠有所
慕哉?

---

80) 섭생(攝生) : 『노자』 50장에 나오는 말. 생명을 지키고 양성하는 일.
81) 무주(無住) : 집착하지 않음. 마음이 사물에 집착하지 않고 무애자재(無礙自在)하게
　　작용함을 말함. 『유마경(維摩經)』에 처음 나온다.

【36】 묻는다 : 예부터 여러 조사(祖師)들은 어째서 종종 신통력을 보였던 것인가?

답한다 : 파리가 거꾸로 붙어 있을 수 있는 것은 파리의 신통력이다. 새가 공중을 나는 것은 새의 신통력이다. 짐 지는 사람이 하루에 백여 리를 갈 수 있는 것은 나로서는 할 수 없으니, 이것은 짐 지는 사람의 신통력이다. 모든 사람은 자기가 할 수 있는 일을 본분으로 삼고, 자신이 할 수 없는 일을 신통력으로 여긴다. 사실은 그리 큰 차이가 없는 것이다.

問 : 古來諸師, 何爲多有神通? 答 : 蠅能倒棲, 此蠅之神通也. 鳥能騰空, 此鳥之神通也. 役夫一日能行百餘里, 我却不能, 役夫之神通也. 凡人以己所能者爲本等, 己所不能者爲神通, 其實不相遠.

【37】 늘 보면, 도를 막 배우기 시작한 사람이 어쨌든 남들이 하기 어려운 일을 실행하여 "수행은 이렇지 않으면 안 된다"라고 말한다. 그런데 시간이 지나면 자기 자신도 그 수행을 실행하지 못하니, '수미일관하여 일을 마치는 자는 없다.'[82] 이로써, 인정에 따르면 지속할 수 있고, 인정에 거스르면 지속할 수 없음을 알 수 있다. 그러므로 공자는 말하였다. "도는 사람으로부터 멀리 떨어져 있는 것이 아니다. 사람으로부터 멀리 떨어져 있는 것은 도라고 할 가치가 없다."[83] "색은행괴(索隱行怪 : 도리를 천착하고 인정에 부합하지 않는 것을 하는 짓)을 나는 행하지 않는다."[84] 무릇 보통 사람이 참아낼 수 없는 일을 참아내야 한다면 이것은 현지(賢智)의 잘못이다. 현지(賢智)의 사람은 하기 어려운 일로 자기를 묶고, 또 그것을 남에게 실행하도록 다른 사람에게 요구한다. 그러므로 수신·제

---

82) 선극유종(鮮克有終) : 『시경』 「대아(大雅)」 「탕(蕩)」의 어구.
83) 노불원인, 원인불가위노(道不遠人, 遠人不可爲道) : 『중용』 제13상의 말.
84) 색은행괴, 오불위지(索隱行怪, 吾弗爲之) : 『중용』 제11장의 말.

가·치국·평천하의 곳곳에서 장애가 일어난다. 그것은 천하국가에 재앙을 가져오는 것이 적지 않다.

常見初學道人, 每行人難行之事, 謂修行當如是. 及其後, 即自己亦行不去, 鮮克有終. 可見順人情可久, 逆人情難久. 故孔子說 : "道不遠人, 遠人不可爲道." "索隱行怪, 吾弗爲之." 夫難堪處能堪, 此賢智之過也. 賢智之人, 以難事自律, 又以難事責人, 故修齊治平, 處處有礙, 其爲天下國家之禍, 不小矣.

【38】 법사문(法師門)85)에 들어서 경론(經論)을 존중하는 입장에 있는 사람은 참선이 단서86)도 없고, 재미도 없는 것을 보고는, 반드시 그것을 믿으려고 하지 않는다. 계율문(戒律門)에 들어서 계율을 존중하는 입장에 있는 사람은 깨달음을 얻은 사람이 아무것에도 구애받지 않고 자유분방하게 구는 것을 보고는 역시 그것을 전혀 믿으려고 하지 않는다. 이 둘은 어느 것이나 모두 도에 오입(悟入)하기가 어렵다.

從法師門中來者, 見參禪之無巴鼻, 無滋味, 必信不及. 從戒律門中來者, 見悟明之人, 灑灑落落, 牧放自由, 必信不及. 二者均難入道.

【38】 세상 사람들이 죽을 때까지 고통을 겪는 것은 오로지 하나의 명(明 : 분별지) 때문이지, 탐진치(貪瞋癡) 때문이 아니다. 명(明) 때문에 탐(貪)이 있고 진(瞋)과 여러 습기(악습)가 있게 된다. 한 번 보라, 시정의 사람들은 의복을 잘 갖춰 입었을 때는 똥 지는 것을 부끄럽게 생각한다. 이것은

---

85) 법사문(法師門) : 경론을 중시하는 일파. 『주자어류』 권8에 보면 "불가에 세 종류가 있다. 하나는 교(敎), 또 하나는 율(律), 다른 하나는 선(禪)이다"라고 하였다. 송대 이후로 승려들은 그 특성에 따라 강경(講經)을 중시하는 법사(法師), 지계(持戒)를 중시하는 율사(律師), 선정(禪定)을 중시하는 선사(禪師)로 삼분되었다.

86) 파비(巴鼻) : 단서. 전백성 씨의 『전교』에 '色鼻'로 되어 있으나, 오자이므로 바로잡는다.

어찌 명(明)이 장애하여 해를 끼치고 있는 것이 아니겠는가? 무릇 사람들이 체면에 지나치게 구애받고 일상 그것 없이는 살 수 없는 것은 어느 경우나 모두 하나의 명(明)이란 글자가 마음을 속박하여 자유롭지 못하게 하기 때문이다. 갓난아이는 명(明)이라는 것이 많지 않다. 그러므로 습기(악습)도 적은 것이다. 만일 갓난아이와 어른을 명(明)의 기준에서 비교한다면, 갓난아이는 어른에게 도저히 미치지 못한다. 만일 자유자재함을 비교한다면, 갓난아이와 어른과는 하늘과 땅 만큼의 차이를 지닌다.

世人終身受病, 唯是一明, 非貪嗔癡也. 因明故有貪有嗔及諸習氣. 試觀市上人, 衣服稍整, 便恥挑糞, 豈非明之爲害? 凡人體面過不得處, 日用少不得處, 皆是一箇明字, 使得不自在. 小孩子明處不多, 故習氣亦少. 今使赤子與壯者較明, 萬不及一. 若較自在, 則赤子天淵矣.

【39】 묻는다 : 도를 배우는 사람이 자기 마음을 관대(管帶 : 통제함)[87]하는 것은 장애가 되는가?

답한다 : 어찌 장애가 되겠는가? 만일 무언가를 받아들여 지녀서 장애가 된다고 한다면, 옷을 입는다든가 밥을 먹는다든가 하는 것도 장애가 될 것이다.

問 : 學人管帶有礙否? 答 : 亦何礙. 若管帶有礙, 則穿衣喫飯亦有礙矣.

【40】 묻는다 : 대혜종고(大慧宗杲)는 말하길, "분별의 마음을 일으켜 외계의 사물을 집착하여 관대(管帶 : 깊이 생각에 빠져듦)하여도 안 되고, 마음을 망회(忘懷 : 텅빔)하여 무반응으로 하여도 안 된다"[88]라고 하였다. 이것

---

87) 관대(管帶) : 외연(外緣)을 굳게 영납(領納)한다는 뜻. 통제함.

88) 불허기심관대, 부득장심망회(不許起心管帶, 不得將心忘懷) : 이 말은 『대혜서(大慧書)』 권상 「답유보학(答劉寶學)」에 나온 말에 기초한다. 기심(起心)은 마음을 의식적으

은 초학자에게는 무리한 일이 아닐까?

답하다 : 비유하여 말하면, 당신들은 매일 우리 집에 모이지만, 어느한 사람도 집 깊숙한 데까지 들어오는 사람은 없다. 하지만 나의 마음은 그것을 괘념하지[89] 않기도 하고 괘념하기도 한다. 또 이 자리에 있는 사람이 수염이 더부룩한 것을 두고 용서를 청한다. 하지만 입 주위를 움직여서 담소한다든가 음식을 먹는다든가 하여도 특별히 수염이 방해하는 것은 아니다. 그것은 턱수염이 있음을 잊어버림으로써만 장애가 없어지는 것은 아니다. 이 점으로부터, 원래 그대로의 망회(無想)는 아무런 작위도 가할 필요가 없다는 것을 알 수가 있다.

問 : 大慧云 : "不許起心管帶, 不得將心忘懷." 似非初學可到? 答 : 譬之諸公, 長日在敝舍聚首, 並不見走入內宅, 此心何曾照管, 亦何曾非照管也. 又今在座謝生多鬚, 然其齒頰間談笑飲食, 自與鬚不相干, 非要忘其爲鬚, 始得自在也. 卽此可見是天然忘懷, 不是作爲.

【41】 석존은 오음(五陰)[90] 속에 완전히 자아가 없다고 하여 비유하길,

로 움직여 일으킴을 말하고, 관대(管帶)는 외연(外緣)을 굳게 영납(領納)한다는 뜻이다. 망회(忘懷)는 대경(對境)에 대한 계련(係戀)의 생각을 없애는 일, 혹은 사상(事相)에의 상념을 끊는다는 뜻이다.

89) 조관(照管) : 조고관대(照顧管帶)의 줄임말. 주의하여 잊어버리지 않음.

90) 오음(五陰) : 오온(五蘊). skandha. 색건타(塞犍陀). 구역(舊譯)에서는 음(陰) 또는 중(衆)이라 번역하고, 신역(新譯)은 온(蘊)이라 하였다. 음(陰)은 적취(積聚)의 뜻, 중(衆)은 중다(衆多)하여 화취(和聚)한다는 뜻이며 또한 온(蘊)의 뜻이다. 많은 집적된 유위법(有爲法)의 자성(自性)이며, 유위법의 용(用)을 지어 순일(純一)한 법(法)이 없고, 혹은 동류나 혹은 이류가 반드시 다수의 소분(小分)이 모여 그 용(用)을 지으므로 음이라 하고 혹은 온이라 한다. 대개 다섯 가지 법(法)이 있으니, 색온(色蘊), 수온(受蘊), 상온(想蘊), 행온(行蘊), 식온(識蘊)이다. 색온은 오근(五根)과 오경(五境) 등을 총해(總該)하여 유형의 물질이 된 것을 말한다. 수온은 경(境)을 대하여 사물을 승수(承受)하는 마음의 작용이다. 상온은 경(境)을 대하여 사물을 상상하는 마음의 작용이다. 행온은 그밖의 경(境)을 대하여 진탐(瞋貪) 등 선악(善惡) 일체에 관한 마음의 작용을 말한다. 식온은 경(境)을 대하여 사물을 요별(了別)하여 알아내는 마음의 본체를 말한다. 불교에서는 우리의 몸과 마음이 오온으로 이루어져 일정한 본체가 없이 무아(無我)라고 하여, '오온개공(五蘊皆

"개의 시체를 씻는 것과 같다. 아주 조금만이라도 씻어내지 않은 부분이 있으면 냄새를 풍긴다. 냄새가 나지 않는 것이 거기 잔존할 리가 없다"라고 하였다. 이것은 멋진 비유이다. 최근 도를 공부하는 자가 오음(五陰)에 집착하여 수행을 하고, 오음(五陰)이라는 광경(光景)을 가리켜 깨달음을 얻었다고 하는 것은 오류이다.

佛喩五陰之中, 決無有我, 辟如洗死狗相似, 洗得止有一絲毫, 亦是臭的, 決無有不臭者, 此喩絕妙. 今學道者, 乃在五陰中作工夫, 指五陰光景爲所得, 謬矣.

전校교

亦是臭的 : 소수본・이운관본은 是 아래에 眞자가 있다.
○決無有不臭者 : 소수본・이운관본에는 決자가 없다.

【42】 승려가 물었다 : 투심(偸心)[91]이 곳곳마다 있으니, 어떻게 하면 없앨 수 있겠는가?
  선생이 답하였다 : 자네는 금년에 아이를 낳을 생각인가?
  승려가 답하였다 : 어찌 그럴 리가 있겠는가!
  선생이 답하였다 : 이것이야말로 투심이 다 없어진 곳이네.

僧問 : 偸心處處有, 何以盡之? 先生曰 : 你想今年生孩子否? 答 : 豈有此理! 先生曰 : 這便是偸心盡處.

【43】 욕계의 보통 사람은 유상(有想)[92]을 마음이라고 여기고, 색계(色

空)'이라 하고, 혹은 오온이 잠깐 화합하여 생기는데 불과하다는 뜻에서 '오온가화합(五蘊假和合)'이라고 한다.
91) 투심(偸心) : 훔치려는 마음. 외물을 구하여 집착해서, 훔치려고 하는 마음. 다른 것을 추구해 그치지 않는 분별심을 말한다. 『능엄경』에 용례가 있다.
92) 유상(有想) : 무상(無想)의 반대 개념. 무상은 대상에 대한 상념이 완전히 없어진 상태.

界)의 사선천(四禪天)93)을 수행한 사람은 무상(無想)을 마음으로 여긴다. 또 여기서 더 나아가 무색계의 취상층인 비비상(非非想)94)의 단계가 되면, 무상마저 없는 것을 마음으로 여긴다. 하지만 갖가지 상념의 존재는 이미 마음의 본질이 아니다. 그러므로 『능엄경』에서는 각각의 경지마다 논파하고 있는 것95)이다.

凡人以有想爲心, 修禪天者以無想爲心, 又進之至非非想, 以無想亦無爲心, 種種皆非心體, 故楞嚴逐處破之.

【44】 달마는 서쪽에서 와서, 오로지 두 종류의 사람을 배제하고자 노력하였다.96) 양나라 무제(武帝)와의 문답에서 달마가 "승려로서 재(齋)를 올린다든가 불상을 만드는 것은 전혀 공덕이 없다"고 말한 것은 공덕을 손에 넣으려고 하여 복덕(福德)을 닦는 자를 배제한 것이다. "텅 비어서 신성함이 없다"라고 말한 것은, 선정(禪定)을 닦는다든가 논리를 늘어놓는다든가 하는 자를 배제한 것이다.

達磨西來, 只剗除兩種人. 其曰齋僧造像, 實無功德, 乃剗除修福者. 其曰廓然無聖, 乃剗除修禪定苦行及說道理者.

【45】 나근계에게 한 문인이 있었는데, 그는 여러 친구들에게 "나에게는 호색의 나쁜 습벽이 있습니다. 부디 여러분께서 한 마디로 이 습벽을

---

93) 선천(禪天) : 사선천(四禪天). 욕계(欲界)의 미혹을 초월하여 색계(色界)에 사는 4단계의 명상.
94) 비비상(非非想) : 비상비비상처(非想非非想處). 표상(表象)이 있는 것도 아니고 표상이 없는 것도 아닌 삼매(三昧)의 경지.
95) 능엄축처파지(楞嚴逐處破之) : 『능엄경』 권9의 내용을 가리킨다.
96) 달마서래, 지잔양종인(達磨西來, 只剗兩種人) : 이 구절은 『경덕전등록(景德傳燈錄)』 권3 등에 보인다.

제거하여 주십시오"라고 하였다. 이때 친구들 가운데는, 호색은 마음의 문제이어서 대상(즉 여성)의 문제가 아니라고 강하는 사람도 있었고, 색은 부정한 것이라고 하는 생각을 강하는 사람도 있었다. 하지만 이러한 여러 가지 의견은 어느 것도 나쁜 습벽을 제거할 수가 없었다. 마지막으로 나근계에게 질문하자, 근계는 큰 소리로 이렇게 말하였다. "가난한 수재(秀才)의 집에는 다만 못생긴 부인밖에 없다. 즐길만한 색이 무어 있단 말인가!" 그 친구는 창피하여 몸을 둘 곳을 몰라 하면서, 스스로 말하길, "호색의 습벽이 제거되었습니다"라고 하였다.

羅近溪有一門人, 與諸友言我有好色之病, 請諸公一言之下, 除我此病. 時諸友有言好色從心不從境者, 有言此不淨物無可好者, 如此種種解譬, 俱不能破除. 最後問近溪, 近溪厲聲曰:"窮秀才家只有箇醜婆娘, 有甚麼色可好!" 其友羞慚無地, 自云除矣.

【46】 묻는다 : 사물에 존재하는 도리를 충분히 꿰뚫어 이해하지 못하고 있는데, 어떤 식으로 체득하여야 하겠는가?

답한다 : 너는 세간의 어떤 것이 도리에 합당하다고 여기는가? 잠시 생활 가까이의 예를 들어서 말해보겠네. 이를테면 여인이 아기를 배어 태중의 아이가 육근이라든가 내장이라든가 하는 것이 완전히 갖추어져 있는 것은 어떤 도리인가? 아이를 막 출산하였을 때 그 아이의 어머니의 가슴에서 흰 젖이 나오는 것은 어떤 도리인가? 신체의 백은 모두 촌맥(寸脈)·관맥(關脈)·척맥(尺脈)에 나타나지만, 촌맥·관맥·척맥이 관할하는 내장이 각각 다른 것은 어떤 도리인가? 다만 인정이란 것은 늘 듣고 늘 보게 되면 스스로 그것을 두고 도리가 있다고 여기게 되지만, 사실은 네가 생각하는 도리라고 하는 것이 어디 있는가?

묻는다 : 공자·맹자 및 여러 불교 경전이 말하는 것은 어찌 도리가 아닌가?

답한다 : 공자·맹자가 사람을 가르치는 것은 역시 사람들이 늘 익숙하게 행하는 것에 따르되 그것에 조금 절제와 수식을 가하여 그것을 리(理)라고 부르는 것이다. 만일 시대가 바뀌고 풍속이 변하면, 절제와 수식도 역시 당연히 앞서와는 같지 않게 될 것이다. 가령 지금 오(吳)·촉(蜀)·초(楚)·민(閩)은 각각 그 지방에서 익히 보고 듣고 행하던 것을 리로 보는데, 만일 지방을 바꾸어서 행하게 된다면 서로 비웃게 될 것이다. 또한 제불의 경전은 중생의 병에 응하여 약을 제시하여 설해진 것이므로, 병이 없다면 약은 필요 없다. 성문·연각·보살의 삼승교는 약으로서 설해진 말인 만큼 어디 일정한 도리가 있으랴? 그러므로 나는 리(理)란 없으며, 그대가 생각하지 않으면 안 되는 일정한 리라는 것은 없다고 말하는 것이다. 사람은 다만 도리에 집착하고 있을 따름이다. 그러므로 동쪽으로 가도 장애를 입고 서쪽으로 가도 장애를 입어서 벗어날 수가 없는 것이다. 좀더 넓게 이야기 하여보자. 네가 지금 허공 속의 청청한 것을 보건대 그것은 기(氣)일까 형(形)일까? 기라고 한다면 반드시 흩어질 것이고 형이라고 한다면 반드시 떨어질 것이다. 장자는 "위(상공)에서 아래(하계)를 내려다보니 창창하다"[97]고 하였다. 무릇 아래(하계)의 창창함이 형질로 있는 것이라면 위(상공)의 창창함은 어떤 형질인가? 하늘의 위에 또 하늘이 있다고 한다면, 하늘이란 과연 다함이 있는 것일까? 땅 아래에 땅이 있다고 한다면, 땅이란 과연 궁함(다함)이 있는 것일까? 이 뜻은 말하면 할수록 더욱 황당해지니, 제군은 잠시 제쳐두기 바라네.

問 : 道理未能盡徹, 宜如何體會? 答 : 你說世間何者爲理? 姑擧其近者言之. 如女人懷胎, 胎中子女, 六根臟腑, 一一各具, 是何道理? 初生下子女來, 其母胸前便有白乳, 是何道理? 一身之脈, 總見於寸關尺, 而寸關尺所管臟腑各異, 是何道理? 只是人情習聞習見, 自以爲有道理,

---

97) 상지시하, 역창창(上之視下, 亦蒼蒼) : 『장자』 「소요유」편에 나오는 말.

其實那有道理與你思議. 問: 孔・孟及諸佛教典, 豈非理邪? 曰: 孔・
孟敎人, 亦依人所常行, 略加節文, 便叫做理. 若時移俗異, 節文亦當不
同, 如今吳・蜀・楚・閩各以其所習爲理, 使易地而行, 則相笑矣. 諸
經佛典乃應病施藥, 無病不藥, 三乘不過藥語, 那有定理? 故我所謂無
理, 謂無一定之理容你思議者. 人惟執着道理, 東也有礙, 西也有礙, 便
不能出脫矣. 試廣言之. 汝今觀虛空中, 靑靑的是氣邪, 是形邪? 氣則必
散, 形則必墜. 莊子說: "上之視下, 亦蒼蒼." 夫下之蒼蒼乃有質的, 上
之蒼蒼何質邪? 天之上有天邪? 天果有盡邪? 地之下有地邪? 地果有窮
邪? 此義愈說愈荒, 諸君姑置之.

【47】 여러 가지 꽃들이 봄이 되면 피어난다. 붉은 꽃은 붉게, 흰 꽃은
희게, 노란 꽃은 노랗게. 대체 누가 꽃을 피우는 것일까? 세간 사람들은
그저 틀에 박힌 일상적인 견해로, "도리에 따라 이렇게 되는 것이다"라
고 말하지만, 이 도리는 과연 끝까지 파고들어 캐낼 수 있을 것인가? 만
약 매화가 여름이나 가을에 피어난다면 이상한 일이라고 지목한다.
　　묻는다 : 이것은 노자・장자의 자연(自然)과 무엇이 다른가?
　　답한다 : 여기에 어떻게 자연(自然)이 끼어들 수 있겠는가?

百花至春時便開, 紅者紅, 白者白, 黃者黃, 孰爲妝點? 人特以其常
見, 便謂理合如此, 此理果可窮邪? 若梅花向夏秋開, 便目爲異矣. 問:
此與老・莊自然何別? 答: 這裏如何容得自然.

【48】 묻는다 : 천지간의 일은 모두 불가사의하다고 치부해버리면 좋
은가?
　　답한다 : 지자(깨달은 자)는 그 본질을 통해 알고 있다. 그러므로 일부러
사의(思議 : 헤아려 추측함)할 필요가 없다. 헤매고 있는 자는 그 본질을 알
지 못한다. 그러므로 사의(思議)할 수가 없다.

問 : 天地間事, 皆諉之不可思議邪? 答 : 知者通其所以然, 是不消思議. 迷者不知其所以然, 是不能思議.

【49】 묻는다 : 공안(公案)을 참구(參究)할 때 공안의 내용을 분명히 할 필요가 없다고 어찌 말할 수 있겠는가?

답한다 : 아주 적절한 비유가 있다. 최근 사시(沙市)[98]를 다니는 배 안에서 캄캄한 밤에 어떤 승려가 자기 머리를 깎고 있었다. 한 승려가 등불을 켜들고 그 승려를 보고는 놀라서, "그대는 등불도 붙이지 않고 스스로 머리를 깎고 있는가?"라고 말하였다. 배 안의 사람들이 모두 웃었다고 한다.

問 : 如何說看公案不要求明? 答 : 有箇喻子極妙. 往在沙市舟中, 有僧暗中自剃頭, 一僧燃燈見之, 驚云 : "你自家剃頭, 又不用燈!" 舟人皆笑.

【50】 묻는다 : 한창 공부를 하고 있는 때에 마침 손님이 와서 응수를 하여야 한다면, 공부가 중간에 끊어짐을 면하지 못하지 않겠는가?

답한다 : 아주 뛰어난 수재(秀才)가 과거에서 떨어져 집에 돌아온 것과 마찬가지다. 아무리 바둑을 두고 술을 마신다고 하여도, 속마음의 번민을 아무리 해도 해소할 수가 없는 것이다.

問 : 正用功時, 偶有應酬, 未免間斷? 答 : 如好秀才落第歸來, 雖下棋飲酒, 而眞悶未嘗解.

【51】 묻는다 : 한편으로는 일을 해나가면서 한편으로는 묵묵히 공안을

---

98) 사시(沙市) : 지금 호북성 사시시(沙市市) 구성구(舊城區). 호북성 강릉현(江陵縣) 동남 대강(大江)의 좌측 기슭을 말함.

잊어버리는 일 없이 공부하여 간다면, 마음이 둘로 분열하여 증가해서 공부가 산만하게 되는 것이 아닌가?

답한다: 만일 남이 네 머리를 때린다면 너는 아프다고 알 것이고, 그가 네 발도 때린다면 너는 역시 발이 아프다고 알 것이다. 온 몸을 때린 다면 온 몸이 아프다고 알 것이다. 어찌 마음이(머리의 아픔을 아는 마음, 발의 아픔을 아는 마음, 온 몸의 아픔을 아는 마음으로 분열하여) 증가한다든가 아픔이 나뉜다든가 하지 않겠는가?

問: 一面應事, 一面于工夫上有默默放不處, 恐多了心, 分了功? 答: 如人打你頭, 曉得痛, 幷打你足, 亦曉得痛. 通身打, 通身痛, 如何不見 多了心, 分了功?

【52】 어떤 사람이 나근계 선생에게 묻기를, "『맹자』에서 말한 '사려를 하지 않고도 안다'[99]는 것은 대체 어떤 것입니까?"라고 하였다. 그러자 나근계는 이렇게 말하였다. "자네의 이 의문은 내가 말하였기 때문에 의문을 품게 된 것인가, 아니면 평소 이 의문이 있었던 것인가?" 그러자 그 사람은 "평소에 이런 의문이 있었습니다"라고 답하였다. 나근계는 이렇게 말했다. "본디 평소부터 이 의문이 있었기에 의심하지 않을 수 없었으니, 이것이 곧 '사려를 하지 않고도 안다'는 것이다."

有人問近溪先生云: "如何是不慮而知?" 近溪云: "你此疑, 是我說來 方疑, 是平時有此疑?" 答: "是平時有此疑." 近溪云: "旣平時有此疑, 乃不得不疑者, 此謂不慮而知."

【53】 묻는다: 도를 공부하는 학도가 심한 병이 몸에 엄습하였을 때에

---

99) 불려이지(不慮而知):『맹자』「진심 상(盡心 上)」에 나오는 말.

문득 정신이 혼미하고 어지러워는 것을 번번이 보는데, 어찌해서 평소의 공부가 이런 지경에서 아무 쓸모가 없는 것인가?

답한다 : 인품을 살피려면 마땅히 평소의 공부의 방식이 제대로 힘을 얻고 있는지 힘을 얻고 있지 못한지를 보아야 한다. 장생(莊生)가 말한 "자기 생을 훌륭하게 살아가는 자만이 자기의 죽음을 훌륭하게 죽어간다"[100]라고 하였다. 병에 걸리게 되면, 생사의 문제가 눈앞에 닥친다. 비록 분명하게 깨달은 사람이라고 하더라도 병에 걸리면 고통을 느끼며, 죽음에 임박해오면 역시 혼몽해지기도 하는 것이다. 하지만 어느 경우도 우열을 따질 것이 없다. 대개 혼몽해지는가 혼몽해지지 않는가 하는 것은 사람이 끄덕끄덕 조는가 졸지 않는가 하는 것과 같은 차이일 따름이니, 어디 상하의 구별이 있겠는가? 게다가 질병이란 이미 고통스러운 것이거늘, 다시 거기다가 그 고통을 견디려고 자신이 주재하겠다는 생각을 더한다면, 그 고통은 더욱 심하게 된다. 하물며 병에 걸렸을 때, 병을 걱정하지 않고, 세간 사람이 자신의 괴로워하여 파탄을 일으키는 모습을 보고 '도를 배우는 사람이 어째서 이렇게 괴로워하는 것일까?'라고 말할 것을 걱정하여, 마침내 괴로워하지 않는 사람처럼 가장한다. 이것은 『중용』에서 말하는 "위험한 곳에 처해 요행을 구한다"[101]는 것이며, 삼도(三途 : 三惡道)에 떨어지는 종자(種子 : 이유)가 된다. 아, 이것은 위기지학(爲己之學)[102]과 지기지학(知幾之學)[103]을 하지 않았기 때문이다. 세간에 건강한 사람들 가운데는, 생사의 초탈을 표면에 꾸미고 잘난 체하는[104] 자

---

100) 선오생자, 소이선오사야(善吾生者, 所以善吾死也) : 자기 생을 훌륭하게 살아가는 자만이 자기의 죽음을 훌륭하게 죽어간다는 뜻. 『장자』「대종사(大宗師)」편의 말.

101) 행험요행(行險徼倖) : 『중용』 14장에 "군자는 도의 평이한 곳에 거처하여 천명이 내리는 것을 기다리지만, 소인은 도에 어긋나는 험악한 곳으로 들어가서 요행을 주우려고 한다(君子居易以俟命, 小人行險以徼倖)"고 하였다. 소인은 도에 어긋나는 험악한 지경으로 들어가 위험한 일을 행하여 요행을 구한다는 뜻이다.

102) 위기(爲己) : 위기지학(爲己之學). 『논어』「헌문(憲問)」편에 나오는 말.

103) 지기지학(知幾之學) : 『주역』「계사전 하(繫辭傳 下)」에 "기미를 아니 신묘하도다(知幾, 其神乎)"라고 하였다.

가 대단히 많다. 하지만 저 죽음에 임하여 혼몽해지는 것이 아무 것에도 거침없이 자유자재함만 못하다.

問 : 每見學人於疾病臨身, 便覺昏憒, 如何平昔工夫, 到此却使不上? 答 : 觀人當觀其平日用功, 得力不得力. 莊生所謂'善吾生者, 所以善吾死也.' 至于疾病生死現前, 雖悟明人, 有病亦知痛苦, 其臨終亦或有昏憒者, 皆不足論. 蓋昏憒與不昏憒, 猶人打瞌睡與不打瞌睡, 安有高下邪? 夫疾病已是苦矣, 復加個作主宰之念, 則其苦益甚. 況臨病時, 且不愁病, 先愁人看我破綻, 說學道人如何亦恁的受苦, 遂裝扮一箇不苦的人, 此便是行險僥倖入三塗的種子. 噫, 自爲己知幾之學不講, 世間好人以生死爲門面者多矣, 不如那昏憒的, 却是自在.

【54】 묻는다 : 병에 걸려 있을 때는 어떻게 (육체의 고통이나 죽음의 공포에 내둘리지 않고) 주재를 하면 좋겠는가?

답한다 : 너는 육체의 병만을 병이라고 여겨서는 안 된다. 지금 건강한 사람도 모두 병에 걸려 있다.

묻는다 : 어째서 건강한 사람도 역시 병에 걸려 있다는 것인가?

답한다 : 사람의 눈이 색(色 : 사물)을 보고자 한다든가 귀가 소리를 듣고자 한다든가, 심지어 음식을 먹고 싶어하고 옷을 입고 싶어한다든가 하는 것에 이르기까지 이 모든 것이 병이다. 이런 상태 속에서는 주재를 하기가 아주 곤란하다. 하물며, 오한이나 발열과 같은 병의 증세가 동시에 몸을 얽어매어 있는 상태에서 능히 주재일 수가 있겠는가?

묻는다 : 진헐청료(眞歇淸了)[105]는 "노승에게는 절로 안한(安閒 : 편안함)

---

104) 위문면(爲門面) : 장식하다. 겉치레하다.
105) 진헐료선사(眞歇了禪師) : 진헐청료(眞歇淸了, 1089~1151). 대혜종고(大慧宗杲)와 동시대에 활약한 송대 조동종(曹洞宗)의 승려. 그의 법제(法弟)가 묵조선(默照禪)으로 잘 알려진 굉지정각(宏智正覺)이다. 그 전은 『오등회원(五燈會元)』 권14, 『가태보등록(嘉泰普燈錄)』 권9, 『속전등록(續傳燈錄)』 권17, 『남송원명선림승보전(南宋元明禪林僧寶

의 법이 있소. 모든 갖가지 고통이 차례 차례로 밀려와 속을 끓이듯 한다고 하여도 전혀 무방하다"라고 하였다. 안한의 법이란 대체 어떤 것인지 모르겠다.

답한다 : 병에 걸려 있는 사례를 생각할 것도 없네. 자네가 지금 온 몸으로 생각하고 있고 실제로 하고 있는 것을 스스로 끝까지 미루어 따져 보면 모두가 고통일 것이다. 대체 무엇이 자네가 말한 안한의 법인가?

問 : 病中如何做主宰? 答 : 汝勿以病爲病, 卽今好人都在害病. 問 : 如何好人亦病? 答 : 眼欲着色, 耳欲聞聲, 以至欲食欲衣, 無非是病, 此中甚難作主宰. 何況寒熱等症, 一時纏身, 能作主宰邪? 問 : 眞歇了師云 : "老僧自有安閒法, 八苦交煎總不妨." 未知何等是安閒法? 答 : 不必到病中, 汝卽今推求, 渾身所思所作, 皆是苦事, 何者是你安閒法.

【55】오늘날 선(禪)을 흠모하는 자는 그 방촌(마음)이 결백 청정하고, 계행(수행)은 정성스럽고 엄격하며, 의학(義學 : 교학)은 통달해 있다. 그런 사람이 적지 않게 있지만 나는 그러한 사람들을 모두 인정하지 않는다. 나는 특출나게 영특한 자를 찾아서 그런 일을 담당하게 하면 된다. 마음의 작용의 근본이 어찌 청정하지 않아야 하랴. 다만 그것이 있는 것만으로는 역시 아무 쓸모가 없다. 그렇기에 공자는 향원(鄕愿 : 위선자)[106]를 취하지 않고 광견(狂狷 : 기백 있는 사람)[107]을 인정한 것이다.

傳』 등에 보인다. 어록으로 『진헐청료선사어록(眞歇淸了禪師語錄)』 2권이 있다. 본문의 인용은 출천을 알 수 없다.
106) 향원(鄕愿) : 신조와 주견 없이 그때그때 세태에 따라 맞추어서 주위로부터 진실하다는 칭송을 받는 사람을 말한다. 鄕原으로도 적는다. 그의 사이비한 행동이 사람으로 하여금 진위(眞僞)를 판단하는 기준을 흐리게 만들므로 공자(孔子)는 그를 일러, 덕의 적이라고 하였다. 즉 『논어』 「양화(陽貨)」편에 보면, "향원은 덕을 해치는 자이다(鄕愿, 德之賊也)"라고 하였다.
107) 광견(狂狷) : 기백 있는 사람. 『논어』 「자로(子路)」편에, "공자께서 말씀하셨다. 중도로 행하지는 못하더라도 인정한다고 한다면 반드시 광견의 인물이리라. 광의 인물은 앞으

今之慕禪者, 其方寸潔淨, 戒行精嚴, 義學通解, 自不乏人, 我皆不取. 我只要箇英靈漢, 擔當此事耳. 夫心行根本, 豈不要淨, 但單只有此, 亦沒幹耳. 此孔子所以不取鄕愿, 而取狂狷也.

【56】묻는다: 사람과 귀신의 구별 점은 어떤 것인가?

답한다: 귀신은 음계에 속하고 사람은 양계에 속한다. 옛날 사람이 말하길 "생각을 하여서 알고 이러 저러 헤아려서 이해하는 것은 귀가(鬼家)의 활계(活計)이다"라고 하였다. 그러므로 정념으로 망념을 억제하는 것은 귀계로의 입구요, 의식으로 진리를 맞추어 헤아리는 것은 귀계로의 입구요, 도리로 이리저리 꿰어 맞추는 것은 귀계로의 입구요, 행동으로 마치 깨달은 척하여 속이는 것은 귀계로의 입구요, 언어나 문자로 탐구해 들어가는 것은 귀계로의 입구이다.

問: 如何是人鬼關? 答: 鬼屬陰, 人屬陽. 古云: "思而知, 慮而解, 鬼家活計." 故凡在情念上遏捺者, 是鬼關. 在意識上卜度者, 是鬼關. 在道理上湊合者, 是鬼關. 在行事上妝點者, 是鬼關. 在言語文字上探討者, 是鬼關.

【57】돈(頓)의 공부와 점(漸)의 공부[108]는 본래는 별도의 법문이다. 돈의 법문 속에는 미숙과 성숙의 차이가 있고, 점의 법문 속에도 미숙과 성숙의 차이가 있다. 돈문(頓門)에서 진입하는 것은 비록 아승지겁의 장

로 나아가 취하고 견의 인물은 하지 않는 바가 있다(子曰: 不得中行而與之, 必也狂狷乎. 狂者進取, 狷者有所不爲也)"라고 하였다.

108) 돈점(頓漸): 교의(教義)의 내용을 말하는 경우와, 돈수(頓修)와 점수(漸修) 혹은 돈오(頓悟)와 점오(漸悟)라는 실천 공부를 가리키는 경우가 있다. 여기서는 후자의 예이다. 돈수는 전체적 대결에 의하여 일단(一團)의 결착을 목표로 하는 데 비하여, 점수는 부분적 수련의 집적에 의해 수약적(收約的) 결착을 목표로 한다. 원굉도는 또 본서 권22 「도석궤에게 답하다(答陶石簣)」에서도 돈점의 문제를 논하였다.

기간이 걸려도 그 발걸음은 필경 돈의 한 길이다. 점문으로 진입하는 것은 비록 일생에 걸려서 깨닫는다고 하여도, 그 발걸음은 필경 점의 한 길이다.

頓漸原是兩門, 頓中有生熟, 漸中亦有生熟. 從頓入者, 雖歷阿僧祇劫, 然其所走, 畢竟是頓的一路. 從漸入者, 雖一生卽能取證, 然其所走畢竟是漸的一路.

【58】총명함이 있다고 하여도 담력이 없으면 투철하게 깨달을[109] 수가 없다. 담력이 있어도 총명함이 없으면 투철하게 깨달을 수가 없다. 담력이 승한 자는 5할의 견식으로 10할의 것을 처리할 수 있지만, 담력이 약한 자는 비록 10할의 견식이 있다고 하여도 5할밖에 쓸 수가 없다.

有聰明而無膽氣, 則承當不得. 有膽氣而無聰明, 則透悟不得. 膽勝者, 只五分識可當十分用. 膽弱者, 縱有十分識只當五分用.

【59】묻는다: 고인은 "모든 것은 그대로 성취하여 있다. 사람이 그것을 승당(承當: 會得)하기만 하면 된다"[110]라고 하였는데, 승당이란 어떠한 것인가?
답한다: 지금 네 이름을 부르면 너는 즉각 응답을 할 것이고, 네게 음식을 들라고 하면 너는 곧 음식을 먹을 것이다. 이것이 승당이다.

問: "一切現成, 只要人承當", 如何是承當的事? 答: 今呼汝名, 汝卽知應. 叫汝飲食, 汝便飲食. 此卽承當.

---

109) 승당(承當): 일반적으로는 받아들이다, 회득(會得)하다의 뜻이다.
110) 일체현성, 지요인승당(一切現成, 只要人承當): 전거를 알 수 없다. 단 『대혜서(大慧書)』 「답진소경제2서(答陳少卿第二書)」에, '일체현성(一切現成)'이란 말이 나온다.

【60】 아직 깨닫지 못하였을 때에는 하는 일마다 짓는 일마다 모두 허망하다. 이를테면 남과 경쟁할 때는 물론 남과 나를 구별짓는 아견(我見)이 나타나지만, 남에게 양보하는 때에도 역시 남과 나를 구별짓는 아견이 나타난다. 내가 남과 경쟁하고 내가 능히 남에게 양보하는 것이니, 모두다 남과 나의 구별과 대립이 있는 것이다. 이미 깨달은 뒤에는 하는 일마다 짓는 일마다 모두 참되다. 이를테면 남과의 대응이 온건할 때에는 정말로 나와 남을 구별짓는 아견이 나타나지 않지만, 남과 경쟁할 때에도 역시 남과 나를 구별짓는 아상이 나타나지 않는다. 그래서 영가화상(永嘉和尙)[111]이 "산승이 나와 남을 구별짓는 아상을 굳세게 말하는 것이 아니다. 수행에서는 단견(斷見)[112]과 상견(常見)[113]의 함정에 빠질까봐 두렵다"라고 말하였으니, 바로 이것을 두고 말한 것이다.

未悟時, 觸處皆妄. 如與人爭競, 固人我相, 卽退讓亦人我相, 以我與人爭, 我能讓人, 總之人我也. 旣悟時, 觸處皆眞. 如待人平易, 固無人我相, 卽與人爭競, 亦非人我相. 永嘉云 : 不是山僧逞人我, 修行恐落斷常坑." 是也.

【61】 묻는다 : 선생께서는 "각범혜홍(覺範慧洪)[114]에게는 도리나 지견(분별의식)이 있다"고 말씀하셨다. 하지만 나는 각범이 공안의 강의를 하고 있는 것을 보니, 그 견식이나 의론은 대혜(大慧)[115]와 다른 것처럼 생각되었다.

---

111) 영가(永嘉) : 영가현각(永嘉玄覺). 영가화상의 말은 『증도가(證道歌)』에 나온다.
112) 단견(斷見) : 내 몸은 죽으면 그만이라고 보는 견해. 나에 집착한 견해이다.
113) 상견(常見) : 내 몸은 영원히 계속되리라고 보는 견해. 나에 집착한 견해이다.
114) 각범(覺範) : 각범혜홍(覺範慧洪), 1071~1128). 적음존자(寂音尊者)라고 일컫는다. 북송에서 가장 시문에 뛰어난 승려였다. 저서에 『석문문자선(石門文字禪)』 등이 있다.
115) 대혜(大慧) : 대혜종고(大慧宗杲). 즉 묘희(妙喜). 임제종(臨濟宗) 양기파(楊岐派)의 승려. 앞에 나왔다.

답한다: 깨달음의 관문을 통과한 사람이라 하더라도 두 종류가 있다. 어떤 사람은 칠흑의 길(깨달음의 길)을 나아가니, 대혜같은 사람이 그 사람이다. 또 어떤 사람은 명백의 길(분별의 길: 논리적 이해의 길)을 나아가니, 각범이나 영명연수(永明延壽)116) 등이 그런 사람이다.

어떤 사람이 이 말을 선생의 아우 소수(小修)에게 하였다. 소수가 말하였다: 각범도 역시 칠흑의 길을 나아간 사람이다. 다만 그 안에 희미하게 분별의식을 띠고 있었다.

선생이 말한다: 그렇지 않다. 각범의 말은 (늘 칠흑의 길을 명백한 것으로서 해석하고자 하여) 쓸모 없는 죽은 말(死語)였으니, 진리를 실체화한 것(實法)이 아니다.

問: 先生言洪覺範有道理知見, 然予觀覺範提唱公案, 其識見議論, 似與大慧不殊. 答: 透關的人, 亦分兩樣. 有走黑路者, 若大慧等是也. 走明白路者, 洪覺範·永明壽是也. 有人舉似小修, 小修云: 覺範亦是走黑路的, 但其中微帶有明耳." 先生曰: "不然, 覺範是死語, 是實法."

【62】선생의 아우 소수(小修)가 또 말하였다: "명백의 길을 가는 것에도 두 종류가 있다. 어떤 사람은 경론(經論)에서 명백을 구하는데, 법사(法師) 같은 사람들이 그들이다. 이것은 도적을 내 자식으로 잘못 보는 것117)과 같은 것으로, 결코 거기 간여해서는 안 된다. '언어를 끊고 사려를 초월하는' 경지를 이해한 자가 있다. 이것은 또 달리 명백의 길을 나아가는 자로, 각범이나 등할거(鄧豁渠) 같은 자가 그런 사람들이다. 『임간록(林間錄)』과 『남순록(南詢錄)』을 읽어보면 저절로 알 수 있을 것이다.

---

116) 영명수(永明壽): 영명연수(永明延壽, 904~975). 선(禪)과 염불(念佛)을 겸수(兼修)하여 밤에는 별봉(別峯)에서 행도염불(行道念佛)하는 것을 상례로 하였다. 저서에 『종경록(宗鏡錄)』 1백권, 『만선동귀집(萬善同歸集)』 3권이 있다. 『경덕전등록(景德傳燈錄)』 권26 참조.

117) 인적위자(認賊爲子): 『능엄경』 권1에 나오는 말.

小修又云: "走明白路, 亦有兩種: 有于經綸上求明白, 如法師是也, 乃認賊爲子, 決不可用. 有語言道斷, 心行處滅, 亦是走明白一路者, 如覺範·豁渠其人也. 觀林間, 南詢二錄自見."

【63】 묻는다: "언어를 끊고 사념을 넘어선다"[118]라고 하는데 어째서 두 종류가 있는 것인가?

답한다: 가(假)의 것과 진(眞)의 것이 있다. 비유하자면 북방의 사람에게 복건의 방언을 말하게 한다면, 이것은 진짜 언어도단이다. 출신지의 방언이라고 하더라도 그저 말하지 않는다고 한다면, 이것은 가짜 언어도단이다. 만일 정상적인 절차를 밟아서 관리가 되고 은퇴하고자 하여 관직을 떠난다고 한다면 이것은 가짜 심행처멸이다. 만일 근무평정을 받아 파면되어서 관직을 떠나버리고 말았다고 한다면, 이것은 진짜 심행처멸이다.

問: 言語道斷, 心行處滅, 如何亦有兩種? 答: 有假有眞. 辟如要北人說閩中鄉談, 此眞言語道斷: 若本處鄉談, 但只不說, 此假言語斷. 尋常做官, 要林下去, 此假心行處滅. 若遇考察去了官, 此眞心行處滅.

【64】 묻는다: 도는 일상 그대로라고 하는 것을 귀하게 친다. 기이한 것을 과시하거나 위대한 듯이 구는 것은 쓸데없는 짓인가?

답한다: 일상 그대로라고 하는 것도 역시 쓸데없는 것이다.

問: 道貴平常, 炫奇過高, 是多了的. 答: 平常亦是多的.

---

118) 언어도단, 심행처멸(言語道斷, 心行處滅): 언어를 끊고 사념을 넘어섬. 『마하지관(摩訶止觀)』권59, 『전등록』에 "만약 언어를 끊고 사념을 넘어선다면 마침내 옛사람의 경계에 이를 것이다(若言語道斷, 心行處滅, 終到古人境界)"라고 하였다. 또 『중론(中論)』권3 「관법품(觀法品)」에 "온갖 법의 실상이란 언어와 사념을 끊는 데 있다(諸法實相, 斷心行言語)"고 하였다.

【65】 어떤 승려가 물었다 : 고덕(古德)의 말에 "수행에 의하여 증득(證得)하는 일은 없는 것은 아니지만 오염되어서는 안 된다"[119]라는 말이 있는데, 어째서 그런가?

선생이 말하였다 : 너는 일찍이 남경과 북경의 두 서울에 갔다온 적이 있는가?

답하였다 : 전에 갔던 적이 있다.

선생이 말하였다 : 이것은 수증(修證)인가 수증이 아닌가?

선생이 또 물었다 : 너는 경성에 가서 거기서 경전의 강의를 들었겠지?

답하였다 : 들었다.

선생이 말하였다 : 이것은 오염인가 오염이 아닌가?

승려가 다시 답하려고 하자, 선생은 손을 절레절레 흔들면서 말하였다. "아닐세, 아닐세."

僧問 : 如何是修證則不無, 汚染則不得? 先生曰 : 汝曾往南北二京否? 答 : 曾往. 曰 : 這箇是修證不是修證? 又問 : 汝往京城中聽經否? 答 : 曾聽. 曰 : 這箇是汚染不是汚染? 僧復擬答, 先生搖手曰 : 不是, 不是.

【66】 선생이 고칙(古則)[120]을 제기하였다. 어떤 승려가 조주(趙州)[121]에

---

119) 修證則不無, 汚染則不得 : 『경덕전등록(景德傳燈錄)』 권5에 "祖曰 : 什麼物恁麼來? 曰 : 說似一物卽不中. 祖曰 : 還可修證卽不無, 汚染卽不得"이라고 한 말에 근거한다.
120) 고칙(古則) : 공안(公案).
121) 조주(趙州) : 조주 관음원(觀音院)의 종심(從諗)으로, 남전보원(南泉普願)의 법사(法嗣)이다. 당나라 조주 사람으로 성은 학(郝)이며, 어려서 조주 호통원(扈通院)에서 머리는 깎았으나 계(戒)를 받지 않고, 지양(池陽)에 가서 남전(南泉)을 참방(參訪)하였다. 뒤에 대중이 조주의 관음원에 주지하기를 청하였으므로, 그곳에서 도화(道化)를 크게 드날리고 소종(昭宗) 건녕(乾寧) 4년(897) 11월에 시적(示寂)하였다. 120세를 살았으며, 시호를 진제대사(眞際大師)라 하였다. 그런데 조주는 어느 납자(衲子)에게 "일찍 이곳에 와 보았는가?" 물어서 그 납자가 "와 본 일이 있습니다"라고 하자 "차나 마셔라(喫茶去)"라고 하였고, 또 다른 납자에게도 같은 질문을 하여 그 납자가 "와 본 적이 없습니다"라고 답하자 역시 "차나 마셔라(喫茶去)"라고 하였다. 원주(院主)가 어째서 납자에게 물

게 물었다. "삼라만상은 일(근원)으로 귀착한다지만 일은 어디로 귀착합니까?"[122] 조주는 말하였다. "나는 청주(靑州)에서 한 벌의 베 적삼을 만들었는데, 무게는 일곱 근이다." 제군은 평소 이것을 어떻게 이해하고 있소?

답한다 : 질문자의 의도에 부합하는 답이라고 이해한다.

선생이 말하였다 : 만일 '화상 당신은 옷을 가지고 있습니까?'라고 물은 것에 대하여 '나는 청주에서 한 벌의 베 적삼을 만들었는데, 무게는 일곱 근이다'라고 답하였다면, 그것이야말로 의도에 부합한 답이라고 말할 수 있을 것이다. 하지만 여기서는 '일은 어디로 귀착합니까'라고 질문한 것이다. 어찌 의도에 부합한 대답이라고 말할 수 있겠소? 이 점은 이미 각범(覺範)[123]이 일소에 부친 바 있소

先生擧僧問趙州 : "萬法歸一, 一歸何處?" 趙州曰 : "我在靑州做一領布衫, 重七斤." 諸君平日作何道理會? 答 : 作順應會. 先生曰 : 若問和尙有衣麼? 答我在靑州做領布衫, 重七斤, 這方叫做順應. 今問一歸何處, 豈是順應? 此義覺範已曾笑破.

【67】 묻는다 : 역대의 조사(祖師)[124]가운데도 역시 형벌을 받고 죽은 자가 있었던 것은 어째서인가?

답한다 : 칼이나 곤장으로 형벌을 받아 죽거나, 침상이나 좌탑에서 죽거나, 둘 다 같다. 사람이 죽이는 것이나 귀신이 죽이는 것이나 무엇이

어서 와보았거나 와 본 일이 없거나 모두 "차나 마셔라"라고 대답하시느냐고 묻자, 조주는 원주를 불렀다. 원주가 대답하자, 조주는 "차나 마셔라"라고 말하였다.

122) 만법귀일, 일귀하처(萬法歸一, 一歸何處) : 『벽암록(碧巖錄)』 45칙에 나온다.

123) 각범(覺範) : 각범혜홍(覺範慧洪, 1071~1128). 적음존자(寂音尊者)라고 일컫는다. 북송에서 가장 시문에 뛰어난 승려였다. 저서에 『석문문자선(石門文字禪)』 등이 있다.

124) 종상조사(從上祖師) : 역대의 조사. 여기서는 만력 연간에 옥사한 자백달관(紫栢達觀)을 염두에 둔 듯하다. 『전등록』 권2에 나오는 서천(西天) 제24조 사자비구존자(師子比丘尊者)도 이 예에 들어간다.

다르랴?[125] 다만 멋지다는 것과 볼품 없다는 것의 차이가 있을 따름이다. 학문과는 아무런 관계가 없다.

問：從上祖師, 亦有死于刑戮者, 何故? 答：死於刀杖, 死於牀榻, 一也. 人殺與鬼殺何殊哉? 但有好看與不好看之異耳. 於學問却不相干.

【68】 "연(緣)에 맡겨서 세월을 보내고 자유자재로 옷을 꿰어 입는다"[126]라고 한 것은 임제(臨濟)[127]의 궁극의 말이므로 피상적으로 이해해서는 안 된다. 만약 투심(偸心)[128]을 그치지 않는다면, 어찌 능히 연에 맡겨서 자유자재할 수 있겠는가?

"隨緣消日月, 任運着衣裳." 此臨濟極則語, 勿作淺會. 若偸心未歇, 安能隨緣任運?

【69】 도를 공부하는 사람(수행자)은 마땅히 재덕을 감추고 자취를 거두어서(행동을 조심하여), 기봉(機鋒)을 드러내지 않도록 해야 한다. 그러므로 『주역』에서는 '잠(潛)'[129]이라 말하고 '밀(密)'[130]이라고 말한 것이다. 만

---

125) 인살여귀살하수재(人殺與鬼殺何殊哉)：『구당서』권87 「위현동전(魏玄同傳)」에, "人殺鬼殺, 有何殊也"란 말이 있다.

126) 수연소일월, 임운착의상(隨緣消日月, 任運着衣裳)：『임제록(臨濟錄)』「시중(示衆)」에 나오는 말. "隨緣消舊業, 任運着衣裳"으로 되어 있다.

127) 임제(臨濟)：중국의 선종 가운데 임제종을 일으킨 현의(玄義) 선사를 말한다. 속성은 나(邢)이다. 선풍은 '선갈(善喝)'로 유명하다. 중국의 선종은 통쾌한 임제종(臨濟宗), 근엄한 위앙종(僞仰宗), 세밀한 조동종(曹洞宗), 기특한 운문종(雲門宗), 상세한 법안종(法眼宗)들이 각각 종풍을 드날렸다. 임제종은 공안을 헤아림으로써 깨달음을 얻는 공안선(公案禪=看話禪)을 세웠으나, 조동종은 공안에 의지하지 않는 묵조선(默照禪)을 수행하였다.

128) 투심(偸心)：훔치려는 마음. 외물을 구하여 집착해서, 훔치려고 하는 마음. 다른 것을 추구해 그치지 않는 분별심을 말한다. 위에 나왔다.

129) 잠(潛)：『주역』「건괘(乾卦)」92 「문언전(文言傳)」에 나온다.

130) 밀(密)：『주역』「계사전 상(繫辭傳 上)」에 나온다.

약 재능을 자랑하고 명예를 추구한다면 그것은 사람의 정도를 기피하는 것이 된다. 무릇, 용이 비늘을 감추지 않고 봉황이 날개를 숨기지 않는 다면, 큰 그물과 작은 그물을 높이 펼쳐 두므로, 장차 어디로 갈 수 있으라?[131] 재기(才氣) 있는 인사가 빠지기 쉬운 병환(폐해)이니, 배우는 사람은 마땅히 통렬하게 경계하지 않으면 안 된다.

學道人須是韜光斂跡, 勿露鋒芒, 故曰潛曰密. 若逞才華, 求名譽, 此正道之所忌. 夫龍不隱麟, 鳳不藏羽, 網羅高張, 去將安所? 此才士之通患, 學者尤宜痛戒.

【70】 나는 젊은 시절, 서울에서 신분이 높은 많은 사람들과 함께 도를 구하였다. 스스로는, "나는 세속의 사람과 명성을 다투고 이익을 다투고 하지 않고서 자기의 도를 구하고 있는 것일 뿐이니, 무슨 장애가 있겠는 가?"라고 생각하였다. 하지만 이것이야말로 조금도 세상일을 겪지 않아서 그런 것이었다. 지금의 관점에서 보면, 도를 추구하되 남이 모르게 몰래 실천하고 눈에 띄지 않게 자기만 깨닫지 않는 것은 큰 병(결점)이다. 이를테면 성학(聖學)을 강구한다든가, 절의(節義)를 숭상한다든가 하는 것은 학업에 관한 법령에서도 정해져 있는 것이다. 그렇지만 한나라 때는 절의를 숭상하여 당인(黨人)의 화[132]를 초래하였고 송나라 때는 성학을 강구하여 위학(僞學)의 금지[133]가 있었다. 어느 경우도 모두, 한 걸음 물

---

131) 용불은린, 봉불장우, 망라고장, 거장안소(龍不隱麟, 鳳不藏羽, 網羅高張, 去將安所) : 『후한서』 권83 「일민전(逸民傳)」 '진류노부(陳留老父)'조에서 인용. 단, 『후한서』에서는 張이 縣(=懸)으로 되어 있다.

132) 당인지화(黨人之禍) : 당고(黨錮)의 화. 후한 말, 환제(桓帝)의 때에 정권을 농단한 환관에 대항하여 진번(陳蕃) 등 청류파(淸流派)의 인사들이 그들을 공격하자, 환관은 그것을 미워하여 그들을 당인(黨人)이라 지목하고, 그들을 종신 금고(禁錮)에 처하였다. 『후한서』에는 「당고전(黨錮傳)」이 세워져 있다.

133) 위학지금(僞學之禁) : 송나라 영종(寧宗)의 경원(慶元) 연간에 정권을 주무른 한탁주(韓侂胄)가 주자(朱子)를 배척하고 조여우(趙汝愚)를 폄하하여, 도학(道學)을 위학(僞學)

러나 깊은 도로 숨을 수가 없었기 때문에 그렇게 된 것이었다. 그러므로 도를 추구하여 재앙을 만나는 것은 불행이 아닌 것이다.134)

我輩少時, 在京師與諸縉紳學道, 自謂吾儕不與世爭名爭利, 只學自己之道, 亦有何礙? 然此正是少不更事. 自今觀之, 學道不能潛行密證, 乃大病也. 卽如講聖學, 尙節義, 係功令所有者. 然漢時尙節義, 而致黨人之禍. 宋朝講聖學, 而有僞學之禁. 都緣不能退藏於密, 以至于此. 故學道而得禍, 非不幸也.

【71】 "복의 처음으로 되어서는 안되고, 화의 선구가 되어서도 안 된다(복을 추구한다고 앞으로 내달려 가지도 말고, 인위적으로 일을 벌여 화를 초래하지도 말아라)"135)라는 말이 있는데, 이것은 사람이 복을 구하는 것을 금지하는 것이 아니라, 다만 자기 쪽에서 제창하여 구해서는 안 된다는 말일 따름이다. 우리 유교의 강학도 좋은 일이다. 하지만 한 번 강학하게 되면 많은 명리를 추구한다든가, 기이한 일을 즐겨 추구하고 혈기를 멋대로 쏟는 자가 대개 다르게 된다. 이러한 어리석은 사람이 무언가 일을 하게 되면, 그 죄는 모두 처음 제창한 사람에게 돌아가게 된다. 동한 시

이라고 간주하여 공부하는 것을 금지한 일을 말한다. 세상에서는 이것을 경원(慶元)의 당금(黨禁)이라고 한다.
134) 비불행야(非不幸也) : 본인에게 책임이 있는 것이므로 불행이라고 말할 수 없다는 뜻.
135) 물위복시, 물위화선(勿爲福始, 勿爲禍先) : 『장자』 「외」편 「각의(刻意)」편에 "불위복선, 불위화시(不爲福先, 不爲禍始)"라고 하였다. 화복은 표리일체이므로 외물에 마음을 움직이지 않도록 하라는 뜻이다. 즉, 「각의」편에 보면, "성인이 세상에 나는 것은 하늘의 법칙에 따라 운행하는 것이고, 죽는다는 것은 사물이 화하는 것과 같다. 고요하여서 음(陰)과 덕을 같이하고, 움직여서 양(陽)과 여파를 같이 한다. 복을 추구한다고 앞으로 내달려 가지도 않고, 인위적으로 일을 벌여 화를 초래하지도 않는다. 느낀 뒤에 응하고, 육박해 온 뒤에 움직이며, 부득이한 뒤에야 일을 행한다(聖人之生也天歛其死也物化. 靜而與陰同德, 動而與陽同波. 不爲福先, 不爲禍始. 感而後應, 迫而后動, 不得已而后起)"라고 하였다. 『조자건집(曹子建集)』 「구통친친표(求通親親表)」에서는 "불위복시, 불위화선(不爲福始, 不爲禍先)"이라고 하였다. 앞에 나왔다.

대 이후로136) 군자가 화를 입게 된 것은 이것 때문이다. 이상과 같은 세간사에 관한 기관(機關)137)은 오로지 노자와 장자가 분명하게 꿰뚫고138) 있다.

勿爲福始, 勿爲禍先, 非禁人作福, 惟不可自我倡耳. 吾儒講學, 亦是好事, 然一講學, 便有許多求名求利及好事任氣者, 相率從之. 及此等不肖之人生出事來, 其罪皆歸于首者. 東漢而後, 君子取禍皆是也. 這樣涉世機關, 惟老·莊的然勘得破.

【72】 수행하는 사람은 당초의 한 두 해 사이에는 다른 사람이 수행을 열심히 하지 않는 것을 아주 혐오하지만, 세월이 오래되면, 비로소 자신이 옳지 못한 점(도달하지 못한 점)을 깨닫게 된다.

修行人始初一二年內, 嗔嫌他人不學好, 到久後, 方知自家不好處.

【73】 무릇 비위(脾胃)가 좋은 사람은 요리가 좋고 나쁘고를 따지지 않고 무엇이든 맛있게 먹는다. 비위가 허약한 사람은 마음에 드는 것을 만나면 맛있게 먹지만 허술한 음식을 만나면 싫어한다. 위장병을 앓고 있는 사람의 경우에는 무엇을 먹더라도 골라서 먹으려고 한다. 지금 누구에게도 잘못이 없다고 받아들이는 사람은 자신의 비위가 좋은 사람이기 때문이다. 상대가 누구든 관계없이 타박을 하는 사람은 그 사람 자신이 병이 있는 것이어서, 다른 사람과는 무관하다. 한 번 흉포한 사람을 보면 나쁜 짓을 하지 않는 자가 없다. 그러므로 호(好 : 즐긴다)라는 글자는 호(好 : 좋다)자를 쓰고, 오(惡 : 미워한다)라는 글자는 악(惡 : 나쁘다)이라는 글

---

136) 동한이후(東漢而後) : 당고(黨錮)의 화(禍) 등을 염두에 둔 표현이다.
137) 기관(機關) : 공교한 장치.
138) 감득파(勘得破) : 본질을 꿰뚫고 있음. 감파(勘破).

자를 따르고 있는 것이다.[139] 이 뜻은 나우강(羅旴江)[140]이 아주 투명하게 설명하였다.

凡人脾胃好者, 不論飲食麤細, 食之皆甘. 脾胃薄者, 遇好物則甘, 麤物則厭. 至害病人, 則凡味皆揀擇矣. 今人見一切人無過者, 是自己脾胃好. 檢點一切人者, 是自己脾胃有病, 與人無干. 試觀兇暴人, 未有不作惡者. 故好字從好, 惡字從惡, 此意羅旴江發得極透.

【74】 유학자는 말하길, "군자에게 친하게 하고 소인을 멀리한다"[141]라고 하지만, 이 말은 옳은 듯하지만 틀린 것이다. 사람이 누가 선뜻 자신이 소인이라고 자인하여 남에게 소외되는 것을 달게 여기겠는가? 무릇 군자는 남에게 부림을 당하는 것을 달갑게 여기지 않으므로, 남의 부림을 당하는 역할을 하는 것은 모두 소인이다. 소인은 명예를 탐내고 이익을 쫓으므로, 남에게 쓰이는 것을 달게 여기니, 소인이 아니라면 누가 함께 이리 뛰고 저리 뛰고 하겠는가? 그러므로 예부터 영명한 군주는 모두 군자를 존중하고 소인을 부려 왔던 것이다.[142]

---

139) 호호자종호, 오자종악(故好字從好, 惡字從惡) : 좋다는 본성이 있어서 즐긴다 좋아한다는 작용이 생겨나고, 나쁘다는 본성이 있어서 미워한다는 작용이 생겨난다는 뜻.

140) 나우강(羅旴江) : 나근계(羅近溪). 나근계의 호오관(好惡觀)은 『나근계전집(羅近溪全集)』「논어 하(論語 下)」의 문장을 가리키는 듯하다. 이 문장은 『명유학안(明儒學案)』 '근계(近溪)' 조항에도 실려 있으나, 그 둘은 문자가 조금 다르다. 나근계의 설은 『대학장구』 제6장의 "나쁜 냄새를 싫어하고 좋은 빛깔을 즐기는 것과 같은 것을 자겸이라고 한다. 그러므로 군자는 반드시 홀로 있을 때를 삼가는 것이다(如惡惡臭, 如好好色, 此之謂自謙. 故君子·必愼其獨也)"라고 한 구절에 대한 해설로서 제시된 것이다.

141) 친군자, 원소인(親君子, 遠小人) : 비슷한 말이 제갈공명(諸葛孔明)의 상소에 나온다. 『삼국지』「위지(魏志)」「제갈량전(諸葛亮傳)」에 보면, "현신에게 친하게 하고 소인을 멀리하는 것은 선한(先漢)이 일어선 이유이고 소인에게 친하게 하고 현신을 멀리하는 것은 후한이 넘어진 이유입니다"라고 하였다. 『주자문집(朱子文集)』 권12 「기유의상봉사(己酉擬上封事)」는 군자와 소인의 대비를 논증하기 위해 제갈근명의 이 말을 인용하였다.

142) 이 조는 『산호림』의 문장과 다른 곳이 많다.

儒者曰 : "親君子,　遠小人." 斯言是而非也. 人誰肯自居小人, 甘
心爲人所遠邪? 夫君子不屑爲人使, 凡任役使者, 皆小人也. 小人貪
名逐利, 故甘心爲人用, 非小人將誰與奔走哉? 故古來英主, 皆是尊
君子而役小人.

【75】『법화경』에서 말하듯, 관리의 신분이 되어서 제도(濟度)해야 할
상대에게 관리의 신분이 되어서 설교한 사람[143]이 왕양명 그 사람이다.
유학자의 신분이 되어서 제도해야 할 상대에게 유학자의 신분이 되어서
설교한 사람이 주염계(周濂溪) 그 사람이다.

應以宰官得度者, 卽現宰官身而爲說法, 陽明是也. 應以儒敎得度者,
卽現儒者身而爲說法, 濂溪是也.

【76】 묻는다 : 어떻게 하여야 비로소 무위(無爲)인가?

답한다 : 이른바 무위라는 것은 갖가지 일들에 대하여 아무것도 취하
지 않는다는 것이 아니다. 한나라 문제(文帝)는 무위의 지배자라고 일컬
어진다. 오왕(吳王)이 입조하지 않았을 때 팔걸이와 지팡이를 하사하고,
장무(張武)는 뇌물을 받았을 때 금전을 보고 부끄러운 마음이 들었다.[144]
이것이 무위인 것이다. 순임금은 세 사람의 악인을 추방하고 고양자(高陽
子)의 여덟 아들을 등용하였는데,[145] 이것도 역시 무위이다. 그러므로
"무위이면서 잘 다스린 사람은 아마도 순임금이라고 하겠지"[146]라고 하
였던 것이다.

---

143) 응이재관득도자, 즉현재관신이위세법(應以宰官得度者, 卽現宰官身而爲說法) : 『법
　　화경』「관세음보살보문품(觀世音菩薩普門品)」에 나온다.
144) 오왕불조, 사이궤장, 장무수뢰, 금전괴심(吳王不朝, 賜以几杖, 張武受賂, 金錢愧心) :
　　『한서』권4「효문제(孝文帝)」에 나온다.
145) 순방사흉거팔애(舜放四凶擧八愷) : 『서경』「순전(舜典)」에 나온다.
146) 무위이치, 기순야여(無爲而治, 其舜也歟?) : 『논어』「위령공(衛靈公)」편에 나온다.

묻는다 : 추방한 일도 있고 등용한 일도 있거늘 어떻게 무위라고 이름할 수 있는가?

답한다 : 인정의 좋아하고 싫어함에 따라서 좋아하고 싫어하는 것도 역시 무위인 것이다.

묻는다 : 이것은 외도(外道)의 자연(自然)과 무엇이 다른가?

답한다 : 노(老)·장(莊)이 말하는 인(因)[147]은 곧 자연이다. 자연에 인하여서 무리하게 무언가를 하려는 것이 아니다. 외도는 이유 없이 생겨난 것을 자연이라고 간주한다. 이를테면 검은 까마귀와 흰 백로, 굽은 가시나무와 곧바로 자란 소나무, 이것들은 모두 원인이 없이 그 자체로서 절로 그러한 것이라고 본다.[148] 이것은 통할 수 없는 논리이다.

問 : 如何方是無爲? 答 : 所謂無爲者, 非百事不理也. 漢文帝稱無爲之主, 吳王不朝, 賜以几杖, 張武受賂, 金錢愧心, 此無爲也. 舜放四凶擧八愷, 亦無爲也. 故曰無爲而治, 其舜也歟? 問 : 有放有擧, 何名無爲? 答 : 因人情好惡而好惡之, 亦是無爲. 問 : 此與外道自然何異? 答 : 老·莊之因, 卽是自然, 謂因其自然, 非强作也. 外道則以無因而生爲自然, 如烏黑鷺白, 棘曲松直, 皆無因而自爾, 此則不通之論矣.

【77】 한나라 고조(高祖)는 소하(蕭何)가 밭과 가택을 경영하여 악착같이

---

147) 노장지인(老莊之因) : 예를 들면 『장자』「제물론」에 "긍정이 있으면 부정이 있고 부정이 있으면 긍정이 있게 된다. 그래서 성인은 그런 것에 의거하지 않고, 자연의 본성을 관조할 뿐이다. 곧 자연의 도리에 맡기는 것이다. 그러므로 명석한 지혜로 사물을 관조하는 것이 가장 좋다는 것이다(物无非彼, 物无非是. 自彼則不見, 自是則知之. 故曰彼出於是, 是亦因彼. 彼是方生之說也. 雖然, 方生方死, 方死方生, 方可方不可. 因是因非, 因非因是. 是以聖人不由, 而照之於天, 亦因是也)"라고 하였다.

148) 오흑노백, 극곡송직, 개무인이자이(烏黑鷺白, 棘曲松直, 皆無因而自爾) : 『능엄경』에서 "현전하는 모든 종류의 법은, 소나무는 곧고 가시나무는 굽으며, 고니는 희고 까마귀는 검은 것도 모두 원유(元由)를 알 수 있다"고 하였는데, 그것을 뒤집어 외도의 잘못된 관념을 지적한 것이다.

벌어들이는 것을 보고는 기뻐하였지만, 그가 선한 일을 하는 것을 보고
는 그를 감옥에 집어넣었다. 그가 인심을 모으는 것을 두려워하였기 때
문이다.[149] 송나라 태종[150]은 인심이 황태자에게 귀의하는 것을 보았을
때, "인심은 이미 태자에게 돌아갔구나"라고 탄식하였다.[151] 무릇 한나
라의 고조도 송나라의 태종도 둘 다 영명한 군주이기는 하지만, 한사람
은 이해(利害)의 마음 때문에 신하를 싫어하고 한사람은 이해의 마음 때
문에 친자식을 싫어하였다. 영명한 군주조차도 이러하거늘, 이 이해(利害)
에 헷갈리는 일념의 건 때문에 보통 사람을 쉽사리 질책할 수가 있을까?

漢高帝見蕭何治田宅則喜, 及見其作好事則下獄, 恐其收人心也. 宋
眞宗見人心歸其子, 則嘆曰 : "人心遽屬太子, 奈何?" 夫漢高 · 宋眞, 皆
英主也, 一則以利之故忌其臣, 一則以利之故忌其子, 此一念可輕易責
恒人乎?

---

149) 고제견소하치산댁즉희, 급견기작호사즉하옥(高帝見蕭何治山宅則喜, 及見其作好事
則下獄) : 『한서』 「소하조참전(蕭何曹參傳)에 나온다. 승상이 된 소하(蕭何)에게 어떤
빈객이 "당신은 어째서 밭을 사서 그 값을 깎고 지불을 연기하여 자신을 더럽히려고
하지 않습니까? 그렇게 하면 주상이 반드시 안심할 것입니다"라고 진언하여, 소하가 그
말대로 하자 한고조가 기뻐하였다. 그 뒤 소하가 백성들을 위해서 고조의 토지를 청하
자 고조는 "착한 일이 있으면 주상의 덕으로 돌리고 나쁜 일이 있으면 자신의 일로 해
야 하거늘, 소하는 그렇게 하지 않고 백성에게 아첨한다"라고 말하여, 소하를 감옥에
넣었다. 『사기』 권53 「소상국세가(蕭相國世家)에도 나온다.
150) 송진종(宋眞宗) : 송나라 태종(太宗)의 잘못이다. 『산호림』에는 태종으로 되어 있다.
151) 송진종견인심귀기자, 즉탄왈 : 인심거속태자내하(高帝見蕭何治山宅則喜, 及見其作
好事則下獄) : 『송사』 권281 「구준전(寇準傳)에 나온다. 즉위한 지 오래된 태종에게 풍
증(馮拯)이 황태자를 세우라고 진언하자, 태종은 화를 내어 풍증을 영남(嶺南)으로 유
배보내었다. 그러다가 구준(寇準)의 진언으로 가까스로 황태자를 세웠으나, 태종은 도
성의 사람들이 '소년천자야(少年天子也)'라고 환희하는 것을 보고는 기분이 상하였다.
그래서 구준을 불러서 "민심이 갑자기 태자에게 귀속하니, 나를 어디에 두려는가(人心
遽屬太子, 欲置我何地)"라고 불만을 토하였다. 구준은 "이것은 사직의 복입니다(此社
稷之福也)"라고 응답하였다. 이 고사는 『송명신언행록(宋名臣言行錄)』 권4 '구준(寇
準)' 조항에도 나온다.

【78】 묻는다 : 누구라도 인정(人情)은 다를 리가 없다. 그렇다면 성인과 범인의 차이는 어디에 있단 말인가?

답한다 : 내가 인정에 차이가 없다고 말하는 것은 그 도리를 말하였을 따름이다. 하지만 사람들 가운데 누가, 자신이 보통 사람과 차이가 없다는 사실을 선뜻 인정하려고 하는가? 비록 도살꾼이나 나무꾼이라고 하여도 역시 자부심이 있어서, 입만 열면 "나는 이러하지만 저자는 그럴 수 없지"라고 말한다. 하물며 도를 공부하는 자의 경우에는, 몇 구절의 도리를 알고 몇 건의 좋은 일을 실천하면, 세속을 미워하고 분개하는 것이 더욱 심하다. 이러한 심정은 극히 미세하게 마음속에 틀어박혀 있어서 뽑아서 제거하기가 아주 어렵다. 자기 자신의 허영을 쳐부수고, 세속의 사람과 같음을 납득하는 일로 말하면, 뛰어난 기근, 오래 온축한 학도이지 않으면 그렇게 할 수가 없다. 그러므로 이러한 신념은 공자와 노자 이후로 아마도 왕양명과 나근계(羅近溪)가 그것에 유사하다고 하겠다.

問 : 人情未有不相同者, 然而聖凡之異, 却在甚處? 答 : 我說人情相同, 但論其理耳. 然人誰肯安心謂我與常人一樣者? 雖屠兒樵子, 開口亦曰 : "我便如何, 彼却不能." 至於學道之人, 曉得幾句道理, 行得幾件好事, 其憤世嫉俗尤甚. 此處極微極細, 最難拔除. 若能打倒自家身子, 安心與世俗人一樣, 非上根宿學不能也. 此意自孔·老後, 惟陽明·近溪庶幾近之.

시문 목차